致中国读者：

　　《凯恩与阿贝尔》已有一亿读者，但遗憾的是，在中国它只是个新来者，而这里正是我希望拿下的重要市场。所以，我想对中国人民说的话很简单：我真心期盼你们喜欢这本书，因为我希望在你们伟大的国家有我的读者。谢谢。

杰弗里·阿切尔

2019年

　　KANE AND ABEL has been read by 100 million people, but sadly, it has only just arrived in China, and it's the great market I'd like to conquer. So my message to the Chinese people is very simple：I do hope you like this book, because I want to be read in your great country. Thank you.

JEFFREY ARCHER

2019

《凯恩与阿贝尔》让我今生有资格以作家自居，并且时至今日，它仍然是我笔下最受欢迎的作品。在它出版30年之际，我着手将它重写一遍，原因正在于此。重塑已有的作品，需要的是精雕细琢，为此我投入了9个月时间。因为，尽管进行了大的修订，故事情节必须是"原装"。

对这一30周年修订版，我希望得到老读者们的首肯；我更希望第一次接触本书的新读者们喜欢威廉·劳威尔·凯恩和阿贝尔·罗斯诺夫斯基。

杰弗里·阿切尔

2009年

KANE AND ABEL was the breakthrough in my career as a writer, and remains the most popular of my works to date. This was the reason why, thirty years after its publication, I set about the task of rewriting it. Re-crafting turned out to be a more accurate description of what took place during the next nine months, because despite making considerable revisions, the plot remains unchanged.

I hope past readers will appreciate this thirtieth-anniversary edition, and new readers will enjoy meeting William Lowell Kane and Abel Rosnovski for the first time.

JEFFREY ARCHER

2009

Kane and Abel

JEFFREY ARCHER

［英］杰弗里·阿切尔 著

卢欣渝 译

凯恩与阿贝尔

中国青年出版社

（京）新登字083号

图书在版编目（CIP）数据

凯恩与阿贝尔／（英）杰弗里·阿切尔著；卢欣渝译. —— 北京：中国青年出版社, 2019.4

书名原文：KANE AND ABEL

ISBN 978-7-5153-5532-0

Ⅰ.①凯… Ⅱ.①杰… ②卢… Ⅲ.①长篇小说—英国—现代 Ⅳ.①I561.45

中国版本图书馆CIP数据核字（2019）第050293号

First Published 1979 by Hodder & Stoughton Ltd. This revised edition published 2009 by Macmillan, an imprint of Pan Macmillan Ltd.

Copyright © Jeffrey Archer 1979, 2009

版权登记号：01-2018-6903

责任编辑：李文华

装帧设计：周伟伟

出版发行：中国青年出版社

社　　址：北京东四12条21号

网　　址：www.cyp.com.cn

编辑部电话：（010）57350504

门市部电话：（010）57350370

印　　刷：北京中科印刷有限公司

经　　销：新华书店

开　　本：880×1230 1/32

印　　张：20

版　　次：2019年5月北京第1版

印　　次：2019年5月北京第1次印刷

定　　价：75.00元

本图书如有印装质量问题，请凭购书发票与质检部门联系调换

联系电话：（010）57350337

献给迈克尔和简

TO MICHAEL AND JANE

第一部

1906—1923

1

时间：1906年4月18日

地点：波兰，斯洛尼姆

随着女人咽下最后一口气，惨叫声停了下来；紧接着，响起了新生儿的第一声哭号。

树林里有个小男孩，他正在打野兔，他的一双耳朵能分辨各种声音。不过，小男孩始终也没弄明白，让他突然警觉的究竟是女人的最后一声惨叫，还是新生儿的第一声哭号。当时，小男孩隐隐约约觉着，他面临着某种危险，因而，他猛地转过身，瞪大双眼，搜寻着四周。不远处显然有个处于痛苦中的动物。小男孩以前从未遇到过能发出那种惨叫声的动物，所以，他小心翼翼地向发出声音的地方走去。这时，惨叫声已经变成呜呜的哀号。在小男孩认识的动物里，没有一种动物能发出那样的声音。小男孩希望，那是个小动物，以便一下子干掉它；真要是那样，桌子上的晚餐就不仅仅是兔子肉了。

小男孩轻手轻脚地向河畔靠拢过去，不同寻常的声音正是从那个方向飘过来的。他从一棵树后边躲闪到另一棵树后边，用肩胛骨抵住每棵树粗糙的外皮，以便感到自己实实在在倚靠着某种东西。他始终牢记着父亲的教导：打猎的时候，绝对不能停留在空地上。他来到树林边缘，往河谷方向望去，从他所在的位置，可以一眼看到河边。直到这时，他才有点明白，声音是一只不寻常的动物发出的。小男孩猫着腰，继续向发出声音的地方靠拢。他已经来到没有任何藏身处的空旷地带。

这时候，小男孩看见，一个女人正躺在地上，她的裙子缠在腰部，两条光腿叉开着。小男孩以前从来没见过哪个女人像那样躺在地上。他赶紧跑到女人身边，低下头看着女人的肚子，感到一阵说不出的恐惧。他不敢伸手去碰女人。女人的两腿之间躺着一个浑身沾满鲜血的、粉红色的小动物，小动物身上有一条绳子样的东西和女人连在一起。小男孩丢下刚刚逮住的几只兔子，在小动物旁边跪下来。

　　小男孩惊恐地瞪着眼睛，长久地注视着小动物。后来，他调转头看了看女人的身子，马上又后悔不该那么做。女人的身子早已冻成青紫色。对这个打野兔的孩子来说，女人干瘦的、年轻的面庞反倒像中年妇女的脸。用不着别人告诉，这孩子也知道，女人已经死了。小男孩伸手从女人两腿之间的草地上抱起那个黏糊糊的小肉团。如果事后有人问，当初他为什么那么做，小男孩一定会说，因为他担心，那小动物也许会用指甲把自己皱巴巴的脸皮抓破。事实上，从来没有人问过他这个问题。

　　母亲和孩子之间有一条细细的绳子相连。几天前，小男孩曾经亲眼看见一只小羊羔出生的全过程。小男孩使劲回想着当时的情景。想起来啦，牧羊人当时都做了些什么，他依稀还记得。不过，眼前是个孩子，他下得了手吗？呜呜的哀号突然停了下来，小男孩觉着，他必须马上做点什么。他有一把剥兔子皮的小刀，犹豫片刻后，他从刀鞘里抽出小刀，在袖子上蹭了蹭，然后贴着孩子的肚皮把绳子割断了。立刻有鲜红的血从两个断口汩汩地涌出来。小羊羔生下来后，牧羊人做什么来着？为了止血，他在绳子上系了个疙瘩。没错儿，绝对没错儿！小男孩随手从地上拔出一根细长的小草，赶紧在断口下边用小草匆匆打了个结。然后，小男孩双手抱住孩子，那孩子再次哀号起来。小男孩慢慢站起来，他只好丢下3只死兔子和刚刚生下孩子的死女人不管了。离开女人前，小男孩把女人的两条腿并拢，然后把女人的裙子拉到膝盖处，他觉得这样做是对的。

"神圣的主啊！"小男孩大声念叨了一句。每当他做完一件特别好的事或特别坏的事，他总会这样念叨一遍。不过，当时他无法确定，刚刚做完的事到底属于哪一种。

小男孩向自家的小房子跑去。他心里清楚，这个时候，母亲肯定正在家里准备晚餐，其他东西全都备齐，只等他把兔子带回家下锅了。眼下母亲肯定正在猜测，今天他逮住了几只兔子。8口之家，至少需要3只兔子。有时候，小男孩也能逮住从男爵的领地上跑出来的野鸭、野鹅、野鸡什么的。他父亲每天都在男爵的领地上干活。不过，今晚他逮住的却是一只完全不同的动物。

小猎手紧紧地抱着猎物，来到小房子跟前。他不敢腾出手推门，因而，他抬起没穿鞋的光脚，对着门踹起来，一直踹到母亲把门拉开。小猎手默默地把怀里的孩子捧到母亲面前，可是，母亲没有马上伸手接那小东西。她一只手捂着嘴，呆怔怔地站着没动，不知所措地看着眼前的情景。

"神圣的主啊！"母亲念叨了一句，然后在胸前划了个十字。小猎手看着母亲的脸，他想知道，母亲的脸表达的是快乐还是愤怒。母亲的眼神里流露出一种温柔，一种这孩子以前从来没见过的温柔。小猎手立刻明白了，自己肯定是做了件好事。

"是个小男孩儿啊。"母亲说着伸出双手，把孩子接了过去，然后又问："在哪儿捡的？"

"在河边儿，妈妈。"小猎手答。

"他母亲呢？"

"死啦。"

母亲又在自己胸前划了个十字。

"快点儿，赶紧去找你爸，把这里的事告诉他。他会在领地上找到乌尔苏拉·沃依纳克。你先把他俩领到孩子他母亲那儿，过后别忘了把他俩领到我这儿。"

小男孩在裤子两侧蹭了蹭双手。让他觉着宽慰的是，幸亏刚才没把这滑溜溜的小东西丢下不管。然后，他跑开找父亲去了。

母亲用一个肩膀顶住门，把门合上了。母亲喊来老大弗洛伦蒂娜，让弗洛伦蒂娜在火上坐了一壶水。母亲坐到木凳上，解开围裙，把自己干瘪的奶头塞进小婴儿皱巴巴的小嘴里。母亲只好委屈刚刚出生6个月的小女儿索菲娅了，今晚女儿不会有奶吃了。不仅如此，其实，全家人都没饭吃了。

"干吗要这么做？"母亲自言自语着，然后用披肩把怀里的孩子裹起来。"可怜的小耗子肯定活不到明天一早。"

一个时辰过后，接生婆乌尔苏拉·沃依纳克赶了过来，母亲没敢把刚才的话念叨给对方。老接生婆给小家伙洗了身子，然后把扭曲的脐带重新结扎好。父亲站在敞口的火炉一侧，默默地看着眼前的一切。

母亲絮絮叨叨地吐出一句古老的波兰谚语："登门的不速之客会把上帝领进家门。"

她男人吐了一口唾沫，说："让他死屎去吧，咱们的孩子还不够多啊！"

母亲假装没听见，她轻轻地抚摸着婴儿的头发。那头发稀稀拉拉，颜色倒是挺深。

母亲问："给这孩子起个什么名字好呢？"

男人耸了耸肩膀，说："起名字有什么用？就让他没姓没名进坟墓算了。"

2

时间：1906年4月18日

地点：美国马萨诸塞州，波士顿市

医生攥紧新生儿的两个脚踝，倒提起孩子，在孩子屁股上拍了一巴掌。婴儿哇地哭出了声。

这里是美国麻省波士顿市的麻省总医院，这家医院的主要宗旨是为患富贵病的人服务。不过，医院偶尔也会网开一面，为富贵人家接生后代。在这家医院，前来生孩子的母亲们极少惨叫，绝不会穿着衣服生孩子。

产房外，一位青年男子正在来回踱步。产房里，两位妇科医生和一位家庭医生正守护在产妇身边。产房外的准父亲绝不会让他的第一个孩子冒任何风险。由于亲临孩子出生现场，作为旁观者和见证人，两位妇科医生可以得到一笔可观的酬金。其中一位妇科医生白大褂里的行头是一身晚礼服。他原计划前去参加一个晚会，眼下时间已过，不过，他说什么都不会放弃这次特殊的接生。早些时候，3位医生曾经用抽签方式决定由谁接生这个孩子，最终结果为，家庭医生麦肯泽尔中签。走廊里，来回踱步的准父亲一直在心里给自己打气：医生是个可靠的人，是个值得托付的人。

青年男子没有任何理由为孩子的出生担惊受怕。一清早，车夫罗伯兹已经用豪华马车将他夫人安妮送进医院。医生早已算准日子，今天是安妮怀孕第9个月第28天。早餐过后，安妮即感到腹中下坠。当时，青年男子被告知，当天的银行业务结束后，孩子才会降生。这位父亲是个严守时刻的人，因而他认为，孩子的出生没有理由打乱他井然有序的生活。尽管如此，他仍然无法让自己停止踱步。护士们和医生们知道他在医院里，路过他身边时，人们都会匆匆而过，同时还会压低声音说话，直到走出他的听力范围，人们才敢提高嗓门说话。人们一向如此对待这位青年男子，因而他从来意识不到这一点。医院里的绝大多数人从未亲眼见过他，不过，人人都知道他的大名。如果生下个儿子——青年男子从来没想过生女孩的事，这样的想法一秒钟都没在他头脑里出现过——他就会出资修建这家医院急需的儿科大楼。他祖父曾经为当地修建一座图书馆，他父亲修建的是一所学校。

满怀期待的父亲展开《波士顿晚报》读起来，这种时候，他根本无心搞清楚报纸上文字的含义。他心里有点忐忑，甚至还有点生气。他们（除了自己，他把所有人都当作"他们"）可能根本不想知道，他的第一个孩子必须是男孩，这何其重要。因为，唯有男孩才可能有朝一日接替他成为银行总裁和董事长。他翻开《晚报》的体育版，上面的消息称，波士顿红袜棒球队击败了纽约高地人棒球队——其他人肯定会为这件事庆贺一番。接着，他注意到头版的标题：美国历史上损失最惨重的地震，旧金山已成一片瓦砾，至少400人丧生——其他人肯定会哀悼罹难者。他憎恨这些消息，因为，这些消息会让他儿子出生的消息的影响力大打折扣。人们应当记住，这一天除了球赛和地震，还发生过其他重要的事情。

他翻开报纸的金融版，查看了一下股市行情：股票下跌了几个点；妈的，这次地震让他在银行里拥有的股份损失了近10万美元。由于他在银行的个人财富早已超过1600万美元，一次加利福尼亚州大地震造成的损失不过是九牛一毛！总之，仅仅依靠这1600万滚出利息带来复利，青年男子这辈子已然可以过得非常安逸。所以，他永远不会动用这1600万。虽然儿子尚未出世，这钱已经留给儿子了。青年男子不停地来回踱步，他在假装阅读《晚报》。

身穿晚礼服的妇科医生推开产房大门，走了出来，他是来报信的。他觉着，非常有必要为即将到手的优厚酬金做点什么，不仅如此，他的行头也让他成为最适合宣布消息的人。两个男人互相对视了一会儿，医生感到一丝忐忑，但是，他不想在这位做父亲的面前表现出这一点。

医生说："恭喜你，先生，恭贺你喜添贵子，一个漂亮的小男孩。"

人们恭喜新生儿的话怎么会这么庸俗！这是做父亲的头脑里冒出的第一个念头。为什么偏偏要用"小"字？这时，他突然醒悟到，刚刚听到的是个喜讯——他有儿子了！接着，他又想到了感谢上帝，可是，以前他从未信过上帝。妇科医生斗胆提出个问题，打破了难堪的沉默。

医生问："你是否想好了孩子的名字？"

做父亲的毫不犹豫地脱口而出："威廉·劳威尔·凯恩。"

3

孩子的到来，在全家人里引起了躁动。几个时辰过后，躁动终于平息了。母亲海莱娜·科斯基维奇仍然怀抱着孩子，其他人早已沉入梦乡，她却依然没睡。海莱娜相信生命，并以生育9个孩子证明这一点。9个孩子里，有3个夭折于婴儿期，不过，她从未轻言放弃任何一个孩子。

如今，海莱娜已经35岁，这让她意识到，生育能力曾经非常旺盛的亚西奥再也不会给她添儿育女了，是上帝给她送来了这个孩子。可以肯定，这孩子最终会活下去。海莱娜思想简单，对她来说，这十分相宜。命运已经注定，她从不会拥有超过维持起码生计的任何东西。由于吃得少，劳累过度，刚刚30出头的她看起来非常显老。她身材清瘦，一头灰发，这辈子从未穿过一件新衣裳，然而，她从未想过抱怨生活。她脸上皱纹特别多，与其说她像个母亲，莫如说更像个祖母。

海莱娜用力挤着自己的两只奶子，将乳晕周围挤出了几个红印，奶头好不容易渗出几滴奶水。在35岁上，人已经走到生命中途，这个时候，人们总该拥有一些值得传世的东西，海莱娜·科斯基维奇总算得到了一个珍贵的东西。

"妈妈最亲的小东西。"海莱娜温情地对孩子念叨着，然后，她把润着乳汁的奶头在孩子噘起的小嘴上蹭了蹭。婴儿嘬奶时，掀开了一双眼睑。终于，母亲身不由己地沉入了深深的梦乡。

亚西奥·科斯基维奇生就一副臃肿的身躯，他头脑愚钝，脸上却长满了值得炫耀的大胡子，不然的话，他整个人就是一副奴才相。清晨5点，亚西奥醒了，这时他才发现，老婆和孩子还睡在摇椅里。整整一夜过去了，亚西奥一直没意识到，老婆根本没睡在床上。亚西奥俯下身，看了看孩子，感谢上帝，至少这小杂种眼下不再哭闹了。难道他已经死啦？是死，是活，跟亚西奥都扯不上关系，让女人考虑生与死吧！亚西奥的本分是，天一破晓，必须赶到男爵的领地上。他喝了几大口羊奶，然后用袖子抹了抹胡子，一手拿着面包块，一手拎着几副打猎的夹子，悄无声息地溜出了家门。亚西奥生怕吵醒那孩子，引得他哇哇哭闹起来。他甩开两只脚，朝林子走去，将小外来者抛到了脑后。亚西奥满心以为，今后再也见不着那小杂种了。

第二个走进厨房的是弗洛伦蒂娜。这时，破旧的座钟响了6下，座钟已经好几年没校准了。对于每天只需知道是否到了起床时间或睡觉时间的人们来说，有没有座钟无关紧要。弗洛伦蒂娜每天的活计之一是，给全家人准备早餐。这是一件极其简单的事，无非是给8口之家每人分1块黑面包和1份羊奶。然而，若想做好这件事，若想做到没人抱怨自己分到的东西比别人少，至少需要具备智者所罗门那样的大智大慧。

第一眼看见弗洛伦蒂娜的人难免会以为，她是个漂亮的、纤弱的、衣衫褴褛的小东西。两年来，除了穿在身上的衣服，她没有任何可以替换的衣裳。不过，倘若把弗洛伦蒂娜天身的丽质和她所处的环境分开考虑，人们即可明白，当初亚西奥为什么会爱上她母亲。弗洛伦蒂娜有一头飘逸的、秀美的长发，还有一双闪烁的淡褐色的明眸，这跟她卑微的出身和养育她的环境形成了鲜明的对比。

弗洛伦蒂娜轻手轻脚地走到摇椅旁边，低头凝视着母亲和小男孩。第一眼看见小男孩时，弗洛伦蒂娜对那孩子已经爱得无法自制了。弗洛伦蒂娜已经8岁，可她从来不曾拥有过娃娃。有一次，她倒是亲眼看见过一个娃娃，那还是全家人应邀到男爵的城堡里参加圣尼古拉节欢宴时看见的。那时候，弗洛伦蒂娜甚至摸都没敢摸一下那美丽的小东西。现在，弗洛伦蒂娜莫名其妙地生出一种非要把这孩子抱进怀里的渴望。她俯下身，把孩子从母亲的怀抱里捧出来。她低头凝视着一双蓝色的小眼睛——多蓝的一双眼睛啊！——同时轻轻地哼起了小曲。感觉到从母亲温暖的怀抱里到小女孩冰凉的小手里明显的温度变化，孩子放声大哭起来。母亲立刻醒了，她醒来后的第一个反应是自责：自己怎么就睡着了呢。

"神圣的主啊，他居然还活着！"母亲对弗洛伦蒂娜说，"弗洛夏，你去给弟弟们准备早饭，我再给这孩子喂点儿奶。"

弗洛伦蒂娜心有不甘地把孩子递了回去，她站在一旁，看着母亲再次痛苦地挤着一双奶子。这女孩真有点着魔了。

"快去干活儿呀，弗洛夏。"母亲呵斥道，"家里其他人还等着吃饭呢。"

尽管不情愿，弗洛伦蒂娜只好干活去了。4个弟弟全都睡在阁楼上，他们一个挨一个从阁楼里出来了，他们全都走到母亲身边，吻她的手，以示问候，同时，他们都怀着敬畏的神情注视着新来者。几个孩子最多只具备这样的常识，这家伙不是从妈妈肚子里出来的。这天早上，弗洛伦蒂娜兴奋得忘了吃早饭，几个男孩毫不犹豫地把她那份早饭分吃了，唯有母亲那份饭还留在桌子上。全家人都没注意，那孩子来了以后，母亲没吃过一口东西。

让海莱娜·科斯基维奇放心的是，孩子们个个都在很小的时候学会了自理。不用她帮忙或督促，孩子们都会主动喂牲口，给山羊挤奶，到菜园里拾掇蔬菜。

当晚，亚西奥回到家时，海莱娜还没为他备好晚饭。不过，弗洛伦蒂娜早已从弗兰克——她的弟弟，就是前边说的小猎人——手里接过前一天逮住的3只兔子，她正在剥兔皮。能够捞到机会做晚饭，弗洛伦蒂娜很为自己骄傲。唯有母亲身体不适的时候，才能轮到弗洛伦蒂娜做饭。而海莱娜·科斯基维奇难得让自己享一次清福。当天，父亲还带回家6个蘑菇和3个土豆：今晚无疑会有一顿丰盛的晚饭了。

亚西奥·科斯基维奇常坐的椅子位于火炉旁边。晚饭后，亚西奥坐到椅子上，第一次把孩子从头到脚认真打量了一番。他张开手指，托住小婴儿软弱无力的脑袋，把小家伙在两个胳肢窝之间倒来倒去，用猎人式的目光仔细查看着。这孩子有一双漂亮的、无神的、蓝色的眼睛，若不是如此，他的脸长得相当难看，他嘴里没有牙齿，脸皮皱皱巴巴。亚西奥的目光扫过瘦弱的小躯干时，不知什么东西突然吸引了他的注意。他皱了皱眉，用两只大拇指搓了搓孩子细嫩的胸脯。

"你注意到这个了吗，婆子？"说完，亚西奥用手指戳了戳孩子的肋巴骨。"这小杂种只有一个奶头！"

他老婆不禁也皱起了眉头，用一只大拇指在孩子的皮肤上搓起来，好像少了的器官能奇迹般搓出来似的。丈夫是对的：左边那个毫无血色的奶头看得清清楚楚，可右边那个应该和左边对称的影子在哪里？孩子整个右半边胸脯的皮肤是平滑的。

女人的迷信一下子调动起来了。"他是上帝送给我们的，"她提高嗓音说，"看看他身上的记号就知道了。"

男人生气地把孩子甩给女人，说："你真是个大傻蛋，婆子。这孩子是个血管里流着脏血的男人送给他亲妈的。"说着，他还往火里啐了口唾沫，足以证明他对这孩子父母的鄙视。"不管怎么说，我敢用一个土豆打赌，这小杂种活不过今晚。"

亚西奥·科斯基维奇觉得，这孩子能不能活下去，还不如一个土豆来得重要。从本质上说，他并不是心肠狠硬的男人，问题是，这孩子不是他亲生的，多一张吃饭的嘴，他的麻烦肯定会多些；然而，他无权过问这孩子的到来是不是天意。他不再想孩子的事。他坐在火边，沉入了梦乡。

§

日子一天天过去了。就连亚西奥·科斯基维奇也开始相信，这孩子能活下去。要是亚西奥真喜欢打赌，他肯定输掉一个土豆了。大儿子弗兰克——就是先前说的小猎人——从男爵的林子里捡回一些木头，给这孩子做了个小床。弗洛伦蒂娜从自己的旧衣服上剪下几块布，给这孩子缝了几件用不同颜色的布片缀成的小衣裳。如果这家人懂得"小丑"一词的含意，他们肯定会把这孩子称作小丑。实际上，几个月来，全家人争论最多的是，究竟该给这孩子起个什么名字。唯独父亲没有在这个问题上发表过意见。最后，大家终于取得了一致，给这孩子起名叫弗洛戴克。

做出决定的头一个礼拜天，这家人在男爵广袤的领地上的小礼拜堂里为这孩子施了洗礼，这孩子从此就叫弗洛戴克·科斯基维奇了。母亲感谢上帝赐给这孩子生命，父亲只好自认倒霉，又多了张吃饭的嘴。

当天夜里，为庆祝这一时刻的来临，全家人开了个小型宴会，因为他们得到了一份礼物：他们从男爵的领地上逮住一只鹅。全家人开心地大吃了一顿。

从那天开始，弗洛伦蒂娜学会了把每顿饭分成9份。

4

安妮·凯恩安安稳稳睡了一整夜。简单的早餐过后，一位护士怀抱她儿子威廉走进单人病房，安妮恨不得立刻把儿子搂进怀里。

"早上好，凯恩夫人，"身穿白色制服的护士声音特别清脆，"该给宝宝吃早饭了。"

刚在床上坐起来的安妮顿时感到双乳胀痛。新妈妈给新宝宝哺乳期间，护士站在一旁，进行着指导。安妮明白，这种时候，如果流露出不自然的表情，人们会以为她当母亲尚不成熟。安妮定睛注视着威廉的一双蓝眼睛，这双眼睛甚至比他父亲的还要蓝，安妮脸上漾出了满意的笑容。如今她已经21岁，她从未在生活中体验过发愁的滋味。安妮出生在卡伯特家族，嫁进了劳威尔家族的一个支脉，如今她有了嗣承两大家族基业的儿子。当年的一位校友米丽·普莱斯顿送给她一张贺卡，贺卡上写着这样一首言简意赅的小诗：

> 美丽古老的波士顿城，
> 豆种和豆荚同门同类；
> 劳威尔卡伯特两大族，
> 由上帝亲自主持联袂。

安妮对威廉足足说了半小时话，不过，她极少得到响应。正如威廉静静地来，回到护士怀抱里的威廉静静地走了。朋友们和好心人给安妮送来了各种时鲜水果和糕点，高傲的安妮碰都没碰，她已经下定决心，夏季到来前，一定要让自己的体型恢复到能穿上从前的所有时装，一定要让自己重新回到时装杂志里应该占有的版面。卡罗尼亲王曾经说过，安妮是波士顿唯一的美人儿！金黄的长发，迷人的线条，纤细的腰身，甚至在未曾涉足的城市，安妮也会引得她的崇拜者如痴如醉。安妮照着镜子，看了看镜中的自己，结果让她满心欢喜：人们很难相信，她竟然是一个健壮的男孩的母亲。安妮暗自思忖道：感谢上帝，自己生了个儿子！如今安妮第一次理解了英国女王伊丽莎白一世的母亲安妮·博林生下女儿时的心境。

午餐很简单，很对安妮的胃口。整个下午，前来道贺的嘉宾们会一拨一拨接踵而至，安妮必须为迎接客人做好准备。最初几天的来访者肯定是家族里的人，或者是当地的名门望族，其他人将被告知，安妮暂时无法会客。时至今日，在全美国范围内，波士顿仍然是最注重门第和最注重等级的城市，因而安妮大可不必担心会出现意想不到的来宾。

鲜花环绕着安妮的病床，犹如众星捧月一般，不然的话，房间里还可以安放5张病床。若不是屋里的病床上坐着一位年轻的母亲，闲逛至此的人肯定会把这间屋子当成小型热带植物展厅。安妮打开了电灯开关，在当时的波士顿，电灯是一件新鲜事物。卡伯特家族首先用上了电灯，过后，安妮的丈夫才敢使用它。社会广为接受电磁感应前，波士顿人都认为，"电"代表的是神谕。

第一个来看安妮的人是婆婆汤玛斯·劳威尔·凯恩太太。凯恩太太的丈夫英年早逝，尔后，她成了整个家族的首领。凯恩太太已人过中年，不过她始终保持着一副高雅的仪态，无论做客何方，她总能十分得体地把握好分寸，让自己超过对方，以获得心理上的满足，同时也不至于让主人自惭形秽，陷于尴尬。凯恩太太穿着一袭超长的真丝裙装，因而人们看不见她的脚踝，唯一见识过她小腿的人如今已经作古。凯恩太太总能保持苗条的身段，依她的看法——她总会不厌其烦地告诫他人——女人发胖，若不是因为食物糟糕，就是因为血统低下。想想吧，无论是劳威尔家族，还是凯恩家族，仍然在世的最年长者非她莫属。因此，无论是她自己还是被访问者，凡遇重要场合，大家都希望她是第一个到场的嘉宾。想当初，安妮和理查德第一次见面，还是她一手促成的呢！

对凯恩太太来说，爱情几乎没什么价值，她只认财富、地位、名望。说起来，爱情确实是个好东西，不过，极少有人能证明，爱情是个耐用品，其他3样东西毫无疑问都是耐用品。

凯恩太太在儿媳的前额上吻了一下，以示祝贺。安妮按了一下墙上的按钮，蜂鸣器发出轻微的响声。这声音把凯恩太太吓了一跳。凯恩太太仍然不肯相信，电有朝一日会风靡全世界。护士再次出现了，带来了作为儿子和孙子的继承人。凯恩太太把孩子仔细审视了一番，表示了满意，然后挥挥手，让护士把孩子带走了。

"干得漂亮，安妮。"听凯恩太太这样夸奖儿媳，就像儿媳刚刚在赛舟会上赢了个小玫瑰勋章似的。凯恩太太接着说："大家都为你感到骄傲。"

几分钟后，安妮的生母爱德华·卡伯特太太来了。她和凯恩太太外貌相近，从远处观望两位老夫人，人们总是分不清她们谁是谁。不过，公平地说，与凯恩太太相比，卡伯特太太对女儿和外孙的兴趣要大些。看完母子后，卡伯特太太开始品评满屋的鲜花。

卡伯特太太轻声说："杰克逊一家没忘送花，想得真周到！"

实际上，如果对方没送花，她肯定会觉着意外。

凯恩太太则是一副漫不经心的样子。对那些娇贵的鲜花，她不过匆匆看了几眼，引起她关注的是送花人的名分牌。她自言自语地念叨着牌子上那些让她感到浑身舒服的名字：阿丹姆斯家族、劳伦斯家族、洛吉家族、希金森家族……对那些不认识的名字，两位祖母都不予理睬，她们早已超过渴望学习新知识和渴望认识新朋友的年龄。两位祖母一起离开医院时，除了满足，她们感到的仍然是满足：一个新继承人出世了，第一眼看去，一切都让人满意。两位祖母同时意识到，作为肩负重任的人，她们总算为两个家族圆满地尽了最终义务，她们总算可以颐养天年了。

可是，她们两人全都错了。

整整一下午，安妮和理查德的亲朋好友成群结队地到来，他们带来了各种各样的礼物和祝福，前者无非是一些金银制品，后者则是歌唱家伯莱明式的大嗓门。

结束公务的丈夫来到医院时，安妮已经疲乏到极点。与往常不同的是，理查德今天没有板着面孔，他生平第一次在进午餐时喝了香槟酒——萨摩塞特金融家俱乐部所有在场的人都注视着理查德，银行家老阿莫斯·科比斯竭力相劝，因而他说什么都无法拒绝。身高1米85的理查德上身穿黑色的双排扣大衣，下身穿人字呢裤，在硕大的电灯泡照耀下，他中分式的黑头发反射出油亮的乌光。极少有人能准确报出理查德的年龄，对他来说，年轻算不了什么。有些人甚至打趣说，理查德刚刚出世就已经人到中年。理查德对这些都不屑一顾，他一生只关注两样东西：财富和声誉。护士再次将威廉·劳威尔·凯恩抱进病房接受检阅。父亲看着儿子，其神情就像在银行里查看每日的结算表是否平衡一样。一眼看去，一切尚属正常，这孩子有两条腿、两只胳膊、10只手指、10个脚趾。将来会不会有意外发现，理查德眼下还看不出来。随后，威廉再次被抱走了。

"昨晚我给圣保罗学校的校长发了电报。"理查德顿了一下，接着说，"我给威廉登记的入学时间是1918年9月。"

安妮没说话。显而易见的是，威廉出生以前很久，理查德已经为儿子规划好了未来。

"我说，亲爱的，但愿你已经完全恢复。"理查德的言外之意是，他生平第一次连续3天走进了医院。

"已经——噢不——我觉得恢复了。"安妮吞吞吐吐地说，她努力克制着自己，不想惹丈夫不高兴。理查德在妻子的面颊上轻轻地吻了一下，然后默不作声地离开了。罗伯兹赶着马车，将理查德送回了位于路易斯堡广场的红房子，那里是他们夫妻两人的家。他们有了个孩子，需要再请个保姆，在家吃饭的人如今增加到了9口。理查德从来不多想这些家庭琐事。

§

威廉·劳威尔·凯恩在圣公会的圣保罗大教堂接受了洗礼。波士顿的所有重要人物和一些不那么重要的人物出席了这次盛典。威廉·劳伦斯主教主持了洗礼。指定成为孩子教父教母的人有：洁身自好的银行家J.P.摩根和A.J.罗依德，以及安妮的挚友米丽·普莱斯顿。主教先生将圣水洒在威廉头上，轻轻地念着威廉的名字："威廉·劳威尔·凯恩。"那孩子哼都没哼一声。可以说，威廉已经开始学习贵族式的生活态度了。安妮感谢上帝让她平平安安生了孩子；理查德低垂着头——因为他一向认为，上帝不过是家族以外的簿记员，上帝的职责无非是为凯恩家族一代又一代人的出生和死亡做记录。理查德还想到了一点，为保险起见，他们最好再生个男孩——像英国王室那样，有个嗣子，还有个备份。理查德送给妻子一个笑脸，他对妻子十分满意。

5

弗洛戴克·科斯基维奇成长缓慢。没过多久，他养母便意识到，这孩子的健康将会成为长久的麻烦。弗洛戴克不仅患上了大多数成长中的孩子容易患上的各种疾病，进而还患上了大多数孩子不容易患上的各种疾患。不仅如此，每次他都把病患传染给全家人，无一例外。

海莱娜像对待亲生的孩子一样对待弗洛戴克，亚西奥经常指桑骂槐地诅咒上帝把弗洛戴克塞进他们拥挤的小屋，每当此时，海莱娜总会竭尽全力保护弗洛戴克。弗洛伦蒂娜也像照顾自己生的孩子一样照顾弗洛戴克的起居饮食，因为，弗洛伦蒂娜第一眼看见弗洛戴克就爱上了他。出于担忧，弗洛伦蒂娜有着强烈的预感：她已经认定，这辈子没人愿意娶自己，没人愿意娶身无分文的猎人的女儿，因而她这辈子不会有孩子，弗洛戴克就是她的孩子。

弗兰克是男孩里的老大，把弗洛戴克从河边捡回来的正是他。他仅仅把弗洛戴克当作玩具。父亲曾经对他说，看管孩子是女人的事，因而他从来不承认自己喜欢这个瘦弱的婴儿。无论如何，明年1月份以后，他就该退学，该到男爵的领地上干活了。另外3个年纪稍小的男孩斯蒂芬、约瑟夫、吉安对弗洛戴克毫无兴趣。家里最后一个成员索菲娅最喜欢把弗洛戴克搂在怀里，索菲娅仅仅比弗洛戴克大6个月。出乎海莱娜意料的是，与她亲生的孩子们相比，无论是外表上，还是智力上，弗洛戴克跟他们的区别竟然如此分明。

孩子们在体质方面和学识方面的差异，明眼人一下就能看出来。科斯基维奇家的孩子个个身材高大，体格健硕，头发为红色，眼仁为灰色，唯有弗洛伦蒂娜的眼仁不是灰色。而弗洛戴克则短小粗壮，长着深色的头发，还有一双特别蓝的眼睛。科斯基维奇家的孩子们对学习毫无兴趣，只要到了规定年龄，或是出于经济原因，他们都会立即离开学校。弗洛戴克正相反，虽然他很晚才学会爬行，18个月大，他已经会说话了；未满3周岁，他已经可以阅读书籍了——与此同时，他却不会自己穿衣服；5岁时，他已经能写一手好文章了——都这个年龄了，他还经常尿床。弗洛戴克让养父万分失望，却让养母无比骄傲。来到这个世界的最初4年，弗洛戴克给人们留下的印象是，他一直挣扎在疾患之中，而且始终无法摆脱疾患。由于海莱娜和弗洛伦蒂娜咬牙坚持，他才一次次死里逃生。弗洛戴克总是穿着五光十色的布片缀成的衣裳，总是跟在养母身后1米左右，总是光着脚丫子，围绕小房子兜圈子。每当弗洛伦蒂娜放学回到家，弗洛戴克就会甩掉养母，从不离开弗洛伦蒂娜半步，直到弗洛伦蒂娜哄着他入睡，方才罢休。每次分配完食物，弗洛伦蒂娜总会把自己那份留出一半给弗洛戴克；弗洛戴克生病时，弗洛伦蒂娜就把自己的食物全都让给他。弗洛戴克身上的衣服是弗洛伦蒂娜亲手做的，他唱的歌是弗洛伦蒂娜教的，他仅有的几件玩具和礼物也是弗洛伦蒂娜的。

每天大部分时间段，弗洛伦蒂娜不在家，而是在学校。因而弗洛戴克特别希望跟弗洛伦蒂娜一起去上学。刚到上学年龄，弗洛戴克天天都紧紧地抓着弗洛伦蒂娜的手，走完上学的全部路程——整整18波兰里，大约15公里——他们穿过长满青苔的桦树林和柏树林，来到斯洛尼姆镇，直到临近不大的学校门口，弗洛戴克才松手。

弗洛戴克跟哥哥们不一样，第一次听见上课铃响，他就爱上了学校，对他来说，这是一种解脱。因为，直到那时，他的全部世界不过是自家的小房子。上学让弗洛戴克明白了残酷的现实：他的祖国波兰正处于沙俄占领下。他还懂得了，只有在自家的小房子里，他才能说自己的母语波兰语。在学校里，人们只能把俄语当作母语。对于被禁用的母语和文化，孩子们都显露出强烈的骄傲，弗洛戴克从周边的孩子们身上感受到了这一点，他学着其他孩子的样子，同样对此感到骄傲。

出乎弗洛戴克意料的是，家里的父亲事事都瞧不起他，学校的老师科托斯基先生就不那样。如同在家里一样，在学校里，弗洛戴克也是年龄最小。然而，没过多久，除了身高方面，弗洛戴克已经全面超越班里的其他学生。弗洛戴克矮小的身段总会让其他孩子错误地低估他：孩子们常常以为，个子越大，人越优秀。5岁时，除了手工课，弗洛戴克各门功课都名列全班第一。

春意渐浓时节，每当暮色降临，回到家的孩子们喜欢在小木屋附近的园子里摆弄飘溢着香气的紫罗兰，他们或采莓子，或劈木头，或逮野兔，或缝衣服，唯有弗洛戴克除了读书还是读书。不久后，弗洛戴克就开始阅读大哥从来没翻开的书了。接着，他又开始阅读大姐还没读过的书了。当初，弗兰克丢开逮住的3只野兔，把这只小动物带回家时，海莱娜·科斯基维奇并没意识到，如今她得到的，比当初她想要的多得多——她渐渐认识到了这一点。弗洛戴克提出的许多问题，海莱娜如今已经无法回答。海莱娜心里清楚，用不了多久，她就无法管教这孩子了，对此她完全束手无策。海莱娜相信命运至虔至诚，当她无法左右这孩子的命运时，她没有为此流露任何惊讶。

弗洛戴克一生的第一个重大转折出现在1911年秋季的一个夜晚。晚饭依旧是甜菜汤和兔子肉，全家人早已吃过晚饭，当时亚西奥·科斯基维奇坐在火边，正在打呼噜，海莱娜正在缝衣服，弗洛戴克正坐在养母身边读书，其他孩子都在玩游戏。斯蒂芬和约瑟夫为几个刚刚染上颜色的松果争抢不休时，全家人听见，有人在房门上敲了一下，声音比喧闹声更响亮，大家顿时安静下来。对科斯基维奇一家来说，有人敲门，当然会让全家人感到意外。要知道，有人造访他们的小房子，这种事以前好像从来没有过。

全家人心情忐忑地把目光转向了房门，好像房门刚才没响过，他们期待着再次听到门响。门又响了一下——而且声音更大了。坐在椅子上的亚西奥站起来，睡眼惺忪地走到门口，小心翼翼地拉开了房门。看清楚门口站着的是什么人时，全家人立刻站了起来，而且个个垂下了头，唯独弗洛戴克例外。弗洛戴克昂着头，注视着身穿熊皮大氅、颇具贵族气派的、英俊的、魁梧的访客。访客的到来立刻让父亲的目光里流露出无名的恐惧。不过，来人善意地笑了，这一笑，打消了亚西奥的恐惧，后者赶紧闪开身子，将罗斯诺夫斯基男爵让进屋里。没有人说话，男爵从来没有造访过他们的小房子，所以，谁都不知道应该说什么。

弗洛戴克放下手里的书，站起来向陌生人走去。父亲阻止他以前，他已经把手伸了出去。

弗洛戴克说："晚上好，先生。"

男爵握住弗洛戴克的手，他们互相凝视着对方的眼睛。男爵的手腕上套着一圈耀眼的银饰，他放开手时，弗洛戴克目不转睛地注视着银饰，那上面刻着一些他弄不懂的文字。

"你一定是弗洛戴克喽。"

"是呀，先生。"对于男爵居然知道自己的名字，无论从声音里还是表情上，这孩子都没流露出任何惊喜。

"我今天来找你父亲，就是因为你。"男爵补充说。

亚西奥用力挥了一下手，他的意思是，孩子们都得离开，他要单独跟主人说话。两个女孩行了屈膝礼，4个男孩行了鞠躬礼，然后，6个孩子悄无声息地鱼贯爬上了阁楼。弗洛戴克留了下来，因为，没人示意他应该跟其他孩子一起离开。

"科斯基维奇，"男爵说话时仍然站在原地，因为，没有人请他坐。没有人请他坐是出于两个原因，首先，这家人早已不知所措；其次，这家人以为，男爵是来斥责他们的。然而，男爵说的却是："我是来求你帮忙的。"

"您只管吩咐，先生，只管吩咐。"父亲诚惶诚恐地说，可是，他心里却在琢磨：男爵找我要什么呢，难道他拥有的东西不比我多千百倍吗?

男爵循着自己的思路继续说："我儿子里昂如今已经6岁，有两位私人教师在城堡里给他上课，一位来自我国波兰，另一位来自德国。他们告诉我，里昂是个聪明的孩子，不过，他缺少竞争对手。也就是说，他只能跟自己竞争。镇上学校里的科托斯基老师说，唯一有能力跟里昂一争高下的学生是弗洛戴克。我今天来，就是想请你们同意，让你们儿子离开镇上的学校，到城堡和里昂一起跟他的两位老师学习。"

弗洛戴克眼前豁然一亮，现出一幅奇妙的景象：好多好多书，还有两位智慧远远胜过科托斯基先生的老师。他调转头，看了看母亲。母亲正注视着男爵，脸上的表情交织着疑惑和哀伤。父亲的目光也转向了母亲。对弗洛戴克来说，两个大人之间无声的、短暂的交流，简直就像没有止境的永恒。

父亲低垂着头，眼睛盯住男爵的双脚，他的粗嗓门响了起来："我们深感荣幸，先生。"

男爵用探询的目光看了看海莱娜。

"万能的圣母是不会允许我阻止这孩子的，"海莱娜轻声说，"她肯定知道，我会特别特别想这孩子！"

"我保证，科斯基维奇女士，只要你儿子想回家，他随时可以回来。"

"那就好，先生。我希望他首先做到这一点。"海莱娜准备提些要求，话到嘴边，却没有说出口。

男爵满意地笑了，接着说："那好，这事就这么定了。请在明早7点把孩子带到城堡。上学期间，弗洛戴克跟我们住在一起，过圣诞节时，他可以回家。"

这时，弗洛戴克大哭起来。

父亲哄着他说："安静点儿，孩子。"

弗洛戴克把脸扭向母亲，说："我不想离开你。"实际上，他心里别提多想去城堡了。

"别哭了，孩子。"父亲提高了嗓门。

"为什么呢？"男爵问话时，声音里充满了同情。

"我永远不要离开弗洛夏——永远不。"

"弗洛夏是谁？"男爵疑惑地问。

"是我大女儿，先生。"父亲插话说，"不用为我女儿费心，先生。这孩子会照您的吩咐做。"

小房子里一阵沉寂。男爵也处于沉默状态，他在左右权衡。与此同时，弗洛戴克很有节制地抽泣着。男爵终于开口了："女孩儿多大？"

"14岁。"父亲答道。

"她能下厨房吗？"男爵问话时，放心地看到海莱娜·科斯基维奇没有因此失声痛哭起来。

"那当然，先生，"海莱娜赶紧回答，"弗洛夏会做饭，会缝衣服，会……"

"好啦，好啦。既然这样，她也一起来。我希望明天一早7点钟看见他们一起过来。"

走到门口时，男爵回过头，对弗洛戴克笑了笑。这一次，弗洛戴克回报以灿烂的笑脸。他生平第一回合讨价还价就取得了胜利。男爵离开后，弗洛戴克和母亲的关系倒了过来，从此往后，母亲要依靠弗洛戴克了。弗洛戴克听见母亲在轻声低语："啊，妈妈最亲的小东西，从今往后，你会成为什么人呢？"

弗洛戴克也迫切地想知道答案。

§

当晚睡觉前，海莱娜为弗洛戴克和弗洛伦蒂娜准备了行装。实际上，收拾全家人的行装也用不了多长时间。转过一天，清晨6点钟，全家人来到门外送行，眼睁睁地看着弗洛戴克和弗洛伦蒂娜离开家，往城堡方向走去。姐弟俩每人胳肢窝里夹个用纸裹住的小包。弗洛伦蒂娜身材颀长，举止优雅，时不时回头望望全家人，向他们挥挥手，她抹了一路眼泪。身材短粗笨拙的弗洛戴克没回过一次头。一路上，弗洛伦蒂娜一直紧紧地握着弗洛戴克的手。从那时起，他们的地位调了个头，从那天往后，弗洛伦蒂娜的一切全都靠弗洛戴克了。

男仆人表情庄重，身穿镶着金纽扣的绿色绣花制服，显然他一直在等候两个孩子。因为，两个孩子刚刚在巨大的橡木门上小心翼翼地敲了一下，门就应声开了。不远处是波俄边境，那里有戍边的卫兵，每次靠近边境，孩子们总会怀着极其崇敬的心情紧盯身穿灰色制服的卫兵。然而，像这位仆人这般衣着华丽的人，姐弟两人从未见过。他身材高大，居高临下俯视着他们，这让两个孩子以为，对方肯定是个特别重要的人物。大厅里铺着一层厚厚的地毯，弗洛戴克惊讶地看着地毯上红绿相间的图案，地毯的精美让他倾倒。他简直拿不定主意，是不是应当把鞋子脱掉。更让他惊讶的是，从地毯上走过时，居然听不到脚步声。

衣着华丽的仆人把弗洛戴克和弗洛伦蒂娜领到了城堡西翼，他们的卧室位于那里。是两个单间呢——在这样的屋子里，真不知道能不能睡着觉！幸运的是，两个卧室相邻，中间有一扇小门相通，因此，两个孩子离得不算太远。说实在的，头几天夜里，姐弟两人是在同一张床上度过的。

两个孩子放好包裹后，有人将弗洛伦蒂娜领进了厨房，还有人将弗洛戴克领到了位于城堡南翼的一间游艺室，他跟男爵的儿子里昂·罗斯诺夫斯基在那里见了面。里昂是个脸蛋漂亮的男孩，他的个头显然高过他的年龄。里昂非常随和，非常有人缘，因而两个男孩一见如故。弗洛戴克原本是带着敌对心情来的，那心情立马飞到了爪哇国。弗洛戴克很快注意到，里昂是个孤僻的孩子，因为，除了忠心耿耿的"娘娘"，没有人跟他一起玩。娘娘是立陶宛人，里昂的母亲过早地谢世以来，娘娘用自己的奶水养大了成长中的里昂，还对里昂宠爱万千。从此往后，这个来自森林的、身材短粗的男孩会与里昂为伴。至少在某个方面，两个男孩是平等的。

里昂自告奋勇，立刻领着弗洛戴克参观整个城堡——城堡里的每间屋子都比弗洛戴克家的房子大。上午余下的时间里，两个男孩一直四处参观，弗洛戴克对城堡规模之宏大，室内装饰以及家具用具之华丽惊叹不已——每个房间都铺着地毯呢！然而，他嘴上却淡淡地说，对于看到的一切，他印象还不错。里昂介绍说，这座城堡的主体部分是早期哥特式建筑，似乎弗洛戴克原先就知道"哥特式"的含义，因为，弗洛戴克一直在点头。后来，里昂领着新朋友，沿着石头台阶逐级而下，来到巨大的地下室。那里存放着厚积着灰尘、张挂着蛛网的瓶装酒，一排一排摆满了整个地下空间。那间巨大的餐厅是弗洛戴克的最爱，那里有立柱支撑的高耸的穹顶，石板铺就的地面，还有一张巨大的餐桌。弗洛戴克从来没见过那么大的餐桌，四周墙上挂着的动物头颅饰物让他看得目瞪口呆。里昂告诉他，这些动物分别是野牛、狗熊、角鹿、野猪、狼獾，都是他父亲前些年猎获的。壁炉上方是一套男爵的戎装服饰，还有罗斯诺夫斯基家族的座右铭："英勇带来财富。"

中午12点，传来一声锣响，午餐由穿制服的仆人们伺候。弗洛戴克仅仅吃了一点点东西，因为，他一直在仔细观察里昂，他想记住里昂从一大堆明晃晃的银餐具里选了些什么。饭后，弗洛戴克和两位老师见了面，两位老师不像里昂那样待见弗洛戴克。夜幕降临后，弗洛戴克爬上了生平见过的最宽大的床，把当天的经历全都讲给了弗洛伦蒂娜。弗洛伦蒂娜惊奇的目光一刻都没离开弗洛戴克的脸，她的嘴巴差不多一直没合拢过，特别是弗洛戴克讲到使用刀子和叉子吃饭时，专心倾听的弗洛伦蒂娜如痴如醉。

第二天一早，课程从7点钟就开始了，当时还不到吃早饭的时间。上课持续了一整天，只有赶上进餐时间，课程才暂停一会儿。一开始，里昂明显比新来的同学高出一截。然而，自从有了书，弗洛戴克便有了男子汉气概。数周后，两个孩子之间的差距开始缩小，他们之间的竞争和友谊同步发展起来。两位老师发现，对待两位学生——一位是男爵的儿子，另一个天知道是什么人的非婚生子——他们很难一视同仁。尽管老师们心里不乐意，当着男爵的面，他们只得承认，男爵选择弗洛戴克的确独具慧眼。对于老师们不友善的态度，弗洛戴克反倒没往心里去，因为里昂一向待他平等。

男爵开诚布公地表示，对两个孩子的成长，他深感欣慰，他还经常送衣服和玩具给弗洛戴克。弗洛戴克对男爵的态度也有了变化，当初的距离感和排斥性的钦羡，如今都变成了随常的尊敬。

圣诞节临近了，返回林中小房子过节的时候到了，每每想到必须离开里昂，弗洛戴克心里极为难过。唯有刚刚见到母亲那一刻，他才感受到一阵转瞬即逝的幸福。因为，在男爵的城堡里度过的3个月虽然很短，已经足以向弗洛戴克揭示，外边有个让人心动不已的世界。弗洛戴克宁愿在城堡里当仆人，也不愿在家里当主人！

节日一天天过去了。小房子仅有一间屋子，一个拥挤的小阁楼，在这里过日子，弗洛戴克感到窒息。将不足量的食物分成好几份，然后用手抓着吃，弗洛戴克同样感到不快。在城堡里，从来没人将什么东西分成9份。假期刚刚开始不过几天，弗洛戴克已经巴不得尽早回到里昂和男爵身边。每天下午，弗洛戴克总会走长达6波兰里的路途，前往环绕城堡的外墙附近，找个地方坐下，怔怔地望着高耸的城堡外墙。未经允许，他不能随意进出城堡。弗洛伦蒂娜整天跟厨房里的下人们一起过活，因此，重新过上清贫日子的她很快调整了回来。弗洛伦蒂娜想不通，弗洛戴克怎么会不再把这座小房子当成家呢！

应当如何对待这个6岁的孩子，亚西奥也弄不明白。弗洛戴克如今不仅衣着华丽，说话也高雅了。从弗洛戴克嘴里吐出的一些话，让他这个做父亲的都整不明白，他也不想整明白。更糟糕的是，这孩子整天把时间浪费在读书上，对其他事，他好像一概不感兴趣。父亲心里琢磨着，如果这孩子抡不动斧头，不会下夹子打野兔，将来他会成为什么人呢？这样下去，他靠什么过日子呢？因此，亚西奥也在心里暗暗祈祷，希望节日早一点过去。

海莱娜则不然，她为弗洛戴克感到骄傲。弗洛戴克和其他孩子之间早已有隔阂，海莱娜最初不愿意接受这一点。然而，到末了，事情不可避免地发生了。一天晚上，孩子们在一起玩打仗游戏，斯蒂芬和弗兰克各为对峙双方的将军，可是，他们谁都不让弗洛戴克加入自己一方。

"为什么总是把我撇在一边儿？"弗洛戴克嚷嚷着，"我也想玩打仗！"

"因为你不再是我们的人了。"斯蒂芬吼道，"再说，本来你就不是我们亲弟弟。"

弗兰克开口说话前，大家安静了一阵。只听弗兰克说："直说了吧，父亲从来没想要你，就妈妈一个人愿意留你。"

弗洛戴克挨个看了一遍围在身边的几个孩子，他在用目光寻找弗洛伦蒂娜。他问道："斯蒂芬的话是什么意思，难道我不是你弟弟？"

如此一来，弗洛戴克知道了自己的身世，他还明白了，哥哥姐姐们为什么总是跟自己揉不到一块。由于这一发现——他是无名氏的后代，和养父低贱的血统毫无关系，他的精血具有的气质可以让所有不可能变为可能——弗洛戴克由衷地感到宽慰。

　　不幸的假期终于挨到了尽头。弗洛戴克伴着第一缕晨曦回到了城堡；弗洛伦蒂娜一脸不高兴，拖拖沓沓地跟在弗洛戴克身后不远处。里昂极为热烈地欢迎弗洛戴克归来。正如被养父的贫寒包围让弗洛戴克深感不幸，被父亲的财富包围，对里昂来说同样是一种不幸。在这样的氛围里过圣诞节，实在不足称道。从那往后，两个孩子的关系变得格外亲密，很快就不分你我了。

　　暑期到来时，里昂向父亲求情，希望父亲让弗洛戴克留在城堡里度假。男爵爽快地答应了，因为，他与这个猎人的孩子也难舍难分了。弗洛戴克大喜过望，从那往后，他一生仅仅回过小木屋一次。

6

　　威廉·凯恩成长很快，所有接触过他的人都夸奖他，说他是讨人喜欢的孩子。可是，在他生命的最初几年，说这种话的人多数是脑子不好使的亲戚，要么就是阿谀奉承的仆人。

　　凯恩家族的大房子位于路易斯堡广场，那是座18世纪的建筑，房子的顶层已经改造成婴儿区，屋里到处都是玩具。新雇来的保姆拥有专门隔开的一间寝室和一间起居室。婴儿区距理查德·凯恩的活动区足够远，这样安排，为的是不至于打扰理查德。孩子长牙齿和换尿布时，多多少少会惹出些麻烦，也会因为吃得不够毫无规律和毫无节制地哭闹。在家庭记事本里，母亲逐条记录了威廉露出的第一个笑脸，长出的第一颗牙齿，迈出的第一个步子，说出的第一个字，母亲还记录了威廉不断增长的身高和体重，凡此种种。跟贝肯山上的邻居们闲聊时，安妮惊奇地发现，用她做的统计和其他家庭为孩子们做的统计比对，其中的差异非常小。

　　威廉的保姆是从英格兰雇来的，她带孩子的方式肯定会让所有普鲁士骑兵军官满意（译者注：普鲁士骑兵军官团以强调贵族精神著称）。威廉的父亲每晚6点钟看威廉一次。由于父亲不愿意用儿童语言逗孩子，他从来不跟威廉说话。长期以来，父子两人总是默默地互相对视。威廉的父亲核对上报给他的平衡表时，总会用到食指，有时候，威廉会抓住父亲的食指。遇上这种时候，理查德会勉强一笑。

　　第一年行将结束时，以上规矩有了些变化：家人常常会把孩子抱到楼下见父亲。理查德常常坐在栗色高背靠椅上，观看自己的第一个孩子手脚并用、摇摇晃晃地穿行于各种家具腿之间。威廉常常会从意想不到的地方钻出来。理查德难免会思忖，这孩子将来无疑会成为政治家。成长到13个月大时，威廉抓着父亲的薄大衣后摆，迈出了人生的最初几步。他说的第一个词是"大大"，这让所有人都很开心，包括常来看望他的凯恩奶奶和卡伯特奶奶。每周四下午，威廉总会乘坐童车外出，每次他都在波士顿城里四处巡游。两位奶奶从未亲手推过童车，若即若离地跟随在保姆身后，已经让两位奶奶很屈尊了。每每看见别人家的孩子不守规矩，两位奶奶总会做出愤愤然的表情。别人家的孩子只能在公园里喂喂鸭子，威廉却可以在当地富豪杰克·加德纳先生豪华气派的威尼斯水上宫殿里将湖心的天鹅逗引到身边。

两个年头转瞬间逝去了，通过暗示和启发，两位奶奶明白无误地向理查德夫妇表示：早已到了他们再抱一个神童的时候，威廉该有个弟弟妹妹了。安妮心领神会，再次怀上了孩子。可是，妊娠进入第4个月时，安妮的脸色已经不大对劲。安妮带着异常情况度过了16周，麦肯泽尔医生再也不同意她继续怀孕下去。医生在诊断记录上写道："癫痫早期症状？"后来，医生明白无误地告诉她："凯恩夫人，你感觉不适，是因为血压过高，随着妊娠期的延长，你的血压甚至有可能升得更高。让我担忧的是，迄今为止，医生们还没找到根治高血压的办法。对这个问题，人类的认知实际上非常有限，仅限于知道，这种症状很危险，尤其是孕妇。"

医生的话意味着，安妮再也不能生孩子了。想到这里，安妮的泪水涌了上来，不过，她没让泪水落下。

"如果下次我又怀孕，这种状况不至于重复出现吧？"安妮措辞谨慎地问，期待医生做出令人满意的答复。

医生却说："坦率地说，如果不再重复，我反倒会吃惊了，凯恩夫人。我很抱歉必须告诉你实情，我将竭力阻止你再次怀孕。"

"如果仅仅是几个月觉着脸色不好看，我并不在乎……"

"我说的可不是觉着脸色不好看，凯恩夫人。我说的是，不能再拿你自己的生命做这种无谓的冒险了。"

对安妮来说，这不啻为可怕的打击；对理查德来说，情况更是如此。理查德曾经认真考虑过，应该繁育一个足够大的家庭，以便"凯恩"这一姓氏能够永续。如今，这一重任落到了威廉身上。

§

在董事会任职6年后，理查德成了凯恩和卡伯特信托投资银行公司总裁。银行总部位于波士顿国家大街十字路口最显眼的地段，那是一座将艺术和金融融为一体的尤为稳固的大型建筑。银行在伦敦、纽约、旧金山等地设有分行。威廉出生那天，旧金山分行给理查德带来了麻烦。出麻烦的不是分行的业务，而是分行的建筑：如同克罗科尔国家银行以及加利福尼亚威尔斯·法果银行的遭遇一样，凯恩和卡伯特银行位于旧金山的建筑横遭厄运，在1906年的大地震中轰然坍塌了。由于理查德生性谨慎，他的承保公司是罗依德保险公司伦敦总部，他投的是全额保险。那是一家信誉卓著的公司，该公司立即赔偿了理查德的全部损失。最终结果是，理查德毫发无损。不过，为督导分行重建，接下来的一年，理查德殚精竭虑，常常乘坐4天4夜横贯美国的火车，奔波于波士顿和旧金山之间。1907年10月，理查德主持了位于旧金山联合广场的新分行开张典礼。紧接着，理查德又把精力转向东海岸那边突然冒出来的问题。纽约各银行发生了小规模挤兑：有时候，由于招架不住突然出现的大额连续提款，许多规模较小的金融机构唯有关门谢客。为共同应对这场危机，传奇人物 J．P．摩根邀请理查德参加他的联合行动。此公正是以摩根命名的摩根财团董事长。理查德同意了。熬过一段宵衣旰食的日子，摩根大胆推出的应对措施渐渐有了成效，随后，理查德的生活也复归平静。

同一时期，小威廉却吃得香，睡得稳，对于一系列影响深远的地震和银行倒闭事件，他没有任何感觉。对威廉来说，他需要给天鹅喂食，需要向贵戚们展示他的英容，为此，他还要奔波于大波士顿区米尔顿市、纽约布鲁克林区、洛杉矶贝弗利山庄之间，这些已经够他忙活的了。

§

　　由于将一笔资金谨慎地投给一个名叫亨利·福特的人，转过一年的10月，作为回报，理查德·凯恩得到一个新玩意。亨利·福特声称，他有能力向普通民众提供一种人人都买得起的汽车，银行设午宴款待了福特先生。在众人怂恿下，理查德慷慨解囊，花费850美元的不菲代价购买了一辆T型车。福特颇为自信地向理查德保证，如果银行同意向他提供资助，他肯定能把单车价格降低到350美元一辆，那样的话，人人都会买他的汽车，投资人因此可以得到一笔可观的利润。理查德实实在在资助了福特，这是他第一次信心满满地资助一位试图将自己的产品价格降低一半的人。

　　一开始，理查德难免会认为，对于同时具备知名银行董事长和总裁身份的他来说，用浑身涂满黑色的汽车代步，可能会显得压抑，或许威严也不足。后来，理查德注意到，受这台机器的诱惑，人行道上的行人们投来的都是艳羡的目光，他终于放心了。时速16公里时，汽车的声音比马蹄声还响，不过，它确实有优点，它绝不会在蒙特弗农大街的路面留下粪迹。理查德和福特先生唯一的分歧是，理查德建议给T型车涂装各种颜色，福特竟然置之不理。福特先生坚称，为保证价格低廉，所有车子必须漆成黑色。对于上流社会的评论，安妮比她丈夫敏感得多，所以，直到卡伯特家买了一辆车，安妮才第一次乘坐汽车。

　　威廉则不然，他特别崇拜这种报纸称作"自动行走机"的东西。刚看见汽车时，他以为车子是为他买的，是用来取代没有动力的童车的，他早就不想要童车了。司机和保姆相比，威廉更喜欢司机——因为司机眼睛上罩着风镜，头上戴着鸭舌帽。凯恩奶奶和卡

伯特奶奶却宣称，她们永远不会乘坐这种魔鬼造的装置。她们确实
履行了诺言。不过，多年以后，凯恩奶奶的遗体是用汽车送往墓地
的，只不过没人能向她告知这件事罢了。

§

接下来两年，银行的实力和规模得到了发展和扩大，威廉则随
着银行的成长而成长。

美国人再次掀起扩张性投资热，人们把大量金钱存入凯恩和卡
伯特银行，以便参与该行的投资，例如注资劳威尔皮革厂的扩张。
这家工厂位于马萨诸塞州劳威尔市。眼看自己的银行和自己的儿子
同步成长壮大起来，理查德难掩心中的窃喜。

威廉5周岁生日那天，理查德将他从女人们手里接管过来，把他
交给一位名叫马恩罗先生的家庭教师管教。秘书事先筛选并拟定了
一份名单，理查德亲自从名单上8位申请人里选定了马恩罗，每年付
给他的工资为450美元。马恩罗先生唯一的职责是，威廉12岁时，保
证他符合入读圣保罗学校的条件。威廉立刻喜欢上了马恩罗先生。
威廉觉得，马恩罗先生特老特聪明。实际上，他只有23岁，他还具
有英国爱丁堡大学英语专业二级荣誉证书。

威廉很快学会了阅读和写作，他对数字热情最高，常常苦于找
不到机会施展才华。他唯一不满的是，每天有6节课，其中仅有1节
算术课。不久后，威廉向父亲展示出，对于一个将来会成为大银行
董事长和总裁的候选人，仅仅将学习时间的1/6投入这一领域是远远
不够的。

家庭教师缺乏这方面的远见，为弥补这一点，威廉总是喜欢追

逐他能够接触的所有亲人，以便向他们显摆他会心算。从来没人向卡伯特奶奶灌输过这样的算法：一个能够被4整除的数，如果换一种算法，用乘以1/4来做，结果肯定相同。所以，卡伯特奶奶发现，她很快被外孙超越了。凯恩奶奶的学问远远大于她给人的表面印象，演算普通分数、计算复利、在9个孩子之间平分8块蛋糕，凯恩奶奶做起来驾轻就熟。

"奶奶，奶奶，"威廉出了个谜语，把奶奶难倒了，他用讨好的口吻，不失时机地提出一个要求，"只要你给我买一把计算尺，我就再也不给你出难题了。"

对于孙子的早熟，凯恩奶奶非常吃惊，虽然她怀疑威廉是否真会使用这种尺子，她还是给威廉买了一把。

与此同时，理查德在遥远的东方遇到了棘手的麻烦，他的伦敦分行总裁突发心肌梗塞，死在工作岗位上。理查德因而觉得，他有必要亲赴伦敦朗姆巴德大街善后。他建议安妮和威廉陪他前往欧洲，因为他觉得，此行对威廉的教育大有裨益。总之，威廉可以亲眼见识一下马恩罗老师上课期间讲过的所有地方。安妮从未去过欧洲，因而她对此行兴致极高。为这次前往旧大陆的旅行，安妮专门准备了一些贵重的、高雅的新衣服，用旅行箱把三条船塞得满满当当。让威廉感到不公平的是，母亲不允许他携带重要的旅行工具：自行车。

凯恩一家乘坐火车来到纽约，从那里转乘前往英国城市南安普敦的"阿奎塔尼亚号"邮轮。纽约的移民小贩们在人行道上强行向路人推销商品，安妮对此大为恼火。威廉则不然，纽约城规模之宏大，把他震住了，在此之前，他一直以为，父亲的银行大楼如果不是全世界最高大的建筑，至少也是全美国最高大的。一个男人推着带轮的小车，正在出售粉色和黄色相间的双色冰激凌。威廉特别想买一个，然而，父亲对他的要求置若罔闻。威廉有所不知，父亲从来不随身携带零钱。

刚一看见轮船，威廉立马就喜欢极了这个庞然大物，而且，和蓄着白胡子的船长很快成了朋友。后者向威廉揭开了这艘由卡纳德造船厂精心打造的大船的主要秘密。游轮驶离美国不久，理查德和安妮成了船长的座上宾，两人都觉得，儿子大量占用船员们的时间，他们很有必要向船长表示歉意。

"不必客气。"船长说，"威廉和我已经是好朋友了。我希望，他问的有关时间、速度、距离等等的问题，我能给他解释清楚。每天晚上，我都要向随船工程师提出相同的问题，以便提前发现潜在的危险，安全度过第二天。"

经过10天穿越大洋的航行，"阿奎塔尼亚号"抵达了英国城市南安普敦。威廉特别不愿意下船，眼看泪水就要滚落时，他突然看见一辆耀眼的银魔型劳斯莱斯豪华轿车。车子停在码头上，司机已经就座，准备把他们全家送往伦敦。理查德一时冲动，当即下了决心，这趟旅行结束时，他要把这辆车带回纽约。在理查德的余生中，他再也没做出过比这更符合他性格的决定。他告诉安妮，他想把这辆车带回去，给亨利·福特看。后者从未见过这种车。

凯恩家族的人在伦敦期间总是入住位于斯特兰德广场的萨沃依饭店，因为，理查德的办公机构坐落在不远处。在俯瞰泰晤士河的餐厅里，理查德和新任董事长大卫·西摩爵士共进了晚餐，理查德从而掌握了伦敦支行经营状况的第一手信息。大卫·西摩曾经当过外交官，理查德穿越大西洋，从美国来到英国，尽管如此，他从未居高临下地将伦敦的机构称作凯恩和卡伯特银行的"支行"。

理查德和大卫整天忙着深入细致地讨论工作，与此同时，在拉维妮娅·西摩夫人的指导下，凯恩夫人同样终日忙忙碌碌——她在忙着体验如何以最佳方式度过这段伦敦时光。让安妮高兴的是，拉维妮娅也有个儿子。有机会认识美国人，那孩子早已急不可待。

转过一天，上午，拉维妮娅再次出现在萨沃依饭店，一起来的有她儿子斯图尔特·西摩。跟威廉认识和握手后，斯图尔特的第一个问题是："你是牛仔吗？"

威廉立刻回答："如果你是英国兵，我就是牛仔。"由于谈得拢，两个6岁的男孩又一次握了握手。

那天，威廉、斯图尔特、安妮、拉维妮娅4人一起逛了伦敦塔，然后，他们在白金汉宫观看了皇家卫队换岗仪式。威廉对斯图尔特说，这里的一切都"盖了帽儿"，除了斯图尔特的口音，因为他听不懂斯图尔特说话。

威廉问斯图尔特："你说的英语怎么跟我们说的不一样？"母亲安妮替斯图尔特解了围，她的说法让威廉颇感新鲜：这个问题理应由斯图尔特提出来，因为"他们"才是正宗。

观看身穿艳红色制服的卫兵在白金汉宫外边站岗，这情景让威廉最为开心。卫兵们制服上的黄铜纽扣闪烁着耀眼的光芒。威廉上前跟卫兵们说话，可卫兵们的目光越过他，直视着他身后的空间，连眼皮都不眨一下。

威廉问妈妈："我们能带一个卫兵回家吗？"

"不行，亲爱的，他们必须在伦敦为国王站岗。"

"可国王有这么多卫兵，我就要一个还不行？让他在路易斯堡广场咱家外边站岗，那才盖了帽儿呢！"

§

作为一项"特殊要求"——这是安妮的原话——理查德挤出一个下午陪伴威廉、斯图尔特、安妮。他们一起去了伦敦西区的希波德罗姆剧院，看了一场英国传统哑剧，剧名叫"杰克和豆茎"。威廉当即爱上了杰克。让威廉感到意外的是，杰克的腿特别长，腿上还穿着袜子。尽管如此，威廉仍然希望把看到的每棵树都砍倒，因为，他总是幻想着，每棵树的背后肯定藏着个大妖怪。散场以后，他们在皮卡德利大街的福特南和梅森饭店喝了下午茶。安妮准许威廉开怀大吃了两份冰激凌，外加一些斯图尔特称作"面球果"的东西。从那天往后，安妮每天都必须陪着威廉前往福特南饭店的茶座，让威廉消费一份他称作"面球果"的东西。

对威廉和母亲来说，美好的伦敦时光过得太快，因为，理查德已经开始筹划离开英国了。理查德对朗姆巴德大街伦敦分行的进展十分满意，新任董事长很称职。理查德每天都收到从波士顿发来的电报，因而更加急于回到他亲自主持工作的董事会。理查德收到一封公函，该函称，设在马萨诸塞州劳伦斯市的一家棉纺厂有2500名工人已经上街游行，那是他的银行重点投资的工厂。所以，他立即更换了返程船票。

威廉也盼望早日返回波士顿，那样的话，他就可以向马恩罗先生讲述令人兴奋的英国经历，也能和两位奶奶重新团聚了。可以肯定，坐在剧院里，和普通百姓一起看戏，那种激动人心的场面，两位奶奶从来没经历过。其实，对于回家一事，安妮也高兴。她和威廉一样喜欢这趟旅行，因为，她的服装和美丽让轻易不张扬的英国人艳羡不已。

启程的前一天，作为最后一项活动，拉维妮娅邀请威廉和安妮到她家品茶。她家位于伊顿广场。安妮和拉维妮娅凑在一起热烈评说伦敦最新款服装时，威廉从最要好的新朋友斯图尔特那里学习了英国板球知识，同时，他也向斯图尔特解释了美国棒球的玩法。不过，由于斯图尔特感到身体有些不适，茶会早早结束了。出于对朋友的同情，威廉说，他也感到身体有些不适。因此，安妮和威廉返回萨沃依饭店的时间比预计的早。威廉说身体不适，安妮并没有特别着急，因为她确信，威廉这么说，不过是为了让斯图尔特高兴，是特意做给斯图尔特看的。提前返回饭店，也为安妮腾出一些时间，以便她监督服务员装箱子。大箱子里满满当当装着安妮新买的东西。然而，当天晚上，安顿威廉上床睡觉时，安妮发现，威廉真的有点发烧。进晚餐时，安妮把这件事告诉了理查德。

理查德觉着事情不会有多严重，他说："也许是想到要回家，他有点儿激动吧。"

"但愿吧，"安妮说，"我真希望他别在海上病了。"

理查德安慰安妮："明天他肯定会好起来的。"

然而，第二天喊威廉起床时，安妮发现，威廉浑身长满了小红点，体温也升高到39.4℃。经饭店医生诊断，威廉患的是麻疹。医生客气地坚持说，这孩子无论如何不应该出海旅行，这不仅是为他本人着想，也是为其他旅客着想。

理查德无法承受继续等待，因而，他决定自己一个人按原计划先行返回。安妮虽然极不情愿，也只得同意。安妮和威廉需要继续留守3周，届时，邮轮会再次回到伦敦。威廉请求父亲带他一起走，不过，理查德一旦做出决定，就不可更改。理查德给威廉雇了个护士，令其照顾威廉，直到他完全康复。

安妮和理查德一起乘坐崭新的劳斯莱斯轿车去了南安普敦，安妮这次是送丈夫踏上归途。

理查德最讨厌多愁善感的女人，安妮知道这一点。临别之际，尽管有些羞怯，安妮还是说出了心里话："你不在伦敦时，我会感到很孤单，理查德。"

"噢，亲爱的，我正想说，没有你在身边，我在波士顿多多少少也会感到孤单。"说这话时，理查德心里想的却是2500个罢工的工人。

安妮搭乘火车返回了伦敦。一路上，她一直不停地琢磨：往后这3周时光该怎样打发啊？

威廉安然度过了一夜，第二天早晨他醒来时，身上的红点已经不那么吓人了。不过，医生和护士一致坚持，威廉必须静卧修养。接下来4天，安妮多数时候都在给家人写长信。到了第五天，威廉一大早爬了起来，轻手轻脚地来到母亲的房间，钻进了妈妈的被窝，躺到了妈妈身边。他冰凉的双手一下子把安妮弄醒了。表面看，威廉已经完全康复，安妮心里顿时轻松了许多。安妮躺在床上为他们两人预定了送进客房的早餐。威廉的父亲从来不允许有如此溺爱的举动。

几分钟后，门上响起一声轻轻的叩门声，一个身穿金色和红色制服的男服务员进了屋，手里擎着一个巨大的银托盘，托盘里有鸡蛋、腊肉、番茄、烤面包、果子酱——一顿丰盛的大餐。威廉贪婪地盯着食物，好像他已经想不起来上顿饭是什么时候吃的。与此同时，安妮很随意地翻看着晨报。理查德在伦敦时，每天都阅读《泰晤士报》，饭店管理部门理所当然继续送来了报纸。

"哦，看呐！"威廉瞪大眼睛，看着报纸里页的一幅照片喊起来，"一张照片，是爸爸的船。海——难——是什么，妈咪？"

7

在教室完成作业后，弗洛戴克和里昂总会利用晚餐前的空闲时间玩一会儿游戏。他们最爱玩藏猫猫，一种捉迷藏游戏。由于城堡有72个房间，同一天内，他们极少有机会重复这种游戏。弗洛戴克最喜欢藏身在地牢里。地牢的石头墙高处有个带栅栏的小窗，仅有微弱的亮光能够从那个小窗穿入地牢，必须借助烛光，人们才能看清地牢里的地面。弗洛戴克弄不清楚，这些地牢是做什么用的，没有一个仆人提起过它们，也没有人记得从前有人使用过它们。

流经城堡高墙外的斯卡拉河成了两个孩子的天然娱乐场。春天，他们在河里钓鱼；夏天，他们在河里游泳；冬天，他们穿上木制的冰鞋，在冰面上嬉戏追逐，每到这种时候，坐在岸边的弗洛伦蒂娜总会焦急万分地警告他们什么地方冰面薄。弗洛戴克从来不听警告，所以，掉进冰窟窿的总是他。

里昂发育得高大健硕，他跑得快，游得好，好像从来不知疲倦，也不生病。弗洛戴克很清楚，在课堂上，他们两人可以平起平坐，在体育方面，他根本无法跟朋友抗衡。更糟糕的是，里昂称作"肚皮扣"的东西，在里昂的肚皮上几乎看不出来，而弗洛戴克的"肚皮扣"既粗糙又难看，还从他短小粗壮的身材中段前突出来。弗洛戴克在房间里独处时，常常对着镜子，长久地端详自己的身体。他不明白，他见过的所有男孩都有两个奶头，似乎只有这样才对称，为什么他只有一个奶头？夜里睡不着觉时，弗洛戴克总会干躺在床上，抚摸自己赤裸的胸脯，长吁短叹。每当此时，泪水会不由自主地流淌到枕头上。他总会在祈祷中入睡，他总是希望，转过一天，清晨醒来时，第二个奶头已经完全长好。然而，他的祈祷从未得到响应。

每天夜里，弗洛戴克总会悄悄挤出一些时间锻炼身体。他不让任何人看见他在做什么，甚至还瞒过了弗洛伦蒂娜。由于具备强烈的意念，弗洛戴克终于学会了让自己的个头看起来稍高一点的方法。他做俯卧撑，锻炼自己的双臂，用指尖勾住寝室里的一根过梁，以便抻长自己的身体。里昂的个头继续噌噌噌地往高里长，弗洛戴克最终不得不接受现实，他会永远比男爵的儿子矮一头。另外，即便努力努力再努力，那个不存在的奶头无论如何也长不出来。里昂喜欢弗洛戴克是无条件的，所以，对他们两人之间的差异，里昂从来不评论。

罗斯诺夫斯基男爵同样越来越喜欢这个厉害的、黯色头发的猎人的孩子。里昂死了弟弟，弗洛戴克恰好接替了他弟弟的位置。男爵夫人难产时，里昂的母亲和他弟弟一同死了。

§

里昂庆祝完8周岁生日后，每天晚上，两个孩子都会跟男爵一起在巨大的餐厅里用餐。餐厅的四面高墙是用石头砌成的，在摇曳的烛光照耀下，动物头颅制成的装饰物会在墙上投下可怕的黑影。仆人们悄无声息地走来走去，手里托着巨大的银托盘。常见的菜肴有鹅肉、火腿块、小龙虾、时鲜水果，有时候还会有波兰果酱蛋糕，所有东西都盛放在镀金的盘子里。波兰果酱蛋糕成了弗洛戴克的最爱。餐桌收拾干净后，男爵总会将守候在身边的仆人们打发走，然后，他会讲述孩子们爱听的波兰历史故事，偶尔还会允许两个孩子呷一口波兰格但斯克顶级伏特加。在烛光的映照下，漂浮在酒里的金叶会闪现星星点点的亮光。弗洛戴克常常壮起胆子，要求男爵反复给他们讲述有关塔杜斯·科休斯克的故事。

"他是个大英雄，爱国者，"男爵每次都这样起头，"是我们为独立而战的象征。他在法国接受教育……"

"……我们尊敬和热爱那里的人民，正如我们憎恨俄国人和奥地利人。"弗洛戴克总会接过话头。由于记忆力超强，这个故事早已烂熟在他心里，所以他更加喜爱这个故事。

"到底是谁在给谁讲故事啊，弗洛戴克？"男爵总是大笑着问，然后，他会接着讲下去，"……后来，为了自由，为了民主，科休斯克曾经在美洲跟乔治·华盛顿并肩作战。1792年，他回到了祖国大地上，率领波兰人在杜边卡打了一仗。我们的混蛋国王斯坦尼斯拉·奥古斯塔抛弃他的子民，投向俄国时，科休斯克回到了他热爱的祖国，为的是砸烂沙俄的枷锁。里昂，他在什么地方打了胜仗？"

"拉克拉瓦斯，爸爸。"里昂顿了一下，接着说，"后来他又率领大军前去解放华沙。"

"对，我的孩子。然而，我的天，俄国人在马希耶如瓦斯聚集起一支强大的部队，科休斯克战败了，最终被投进了监狱。我祖父的父亲的父亲的父亲和科休斯克一起参加了当天的战斗，以后又加入了达布罗斯基军团，在伟大的拿破仑·波拿巴麾下作战。"

"由于他对波兰的贡献，他被授予罗斯诺夫斯基男爵爵位。为纪念那些载入史册的年月，这一爵位由你们家世代相传。"弗洛戴克接过话头大声说。

"是的，在上帝认为合适的时候，"男爵又接过了话头，"这一爵位会传给我儿子里昂，然后他会成为里昂·罗斯诺夫斯基男爵。"

§

每年圣诞节，男爵领地上的农民们都会带上家人到城堡里欢聚和守夜。除夕之夜，人人都实行斋戒，孩子们的眼睛总会紧紧地盯着窗外，每个孩子都希望第一个看见星星出现，那是盛宴开始的信号。

大家在椅子上坐好后，男爵总会用优美的男低音念诵饭前祷告："主啊，感谢您赐予我们食物，让我们有幸享用它。"让弗洛戴克感到难堪的是，亚西奥·科斯基维奇胃口太大，从第一道甜菜汤开始，到最后端上来的蛋糕和李子，前后总共13个过场，每个过场他都会狼吞虎咽地把食物吃下去。回家路上，他肯定会像前几年那样，感到撑得难以忍受，走进树林就迈不动双腿。

圣诞树上挂满了蜡烛和水果等礼物，最让弗洛戴克高兴的是，大餐过后，他要把礼物分发给喜出望外的农民的孩子们——其中有：给索菲娅的洋娃娃，给约瑟夫的猎刀，给弗洛伦蒂娜的新衣裳——这些礼物都是弗洛戴克第一次向男爵开口索要的。

"妈妈，"从弗洛戴克手里接过礼物后，约瑟夫问，"他真的不是我们的亲弟弟吗？"

"对。"妈妈答道，"可他永远是我儿子。"

§

　　光阴荏苒，里昂越长越高，弗洛戴克越长越壮实，两个孩子也越来越聪明。后来，1914年7月，事先连个招呼都没打，德国老师突然不辞而别，离开了城堡。德国老师的离去，一个学生无政府主义者近期在萨拉热窝刺杀弗朗西斯·费狄南大公，这两件事有什么关联，两个孩子从来没想过。两件事的关联是另一位老师用极其严肃的口吻告诉他们的。男爵变得郁郁寡欢，这究竟是因为什么，没有人向孩子们解释。两个孩子最喜欢的几个较年轻的仆人也相继离开了，究竟出了什么事，两个孩子谁都琢磨不透。

§

　　1915年8月，连续几天都是让人觉着懒洋洋的好天气。一天清晨，男爵启程长途跋涉前往华沙了。据他自己说，这次是处理生意上的事，总共需要离开3周半，整整25天。每天晚上，弗洛戴克都在自己寝室里的日历上划掉一个日期。挂着3节车厢的火车每周在斯洛尼姆经停一次。男爵说好回家那天，两个孩子一起去火车站接车。这样，他们就能在男爵到达时当即见到他。让弗洛戴克感到震惊的是，男爵显得极为疲乏和沮丧。弗洛戴克憋了一肚子的问题，然而，返回城堡途中，他们3人全都一路无语。

　　接下来的一周，男爵经常花费很长时间向领班的仆人仔细交代各种事项，里昂或弗洛戴克一出现，大人们的谈话总会戛然而止，每次都如此。这种举动让两个孩子感到不安，他们总以为，这种压抑的氛围是他们无意间惹出来的。弗洛戴克甚至平添了一分恐惧，担心男爵会把他送回猎人的小木屋———一直以来，弗洛戴克心里很清楚，在男爵家，他永远是个外人。

几天后的一个晚上，男爵把两个孩子叫到大厅里。这种反常的举动让两个孩子感到恐惧，他们是畏畏缩缩走进大厅的。这次谈话虽然简短，却让弗洛戴克铭记终生。

"亲爱的孩子们，"男爵用低沉的、颤抖的声音说，"德国的、奥匈帝国的战争贩子们已经再次兵临华沙城下，他们很快就会来到咱们家门口。"

弗洛戴克回想起来，德国老师不辞而别后，波兰老师曾经用鄙夷的口气说了一句话，弗洛戴克鹦鹉学舌般问道："那是否意味着，欧洲各国处于困境中的人们终于要骑到咱们头上啦？"

看着弗洛戴克一脸天真的样子，男爵和蔼地说："我们的民族精神历经150年磨难，一直都没有被消磨掉。也许波兰的命运正处于轮回期。我们没有力量左右历史。我们周边有3个强大的帝国，我们只能看人家的脸色生存。所以，我们必须等待命运的垂顾。"

里昂说："我们俩都很强，我们打仗去。"

弗洛戴克接过话头说："我们有宝剑和盾牌，我们不怕德国人和俄国人。"

"孩子们，你们的武器都是木头做的。到现在为止，你们打的仗都是游戏。我说的可不是孩子们之间的战争。我们必须找一处更安宁的地方住下来，在那里等待历史决定我们的命运。我们必须马上离开。只要你们的童年不就此结束，已经是万幸了。"

男爵这番话把里昂和弗洛戴克说糊涂了。两个孩子觉得，战争更像是一种别样的、激动人心的历险。如果因为离开城堡而错过战争，以后他们肯定会后悔。

为准备男爵的行李，仆人们花费了好几天时间。里昂和弗洛戴克被告知，下星期一，他们就要离开城堡，前往格罗德诺北部，要去的地方是男爵家族的避暑小屋。如今，两个孩子常常没人看管，他们一如往常，继续着学习和游戏。他们有一肚子问题想找人问，然而，好像没人愿意搭理他们。

　　每星期六，两个孩子只有半天课。那个星期六上午，两个孩子正在做翻译练习，正在把亚当·米基维茨的《塔杜施先生》翻译成拉丁文，突然，一阵枪声传进屋里。由于听惯了枪声，一开始，两个孩子以为，这是猎人在城堡外的领地上打野物，所以，他们静下心继续翻译《塔杜施先生》。接着，第二阵枪声传了过来，而且声音更近了。他们抬起了头，恰在此时，楼下传来一阵尖利的叫声。两个孩子茫然地互相看了看，没感到害怕。因为，在他们短暂的人生中，他们从来没经历过真正令人恐怖的事。老师撇下他们，自顾自逃命去了。老师刚把门关上，随之传来一声枪响，枪声就来自教室外的走廊里。这一下，两个孩子真的害怕了，他们不知所措地趴到桌子底下。

　　突然，有人撞开了门，一个头戴钢盔，身材魁梧，一身灰色军装，手握一支长枪，年龄和老师相仿的人出现在他们面前。里昂紧紧地抓住弗洛戴克，弗洛戴克则愤怒地注视着闯入者。当兵的用德语大声喊着，问他们是什么人。两个孩子说德语能说得像母语一样好，可他们谁都没吱声。又一个当兵的出现在屋里，他走过来抓住两个孩子的领口，把他们拎到走廊里，那样子就像拎着两只小鸡崽。当兵的拽着两个孩子，越过死去的老师的尸体，然后沿着城堡正面的石头台阶将他们拖到楼下，来到城堡前院的花园里。此时，弗洛伦蒂娜正在花园里号啕大哭。草地上码放着一排排尸体，大多数是城堡里的仆人。里昂不敢接着往下看，他把头埋在弗洛戴克肩头。弗洛戴克迷迷怔怔地看着一具尸体，那是个体形硕大的男人，有着浓密的大胡子，那正是他养父。弗洛戴克的感觉已经麻木。弗洛伦蒂娜仍然在号啕大哭。

"里面有爸爸吗？"里昂问，"爸爸在里面吗？"

弗洛戴克再次扫视了一遍地上的尸体，心里暗暗感谢上帝，没有迹象表明男爵在死尸堆里。他正想把这好消息告诉里昂，一个士兵出现在他们身旁。

当兵的用德语厉声问："刚才谁在说话？"

"我。"弗洛戴克没好气地用德语回答。

士兵举起步枪，一枪托砸中了弗洛戴克的胸口。弗洛戴克两腿一软，不由自主倒了下去。男爵哪里去了？到底发生了什么事？这不是在自己家吗？怎么会受到如此对待？

里昂跳过来，扑到弗洛戴克身上，因为，那当兵的正举着枪往弗洛戴克头上砸。完了，这一次，枪托巨大的冲击力砸中了里昂的脖梗子。

两个孩子都不动了。弗洛戴克是因为刚才那一击的晕眩还没过去，里昂的身子又压在了他身上；里昂则是因为，他已经死了。

弗洛戴克听见另一个士兵大声斥责对他们施暴的人。他们想把里昂拉起来，可是，弗洛戴克紧紧抓住里昂不肯松手。两个士兵一起用力，才把弗洛戴克与朋友的尸体分开。里昂被粗暴地脸朝下扔进草地上的死尸堆里。弗洛戴克的目光一刻都没离开最要好的朋友一动不动的尸体，直到他被驱赶回城堡，和一小批不知所措的仆人一起被赶进地牢里。

没有人说话，因为，人人都害怕加入草地上的死尸行列。随着地牢的门被锁上，士兵们说话的声音消失在远处，弗洛戴克念叨了一句"我的上帝"。因为，在地牢的一个角落，靠墙坐着的，是蜷缩成一团的男爵。他还活着，没有受伤，两眼无神地望着虚空。他活下来的原因是，德国人需要他管理囚犯们。

弗洛戴克往男爵身边爬去，仆人们却尽力和主人拉开距离。弗洛戴克和男爵像第一次见面那样互相对视着，弗洛戴克伸出一只手，男爵握住了他伸过来的手。弗洛戴克把里昂的情况告诉了男爵。两行热泪从男爵高傲的脸上流淌下来。他们一时无语，他们都失去了今生今世爱得最深的人。

8

《泰晤士报》刊登着"泰坦尼克号"沉没的消息。第一遍阅读报道时，安妮·凯恩根本不相信消息是真的。她觉得，丈夫一定还活着。

同一篇文章，安妮反复阅读了3遍，此时她已经泪如泉涌，根本无法控制自己的情绪。以前威廉哪见过这场面，他已经完全不知所措了。

这非同寻常的爆发究竟是因为什么，还没容威廉问清楚，母亲已经将他搂进怀里。母亲用力之大，让威廉差点背过气去。母子俩已经失去了今生今世爱得最深的人，安妮该如何向儿子解释呢？

§

几分钟后，大卫·西摩爵士来到萨沃依饭店，同行的还有他的夫人。他们在饭店大堂里等候时，已经成为寡妇的安妮抓紧时间换上了从美国带来的唯一一套深色服装。威廉也换了衣服，不过，他仍然没完全弄明白，"海难"究竟是怎么回事。安妮只好请大卫·西摩爵士向儿子解释这场灾难的全部含义。

威廉被告知，那艘巨无霸邮轮撞上一座冰山，沉没了。终于明白后，威廉只说了一句话："我本想跟爸爸同船回家，可他们就是不答应。"威廉没哭，因为，他相信，父亲根本不会死，父亲肯定在生还者当中。

大卫·西摩爵士有着漫长的职业生涯，他当过政治家、外交家，如今则成了凯恩和卡伯特银行伦敦分行总裁，此前他从未见过哪个人这么年轻就具备如此强大的自制力。几年后，人们曾经听他这样说："上天仅仅把威严赐给极少数人，却把它赐给了理查德·凯恩，理查德又把它传给了唯一的儿子。"

那周的周四，威廉过6岁生日，人们送来了生日礼物，威廉一件都没打开看。

每天上午送来的《泰晤士报》都刊登有生还者名单，安妮每天都一而再、再而三地仔细查阅名单。理查德·劳威尔·凯恩始终处在失踪人员名单上，估计已经死亡。时间又过去一周，威廉终于放弃了父亲生还的希望。直到第15天，威廉终于放声痛哭起来。

不用说，重新登上"阿奎塔尼亚号"邮轮的安妮心情沉重之极。不过，出人意料的是，威廉却渴望出海。时间一小时一小时流逝着，威廉始终坐在观望台上，一直用目光搜寻着深灰色的大洋洋面。

"明天我一定能找到他。"威廉一遍又一遍向母亲保证。一开始，威廉总是信心满满。到末了，只要听听他说话的口气，人们就能猜出来，他心里该有多么失望。

"威廉，没人能活着在北大西洋漂流3个星期。"

"连我父亲都不能吗？"

"你父亲也不能。"

§

安妮和威廉回到波士顿时，两位祖母已经在红房子里等候他们了。两位祖母对落在她们肩上的职责非常清楚。安妮逆来顺受地接受了两位祖母的颐指气使。对安妮来说，除了威廉，生活几乎没有了任何意义。两位祖母好像决心已定，连威廉的命运也要攥在手里。威廉对谁都和和气气，可跟谁都不合作。白天，威廉安安静静地跟着马恩罗先生上课，晚上，他总是长久地握着母亲的手，母子两人相向无语。

用卡伯特奶奶的话说："威廉需要有其他孩子做伴儿。"凯恩奶奶表示赞同。第二天，两位奶奶辞退了马恩罗先生和保姆，将威廉送进了塞耶里学校。她们希望，随着真实社会生活的介入，有其他孩子跟威廉长期为伴，没准他能恢复生机勃勃的老样子。

理查德将大部分遗产留给了威廉。不过，威廉21岁生日前，这笔遗产由家人托管。一份遗嘱附录里有这样的表述：理查德希望儿子依靠自己的努力争当凯恩和卡伯特银行公司总裁和董事长。威廉认为，这是他父亲遗嘱里唯一让他感到振奋的内容，因为，其他一切都是家族的恩赐。安妮继承了一份50万美元的本金，另外还有一份每年10万美元的税后收入。后者有个附加条件：如安妮再婚，该笔岁入即行终止。安妮同时还继承了位于贝肯山上的房子，位于北疆海滨的夏季别墅，位于汉普顿的一处纳凉房产，以及科德角附近一座离岸小岛。不过，安妮去世后，这一切都要传给威廉。两位祖母各收到一份25万美元的赠款，以及其他有关文件。文件明确规定，如理查德先于她们去世，她们需要负起一些责任。遗产由银行实际管理，威廉的教父和教母是遗产的共同监护人，遗产的岁入由银行作为追加资本投入赢利的产业。

满打满算一年过去了，两位祖母终于从哀悼中解脱出来。安妮虽然才28岁，她的相貌已经变得超出了她的实际年龄。

和安妮不同，两位祖母从来不在威廉面前流露哀伤。威廉终于忍不住埋怨她们了。

威廉直视着凯恩奶奶的眼睛，问道："难道你不想念我父亲？"他蓝色的眼睛让凯恩奶奶再次想起自己的儿子。

"当然想啦，孩子。但是，你爸他绝不会希望我们无所事事，只知道为他悲哀。"

"但是我希望大家永远记住他——永远。"说到这里，威廉止不住哽咽起来。

"威廉，我要第一次把你当作已经成年的人，跟你好好谈谈。我们大家会永远记着，你父亲是我们当中神圣的一员。你呢，也得尽你的职责，要对得起父亲对你的期望。你现在是一大家人的主心骨，也是你父亲遗产的继承人。因此，你必须做好准备，要像你父亲履行人们赋予他的职责那样履行你的职责，还要通过不懈的努力和勤奋的工作，让自己具备能力，承担起这样的重任。"

威廉不再说话。而且，他很快按照奶奶的要求行动起来。他学会了掩饰自己的哀情，从那一刻开始，他把全副身心投入了学业。无论做什么，唯有得到凯恩奶奶的赞许，他才稍感满足。他各门功课都成绩优异，尤其是数学，他不仅是班上第一，实际水平也远远超过他这个年纪应有的水准。但凡父亲当年能做到的，他一定会更胜父亲一筹。他对母亲更加亲近了，另外，他对所有非家庭成员一概不信任，因而他常常不合群，常常被人当作孤僻的孩子。他喜欢孤身独处，甚至被其他人不公正地看作小人。

威廉8岁那年，两位奶奶觉着，已经到了指导这孩子认识有价货币的时候。做出决定后，两位奶奶每周交给威廉1美元作为花销。不过，她们要求威廉做详细的流水账，记录每1分钱的开销。凯恩奶奶给了威廉一个价值95美分的绿色真皮封面记账本，并且从他第一周应得的1美元里扣除了购买账本的开销。从那往后，每周六上午，两位奶奶各给威廉50美分。威廉可以将其中50美分用于投资，20美分用于零花，10美分用于慈善，剩下的20美分作为备用金。每季度末，两位奶奶都要查看威廉的账本，还要对异常的资金走向进行问询。

3个月刚过，威廉已经准备好独立管理账户了。他向新成立的美国童子军捐赠了1美元30美分，用于投资的5美元55美分，他请凯恩奶奶代为存入教父 J．P．摩根的银行，他还用2美元60美分购买了自行车，剩余的1美元60美分备用金他原封未动。虽然两位祖母对自行车一事毫不知情，看过账本的记录后，她们仍然感到大喜过望，威廉无疑是理查德·凯恩的嗣子。

§

在学校里，威廉很少交朋友，部分原因是，他只愿意跟卡伯特、劳威尔家族的孩子们在一起，要么就跟更为富有的孩子们在一起。跟其他孩子交朋友，他觉着不好意思。在某种程度上，这限制了他的择友范围，因而他成了个忧郁的孩子。这让他母亲非常担忧。安妮从心里不赞成账本和投资那些事，她宁愿威廉过一种更为正常的生活，即，跟许多小朋友在一起，而不是跟一两个老顾问在一起；安妮宁愿威廉浑身肮脏，被打得鼻青脸肿，而不是永远干净整洁；安妮宁愿威廉玩癞蛤蟆和乌龟之类的小动物，而不是摆弄股票和经营情况报告——一句话，让威廉跟其他男孩们一样。但是，安妮从来不敢把自己的忧虑向两位祖母倾诉。无论如何，其他孩子怎样生活，两位祖母根本不感兴趣。

9岁生日当天，威廉把账本交给两位奶奶做年度检查。绿色真皮记账本显示，一年来，他的存款余额已经超过25美元。威廉特别骄傲地向两位奶奶指出一条标有"B6"的条目，那一条目的记录显示，伟大的金融家J.P.摩根去世后，他一听到消息就把存款从银行取了出来。因为，他曾经注意到，父亲去世的消息一经宣布，他家的银行股票立刻贬了值。3个月后，他又把取出来的钱重新投入同一家银行，因而他稳稳地赚了一把。

对这件事，两位奶奶理所当然留下了极其深刻的印象，她们同意威廉卖掉旧自行车，买一辆新自行车。威廉请凯恩奶奶代他把剩余的钱作为本金投进新泽西州的标准石油公司。威廉很明确地表示，既然福特先生的T型车已经售出100多万辆，石油只会越来越贵。威廉一直坚持在账本上做记录，直到21岁生日。如果两位奶奶能活到那一天，她们肯定会为账本最后一页右边一栏最下边标记着"全部资产"的数字引以为傲。

§

1915年，威廉在避暑地汉普顿自家的房子里无忧无虑地度过了暑假，并于9月返回塞耶里学校。以这次返校为起点，威廉开始在比他年长的同学里寻找竞争对手。无论学习什么，不做到极致，他绝不善罢甘休。跟同龄人竞争，他几乎遇不到对手。他渐渐认识到，家庭条件优越，背景和他差不多的孩子，多数缺乏竞争动力。那些足以跟他抗衡的对手，都是家庭条件远不如他的男孩。

1915年，一股疯狂的搜集火柴盒标签热席卷了塞耶里学校。对这番狂热，威廉冷静地观察了好几天，一直没置身其中。没过两周，普通标签的出手价已经高达10美分一张，稍微罕见一点的标签竟然叫价50美分一张。威廉又观察了一周，他没有兴趣成为标签收集者，然而，他觉着，作为经营者，这倒是个机会。

接下来的星期六，威廉去了一趟李维特和皮尔斯公司，这是波士顿最大的烟草商。威廉投入整整一下午时间，将世界各地最大的火柴盒制造商的名称和地址都抄了下来，并且在其国家没有参战的公司名称旁边做了特殊标记。威廉花费5美元，买回了信笺、信封、邮票，然后，他按照抄来的信息，给各公司董事长或总裁写了信。信的内容非常简单，而且直奔主题，他只是将相同的内容重复抄写了多次，使之成为许多封信而已。信的内容如下：

　　尊敬的董事长先生：

　　我是一名忠实的火柴盒标签收集者，而我无力购买所有火柴盒。我每周只有1美元零花钱。随信附上1张3美分邮票作为邮资，以证明我是多么热衷于自己的爱好。我很抱歉因此区区小事打搅您，这是因为，您的公司是我唯一能联系上的。

　　　　　　　　　　　　　　　　　（9岁的）威廉·凯恩敬上

另：您公司的火柴盒标签是我的最爱之一。

两周内，威廉寄出的信有55%得到了回复，这使他收获了78种火柴盒标签。如他所料，大部分回信夹寄回了他寄出的3美分邮票。

很快，威廉在学校内组织了一个火柴盒标签交易市场。每次买进和交换前，他总会预先调查清楚自己能卖出什么。他发现，有些男孩对标签是否属于珍品完全不感兴趣，他们想要的不过是标签图案好看，仅此而已。跟这种人做交易，威廉总会用好几张标签换取一张标签，想方设法将对方的珍品弄到手，以便和更有鉴赏力的人做交易。经过两周买进和卖出，威廉预感到，交易市场差不多已经进入鼎盛时期，圣诞节假期眼看就要来临，稍有闪失，手里的存货可能会成为烫手的山芋。威廉以每张5厘钱的成本印制了许多广告——在每个孩子的课桌上放了一张——大张旗鼓地先期造势，称他要举办一次拍卖会，出售总计211张火柴盒标签。拍卖会在午餐时间举行，地点设在学校的洗衣房，实际参与拍卖会的人数远远超过学校组织的多数曲棍球赛观赛人数。

拍卖槌最终落定时，威廉的毛收入高达56.32美元，扣除先期投入，他获得了51.32美元纯利。他把其中25美元以2.5%的利率存进银行，花10美元买了一架照相机，向基督教男青年会捐赠了5美元（该组织正在竭尽全力帮助因逃避战乱潮水般涌进美国的欧洲移民），他还为母亲买了一束鲜花，然后把剩下的7美元存进自己的现金账户。假期到来数天前，火柴盒标签交易市场散伙了，威廉成功地在市场鼎盛时急流勇退。他把详情讲给两位奶奶听的时候，她们不住地点头表示赞许。1873年经济大动荡时期，两位奶奶的丈夫不也是这么做的吗？正因为如此，他们才奠定了两个家族的基业。

放假期间，威廉总是克制不住冲动，总想找出一种方法，让手头的资金获得更高回报，而不是任其待在存款户头上，产生微不足道的2.5%增值。接下来的3个月，威廉——照例依靠凯恩奶奶的帮助——购买了《华尔街日报》推荐的股票。在此期间，他损失了从火柴盒标签交易中获得的多半资金。从那往后，威廉再也没有完全听信过《华尔街日报》的忠告。他的结论是：假如写文章的记者们真的消息灵通，他们何必在报社做事呢？！

对于这笔将近30美元的损失，威廉觉着特别憋屈，因而他决定，必须在暑假期间将全部损失捞回来。母亲铁定会为他安排一些晚会和社交活动，排出日程后，威廉意识到，可以利用的时间总共还有14天，刚好够他开创一番事业。威廉把听信《华尔街日报》购买的股票全部转了手，所得余额仅为12美元。经过一番讨价还价，他买来一块平整的木板，一套童车轮子，几根车轴，一条绳子，成本总计5美元。他戴上一顶平纹布帽子，穿上一件小尺寸旧上衣，然后来到当地火车站，戳在出站口门外，装出一副又累又饿的样子，向精心挑选的旅客介绍说，波士顿的主要饭店都离火车站不远，因而用不着乘坐出租车，也不必乘坐仍然运营的双轮马车，他可以用移动板车为他们拖行李，收费仅相当于出租车费的20%。最后他总是不忘补充说，一路散步前往饭店，对健康大有裨益。按照每天工作6小时计算，威廉每天可以挣4美元左右。

新学期开学5天前，威廉已经将先前的损失全都捞了回来，从记录上看，他还多得了9美元纯利。这时，他遇到一个问题，出租车司机们开始找他的茬了。威廉向他们保证，虽然他只有10岁，他已经决定退休，不干了，条件是，他们每人向他支付50美分，以补偿他动手造小车带来的开销。司机们同意了，因而威廉又获得了8.5美元收入。回家路上，威廉在贝肯山以2美元的价格把小车卖给了一位校友。他向对方保证，他绝不会返回火车站重新捡起老行当。那位校友很快会意识到，出租车司机们正等着找他的麻烦呢。不仅如此，最后一周剩下的几天，当地几乎天天阴雨绵绵。返校当天，威廉将手头的钱全都存进了银行，利率为2.5%。

接下来的一年，威廉的存款稳步增长着。1917年4月，威尔逊总统对德宣战，这没有让威廉产生任何担忧。他还宽慰母亲说，世界上没有任何人或任何东西能打败美国。他特意买了10美元战时公债，以证明自己的论点。

§

威廉11岁生日那天，账本上的汇总记录显示，他的获利总额已经达到412美元。此前，母亲生日那天，威廉送给母亲一支自来水钢笔，他还在附近的珠宝店为两位祖母各买了一枚胸针。送给母亲的是一支派克笔，两枚胸针则是包着谢里夫·克兰普·罗文顶级奢侈品专营店的包装邮寄到两位祖母家的。包装盒是威廉从这家老字号专卖店后边的垃圾桶里捡来的。威廉并非诚心欺骗祖母们，只不过他从买卖火柴盒标签的经历中认识到，包装越精致，越有利于销售。

两位祖母都注意到，包装盒上少了专卖店的售出标记。不过，她们仍然极为骄傲地把胸针别在了胸前。很久以前，两位祖母已经认定，威廉早已具备第二年9月前往新罕布什尔州康科德市圣保罗学校上学的条件。让她们感到锦上添花的是，这孩子获得了数学头等奖学金，每年毫无必要地为家里省下大约300美元学费。威廉收下了这笔奖学金，祖母们却把它退了回去，她们把奖学金让给了一位学习成绩稍逊于威廉的孩子。

想到威廉即将离开家，住进寄宿学校，安妮一肚子不高兴。不过，两位祖母坚持这样做。更为重要的是，其实安妮心里也清楚，这是理查德生前的主张。安妮亲手将威廉的姓名牌缝到他的衣服上，给他的靴子做了记号，还清点了他要带走的衣裳。安妮最终谢绝了仆人们的帮助，亲手为威廉装好了箱子。临行前，安妮问威廉，下学期他一共需要多少零花钱。

威廉只说了一句话："一分钱也不要，谢谢妈妈。"

威廉在母亲的脸颊上吻别。有生以来，他第一次穿上了长裤，这意味着，他已经长大成人。威廉留着短发，手里拎着小箱子，沿着坡道向司机罗伯兹走去。他坐进轿车，汽车载着他离开了家，他没有回过一次头。母亲不停地向他挥手，后来，母亲哭了。威廉其实也想哭，不过他明白，父亲不希望他这么做。

§

出乎威廉·凯恩的预料，同时让他感到诧异的是，对于他是何许人，预科学校里的男孩们全都一副无动于衷的表情。这仅仅是开始。优越的社会地位带来的默许，敬佩的眼神，在这所学校里不复存在。曾经有个男孩问威廉叫什么名字，糟糕的是，威廉报出自己的姓名时，对方根本没有任何反应，甚至还有人用昵称"比尔"称呼他。遇到这种情况，威廉总会纠正别人，还向人家解释，从来没有人敢用昵称"迪克"称呼他父亲。

威廉的新天地是一间小屋子，里面有个木质的书架，两张桌子，两把椅子，两个床位，一个寒碜的、还算舒适的简易沙发。其中一把椅子、一张桌子、一个床位已经被一个从纽约来的名叫马休·莱斯特的男孩占用。马休的父亲是莱斯特金融集团公司董事长，那也是一家老牌家族银行。

威廉很快适应了学校的作息规律：学生们每天7点半起床和洗漱，然后，所有学生一起去学校的主餐厅吃早餐——220个男孩一起大嚼鸡蛋、腊肠、稀饭。早餐后是前往小礼堂做礼拜，然后是上课，每节课45分钟，午餐前上3节课，午餐后上2节课，最后还有1节音乐课。威廉最讨厌音乐课，因为，他会把每支曲子唱跑调，他对玩乐器毫无兴趣，更别提学习乐器了，老师只好让他在打击乐小组敲三角。秋天，孩子们一起玩橄榄球；冬天，他们玩曲棍球和室内单人网球；春天，他们划船和打乒乓球；因此，威廉几乎没什么业余时间。作为数学奖学金获得者，班主任葛·珀兰先生每周为他开3次小灶，专门为他讲授数学课。孩子们借用班主任名字的谐音，称呼他为"葛破烂"，因为他的衣着实在邋遢。

在寄宿学校的头一年，威廉以实际行动证明，他不愧是奖学金获得者。由于各科成绩优异，他总会跻身极少数顶尖学生之列，尤其是他最拿手的数学课。唯有新结交的朋友马休·莱斯特跟他有一拼，这不足为奇，因为他们是舍友。在全校范围内，威廉还为自己赚了个"金融家"的美誉。虽然他今生第一次投资股市并不成功，他仍然不改初衷，即，若想赚大钱，必须在股市做大手笔投入和产出。威廉总是用怀疑的眼光看待《华尔街日报》和公司年报，他尝试着做起了"混搭组合投资验证"。他买了个封皮颜色有别于老账本的新账本，想象中的每一笔买入和卖出，无论结果好与坏，他都做了详细记录。每到月底，他总会用自己的记录和股市行情进行比对。他从不注意那些绩优股的走势，总会重点观察行情不明朗的股票，其中一些股票只能在柜台上买卖，而且，每次只能买入不多几股。威廉设定了4个投资条件，即：近期收益低、增值快、稳定性好、易手快。他发现，同时符合这4个苛刻条件的股票极为少见，所以，每逢他出手，十有八九会获得回报。

最终，威廉的"混搭组合投资验证"证明，他的预估往往比道·琼斯平均指数还准确。因而他决定，应该动用真金白银正式投资了，即，动用他的存款进行投资。他的启动资金为100美元。接下来的一年，他总是不断地改进操作方式，总是针对资金的损益及时抛出和跟进，或者见风使舵地买入和卖出。一旦某种股票增值一倍，他会把手头所持的该种股票卖出一半，同时将另一半留作对自己的奖励。威廉最早投资的几家公司后来都成了美国公司中的领头羊，例如依斯曼·柯达公司和标准石油公司。他还购买了西尔斯公司的股票，那是一家邮购公司。他相信，邮购是一种趋势，因而必将成为潮流。

第一学年临近尾声时，威廉已经开始为学校的好几位教师和一些学生家长提供咨询了。

威廉·凯恩的住校生活非常惬意。

9

在活下来的人里，弗洛戴克是唯一熟悉地牢布局的人。跟里昂一起无忧无虑地玩捉迷藏游戏时，他曾经数小时数小时躲在这些石头小屋里，当时他内心充满了幸福感。那时候，他无忧无虑，因为他知道，只要他想，随时可以回到地面。

地牢一共有4个房间，其中两间处于地面高度。这两个房间，较小的那间有个带栅栏的小窗，位置在石头墙高处，仅有微弱的阳光能够穿窗而入。再往下5级台阶，是两间长年不透光、几乎不通风的牢房。弗洛戴克领着男爵，来到上层小房间里。男爵一屁股坐进房间一角，两眼呆怔怔地望着虚空，一句话也不说。弗洛戴克分派弗洛伦蒂娜专门照看男爵。

弗洛戴克是唯一敢于和男爵同住一个房间的人，对他的权威，活下来的24个仆人从未提出过异议。因此，年仅9岁时，弗洛戴克已经肩负起日常管理囚犯同胞们的重任。由于环境锁闭，地牢里的新住户们命运悲惨，对身边的一切均已麻木。他们的生命竟然由一个孩子掌控，在这种情势下，他们从未感到过奇怪。他们身处地牢，弗洛戴克就是他们的主人。弗洛戴克将活下来的24人分成3组，每组8人。只要有可能，他会把同一个家庭的人安排在同一个组里。他按时给这些人倒班：第一批人在上层地牢里待8小时，接触一下光线、空气，吃些东西，活动一下筋骨；第二批人到城堡里为占领者干8小时活；最后一批人在下层地牢里睡8小时觉。

除了男爵和弗洛伦蒂娜，没人知道弗洛戴克什么时候睡觉。为监督仆人们换班，每到换班时间，他总会准时出现在大家面前。食物每12小时分配一次，每到钟点，卫兵会送来一皮囊羊奶，一些黑面包，以及小米，偶尔会有些干果。弗洛戴克每次都把食物分成28份，其中两份给男爵——这事从未让男爵察觉。

每安排好一次交接班，弗洛戴克总会返回上层小房间陪伴男爵。一开始，弗洛戴克曾经奢望得到男爵的指点。然而，男爵目光呆滞，眼睛里流露的总是游移不定和不自在，犹如不断查房的德国卫兵的眼神。自从被当成囚犯，被关进自己的城堡以来，男爵始终没说一句话。他的大胡子已经变得又长又乱，魁梧的身躯已经日渐消瘦，曾经非常高傲的脸，如今成了一张顺从的脸。男爵曾经拥有非常柔润的男中音，弗洛戴克如今几乎想不起那声音了，他已经习惯于认为，永远也听不到那声音了。没过多久，对于男爵宁愿保持沉默，弗洛戴克唯有听之任之，在男爵面前，弗洛戴克也唯有保持沉默。

德国兵到来前，弗洛戴克终日在城堡里忙忙碌碌，根本没时间想头一天的事。现在倒好，连头一小时做过什么，他都记不清了，因为，一切的一切都一成不变，在毫无希望中度过的每一分钟变成了小时，然后变成了天数，然后变成了月份。唯有仆人们换班，食物被送达，黑暗和光明交替，能够向弗洛戴克提示时间仍然在流逝；唯有白天渐渐变短，地牢墙面开始结冰，能够向他预告季节仍然在变换。在漫漫长夜里，对弥漫在地牢最深处的各种腐质的恶臭，弗洛戴克越来越敏感。只有初升的阳光，或一阵凉风，或瓢泼的雨声，才会让他稍感解脱。

一天，暴雨从早上到晚，一直没停歇，雨水顺着石头地面的裂缝渐渐汇聚到一个凹坑里。弗洛戴克和弗洛伦蒂娜借着这场雨，利用汇集的雨水，开始擦洗身子。弗洛戴克脱掉褴褛的衬衫，将冰冷的水撩到自己身上时，他和弗洛伦蒂娜都没意识到，男爵的眼睛突然瞪大了。男爵冷不丁开口说话了：

"弗洛戴克，"——男爵的声音低得几乎没人听见——"我看不清你，"他的声音简直像破锣，"你过来，孩子。"

在沉默中度过很长时间后，突然听见男爵开口说话，弗洛戴克吓了一跳。他唯恐这是发疯的前兆，两个年纪较大的仆人正是这样变疯的。

男爵重复了一遍：“你过来，孩子。”

尽管心里害怕，弗洛戴克听话地站到了男爵面前。男爵的视力本来已经很弱，他眯缝起双眼，做出一种聚精会神的样子。男爵摸索着靠近弗洛戴克，伸出一根手指，在弗洛戴克胸部刮了刮，然后仰起头，看着弗洛戴克，问道：

“弗洛戴克，你能解释身上这个缺陷吗？”

“不能，先生。”弗洛戴克迷惑不解地说，“我生下来就这样。父亲跟我说，这是魔鬼在我身上留下的标记。”

“真个是傻蛋。不说他了，本来他也不是你父亲。”男爵的声音变柔和了，他再次陷入了沉默。弗洛戴克站在男爵面前，一动没动。男爵再次开口时，语气已经很坚定了，他说：“坐下吧，孩子。”

往地上坐的时候，弗洛戴克又一次看见了男爵的银饰，现在它松松垮垮地挂在男爵的手腕上。一束亮光穿过小窗射进地牢，照亮了镌刻在银饰上的罗斯诺夫斯基族徽，在地牢的昏昏中，族徽反射出灼灼的光芒。

“我不知道德国人会把我们在这里关多久。”男爵顿了一下，接着说，“起先我以为，这场战争最多只会打上几个星期，我判断错了。现在我们必须考虑一种可能性，战争会延续相当长时间。既然想到了这一点，我们必须充分利用现有的时间，因为我知道，我的生命已经快到头了。”

“不，不是的。”弗洛戴克争辩着。男爵好像没听见，自顾自地说：

“而你的生命，我的孩子，还没有真正开始。因此，我要亲自担负起继续教育你的任务。”

那天，男爵没再说话，似乎他在进一步推敲自己这番话的含义。接下来几周，弗洛戴克渐渐意识到，他又有了一位新老师。由于他们手头没有阅读材料和书写材料，弗洛戴克的课程不过是重复男爵所说的每一句话。弗洛戴克所学涉猎广博，包括亚当·米基维茨和吉安·科哈诺夫斯基的诗句，还包括古罗马诗人维吉尔的史诗《埃涅阿斯纪》中的长句。在如此恶劣的环境中，弗洛戴克学习了地理、数学，还进一步提高了已经学过的外语——俄语、德语、法语、英语。像过去一样，他最感兴趣的仍然是历史，尤其是波兰民族数百年来被分割的历史，波兰人无望地为统一波兰而奋斗的历史，以及拿破仑1812年惨败给俄国人后，波兰人对他的憎恨。弗洛戴克还了解到，在吉安·卡西米尔国王领导下，波兰曾经有过幸福时光，波兰人曾经在琴斯托霍瓦市打败瑞典人，将波兰献给圣母玛利亚。拥有大片土地、爱好打猎、博学多才、无所不能的拉兹威尔亲王曾经在华沙附近他的城堡里主持过政事。

每天，最后一课总是罗斯诺夫斯基家族史。弗洛戴克被反复告知——他从不会因此感到厌倦——男爵显赫的祖先曾经于1794年在达布罗斯基将军麾下作战，后来又于1809年在拿破仑本人麾下作战，因此皇帝授予他广袤的土地和男爵爵位。弗洛戴克还知道了，男爵的祖父曾经在华沙的朝廷供职，男爵的父亲曾经为建设新波兰做出过贡献。尽管周围环境极为恶劣，弗洛戴克觉着，时间的流逝犹如白驹过隙。

男爵的视力和听力越来越衰弱。不过，他仍然坚持给弗洛戴克授课。弗洛戴克只好一天比一天坐得更靠近男爵。

每隔4小时，地牢门口的卫兵会换一次岗。卫兵们之间，以及卫兵和囚犯之间是"被禁止"闲聊的。不过，弗洛戴克仍然能从卫兵们的片言只语中得知战争进程，以及德国陆军元帅兴登堡和陆军上将鲁登道夫的军事行动，还有俄国发生了十月革命，另外，签订《布列斯特和约》后，俄国已经退出了令人憎恶的战争。

弗洛戴克渐渐意识到，逃出地牢的唯一方法是死亡。让他疑惑的是，用这些知识武装自己后，如果永远无法获得自由，这些知识最终能否派上用场？

为保持男爵居住的小屋干净，弗洛伦蒂娜——如今她成了弗洛戴克的姐姐、母亲、最亲近的朋友——终日不停地进行着抗争。有时候，卫兵会送来一桶干净的沙土，或一捆干草。每当他们用沙土和干草遮盖住布满尘土的地面，接下来几天，地牢里的空气就不至于那么污浊。在黑暗里生活的寄生虫们贪婪地吞噬着掉在地上的每一粒面包渣或土豆渣，昆虫给人们带来疾病和难以入眠的长夜。人和昆虫排泄的大小便产生的恶臭会发出刺鼻的气味，这气味经常让弗洛戴克感到恶心。弗各戴克特别怀念从前那样浑身上下干干净净，因而，他经常数小时数小时望着石头墙上的小窗发呆，回想飘散着蒸汽和灌满热水的澡盆。里昂和他尽情玩耍一天后，总会沾满一身脏东西，娘娘会手握不成形的异香扑鼻的香皂，一边絮絮叨叨地埋怨，一边为他们洗刷膝盖上和指甲缝里的脏东西。曾经近在咫尺的一切，如今却恍若隔世。

§

1918年，春天来了，当初跟弗洛戴克一起被关进地牢的囚犯总共计27名，活到如今的只有15名。他们仍然把男爵视作主人，弗洛戴克则被视为他的贴身仆人。弗洛戴克最心痛的是年满20岁的弗洛伦蒂。弗洛伦蒂娜早已对生活失去希望。虽然弗洛戴克只有12

岁，当着弗洛伦蒂娜的面，他从来不说没有希望，对于能否活着返回地牢外，他已经不像从前那么满怀希望了。

初秋的一天傍晚，弗洛戴克正在上层地牢的大屋子里忙活，弗洛伦蒂娜来到他身边。

弗洛伦蒂娜说："男爵让你过去一下。"

弗洛戴克马上站起来，将分发食物的事交给一个可靠的仆人，然后向老人身边走去。男爵正在忍受剧烈的痛苦，弗洛戴克对此再清楚不过了。病魔已经将男爵的躯体大块大块地侵蚀掉，他瘦骨嶙峋的面庞仅剩一层布满绿斑的皮囊。男爵要喝水，小窗外支起来的棍子上挂着半壶雨水，弗洛伦蒂娜从壶里舀了一点水递给他。喝过水后，男爵慢慢地、非常艰难地说：

"你已经亲眼见证了这么多人死去，弗洛戴克，对你来说，再多一个死人也无所谓了。我必须承认，我已经不害怕离开这个世界了。"

"不，不，不能这样！"弗洛戴克喊起来，他有生以来第一次抱住老人。"不要放弃希望，男爵。我听见那些当兵的说，战争就要结束了，我们很快就会被释放了。"

"几个月来，他们一直这么说，弗洛戴克。无论如何，我不想在他们创造的新世界里活下去。"说到这里，男爵停了下来。关进地牢3年来，这是他第一次听见弗洛戴克抽泣。男爵再次开口了："把管家和领班叫来。"

弗洛戴克不明白为什么叫他们，不过，他立即按照吩咐做了。

两位仆人正在睡觉，被叫醒后，他们一言不发地来到男爵身边，等候男爵开口。他们身上仍然穿着绣花制服。如今已经没人能认出来，这是显赫一时的罗斯诺夫斯基的家人穿的镶有金饰的绿色制服了。

男爵问："他们来了吗，弗洛戴克？"

"来了，先生，你看不见他们啦？"弗洛戴克这才意识到，男爵的眼睛已经完全瞎了。

"让他们靠近我，我好摸摸他们。"

弗洛戴克把两人带到男爵身边。男爵伸出手，摸了摸两个仆人的脸。

"坐下吧，两个都坐下。你们两人能听见我说话吗？鲁德维克，阿尔方斯？"

"能听见，先生。"

"我的名字是罗斯诺夫斯基男爵。"

"这我们知道，先生。"管家讨好地说。

"不要打断我，"男爵说，"我都要死了。"

在地牢里，死亡已经成为家常便饭，因而两人都没再争辩。

"由于没有纸张和笔墨，我无法重新起草遗嘱。因此我当着你们两人的面宣读我的遗嘱，按照我们波兰古老的法律，你们两人可以做我的证人。你们两人听懂我说的话了吗？"

"听懂了，先生。"两位下人异口同声说。

"我的大儿子里昂已经死了，"男爵顿了一下，然后接着说，"因此，我把所有地产和财产给予这个叫弗洛戴克·科斯基维奇的孩子。"

多年来，没有人称呼过弗洛戴克的姓氏。因此，他一时还无法理解男爵这番话的重要意义。

"为证明我的决心，"男爵继续说，"我把家族的银饰传给他。"

老人慢慢抬起右胳膊，将银饰从手腕上退下来，然后向目瞪口呆的弗洛戴克递过去。他紧紧地抱着弗洛戴克，一边往弗洛戴克的手腕上套银饰，一边絮絮叨叨地说："我的孩子和继承人。"

　　整整一夜，弗洛戴克一直躺在男爵的怀抱里，直到再也听不见男爵的心跳，直到觉着抱住他的两只胳膊已经变得冰冷和僵硬。清晨，卫兵们抬走了男爵的尸体。他们甚至同意弗洛戴克跟着走出地牢，还同意弗洛戴克将男爵埋葬到他家小礼拜堂旁边，和他儿子里昂葬在一起。弗洛戴克用手为男爵挖了一个浅浅的墓坑，男爵的尸体被放进墓坑时，他身上褴褛的真丝衬衫绽开了，弗洛戴克惊奇地看着死人的胸脯：男爵也只有一个奶头。

§

　　1918年深秋，一天，空气干燥，温度宜人，囚犯们听见好几阵枪响，其中还夹杂着还击的零星枪声。弗洛戴克确信，这是波兰军队来解救他们了，因而他可以合法地宣布继承遗产了。看守地牢大门的德国卫兵们放弃职守，逃之夭夭后，其他囚犯全都吓得屏住呼吸，瑟缩着躲进了下层地牢。弗洛戴克则孤零零地站在地牢门口，转动着手腕上的银饰，等候解放者来解救他。尔后，他就可以合法地继承遗产了。

　　终于，打败弗洛戴克的敌人的人出现了，他们用粗俗的斯拉夫语跟他说话。在学知识阶段，弗洛戴克学过这种语言，他憎恨这种语言，憎恨程度甚至超过憎恨德语。眼前这个12岁的孩子竟然是征服者们践踏的这片土地的主人，对此，初来乍到的占领者们似乎并不知情。他们说的语言和弗洛戴克的不一样，他们得到的命令却非常明确，必须不折不扣地执行——按照《布列斯特和约》规定，今后波兰这部分领土归俄罗斯所有，但凡不接受该和约的人，格杀勿论，其他人全都送往西伯利亚201劳改营。德国人只不过象征性地抵抗了一阵，然后撤退到了新划定的国界线后边。弗洛戴克和他的仆人们仍然满怀希望时，厄运在不知不觉中降临了。

继续在地牢里度过两夜后，弗洛戴克改变了看法。如今他脑子里想的是，他们这帮人注定要在地牢里度过余生了。新来的士兵们根本不和他说话，因而他觉得，他们刚逃出德国人的炼狱，又掉进了俄国人的地狱！

第三天早上，俄国士兵们冲进地牢的各个房间，将囚犯们拖到城堡正前方的草地上。囚犯们个个皮包骨头，又脏又臭，犹如14具行尸走肉。由于白天阳光过于晃眼，两个仆人当场晕了过去。囚犯们一言不发地站在草地上，等候士兵们进一步指示。弗洛戴克以手搭沿遮住眉毛，方能稍微睁开眼睛。他们等待的是子弹呢，还是自由？

士兵们命令囚犯们脱光衣服，然后强迫他们到河边洗澡。起身往河边走之前，弗洛戴克把银饰裹进衣服里。离河岸还有老远的距离，弗洛戴克已经两腿发软，他身子一倒，扎进河水里。突然接触到冰冷的河水，弗洛戴克大口大口地喘着气，虽然皮肤表面覆盖着一层结成痂的秽物，他仍然感到特别舒畅。其他囚徒学着他的样子，也扎进水里，人人都试图洗掉附着在身上长达3年之久的污垢。

正在清洗身子的弗洛戴克发现，一些士兵一边嬉笑，一边指点着弗洛伦蒂娜。其他几个女人似乎没引起士兵们的兴趣。洗完身子往岸上走的弗洛伦蒂娜从一个长相畸形的大个子俄国兵身边经过时，对方一把抓住她的胳膊，把她掀翻在地。然后，那俄国兵迅速脱掉了自己的裤子。弗洛戴克目瞪口呆地看着那男人勃起的竖直的阴茎，他简直不敢相信自己的眼睛。那当兵的已经把弗洛伦蒂娜牢牢地按在地上。弗洛戴克从水里跳出来，拼命朝那男人跑去，用尽全身力气，一头撞向对方的肚子，还抡起拳头朝对方打去。那男人吓了一跳，松开了弗洛伦蒂娜。另一个士兵走过来，抓住弗洛戴克，把他摔倒在地，然后用膝盖紧紧地顶住他的后背。吵闹声引起其他士兵们的注意，他们都走过来，然后站在一边看热闹。压住弗洛戴克的人大笑起来，笑得浑身颤抖。

一个看热闹的士兵说："把这勇敢的保护人也操了吧。"

另一个士兵说："还想捍卫他们的民族尊严呢！"

压住弗洛戴克的人也添了一句："咱们至少也得让他亲眼见识见识。"

士兵们的浑话引得他们一帮人齐声爆笑，弗洛戴克无法完全明白他们说的是什么。他眼睁睁地看着那个一丝不挂的士兵朝弗洛伦蒂娜慢慢走去，后者已经吓得说不出话。弗洛戴克再次拼命挣扎起来，但一切努力都归于徒劳。光身子的男人一屁股坐到弗洛伦蒂娜身上，抡起拳头朝弗洛伦蒂娜打去。他每扇弗洛伦蒂娜一个耳光，弗洛伦蒂娜都会拼命抵挡，还会把脸偏到一旁。到末了，那当兵的一使劲插进了弗洛伦蒂娜的身子里。弗洛伦蒂娜发出一声惨叫，弗洛戴克从未听到过那样的惨叫。站在旁边看热闹的士兵们仍然在笑骂，有些人甚至看都不看眼前的场景。

第一个士兵抽出沾满鲜血的阴茎，骂了一句："这狗娘养的小处女。"

其他士兵放声大笑起来。

第二个走过去的士兵说："我得谢谢你为我弄松了点儿呢。"

又是一阵哄笑。弗洛伦蒂娜绝望地看着弗洛戴克，弗洛戴克不禁呕吐起来。抓着弗洛戴克的士兵对发生在弗洛伦蒂娜身上的事显然没什么兴趣，他只是小心翼翼地看着弗洛戴克，以防呕吐物溅到他的制服上和油亮的靴子上。第一个士兵没有擦拭沾满鲜血的阴茎，径直向河边跑去，纵身跃进河里，兴高采烈地大叫了一声。第二个士兵脱裤子时，另一个士兵帮着按住了躺在地上的弗洛伦蒂娜。第二个士兵享乐的时间稍长一些，他一直不停地抽打弗洛伦蒂娜，似乎非常享受，直到打够了，才插入弗洛伦蒂娜。弗洛伦蒂娜再次惨叫起来，不过，声音已经不如刚才那么响了。

"快点吧，伏洛迪，你有完没完啊。"

那男人抽出阴茎，学着同壕战友的样子，纵身跃进河里。弗洛戴克无能为力地看着弗洛伦蒂娜，她已经浑身青紫，两腿之间早已红成一片，鲜血仍然在流淌。抓着弗洛戴克的士兵又开口了：

"过来，鲍里斯，你来看住这小杂种。该我了。"

第一个士兵走过来，按住了弗洛戴克。弗洛戴克再次试图攻击对方，他的动作让围观的士兵们再次放肆地哄笑起来。

"这下我们长见识了，波兰军队使出吃奶的劲儿，原来是这个样子。"

在一片令人难以忍受的哄笑声中，轮到的士兵插入了弗洛伦蒂娜。弗洛伦蒂娜已经没有力气反抗了。

"我看她也开始喜欢这种事了。"那当兵的完事之后甩下一句话。第四个士兵朝弗洛伦蒂娜走去，来到弗洛伦蒂娜身边，将弗洛伦蒂娜的身子翻成背朝天，一双大手在弗洛伦蒂娜瘦弱的身子上迅速动作着。那士兵使劲掰开弗洛伦蒂娜的两腿，把她摆成大劈叉的样子。他插入弗洛伦蒂娜的身子时，弗洛伦蒂娜的惨叫已经变成呻吟。弗洛戴克亲眼目睹16个当兵的轮奸了姐姐。最后一个当兵的完事后，站起来骂了一句，然后大声喊道："我觉得刚才操的是一具女尸啊。"听到这句话，所有士兵再次纵声大笑起来。

抓着弗洛戴克的士兵终于松了手,弗洛戴克立即向弗洛伦蒂娜跑去。与此同时,所有当兵的都躺在了草地上,喝着葡萄酒和伏特加酒,大口大口饕餮着面包和肉类——这些东西都是从男爵的地窖里和厨房里掠夺来的。

在两位仆人的帮助下,弗洛戴克把弗洛伦蒂娜抬到了河边。他一边哭,一边为弗洛伦蒂娜清洗血迹和尘土。然后,弗洛戴克把自己的上衣盖在弗洛伦蒂娜身上。弗洛戴克把弗洛伦蒂娜搂进怀里,深情地吻着弗洛伦蒂娜的嘴。这是他今生今世亲吻的第一个女人。泪水顺着弗洛戴克的脸颊流淌到弗洛伦蒂娜伤痕累累的身上,弗洛戴克觉着,弗洛伦蒂娜的身子渐渐变硬了。抬着弗洛伦蒂娜的尸体往岸上走时,弗洛戴克放声大哭起来。那些兵们眼睁睁地看着弗洛戴克一路哭着往小教堂方向走去,全都沉默下来。弗洛戴克把弗洛伦蒂娜放在男爵坟墓旁边的草地上,再次用双手刨了个坑。把弗洛伦蒂娜安葬入土时,西下的夕阳在墓地里投下一长条巨大的阴影。弗洛戴克用两根树枝做了个小十字架,插在弗洛伦蒂娜的坟头。做完这一切后,弗洛戴克一头倒在地上睡了过去,完全不在乎自己是否还能醒来。

10

威廉告别家人,到圣保罗学校上学后,安妮·凯恩过上了一个人在家的日子,她感到越来越孤独。所谓"家庭圈子"只剩下两位老祖母,而她们已是风烛残年的人了。

过完30岁生日没多久,安妮意识到,在男人圈里,她的回头率已经成为往昔的记忆。理查德去世后，安妮中断了与朋友们的往来，如今安妮决心已定，她要跟其中一些老朋友恢复交往。米丽·普莱斯顿是威廉的教母，也是安妮的"发小"，一直以来，她们无话不说。米丽重新开始邀请安妮一起进晚餐，一起去剧院，而且，每次她都会多邀请一位男士。米丽一直暗中希望为安妮牵线搭桥。可米丽为安妮选择的伴侣总是不合安妮的心意，安妮曾公开笑话米丽有乱点鸳鸯的嫌疑。不过，1919年1月，威廉刚刚返回学校上冬季学期，情况发生了变化。那天，安妮应邀出席晚餐，餐桌上只有4个人。米丽承认，以前她从未见过邀请来的朋友亨利·奥斯伯恩。不过她认为，此人应当是她丈夫约翰在哈佛时期的校友。

"其实，"米丽在电话里说，"约翰对他也了解不多，亲爱的，约翰只知道他长得非常帅。"

安妮走进客厅时，亨利·奥斯伯恩正坐在壁炉旁边取暖，亨利当即起身，让米丽为他们做了介绍。亨利身高超过1米80，有一副修长的运动型身材，深色的眼仁几近黑色，黑色的长发做成了波浪形。今宵有这么帅气的、活力的年轻人做伴，安妮突然产生了一股莫名的快感。米丽的丈夫刚刚步入中年，已经有了将军肚，跟这位英气勃发的校友相比，米丽显然吃亏。亨利·奥斯伯恩的一只胳膊吊在绷带里，绷带几乎将他的哈佛领带完全遮住了。

安妮同情地问："打仗受的伤？"

亨利笑着解释："不是，滑雪时伤的。在佛蒙特州滑雪场的斜坡上滑降过快。"

对安妮来说，这是近期少有的一次愉快的晚餐，时间在不知不觉中悄悄流逝着。亨利·奥斯伯恩回答了安妮提出的所有问题。他说，从哈佛毕业后，最初他在老家芝加哥市一家房地产公司工作，美国宣战后，他怎么也克制不住亲赴战场收拾德国佬的冲动。他有一肚子精彩的欧洲历险故事，作为年轻的上尉，他在法国东北部马恩河地区的经历为美国赢得了不少荣誉。理查德去世至今，这是米丽和约翰第一次看见安妮如此开心。后来，亨利·奥斯伯恩提议开车送安妮回家，米丽两口子会心地相视而笑。

亨利·奥斯伯恩将斯图兹轿跑车慢慢开上查尔斯大街时，安妮问道："既然你已经回到一片适于英雄用武的土地上，你打算干点什么呢？"

"还没最后定。"亨利回答，"幸好我还有点钱，所以用不着匆忙决定。也许会在城里开一家房地产公司。到哈佛上学以来，我一直把波士顿当作故乡。"

"这么说，你不打算回芝加哥啦？"

"不回了，那边没有我留恋的东西。我父母双亡，我又是独生子，在哪儿创业都行。往哪边拐？"

"噢，先往右拐。"安妮顿了一下，接着说，"就是拐角上那个红房子。"

亨利停好汽车，陪伴安妮走到大门口，两人互道了晚安。安妮还没来得及感谢亨利开车送她回家，亨利已经转身走开。亨利的汽车沿着贝肯山的街道慢慢远去，安妮一直目送亨利，心里暗自期盼着再次见到他。

与安妮料想的几乎一模一样，转过一天上午，亨利打来了电话。安妮感到一阵窃喜。

亨利说："波士顿交响乐团，莫扎特的曲子，指挥是声名鹊起的那位大师，下周———我有希望吗？"

让安妮有点惊讶的是，她居然盼望音乐会早些到来！被一位有魅力的男人追求，已经是很久以前的事了。

他们约好在红房子见面，这次，亨利迟到了几分钟。两人一本正经地握了握手，然后，安妮为亨利倒了一杯加冰块的苏格兰威士忌。安妮暗自希望亨利注意，她已经记住亨利喜欢喝什么酒。

"住在路易斯堡广场肯定让人觉着很爽。你真是个幸运的姑娘。"

安妮说："嗯，也许吧——其实我从来没这么想过。我是在柯门威尔斯大道那边出生和长大的。别人都像你这么说，我也不明白为什么。"

亨利说："如果我决定在波士顿定居,也会在贝肯山这边买房子。"

"很少有人出售这里的房子。"安妮说，"也许你能碰上好运气。我们是不是该出发了？我最恨音乐会迟到，黑灯以后找座位，会踩到别人的脚。"

亨利看了看表，说："噢，是该走了——最好别错过指挥入场。不过，除了我，你用不着担心踩着别人的脚。我们的座位紧挨着过道。"

音乐会结束后，出了剧院的安妮和亨利一起往大饭店走去。一路上，亨利自然而然地挽住了安妮的胳膊。理查德去世后，只有威廉敢这么做，而且，每次都是在安妮强烈要求下才这么做。威廉觉得，这么做太女人气。对安妮来说，时间又一次在不知不觉中流逝了。到底是因为音乐让人太陶醉，食物太精美，抑或是因为，天赐亨利作伴侣？这一次，哈佛校园里的故事让安妮特别开心，对欧洲战场的回忆又让她特别伤心。安妮非常清楚，亨利的外表比实际年龄年轻许多。亨利阅历丰富，这让安妮觉着，与亨利为伴，自己是多么年幼无知和孤陋寡闻。安妮向亨利讲述了丈夫的去世，还为此洒了几行眼泪。安妮还向亨利讲述了自己的儿子，她毫不掩饰对儿子的感情，并以此为荣。在此期间，亨利一直握着安妮的手。亨利说，他一直想要个儿子。亨利很少提及芝加哥，也不提自己的家庭生活。让安妮深信不疑的是，亨利肯定特别怀念家人。当晚，亨利把安妮送到了路易斯堡广场的家里，他仅仅停留了片刻，喝了一小杯酒，然后在安妮的面颊上温柔地吻别。后来，安妮将当晚的经历从头到尾仔仔细细回味了一遍，心里暗自希望，亨利也会像她一样喜欢刚刚过去的每一分钟。

星期二，他们又去了一次剧院；星期三，他们去了安妮位于北疆海滨的夏季别墅；星期四，他们开车前往远方冰雪覆盖的麻省乡下过了一天；星期五，他们一起逛商店，买了古董；星期六，他们做爱了。从星期天开始，他们已经难分难舍了。米丽·普莱斯顿为此"万分高兴"，因为，最终结果证明，她牵线搭桥特别成功。米丽在波士顿四处宣传，是她把这两人搞到一块儿的。

当年夏天，安妮宣布订婚时，唯有威廉感到了意外。从介绍威廉和亨利相识的那一刻开始，安妮就感到深深的懊悔，因为几乎从第一次见面起，威廉就特别讨厌亨利·奥斯伯恩。两人第一次交谈时，亨利问了威廉许多很长的问题，以证明他很乐意成为威廉的朋友；威廉则一个音节一个音节作答，以此表示他根本不想搭理亨利。威廉始终没改变对亨利的看法。安妮对此表示理解，她以为，儿子这么做是出于嫉妒。理查德死后，威廉一直是安妮生活的中心，如今不再是了。另外，不妨站在威廉的立场上想想，任何人都不可能取代他的生身之父，这是人之常情。安妮信心十足地对亨利说，随着时间的流逝，威廉迟早会改变态度，迟早会接受他。

当年10月，安妮·凯恩成了亨利·奥斯伯恩夫人。金色和红色的树叶开始纷纷飘落时，安妮在圣公会的圣保罗大教堂宣读了结婚誓言。至此，她与亨利·奥斯伯恩相识才9个多月。威廉托病待在学校，不肯出席婚礼。两位祖母出席了婚礼，不过，她们难掩对安妮再婚的不满。尤其是因为，与安妮相比，那男人显得太年轻。

凯恩奶奶说："这注定会是一场悲哀。"

第二天，新婚夫妇启程外出，乘船前往希腊了。直到12月的第二周，他们才返回位于贝肯山的红房子，正好赶在威廉放圣诞节假之前回到家。让威廉完全无法适应的是，红房子内部已经重新装修过，房子里几乎没有了父亲时代的痕迹。圣诞节期间，对刚刚倒插门的继父，威廉的态度没有任何软化。不过，他接受了亨利的礼物——按威廉的说法，这是糖衣炮弹——一辆崭新的自行车。亨利只好自认倒霉，板起面孔认输。对于自己了不起的新丈夫不再努力赢取儿子的欢心，安妮唯有表示哀伤。

虽然身在自己家，威廉已经没有了从前那种回家的感觉。另外，亨利好像整天不上班。因此，威廉常常整天躲在外边不回家。如果安妮追问威廉去了什么地方，也无法指望得到真实答案。威廉显然没有去两位祖母家，因为两位祖母常常抱怨见不着威廉。圣诞节假期终于要结束了，威廉恨不得立即返回学校。对于威廉将要离开家，亨利一点都不感到难过。

然而，对于生活中的两个男人，安妮却越来越感到不安。

11

"起来，小孩儿！起来，小孩儿！"

当兵的一边喊，一边用枪托捅弗洛戴克的胸脯。弗洛戴克从睡梦中惊醒，猛地坐起来，看了看姐姐和男爵的新坟，然后转过头看着卫兵。

"我会活到亲手宰了你们。"弗洛戴克用波兰话说，"这是我的家，你们这是在践踏我的领地。"

当兵的对弗洛戴克啐了口吐沫，推着他来到城堡正面的空地上。活下来的仆人们已经站成一排，谁都说不清，他们这是在等什么。看见仆人们的样子，弗洛戴克惊恐万分。更让他觉得痛苦的是，他完全无法预知接下来会发生什么。他被人强行按住头，跪到地上，他感到一把钝刀子在他头皮上刮起来，接着，他看见自己浓密的头发掉落到草地上。他的头被人剃了10下，然后，一切都结束了，整个过程犹如剃羊毛一样血腥。被剃过头后，有人命令他穿上新制服，那是一件灰色的斜纹布上衣和一条裤子。接着，他被人推搡着强行塞进仆人们的队伍里。他紧紧地攥着银饰，把它藏了起来。

所有人都站在原地——如今他们都成了号码，名字已经毫无用处——等待着。弗洛戴克听见，远处传来一种奇怪的声音。两扇巨大的铁门开了，一个机器穿过敞开的大门进来了。弗洛戴克从来没见过那东西。那是个没有马和牛拉动的大型交通工具。所有囚徒的脸上都挂着难以置信的神色，他们瞪大眼睛，注视着那个会移动的物体。那东西停了下来，由于囚徒们不配合，士兵们只好将他们拖到车子旁边，强迫他们往车上爬。没有牲口拉的车子转了个身，沿着原路驶出了大铁门。没有人敢说话。弗洛戴克坐在车子后部，目不转睛地看着城堡，最后，他的遗产终于从视野里消失了。

没有马拉的车子不停地行驶，在不知不觉中，他们穿过了斯洛尼姆镇。若不是弗洛戴克特别想知道那些人正在把他们带往什么地方，他一定会动脑筋想想，他们乘坐的车子究竟是怎么运作的。弗洛戴克终于认出来，眼下他们正行驶在以前他上学时走过的路上。

然而，在地牢里关了这么多年，弗洛戴克的记忆已经模糊，已经想不起这条路究竟通往什么地方。卡车继续行驶了数公里，然后突然停下来，他们被人推下了车。这里是当地的火车站，弗洛戴克以前曾经来过这里一次。那一次他是跟里昂一起来的，为的是迎接从华沙返回的男爵。当年，他们走进售票厅时，站岗的卫兵还向他们行礼呢！今天不会有人向他们行礼了。

有人命令囚犯们就地坐到站台上，然后有人给了他们羊奶、白菜汤、黑面包。当初关押进地牢的仆人总共有25人，活到如今的只有12人，其中有10个男性，2个女性。主事的仍然是弗洛戴克，他把食物小心地平均分了下去。弗洛戴克心里琢磨着，他们肯定是在等火车，不过，直到天黑，他们也没等来任何动静，然后，他们在星空下过了一夜。和地牢相比，这里已经是天堂了。感谢上帝，这是个温暖的夜晚。

第二天，他们又在等待中度过了一整天，火车一直没出现，接下来又是个不眠之夜。这一夜比前一夜冷。黎明来了，他们仍然在等待。最后，终于有一列火车轰隆轰隆开了过来，从列车上下来许多士兵，他们嘴里说的都是可恨的语言。然而，火车开走时，并没有带走弗洛戴克一行人。他们可怜巴巴地在站台上又过了一夜。

弗洛戴克一夜无眠，他一直在琢磨逃跑的方法。夜里，他手下的12个人之一试图溜掉，没等那人越过铁轨跳上对面的站台，当兵的一枪把他撂倒了。那是男爵的管家鲁德维克——男爵的遗嘱以及弗洛戴克的遗产有两个证人，他是其中之一。没有人抬走倒在铁轨上的尸体，这是在警告所有试图像他那样逃跑的人。

第三天傍晚，又有一列火车喷着蒸汽驶进车站，一个巨大的机车牵引着一串车厢和敞篷货车，货车的地面铺着干草，车身两侧标有"家畜"两个字。好几节货车挤满了囚犯，弗洛戴克看不出他们是从什么地方来的。弗洛戴克和手下人被装上了一节货车。斯洛尼姆镇成了这趟旅途的起点——不过，谁能告诉他们，终点在哪里？又过了好几个钟头，火车才驶出车站。借助西下的夕阳，弗洛戴克得以判断，他们是在朝东方行驶。

全副武装的士兵们盘腿坐在客车车厢顶上。在漫长的旅途中，时不时从车顶传来清脆的枪声，然后会有尸体被抛到路基上。这清楚地表明，逃跑毫无出路。

列车在大城市明斯克停了下来，他们第一次吃了顿像样的饭——有黑面包、干果、小米、水——然后，他们接着赶路。有时候，他们一连3天见不着一个车站。由于脱水和饥饿，许多被押解的旅客死在途中，然后被人抛到车外，活下来的人们会因此多一点活动空间。每次中途停车，他们都会等上两三天，为向西行驶的列车让路。耽误他们行程的列车毫无例外都满载着军人。弗洛戴克很快意识到，运送军队的列车比其他列车更有优先权。

逃跑的想法一直在弗洛戴克脑子里占据着首要位置。不过，两件事妨碍着他，让他没敢冒险盲动。首先，铁路两侧一直是一望无际的蛮荒地带；其次，这些侥幸逃过地牢劫难的人如今全都指望着弗洛戴克。这些人里，弗洛戴克年龄最小。不过，他们全都指望他分配吃喝，还指望他的意志支撑他们活下去。弗洛戴克是唯一相信会有未来的人。

日子一天天流逝着，他们越来越深入东方，气温也越来越低，温度常常会降到-22℃甚至更低，他们只好一个挨一个躺在地上，互相挤着取暖。睡不着觉时，弗洛戴克总会在心里默诵史诗《埃涅阿斯纪》。如果有人想翻身，这人必须事先征得大家同意。所以，每隔一段时间，弗洛戴克会在车帮上拍几响，然后大家一个接一个把身子转向另一侧。一天晚上，轮到其中一个女人翻身时，她没有动。弗洛戴克把这情况报告给了卫兵。4个士兵抬起女人的尸体，将其从行驶的列车上抛了出去，然后对着尸体胡乱放了一通枪，以防女人装死逃跑。

从明斯克前行330公里，列车来到了斯摩棱斯克市，弗洛戴克们在那里分到一些热白菜汤和黑面包。又一拨囚犯上了弗洛戴克这节车厢，他们和卫兵们语言相通。那帮人的头目显然比弗洛戴克年长。弗洛戴克和他手下的10男1女一共12个人，对这拨新来的人，他们立刻起了戒心。两拨人以车厢中部为界，各自占据着车厢的半壁江山。

一天夜里，弗洛戴克一动不动地注视着天上的寒星，正在琢磨怎样才能让身子暖和一些，他发现，斯摩棱斯克人的头目正在往他这边爬，目标是躺在最外缘的人。斯摩棱斯克人手里攥着一小截绳子，他把绳子套在了阿尔方斯的脖子上。后者正在熟睡，他正是男爵的领班。弗洛戴克心里清楚，如果现在猛扑过去，一有响动，那小子会立刻缩回自己人那边，寻求同伴们庇护。因此，弗洛戴克用肚皮贴着自己人的身子悄悄爬了过去。爬过自己人的身子时，大家都瞪大眼睛看着他，没有人弄出任何响动。弗洛戴克爬到自己人边缘时，纵身一跃，扑了过去，把车厢里的人都吵醒了。两拨人都退到各自的地盘上——除了阿尔方斯，他仍然一动不动地横躺在车厢中部的空地上。

斯摩棱斯克人的首领比弗洛戴克个子高，动作也比他敏捷。不过，两个人抱在一起，滚在一起，在地板上扭打成团时，谁也不占优势。两个孩子的搏斗持续了数分钟，引起了几个卫兵的兴趣，他们一边开心地笑，一边对最终胜负下赌注。看了半天，没见到血，一个等得不耐烦的卫兵将一把刺刀扔进车厢中部。两个孩子同时向雪亮的刺刀爬去，斯摩棱斯克人抢先把刺刀抓在手里，随后把刺刀扎进弗洛戴克的腿肚子侧面，这时，那帮斯摩棱斯克人欢呼起来。对方拔出满是鲜血的刺刀，再次向弗洛戴克刺去，由于列车晃动，落下的刀尖擦着弗洛戴克的耳朵，结结实实扎在木质地板上。斯摩棱斯克人使劲往外拔刀子时，弗洛戴克使出吃奶的力气，抬腿一蹬，踹中了对方的裤裆。对方丢下刺刀，仰翻在地。弗洛戴克趁机抓起刺刀，纵身一跃，骑到对方身上，把刺刀扎进对方嘴里。那孩子的惨叫声惊醒了整整一列车乘客。弗洛戴克把刺刀旋转着拔出来，接着又补了几刀，直到对方一动不动，他仍然不肯住手。终于，弗洛戴克上气不接下气地跪在了那孩子身上，然后，他把那孩子拖到车厢一侧，将其扔出了车厢。他听见那孩子掉落到路基上，噗地响了一声，接着，他又听见卫兵们对着那孩子掉落的地方胡乱放了几枪。

弗洛戴克一瘸一拐地走到阿尔方斯身边，跪到地上。直到这时，他才感觉到，腿上有一种冰冷和刺骨的疼痛。他摇了摇毫无生气的尸体，第二个证人也死了。现在，谁会相信他是男爵选定的遗产继承人？生命对他还有什么意义？他双手握住刺刀，对准了自己的肚子。一个卫兵迅速从车顶跳进车厢，一把夺走了刺刀。

"噢，别这样，这可不行。"卫兵说话时口齿不清，"营房里正需要多几个像你这样有血气的人，不能指望什么都让我们来干。"

弗洛戴克双手抱住头。他失去了所有财产，换来的却是一帮身无分文的斯摩棱斯克人。

§

整节车厢的人全都成了弗洛戴克的部下，从现在起，他需要同时照看20个囚犯。他是这样进行分治的：既然双方互为对手，睡觉时，每两个波兰人中间夹一个斯摩棱斯克人。弗洛戴克寄希望于，这么做会进一步降低双方冲突的倾向。

每天，弗洛戴克把大部分时间花在学习斯摩棱斯克人所说的奇怪的语言上。几天后他才意识到，那些人说的实际上是俄语。和男爵教给他的传统俄语相比，两种俄语之间的差距特别大。此外，他还有了更为重要的发现，他终于知道列车正在向什么地方行驶了。

白天，弗洛戴克总会挑选两个斯摩棱斯克人教他说他们的语言，一旦教他的人累了，他就换另外两人，直到所有斯摩棱斯克人都筋疲力尽，他才停下来。没过多久，弗洛戴克已经可以跟新成员们自由交谈了。他发现，他们当中的一些人曾经当过兵，是德国人遣返的俄国战俘，因叛国罪成了囚犯。其他人都是白俄人——农民、矿工、苦力——他们对革命怀有刻骨的仇恨。

列车摇摇晃晃行驶着，两侧越来越荒凉，满眼都是弗洛戴克从未见过的景象。他们还路过了一些从未听说过的城市——鄂木斯克、新西伯利亚、克拉斯诺亚尔斯克。听到这些名字，弗洛戴克有了一种不祥的预感。历经两个月，跨越将近5000公里路途，他们终于到了伊尔库茨克，铁轨在这里终止了。

一整列车的囚犯都被赶下了车，有人让他们填了填肚子，然后每人分到一套背部印有号码的灰色制服、毡靴、上衣、厚大衣。尽管人人都争抢最厚实的衣服，任何东西都无法抵御这里的冷风和冰雪。

一些没有马拉的车子出现了，把弗洛戴克们从城堡里拉出来的正是这种车子。士兵们从车上甩出一些铁链子，每个囚犯的一只手被铐在链子上，每条链子铐50名囚犯。士兵们坐在车上，囚犯们则被铁链拖着徒步而行。连续赶路12个小时后，才会停下来休息两小时，在此期间，士兵们把已经死去的和将要死去的人从链子上解下来，活着的人则继续赶路。

　　3天以后，弗洛戴克坚信，他肯定会被冻死，或者累死。到了无人地带，他们改为白天赶路，夜里休息。劳改营派来一个由囚犯们组成的野炊伙房。随着时间的流逝，萝卜汤一天比一天凉，面包一天比一天酸腐。弗洛戴克从野炊伙房的囚犯们口里得知，劳改营的条件比这还糟糕，因此他们自愿到野炊伙房干活。

　　第一个星期，从来没人给他们打开手铐。后来，再也不可能有人想到逃跑时，每到夜间，会有人给他们打开手铐，让他们到雪地里自己掏雪窝，然后钻进去保暖。唯有这样，他们才能入睡。有时候，赶上运气好，他们会遇到一片树林，在林子里睡上一觉。对毫无希望的囚犯们来说，在林子里睡觉已经成为最大的奢望。他们走啊走，经过了许多巨大的湖泊，穿过了许多冰封的河流，迎着越来越凛冽的寒风，踏着越来越厚实的白毛雪，一直向北行进。弗洛戴克的伤腿经常给他带来阵阵剧痛，其程度渐渐超过冻坏的耳朵和手指给他带来的疼痛。年长的人和生病的人真真正正是生不如死，在熟睡时死去的人算是幸运的，半路上支撑不住的人才是不幸的，被松开手铐的他们，唯有独自面对死亡。弗洛戴克完全丧失了时间概念，他仅存的一种感觉是，自己被一条铁链死拉活拽着往前拖。每当夜里停下来掏雪窝时，他完全不知道，第二天早上自己是否还能醒来。那些没醒来的人，就这样永远地躺在了自掘的坟墓里。

徒步行走1500公里后，活下来的囚犯们遇到了赶着驯鹿乘坐雪橇迎接他们的奥斯蒂亚克人。他们是俄罗斯大草原游牧部落的人。囚犯们被拴到雪橇上，继续往前赶路。一场猛烈的暴风雪让他们滞留了两天，这是最幸福的两天。弗洛戴克抓住时机，跟赶着车拖着他行走的奥斯蒂亚克年轻人聊起来。他从聊天中得知，奥斯蒂亚克人憎恨南方的和西方的俄罗斯人，因为俄罗斯人像对待囚犯一样对待他们。奥斯蒂亚克人对悲惨的、毫无前途的囚犯们并非没有同情心，他们用"不幸的人们"称呼囚犯。

12

未来的不明朗常常让安妮感到不安。婚后的头几个月，安妮总的来说还算幸福。让安妮担心的是，威廉对亨利越来越反感，还有，在找工作方面，亨利似乎很无能，每次跟他谈到工作，他都会发脾气，还总是说，他还没从战争的苦恼中完全解脱出来。亨利还说，他不想草率从事，免得做错选择，导致将来后悔。安妮发现，她很难理解亨利的说法，终于，她跟亨利发生了第一次争执。

"我真不明白，亨利，我们结婚以前，你对房地产似乎津津乐道，怎么至今你还没开业呢？"

"现在时机未到，亲爱的。目前看，房地产市场不怎么景气。"

"你总是这么说，都快一年了，我怎么觉着，你眼里永远都不会有景气的时候啊。"

"当然会有啦，实际情况是，我还需要一点钱作本金。这么说吧，如果你同意，我再从你那儿借点钱，很快我就可以干起来了。"

"这不可能，亨利，理查德遗嘱里的附加条款你是清楚的。从我们结婚起，我的岁入就终止了，现在我只有那点本金了。"

"我只要其中一小部分就够了。你可别忘了，你那宝贝儿子的资产少说也有两千万呢！"

"你好像对威廉的资产特别熟悉，是吧。"安妮的脸色顿时难看了。

"噢，别这么说，安妮，你也该给我一个做丈夫的机会。别让我觉着在自己家像个外人。"

"你自己的钱哪儿去啦，亨利？你总是让我相信你有足够的钱创业啊。"

"一直以来你就知道，我跟理查德在金钱上不是同一阶层的人。而且，你过去不是经常说，你对此无所谓嘛。这可是你说的，'哪怕你一文不名，亨利，我也会嫁给你'。"亨利挖苦地说。

安妮禁不住哭起来，亨利只好耐住性子安慰她。当晚剩下的时间，安妮一直枕在亨利的怀抱里，两人都不再触及刚才的话题。安妮终于认识到，自己确实没有一碗水端平，另外，自己对亨利的理解也不够，反正这些钱一辈子都花不完，既然自己这么心甘情愿把余生托付给这个男人，从这些钱里拿出一点点又有何妨？

第二天一早，安妮同意借给亨利10万美金，以便他在波士顿开办一家房地产公司。一个月内，亨利在城里的繁华地段租了个豪华办公室，招聘了6个员工，然后，他的公司开业了。没过多久，亨利已经和波士顿有影响力的政客们以及知名的房地产商们打成一片。他们在各自的俱乐部里跟亨利喝酒聊天，大谈投资农用土地如何赚钱，向亨利推介一些不可能亏损的投资项目，还跟亨利一起到赛马场赌钱。他们引领亨利进出郊外的各种豪华俱乐部，为他引荐潜在的客户。没过多久，安妮的10万美金便消耗殆尽了。

§

威廉过15岁生日时，已经在圣保罗学校上到三年级。他的总评成绩是班上第六，数学单科成绩一直保持第一，他还成了学校辩才协会一颗冉冉升起的新星，他最差的成绩都与体育有关。

为汇报自己的进步，威廉每周给母亲写一封信，每次写收件人称谓时，他总会写"理查德·凯恩夫人"，他拒绝承认亨利·奥斯伯恩的存在。究竟该不该跟威廉谈谈此事，安妮始终拿不定主意。安妮总是万分小心地把威廉的信藏起来，以防亨利看见。安妮仍然满怀希望地认为，随着时间的迁延，威廉会改变态度，并且会逐渐喜欢上她丈夫。然而，几个月过后，事情越来越清楚，安妮的希望根本不现实。威廉憎恨亨利·奥斯伯恩，他不清楚自己的终极目的是什么，虽然如此，他却故意让这种仇恨不断加深。让威廉感到庆幸的是，那个奥斯伯恩从来不陪母亲来学校看他。威廉绝对无法容忍其他孩子看见母亲和那个男人在一起。回波士顿时，必须跟那个人同住一个屋檐下，这已经让他够难堪了。

在写给母亲的一封信里，威廉请求母亲同意他跟朋友马休·莱斯特一起度暑假，他们计划先去佛蒙特州参加夏令营，然后去纽约，住到莱斯特家。这一要求不啻是给安妮的痛苦雪上加霜，不过，安妮吞下苦果，满足了威廉的要求。对安妮终于做出这样的决定，亨利似乎正求之不得。

母亲再婚以来，这是威廉第一次盼望假期快点到来。

§

　　莱斯特家的帕克牌高级轿车把威廉和马休送到了位于佛蒙特州的夏令营，这种车几乎没有噪音。马休在途中随便问了威廉，圣保罗学校毕业典礼来临时，他打算做些什么。

　　威廉不假思索地说："我要成为全年级的学习尖子，当班主席，拿到哈佛大学的纪念汉米尔顿数学奖学金。"

　　"你干吗把这些看得这么重？"马休不解地问。

　　"我父亲做到了这三件事。"

　　"如果你能超过你父亲，我就把我父亲介绍给你。"

　　听到这句话，威廉不禁笑起来。

　　在佛蒙特的6个星期，两个孩子过得既潇洒又开心，从下棋到打橄榄球，他们几乎玩遍了夏令营的所有项目。夏令营闭营时，两个孩子收拾好行装，登上了前往纽约的火车。假期最后一个月，他们说好要跟莱斯特的家人一起度过。

　　在马休家门口，他们受到一位管家的欢迎，管家称呼马休为"先生"。另一位欢迎他们的人是个12岁的小女孩，她长着一脸雀斑，她称呼马休为"胖子"。威廉忍俊不禁，大笑起来，因为，他朋友是个瘦干郎，而小女孩自己却是个地地道道的胖子。小女孩也跟着笑起来，她张开嘴巴时，露出了一口牙齿矫正器。

　　马休不无挖苦地说："你绝对不会相信，苏珊竟然是我妹妹。对吧？"

　　"不会，肯定不会。"威廉对苏珊笑了笑，然后说，"她比你长得好看多了。"

　　从那往后，苏珊对威廉崇拜得五体投地。

威廉第一次见到了马休的父亲，从见面的那一刻起，他对马休的父亲也崇拜得五体投地。在许多方面，马休的父亲让威廉想起自己的父亲。威廉请求莱斯特先生带他参观由他担任董事长的那家大银行。查尔斯·莱斯特认真考虑了一番威廉的请求，此前，没有一个孩子被允许进入布劳德大街17号那个秩序井然的办公大楼，包括他的亲儿子。面对这样的请求，银行家通常会采取折中的方案。因而，某星期天下午，银行家领着威廉参观了位于华尔街的银行大楼。

看到大楼各个楼层都有非常大的办公室，楼里还有好几个穹顶，还有外汇兑换厅、董事会会议室、董事长办公室等等，威廉被震住了。莱斯特银行的业务范围明显比凯恩和卡伯特银行宽泛得多。威廉自己有个小本子，他的投资都记录在本子上，每年他都对投资记录做一次全面总结，因而他十分清楚，莱斯特财团的资本比凯恩和卡伯特银行雄厚得多。回家路上，威廉坐在车里一直沉默不语。

查尔斯·莱斯特打破沉默，问道："我说威廉，你对今天的参观还满意吧？"

"噢，那当然，先生。"威廉答道，"非常满意。"过了一会儿，他又补充说，"不过我觉得，我应当对您坦诚相告我的想法，先生。早晚有一天，我会到您的银行当董事长。"

查尔斯·莱斯特会心地笑了。当天进晚餐时，查尔斯将威廉·凯恩参观莱斯特银行大楼一事讲给客人们听，他还对客人们讲述了威廉想成为他的继任者一事。听到这里，客人们放声大笑起来。可是，威廉这番话并非说说而已。

§

让安妮感到意外的是，亨利又开口向她借钱了。

"这笔钱100%有赚头。"他信誓旦旦地说，"你可以去问问阿兰·罗依德。作为银行董事长，为你的利益最大化，他会实话实说。"

"问题是，你想要25万，对吧？"安妮问道。

"一次千载难逢的机会，亲爱的。等着瞧吧，这笔钱一投进去，用不了几年就可以翻番。"

又是一次长时间的口角，其间有好几次还把理查德和威廉扯了进来。安妮再次做了让步，生活又恢复了往常的平静。前往银行核对自己的投资组合时，安妮发现，她只剩15万美元本金了。不过，亨利的人脉关系好像越来越对路，他常常挂在嘴边一句话：很快就要做成一笔"不可能亏本的"买卖了。安妮本想去凯恩和卡伯特银行找阿兰·罗依德商量此事，后来她改了主意。无论如何，这么做等于质疑丈夫的判断力。可以肯定，如果事先不知道阿兰的最终意向，亨利绝不会向她提这样的要求。

安妮再次开始经常光顾麦肯泽尔医生的诊所，她希望医生想个法子，让她再怀一次孩子。不过，每次医生都建议她打消这一念头。医生认为，既然前一次怀孕引起了高血压，对于已经36岁的安妮来说，再次考虑当母亲非常不明智。安妮和两位祖母讨论了这一问题，然而，她们全都跟好心的医生一个鼻孔出气。她们两人对亨利都没有好感，尤其不愿意看到一个姓奥斯伯恩的孩子出世，任由那孩子在她们升天后争夺凯恩家族的财产。安妮只好认命，只好甘愿做个单独一孩的母亲。亨利对此十分恼火，他整日喋喋不休地念叨，这是对他的背叛，他甚至扬言，如果理查德还活着，安妮肯定会再试一次。安妮暗自想道，这两个男人竟然如此不同，自己怎么会两个都爱呢，恐怕只有天知道。她只好想方设法安慰亨利，暗中祈祷亨利事业成功，那样的话，亨利就会整天忙业务。与此同时，她日渐枯竭的小金库也会得到些补偿。恰如安妮希望的，亨利经常在办公室工作到很晚。

13

时间又过去9天，孟冬时节，在迷蒙的夜色中，弗洛戴克和他那帮人来到了坐落在北极圈内的201劳改营。弗洛戴克简直不敢相信，他竟然对眼前所见欣喜若狂。眼前所见是，寸草不生的荒原中央，蓦然出现一排排木头房子。像囚犯们一样，每座房子都标有号码。弗洛戴克的房子是33号。33号房中央有个黑色的小炉子，房子四周的墙上吊着成排的木床，床上垫着硬邦邦的草垫子，每张床仅有一条薄薄的毯子。第一夜，新来的囚犯们几乎无法入睡，因为，他们已经习惯于睡在雪窝里。还有，33号房里的呻吟声和叫喊声往往比房子外边的狼嚎还要响。

第二天，太阳远未升起，锤子敲击三角铁的声音把新来的囚犯们惊醒了。窗玻璃内侧结满了厚厚的白霜，弗洛戴克原以为，这一晚他肯定会冻死。囚犯们吃早餐的地方是一间公共活动室，里边冰冷刺骨，吃饭时间只有10分钟，每人分到一碗微温的麦片粥，粥里有几块发臭的鱼肉，面上漂着类似白菜叶的东西。新来的囚犯们把鱼刺吐到桌子上，而老囚犯们不仅把鱼刺鱼骨一起吃进肚子，甚至连鱼眼睛都不放过。

早餐过后，有人为新来的囚犯们草草地剃了一次头，然后给他们分派了活计。弗洛戴克从此成了伐木工。他跟随带队的人穿过毫无生气的俄罗斯荒原，步行数公里路，来到一片森林里。他的任务是，每天砍10棵树。带队的卫兵把弗洛戴克和他的6人小组领到工作点，按定量给他们留下伙食，然后转身离开了。伙食包括没有味道的黄色琼脂粥和面包。卫兵们根本不怕囚犯们逃跑。因为，相距最近的城镇在将近2000公里开外——即使逃亡者不迷失方向，那地方距离太远，任何人都鞭长莫及。

　　每天工作行将结束时，卫兵会返回工作点，清点囚犯们当天伐倒的树木。如果组里有一个人完不成定额，整个小组第二天的伙食会被减扣。不过，每晚7点钟，卫兵再次出现时，天色已经擦黑，卫兵几乎不大可能准确判断囚犯们新伐倒的树究竟有多少棵。每天下午后半段时间，弗洛戴克总会把他那帮人组织起来，将头一天伐倒的三两棵树上的积雪清理干净，然后把这些树混进当天伐倒的树堆里。他们每次都做得天衣无缝，因而他们小组的伙食从来没被克扣过。还有几次，他们甚至将小木块绑在腿肚子上偷偷带进了营房，半夜里，他们将小木块投进烧煤的小炉子。小心谨慎最重要，因为，返回营房时，说不定哪天会有人搜身，有时候，卫兵会让他们脱掉一只或两只毡靴，站在冰冷的雪地里等候检查。如果有人被查出身上夹带东西，惩罚是3天不给饭吃。

　　转瞬间，几个星期过去了，弗洛戴克的伤腿变得越来越不听使唤，而且疼痛难忍。他渴望气温降到-40℃，甚至更低，这样室外工作会取消。即使完不成定额，必须占用星期天补上，弗洛戴克也在所不惜。每星期天，囚犯们原本可以躺在床上，无所事事地待一整天。

　　一天傍晚，在野外拖木头时，弗洛戴克觉得，随着脉搏的跳动，腿上的疼痛深入到了骨髓。他仔细查看了一下伤口，这才知道，伤口已经变红，而且已经发炎。他让一个卫兵看了伤口，卫兵让他第二天天不亮向营里的医生报告。弗洛戴克一整夜没上床，他几乎把伤腿贴到了炉子上。微弱的炉温根本无法缓解痛苦。

第二天，弗洛戴克比平时提前一小时起身。如果出发干活前找不到医生，他只能再等一天。如此深入骨髓的疼痛，多忍一天他都受不了。弗洛戴克向医生报告了自己的姓名和号码。医生竟然是个富于同情心的老头，而且明显是个驼背，还是个秃顶——弗洛戴克觉得，医生比男爵在世最后几天的样子还苍老。医生一言不发地检查了弗洛戴克的伤口。

弗洛戴克问："伤口还能长好吗，医生？"

"你会说俄语？"

"会说，先生。"

"不用叫我先生，我的名字叫杜边。跟你一样，我也是囚犯。"弗洛戴克露出一脸惊愕的神情。医生接着说："虽然你一辈子都得瘸着腿走路，年轻人，你的腿肯定会好起来。可好起来有什么用？一辈子在这个被上帝遗忘的角落里伐木头？"

弗洛戴克坚定地说："不，医生。我一定要逃出去，我要回到波兰。"

医生用犀利的目光盯着弗洛戴克，看了一会儿，然后说："小声点儿，傻孩子……事到如今，至少你也该清楚，逃走根本不可能。我已经被关在这里15年了，天天转着逃跑的念头。可是，一点办法都没有，没人能活着逃出去。即便提到'逃跑'两个字，也会被关10天禁闭。关禁闭期间，3天才给一顿饭吃，屋里还没炉子。如果能活着从禁闭室出来，你肯定会有生不如死的感觉。"

"一定要逃出去，一定，一定……"弗洛戴克一遍遍重复着，他的目光始终没离开老人。

医生注视弗洛戴克的眼睛，说："我的朋友，以后永远不要再提逃跑，不然他们会杀了你。去干活吧，好好护住你的腿。明天一早再到我这儿来检查一下。"

弗洛戴克只好回森林里干活去了。不过，由于疼痛太剧烈，他几乎做不了什么事。第二天一早，医生更加仔细地检查了一遍他的伤口。

"看来情况更糟了。"医生感叹道，然后问："你多大了，孩子？"

弗洛戴克反问："今年是什么年份，杜边医生？"

"1919年。"医生答道。

"那我13岁了。您高寿几何，医生？"

医生对弗洛戴克的提问方式极为惊讶，不过，他平静地答道："38岁。"

"这怎么可能！"弗洛戴克喊道。

医生一本正经地说："要是被关15年，你也会变成这副模样，孩子。"

"那你来这儿究竟是因为什么？"弗洛戴克问，"关了这么久，为什么还不放你？"

"放走这里唯一的医生？"杜边医生说着笑起来。"1904年，我在莫斯科被捕，成了囚犯，当时我刚刚在巴黎拿到行医执照。那时我在法国使馆工作，他们说我是间谍，把我关了起来。革命以后，未经审判，他们就把我送到了这个比地狱还不如的地方。法国人肯定把我这人的存在忘得精光了。不管怎么说，没人相信世界上会有这样的地方。在201劳改营，没人经历过审判。所以，像其他死在这里的人一样，我也会死在这地方，大概为时也不远了。"

"不，你不能放弃希望，医生。"

"希望？很早以前，我就把自己的希望放弃了。也许我还没把你的希望放弃，可你必须永远记住，不要向任何人提逃跑两个字。这里有爱打小报告的囚犯，仅仅为了换一片面包或一条厚点儿的毯子，他们也会出卖你。弗洛戴克，从现在起，我把你安排到伙房去干一个月，你每天早上必须到我这儿报到。这是保住你这条腿的唯一办法，而且，我也不想成为截断你这条腿的人。实际上，我们这儿根本没有新式外科手术器械。"说到这里，医生瞥了一眼挂在墙上的刀子，那是一把切肉用的大刀。弗洛戴克的脊梁骨不禁一阵发冷。

杜边医生在一张纸条上写下了弗洛戴克的名字。第二天一早，弗洛戴克去厨房报到了。分给他的活是在冰冷刺骨的水里洗盘子，帮助厨师准备看起来像是食物的东西。跟整天砍木头相比，在厨房干活是一份美差。在厨房干活，可以多喝些鱼汤，还有大块的黑面包，面包皮上点缀着剁碎的荨麻籽，另外，还能整天待在暖和的屋子里。一次，厨师跟弗洛戴克分吃了一个鸟蛋，尽管鸟蛋进了肚子，两人都说不清那是什么鸟下的蛋。弗洛戴克的腿伤渐渐好起来，不过，他已经成了名副其实的瘸子。杜边医生对此束手无策，因为，这地方缺少基本的医疗设备，医生唯一能做的是，精心护理他的伤口，等待伤口自愈。

日子一天天过去，医生和弗洛戴克渐渐成了朋友。他们每天早上换一种语言交谈，不过，杜边医生最喜欢用他的母语法语跟弗洛戴克交谈。15年来，他根本没机会说法语。

"7天之内，弗洛戴克，你就得回森林里砍树了。到时候卫兵们会来查看你的腿伤，那时我就不能让你继续在伙房干活了。所以，你必须仔细听我说，因为，最近我已经为你制订了一套逃跑计划。"

"咱俩一起逃，医生，"弗洛戴克说，"一起逃。"

"不行，只能你一个人。我的年纪已经不允许我做这种长途跋涉了。虽然我一直梦想着逃跑，我也只能帮助你成功。只要知道有人逃跑成功，我就知足了。在这种地方，碰上个让我相信有可能成功的人，你是第一个。"

弗洛戴克一言不发地听着医生讲述计划。

"过去15年来，我攒了200卢布——给俄国人加班想要加班费，没门儿。"听到劳改营里最古老的笑话，弗洛戴克不禁笑起来。"我把这笔钱藏在一个药瓶里，一共是4张50卢布的票子。你逃跑之前，我会把这笔钱缝在你的衣服里。"

"什么衣服？"弗洛戴克好奇地问。

"大约12年前，当我还满怀逃跑希望时，一个卫兵需要药品，我跟他换了一件外套、一件衬衫、一顶帽子。虽然样式已经不时兴了，如今依然能派上用场。"

花费15年时间攒下200卢布，准备好一件外套、一件衬衫、一顶帽子，在一瞬间，医生却决定把这一切心甘情愿地馈赠给弗洛戴克。如此无私无怨的举动，弗洛戴克今生今世只碰上这么一次。

"下星期四有一次机会。"医生接着说，"到时候，新囚犯们会乘火车到达伊尔库茨克。卫兵们每次都从伙房挑4个人组成野炊小组，为新囚犯们做饭。我已经跟斯坦尼斯拉夫说好，他是大厨。"——因为用词不当，医生把自己逗乐了——"作为交换麻药的条件，他会把你安排到野炊小组里。这事不难办，实际上没人愿意跑这趟来回——而你，需要的仅仅是到达伊尔库茨克。"

弗洛戴克聚精会神地倾听着医生的讲述。

"到达车站后，你必须等候拉囚犯的火车进站，然后才能采取进一步行动。囚犯们全都上站台以后，你马上穿过铁轨，钻到开往莫斯科的列车上。拉囚犯的列车进站以前，那趟车出不了站，因为那条铁路是单线。到那个时候，你只有祈求上帝帮你了，上千个新来的囚犯在站台上乱成一团的时候，但愿卫兵不会发现你不见了。从那时起，一切都得靠你自己了。记住，如果发现你逃跑，他们会毫不犹豫当场打死你。我还能帮你一个忙，15年前，被带到这里时，我凭记忆画了个从莫斯科到土耳其的路线图。这张图也许不那么准。首先你必须弄清楚，俄国人有没有占领土耳其，只有上帝才清楚他们最近又干了什么。据我所知，他们可能把法国也控制了。"

说着，医生向药品柜走去，从柜子里拿出一个大瓶子，里边似乎装着满满一瓶褐色的东西。医生拧开瓶子盖，从瓶子里掏出一张很旧的羊皮纸。由于年代久远，羊皮纸上的黑色墨迹已经褪了色。纸上标注的日期是"1904年10月"，上面画着一条从劳改营到莫斯科，从莫斯科到港口城市敖得萨，再从敖得萨到土耳其的路线。这是一条通往自由的路线，这条路有将近2500公里长。

"这个星期，你每天早上到我这里来一趟，我们每天从头到尾把计划温习一遍。如果你失败，绝不应当是准备不充分的缘故。"

§

一连几个晚上，弗洛戴克都无法入睡。他瞪大双眼，望着窗外，注视着荒原狼最喜欢的凄冷的圆月。为防止各种不测，凡是能预想到的情况，他都反反复复思考过了。

一连好几天，弗洛戴克每天都和医生一起将计划从头到尾温习一遍。出发的前一天晚上，医生把路线图对折6下，将路线图和4张50卢布的纸币一起塞进一个信封，然后把信封缝在外套的一只袖筒里。弗洛戴克穿上了衬衫和外套，他已经瘦得不成样子，两件衣服穿在身上，好像挂在晾衣架上一样。弗洛戴克往身上套囚服时，医生突然注意到男爵的银饰。弗洛戴克一直把银饰小心翼翼地藏在胳膊肘以上，以免卫兵们发现它，偷走它。

"那是什么？"医生问，"看样子很贵重吧？"

"我父亲留给我的礼物。"弗洛戴克说，"我把它送给你，以示我的感激，行吗？"说着，弗洛戴克把银饰从手腕上取下来，递给医生。

医生拿起银饰，仔细端详了一会儿，然后垂下了头，说："绝对不行，这东西只能属于一个人。"

医生把银饰还给弗洛戴克，深情地握了握弗洛戴克的手。

"祝你好运，弗洛戴克。希望我们从此不再见面。"

他们拥抱了一下，然后，弗洛戴克离开了。弗洛戴克暗自祈祷着，但愿今夜是他在33号房里的最后一夜。那一夜，他根本无法入睡，生怕同屋的囚犯发现他在囚服里穿了制服，然后向卫兵打小报告。清晨，锤子敲击三角铁的声音刚刚响起，弗洛戴克第一个来到伙房报到。几个卫兵过来挑选4个人上卡车时，囚犯头目把弗洛戴克推了出去。弗洛戴克的年龄显然比其他人小得多。

"为什么让这个人去？"一个卫兵指着弗洛戴克问。

弗洛戴克僵在了原地。队伍根本没出发，医生的计划眼看就要流产了。如果等候下一批囚犯来劳改营，至少还要等3个月。那时候，他早已不在伙房干活了。

"他是个了不起的厨师，"斯坦尼斯拉夫说，"他在一个男爵的城堡里受过训，是给卫兵们做饭的最好人选。"

"好，"卫兵的贪嘴战胜了疑心，"那就快动起来。"

4个囚犯立即向卡车奔去，整个队伍随即开拔了。这次旅行同样是既缓慢又艰难，不过，对弗洛戴克来说，这次他不再是徒步行走。而且，眼下已是夏季，最高气温已经达到1℃。

§

队伍终于到达伊尔库茨克时，已经是16天以后。开往莫斯科的列车早已停在站里，那列火车至少已经等候了数小时，拉囚犯的列车进站前，那列火车不可能启程上路。弗洛戴克和野炊小组的另外3个人一起坐在站台边沿。由于过去的经历，其他人对周围的一切都无动于衷。弗洛戴克则不然，他仔细观察着停靠在对面站台旁边的那列火车，将周围所有动静都看在眼里。那列火车的好几个门仍然敞开着，经过仔细斟酌，弗洛戴克选定了其中一个门，时机一到，他就从那个门钻进去。

"你是不是要逃跑？"斯坦尼斯拉夫突然问。

弗洛戴克浑身汗如雨下，没有开口。斯坦尼斯拉夫盯着他，说："肯定是。"弗洛戴克仍然沉默不语。老厨师一直目不转睛地注视着这个13岁的孩子。经过一阵长时间的沉默，老厨师咧嘴笑了，他补充说："祝你好运。我会设法拖住他们，让他们尽可能晚点察觉你已经失踪。"

斯坦尼斯拉夫捅了一下弗洛戴克的胳膊，往远处指了指。弗洛戴克看到，拉囚犯的列车已经出现在远方，正缓缓向他们驶来。由于行动迫在眉睫，弗洛戴克的神经立刻绷紧了，心跳也加剧了，他的眼睛观察着卫兵们的一举一动。终于，进站的列车停稳了，弗洛戴克看到，上千个疲惫的、没有姓名的囚犯从列车上鱼贯而出，走上了站台。车站人满为患，乱作一团，卫兵们全神贯注于新来的囚犯时，弗洛戴克从拉囚犯的列车底下钻了过去。他跨过铁轨，跳上开往莫斯科的列车，钻进了车厢一端的厕所。车厢里没有任何人拿正眼看过他。他把自己锁在厕所里，在等待中不停地祈祷，时刻担心有人来敲门。弗洛戴克觉着，列车驶出车站前那段时间似乎比他一生度过的时间还要长。实际上，那段时间只有47分钟。

"成功啦！成功啦！"弗洛戴克喊出了声。透过厕所的小窗，他往外看去，车站越来越小，也越来越远。那里有一大群新来的囚犯，正在为前往201劳改营做着准备，正在被人铐到一条条铁链上。动手铐人时，卫兵们大声说笑着。有多少人能活着到达营房？又有多少人会成为狼群的美餐？卫兵们什么时候会发现他已经失踪？

弗洛戴克在厕所里继续待了几分钟，不敢采取任何行动，不知道下一步究竟该做什么。突然，门被人砰地敲了一下。弗洛戴克的脑子飞快地转起来——是卫兵？还是查票的？或是当兵的？——他脑子里出现了一大串人物形象，一个比一个可怕。敲门变成了持续不断的响声。

一个低沉的、破锣一样的声音喊道："快点儿！"

弗洛戴克没有选择余地，如果是当兵的，他没有任何其他出路——即便是个侏儒，也无法从厕所的小窗里钻出去。如果不是当兵的，而他在厕所里待的时间过长，肯定会引起怀疑。弗洛戴克赶紧脱掉囚服，卷成一个小团，从窗口扔了出去。随后他从制服兜里掏出一个软帽，戴到自己的光头上，然后伸手拉开了门。一个等得不耐烦的男人挤了进来，弗洛戴克还没来得及走出去，那人已经把裤子扒了下去。

刚走进过道，弗洛戴克立刻意识到，他这身老式装束太醒目，太令人生疑，太让人担惊受怕，好似一只掉进鸡群里的凤凰。他赶紧直奔另一个厕所，再次把自己锁进厕所里。他匆匆忙忙拆开装钱的信封，从里边拿出一张50卢布的钞票。弗洛戴克再次返回过道，找到一节最拥挤的车厢，然后缩进一个角落。车厢中部，几个男人正在玩每局几个卢布的掷钱赌游戏。生活在城堡期间，弗洛戴克经常和里昂玩这种游戏，而且总是赢家，因此他特别想过去碰碰运气。不过，他唯恐这么做会引起旁人注意。赌局继续着，后来，弗洛戴克注意到，无论开局对其中一个赌徒多么不利，那人最后总会成为赢家。弗洛戴克更加仔细地观察着那人的手法，发现那家伙在玩障眼法。

一个赌徒输光了赌资，骂骂咧咧退出了赌局，走到弗洛戴克身边坐下。弗洛戴克立刻感受到对方身上穿的厚羊毛大衣带来的暖意。

弗洛戴克主动和对方搭讪："你手气不好哇。"

"啊，这不是手气问题。"赌徒答，"多数情况下，我总是能赢那帮乡下人，可我的钱用光了。"

弗洛戴克问："你想卖掉大衣吗？"

赌徒用怀疑的目光注视着弗洛戴克。

"你根本买不起，孩子。"尽管如此，弗洛戴克分明从对方的声音里听出来，对方实际上希望他买得起。"75卢布以下我根本不卖。"

弗洛戴克说："我出40。"

赌徒说："60吧。"

弗洛戴克说："50。"

赌徒说："不行，少于60我不卖。我买的时候花了上百。"

"那肯定是好几年以前的事了。"弗洛戴克嘴上这么说，心里却在想，不能冒险从衣袖内的信封里往外掏钱，那样的话，其他人会注意他。他摸了摸对方的大衣领子，装出一副鄙夷的样子，说："当初你买贵了，朋友。50卢布，多1戈比都不行。"弗洛戴克说完起身要走。

"等一下，等一下。"赌徒让步了，"那好吧，50让给你啦！"

弗洛戴克从兜里掏出那张脏兮兮的50卢布纸币，将大衣换到了手。大衣套在弗洛戴克身上，显得又长又大，几乎拖到地面。然而，这正是他需要的，大衣正好完全遮住了他身上不合时宜的、招人眼目的制服。弗洛戴克看了一会儿返回去接着下注的赌徒，那人又开始输钱了。弗洛戴克从中学到了两样东西：手气不好的话，千万别赌；讨价还价时，如果达到自己的能力极限，必须果断地转身离开。

弗洛戴克穿着新买的旧大衣，离开了刚刚待过的车厢，他心里稍微踏实了一些，甚至还有了观察整趟列车布局的心情。列车的车厢似乎分属两个等级，普通车厢为木板座席，人们或站，或坐；高级车厢的座位都是软座椅。除了一节高级车厢，所有车厢都十分拥挤。让人奇怪的是，那节高级车厢里孤零零地坐着一个女人。那是个中年妇女，她比整个列车上所有旅客都穿得好。她穿着一身深蓝色套装，头上裹着一条大围巾。弗洛戴克盯着那女人看了一会儿，女人对他莞尔一笑。弗洛戴克壮起胆子，走进了她的车厢。

"我可以坐这儿吗？"

"请便吧。"女人说着把弗洛戴克仔细打量了一番。

弗洛戴克不再说话，静下心后，他把女人和她携带的东西小心地打量了一番。女人菜色的脸上布满了岁月侵蚀的纹路，身子稍微显得胖了些——体重超标可能是俄国食物造成的。女人修剪整齐的黑色短发和褐色的眼睛难免引人遐想：从前她可能是一位颇具姿色的女人。女人头顶的行李架上放着两大包衣服，她身边还有一只小手提箱。尽管仍然处于危险中，弗洛戴克突然感到一阵困乏袭来，他感觉自己快撑不住了。他正在琢磨是否可以睡一觉，女人突然开口了：

"你去什么地方？"

弗洛戴克被女人的问话吓了一跳，他答道："莫斯科。"

"我也是。"

弗洛戴克已经为刚刚说过的话后悔了，虽然那等于什么都没说。"不要跟任何人交谈。"医生曾经反复告诫他，"记住，不要相信任何人。每个俄国人都是特务。"

女人不再说话，弗洛戴克顿时舒了一口气。弗洛戴克刚刚恢复一点自信，检票员出现了。虽然当时的气温有–20℃，弗洛戴克已经浑身冒汗了。检票员接过女人的车票，在票上打了个小孔，然后把票还给女人。接下来，他转向了弗洛戴克。

检票员用缓慢的、公事公办的口吻说："出示一下车票，同志。"

弗洛戴克在大衣口袋里胡乱抓摸着，他已经没有退路了。

"他是我儿子。"女人的口气毋庸置疑。

检票员转过头看了看女人，又看了看弗洛戴克，然后向女人鞠了一躬，没再说什么，直接离开了。

弗洛戴克吃惊地看着女人，结结巴巴地说："谢—谢—您。"除此而外，他不知道该说些什么。

"我看见你从运囚犯的列车底下钻过来。"女人平静地说。弗洛戴克的心不由自主地沉到了底。"不过别担心，我不会出卖你。

我有个小弟也被关在其中一个可怕的劳改营里。我们大家都很害怕，说不定哪天我们也会被关起来。"女人看了弗洛戴克一会儿，问道："你大衣里边穿了什么？"

是赶紧逃离这节车厢，还是解开身上的大衣，弗洛戴克权衡着怎么做更有利。如果跑开，在这趟列车上，根本找不到其他藏身的地方，因此他解开了大衣。

"没有我想象的那么可怕。"女人接着又问："你把囚服弄哪儿去啦？"

"扔到窗外了。"

"我们到莫斯科之前，但愿那些人别找到它。"弗洛戴克没说话。女人接着又发问了："你在莫斯科有地方住吗？"

弗洛戴克又想起了医生的忠告：不要相信任何人。可是，他必须信任这女人。

"我没地方可去。"

"那么，你找到安身之处以前，跟我待在一起吧。我丈夫是莫斯科车站的站长，这节车厢是专为政府官员预备的。"女人解释说，"如果你再胡来，你会立刻被送到返回伊尔库茨克的列车上。"

弗洛戴克艰难地咽了一口吐沫，问道："我必须离开您吗？"

"不必，反正检票员已经看见你了。眼下你和我待在一起不会有问题。你带没带证明？"

"没有。什么是证明？"

"革命以后，每个俄国公民必须随身携带证明文件，以证明自己的姓名、住所、单位。如果没有证明，就会被投进监狱，直到能出示证明才放人。一旦被关进监狱，就无法找证明，也就只好一辈子关在里边了。"女人一本正经地解释着，"到莫斯科以后，你一定要紧紧跟着我，无论如何不要开口说话。"

"您对我太好了。"弗洛戴克不无怀疑地说。

"现在沙皇已经死了，没有人是安全的。幸运的是，我嫁了个好丈夫。在如今的俄国，每个公民时时刻刻都在担惊受怕，包括政府官员在内，人人都害怕被逮捕和关进劳改营。你叫什么名字？"

"弗洛戴克。"

"好吧，你先睡个觉吧，弗洛戴克。看来你已经快累垮了，我们的路还长着呢，而且你仍然处在危险中。"

弗洛戴克躺下睡了。

14

从10月份的某星期一开始，安妮不断地收到匿名信，所有信件都来自同一个人，每封信都用"朋友"落款。每封信都说，经常看见亨利陪着一些女人出没于波士顿的各个场所，尤其是某个女人。那女人是谁，寄信人显然不愿意说。安妮和亨利庆祝结婚两周年后的某个周末，这事就出现了。

一开始，安妮将所有匿名信都烧掉了。虽然这种事让她感到不安，她从未向亨利提及此事。每次安妮都暗自希望，但愿这次收到的是最后一封信，她一直未能积蓄足够的胆量向亨利提及此事，亨利却向她仅剩的15万美元下手了。

"如果没有这笔钱，我会前功尽弃，安妮。"

"可是亨利，这是我最后一点钱了。如果再给你，我就一文不名了。"

"这座房子本身的价值肯定超过20万，你明天就可以把它抵押出去。"

"这房子属于威廉。"

"又是威廉、威廉、威廉。每次我成功在即，总是威廉挡我的路。"亨利怒气冲冲地叫喊着冲出了家门。

直到后半夜，亨利才回家，他让步了，而且还说，为了让安妮保住钱，他宁可前功尽弃，说这么做，至少他们两人还能拥有对方。听亨利这么说，安妮深受感动，后来，他们还做了爱。第二天一早，安妮签了一张15万美元的支票。在亨利努力实现人生目标前，安妮希望自己不要因为身无分文而无法正常生活。不过，让安妮不得不怀疑的是，亨利索要的数目正好是她仅剩的全部遗产，这难道真是一种巧合，仅此而已？

一个月过后，安妮过了行经期，却未见动静。

麦肯泽尔医生对此十分担忧，不过，他并没把担忧挂在脸上；两位祖母却吓坏了，她们的担忧全都挂在了脸上。亨利万分高兴，他言之凿凿地对安妮说，这是他有生以来经历的最高兴的事。他甚至还答应实现理查德生前的夙愿：为医院建一座崭新的儿科大楼。

威廉收到了母亲的来信。得知母亲怀孕的消息后，威廉独自坐在写字台前，整整一夜没合眼，他甚至没告诉马休，这一整夜他都在琢磨什么。征得班主任老师"葛破烂"的特许，威廉于星期五登上了返回波士顿的火车。到波士顿后，威廉首先前往银行，从存款里取出100美元，然后，他直接去了杰弗逊大街的科汉和亚伯龙律师事务所。汤马斯·科汉先生是该事务所的主要合伙人，他个头高挑，棱角分明，有着一副暗色的双下巴，还有一副似乎永远都不会笑的嘴唇。威廉被领进他的办公室时，他怎么都无法掩饰自己的惊讶。

"我还从来没受聘于16岁的人。"科汉先生说，"对我来说，这是破天荒的，"——说到这里，他犹豫了一下——"凯恩先生。特别是因为，准确说是你父亲——我该怎么说才好呢？——他从未垂顾过我们事务所。"

"我父亲，"威廉说，"他非常钦佩希伯来族裔所取得的成就。尽管科汉和亚伯龙律师事务所为他的竞争对手服务，他仍然给予你的事务所高度评价。我曾经多次听到他和罗依德先生提起你的名字，他们对你赞誉有加。这就是为什么我选择了你，科汉先生，而不是你选择了我。"

听完这番话，科汉先生将威廉是个毛孩子的想法抛到了脑后。他接过话头说："一点不假，一点不假，我认为，确实该为理查德·凯恩的儿子破一次例。那么请问，我能为你效什么力呢？"

"我需要找到以下3个问题的答案，科汉先生。第一，我希望知道我母亲，就是亨利·奥斯伯恩夫人，如果她生下一男半女，那孩子对凯恩家的财产是否具有合法权益？第二，由于亨利·奥斯伯恩先生娶了我母亲，我是否对他负有什么法律义务？第三，我需要等到什么年龄，才能要求亨利·奥斯伯恩先生离开我在路易斯堡广场的家？"

科汉先生用蘸水笔在眼前的一个黄色记事簿上拼命地记录着。他眼前另有一个墨迹斑驳的记事簿，那记事簿上又多了几滴刚刚溅上的墨水。

威廉把刚刚取出的100块钱放到了桌面。律师有点受宠若惊，不过，他还是拿起钱数了一遍。

"钱要花得谨慎，科汉先生。我从哈佛毕业到我父亲的银行工作时，肯定需要找个好律师。"

"你已经被哈佛录取啦，凯恩先生？恭喜你。希望我儿子将来也会被那所大学录取。"

"没有，目前还没有。不过，录取也就是时间问题。"说到这里，威廉顿了一下，"一周后我会再来，科汉先生。如果我从别人那里而不是从你这里得到针对相同问题的答案，你就可以把这当作我们之间关系终结的信号。日安，先生。"

直到威廉的身影消失在门背后，汤马斯·科汉才反应过来——他原本想好告别时说日安来着。

§

7天后，威廉再次来到科汉和亚伯龙律师事务所。

"啊，威廉先生，"科汉先生首先发话了，"真高兴再次见到你。需要来点咖啡吗？"

"不用，谢谢你。"

"那么，可口可乐呢？"

威廉脸上的表情没有任何变化。

"那就谈正事吧，谈正事。"科汉先生觉着有点难为情了。"按照你的要求，凯恩先生，我们在一家非常有名的私人调查机构协助下做了一番调查。我认为，我可以有把握地说，所有问题都有了答案。你曾经问，如果奥斯伯恩先生和你母亲生下孩子，如果孩子真的生下来，那孩子是否对凯恩家的财产有任何合法权益，严格地说，是你父亲留给你的那笔托管财产。答案很简单，没有。但是，奥斯伯恩夫人理所当然可以随意处置你父亲给她的50万。不过，有件事你可能感兴趣，凯恩先生，过去18个月，你母亲把她在凯恩和卡伯特银行账号上的50万全都取走了。只是，到目前为止，我们还未能查出她用这笔钱做了什么。有可能她把这笔钱存进了另一家银行。"

威廉吃了一惊。科汉第一次观察到威廉流露出失控的表情。

"她这样做毫无道理，"威廉说，"这笔钱只可能给了一个人。"

律师沉默着，希望威廉说出那人是谁。不过，威廉停住了，没有说下去。科汉先生只好接着说下去："第二个问题的答案是，你对亨利·奥斯伯恩先生没有任何个人的或法律的义务。按照你父亲遗嘱所列条款的规定，在你年满21周岁之前，你母亲和你的教父教母一样，不过是你的财产监护人。你的教父教母即某阿兰·罗依德先生，以及某米丽·普莱斯顿夫人，目前他们仍然健在。"

威廉的面部表情没有任何变化。此时，科汉心里已经有了底，这是让他继续说下去的表示。

"第三，凯恩先生，只要奥斯伯恩先生仍然和你母亲保持着婚姻关系，而且跟你母亲住在一起，你就不能把他从位于贝肯山的房子里赶走。你母亲去世后，这所房产自动归你所有，而不是在那之前。如果那时亨利仍然在世，你有权请他离开。"说到这里，科汉不再看面前的卷宗，抬起头说，"希望以上所说可以回答你的所有问题，凯恩先生。"

"谢谢你，科汉先生。"威廉说，"感谢你在这些问题上表现的效率，以及所做的结论。现在可否告诉我，你的收费标准是什么？"

"开销确实不止100块钱，凯恩先生，不过，我们对你的未来充满信心，而且——"

"我不想欠任何人的情，科汉先生。你应该把我当作以后再也不会与之打交道的人看待。如果那样的话，我该付你多少？"

科汉先生将眼前的情况权衡了一下，然后说："处理这种事务，我们应该收你220元，凯恩先生。"

威廉从衣服内侧口袋里掏出6张20元纸币递给了科汉。这一次，律师没有清点数目。

"我十分感谢你为我做的一切，科汉先生。我敢肯定我们将来会见面。日安，先生。"

"日安，凯恩先生。"科汉犹豫了一下，接着说，"请容我说一句，我从来没跟你父亲见过面，自从跟他儿子打过这次交道后，我真后悔当初没去见他。"

威廉第一次露出了笑脸，说："谢谢你的好意，科汉先生。"

15

一觉醒来，车窗外早已漆黑一片，弗洛戴克对女保护人眨了眨眼，对方回报以微笑，弗洛戴克也回报以微笑。弗洛戴克在心里默默祈祷着，但愿可以信任这女人，但愿对方没把自己的身份向警察报告——也许她已经报告啦？女人从一个小包里拿出一些吃的东西，弗洛戴克将一个果酱三明治狼吞虎咽吃进肚子里。4年多来，这是他吃过的最有滋有味的一顿饭。火车在一个车站停靠时，差不多整整一列车人都下了车，有些人是因为到家了，有些人只是为了活动活动四肢，大多数人不过是为了舒缓一下郁闷的心情。

女人从座位上站起来，对弗洛戴克说："跟我来。"

弗洛戴克站起来，跟着女人往站台走去。是不是自己要被出卖了？女人伸出一只手，弗洛戴克握住了女人的手，和所有跟随母亲同行的小孩没什么不一样。女人往一个标有"女厕"的地方走去，弗洛戴克站在门口，扭捏着不肯进去，女人坚持领着他往里走。刚走进厕所，女人就要求弗洛戴克把衣服脱掉。弗洛戴克脱衣服时，女人拧开了水龙头，一股冰凉的褐色水流从水龙头里缓缓流出，女人诅咒了一句什么。对弗洛戴克来说，这水已经比劳改营里的水强多了。女人用一块布蘸上水，为弗洛戴克擦洗身子，看见他腿上可怕的伤口，女人不禁畏缩了一下。女人的动作非常轻柔，可每次碰到伤口，弗洛戴克都会感到一阵钻心的疼痛，不过，他一声都没吭。

"把你带回家以后，我会把你的伤口好好处理一下。"女人说，"现在只能这样了。"

这时候，女人看见了银饰。她仔细看了看银饰上的铭文，目不转睛地看着弗洛戴克，问道："你从什么人身上偷的？"

弗洛戴克愤怒地抗议道："不是偷的，是我父亲临死的时候给我的。"

女人的眼睛里多了一种异样的神色，说不清是畏惧还是尊敬。她低下头，说："小心点，弗洛戴克。要是让人看见这么值钱的东西，说不定会有人生出图财害命的念头。"

弗洛戴克赞许地点了点头，然后迅速穿好衣服。他们一起回到车厢里。列车再次开动了，听着脚下的车轮发出有节奏的响声，弗洛戴克的心情逐渐好起来。

列车又行驶了12天半，最终到达了莫斯科。每出现一个新检票员，弗洛戴克和女人就重复一遍最初的表演：尽管弗洛戴克信心不足，他仍会装出一副年幼无知的样子，女人则信心十足地扮演着母亲。每个检票员都十分恭敬地向女人鞠躬，这不禁让弗洛戴克以为，俄国的站长们肯定都是特别重要的人物。

他们走完全程1500公里路途时，弗洛戴克对女人完全信服了。列车到达终点站之际，时间刚过中午。尽管弗洛戴克阅历不凡，他再次感受到身在异域的恐惧。以前他从未进过大城市，更别提所有俄罗斯人的首都了。弗洛戴克从未见过这么大的场面，城里人这么多，而且人们各走各的路。女人察觉出了他的忧虑。

女人说："跟着我，千万别说话，别把帽子摘掉。"

弗洛戴克把女人的袋子从行李架上取下来，然后，他把头上的帽子往下拉了拉——帽子盖住了他的头皮，而他的头皮上已经长出深色的头发茬——他跟着女人走上站台。一大群人在狭窄的栅栏通道后边拥挤着，拥挤的原因很明显，每个人必须向卫兵出示身份证明。弗洛戴克跟着女人向栅栏走去，他甚至可以听见自己的心跳像鼓点一样振聋发聩。然而，卫兵仅仅草率地溜了一眼女人的证件。

"同志。"卫兵说着给女人敬了个礼，然后盯住弗洛戴克。

"我儿子。"女人解释说。

"没问题，同志。"卫兵说着又敬了个礼。

弗洛戴克终于到了莫斯科。

§

尽管弗洛戴克十分信任新结交的伙伴，他的第一个本能反应仍然是想溜掉。不过，他很清楚，身上的150卢布不足以维持生计，因而他决定拖一段时间再说——反正他随时可以开溜。套着一匹马的车子已经在车站前院等候，马车将女人和认领的儿子拉到了这孩子的新家。他们到家时，站长不在，女人很快为弗洛戴克腾出一张床。后来，女人在炉子上烧了些热水，然后把烧热的水倒进一个巨大的铁皮澡盆里。女人让弗洛戴克坐进水里，这是弗洛戴克多年来第一次洗澡。女人又烧了些水，她给弗洛戴克抹上了香皂，还为他搓背。没过多久，水变了颜色，20分钟后，水已经完全变黑。不过，弗洛戴克心里清楚，他必须再洗好几次澡，才能彻底洗掉附着在身上的秽物。弗洛戴克擦干身子后，女人在他胳膊和两腿的伤处抹了些油膏，还把看起来伤势特别严重的地方用绷带裹起来。女人迷惑地看了一会儿弗洛戴克唯一的奶头。弗洛戴克很快穿好了衣服，然后走进厨房找女人。女人已经在桌子上摆好一碗热汤，还在汤里放了好几种豆子。弗洛戴克狼吞虎咽地吃起来，其间，两人都没说话。弗洛戴克吃完后，女人劝他最好上床睡一觉，好好休息一下。

"解释清楚你究竟怎么来我们家之后，我才想让我丈夫见你。"女人说，"如果我丈夫同意，弗洛戴克，你愿意跟我们一起生活吗？"

弗洛戴克的回答很简单："听您的。"

女人说："那好，你先去睡吧。"

往楼上走时，弗洛戴克暗自希望，但愿女人的丈夫同意他跟他们一起生活。弗洛戴克慢慢脱掉衣服，上了床。他身上太干净了，床上用品太纤薄了，床垫太松软了，他把枕头扔到了地上。尽管弗洛戴克已经无法适应床的舒适，他疲乏已极，很快沉入了梦乡。越来越响的说话声把他吵醒时，窗外早已黑透。让他弄不清的是，这一觉他究竟睡了多长时间。他蹑手蹑脚地走到门边，轻轻地将门拉开一条缝，侧耳倾听着楼下厨房里传来的对话。

"你个傻女人啊，"弗洛戴克听得出来，说话人声音尖利，"难道你不知道被抓住会有什么后果吗？你会被送进劳改营，我也会丢掉工作。"

　　"假如亲眼看见他的是你呢，皮尔特。当时他就像一只被追捕的动物。"

　　"所以你想让我们也成为被追捕的动物，是吧？"男人的声音说，"还有人见过他吗？"

　　"没有。"女人说，"我觉得没有。"

　　"这得感谢上帝了。他必须马上走，别人知道他来这里之前就走——这是我们唯一的出路。"

　　"让他去哪儿，皮尔特？他没有亲人，而且我一直想要个儿子。"

　　"我可不在乎你想要什么，他想去哪儿，我们对他没有义务。我们必须摆脱他，马上。"

　　"可是皮尔特，我觉得他是皇室的人，我猜他父亲是个男爵。他手腕上套着个银饰，上边刻的字是——"

　　"那就更糟。你很清楚我们的新领导颁布的法令：取消贵族，取消特权。我们根本用不着等着去劳改营——当局会把我们枪毙了事。"

　　"可我们一直想要个儿子，皮尔特。难道我们一辈子都不能冒一次险吗？"

　　"就算你愿意，我可不愿意。我说了，他必须离开，现在就离开。"

　　这对夫妻接下去还会说些什么，弗洛戴克已经没必要听了。他知道，若想帮助女恩人，他唯一能做的是，不留任何痕迹，赶紧消失在夜幕里，因此他赶紧穿好了衣服。弗洛戴克看着眼前的床，心里暗自希望，但愿不要再等4年才能像刚才那样香喷喷地睡一觉。弗洛戴克正在拔窗户上的插销时，房门被猛然推开了，站长大步流星地进了屋。站长五短身材，不比弗洛戴克高，挺着个硕大的肚子，几缕银色的头发紧贴着他光溜溜的秃顶，显然他用梳子横着梳过头。站长戴着无框眼镜，眼睛下部已经硌出两个半圆形的小红印。他注视着弗洛戴克，弗洛戴克与他对视着。

那人说话的口吻不容反驳，他说："到楼下去。"

尽管不情愿，弗洛戴克还是跟着站长走进了厨房。女人坐在桌子旁边，正在饮泣。

男人说："你给我听着，小孩。"

"他的名字叫弗洛戴克。"女人插嘴说。

"你给我听着，小孩。"男人又重复了一遍，"你是个祸根，我要你离开这里，走得越远越好。我告诉你我愿意怎么帮你。"

弗洛戴克用敌视的目光盯着对方，他心里清楚，对方嘴里说"愿意"，实际上是为了帮助他自己。

"我会给你提供一张火车票，你想去哪儿？"

"敖德萨。"弗洛戴克说。他并不知道那地方在哪里，也不知道要花多少钱，他只知道，那是医生在地图上标明的通向自由的第二个城市。

"敖德萨，罪犯们的天堂——那地方对你再合适不过了。"站长揶揄地说，"你到那儿肯定能找到同伙。"

"不如让他和我们在一起，皮尔特。我会照看好他，我会——"

"不行，绝对不行。我宁愿破费让这小混蛋滚。"

"可是他怎么才能通过官方检查呢？"女人央求着。

"我会为他弄一张车票和一张去敖德萨工作的通行证。"说完，站长转向弗洛戴克，接着说，"小孩，你上火车以后，如果再让我看见或听说你又回了莫斯科，我会立刻让人逮捕你，把你关进最近的监狱，然后让第一班火车把你带回原来的劳改营——除非他们把你当场毙了。"

男人看了看壁炉上的座钟，已经11点零5分了。他转向妻子，说："半夜有一趟开往敖德萨的车，我马上带他去车站，亲自把他送上车。你有行李吗，小孩？"

弗洛戴克刚想说没有，女人抢先说："有，我这就给他拿。"

女人离开了一段时间，在此期间，弗洛戴克和站长互相对视着，两人都不拿正眼看对方。座钟响了一声，女人仍然没回来，弗洛戴克和站长继续沉默着，站长的目光一刻也没离开弗洛戴克。女人回来了，带来一个大包裹，包裹外边包着褐色的纸，而且已经用绳子捆好。弗洛戴克看着包裹，刚要拒绝，他的目光和女人的目光相遇了。看得出来，女人的眼神里充满了恐惧，弗洛戴克脱口而出的话变成了两个字："谢谢。"

桌子上有半碗喝剩一半的冷汤，女人把碗推给弗洛戴克，说："把它喝了。"

弗洛戴克照着做了。萎缩的胃早已装满了食物，可他依然抓紧时间大口大口地把一碗汤喝了下去。他不想再给女人添麻烦。

男人咕哝了一句："简直是牲口。"

弗洛戴克怒视着对方，眼睛几乎冒出了火，他真替女人感到难过，跟这样的男人一起过日子，等于自我囚禁。

"走吧，小孩，时间到了。"站长说，"我们都不想错过这趟火车，对吧？"

弗洛戴克跟着男人，走出了厨房。经过女人身边时，他犹豫了一下，然后轻轻地拉了一下女人的手。

站长和逃难者疾步穿过莫斯科的大街，一起往车站走去。一路上，他们一直躲在路边的黑影里。直到走进车站，他们才来到灯光下。站长弄到一张前往敖德萨的单程车票，把它交给了弗洛戴克。那是一张红色的小纸片。

"我的通行证呢？"弗洛戴克的口气明显带着挑衅。

男人一副老大不情愿的样子，他从衣服内侧口袋里掏出一张官样文件，在文件上迅速签了字，然后把文件递给弗洛戴克。男人的眼睛不停地往四周张望，生怕有什么危险。过去4年来，弗洛戴克曾经多次见识过这样的眼睛，那是胆小鬼的眼睛。

"永远别让我再看见你或听说你。"站长的声音里透着明显的威胁。

弗洛戴克本想说点什么，可是，站长的身影已然消失在夜色里，他属于黑夜。

弗洛戴克看着身边匆匆而过的人们，他们都有同样的眼睛，同样的恐惧，难道这世上真的没有自由？弗洛戴克将纸包裹夹在胳肢窝里，扶正了头上的帽子，然后往通道口走去。卫兵看了看他的车票，没说什么，放他进了站。弗洛戴克上了火车。他这辈子再也没见过那女人，可女人的善良永远永远留在了他心里。站长的妻子，同志……他竟然忘了问女人叫什么名字！

16

　　为迎接孩子出世，安妮每天从早忙到晚。近段时期，安妮发现自己特别容易疲劳，因而她必须经常停下来休息。每当安妮问亨利近期的业务状况，亨利总会含糊其词地回应：一切顺利。亨利从来不跟安妮说实际情况究竟怎么样。

　　后来，匿名信再次开始光顾安妮。这一回，每封信都提供了详情——相关女人的姓名，以及亨利带她们去的地方。能够记住这些人名和地名前，安妮将每封信都烧了。安妮不愿意相信，她为丈夫怀孩子期间，丈夫怎么可能对她不忠？肯定有人嫉妒，对亨利怀恨在心，这些人肯定在撒谎。

　　来信源源不断，有时候，信里会出现新的人名。安妮继续将来信一封接一封销毁。然而，这些信已经在她脑子里形成挥之不去的阴影。她想找个人好好谈谈，可是，她苦于找不到足以信赖的人。跟两位祖母谈吧，这肯定会把她们吓着，而且她们一向对亨利抱有偏见；不能指望银行家阿兰·罗依德理解她，因为，阿兰没结过婚；威廉呢，现在他还太年轻。安妮好像根本找不到合适的倾诉对象。闻名世界的心理学家西格蒙德·弗洛伊德来波士顿讲学期间，安妮听了一次他的讲座。事后，安妮曾经考虑找一位精神医生咨询一下。不过，跟局外人讨论家庭内部的事，安妮觉得，她根本无法启齿。

　　出乎意料的是，事情发展到一定程度，安妮终于忍无可忍了。某星期一上午，安妮同时收到3封信。一封是威廉正常时间写来的，收件人仍然是"理查德·凯恩夫人"，信的目的是请求安妮同意他再次跟马休·莱斯特一起度暑假；另一封是匿名信，其中提到亨利正在跟……跟米丽·普莱斯顿鬼混；第三封是阿兰·罗依德写来的，他请安妮打个电话给他，以便约个时间在银行见面。

安妮感到透不过气，她已经站立不稳，只好沉重地倒在沙发上。她耐着性子把3封信重新读了一遍。威廉在信里表现的无动于衷深深地刺伤了安妮，儿子宁愿跟朋友一起度假也不愿意回家，这刺痛了安妮的心。匿名信里提到，亨利跟她最要好的朋友鬼混，此事绝不能等闲视之。安妮无法回避的是，恰恰是米丽把她介绍给了亨利，而且，米丽还是威廉的教母。来自阿兰·罗依德的第三封信让安妮更加忧心。此前安妮总共才收到过阿兰·罗依德写来的一封信，那还是理查德死后安妮收到的一封吊唁信。这种时候，阿兰寄来一封信，不应该是吊唁什么人吧？

安妮打电话到银行，接线员立刻为她接通了分机。

"阿兰，是你想见我吗？"

"是的，亲爱的，如果你能腾出时间，我想跟你聊聊。"

安妮不安地问："是坏消息吗？"

"实际上并非如此，但我不想在电话上谈论此事。"阿兰·罗依德显然是在安慰安妮，"你没必要担心什么。午餐时间你有空出来吗？"

"有空，我有空。"

"那好，咱们1点钟在大饭店见。希望到时候你能来，亲爱的。"

离1点钟还有3个小时。安妮思绪万千，从阿兰想到威廉，然后又想到亨利。不过，安妮的思绪最终停留在米丽·普莱斯顿身上。这可能是真的吗？安妮决定，先多花点时间洗个澡。洗完澡，她还换了身新衣裳。然而，这么做心情也不见有任何好转。安妮觉着，自己越来越臃肿，从外表看，的确如此。过去，她的脚踝那么雅致，小腿那么修长，可如今呢，她的小腿完全走了形。孩子出生前，事情只会越来越糟。想到这些，安妮心里未免有些害怕。她照着镜子，看着自己的身影，深深地叹了口气。为了让自己看起来有足够的吸引力和足够的信心，安妮已经尽了最大努力。

§

满头银发的银行家说："你真漂亮，安妮。假如我不是老光棍，我肯定会觍着脸奉承你。"说完，阿兰像法国将军一样在安妮的双颊上各吻了一下，然后领着安妮来到预留的餐桌旁边。

长期以来，波士顿大饭店墨守着一条成规，只要凯恩和卡伯特银行董事长不在银行里用午餐，餐厅一角的餐桌就会预留下来。这是安妮生平第一次在这张餐桌旁就座。超级热情的侍者们像八哥一样围着他们转来转去，什么时候该出现，什么时候该隐退，侍者们似乎烂熟于心，他们绝对不会打断安妮和阿兰的谈话。

"那么，孩子什么时候出生，安妮？"

"噢，至少还要等3个月。"

"但愿不会有什么不适吧。"

"这个，"安妮承认说，"我每星期做一次检查，医生总是拉着长脸，他说我血压有问题，可我并不怎么在意。"

"这我就放心了，亲爱的。"说到这里，阿兰像年长的叔父一样拍了拍安妮的手，"看样子你确实很疲乏——希望你不要过于操劳。"

对此，安妮没说什么。

阿兰·罗依德稍稍抬了抬头，一个侍者立马出现在他身边。

"亲爱的，我请你过来，是想听听你的意见。"点完菜后，阿兰·罗依德终于开始切入正题了。安妮对阿兰外交家式的口才相当熟悉。阿兰根本不会为听取她的意见跟她共进午餐。毫无疑问，阿兰是想分担她的麻烦——用一种客气的方式而已。

阿兰问："你是否了解亨利的房地产生意进展得怎么样？"

"不，不了解。"安妮说，"我从来不介入亨利的业务。你肯定记得，当年我也从不介入理查德的业务。怎么啦？是不是出了什么麻烦？"

"不是，不是，银行里没人听说有什么麻烦。恰恰相反，据我们所知，亨利正在争取市政工程的一个大合同，承建医院新楼。我向你了解情况，是因为他来银行申请一笔50万美元贷款。"

安妮不禁吃了一惊。

"我发现你对此感到很意外。"阿兰说，"目前，据我们所知，你拥有的股票余额仍然能折算成将近两万元，不过，你个人账户上已经出现了17000元亏空。"

安妮放下了手中的汤匙，她完全没料到，自己竟然透支了。阿兰看出了安妮的不安。

"咱们今天共进午餐可不是为这事，安妮。"阿兰赶紧说，"在你今后的生活中，银行随时都乐意往你的账号上划款。威廉的资产每年有上百万收益，所以，你的透支无足轻重。你是威廉资产的合法监护人，银行只要收到你提供的担保，亨利即可拿到申请的50万贷款。"

"我还不知道，我居然对威廉的资产有什么权利。"安妮说。

"你对威廉的资产确实没有任何权利。但是，从这笔资产中产生的年利可以作为资本投向任何对威廉有利的项目。威廉年满21周岁前，你，以及威廉的教父教母，就是我和米丽·普莱斯顿，我们三人是这笔资金的监护人。作为威廉资金托管团的董事长，只要得到你的认可，我就可以给亨利这50万。米丽已经通知我，她非常乐意签署授权。"

"米丽已经同意啦？"

"是啊，她没跟你说这事？"

安妮没有立即回答。

安妮避开了阿兰的问题，转而问道："那你对这个问题怎么看？"

"这个嘛，目前我还没见到亨利的财务记录。他的公司开业才18个月，而且他跟我们银行没有业务往来。所以，对他今年的开支和收入，以及1923年的收入预期等情况，目前我一无所知。我仅仅知道，他已经向医院新楼项目递交了申请，据传，他的申请还受到了重视。"

"你应该知道，过去18个月，我已经把自己的50万给了亨利，对吧？"安妮问道。

"只要有客户提取大笔现金，银行出纳总管会及时向我通报。我不清楚你用那些钱干了什么，说实话，我也无权过问，安妮。那笔钱是理查德留给你的，你想怎么花就怎么花。不过，说到家庭资产收益，性质就完全不同了。如果你真的决定取出50万美元投入亨利的公司，银行就必须审查亨利的财务记录，因为，这笔钱只能作为威廉整体资产的一笔投资。理查德并没有授予监护人借贷的权力，监护人只能代表威廉进行投资。我早已把这一情况向亨利交代清楚了。如果我们决定提供这笔贷款，作为监护人，我们首先必须确定，这是一笔理想的投资。

"至于威廉本人，他对银行如何使用托管资产的收益可谓了如指掌。我们没有理由拒绝威廉的合理要求，因此，像其他监护人一样，他每季度都从银行收到一份投资情况报告。威廉收到下一份季度报告时，就会对这笔投资有个全面认识，我敢断定，毫无疑问他会对这笔非同寻常的投资发表自己的看法。特别值得一提的是，从16周岁生日开始，威廉对银行的每一笔投资都发表过看法。作为忠于职守的执行人，一开始我并没有对他的观点予以足够重视。可是后来，每次我都怀着敬意研究他的观点。我相信，威廉最终进入凯恩和卡伯特银行公司董事会时，他会觉着我们银行规模太小，没有他的容身之地。"

安妮可怜巴巴地说："以前从来没人就威廉的资产征求过我的意见啊！"

"的确如此。不过，每季度的第一天，银行肯定给你送去了报告。作为监护人，实际上，你一直有权过问银行代表威廉进行的每一笔投资。"说到这里，阿兰·罗依德从上衣内侧口袋里掏出一张纸条，侍者及时出现在餐桌旁边，为他们斟满第二杯葡萄酒。侍者退出听力范围后，阿兰接着说：

"目前，威廉在银行的投资总额略高于2100万，每年的收益率为4.5%。每个季度，银行都会把收益投到股票和证券上。我们过去从未直接向私人企业投过资。也许你会觉得意外，安妮，目前我们是按照50比50的比例进行再投入的，即，50%由银行做主，50%按照威廉本人提出的建议行事。目前的局面让投资部主任西蒙斯先生很满意，因为，银行稍微领先于威廉。不过，威廉已经做出承诺，在任何一次年度结算时，如果对方能超过他10%，他会买一辆劳斯莱斯车送给对方。"

"威廉到哪儿去弄钱买个劳斯莱斯呢？21岁前，他不是不能动用这笔资产吗？"

"我也不知道答案，安妮。不过我敢肯定，如果没有把握，他不会轻易做出这样的承诺。我问你，最近你看没看过他那个著名的账本？"

"是他祖母们给他的那个本子吗？"

阿兰·罗依德点了点头。

"没有，自从他到圣保罗学校上学以后，我一直没见过。想不到那个账本还在。"

"当然还在。"银行家说着暗自笑起来，"如果谁能告诉我本子上记录的余额是多少，我愿意拿我一个月的工资作报酬。我估计你可能也知道，现在威廉把钱存在纽约莱斯特银行，而不是我们银行，对吧？那家银行从来不接待存款额低于1万元的个人储户。我还十分肯定，他们不会为任何人破例，包括理查德·凯恩的儿子。"

安妮若有所思地重复了一遍："包括理查德·凯恩的儿子？"

"真的很抱歉，安妮，我不是有意这么说的。"

"没关系，没关系，毫无疑问他是理查德·凯恩的儿子。知道吗，自从威廉12岁生日以后，他没向我要过一分钱。"说到这里，安妮顿了一下，"我觉得有必要告诉你，阿兰，如果他被告知银行正在考虑动用他的资产向亨利的公司投资50万，他绝不会善罢甘休。"

阿兰略带疑惑地问："他们相处得不好吗？"

"应该是吧。"安妮说。

"这消息真让人遗憾。如果威廉明确表示反对这笔投资，动用这钱肯定就更复杂了。虽然威廉21岁之前对托管的资产没有决定权，我们从可靠消息来源得知，他已经悄悄寻找从业律师咨询过他的法律地位了。"

"我的天，"安妮感叹道，"你不是在逗我开心吧？"

"噢，不是，当然不是。不过你没必要为此担心。开诚布公地说，银行的人对此留下了深刻的印象。当我们得知背着我们做调查的是什么人时，我们把轻易不对外披露的细节也透露给了他的律师。他没有直接找我们，显然有他难以启齿的理由。"

"我的天！"安妮再次感叹道，"到30岁时，他会变成什么样呢？"

"那就难说了。"阿兰说，"那就得看他是否有幸爱上一个像她妈妈这么可爱的人了。过去，理查德的力量就是这么来的。"

"你真是个老色鬼，阿兰。把这50万的事往后推推，等我找机会跟亨利谈谈再说，可以吗？"

"当然可以，亲爱的。我不是跟你说过，这次我就是想听听你的意见嘛。"

阿兰点了咖啡。他们站起来后，阿兰轻轻地挽住安妮的手，说："请千万记着好好照顾自己，安妮。你的身体比这几十万可重要多了。"

§

回到家后，当天上午收到的另外两封信又开始困扰安妮了。阿兰·罗依德已然披露了那么多关于儿子的事，眼下，有一点完全可以定下来，对安妮来说，最谨慎的做法莫过于虚怀若谷地做出让步，同意威廉跟马休·莱斯特一起度过即将来临的暑假。

至于亨利跟米丽的风流韵事，可能性究竟有多大，对安妮来说，这是个无法轻易下结论的问题。当年理查德最喜欢的栗色真皮椅子面对着海景窗，窗外的院子里有个惹眼的花坛，花坛里开满了红色的和白色的玫瑰花。安妮坐在椅子上，看着窗外。实际上，深陷忧愁的安妮对眼前的一切视若无睹。安妮总是需要深思熟虑很长时间，才能下决心做一件事。不过，一旦下了决心，她极少更改。

让安妮感到奇怪的是，当天晚上，亨利比平常回家早。安妮很快知道了其中的原委。

亨利一进屋就说："听说你跟阿兰·罗依德一起吃了午餐。"

"谁告诉你的，亨利？"

"我到处都有眼线。"亨利笑哈哈地说。

"没错，阿兰请我去的。他想知道，用威廉在银行的资产向你的公司投资50万一事，我究竟持什么态度。"

亨利装出一副漫不经心的样子，问："你是怎么说的？"

"我告诉他，我要先跟你谈谈。可是，为什么，老天爷，你找银行之前干吗不跟我打个招呼，亨利？首先从阿兰嘴里听说这件事，让我觉着自己简直像个大傻瓜！"

"亲爱的，我原以为，你对生意的事毫无兴趣。我只不过极其偶然地发现，你、阿兰·罗依德，还有米丽·普莱斯顿，你们都是威廉的资产监护人，而且，对收益究竟该如何投资，你们每个人有一票决定权。"

"你是怎么知道的？"安妮问道，"以前我自己都不知道这些。"

"你从来不看文件，亲爱的。实际上，我也是最近才见到了那些文件。一次偶然的机会，米丽·普莱斯顿把有关资产的详情告诉了我。她不仅是威廉的教母，好像还是威廉的资产监护人。好吧，我们来分析一下，看看哪些条件有利于我们给威廉多赚些钱。米丽说，只要你同意，她也会投我一票。"

每当亨利提及米丽的名字，安妮总会感到浑身不自在。

"我认为，我们不该碰威廉的钱。"安妮说，"我从来没想过自己跟这笔托管资金有什么关系。我巴不得不过问此事呢。我看，让银行沿用以前的收益投资方式继续投资就很好。"

"眼看我就要拿到市医院的建筑合同了，干吗要满足于银行现行的投资呢？阿兰肯定说过我能拿到合同吧？"

"阿兰到底怎么想，我一点儿都不知道，他像以往一样严谨。不过，他的确提到这份合同值得争取，你也很有希望拿到它。"

"没错儿。"

"不过，阿兰还专门提到，做决定前，他必须查看你的财务报表。他十分关心你是怎样使用我那50万的。"

"我们那50万，亲爱的，目前的状况非常好，这一点你很快会知道。明天上午我就把财务报表给阿兰送过去，让他亲自过目，我敢保证，他一定特别满意。"

"但愿如此，亨利，为了咱俩。"安妮说，"那咱们就等阿兰做出判断吧——你知道，我一向特别信任他。"

亨利接过话头说："却不信任我。"

"噢，不是，亨利，我的意思是——"

"我不过跟你说着玩儿罢了。我知道你最信任自己的丈夫。"

"我真希望是这样。"安妮勉为其难地说，"以前我从来不为钱的事操心，可现在，我觉得压力太大了。肚子里的孩子总让我觉得很累，情绪还不好。"

亨利的态度突然变了，他做出关心的样子，说："这我知道，亲爱的，所以我从来不想让你和生意的事沾边儿——我自己完全可以处理好那方面的事。我说，你干吗不早点儿上床休息？我会找个托盘把晚餐给你端到床边。那样的话，我还可以抽空去一下办公室，把明天早上给阿兰过目的文件找出来。"

安妮顺着亨利的意思做了。亨利刚离开家，安妮顿时睡意全消。尽管安妮疲乏至极，她一直咬牙坚持坐在床上读书。她心里清楚，大约15分钟后，亨利才能到达办公室。因此，安妮足足等了20分钟，然后，她拿起电话筒，拨通了亨利的专线。电话铃足足响了一分钟，没人接听。

20分钟后，安妮又试了一次，仍然没人接听电话。后来，每隔20分钟，安妮就拨一次电话，另一头始终没人接听。亨利关于相互信任的话语在安妮的头脑里痛苦地回响着。

半夜12点刚过，亨利终于回到了家。让亨利颇感意外的是，安妮仍然坐在床上没睡。

亨利说："你不该等我到这么晚。"

然后，亨利热烈地吻了安妮一下。安妮觉得，亨利身上有香水味——是不是自己疑心太重了？

"我在办公室待的时间比预想的长了点儿——一开始，我怎么也找不齐阿兰要的那些文件。该死的笨蛋秘书，把好些文件标错了题目。"

安妮试探性地问："大半夜一个人在办公室里忙活，你一定感到特别孤单吧？"

"啊，如果在做一件特别有意义的事，就不至于孤单了。"说完，亨利上了床。他把安妮搂进怀里，接着说："夜里工作至少有个无可替代的好处，不像白天总会有电话干扰，因此工作效率特别高。"

§

第二天上午，早餐结束后，亨利直接上班去了——如今安妮已经无法确定，亨利究竟去了什么地方。安妮随意翻看着《波士顿环球报》的某个版块——以前她从来不看这一版块——版块里有好几条广告自称可以提供她需要的服务。安妮好像是随便选了个广告，然后打了个电话，约好中午时分去见某个里卡多先生。

对南城街道之肮脏、房屋之破旧，安妮深感震惊。以前她从未来过南城。正常情况下，安妮一辈子全都过完，也不可能知道城里居然会有这样的地方。

一个狭窄的木质楼梯布满了火柴棍、烟蒂，以及各种各样的废弃物，这些反倒成了这地方的一大景观。楼梯尽头处有一扇门，门上装有毛玻璃，玻璃上用大号黑体字写着"格伦·里卡多"，黑体字下方有两行小字：

"私人侦探所"

（马萨诸塞州政府特许）

安妮在门上轻轻敲了几下。

一个低沉的、犹如酒精刺激过的声音说："进来吧，门没锁。"

安妮进了屋。桌子后边的男人坐在椅子上，两只脚翘在桌子上，那人抬头看见走进来的安妮，嘴里的烟头差点掉下来——这是他有生以来第一次看见穿貂皮大衣的人走进他的办公室。

"早上好。"那人立刻站起来，"我是格伦·里卡多。"那人从桌子后边探出身子，伸出一只满是尼古丁的手。安妮和那人握了一下手，她很庆幸自己仍然戴着手套。"您事先约过吗？"里卡多嘴上如是说，实际上，他根本不在乎安妮是否约了时间。他随时恭候穿貂皮大衣的人前来咨询。

"是的，我约了。"

"啊，那您一定是奥斯伯恩夫人啦。我能为您脱去大衣吗？"

"我还是穿着吧。"安妮说，因为她已经看出来，除了钉在墙上的一颗钉子，整个房间没有一处地方有挂钩。

"当然啦，当然啦。"

里卡多说着坐回椅子上，点燃了一支香烟。安妮在一旁偷偷观察着对方。这是个身穿淡绿色西装，结着杂花领带，头发油腻的人，这人没给安妮带来任何好感。安妮没有立即转身离开的原因是，她毫不怀疑，别的地方也许比这里更糟糕。

"好吧，您有什么麻烦？"里卡多一边提问，一边拿起一把钝刀子，开始削一支特别短的铅笔头。削下来的木屑全都掉在字纸篓周围，唯独没有掉进字纸篓里。"您是丢了狗，还是丢了首饰，还是不见了丈夫？"

安妮说："首先，里卡多先生，我希望明确一点，你必须特别谨慎从事。"

"当然啦，当然啦，这是不言自明的。"说话时，里卡多仍然低着头，继续削那支短得不能再短的铅笔。

"无论如何，我还是要明确这一点。"安妮补充说。

"当然啦，当然啦。"

安妮心想，如果这家伙再说一遍"当然啦"，她会忍不住喊起来。她深深地吸了一口气，然后说："我不断地收到匿名信，来信宣称，我丈夫跟我最要好的一个朋友关系暧昧。我想知道，这些信是谁寄的，还有，信里说的是不是事实。"

一直想说却没敢说的话终于倾吐出来，犹如卸掉了一个沉重的包袱，安妮顿时感到浑身轻松。里卡多看着安妮，没做任何表示，好像这已经不是他第一次听到同样的感情宣泄。他抬起手，捋了一下又黑又长的头发。

"好吧，"里卡多说，"调查您丈夫容易，找出写信人是谁，可就相当麻烦了。当然啦，您把信都保存下来了吧？"

"我只留下了最后一封。"安妮说。

格伦·里卡多叹了一口气，无精打采地从桌面上伸过来一只手。安妮极其不情愿地从手提包里掏出信，再次犹豫起来。

"我理解您的感受，奥斯伯恩夫人。可是，您不让我放手干，我是无法开展工作的。"

"当然啦，里卡多先生，很抱歉。"

安妮简直不敢相信，自己居然也说出了"当然啦"。

里卡多把信读了两三遍，然后抬起头，问道："所有来信都打印在相同的信纸上，用的都是同样的信封，对吗？"

"对，我想是。"安妮说，"我记得都是。"

"好吧，收到下一封信的时候，您一定——"

安妮打断对方，说："你能肯定还会有信吗？"

"肯定会有，相信我。您一定要把信保存好。现在，我需要一些关于您丈夫的细节。您带他的照片来了吗？"

"带了。"安妮说完又犹豫了。

"我不想浪费时间认错人，您说是吧，奥斯伯恩夫人？"

安妮第二次打开手提包，递给对方一张已经磨旧的照片。照片上的亨利穿着上尉军装。

"是个英俊的男人呢。"私人侦探顿了顿，接着问："这照片什么时候拍的？"

"我估计，大概5年前吧。"安妮说，"他在军队时我还不认识他。"

接下来几分钟，里卡多的问题全都指向亨利的日常生活规律。安妮惊奇地发现，对于亨利的生活习惯，她几乎说不出什么，对亨利的过去，她知道的更少。

"线索太少，奥斯伯恩夫人，不过我会尽力去办。说到报酬，我每天收费10块，日常开支单独结算。每周我会给您一份书面报告。请您预付两星期的费用。"说完，里卡多立即把手从桌面上伸过来，这次他的动作比前几次快得多。

安妮又一次打开手提包，从里边掏出两张崭新的100美元钞票，将其递到里卡多伸出的手里。对方仔细盯着两张钞票，看了又看，票面上的本杰明·富兰克林不动声色地凝视着里卡多，后者显然很久没见过印有这位著名人物头像的纸币了。里卡多找给安妮60元钱，全都是脏兮兮的面值5美元的纸币。

"这么说你星期天也不休息，里卡多先生？"安妮问道，她因为自己才思敏捷而沾沾自喜。

"当然啦。"里卡多说，"无论如何，每周最容易发生背叛的日子不就是那天？下星期的今天对您合适吗，奥斯伯恩夫人？"说完，里卡多把钱揣进兜里。

"当然啦。"安妮说完立刻抽身离开了，从而躲过了跟那个男人第二次握手。

17

弗洛戴克在硬座车厢里找了个座位。

列车开动后，弗洛戴克首先打开女人塞给他的包裹。将包裹彻底翻看了一遍，他才知道包裹里装了什么东西，其中有：苹果、面包、干果、一件衬衣、一条裤子，还有一双鞋子。弗洛戴克就近找了个厕所，从上到下换了一身新行头，唯一没换掉的是花50卢布买的保暖大衣。弗洛戴克回到座位上，拿出一个苹果，满心欢喜地吃起来。其他吃食要留给这趟前往敖德萨的长途旅程，需要慢慢消耗。他把苹果整个吃了下去，包括苹果核。然后，他开始专心致志地研究医生的地图。

从医生的草图上看，莫斯科到敖德萨比伊尔库茨克到莫斯科近多了，距离只有一根大拇指长，实际距离却超过1100公里。弗洛戴克仔细研究简易地图之际，他所在的车厢里有一伙人正在玩掷钱赌，那场面吸引了他。他折好羊皮纸地图，将其稳妥地放回口袋里，开始认真观察那些人赌钱。相同的场面再次出现了，赢钱的总是同一个人，其他人总是输钱。毫无疑问，一个组织完善的团伙分散在各趟列车上。弗洛戴克决定，应当好好利用一下自己的新发现。

弗洛戴克往前挤了挤，挤进了赌徒们的圈子。每当作弊的人连输两轮，弗洛戴克就在他身上押一卢布，如果他继续输，弗洛戴克就加倍继续押钱，直到他赢。作弊的人始终没拿正眼看弗洛戴克，列车到达下一站时，弗洛戴克已经赢了14卢布。他花掉其中两卢布，买了一个苹果、一碗热汤。赢来的钱已经足够他支撑到敖德萨了。返回车厢时，弗洛戴克满心欢喜地踏上车厢门口的踏板，准备回去接着赢钱。

弗洛戴克的脚刚刚踏上最高层踏板，侧脸就挨了一拳，他整个人一下飞进过道里，一只胳膊还被人反剪到身后。他感到了疼痛，有人使劲推着他，他的脸贴到了车窗玻璃上。鲜血开始从他的鼻孔里流出来，他感到一把刀子的尖头扎在自己的一个耳垂上。这时，有人说话了："听见我说话了吗，小孩儿？"

"听见。"弗洛戴克几乎吓蒙了。

"如果你再回我的车厢，我就把这只耳朵割下来。那样你就听不见我说话了。还敢来吗？"

"不敢，先生。"弗洛戴克说。

弗洛戴克觉得，刀尖割破了他耳朵后边的皮肉，鲜血从伤口流进了领口。

"这仅仅是个警告，小孩儿。"

一只力大无比的膝盖突然磕进他的腰窝，他身子一软，瘫倒在地板上。他还感觉到，一只手依次伸进他的几个大衣口袋，轮番摸了一遍，将他刚刚赢来的卢布悉数掳走了。

弗洛戴克听见一个声音说："我说，这钱本来就是我的。"

鲜血从弗洛戴克的鼻子里和耳朵后边不停地流淌，他鼓足勇气抬起头，打他的人已经不在了，他竟然连赌徒的影子都没看见！车上的旅客全都是一副事不关己的神情。弗洛戴克想站起来，然而，他觉得身不由己，只好瘫坐在过道里，继续等待了几分钟。终于能站起来时，他沿着车厢慢慢往另一个方向走去，必须尽可能离赌徒的车厢远一些。这时，他的腿显得更瘸了。他在妇女和孩子特别多的一节车厢找了个座位坐下，昏昏沉沉进入了梦乡。

列车再次开进一个车站，这次弗洛戴克没下车。列车再次开动了，他再次沉入了梦乡。弗洛戴克拼命地吃，拼命地睡，拼命地做梦。4天5夜过后，列车终于轰隆轰隆驶进了终点站敖德萨。在出站口，弗洛戴克再次接受了同样的检查。如今他证件齐全，卫兵甚至没有多看他一眼。眼下弗洛戴克再次自由了，衣袖的衬里上仍然有150卢布，他必须珍惜每一卢布。

当天余下的时间，弗洛戴克一直在敖德萨的大街上闲逛，他想熟悉一下当地的街道。他经常走神，因为，满眼都是从未见过的景象：高大的城市建筑，镶有厚玻璃的商店橱窗，小贩们沿街叫卖五光十色的小商品，煤气灯，甚至还有一只猴子坐在木棒上。弗洛戴克走啊走，一直走到海湾旁边。没错，这就是那个——叫作大海的地方。弗洛戴克怔怔地望着无边无际的蓝色水面，对眼前的大海心驰神往：这就是逃出俄国和通向自由之路啊！男爵曾经跟他说过，海上有巨型轮船，轮船满载着货物，将货物运往大洋彼岸的外国。如今他第一次亲眼看见了轮船，它们比他想象的还大，它们排成一条线，一直延伸到视野以外。

太阳隐身到高大的城市建筑后边去了。弗洛戴克知道，该找个地方过夜了。这座城市一定遭受过多次入侵，因为，这里到处都是没有生命迹象的房子。弗洛戴克选择了一条僻静的街道，沿着街道往前走去。他的样子肯定特别怪：他身上穿着一件长及地面的羊毛大衣，胳肢窝里夹个褐色的纸包裹。在他看来，这一地区根本没有安全的落脚点。后来，他看见一条专用铁路，铁轨上孤零零地停着个烧毁的车厢。他小心翼翼地探头往车厢里看了看，里边又黑又静，根本看不见人影。他把纸包裹扔进车厢，使出浑身力气爬上车。然后，他爬到一个角落里，很快睡着了。

弗洛戴克猛地惊醒了，有个人正骑在他身上，他的脖子被两只手紧紧地扼住了，他感到透不过气。

"你什么人？"听声音，对方也是个孩子。在黑暗中，弗洛戴克认定，这是个跟他差不多大的孩子。

"弗洛戴克·科斯基维奇。"

"哪儿来的？"

"莫斯科。"弗洛戴克差一点儿说成斯洛尼姆。

那个声音说："好吧，你别想在我的车厢里睡觉，莫斯科佬儿。"

"对不起。"弗洛戴克说，"我刚才不知道这里有人。"

"你有钱吗？"对方问完还用力掐了掐弗洛戴克的脖子。

"有点儿。"弗洛戴克说。

"多少？"

"7卢布。"

"拿出来。"

弗洛戴克把手伸进大衣的空口袋里胡乱抓摸着，那孩子松开一只手，随着弗洛戴克的手在同一个口袋里乱摸起来。

弗洛戴克趁机把一个膝盖磕进那孩子的裤裆，袭击他的人抱着小肚子，痛苦地向后倒去。弗洛戴克纵身跃起，骑到对方身上，拼尽全力将对方痛打一顿。敖德萨小孩根本不是弗洛戴克的对手——跟地牢和俄国劳改营相比，住在被人遗弃的火车厢里已经是五星级奢华待遇了。直到对手浑身瘫软在地，毫无招架之功，弗洛戴克才住手。

"滚到车厢那头儿去，待在那儿别动。"弗洛戴克说，"如果你敢动一动，我就宰了你。"

那孩子连滚带爬挪到了车厢另一端。

弗洛戴克坐在原地，竖起耳朵静静地听了一会儿——没有一丝动静——他身子一歪，立刻睡熟了。

弗洛戴克醒来时，阳光早已从车顶的缝隙之间洒进车厢里。他翻了个身，看了看昨天夜里跟他打架的对手。对方仍然在车厢另一端。那孩子的身子缩成一团，正在看弗洛戴克。

"你过来。"弗洛戴克命令道。

那孩子没动。

"你过来。"弗洛戴克声色俱厉地重复了一遍。

那孩子站起来。弗洛戴克第一次得到机会将对方仔细打量了一番。看来他们年龄相仿，那孩子却比他足足高出一头。那孩子长着一张娃娃脸，金色的头发相当肮脏。

"先说最重要的。"弗洛戴克说，"到哪儿能找到吃的？"

"跟我来。"说完，那孩子跳出车厢，一个字都不多说。弗洛戴克一瘸一拐地跟着那孩子，沿着斜坡往上走去。他们来到城里的广场上，那里的早市已经做好开张准备。上次弗洛戴克看见如此丰盛的食物，还是在城堡里，还是在男爵主持的宴会上。早市里有一排排摊位，摊位上摆满了水果、菜蔬、碧绿的叶子菜，还有他喜欢吃的干果。那孩子看出来，弗洛戴克已经被眼前的场景惊呆了。

"现在轮到我告诉你该做什么了。"那孩子说，"待会儿我去最边上的摊位偷一个橙子，我拿到橙子就跑，然后你使劲喊'抓小偷儿！'摊主肯定会追我。他追我的时候，你就过去把口袋装满。千万别贪心——够吃一顿就行。然后你回到这儿等我，懂了吗？"

弗洛戴克假装信心满满地说："我懂，别废话了。"

"那好，那咱们就看看你干得怎么样吧，莫斯科佬儿。"那孩子看着弗洛戴克，脸上挂着一副不屑的神情。只见那孩子大摇大摆地走到最靠边的摊位旁，把堆在顶尖的橙子拿在手里，跟摊主说了几句话，然后慢慢跑起来。那孩子甚至还回头对弗洛戴克使了个眼色。然而，弗洛戴克只顾看热闹，全然忘了喊"抓小偷儿"。喊不喊已经无所谓，因为，摊主已经向他的同伙追过去。所有眼睛都紧紧地盯住弗洛戴克的同伙时，弗洛戴克迅速跑到摊位跟前，动起手来。眼看摊主要追上那孩子时，只见他把橙子回扔给了摊主。摊主站住了，从地上捡起橙子，骂了几句话，还对那孩子挥了挥拳头。摊主返回摊位时，一路不停地骂着脏话，显然他是骂给其他摊主听的。

弗洛戴克正高兴地开怀大笑时，突然，一只手重重地拍在他肩膀上。他惊恐地转过身，以为被人抓住了。

"你弄到东西了吗，莫斯科佬儿？是不是只顾看热闹了？"

弗洛戴克松了一口气，再次开怀大笑起来。他从大衣下边的大口袋里掏出3个橙子，1个苹果，1个土豆。那孩子也开心地大笑起来。

弗洛戴克问："你叫什么名字？"

"斯蒂凡。"

"咱们再干一次吧，斯蒂凡。"

"耐心点，莫斯科佬儿。别聪明过头了。要想再干一次，我们得去市场另一头，至少还得等上一个钟头。你面前的人是个行家，行家少数时候也会被抓。"

两个孩子悠闲地穿过市场，往另外一头走去。斯蒂凡走路总是一副大摇大摆的模样，弗洛戴克看在眼里，特别想用3个橙子、1个苹果、1个土豆，再搭上150卢布交换他那副模样。因为，他只能跟在斯蒂凡身后一瘸一拐地走路。两个孩子一直在摊位间转来转去，斯蒂凡认为合适的时候，他们又操练了一遍刚才的把戏。后来，他们返回车厢，一起分享到手的战利品：一共有6个橙子、5个苹果、3个土豆、1个梨、好几种干果，最不同寻常的是，他们还弄到1个甜瓜。斯蒂凡从来没弄到过甜瓜，因为，他没有装得进甜瓜的大口袋。

弗洛戴克张开嘴，咬了一口土豆，说："真不赖。"

"你怎么连皮都吃啊？"新结交的朋友问。

"我去过的地方，能吃到土豆皮已经是万幸了。"弗洛戴克回答。

斯蒂凡的目光里透出钦羡的神色。

"下一个问题是，怎样才能弄到钱？"弗洛戴克问。

"你怎么刚来一天什么都想弄到，我说？"斯蒂凡说，"最好的办法是到海边扛大包。就是说，只要卖力气，就有钱，莫斯科佬儿。"

"带我去看看。"弗洛戴克说。

他们吃掉了一半水果，将剩下的藏在车厢角落的一堆秸秆下边，然后，斯蒂凡带着弗洛戴克来到海湾旁边。

"看见那边那个了吗？那个绿色的大家伙？"斯蒂凡指着远处说，"那个船刚刚到。咱们要做的是，找个筐，装满谷子，然后扛起筐，沿跳板走到船上，把谷子倒进粮堆里。扛4次能挣1卢布。不过你必须把数记清楚，莫斯科佬儿，如果那王八蛋监工看出你没记清楚，马上会把你的钱揣进他自己兜里。"

当天下午剩下的时间，两个孩子一起去跳板那边扛箩筐，把扛到船上的谷子倒进粮堆上。一天下来，他们一共挣了26卢布。晚餐他们吃的仍然是偷来的干果、面包，还有一个顺手偷来的葱头。后来，他们在火车厢里互相挤在一起，美美地睡了一觉。

转过一天，清晨，刚刚睡醒的斯蒂凡看见，弗洛戴克正在认真研究一张地图。

斯蒂凡问："那是什么？"

"一张逃出俄国的路线图。"

"咱俩合伙，一起做事，多好，你干吗想离开俄国？"斯蒂凡不解地问。"咱俩准能成为好搭档。"

"不行，我必须去土耳其，到那边我才能成为自由的人。干脆你跟我一起去吧，斯蒂凡。"

"我永远不离开敖德萨。这里是我的家，这里到处都有我这辈子熟悉的人。这里不怎么样，可是，土耳其那边可能更糟。如果你想去那边，也许我能帮你。"

弗洛戴克问："怎么才能知道哪个船去土耳其？"

"这个容易——我知道怎么查每条船开到哪儿。我们去找一颗牙的老约就知道了。他住在码头那头儿。给他1卢布就行。"

"我敢打赌，他会跟你分成。"

"五五开。"斯蒂凡说，"你学得挺快嘛，莫斯科佬儿。"说完，斯蒂凡跳到了车厢外。

弗洛戴克跟着斯蒂凡走啊走，他再次意识到，别的孩子可以轻轻松松地跑啊跳啊，而他只能一瘸一拐地走路。他们来到码头尽头处，斯蒂凡领着弗洛戴克，走进一间堆满报表和航班表的小屋，屋里到处都是灰尘。弗洛戴克看不出屋里有人。这时，一个声音从一摞高高堆起的报表后边传出来："你来干什么，淘气包？我没时间跟你胡闹。"

"我有个哥们儿想打听消息，老约。下一班到土耳其的豪华邮轮什么时候开？"

"先拿钱来。"话音刚落，一个老头的脑袋从报表后边探出来。他戴着海员帽，帽子下边是一张饱经风霜满是皱褶的脸。他用一双黑色的眼仁打量着弗洛戴克。

"一颗牙的老约从前是个航海高手。"斯蒂凡悄悄说，不过，他的声音高得足以让老约听清楚。

"别耍滑头，小孩儿。卢布呢？"

"我朋友给我管钱。"斯蒂凡说完转向弗洛戴克，"给他看看钱，弗洛戴克。"

弗洛戴克递过去一枚硬币。老约把硬币放进嘴里，用仅剩的一颗牙咬了一下，然后慢腾腾地走到书架跟前，从架子里抽出一大本绿色的航班表。灰尘顿时飞扬起来。翻动脏兮兮的页码时，老约发出一长串干咳，他那短粗的、结满厚茧的手指沿着一排排轮船的名字从上往下移动着。

"下周四'雷纳斯卡号'进港装煤——也许星期六起航返回土耳其伊斯坦布尔——如果装得快，也许星期五夜里就起航，这样可以省下一笔泊位税。船进17号码头。"

"谢谢，一颗牙。"斯蒂凡说，"以后要是还有大款朋友找我，我还会带他们来你这儿。"

一颗牙的老约举起拳头骂了一句，斯蒂凡和弗洛戴克趁机跑上了码头。

§

接下来的3天，两个孩子每天做3件事：偷吃的、扛大包、睡大觉。星期四，土耳其轮船靠港那天，斯蒂凡几乎说服了弗洛戴克，他想让弗洛戴克跟他一起长期留在敖德萨。不过，弗洛戴克担心俄国人会找到他，然后把他送回劳改营。跟斯蒂凡一起开创新生活固然让人期待，然而，恐惧心理最终占了上风。

两个孩子站在码头旁边，眼看"雷纳斯卡号"靠上了17号码头。

弗洛戴克问："我怎么上船呢？"

"这个容易，"斯蒂凡说，"明天早上我们去跳板那边扛煤。我跟在你后边，等煤舱快装满时，你跳进去藏起来，我把你的筐捡起来带下船。"

"我敢肯定，你会把我那份儿钱也领走。"弗洛戴克说。

"那是。"斯蒂凡说，"动用我这样的超级智力，必须有费用之类的回报。如果总是免费服务，我怎么也撑不到今天，对吧？"

第二天清晨，6点钟，两个孩子加入了扛煤队伍。他们在跳板上来来回回扛了无数趟，一直干到筋疲力尽，再也不想接着干，船舱依然没装满。夜幕降临时，船舱仍然空着一半，弗洛戴克身上和脸上已经成了黑色，比遭囚禁时期还要黑。当天夜里，两个孩子美美地睡了一觉。第二天一早，他们接着干起来。下午刚过一半，船舱眼看快装满了，斯蒂凡在弗洛戴克的脚踝处踢了一下。

斯蒂凡用毋庸置辩的口吻说："下一趟，莫斯科佬儿。"

他们再次来到跳板上部，弗洛戴克把煤倒进船舱里，把箩筐放到甲板上，然后纵身一跃，落到了煤堆边上。

"再见，朋友。"斯蒂凡说，"祝你和异教徒土耳其佬儿一路平安。"说完，斯蒂凡若无其事地捡起弗洛戴克的箩筐，嘴里吹着口哨，沿着下船的跳板走了回去。

弗洛戴克躲进煤舱的一个角落，一筐筐煤从上边倾泻而下，煤粉四处飞扬，钻进他的鼻孔、嘴巴、肺泡、双眼。弗洛戴克以极大的毅力强忍着痛苦，这才没咳嗽出来，因为，他生怕哪个船员听见船舱里有人的声音。弗洛戴克觉着，充斥着粉尘的空气让他忍无可忍，他已经决心回到斯蒂凡身边，再另想办法逃走。这时，上面的舱盖哐当一声关上了。弗洛戴克尽情地咳嗽起来。

没过多久，弗洛戴克觉着，有个东西在他脚踝处咬了一口。

意识到咬他的可能是什么东西时，他身子里的血液顿时凝固了。以前被关在地牢里，必须对付的不过是种类繁多的寄生虫。弗洛戴克往那个大家伙身上扔了个煤块，那家伙匆匆逃走了。然而，另外一只已经扑到他脚上，紧接着又来了几只，胆大的甚至扑到他两条腿上。它们好像是从四面八方钻出来的，那是一群黑色的、大个的、饥饿的东西。弗洛戴克低下头，想看个究竟，他拼命向煤堆顶部爬去，伸手拉开了舱盖。阳光洒进船舱里，耗子们一瞬间都钻进了煤堆的缝隙里。弗洛戴克往舱外爬去，可是，轮船已经离开码头。弗洛戴克害怕了，他身子一缩，再次倒在煤堆上。如果有人发现他，船长又决定掉转船头返回敖得萨，把他交出去，他肯定会直接被送回201劳改营，送到白俄人手里。所以，弗洛戴克只好选择跟黑色的耗子们待在一起。他刚刚把舱盖关上，红眼睛的耗子们立刻现身了。弗洛戴克一刻不停地向穷凶极恶的小精怪们扔煤块，它们却前仆后继地向他扑来。弗洛戴克只好隔一会儿打开一次舱盖，以便阳光透进船舱里。唯一能帮上忙的似乎只有阳光了。

接下来的两天三夜，弗洛戴克一直没合过眼，他跟耗子们进行的是一场殊死的搏斗。货轮最终驶进了土耳其伊斯坦布尔。一个码头工人拉开舱盖时，弗洛戴克已经从头到膝盖粘满煤粉，成了黑人，而膝盖以下则一片鲜血模糊。码头工人把他拖出船舱，他想站起来，然而，他精疲力竭地瘫在了甲板上。

18

研读过凯恩和卡伯特银行资金托管团的季度报告，威廉一整天闷闷不乐。威廉从报告中得知，亨利·奥斯伯恩——"亨利·奥斯伯恩！"威廉大声念出这个名字，以便确定自己没弄错——正在向银行申请一笔50万美元贷款，投向他的私人公司。到圣保罗学校4年来，威廉第一次在数学考试中落到第二名，超过他的是马休。马休问威廉，是不是他身体有什么不适。对此，威廉未置可否。

当晚，威廉直接打电话到阿兰·罗依德家。由于安妮事先说过，她儿子跟亨利关系很僵，凯恩和卡伯特银行现任董事长对威廉来电话并不感到意外。

"是威廉啊，好孩子，你身体好吗？你在圣保罗学校都好吧？"

"我这儿一切都好。谢谢您，先生。我今天打电话给您，可不是为了这事。"

"噢，我想也是。"阿兰·罗依德干巴巴地说，"找我有什么事？"

"明天下午我想去见您。"

"星期天也要见，威廉？"

"对。我需要尽快跟您见一面，星期天是我唯一能离开学校的日子。"威廉的话让人觉得，从他那方面说，好像他已经做了很大让步。接着，他还补充说："无论如何，绝不能让我母亲知道咱们见面的事。"

阿兰·罗依德准备表达一下自己的看法："听我说，威廉——"

还没容他把话说出来，威廉用更加坚决的口吻打断了他。"其实我没必要提醒您，罗依德先生，动用我的托管资金，投资我继父的公司，虽然事实上不违法，毫无疑问的是，这样做难逃道义方面的指责。"

阿兰·罗依德没有立即作答，他正在考虑是否应当安慰安慰这孩子。这孩子！难道他从来不想让人把他当孩子看？

"好吧，威廉。我在狩猎俱乐部等你，一起吃午餐，1点钟可以吗？"

"好极了。咱们到时候见，先生。"威廉说完挂断了电话。

阿兰·罗依德暗自庆幸道，至少见面地点在我的地盘上。阿兰把电话听筒放回电话机座上，心里却在诅咒发明家贝尔先生发明了这该死的装置。

§

阿兰·罗依德选择狩猎俱乐部的原因是，他不希望这次见面显得太隐秘。到俱乐部后，威廉提出的第一个要求是，饭后一起打一轮高尔夫。

"完全赞成，孩子。"阿兰说，然后，他预定了3点钟使用第一发球区。

让阿兰·罗依德大惑不解的是，在餐桌上，威廉只字未提亨利·奥斯伯恩申请贷款一事。这孩子反而摆出一副善解人意的样子，为第29任美国总统哈丁实施税制改革进行辩解，另外，对总统预算办公室主任查尔斯·盖茨·道斯的无能，威廉也大加指责。阿兰暗自思忖，也许威廉一夜都在琢磨亨利·奥斯伯恩的事，一觉醒来，他已经改了初衷，不想提这事了。阿兰心想，这样也好，如果这孩子不想谈这事，我正求之不得呢！他尤其希望平平静静地玩一轮高尔夫球。午餐期间，一切相安无事，瓶子里的葡萄酒下去不少——威廉很有节制，他仅仅喝了一杯酒——饭后，两人换上球衣，一起往第一发球区走去。

威廉问："您平常是不是总让别人9杆，先生？"

"差不离吧，孩子。问这干吗？"

"咱们赌10块钱一个洞怎么样？"

阿兰·罗依德想起来，高尔夫是威廉最喜欢的体育项目，他犹豫了一下，然后说："好吧，就这么定了。"

打第一洞时，两人都没说话，阿兰发挥正常，威廉却多打了1杆。接着，阿兰轻而易举赢了第二洞和第三洞。随后，阿兰轻松了许多，专心致志地打起球来。打第四洞时，他们距离休息室已有将近1公里之遥。阿兰正要把球杆举过头顶，威廉发话了。

"我必须申明，"威廉说，"我绝不会同意您以任何理由动用我的托管资产，向亨利·奥斯伯恩或与其有关的公司和个人贷款50万。"

这一杆，阿兰发了个臭球，将球打到了左边草坪外的坑洼地里。这一落点唯一的好处是，他可以远离威廉，以便冷静地思考如何向威廉作解释，同时还可以思考如何打好这一洞。从这一洞发球开始，威廉打得特别顺手。阿兰补了3杆，才把球打回绿地，这才回到威廉身边，这一洞阿兰认输了。

"威廉，你应该清楚，作为监护人，我不过是3个有投票权的人之一。另外，你还应该知道，这笔资产如何投资，你21岁生日前对此没有决定权。你还必须知道，我们两人根本不该讨论这一话题。"

"我对有关法律条文非常了解，先生。不过，另外两个监护人都跟我继父有性关系时——"

这一次，阿兰击出的球落到了湖水里！

"米丽·普莱斯顿正和我继父闹绯闻，我可不想听您说您是波士顿唯一不知情的人。"

这一洞，阿兰再次认输了。

威廉接着说："我希望您承诺，您那一票是支持我的，而且您会利用您的地位尽全力说服我母亲，让她反对发放这笔贷款。即使这意味着把我继父跟普莱斯顿夫人的绯闻实话实说告诉她。"

打第六洞时，威廉发出的球不偏不倚停在最佳位置。阿兰发的球落点很糟糕，甚至比上一洞还糟糕，他发的球停在了另外一洞的障碍物后边。第二杆，阿兰把球打进了以前从未见过的一片灌木丛。出生43年来，阿兰第二次破口大骂了一句"我操"。（骂出声时，幸亏有灌木丛作掩护。）

阿兰把球打回绿地，再次来到了威廉身边，他说："你的要求有点过分了吧。"

"如果您不支持我，先生，我会做出比这更过分的举动。"

"我以为，你父亲绝不会赞成你采用这种威胁手段，威廉。"阿兰说话时眼睁睁地看着威廉的球从14尺开外滚进球洞里。

"我父亲唯一不会赞同的是亨利·奥斯伯恩这人。"威廉反驳道。阿兰竟然把离洞口仅有2尺远的球打偏了！

威廉接着说："无论如何，罗依德先生，您必须永远牢记心头的是，我父亲的托管文件里有个附加条款是这样规定的：凯恩家族托管资金做的是私人性质的投资，永远不能对受益人透露投资来自凯恩家族。作为银行家，这是他始终恪守的法则。正因为如此，他始终可以确保银行资产和家族资产在利益问题上不会出现矛盾。"

"或许你母亲觉得，为一个家族成员破一次例也无妨。"

"亨利·奥斯伯恩根本不是我的家族成员。接管资产后，我也会像父亲一样，永远恪守这一法则。"

"早晚有一天，你会为这种僵化的处世方式后悔，威廉。如果你母亲得知普莱斯顿夫人和你继父的事，会有什么后果，我觉得你多多少少必须认真想想。"阿兰说。

"我母亲已经把她的50万全都赔了进去，先生。为了一个丈夫，难道这还不够？凭什么让我也跟着赔50万？"

"我们对此有不同看法，威廉。这笔投资也许能获得很高的回报。再说，我至今还没找到机会查看亨利的财务状况。"

听到阿兰在谈话中亲切地用"亨利"称呼他继父，威廉不解地眨了眨眼。

"我可以向您保证，先生，他几乎挥霍光了我母亲给他的每一分钱。确切地说，他账户上仅剩33412块钱了。我建议您不必过多地耗费精力查看奥斯伯恩的账册，而应当多花些精力彻查他的背景，例如他过去的经商履历和社会关系。本来我没想告诉您，他是个赌徒——嗜赌成性。"

打第八洞时，由于方向已经掉头，阿兰再次把球打进刚才那片湖水里，他只好再次认输。

"你是从哪儿得到的消息？"阿兰故意问。其实他心里清楚，肯定是从汤马斯·科汉的事务所。

"我不便透露，先生。"

阿兰没捅破这层窗户纸。他觉得，留下这张王牌，以后跟威廉打交道时，关键时刻掏出来更划算。

"如果你说的全都准确无误，威廉，我理所当然会劝你母亲，让她反对往亨利的公司投资。我也有责任就此跟亨利开诚布公谈一次。"

"请您务必这样做，先生。"

阿兰终于打出一杆好球。不过他觉得，落后的杆数已经无可挽回。

威廉接着说："您一定有兴趣知道，奥斯伯恩从我的托管资金里弄出50万，并不是为了那份建医院的合同，而是为了偿还他早年在芝加哥欠下的一笔旧债。我敢说，您是刚听说这件事吧，先生？"

阿兰无言以对。他确实不知道此事。威廉又赢了一洞。

打到第十八洞时，阿兰已经落后8个洞。这是他记忆里打得最糟糕的一轮比赛，眼下比赛已接近尾声。如果下一杆他能把离洞口只有5尺的球打进洞里，这一洞还能跟威廉平分秋色。

阿兰问："你是不是还要向我扔炸弹？"

"您希望我在您打这杆之前扔还是之后扔，先生？"

阿兰大笑起来，他决定让威廉把最后一招先抖搂出来。"打这杆之前，威廉。"说完，阿兰把球杆支在地上，做出一副洗耳恭听的样子。

"奥斯伯恩根本得不到建医院的合同。那些关键人物认为，他一直在贿赂规划委员会的一个下级委员。这事不会公开。另外，他的公司已经从候选名单上除名。实际上，这一合同会交给科克布莱德和卡特公司。这绝对是内幕信息，先生。一星期内，下周四之前，甚至科克布莱德和卡特公司也不会被告知此事。所以，我希望这消息您自己心知肚明就行。"

阿兰又一次把球打偏了。威廉把他的球推进了洞里，然后，威廉走到阿兰身边跟阿兰热烈地握了握手。

"谢谢您请我打球，先生。我想您大概输了90块钱吧。"

阿兰掏出钱包，递给威廉一张100元面额的钞票。他说："威廉，我觉得你已经到了不必称呼我'先生'的时候，我的名字是阿兰，这一点你很清楚。"

"谢谢你，阿兰。"威廉说完找给阿兰10块钱。

19

　　弗洛戴克苏醒后发现，自己身处一间小屋里，正躺在一张床上，床边站着3个人，他们正俯身端详他。他们身穿长长的白大褂，正在用他从未听过的一种语言交谈。世界上究竟有多少种语言啊？

　　弗洛戴克试图坐起来，不过，3个人里的年龄最长者不由分说将他按了回去。那人面庞消瘦，满脸皱纹，蓄着山羊胡，用奇怪的语言向他发问。弗洛戴克摇了摇头。那人用俄语试了一次，弗洛戴克再次摇了摇头——他唯恐这种语言会把他立即带回出发点。医生使用的第三种语言是德语，弗洛戴克发现，自己的德语水平比提问者还高。

　　提问的人问："啊，这么说你不是俄国人？"

　　"不是。"

　　"那你怎么会在俄国？"

　　"我一直在逃命。"

　　"啊！"那人转向同伴，似乎是在用他们的语言解释刚才的对话。尔后，3个人一起离开了房间。

　　一个护士走进房间，尽力把弗洛戴克的身子擦了个干净。由于不堪忍受痛苦，弗洛戴克大喊大叫起来，护士却无动于衷，显然她不喜欢医院里有脏东西。护士还在弗洛戴克的两条腿上抹了一层褐色的稠油膏。然后，护士也走了，将弗洛戴克一个人撇在屋里。弗洛戴克又一次沉入了梦乡。再次醒来时，屋里只剩下他一个人。弗洛戴克注视着白色的天花板，思考着下一步该做些什么。

　　弗洛戴克下了床，穿过房间，走到窗前。窗外有个和敖德萨那边差不多的集市。不同的是，这里的男人皮肤较黑，个个身穿白色的长袍，头戴色彩鲜艳的像是倒扣的小花盆的东西，他们都光着脚，穿着拖鞋。这里的妇女个个身穿黑色的长袍，都把脸捂得严严实实。弗洛戴克看得出来，她们的眼睛为黑色。妇女们在市场上讨价还价，购买食品，市场一派繁忙景象。看来，世界各地到处都有讨价还价。

几分钟后，弗洛戴克发现，他所在的这座建筑的外墙侧面有个直通地面的应急金属梯。他蹑手蹑脚走到门边，把门拉开一条缝，往门外的走廊看去。走廊里人很多，全都来去匆匆，根本没人注意他。弗洛戴克轻轻合上门，开始寻找自己的东西。东西全都在角落的一个壁橱里。弗洛戴克迅速把衣服穿上。衣服仍然沾着黑色的煤粉，穿在干净的身上，像是裹了一层砂纸。弗洛戴克重新回到窗户前，打开窗户，爬到应急梯上，顺着梯子向自由爬去。他特别无法适应炎热的天气，真希望自己没穿厚大衣。

待两脚接触到地面，弗洛戴克立刻跑起来。不过，由于两腿发软，他只能慢慢往前走。他曾经虔诚地祈祷过，希望某天早上醒来后发现，瘸腿竟然奇迹般完全康复了。他没有回头看医院，径直挤进集市上熙熙攘攘的人群。

摊位上高高地堆满了诱人的食品，弗洛戴克决定先买一个橙子和一些干果。他把手伸进上衣里，然而，钱已经不在老地方了。更糟糕的是，他进一步意识到，银饰也不见了。肯定是那些穿白大褂的人偷了他的财物。他暗自琢磨着，应该返回医院，找回他的东西，尔后，他转念一想，应当先填饱肚子，然后再行动。说不定大衣的大口袋里还有点零钱，他把手伸进大口袋，一下子摸到了3张50卢布的纸币和几枚硬币，医生画的路线图和银饰居然也在口袋里。弗洛戴克大喜过望，立刻将银饰套回手腕上，然后将其捋到胳膊肘上方。

弗洛戴克就近挑了个最大的橙子，还挑了一把干果。摊主对弗洛戴克说了几句话，弗洛戴克完全没听懂。他觉得，克服语言障碍的最佳方式就是赶紧把钱递过去。摊主看着递过来的50卢布钞票，大笑着把两只手举向天空。"我主阿拉！"摊主感叹道，伸手抢回了橙子和干果，然后挥挥手，示意弗洛戴克滚开。

弗洛戴克失望地走开了，他怎么就没想到，语言不同，也意味着货币不同。在俄国，他是个穷光蛋，来到这里，他更是身无分文了。必须偷一些吃的东西，如果快要被抓住，就把到手的东西扔回给摊主。他学着斯蒂凡的样子，信心十足地穿过集市，来到集市另一边。然而，他做不出大摇大摆的模样，可以肯定的是，他对自己也毫无信心。弗洛戴克选择了最边上的摊位，确信没有引起旁人注意时伸手抓起一个橙子撒腿就跑。他身后突然爆发出一片呐喊，好像半座城市的人都在追赶他。

一个肌肉发达、体型彪悍的男人扑向一瘸一拐的弗洛戴克，把他按倒在地，另外六七个人赶上来，抓住他身体的不同部位，拖着他往摊位走去。一大群人紧紧地尾随着他们，一个警察已经在摊位旁边等候了。警察和摊主之间的交谈像吵架一样，他们声调极高，双方的手势也极其夸张。后来，警察转过身，面对弗洛戴克大喊大叫起来。然而，弗洛戴克一个字也听不懂。警察耸了耸肩膀，揪住弗洛戴克的一只耳朵。弗洛戴克被带走时，周围的人群仍然对他大喊大叫，一些人甚至还向他吐口水。

弗洛戴克被关进警察局的一个小牢房，那里至少已经关押了二三十个犯人——杀人犯、小偷，其实，弗洛戴克也说不清他们是什么人。弗洛戴克没说话，那些人好像也没兴趣搭理他。弗洛戴克一动不动地靠墙坐了一天一夜，越想越害怕。牢房里满地都是大小便，弗洛戴克把肚子里的东西吐了个精光。让他没想到的是，离开城堡的地牢后，他居然再次被关进牢房。地牢至少比这里显得空旷和宁静。

第二天一早，两个卫兵将弗洛戴克拉出牢房，推着他走进一间屋子，让他和已经在屋里的几个犯人站成一排。有人用绳子把他们拦腰拴在一起，然后带着他们来到街上。街上早已聚集了一大群人，看见犯人们走出来，人们高声欢呼起来。弗洛戴克心想，他们一定在此等候多时了。看热闹的人群一路尾随他们，向集市走去，尖叫声、鼓掌声、呼喊声响成一片——让弗洛戴克看不明白的是，这些人为什么如此欢呼雀跃。犯人们被带到集市所在的广场上，然后停下来。最前边的犯人被解开了，被人拖到广场中央，那里早已聚集了上千人，所有人都扯着嗓子兴奋地喊着！

眼前的场景把弗洛戴克惊呆了：卫兵带着一个犯人走到广场中央，使出蛮劲强迫犯人跪到地上。一个彪形大汉用皮带将犯人的右手套在一个木枷上，举起一柄长剑对准犯人的手腕，然后把长剑高高举过头顶，挥剑往下剁去。第一次，刽子手仅仅剁掉了犯人的手指尖。在犯人痛苦的尖叫声中，长剑第二次被举起来。落下的长剑砍中了犯人的手腕，然而，刽子手干得并不漂亮，断手仍然连在残肢上，鲜血涌到了土地上。长剑第三次被举起来，抡圆的长剑落下时，犯人的手终于掉到了地面。人群发出震天的吼声，以示满意。犯人终于被放开了，可是，他已经瘫倒在地，失去了知觉。一个百无聊赖的卫兵将犯人拖到看热闹的人群旁边，然后扬长而去。一个哭哭啼啼的女人——弗洛戴克猜测，她一定是犯人的妻子——用一卷肮脏的止血带缠住了犯人的残肢。彪形大汉第四次举起长剑时，第二个犯人已经吓得昏死过去。彪形大汉对人的死活不感兴趣，只

156

管埋头干活。只要有人手砍，他就有饭吃。

弗洛戴克环顾四周，心里又害怕，又恶心，如果胃里还有东西，他一定会呕吐出来。他拼命四处张望，希望有人能帮他，希望想出个逃跑的方法。显然没人告诉过他，按照伊斯兰法的规定，逃跑的犯人会被砍掉一只脚。弗洛戴克的一双眼睛搜遍了四周的所有面孔，他的目光突然停留在一个身穿深色西装和白色衬衫、打着领带的人身上。那人站在离他20米远的地方，脸上挂着明显的厌恶神情，正在旁观眼前的场景，不过，他始终没往弗洛戴克这边看。长剑每落下一次，总会在人群里引爆巨大的吼声，那人当然听不见弗洛戴克的呼救声。他是法国人？德国人？英国人？说不定是波兰人？弗洛戴克看不出他是哪国人，不知出于什么原因，那人仍然在冷眼旁观这令人毛骨悚然的场景。

弗洛戴克目不转睛地盯着那人，希望他往自己这边看一眼。弗洛戴克拼命挥动着没有被捆住的手，依然无法引起那外国人的注意。卫兵解开弗洛戴克前边的第二个人，然后把犯人拖到木枷跟前。长剑再次被举到空中，人群欢呼起来。出于恐惧，身穿深色西装的人把脸别到了一边，弗洛戴克不失时机地拼命挥动着手臂。

那人盯着弗洛戴克看了一会儿，然后掉转头，跟身边的人说起话来。刚才弗洛戴克没注意，那人身边居然有个同伴。卫兵解开弗洛戴克前边的犯人，费力地把犯人的手套在木枷上。长剑扬起又落下，只一下就把犯人的手砍断了。人群似乎很失望，欢呼声显得有气无力。弗洛戴克再次目不转睛地盯视着那两个外国人，这时，那两人也在仔细看他。他真希望他们做出点举动，可他们只是看着他，仅此而已。

卫兵走到弗洛戴克身边，一把揪掉他身上价值50卢布的大衣，将大衣摔在地上，然后，卫兵解开捆住弗洛戴克的绳子，还撸起了弗洛戴克的袖子。卫兵拖着弗洛戴克，往广场中央走去。弗洛戴克拼命挣扎，一切都是白搭，卫兵太强壮，弗洛戴克根本不是对手。弗洛戴克被拖到木枷跟前，有人在他腿肚子上踢了一脚，他不由自主跪到了地上，右手腕子被皮带套在了木枷上。长剑被高高举起来了，弗洛戴克除了赶紧闭上眼睛，再也无力反抗了。他痛苦地咬紧牙关，等待着那可怕的一剑。然而，男爵的银饰从他的胳膊肘上方滑落到手腕处，银饰靠在了木枷上。人群突然安静下来。阳光下，银饰闪烁着耀眼的光芒，周围的人群顿时陷入了不可思议的宁静。

刽子手犹豫了，他俯下身子，仔细端详着银饰，同时慢慢放下了手中的长剑。卫兵试图把银饰从弗洛戴克的手腕上揪下来，然而，不解开皮带根本行不通。这时，弗洛戴克睁开了双眼。一个身穿军装的人立刻跑到木枷跟前，仔细看了一遍银饰，以及刻在银饰上的文字，然后向另外一个人跑去。那人肯定是个大官，他往弗洛戴克这边走来，显得很稳重。长剑依然躺在地上，没有再次被举起来。嘲笑声和起哄声在人群里响起来。第二个军官动手拉了拉银饰，他无法绕过木枷将其取下来，他也没有权力解开皮带。他对弗洛戴克大声喊了几句，弗洛戴克听不懂他的话。弗洛戴克用波兰语说："我听不懂你们的话。"

看样子，那个大官非常吃惊，他把两只手举向天空，喊了一声"阿拉！"然后迈开四方步，朝那两个欧洲装束的人走去。弗洛戴克在心里默念着上帝——在这种时刻，无论是穆斯林还是基督徒，谁都会祈求心中的上帝。其中一个欧洲人跟随土耳其军官往木枷这边走来。那外国人来到弗洛戴克身边，单腿跪到地上，认真看了看银饰，然后仔细看了看弗洛戴克。弗洛戴克默默地等待着，他可以说5种语言，他希望对方至少能说其中一种。欧洲人转过身，用当地语言跟那个军官说起话来，弗洛戴克的心猛地一沉。人群已经开始发出嘘声，还有人往木枷这边抛来腐烂的水果。那个军官不停地朝外国人点头。那外国人又转回身子，跪在弗洛戴克身边，问道："你会说英语吗？"

弗洛戴克长长地舒了一口气，说："会说，先生，说得还可以。我是波兰人。"

"你从哪儿弄来的这个银饰？"

"这原来属于我父亲，先生。他死在德国人的地牢，在波兰。我被捕，被送到俄国劳改营。我逃跑，坐船到这里。我好几天没吃。我买橙子，摊主不要卢布。我拿一个，因为我饿，非常非常厉害。"

英国人慢慢站起来，用毋庸置辩的口吻对那个军官说了几句话。后者对刽子手说了几句话，刽子手不知所措地看着军官，军官提高嗓门把说过的话重复了一遍，刽子手这才不情愿地俯下身子，解开了皮带。弗洛戴克又干呕起来。人群还在不停地抗议，那英国人给身边的每个人递了一枚硬币，因为他剥夺了他们的机会，让他们少看了一个人被砍断手。

"跟我来。"英国人对弗洛戴克说，"趁他们还没反悔，咱们赶紧走。"

弗洛戴克晕晕乎乎地抓起大衣，跟着英国人走了。人群发出不满的嘘声和哄闹声。弗洛戴克离开广场时，有人向他扔来腐烂的蔬菜和水果。这时，刽子手将另一个犯人的手腕套在木枷上，长剑第一次落下时，刽子手仅仅砍掉了犯人的一个大拇指。这一举动让人群立刻停止了起哄。

§

　　那英国人疾速挤出喧闹的人群，走出了广场。他的同伴正在广场外缘等候。

　　他的同伴问："出了什么事，爱德华？"

　　"这孩子说他是波兰人，是从俄国逃出来的。我对负责的官员说他是英国人，因此他归我们管。咱们把他带回领馆，听听他的故事，看看是不是真的。"

　　那两人沿着七个国王大街迅速往前走去，弗洛戴克一路小跑才勉强跟上那两人。弗洛戴克仍然可以听见身后隐隐约约传来人群发出的喊声，每当长剑落下，人们就发出满意的喊叫。

　　两个英国人领着弗洛戴克，穿过一个拱廊，又穿过一个铺满鹅卵石的院子，往一座高大的灰色建筑走去。建筑的门上标着几个让人欣慰的字："英国领事馆"。进入楼内，弗洛戴克第一次有了安全感。他跟随那两人穿过一个长长的大厅。大厅的墙上挂着几幅肖像画，画里的人物都穿着怪异的军装。大厅尽头有一幅浓墨重彩的肖像画，画里的老人穿着蓝色的军装，胸前挂满各式勋章。他的胡子修饰得特别完美，这让弗洛戴克想起了男爵。不知从什么地方冒出一个军人，向他们行了个军礼。

　　"史密舍尔斯下士，这孩子交给你。先带他去洗洗，给他找几件衣服，然后带他去厨房吃点东西。等他吃饱肚子，身上的味道不再像流动小猪圈那么冲，再带他来见我。"

　　"是，长官。"下士说着又敬了个礼，然后对弗洛戴克说："跟我来，小伙子。"

　　弗洛戴克顺从地跟着军人走了，一路小跑才能跟上军人。军人领着他来到地下室一间住宿的小屋内，屋里仅有一个特别小的窗子，从这里是无法逃跑的。下士让弗洛戴克把衣服脱掉，然后将弗洛戴克一个人留在屋里。几分钟后，下士回来了，弗洛戴克仍然穿着衣裳，正坐在床帮上发呆，同时不停地转动着手腕上的银饰。

"动作快点儿，小伙子。现在可不是静坐治疗的时候。"

"对不起，先生。"弗洛戴克说。

"别叫我先生，小伙子。我是史密舍尔斯下士。叫我下士就行。"

"我叫弗洛戴克·科斯基维奇。叫我弗洛戴克就行。"

"别跟我逗闷子，小伙子。英国军队里爱逗闷子的人够多了，军队里不需要你这样的人。"

弗洛戴克没听懂军人这番话的含义，他赶紧脱掉了衣服。

"跟着我，跑步走。"

有热水，有香皂，这次洗澡再次荡涤了弗洛戴克的身心。他想起了俄国女恩人，要不是因为她丈夫，他可能已经是那女人的儿子了。军人又一次出现在门口，还带来一套衣服。虽然衣服看起来样式古怪，却是既干净又好闻。以前这些都是谁家儿子的衣服呢？

史密舍尔斯下士将弗洛戴克领进厨房，把他交给一个胖乎乎的脸皮粉红的厨娘。离开波兰以来，这位厨娘是弗洛戴克见过的最慈眉善目的人，她让弗洛戴克想起了娘娘。弗洛戴克同时还想道，如果将厨娘送进201劳改营，用不了几星期，她的腰围一定会发生巨变。

"哈罗，"厨娘说话时笑眯眯的，脸上像绽开了一朵花，"我说，你叫什么名字？"

弗洛戴克报出了自己的名字。

"好吧，弗洛戴克，我看你的胃口一定能很好地消化正经的英国菜——土耳其菜对你不过是垃圾。我先给你来点热汤和牛排。见普伦德加斯特先生前，你必须先把肚子填饱。"说到这里，厨娘开心地笑起来。"你可记着啊，别看他样子挺凶，他心眼还不错。虽然他是英格兰人，他的心可没长歪。"

弗洛戴克惊讶地问："你不是英格兰人吗，厨娘太太？"

"噢，天哪，不不，小伙子，我是苏格兰人。这里边的区别可大了。我们比德国人还恨英格兰人。"厨娘大笑着说。说完，她把一盘冒着热汽的汤摆在弗洛戴克面前，汤里漂着好些肉片和青菜。食物居然有扑鼻的香味和可口的味道，弗洛戴克差不多把这些都忘光了。弗洛戴克细细地品味着，生怕再也吃不到这么好吃的东西。

下士再次现身了，问道："你吃饱肚子了吗，小伙子？"

"吃饱了。谢谢你，下士先生。"

下士用怀疑的目光打量着弗洛戴克。不过，他没有从孩子的表情里看出一丝虚伪的痕迹。他说："那好，咱们快走吧。普伦德加斯特先生还等着检阅你呢，咱们别去晚了。"

话音刚落，下士就从门口消失了。弗洛戴克注视着厨娘，他一向憎恨跟刚认识的人说再见，尤其是心地善良的人。

"去吧，小伙子，凡事都往好里想就对了。"

"谢谢你，厨娘太太。"弗洛戴克说，"你的饭是我印象里最好吃的。"

厨娘笑了笑，算作回答。弗洛戴克再次一瘸一拐地奋力追上去，在一个门口，下士突然停下脚步，弗洛戴克差点撞到他身上。

"走路的时候看着点，小伙子。"下士说完在门上敲出两响清脆的当当声。

屋里有个声音说："进来。"

下士推开门，敬了个礼，然后说："先生，按您的吩咐，波兰小孩已经洗干净了，穿好了，吃饱了。"

"谢谢你，下士。你能否请格兰特先生过来一下。"

爱德华·普伦德加斯特抬起头，看了弗洛戴克一眼，示意弗洛戴克找个椅子坐下，然后埋头继续处理手头的文件。弗洛戴克坐在椅子上，看了看对方，然后环顾了一圈墙上的肖像。每幅画里都是穿军装的人物，最大的一幅画里还是那个大胡子老绅士，不过，这幅画里的人穿的是咔叽布军装。几分钟后，弗洛戴克在广场集市上见过的另外一位英国人进了屋。

"谢谢你能来，哈里。找个椅子坐下吧，老伙计。"普伦德加斯特转向弗洛戴克，说："小伙子，现在给我们讲讲你的经历，从头讲，别添油加醋，只讲事实。懂吗？"

"懂啦，先生。"

弗洛戴克开始讲述自己的身世，他从自己在波兰如何成为猎人家庭的一员开始说起。用英语进行表达，他常常需要停下来思考应当如何措辞。两位英国人时不时打断他，向他指出一些疑点。对他的回答，两位英国人每次都相视着点点头，以示满意。交流进行了一个多小时，弗洛戴克以前的经历跟来到英王陛下驻土耳其领事馆副领事爱德华·普伦德加斯特先生的办公室衔接上了。

"我认为，哈里，"普伦德加斯特说，"我们有责任立即通知波兰使团，把小科斯基维奇交给他们。就目前的情况判断，他们理应对他负责。"

"我同意。"被称作哈里的人转向弗洛戴克，接着说："知道吗，孩子，今天你幸免于难，是运气好。按照官方的说法，伊斯兰法典——就是说，按照古伊斯兰法的规定，凡偷东西者，必须被砍掉一只手——那法典理论上早在数年前就废除了。实际上，按照奥斯曼法典的解释，施行这种惩罚本身就是犯罪。然而，这里的野蛮人仍然在沿用这种惩罚。"说完，他耸了耸肩膀。

弗洛戴克攥住自己的手腕，问道："那我的手怎么会幸免于难的呢？"

爱德华·普伦德加斯特插话说："我对他们说，他们可以随便砍穆斯林的手，不能砍英国人的。"

"感谢上帝！"弗洛戴克感叹道。

"实际上，应当感谢爱德华·普伦德加斯特才对。"说到这里，副领事第一次露出了笑容。"今晚你就在这里过夜，明天我们领你去你们国家使团的驻地。虽然波兰领事是外国人，他的确是好人。"副领事说完按了一下铃，下士应声出现在门口。

"长官有何吩咐？"

"下士，把小科斯基维奇带回他屋里，明天早上带他去吃早餐，9点整带他来见我。"

"是，长官。跟我来，小伙子，跑步走。"

下士领着弗洛戴克离开了办公室。弗洛戴克还没来得及向那两个英国人道谢呢！他们救了他的手——也可以说，他们救了他的命。弗洛戴克回到干净的小屋里，小床上的被子已经铺好，他好像被当成贵宾了。他脱掉衣服，把枕头扔到地上，美美地睡了一整夜，直到明媚的阳光穿过墙上的小窗照进屋里。

"快起来洗，孩子，动作麻利点儿。"

又是下士的声音。他军装整洁笔挺，裤线像刀锋一样犀利，好像他根本没睡过觉。下士用手杖敲打着金属床头，那声音跟弗洛戴克习以为常的201劳改营三角铁的声音特别像。刚从睡梦中醒来的那一刻，弗洛戴克以为自己又回到了劳改营。他从床上跳下来，迅速抓起衣服。

"先去洗洗，孩子，先去洗洗。这么大清早的，我们不想让你身上熏人的味道打扰普伦德加斯特先生，对吧？"

弗洛戴克简直不知道该洗什么部位，他这辈子还从来没这么干净过。他发现，下士正吃惊地看着他。下士发问了：

"你的腿怎么啦，孩子？"

"没事，没事。"说完，弗洛戴克背过身，避开了下士探询的眼睛。

"那好，我3分钟以后回来。3分钟，听明白了吗，孩子？到时候你必须准备好。"

弗洛戴克洗了一遍手和脸，迅速穿好了衣服。下士折返回来，准备带他见副领事的时候，他正坐在床帮上，手里攥着羊毛长大衣。跟弗洛戴克见面时，普伦德加斯特先生热情地打了个招呼。和昨天相比，副领事好像和气了许多。

他问候道："早上好，科斯基维奇。"

"早上好，先生。"

"早饭吃得好吗？"

"我早饭没吃，先生，"

副领事转向下士，问道："怎么回事？"

"恐怕是因为，睡过头了，先生。吃完饭再来见您就晚了。"

"那好，咱们必须想个办法补救。下士，请你叫汉德森太太赶紧准备个苹果，或别的什么。"

"是，长官。"

弗洛戴克跟随副领事，沿着走廊慢慢往领馆正门走去。他们穿过铺满鹅卵石的院子，来到一辆轿车旁边。在土耳其，轿车可是稀罕物。这也是弗洛戴克生平第一次乘坐轿车。眼看就要离开英国领事馆，弗洛戴克感到了伤心和难过。多年来，这是他唯一感到可以安全地置身其间的地方。他由衷地希望，这辈子要是有机会在那么舒适的床上连续睡两晚该有多好。下士沿着台阶跑下来，坐到驾驶座上，递给弗洛戴克一个苹果和几片新鲜的热面包。

"注意别把渣子掉在车里，小伙子。厨娘让我代问你好。"

车外非常炎热，几条街非常拥挤，汽车的行进速度和步行相差无几。因为，土耳其人不屑于给四个轮子的英国骆驼让路。尽管车窗全都敞开着，弗洛戴克仍然被闷热的天气弄得浑身冒汗。坐在后排座位上的普伦德加斯特先生则是一副泰然自若的样子，心静自然凉。弗洛戴克生怕头天亲眼见证他幸免于难的一些人认出他，随后引起骚乱，因而他拼命低着头。黑色的奥斯汀小轿车在一座残破的矮小建筑前边停下来，门牌上标着"波兰领事馆"几个字，弗洛戴克油然生出一种既激动又失望的交错感。

他们三人一起下了车。

下士问："你把苹果核吐哪儿啦，孩子？"

"我给吃了。"

下士不禁笑出声来。他走到门口，敲了敲门。开门的人长相友善，头发为深色，个头不高，紧绷着嘴。那人身穿衬衣，黝黑的皮肤显然是土耳其的阳光所致。他用波兰语问他们来此的原因。离开劳改营以来，这是弗洛戴克第一次听见乡音，他立即上前解释了他们来此的原因。听完解释，他的同胞转向了英国副领事。

弗洛戴克的同胞说："请这边走，普伦德加斯特先生。"他的英语极其标准，"您何必大驾光临，亲自把这孩子送来。"

普伦德加斯特和下士离开前，双方人员照例交换了一通高雅的外交辞令。弗洛戴克一直盯着他们，挖空心思琢磨着应当如何表示感谢，英语"谢谢你们"已经不足以表达他的感恩之情。

普伦德加斯特亲昵地拍了拍弗洛戴克的脑袋，好像他是一只短腿大耳朵小猎犬。合上门之前，下士回过头对弗洛戴克挤了挤眼睛，说："祝你走运，小伙子，上帝也该让你走运了。"

波兰领事自报家门，"帕维尔·热莱斯基"。弗洛戴克再次应邀讲述了自己的经历。弗洛戴克发现，和英语相比，用波兰语进行讲述容易了许多。热莱斯基一直专注地倾听着，不停地摇着头，做痛苦状。

"可怜的孩子。"热莱斯基心情沉重地说，"你小小年纪，已经过多承受了我们国家遭受的苦难。那么，你现在有什么打算？"

弗洛戴克说："我必须回波兰，公开继承我的城堡。"

"波兰！"帕维尔·热莱斯基感叹道，"波兰何在？你过去居住的那片土地仍然是有争议地区，由于波兰和俄国都有意重新划分边界，双方正在为此进行激烈的争夺战。皮尔苏斯基将军正在竭尽全力保卫我们祖国的领土主权。但是，对此持乐观态度是极其愚蠢的。你在波兰差不多一无所有了，回不去了。你最好的出路是前往英国或美国，去那边开创新生活。"

"可我不想去英国或美国，我是波兰人。"

"你永远是波兰人，弗洛戴克——无论你在世界的什么地方定居，任何人都无法改变这一点。不过，你必须用现实态度直面自己的未来，因为你还太年轻。"

弗洛戴克失望地垂下了头。难道他历尽人间种种苦难，最后的回报竟然是一句轻描淡写的话：你根本无法返回祖国，也要不回城堡了。他好不容易才没让泪水流出来。

波兰领事用胳膊搂住弗洛戴克的双肩，安慰他说："永远不要忘记，你是活着逃出来的幸运儿。你必须牢记患难之交杜边医生为你规划的生活前景。"

弗洛戴克一时无语。

"从现在起，你应当把过去完全抛到脑后，只考虑未来，弗洛戴克。也许你这辈子还能看到波兰重新站起来，我是不敢有这样的奢望了。"

20

星期一上午，返回银行上班的阿兰·罗依德意识到，由于跟威廉见了一面，眼下他需要做的事比原计划多了些。他立即召来5个部门经理，让他们着手进行调查，以便核对威廉的消息是否属实。想到经理们的结论真有可能和他掌握的情况一致，阿兰心中且喜且忧。更由于安妮与银行的特殊关系，他必须确保银行各部门之间不能互相通气。他明确指示每一位经理：所有报告必须高度保密，必须直接送达董事长本人。

星期三那天，阿兰收到5份初步调查报告。所有经理都向他提出，为深入核实细节，还需要一些时间。不过，初步调查结果已经证实威廉的说法。阿兰打消了马上跟安妮交换意见的想法，他必须掌握更多确凿证据才行。就目前的情况看，最好的办法是耐心等待。星期五晚上，奥斯伯恩夫妇计划举办一个自助晚餐会，他可以利用那次机会劝说安妮，让她不要急于做出放贷决定。

§

　　阿兰到达安妮家——他从未想过这里是奥斯伯恩家——的时候，让他颇感意外的是，安妮显得既疲乏又虚弱。阿兰意识到，劝说安妮时，必须说得更加委婉。他终于找到机会跟安妮单独待了一会儿，不过，他们在一起的时间非常短暂。阿兰暗自想道，出了这么多事，在这么严峻的时刻，如果安妮没怀孩子，那该有多好。

　　"阿兰，银行公务那么忙，你还能来，我真高兴。"安妮说话时脸上带着笑容。

　　"错失一次你的晚会，我肯定会后悔死，亲爱的。何况波士顿人争着抢着都要来呢！"

　　安妮又笑了，说："你说话总是无懈可击。"

　　"其实我经常说错话。安妮，我们上星期讨论的事，后来你是否有时间认真考虑？"

　　"没有。说实话，我一直没时间。准备今天的晚餐会，已经让我忙得不可开交了，阿兰。亨利的财务记录还行吧？"

　　"很好。不过，我们手头只有一年的数据。我们必须派自己的会计人员把账目从头到尾再核对一遍，这是金融业的行规。对经营不足3年的公司，所有银行都会这么做。我敢肯定，亨利对此早已心中有数。"

　　"安妮，亲爱的，漂亮的晚餐会。"有个人在阿兰背后对安妮大喊了一嗓子。阿兰没认出这张面孔，这很可能是亨利的某个政客朋友。那人继而用洪亮的声音问："当小妈妈的感觉怎么样？"

　　阿兰撤身走开了，他暗自希望，但愿已经为银行赢得了一点时间。参加晚餐会的人里，有许多市政府的政客，甚至还有几位议员。阿兰不禁动摇了，有关医院建筑合同的事，威廉的说法或许有误，而银行没有核实其真伪的愿望。不管怎么说，还需要等候一周，市政府才会正式公布最终结果。阿兰到衣帽间拿了自己的黑大衣，然后离开了。

阿兰沿着柴斯特纳特大街往自己家走去。好像要给自己打气，他自言自语地大声说："我一定能坚持到下星期的这个时候。"

晚餐会期间，每当亨利走近米丽·普莱斯顿，安妮总会偷偷盯住亨利。从外表看，亨利和米丽之间无疑没有任何瓜葛；实际上，亨利和约翰·普莱斯顿在一起的时间反而多些。安妮开始怀疑，自己是否误解了丈夫，她甚至想取消与格伦·里卡多的约定。晚餐会终于结束了，时间比安妮预料的延后了两小时。安妮真心希望，多出这两小时，意味着所有客人都非常满意，亨利也会因此有所收获。

"漂亮的晚餐会，安妮，谢谢你的邀请。"又是那个洪亮的声音，他是最后一个离开的客人。安妮已经想不起那人的名字了——大概是市政府的。那人的身影消失在车道尽头处。

安妮沿着台阶慢慢往楼上走去，走进寝室前，她已经将衣服脱去一半。她暗暗下了决心，孩子出生前10个星期内，绝不能举办任何晚会了。

过了一会儿，亨利也进了寝室，他故作镇静地问："你找机会跟阿兰说话了吗，亲爱的？"

"说了，说过了。"安妮回答，"他说你的财务记录很好。不过，你的公司只提供了一年的数据，银行的会计人员必须再次核对一下。显然那是银行的标准业务程序。"

"什么银行的标准业务程序！难道你感觉不到，这一切的背后有威廉的影子？他一直在阻挠发放这笔贷款，安妮。"

"你怎么这么说话？阿兰根本没提到威廉。"

"没提到？"亨利提高了嗓门，"难道他没跟你说，星期天他跟威廉一起吃了午餐？后来他们还一起打了一轮高尔夫！"

"什么？"安妮说，"我不信。威廉每次回波士顿，绝不会不来看我。你一定是弄错了，亨利。"

亨利则说："亲爱的，现场有一多半人是你的朋友。我绝对无法相信，威廉从80公里开外大老远跑回来，难道只是为了跟阿兰打一轮高尔夫？到时候，安妮——这一刻很快会到来——你必须在更相信威廉还是更相信丈夫之间做出选择。你怎么不明白，我必须在下周三之前拿到钱，如果我无法向市政府证明我手头有这个数，我会被取消资格。而取消资格的原因竟然是，一个在校生不同意你跟她父亲以外的人结婚！求你了，安妮，明天你必须给阿兰打个电话，让他把钱划过来。"

亨利不容商量的语气让安妮的脑袋快要裂开了。安妮感到一阵晕眩，天旋地转。

"不行，明天不行，亨利。下星期一行吧？"

听到这句话，亨利释怀了。他走到赤裸着身体照镜子的安妮身边，抚摸着安妮渐渐鼓起来的肚子，说："我不过是希望，这小家伙也能得到和威廉一样的机会。"

§

转过一天，上午，安妮对自己说了上百遍，不能去见格伦·里卡多。然而，接近中午时分，她还是招手拦了辆出租车。20分钟后，她已经走上吱嘎作响的楼梯，心想，可能会有坏消息。她犹豫了一会儿，甚至想转身回家，最后，她还是敲了门。

屋里有个声音说："进来。"

安妮推开了门。

"啊，是奥斯伯恩夫人。非常高兴再次见到您。您请坐。"

安妮执意站着。

格伦·里卡多抬起手，捋了一下又黑又长的头发，然后说："恐怕消息对您不利。"

安妮的心往下一沉，身不由己地坐到身边的一把椅子上。

"在刚刚过去的一周里，奥斯伯恩先生没找过普莱斯顿夫人或其他女人。"

安妮不解地问："那你刚才为什么说消息对我不利呢？"

"当然啦，奥斯伯恩夫人，我以为您是想找离婚的把柄呢！如果想证实丈夫们清白，愤怒的夫人太太们肯定不会找我这号人啊！"

"误会了，误会了。"安妮长长地舒了一口气，接着说，"这是我几周来听到的最好的消息。"

"噢，这就好。"里卡多不免一愣，"那么，但愿第二周什么也查不出来。"

"你可以就此停止调查了，里卡多先生。我敢肯定下周你什么也查不出来，不会有任何结果。"

"我认为，这么做很不明智，奥斯伯恩夫人。根据我的经验，仅凭一周的观察就得出最终结论，至少可以说很不成熟。"

"那好，如果你认为能查出结果，那就查吧。不过我相信，你找不出什么新东西。"

"无论如何，"格伦·里卡多说话时吸了一口雪茄。安妮注意到，跟上次见面相比，里卡多抽的雪茄看起来大了些，气味也好闻多了。"您已经预付两周的钱了。"

"那些信有进展吗？"安妮问。"我觉得，一定是什么人嫉妒我丈夫的成就，才写了那些信。"

"这个，正如上次见面时我向您指出的，奥斯伯恩夫人，追查写匿名信的人向来都是困难的事。不过，由于那种信纸信封比较特殊，我已经查出销售它们的商店。但是，到目前为止，这件事还没有下文。我再说一遍，也许下星期我能找到线索。最近您又收到信了吗？"

"没有，没收到。"

"很好，看来一切都在朝好的方向发展。希望下次见面能如您所愿，成为我们之间最后一次会面。"

"好吧，"安妮脸上阴转晴了，"但愿如此。我们下星期结账行吗？"

"当然啦，当然啦。"

安妮几乎把这句口头禅忘了，再次听到它，安妮竟然开心地笑起来。安妮同意下星期四过来见格伦·里卡多，因为她确信，那将是他们最后一次见面。乘车回家的路上，安妮下了决心，一定要把50万美元贷给亨利，让他有机会证明威廉和阿兰两人都错了。威廉居然背着自己回了一趟波士顿，从得知消息到现在，安妮一直在伤心。儿子做事竟然背着她和亨利，安妮因而认为，亨利当然有理由感到气愤。

进晚餐时，安妮告诉亨利，她已经决定给他贷款，亨利非常高兴。第二天一早，亨利就把有关的法律文件摆在安妮面前让她签字。安妮顿时起了疑心——亨利肯定早已把文件准备好。更让安妮怀疑的是，米丽·普莱斯顿的签名赫然出现在文件上。是不是自己疑心太重了？安妮打发掉这一想法，在文件上签了自己的名字。

§

星期一上午，阿兰·罗依德打来电话时，安妮早已做好应对的准备。

"安妮，我们应该耐心等到星期四。到那天，至少我们能知道建筑合同给了哪家公司。"

"不行，阿兰，我决心已定。亨利现在需要这笔钱，他必须向市政府证明，在履行合同方面，他是有资金保障的。既然文件上已经有了两个监护人的签名，结果已经不是你能左右的了。"

"银行随时可以为亨利提供担保，没必要实际拨款啊。"阿兰说，"我敢肯定，市政府能接受这一做法。再说，我还没有足够的时间核对亨利公司的财务状况呢！"

"可上星期天你却有足够的时间和威廉共进午餐，还打了一轮高尔夫，事后也没告诉我。"

电话那头，阿兰沉默了一会儿。

"安妮，我——"

"你可千万别说没机会告诉我。星期五晚上你来我家参加了晚餐会，那天你有的是机会说这件事，你却选择了不说。另外，你反而有时间建议我推迟考虑给亨利贷款一事。"

"安妮，真对不起。我能理解你为什么会这么看问题，也知道你生气的原因。我这么做事出有因，请相信我。我可以去你那里跟你开诚布公地解释一下吗？"

"不必了，阿兰，你说什么都没用。你们合起来整我丈夫，你们谁都不给他机会证明自己。那好，我来给他机会。"

安妮挂断了电话。对自己刚才的做法，她非常满意。她觉得，终于为亨利出了一口气。以前她总是无端地怀疑亨利，这么做足以完全弥补回来了。

阿兰·罗依德又拨通了电话。安妮让女佣回话说，她已经出门，当天不再回家。当晚，亨利回家后，听说安妮对阿兰寸步不让，他极为高兴。

亨利说："你等着瞧吧，亲爱的，一切都会尽如人意。星期四上午，我就会拿到那份合同，到时候你可以去吻阿兰，跟他和好。另外，星期四之前，你最好也用他对待你的方法治治他。如果你高兴，星期四我们可以在大饭店订一桌庆功午宴，到时候，你可以隔着桌子向阿兰招手，看他有什么话说。"

安妮咧嘴笑了，她心里一直惦记着，那天12点，她还要跟格伦·里卡多见一面。不管怎么说，她有足够的时间在1点之前赶到大饭店，她可以在同一天庆祝两场胜利。

§

阿兰不断地打电话找安妮，女佣每次都说安妮不在家。由于放贷文件上已有两个监护人的签名，阿兰必须在24小时内支付这笔款项。理查德·凯恩起草的所有法律文件都非常明确，让人无空子可钻，这是典型的理查德风格。星期二下午，银行开出一张50万美元支票，由押运员送了出去。过后，阿兰给威廉写了封长信，他在信中详详细细解释了迫不得已划出这笔钱的原因，唯一没提及的是银行各部门报告中未经证实的消息。银行各部门负责人也收到了这封信的抄件。为了让事情得体，阿兰已经尽了最大努力，他心里清楚，尽管如此，其他人仍然可能指责他隐瞒真相。

星期四早上，威廉和马休在圣保罗学校食堂一起吃早餐之际，威廉收到了阿兰·罗依德的长信。

§

同样是星期四早上，贝肯山红房子里的早餐仍然像往常一样，有鸡蛋、腊肉、热面包片、冷麦片粥、一壶冒着热汽的咖啡。亨利显得既紧张，又快活，他一会儿训斥女佣，一会儿又跟某个下级政府官员在通电话过程中开起了玩笑。对方明确告诉他，10点钟的新闻发布会将宣布最终赢得承建医院合同的公司，市长将宣布该公司的名称。

安妮已经在心里期盼跟格伦·里卡多最后一次见面的事。她很随意地翻阅着《时尚》杂志。亨利翻阅《波士顿环球报》的手一直在发抖，安妮尽量不去想这究竟是为什么。

亨利没话找话，问道："今天上午你准备干什么？"

"啊，庆功午宴前，其实我没什么可做。你还计划用理查德的名字命名儿科大楼纪念他吗？"安妮问。

亨利傲慢地说："不是纪念理查德，亲爱的，这是我创造的业绩，所以我要用你的名字为它命名，叫它亨利·奥斯伯恩夫人大楼。"

"多好的主意！"说完，安妮放下手中的杂志，对亨利笑了笑，接着说："中午吃饭的时候，千万别让我多喝香槟。我已经跟麦肯泽尔医生约好，下午晚些时候去他那里。孩子出生没几周了，在医生那儿，要是让他看出我喝醉了，他肯定会说难听的话。你什

176

么时候能知道合同确实给了你？"

"现在已经知道了。"亨利说，"刚才跟我通电话的人得到的消息100%可靠。只不过官方要等到10点才正式公布结果。"

"你必须做的头一件事，亨利，是给阿兰打个电话，把这好消息告诉他。我已经开始觉得，星期一我对他实在太失礼了。"

"根本没必要觉得失礼，亲爱的。你反过来想想，他都没想把跟威廉见面的事告诉你。"

"这样可不好。后来他一直想跟我解释来着，亨利，是我没给他解释的机会。"

"那好吧，那好吧，按你说的做。只要能让你高兴，我10点过5分给他打电话，到时候你也给威廉写个信，就说我为他赚了100万。"亨利说着看了看表，然后说，"我得走了，祝我好运吧！"

安妮说："原先我以为你不需要任何运气呢！"

"我不需要，不需要，我不过是随口说说罢了。1点钟大饭店见。"说到这里，亨利在安妮的额头上吻了一下。"相信我，今晚你就可以随意评说阿兰、威廉，以及合同的事了，这一切都会成为过眼烟云。再见，亲爱的。"

§

早餐摆在阿兰·罗依德面前，他没有心思吃早餐，他正在翻阅《波士顿环球报》的金融版，右边栏目里有一小段文字是这样说的：当天上午10点，市长将公布哪家公司最终赢得标的额高达500万美元的承建医院合同。

如果亨利拿不到合同，如果所有结果均证实，威廉当初的警告准确无误，必须采取哪些措施，阿兰·罗依德早已心中有数。面对同样的情况，理查德怎样做，他就怎样做，即，从银行的最高利益出发采取行动。有关亨利本人的财务状况，各部门提交的最新报告让阿兰深为震惊。奥斯伯恩确实是个嗜赌成性的家伙，资金托管团划拨给他的50万美元贷款根本没有进入他的公司账户。

阿兰仅仅呷了几口鲜橙汁，餐桌上还有其他东西，他碰都没碰。他向管家道了歉，一路步行往银行走去。当日天高气爽，阳光明媚。

§

"威廉，今天下午咱们去打网球怎么样？"

马休在等待威廉答复，而威廉一直在埋头阅读阿兰·罗依德的长信。

"刚才你说什么？"

"你是聋了还是有了什么未老先衰的毛病？"眼看威廉没有答复的意思，马休换了个说法，重复了一遍刚才的话题："今儿个下午你是不是想让我在网球场上把你打个屁滚尿流啊？"

"不行，今天下午不行，马休。我有更重要的事要办。"

"说得没错，老哥们儿。我差点儿忘了，每周的今天下午你都有例行公事，你得前往白宫，就国家的财政问题向哈丁总统建言。别忘了，跟那个占着茅坑不拉屎的笨蛋查尔斯·盖茨·道斯相比，你比他强多了。"马休发觉威廉依然没反应，接着说了下去，"别忘了转告总统，只要他任命马休·莱斯特为下一任司法部部长，你就可以继续为他建言。"

威廉仍然没有任何反应。

"我知道我的玩笑开得不合时宜，不过我认为，你多少也得说句话吧？"马休认真看了看突然变得沉默寡言的朋友，"是鸡蛋闹的，对吧？味道太差，也就是俄国战俘营的水平。"

威廉把阿兰的信塞回信封里，然后说："马休，我需要你的帮助。"

"是不是你收到了我妹妹的信，她觉得你比著名男星鲁道夫·瓦伦蒂诺还性感？"

威廉站起来，说："别再开玩笑了，马休。如果你父亲的银行遭到抢劫，你还会心安理得地坐在这儿拿这事寻开心吗？"

看到对方不苟言笑的表情，马休立刻意识到，威廉确实是严肃的。他终于平静下来，说："不会，当然不会。"

威廉说："那好，咱们现在就出发，我在路上会把一切都告诉你。"

马休仍然没回过味来，问道："出发去哪儿？"

"波士顿。"

§

刚过10点，安妮就离开了贝肯山。与格伦·里卡多见面前，她要上街买些东西。

安妮的背影刚刚消失在柴斯特纳特大街上，电话铃就响了。女佣拿起电话听筒，往窗外看了看，女主人已经不见了踪影。如果这时安妮接听了电话，她就能及时知道市政府对承建医院的合同做了什么决定。她错过了机会。在此期间，她买了几双长丝袜，还买了一种新品牌香水。12点刚过，安妮到了格伦·里卡多的办公室。她真心希望新品牌的香水能冲淡浓烈的雪茄烟味。

此时的安妮心情轻松，她问道："我没来晚吧，里卡多先生？"

"您请坐，奥斯伯恩夫人。"

里卡多没有显示一丁点洋洋得意的样子。安妮心想，前两次他也是这样啊。安妮注意到，这次他抽的雪茄又换了。里卡多打开一个漂亮的褐色文件夹。安妮注意到，屋里唯一的新东西就是这个文件夹。里卡多从文件夹里拿出几页文件。

"咱们从匿名信开始说行吗，奥斯伯恩夫人？"

安妮不喜欢这种说话方式。

不过，她克制着说："行，没问题。"

"信都是一位名叫鲁比·弗劳尔斯的夫人写的。"

"她是谁？为了什么？"安妮预感到情况不妙，不过，她依然希望知道答案。

"据我所知，原因之一是，弗劳尔斯夫人目前正在起诉您丈夫。"

"经你这么一说，问题全都清楚了。"安妮顿了顿，"她一定是想报复。她说亨利欠她多少钱？"

"她可不是因为钱起诉的，奥斯伯恩夫人。"

"那是因为什么？"

格伦·里卡多两手撑住桌子，艰难地从椅子上站起来，好像已经疲乏到极点。他走到窗前，看着窗外繁忙的波士顿港。

里卡多说："她控告您丈夫违反协议，奥斯伯恩夫人。"

安妮说："不可能有这样的事啊！"

"事情是这样的，奥斯伯恩先生刚认识您的时候，他俩已经订婚，正准备结婚。您丈夫毫无道理地终止了他们之间的婚约。"

"势利小人，她一定是盯上亨利的钱了。"

"不是，我可不这么认为。这么说吧，弗劳尔斯夫人相当富有。当然，她不如您富有。不过，大多数人会认为，她相当富有。她过世的丈夫拥有一家软饮料装瓶厂，那位先生把身后的所有财产都留给了她。"

"她过世的丈夫——那女人多大岁数？"

里卡多走回桌子旁边，打开文件夹，翻了一两页，他的大拇指在一页文件表面自上而下移动着。

里卡多说："7月份她就满53岁了。"

"噢，我的上帝！"安妮叹道，"可怜的女人，她一定恨我。"

"也许她恨您，奥斯伯恩夫人。不过这对我们毫无意义。现在，我该谈谈您丈夫的其他事了。"

尼古丁熏黄的手指又翻开了几页文件。

安妮开始感到恶心。干吗要来这一趟？上次干吗没说不再来？她没必要知道这些，她不想知道这些，安妮想站起来，想赶紧离开，她多希望理查德现在来到身边！安妮发现自己已经失去行动能力，好像格伦·里卡多和漂亮的新文件夹里的内容把她固定在了椅子上。

"上个星期，奥斯伯恩先生和普莱斯顿夫人分两次单独在一起待了3个小时。"

"可是，这说明不了什么。"安妮绝望地插话说，"我知道他们曾一起讨论一份非常重要的银行转款。"

"地点是拉赛尔大街的一家小旅店，时间是晚上8点。"

安妮不再插话了。

"这两次，他们都是一边说悄悄话，一边笑着走进旅店的。当然啦，我们不能依此得出结论，不过，我们手头有他们一起进去和一起出来的照片。"

安妮低声说："销毁它们。"

格伦·里卡多眨了眨眼，说："听您吩咐，奥斯伯恩夫人。还有其他事需要说明。进一步调查证实，奥斯伯恩先生从来没上过哈佛大学，也从来没在美国军队中当过军官。曾在哈佛上学的亨利·奥斯伯恩只有1米68高，长着淡黄色的头发，是个阿拉巴马州人，于1917年在法国索姆河战役中战死。我还查出，您丈夫比他自称的年轻许多，他的真实姓名是维多里奥·托格纳。他曾经在——"

"够了，我不想听了！"说着，安妮的泪水顺着两颊滚落下来，"我不想再听了。"

"当然啦，奥斯伯恩夫人，这我理解。我很抱歉我的消息让您这么伤心。有时候，我的工作……"

安妮费了很大劲才控制住自己的情绪，她说："谢谢，里卡多先生，我对你做的一切都感激不尽，我该付你多少钱？"

"您已经预付了两个星期的费用，日常开销一共是73块钱。"

安妮递过去一张100元面值的钞票，然后从椅子上站起来。

安妮转身离开时，里卡多说："我还应该找您钱呢，奥斯伯恩夫人。"

安妮似乎没听见里卡多说了什么。

"您没事吧，奥斯伯恩夫人？您的脸色有点儿苍白。我给您倒杯水，或者，来点提神饮料？"

"不用，谢谢你。我没事。"安妮撒谎说。

"可否允许我冒昧送您回家？"

"不用，里卡多先生，谢谢。我完全可以自己回家。"安妮说完转过身，对私人侦探笑了笑，"真得谢谢你的好意。"

安妮走了出去，格伦·里卡多轻轻地关上了门。他慢慢走到窗前，咬掉最后一支大雪茄的屁股，把烟屁吐到地上。里卡多看见，奥斯伯恩夫人俯身钻进一辆出租车，他在心里诅咒着自己的工作。多善良的一位夫人啊！

§

楼梯上布满了垃圾，安妮在最后一级台阶上停下脚步，伸手抓住栏杆，因为，她差一点晕倒。肚子里的孩子蹬了几脚，安妮感到一阵恶心。在十字路口，安妮拦下一辆出租车，然后，她瘫坐到后排座椅上。她无法止住抽泣，不知道该做什么。刚回到红房子里，还没等佣人们看清楚她的狼狈相，安妮已经躲进自己的寝室。进屋时，电话铃正响着，安妮伸手抓起听筒。这多半是出于习惯，她根本没顾忌电话是谁打来的。

"请找凯恩夫人听电话。"

安妮一下子听出来，这是阿兰标准的说话方式。阿兰嗓音沙哑，听声音，他也很疲倦。

"你好，阿兰。我就是安妮。"

"安妮，亲爱的，听说今天早上的消息后，我真为你感到遗憾。"

"你怎么知道的，阿兰？你怎么可能知道？谁告诉你的？"

"10点刚过，市政府就打电话向我说明了事情的全部经过。我当即给你打了电话，可是，女佣说你出门买东西去了。"

"噢，我的天，"安妮说，"我把合同的事忘光了。"安妮说完倒在沙发上，感觉几乎透不过气。

"你没事吧，安妮？"

"没事，我很好。"安妮想抑制自己的哭腔，可是，无论如何也控制不住。"市政府是怎么说的？"

"承建医院的合同给了一家名叫科克布莱德和卡特公司的承包商。很明显，亨利连前三名都不是。我找了他整整一上午，他10点多离开办公室，好像后来一直没回去过。我猜你也不知道他在哪里吧，安妮？"

"不知道，我猜不出他会去哪儿。"

"需要我去你那里吗，亲爱的？几分钟内我就能赶到。"

"不用，谢谢你，阿兰。"安妮顿了一下，颤颤巍巍地深深吸了一口气，接着说，"请原谅近几天我对你的恶劣态度。如果理查德还活着，他无论如何也不会原谅我。"

"别说傻话，安妮。我们之间的友谊早已超越了用年月来计算，这点小事根本算不了什么。"

阿兰的话里透露的善良让安妮不禁失声痛哭起来，她挣扎着想站起来。

"我必须走开一会儿，阿兰，有人在敲大门——也许亨利回来了。"

"多多保重，安妮，什么都不用担心。只要我还是董事长，银行就会全力支持你。无论你有什么需求，随时可以给我打电话。"

安妮挂上了电话。她拼尽全身力气，仍然感到呼吸不畅。强烈的宫缩让她浑身难受，很久没经历这种体会了，她一头栽倒在地板上。

几分钟后，女佣在门上轻轻叩了几声，然后打开房门，往屋里看去，这才发现女主人躺在地上。她赶紧跑进屋里，威廉跟在女佣身后，也跑进屋里。母亲和亨利·奥斯伯恩结婚以来，这还是威廉第一次来到母亲的卧室。安妮浑身不停地抖动着，嘴唇上布满了白沫，根本不知道有人来到了身边。几秒钟后，抽搐过去了，躺在地上的安妮发出轻轻的呻吟。

"妈妈，"威廉急切地问，"你这是怎么啦？"

安妮睁开眼睛，惊恐地瞪着儿子，说："理查德，感谢上帝，你终于来了。"

"我是威廉，妈妈。"

安妮的目光恍惚了，她喃喃地说："我一点力气都没有了，理查德。我必须为我的错误付出代价，原谅……"

她越来越弱的话语变成了呻吟，又一阵强烈的抽搐开始了。

威廉不知所措地问："这到底是怎么回事？"

"我觉得是肚子里的孩子出了问题。"女佣说，"其实离预产期还有两个月呢！"

"赶紧打电话找麦肯泽尔医生。"威廉说完冲到寝室门口，朝外边喊道："马休，快上来！"

马休三步并作一步冲到楼上，进了寝室，来到威廉身边。

"帮我把我妈抬到楼下的车里。"

两个孩子小心翼翼地抬起安妮，往楼下走去。他们把安妮抬进停在房子外边的汽车里。安妮不停地喘息着、呻吟着，显然，她处于极大的痛苦中。威廉转身冲进屋里，从女佣手里抢过电话听筒，马休则坐在汽车里候着。

"是麦肯泽尔医生吗？"

"是，你是谁？"

"我的名字叫威廉·凯恩——你不认识我，先生。"

"不认识你，年轻人？你还是我亲手接生的呢！找我有事吗？"

"我认为我母亲马上要分娩了。我立刻把她送到医院来。我们几分钟内就能赶到。"

麦肯泽尔医生的口气突然变了，他说："没问题，威廉，不用担心。我会一直等着你们，你们到达时，所有准备工作都会就绪。"

"谢谢你，先生。"威廉犹豫了一下，问道："好像她浑身都在那个——抽搐，这情况正常吗？"

威廉的话让医生的脊梁骨一阵发冷，他停顿了片刻。

医生说："这个嘛，这肯定不正常。只要你母亲能把孩子生下来，就会好转。你尽快把她送到我这里吧！"

威廉扔下电话听筒，冲出屋子，迅速钻进劳斯莱斯车里。马休迄今为止仅仅开过一次车——他父亲的劳斯莱斯车。马休挂上一挡，没换过一次挡，一忽儿把油门踏板踩到底，一忽儿猛踩刹车踏板，沿途没停过一次车，一口气把车子开到了医院大门口。两个孩子轻轻地将安妮从汽车里抬出来，把她放到守候在门口的担架车上。在一位护士的带领下，他们将安妮直接推到了产科病区。医院有两个分娩室，麦肯泽尔医生正守候在一个分娩室门口。他接过担架车，让两个孩子留在门外等候。

走廊里摆放着小号长靠椅，威廉和马休默默地坐在椅子上，等候着。产房里传出阵阵吓人的大喊声和尖叫声，两个孩子从来没听见过那样的喊叫——一阵沉寂随之而来，让人更加害怕。威廉生平第一次陷入一种全然不知所措的境地。两个孩子在长靠椅上足足坐了一个多小时，其间谁都没说话。终于，精疲力竭的麦肯泽尔医生再次出现了。两个孩子同时站起来。医生盯着马休·莱斯特看了一会儿，问道："你是威廉吗？"

"我不是，先生，我是马休·莱斯特。这位是威廉。"医生转过身，将一只手搭在威廉的肩膀上，说："威廉，非常抱歉。你母亲几分钟前去世了……还有那孩子，是个女孩儿，是个死胎。"

威廉两腿一软，瘫在长靠椅上。

"为挽救她们，我们已经尽了最大努力，不过为时太晚了。"说到这里，医生疲惫地摇了摇头。

威廉一言不发地坐在椅子上，后来，他自言自语地小声说："她怎么就死了呢？你怎么就让她这样死了呢？"

医生坐到威廉身边。"她不听我劝告。"医生说，"自从上次怀孩子出事以来，我不断地告诫她，不能再怀孩子。可是她再婚以来，你继父和她总是把我的话当成耳旁风。今天你把她送来时，她的血压无缘无故升高到导致惊厥的程度。"

"惊厥是？"

"就是痉挛。有时候，患者可以经受好几次复发依旧安然无恙，有时候却会——当场停止呼吸。"

威廉垂下了头，用双手捂住脸，禁不住哭起来。就这样，几分钟过去了，3个人谁都没说话。末了，威廉站起来，马休搀着威廉，沿着走廊往外走去。医生紧随其后来到了大门口。

医生注视着威廉，说："你母亲的血压升高得很突然，这非常罕见，而且她根本不做反抗，好像她一点都不在乎。奇怪——最近她是不是碰到了什么麻烦事？"

威廉抬起头，泪水已经濡湿了他的面庞。"导致她死亡的不是麻烦事，"他咬牙切齿地说，"而是人。"

§

两个孩子回到红房子时，阿兰·罗依德正坐在客厅一角等候他们。他们进屋时，阿兰站了起来。

"威廉，"阿兰开门见山说，"发放贷款一事，我负有不可推卸的责任。"

威廉怔怔地望着阿兰，完全没明白阿兰的意思。

马休·莱斯特插进来，说："我认为这事已经无关紧要了，先生。"接着，马休压低声音补充说，"威廉他母亲难产，刚刚母女双亡。"

阿兰·罗依德的脸唰地变成了灰色。他扶住壁炉台，这才没倒下去，然后，他背过了身子。这是两个孩子第一次看见成年男人掉眼泪。

"全都是我的错。"银行家说，"我永远无法原谅自己。我没把知道的真相全都告诉她。我太爱她了，生怕说出来让她受不了。"

阿兰的痛苦反而让威廉平静下来。

"这当然不是你的错，阿兰。"威廉用毋庸置辩的口气说，"你已经做了能做的一切，这我清楚，如今到了我需要你帮助的时候。"

阿兰·罗依德尽力稳住自己的情绪，问道："有人告诉奥斯伯恩你母亲的死讯了吗？"

"我不清楚，也不在乎。"

"我一整天都在找他，想让他说明医院合同的事。他早上10点多离开办公室以后，再也没人见过他。"

威廉坚信不疑地说："他早晚会回到这里。"

§

阿兰·罗依德离开后，威廉和马休坐在客厅里等候了差不多一整夜。其间，两人一直处于半醒半睡状态，几乎没说过话。凌晨4点钟，威廉正在数古老的座钟报时的次数，他听见，街上似乎传来一阵响动。他抬起头，看见马休正在往窗外张望。威廉拖着疲惫的身子来到马休身边，两人看见，亨利·奥斯伯恩跌跌撞撞地穿过路易斯堡广场，一只手攥着个酒瓶，另一只手抓着一串钥匙。他试了好几把钥匙，花了相当长时间开门，终于，他走进了过道。他迷迷糊糊地注视着两个孩子，眨了几下眼睛。

"我要找安妮，不是你。你为什么不在学校？我没想找你。"亨利说话声音沙哑，口齿含混不清。他推开威廉，走进客厅，然后问："安妮在哪儿？"

"我母亲死了。"威廉平静地说。

奥斯伯恩看着威廉，一脸不相信的神色。他走到餐具柜跟前，从柜子里拿了个酒杯，斟了满满一杯白兰地。威廉终于忍无可忍了。

威廉大吼道："她需要丈夫的时候你躲到哪儿去了？"

奥斯伯恩手里仍然攥着酒瓶，问道："孩子呢？"

"是个女婴，死胎。"

奥斯伯恩倒在身边的一把椅子上，醉酒带出来的泪水从他脸上淌了下来。他自言自语道："她把我的小宝贝也丢了？"

威廉怒不可遏，差不多语无伦次了。"你的宝贝？你早该改掉只顾自己的臭毛病！"威廉大声喊道，"你很清楚麦肯泽尔医生反对她再次怀孕。"

"这是哪儿冒出来的专家，我说，凭什么事事要专家指导？如果你他妈的少管闲事，我自己会照顾好我妻子，用不着你插手。"

"而且还会照顾好她的钱，是不是？"

"说到钱，你这吝啬的小混蛋，我敢说你丢了钱比死了妈还伤心。"

威廉大吼一声："你给我站起来！"

亨利·奥斯伯恩挣扎着站起来，在一张桌子边缘磕碎了酒瓶，瓶子里的威士忌溅到了地毯上。他高举着酒瓶，晃晃悠悠地向威廉走来。威廉站在原地没动，马休插进他们两人中间，轻而易举地从醉汉手里夺下了酒瓶。

威廉把朋友推到一边，迎着奥斯伯恩走去，直到他们的脸几乎贴在一起。

威廉说："现在，你给我听好了，仔仔细细听好了。你给我马上离开这所房子。如果你再次出现在我面前，我会启动法律程序，全面调查你拿我母亲给你公司的50万投资干了什么，而且会重新派人调查你过去在芝加哥的所作所为，揭开你的真面目。如果情况相反，我永远不知道你的下落，咱们之间的事可以一笔勾销。在我后悔之前，你自己走吧！"

奥斯伯恩跌跌撞撞地走了，两个孩子谁都没听清他关门时发了个什么毒誓。

§

第二天上午，威廉来到银行，有人立即将他领进董事长办公室。阿兰·罗依德正在往一个公文包里装文件，他一言不发地递给威廉一张纸。这是一封致全体董事的短信，他在信中提出辞去董事长职务。

威廉轻声问："能叫你秘书来一趟吗？"

"悉听尊便。"

说完，阿兰按了一下桌子边缘的按钮，一位衣着刻板的中年女人走进屋里。

看见威廉在屋里，女人开口说："早上好，凯恩先生。听说你母亲的事以后，我真为你感到难过。"

"谢谢你。"威廉说，"其他人见过这封信吗？"

"还没有，先生。"秘书说，"我正要为罗依德先生打印12份，让他签字呢！"

"好吧，不必打印了。"威廉说，"请忘掉这封信，就当它从来没存在过。"

秘书怔怔地看着面前这个年仅16岁的、有着一双蓝眼睛的孩子，暗自思忖道：这孩子多像他父亲。"好的，凯恩先生。"秘书说完转身出去了，随手带上了门。阿兰·罗依德显出一脸茫然的神色。

威廉说："阿兰，在这种时刻，凯恩和卡伯特银行不需要新董事长。而且，遇到同样的情况，换作我父亲，也会像你这么做。"

阿兰说："事情可不像你说的这么简单。"

"事情就是这么简单。"威廉说，"等我长到21岁，我们可以再议这件事，而不是在那之前。在那之前，如果你能像以往一样用你的稳重和智慧经营凯恩家族银行，我就感激不尽了。我不想让其他任何人知道迄今发生的一切。你把有关亨利·奥斯伯恩的所有信息全都销毁，这事就到此为止。"

说到这里，威廉撕碎了手里的辞职信，将纸片扔进壁炉的火堆上。他走向阿兰，伸出双手，抱住阿兰的双肩。

"现在我已经没有家人了，阿兰，全都靠你了。看在上帝的分上，你可千万别抛弃我。"

§

威廉回到了贝肯山的家里，凯恩奶奶和卡伯特奶奶正默默地坐在客厅里等候他。威廉进屋时，两位奶奶站了起来。威廉生平第一次感到，现如今，他已经是凯恩家族的核心了。

4天以后，不事声张的葬礼在圣公会的圣保罗大教堂举行，受邀者都是家族里的人，以及关系最近的朋友。最显眼的缺席者是亨利·奥斯伯恩。葬礼结束前，受邀者依次走到威廉跟前，以示哀悼。两位祖母像哨兵一样站在威廉身后，眼见威廉应付这样的场面游刃有余，沉稳且不失庄重，她们由衷地感到欣慰。待所有人离开后，威廉陪着阿兰·罗依德走到汽车旁边。

对威廉的极力挽留，董事长非常高兴。

威廉说："如你所知，阿兰，为了纪念我父亲，我母亲一直想为麻省总医院修建一座儿科大楼。我希望实现她的愿望。"

21

一开始，弗洛戴克预计，他在伊斯坦布尔只会停留不多几日。然而，在波兰驻当地领事馆，他一住就是一年多。他没日没夜地工作，成了帕维尔·热莱斯基如影随形的助手、同事、密友，所有麻烦一到他手里都会迎刃而解。没过多久，热莱斯基逐渐滋生出一份担心：弗洛戴克离开后，他是否还能独当一面？这孩子每周去英国领事馆跟苏格兰厨娘汉德森太太在厨房吃一次饭。有一次，他还跟大不列颠国王陛下的副领事在餐厅里共进了一餐。

在土耳其各地，人们正在摈弃守旧的伊斯兰传统，奥斯曼帝国已经摇摇欲坠，人们四处传颂大英雄穆斯塔法·凯末尔的美名。土耳其的国内形势眼看要发生巨变，这常常让弗洛戴克魂不守舍。他脑子里经常闪现城堡时期的男爵，以及他所热爱的那些人的身影。为了生存，在俄国日复一日劳作期间，弗洛戴克一直没想起过他们，自从来到土耳其，他们的形象经常悄无声息地出现在他眼前：男爵、里昂、弗洛伦蒂娜……有时候，弗洛戴克会看见他们沉浸在幸福中，甚至会看见他们开心地大笑——里昂在河里嬉戏，弗洛伦蒂娜坐在床上玩翻绳游戏，男爵坚毅和高傲的面庞在静夜的烛光下熠熠生辉——不过，这些记忆犹新的、让他深爱的面庞总会渐渐遁去。每当弗洛戴克试图留住这些形象，反反复复出现在他眼前的总是他们临终前的情景：里昂横卧在城堡草地上死去的情景，弗洛伦蒂娜在痛苦中流血的情景，男爵完全丧失视力和奄奄一息的情景。

弗洛戴克渐渐认识到，除非他混出名堂，对他来说，重返恶人横行的故土波兰，最多不过是一种奢望。自从有了这一执着的想法，他开始渴望移民美国。他的同胞塔杜斯·科休斯克很早以前先于他这么做了，男爵曾经讲过许多关于塔杜斯的激动人心的故事。帕维尔·热莱斯基将美国称作"新世界"，这让弗洛戴克对未来充满无限的遐想。或许，有朝一日，他真有机会凯旋，荣归波兰。

帕维尔出资为弗洛戴克买了一份前往美国的移民许可。这种证件很难弄到，必须提前一年多动手才行。在弗洛戴克看来，整个东欧似乎都在逃亡，人们都在逃往新世界，都在进行新的开拓。

§

1921年春，弗洛戴克·科斯基维奇登上了开往纽约伊利斯岛的"黑箭号"蒸汽驱动客轮。他仅随身带了个小箱子，里边装着他的所有财产，以及一套由帕维尔·热莱斯基签发的文件。

波兰领事亲自送他到码头，深情地拥抱他，与他作别。领事说："随我主去吧，我的孩子。"

波兰传统的答复方式自然而然地从弗洛戴克心灵深处冒了出来，他脱口而出："愿我主与你同在。"

走到跳板最高处时，弗洛戴克想起一年前从敖德萨到伊斯坦布尔的可怕旅程。这一次，他看不见一块煤，目光所及，到处都是移民——有波兰人、立陶宛人、乌克兰人、斯拉夫人、爱沙尼亚人，以及他从未遇见过的其他民族的人。弗洛戴克紧紧地攥住小箱子的提把，排到队伍里。经允许进入美国前，弗洛戴克排了许多次长队，这是他第一次忍受排长队的滋味。

一位官员将弗洛戴克的文件仔仔细细检查了一遍，他是在寻找逃避兵役的土耳其人。还好，帕维尔·热莱斯基准备的全套文件无懈可击。弗洛戴克看见，一些人被勒令下船，他却轻松过关，他由衷地为同胞帕维尔默默地祈祷了一番。

接下来是接种疫苗，然后是例行体检。若不是过去一年来在伊斯坦布尔吃得好喝得好，在体检过程中，弗洛戴克肯定会被刷下来。通过所有检查后，弗洛戴克终于被允许进入甲板以下的下等舱，那里分为男人区、女人区、夫妻区。弗洛戴克很快在男人区找到一群波兰人，他们正在抢占一大片卧铺区。卧铺区每个隔间有4组上下铺，每个铺位有一层薄薄的草垫子和一条薄毯子，却没有枕头。有没有枕头，弗洛戴克无所谓，离开201劳改营以来，有枕头反而让他睡不着觉。

一个和弗洛戴克年龄相仿的孩子占着个上铺，弗洛戴克走过去，占了下铺。

弗洛戴克主动跟对方打招呼，说："我是弗洛戴克·科斯基维奇。"

"我是华沙的杰西·诺瓦克。"那孩子说话时带着浓重的波兰口音，"我去美国想发一笔。"说完，那孩子伸出一只手。

客轮启航前，弗洛戴克和杰西互相介绍了自己的身世。他们都为找到倾诉对象而高兴，可双方谁都不愿意承认，对于到达美国后究竟会遇到什么，两人都是两眼一抹黑。杰西的身世平淡无奇，在战争中失去了双亲，除此而外，他没有其他值得炫耀的经历。弗洛戴克的身世让杰西听得如痴如醉：男爵的儿子，在猎户的小房子里长大，先后被德国人和俄国人关进牢房，从西伯利亚出逃，由于父亲遗赠的银饰幸免于刽子手的屠刀。杰西隐隐约约觉着，弗洛戴克15年来经历的各种厄运，他一辈子都不可能遇到。

转过一天，上午，"黑箭号"起航了。弗洛戴克和杰西靠在栏杆上，凭栏远眺，伊斯坦布尔渐渐消失在博斯普鲁斯海峡蔚蓝色的海面上。经过平静的马尔马拉海，轮船驶入波涛汹涌的爱琴海，此时，大部分乘客突然开始晕船。下等舱的乘客们只有两间盥洗室，每间盥洗室有10个脸盆，6个抽水马桶，水龙头流出的是冰冷的海水。每到起床时间，盥洗室门口总会排起长队；每到晚间，人们总会陷入持续不断的混乱。没过几天，卧铺区污浊的气味让弗洛戴克想起了位于斯洛尼姆镇城堡里的地牢。

下等舱有个肮脏的大餐厅，里边摆放着木制的长条桌。饭菜有鱼、热汤、土豆、白菜、煮牛肉、黄面包、黑面包。弗洛戴克曾经吃过更糟糕的食物，不过，离开西伯利亚以来，他再也没吃过如此糟糕的食物。让他高兴的是，汉德森太太为他准备了一包吃的东西，有香肠、干果，甚至还有一点白兰地。弗洛戴克和杰西并肩坐在铺位上，一起分享这些食品。他们一起吃东西，一起在船上四处游荡，入夜以后，一个睡在上铺，一个睡在下铺。

起航后第三天，在餐厅吃晚餐时，杰西领来一个波兰姑娘，他们一起吃了晚餐。杰西很随意地告诉弗洛戴克，姑娘名叫扎菲娅。弗洛戴克今生第一次对一个姑娘看了两眼以上，无论怎么克制，他的目光始终不肯离开扎菲娅。扎菲娅让弗洛戴克重新燃起了对弗洛伦蒂娜的回忆。扎菲娅有一双温情的灰色眼睛，一头金黄色的长发，长发很随意地飘散在肩头，她还有一副柔润的嗓音。弗洛戴克有种感觉，他特别想触摸扎菲娅。隔着餐桌，姑娘不时对弗洛戴克莞尔一笑，让弗洛戴克觉得更加凄凉，因为他清楚，杰西比他长得好看得多。杰西送扎菲娅回女人区时，弗洛戴克可怜兮兮地尾随在后边。

事情过去后，杰西转向弗洛戴克，有点生气地说："你干吗不自己找个女人？这个已经是我的了。"

怎样找女人？弗洛戴克一头雾水。不过，他不愿意承认这一点。

他不无挖苦地说："到美国以后，有的是时间找姑娘。"

"干吗要等到美国以后？我还想在这条船上尽量多找几个呢！"

"你准备怎么找？"弗洛戴克问，他很想学学这方面的本事，同时又不甘心暴露自己的无知。

"我们还要在这个破澡盆里漂流不止12天。因此，到美国以前，我要找12个女人。"杰西夸耀说。

"你找12个女人干什么？"弗洛戴克问。

"操她们呗，那还用说。"

弗洛戴克如同掉进了五里迷雾里。

"我的天！"杰西故作惊讶说，"在德国人的牢房里好不容易活下来，又从俄国人手里死里逃生，12岁时还亲手杀过人，差点儿被一帮野蛮的土耳其佬儿剁掉一只手，这人居然没跟女人上过床，这能让人信吗？"杰西说完狂笑起来。周围铺位上的人们同时嚷嚷起来，让杰西赶紧闭嘴。

"好吧。"杰西压低声音接着说，"现在到了扩大你学识的时候，因为，我终于发现还有点儿东西教你。"说完，杰西把脑袋从床帮上探出来。其实他根本看不见弗洛戴克的脸，因为周围一片漆黑。他接着说："扎菲娅是那种特能理解人的女孩儿。我相信我能说服她，让她在这方面扩大一点儿你的知识。我来为你们安排一下。"

弗洛戴克没再搭理杰西。

他们没有继续谈论这一话题。不过，从第二天开始，扎菲娅渐渐对弗洛戴克有了那么点意思。每次吃饭，扎菲娅总会坐在弗洛戴克身边。他们数小时数小时泡在一起，谈论过去的经历，谈论对未来的憧憬。扎菲娅来自波兹南，是个孤儿，这次去芝加哥是为了投奔姐姐。弗洛戴克告诉扎菲娅，他计划去纽约，也许会跟杰西住在一起。

扎菲娅满怀希望地说："但愿纽约离芝加哥不远。"

杰西夸口说："等我当了市长，你可以来看我。"

扎菲娅对此嗤之以鼻，说："你波兰味儿太浓，杰西，你说英语都不如人家弗洛戴克。"

"我可以学，"杰西信心满满地说，"我还要把名字改成美国式的。从今天起，我改名叫乔治·诺瓦克，这样，我就不会有困难了，所有美国人都会以为我是个地地道道的美国人。你呢，弗洛戴克·科斯基维奇？你那个名字是不是有点难改啊？"

弗洛戴克眼睁睁地看着乔治改了名，他从心底憎恨自己的姓名，憎恨科斯基维奇这个姓氏，由于这一姓氏，他无法继承爵位，进而顺理成章地继承属于他的财产。这一姓氏还常常让他觉着自己是个旁出。

"我会想办法改。"弗洛戴克说，"如果你愿意，我可以帮你学好英语。"

"作为回报，我可以帮你找个姑娘。"

扎菲娅咯咯地笑着说："这个忙不用你帮，他已经找到一个了。"

杰西，不，如今他坚持让别人称呼他乔治。每天晚饭后，乔治总会找一个不认识的姑娘，然后两人一起钻到盖着防雨帆布的救生艇里。尽管乔治找过的一些女人脏得要命，甚至洗刷干净都不会有动人之处，弗洛戴克仍然急于弄明白，他们钻进救生艇到底干了些什么。

一天，晚餐过后，乔治再次失踪了。弗洛戴克和扎菲娅一起来到甲板上，两人找了个地方坐下。扎菲娅伸出一只胳膊，搂住弗洛戴克的脖子，然后开始亲吻弗洛戴克。弗洛戴克生硬地把嘴巴贴到扎菲娅的嘴上，油然生出一种陌生的感觉，接下来该做什么，他已经手足无措。陷于惊讶和惶惑中的弗洛戴克忽然觉着，扎菲娅的舌头伸进了他嘴里。弗洛戴克觉得，扎菲娅张开的双唇令他全身激动不已，更让他惊讶的是，他的鸡鸡渐渐变得坚挺了。为了不让扎菲娅感到难堪，他想摆脱扎菲娅。然而，扎菲娅好像一点都不在乎。扎菲娅轻轻地压到弗洛戴克身上，开始有节奏地摩挲弗洛戴克，还引导弗洛戴克把双手按到她的臀部。弗洛戴克坚挺的鸡鸡直通通地顶住了扎菲娅的下身，这让他有了一种抑制不住的快感。扎菲娅把嘴唇从弗洛戴克的嘴上移开，对着弗洛戴克的耳朵轻声说：

"我觉得已经到了你脱衣服的时候，弗洛戴克。"说完，扎菲娅支起身子，开心地大笑起来。弗洛戴克则怔住了。"好吧，咱们明天吧。"说到这里，扎菲娅干脆坐了起来，然后，她又送给弗洛戴克一个吻。

弗洛戴克晕晕乎乎的，跌跌撞撞地往铺位走去。他下定决心，下次绝不能再犯傻了。弗洛戴克的身子刚刚接触到床板，脑子里正在琢磨如果刚才把裤子脱下来究竟会发生什么，他突然感到一只大手揪住他的头发，把他从铺位上拖了出去。他滚到了地板上。仅仅一瞬间，有关扎菲娅的一切都飞到了九霄云外。两个彪形大汉居高临下看着他，把他拖到一个角落里，然后把他顶在船舱内壁上。弗洛戴克以前没见过这两人。其中一人用手严严实实地捂住他的嘴，一把刀子的尖头顶在了他的喉部。

"别出声儿，波兰臭小子。"握刀的人压低声音说，然后将刀锋在弗洛戴克的喉部用力按了一下，"我们只想要你的银饰。"

弗洛戴克意识到，他的财富有可能被抢走。这太可怕了，当初，即将失去一只手时，他曾经有过同样的想法。他还没来得及说话，另一个人已经把银饰从他手腕上撸了下去。

突然，一个人的身影从黑暗里扑到握刀人背后，弗洛戴克趁机出拳，击中了把他顶在墙上的人。移民们从沉睡中惊醒，大家都往他们这边看过来。两个袭击者知道自己干不过这帮波兰人，落荒逃走了，逃离前，其中一个人被乔治用刀子刺中了腰部。

弗洛戴克对着那人的背影吼道："让你不得好死！"

"我觉着他们暂时不敢再来了。"乔治说话时低头看着地面的一堆锯末，银饰正躺在锯末上。"这么贵重的东西！"乔治的表情变得严肃起来，"这么宝贝的东西，你呀，难免随时遭人暗算。"

弗洛戴克捡起银饰，套回自己手腕上。

"这次差点儿丢了吧？"乔治说，"算你幸运，多亏今天我回来晚了点儿。"

"你为什么回来晚了？"弗洛戴克问。

"今晚我发现，一大傻逼占了我的救生艇，他裤子都脱下来了，我立马把他赶跑了。"

这时，弗洛戴克已经躺回床上，他问道："你是怎么干的？"

"我告诉他，他正想操的女孩有梅毒。那家伙吓坏了。我从没见过比他穿衣服更快的呢！"

"你钻到救生艇里都干些什么？"弗洛戴克好奇地问。

"操女人啊，你这笨蛋——你说，还能干别的吗？"说完，乔治翻了个身，面壁睡着了。

躺在铺位上的弗洛戴克怎么也睡不着，他抚摸着银饰，琢磨着乔治刚说过的话，他特别想知道，"操"扎菲娅究竟是一种什么样的感觉。

第二天一早，他们遇上了暴雨，所有乘客都被赶到甲板以下的船舱里。人挨人挤在一起，空气变得污浊。被船上的暖气系统加热后，污浊的空气渗透到卧铺区的各个角落，因而气味变得更加令人作呕。这种情况下，极少有人一点儿不晕船。

乔治抱怨说："最糟糕的是，这样我就无法实现找整整一打姑娘的计划了。"

暴雨过后，所有能走动的乘客都来到甲板上。弗洛戴克和乔治在各层楼梯上挤来挤去，畅快地呼吸着新鲜的海风。许多姑娘对乔治点头微笑，没有人多看弗洛戴克一眼。一个被海风吹得双颊泛红的黑发姑娘和乔治擦肩而过时，对乔治莞尔一笑。乔治转过头对弗洛戴克说："今晚我就要她了。"

弗洛戴克注视着那姑娘，仔细观察着那姑娘看乔治的眼神。趁那姑娘还听得见，乔治又说了一遍"今天晚上"。那姑娘假装什么都没听见，加快脚步走开了。

"转过身去，弗洛戴克，看看她是不是在回头看我。"

弗洛戴克转过了身子，吃惊地说："还真是，她真的在看你。"

"今晚她是我的了。"乔治说，然后问道："你跟扎菲娅的好事成了吗？"

"还没有。"弗洛戴克说，"今天晚上。"

"是时候了。不管怎么说，我们到纽约以后，你就再也见不着她了。"

当天晚上，吃晚餐时，乔治和下午在甲板上碰到的黑发姑娘一起出现了。弗洛戴克和扎菲娅提前离开餐厅，来到甲板上，在甲板上前后往复走了好几圈。弗洛戴克侧着头，看着扎菲娅姣好的侧面轮廓，暗自思忖道，现在若不动手，以后再没机会了。弗洛戴克领着扎菲娅，找了个旁边有救生艇的幽暗角落。弗洛戴克开始亲吻扎菲娅，扎菲娅轻启双唇，迎合着他。扎菲娅后倾着身子，后背贴到防雨帆布上。救生艇里传出哼哼唧唧的声音，这也阻止不了他们。弗洛戴克把身子贴在扎菲娅身上，扎菲娅抓住弗洛戴克的双手，让弗洛戴克的双手贴在她的乳峰上。弗洛戴克轻轻地摩挲着扎菲娅的乳峰，它们竟然那么柔软。扎菲娅解开几颗上衣扣子，把弗洛戴克的一只手拉到内衣里边。弗洛戴克第一次接触到扎菲娅的胴体，这感觉真的奇妙无比。

扎菲娅感叹道："基督啊，你的手这么凉！"

弗洛戴克使劲搂着扎菲娅，喘着粗气，感觉口干舌燥，像是要冒火。扎菲娅把两腿稍微分开一点。隔着好几层衣服，弗洛戴克不管不顾地顶起来。扎菲娅同情地陪了他几分钟，然后一把将他推开。

扎菲娅说："在甲板上可不行，咱们找个救生艇吧。"

他们找的头3个小艇早已有人占用，后来他们终于找到一个空艇，两人笨手笨脚地钻进防雨帆布覆盖的艇身里。在伸手不见五指的黑暗中，弗洛戴克听得出来，扎菲娅整理了一阵身上的衣服。接着，扎菲娅让弗洛戴克压在她身上。扎菲娅根本没费劲，隔着好几层衣裳，把弗洛戴克带到了亢奋前期。弗洛戴克在扎菲娅的两腿之间使劲地顶啊顶，高潮即将来临时，扎菲娅又一次把他推开了。

扎菲娅贴着弗洛戴克的耳朵嗔怪道："你怎么不脱裤子呀？"

弗洛戴克手忙脚乱地解开裤子上的文明扣，一下就插进扎菲娅的身子里。高潮几乎立刻就来了，他惊慌失措地把鸡鸡扯了出来。弗洛戴克感到，黏稠的精液在两腿之间流淌着，他觉着头晕，这突如其来的感觉把他惊呆了，同时他还感到，双膝和一双胳膊肘被救生艇里的凹槽硌得生疼。

"这是你第一次和女孩儿做爱吗？"扎菲娅问，她暗自希望弗洛戴克赶紧挪开身子。

"不，当然不是。"弗洛戴克撒谎说。

"那你爱我吗，弗洛戴克？"

"当然，我爱啊。"弗洛戴克说，"等我在纽约安顿下来，我一定去芝加哥找你。"

"真要那样就好了，弗洛戴克。"扎菲娅一边系扣子一边说，最后还补充一句，"我也爱你。"

弗洛戴克刚回到船舱里，乔治立刻问他："你操她了吗？"

"操了。"

"觉着好吗？"

"还不错。"弗洛戴克接着又补充一句，"以前有过更好的。"

§

第二天一早，欢呼声把弗洛戴克和乔治吵醒了，那是"黑箭号"上的旅客们在庆贺航行中的最后一天。早在日出前，其中一些人就站到了甲板上，以期成为第一个看见陆地的人。

弗洛戴克收拾好仅有的几样东西，把东西都装进了箱子。他穿上仅有的一套新西装，戴上仅有的一顶新帽子，来到甲板上，找到了扎菲娅和乔治。他们3人一起眺望着远方，默默地期待着美利坚合众国进入眼帘。

"快看呐！"高层甲板上，一个旅客大声喊起来。随着越来越多旅客看见长岛在远方的地平线上显露出一条狭长的灰色身姿，欢呼声响彻了全船。

一条小拖船疾速航行到"黑箭号"舷侧，为它领航，引导它从布鲁克林区和斯塔腾岛之间驶入纽约港。自由女神似乎是在欢迎他们，初升的朝阳沐浴着女神高擎的火炬。眼看曼哈顿岛的轮廓越来越清晰，弗洛戴克露出惊愕的神情。

终于，他们的船在伊利斯岛上一片红砖砌成的建筑物附近靠了岸。这片建筑上有突起的塔楼和尖顶。头等舱和二等舱的旅客们首先登岸。他们住的是包间，他们那几层甲板相对独立。这天上午，弗洛戴克才注意到，船上居然有这样一批人，他们的箱子由行李员搬运下船，岸上还有一群人对他们笑脸相迎。弗洛戴克心里清楚，等候移民们的人绝不会给移民们笑脸。

少数高贵的乘客登岸后，船长通过高音喇叭向仍然滞留在船上的全体乘客宣布，需要等候数小时，他们才能离船上岸。船长的话被翻译成多种语言广播出去后，人群发出一片失望的抱怨声。扎菲娅一屁股坐到甲板上，失声痛哭起来。弗洛戴克尽力安慰着扎菲娅。终于，一位移民局官员出现了，他手里拿着好些挂着号牌的绳套，给每位乘客脖子上套了个号牌。弗洛戴克的号码是B.127，这让弗洛戴克想起上次被编成号码的情景。难道美国的情况比俄国劳改营还糟糕？

下午，时间过去了一半——在此之前，没有人向他们提供食品，也没有人向他们介绍情况——高音喇叭再次响起来，这次是通知所有乘客，他们可以离船上岸了。弗洛戴克、乔治、扎菲娅3人和其他乘客一起沿着跳板慢慢往下走去，这是他们第一次踏上美国领土。上岸后，立刻有人将男性和女性分别带进两个大棚。弗洛戴克亲吻着扎菲娅，舍不得放她离开，行进中的队伍因他们的举动拥堵了。一个官员走过来，强行拆散了他们两人。

"够啦够啦，赶紧着，快往前走。"官员说，"到那头你们还可以见面呢。"弗洛戴克和乔治被后边涌上来的人群推着往前走去，扎菲娅的身影渐渐消失了。

抵达美国的第一夜，弗洛戴克和乔治是在一个潮湿的大棚里度过的。为了给迷茫的移民们答疑解惑，翻译们不停地在拥挤的铺位间走来走去，吵得他们整夜无法入睡。

第二天清晨，有人安排他们排队进行体检。弗洛戴克被要求爬一段特别陡峭的楼梯。身穿蓝色制服的医生让弗洛戴克重复爬了一遍楼梯，以便更加仔细地观察他的动作。弗洛戴克尽了最大努力，以免显出缺陷，医生终于满意了。接着，弗洛戴克被要求摘掉帽子，解开衬衣领扣，以便医生仔细检查他的面部、眼睛、头发、双手、脖子。排在弗洛戴克身后的人是个豁嘴，医生把那人叫出队列，用粉笔在那人的右肩上打了个 X，让那人去了大棚另一端。

完成体检后，弗洛戴克找到乔治，两人一起在综合测验室外排到长长的队尾。每个人都要在此接受5分钟左右面试。弗洛戴克完全想象不出会遇到什么样的问题。

等待3个多小时后，乔治被领进一个四方形的小屋。从屋里出来后，乔治笑着对弗洛戴克说："太容易了，像你这么傻的人，肯定能过。"

弗洛戴克走出队列，随着领路的官员走进一间没有任何装饰的小屋。进屋时，弗洛戴克觉得手心在冒汗。屋里，桌子后边坐着两个官员，他们正迅速地往印制的表格里填写内容。

第一个官员抬起头，问："会说英语吗？"

"会，先生，我能说很好。"回答提问时，弗洛戴克心里直后悔，航行期间怎么没想起好好练习呢！

"叫什么名字？"

"弗洛戴克·科斯基维奇，先生。"

第二个人递给他一本黑色封面的大书，问道："知道这是什么吗？"

"知道，先生，是《圣经》。"

"你信上帝吗？"

"当然，先生，我信。"

"把手放在《圣经》上，发誓说你会如实回答我们的提问。"

弗洛戴克将右手按在《圣经》上，说："我发誓讲实话。"

"你是哪国人？"

"波兰人。"

"你来这儿的路费是谁出的？"

"我用在伊斯坦布尔波兰领事馆工作的钱来这里。"

第一位官员仔细看了看弗洛戴克的文件，点了点头，接着问："美国有人为你提供住宿吗？"

"有，先生，我去住彼得·诺瓦克的家。他是我朋友的叔叔。他家在纽约。"

"很好。你有工作的地方吗？"

"是的，先生。我在诺瓦克先生面包房。"

第二位官员问："你被捕过吗？"

弗洛戴克的脑子里闪过俄国，那不算数。土耳其呢——他根本不想提这件事。

"没有，先生，从来没有。"

"你是无政府主义者吗？"

"不是，先生。"

"你是共产分子吗？"

"不是，先生。"

"你愿意遵守美利坚合众国的法律吗？"

"愿意，先生。"

"你带钱来了吗？"

"带了，先生。"

"可以让我们看看吗？"

"当然，先生。"说着，弗洛戴克将一小捆纸币和几枚硬币放在桌子上。

"谢谢你，"第一位官员说，"你可以把钱收起来了。"

第二位官员看着弗洛戴克，问道："21加24等于几？"

弗洛戴克不假思索地答道："45。"

"一头牛有几条腿？"

弗洛戴克简直不敢相信自己的耳朵。"4条。"他立即做了回答。他觉得，这肯定是个小玩笑。

"那一匹马呢？"

"4条。"这次弗洛戴克真的糊涂了。

"如果你乘一条小船在海上漂泊，而小船必须减轻重量，你是扔掉面包还是扔掉钱？"

"扔钱，先生。"弗洛戴克说。

"很好。"官员说完拿起一张标注着"通过"字样的表格，将表格递给弗洛戴克，然后补充说："你先去把钱换成美元，然后把这张表交给移民局官员，把你的姓名告诉他，他会发给你一个注册卡，然后你会得到一张入境卡。如果5年内你没犯罪，又能通过英语阅读考试和写作考试，同意遵守宪法，你就可以正式申请成为美国公民。祝你好运，弗洛戴克。"

"谢谢你，先生。"

在土耳其工作过一年，弗洛戴克有了点积蓄，他还有3张50卢布的纸币。在外币兑换处，他把钱全都递进了柜台。土耳其货币被兑换成47美元20美分，同时他被告知，卢布无法兑换。弗洛戴克立刻想起了杜边医生，医生15年辛辛苦苦攒起来的积蓄让他叹息不已。

最后一关是到移民局官员那里办手续。那位官员坐在栅栏出口附近的柜台后边，他的正上方挂着一幅哈丁总统画像。弗洛戴克和乔治一起朝他走去，在他面前停下来。

官员问乔治："你的全名？"

"乔治·诺瓦克。"乔治毫不犹豫地回答。官员把他的名字写在一张卡片上。

官员接着又问："地址？"

"纽约州，纽约市，布鲁姆大街286号。"

官员把填好的卡片递给乔治，然后说："这是你的移民证，MDL21871707号——乔治·诺瓦克。欢迎你来美国，乔治。我也是波兰人。我觉着，你在这儿肯定能混出个名堂。真诚地恭喜你，并祝你好运，乔治。"

乔治脸上露出灿烂的笑容，他和官员握了握手，以示感谢，然后他一闪身站到旁边，等候朋友过关。官员抬起头，把脸转向弗洛戴克。弗洛戴克将标着"通过"字样的表格递给官员。

官员机械地问："你的全名？"

弗洛戴克犹豫起来。

"你叫什么名字？"官员提高嗓门又问了一遍。

弗洛戴克欲言又止。他特别憎恨自己农民式的名字。

"我再问最后一遍，你叫什么名字。"官员再次问道。

乔治盯着弗洛戴克，不明白出了什么事，排在后边的几个人也把目光集中到弗洛戴克身上。可弗洛戴克仍然一言不发。那位官员伸出手，一把抓住弗洛戴克的手腕，仔细看了一遍银饰上的铭文，低头往卡片上填了个姓名，然后把卡片递给弗洛戴克。

官员说："这是你的移民证，MDL21871708号——阿贝尔·罗斯诺夫斯基男爵。欢迎你来美国。真诚地恭喜你，并祝你好运，阿贝尔。"

第二部

1923—1928

22

1923年9月，威廉当选圣保罗学校高年级学生会主席。这跟他父亲33年前当选学生会主席如出一辙。

威廉当选，不是因为体育成绩最优秀，也不是因为最受学生们拥戴。按这类条件衡量，在竞选中，他最要好的朋友马休·莱斯特会毫无悬念地当选。威廉当选，完全因为他是全校给人印象最深的孩子。正因为如此，马休才无法与他竞争。

另外，圣保罗学校还推荐威廉成为该校申请哈佛大学纪念汉米尔顿数学奖学金候选人。因而，威廉利用所有的学习时间，全心全意地扑在了数学上。

圣诞节假期，威廉回到了红房子，他期盼着度过一个没有外界干扰的假日，以便利用这段时间全面掌握英国哲学家伯特兰·罗素的名著《数学原理》。然而，事与愿违，他收到许多请柬，许多晚会和舞会主办方盼望他出席活动。对大部分邀请，威廉可以婉言谢绝，只需表示一下歉意即可。不过，有个邀请他无论如何无法回避：两位祖母组织了一次舞会，地点就设在红房子。威廉恨不得自己快快长大成人，以便保卫自己的家园，阻止两位长辈的入侵。其实，威廉很清楚，那一天还早着呢！在波士顿，威廉的朋友特别少，但这并不妨碍两位祖母开出一份长得令人生畏的受邀客人名单。

为这一时刻，两位祖母第一次给威廉准备了一身无尾礼服，那是一袭最新潮的双排扣礼服。收下礼服时，威廉装出一副无所谓的样子。然而，事后他穿上礼服，在寝室里走了无数个来回，还照着镜子自我欣赏了半天。

第二天，威廉往纽约打了个长途电话，邀请马休·莱斯特参加这次"骇人的活动"。马休的妹妹也想参加，不过，她妈妈认为，这样做"不合适"，除非她找个女伴陪同前往。

马休下火车时，威廉早已等在站台上迎候。

司机送威廉和马休前往贝肯山途中，马休说："威廉，你想过没有，这次你完全可以借机泡个妞儿，是吧？就算波士顿没有好女孩儿，好歹也该有几个没有姿色的女孩儿吧？"

"这么说，你已经有过女孩儿啦，马休？"

"那当然，去年12月的事，在纽约。"

"那时候我在干吗？"

"也许正在刻苦攻读伯特兰·罗素的书吧。"

"可你从来没跟我说过女孩儿的事。"

"本来也没什么可说。那事儿发生在银行员工庆祝圣诞的晚会上。实际上，按当时的情况看，是我被某个部门主任的女秘书干了一回。那是个标致的女人，她名叫辛西娅，干的时候，她那双大奶子忽悠得像——"

"你觉得过瘾吗？"

"过瘾。可我不知道辛西娅什么感觉。当时她喝得烂醉，有可能根本不知道那人是我。不管怎么说，什么事总得有个开头，而她乐意帮着老板的儿子成事。"

阿兰·罗依德中年女秘书刻板的形象浮现在威廉的脑海里。

威廉沉思了一会儿，说："可我认为，让我家银行总裁的女秘书为我上启蒙课一点儿都不现实。"

"事情肯定会出乎你的意料。"马休善解人意地说，"那些夹着腿走路的人，往往是最迫不及待渴望大劈腿的人。"

汽车开到红房子跟前时，威廉说："马休，在醉酒状态下捡个洋落儿，你也不至于真以为自己会成为哲人吧？"

"噢，你还真嫉妒啊，我还是你最铁的哥们儿呢！"马休说完夸张地叹息了一声。说着，两人一起进了屋。"哇唔！这里真的比我上次来的时候变多了。"马休一边说话，一边欣赏藤制的现代家具和佩兹利花呢墙纸。只有那把栗色真皮椅子依然是原来的样子，也仍然在原来的地方。

"这地方应该搞得更亮堂些。"威廉说，"原来这里像石器时代，而且，我不希望老是想起……算了吧，现在不是谈论室内装饰的时候。"

"参加你这小型晚会的客人什么时候到？"

"不是晚会，是舞会，马休——两位祖母坚持把它称作舞会。"

"舞会？如果做不成球（屎）事，你这舞会就别想名副其实（译者注：英语单词舞会可作"球"解）。"

马休的说法让威廉忍俊不禁，大笑起来。威廉看了看表，说："再过一两个小时，客人们就来了。咱们该洗个澡，换换衣服了。你没忘带礼服吧？"

"没忘。不过，真要是忘了，我可以穿睡衣嘛。这两样东西，我总会忘带一样。还好，我从来不会两样都忘。"

"我敢肯定，我的两位奶奶绝对不会同意你穿睡衣出现在舞会上。"

§

外请的临时招待6点钟准时到达，一共来了23位。两位祖母7点钟也来了，她们是来监督准备工作的。她们服饰高雅，镶花的黑色长裙直拖地面。差几分钟8点，威廉和马休来到前厅见两位奶奶。威廉看中了冷冻高级大蛋糕上一颗诱人的红樱桃，他正想把樱桃拿下来，忽听凯恩奶奶在背后一声断喝：

"别碰吃的东西，威廉，不是给你准备的。"

威廉猛地转过身，在奶奶的前额上吻了一下，问道："那是给谁准备的？"

"别跟我要花招，威廉。别以为你1米80的个儿，我就不能打你屁股了。"

马休·斯莱特忍不住大笑起来。

"奶奶，我来为你介绍一下我最好的朋友，这是马休·莱斯特。"

凯恩奶奶透过夹鼻眼镜上上下下打量了马休一番，然后开口说："你好，年轻人。"

"很荣幸见到您，凯恩太太。我相信，您一定认识我爷爷。"

"岂止认识你爷爷！不就是凯莱布·朗沃思·莱斯特吗？50年前，他还向我求过一次婚呢！我拒绝了他，当时我对他说，他酒喝得忒多，必定会折寿。果不出我所料。所以你们俩都不许学他的样子。记住，酒精伤害大脑。"

马休装出一副无辜的样子，说："有禁酒令管着，我们也没机会呀！"

凯恩夫人假装没听见马休说话，把注意力转向了来客名单。

8点钟以后，受邀客人们陆续抵达。在名义主人威廉眼里，多数来客完全是陌生人。让威廉稍感慰藉的是，阿兰·罗依德是最早到达的来客之一。

"看来你气色不错啊，孩子。"说完，阿兰注意到，今生他第一次需要仰着头看威廉了。

"你气色也不错啊，先生。你能来真有点儿屈尊了。"

"屈尊？难道你忘了，发请柬的是你的两位祖母。如果仅仅是她们当中的一个人，我还敢斗胆谢绝，可她俩一起……"

"你也怕她们，阿兰？"威廉说着开心地笑起来。接着，他问道："你能腾出点时间，咱们私下说两句话行吗？"说完，威廉将董事长领到一个没人的地方，直奔主题说："我想稍微修改一下我的投资计划，只要莱斯特银行公开出售股票，我就买进。到我21岁时，我希望掌握那个公司5%的股份。"

"这事可不太好办。"阿兰说，"莱斯特银行的股票很少在市场上出售，因为它们都掌握在私人手里。不过我会尽力。我能问一下，你那小脑瓜又在琢磨什么新花样吗，威廉？"

"这个嘛，我的长期计划是——"

"威廉！"听见喊声，威廉转了个身，只见卡伯特奶奶正向他们冲过来。老人脸上挂着一副严肃的表情，说："威廉，这是舞会，不是董事会，到现在为止，今晚我一直没看见你跳舞。"

"说得对，"阿兰·罗依德顺着老太太说，"咱俩一起坐下吧，卡伯特太太。这样我就可以把这孩子踢出去，让他去社会上闯闯。咱俩可以一边休息，一边听音乐，一边看年轻人跳舞。"

"音乐？这哪儿是音乐啊，阿兰。这不过是汇集了各种声音的噪声而已，连旋律都没有。"

"亲爱的奶奶，"威廉说，"这可是《当然，我们没有香蕉》，眼下最红的电影歌曲，歌手是——"

卡伯特奶奶挤了挤眼睛，说："也就是说，已经到了我跟这个世界道别的时候了。"

"永远不会。"阿兰·罗依德装出一副献殷勤的样子说。

威廉去了舞厅，跟好几个似曾相识的女孩跳了舞。他需要等到女孩们自报家门，才能把她们和名字对号入座。威廉看见马休坐在角落的一个沙发上，心中未免一阵窃喜——这下有借口离开舞池了。威廉走到马休跟前，这才发现，他身边居然有个女孩。女孩抬起头的一瞬间，威廉觉得，他的两条腿软得快站不住了。

马休很随意地问："认识艾比·布朗特吗？"

"不认识。"威廉说，他的一双眼睛已经被对方牢牢地吸引住了。

"这是舞会的主人，威廉·劳威尔·凯恩。"

威廉在女孩身边的空椅子上坐下。女孩一直大睁着眼睛，认真地看着威廉。注意到威廉看艾比的眼神，马休站起来走开了，到房间另一端寻找混合饮料去了。

威廉问艾比："怎么回事，我在波士顿生活了一辈子，以前咱们怎么没见过面？"

"其实我们以前见过一次，凯恩先生。"艾比说，"那次见面，你把我推进了市中心公园的水池里。当时我们只有3岁，都过去14年了，至今我还没原谅你呢！"

威廉沉默了一会儿，挖空心思也没想出表示歉意的诙谐说法，他只好说了3个字："对不起。"

艾比咧嘴笑了。为了不让威廉难堪，她转移话题说："你的房子真漂亮，威廉。"

威廉沉默良久，然后压低声音又说了3个字："谢谢你。"威廉不想让艾比觉着他目不转睛地看她，因而，他瞥了艾比两眼。艾比身段姣好——噢，姣好有如天仙——有一双褐色的大眼睛，还有长长的睫毛，她优美的侧面轮廓让所有男人百看不厌。此前威廉一向憎恨艾比那种样式的短发发型，自从见到艾比金棕色的短发，他再也不恨这种发型了。

艾比再次打破沉默，说："马休告诉我，你明年要上哈佛。"

威廉语无伦次地说："是，是这样。我是说，你想跳舞吗？"

"好啊。"艾比回答。

几分钟前，威廉的舞步称得上是轻旋曼转，可那样的舞步眼下不见了踪影，他不是踩住艾比的脚，就是带着艾比撞到其他人身上。威廉不停地道歉，艾比则不停地微笑。第四段曲子响起来时，威廉把艾比搂紧了一点儿。

卡伯特奶奶不无担心地问："过去一小时里一直垄断着威廉的那个小女人我们认识吗？"

凯恩奶奶戴好夹鼻眼镜，仔细看了看威廉身边的女孩，正好看见威廉和艾比穿过敞开的落地式海景窗往外边的草地上走去。

凯恩奶奶说："那是艾比盖尔·布朗特。"

"是布朗特将军的孙女吧？"卡伯特奶奶问。

"对。"

卡伯特奶奶做了个点头的样子，好像在表示认可。

威廉领着艾比，两人在花园尽头一棵高大的栗子树下站住了。过去威廉仅仅利用这棵树练习爬高。

艾比问："你是不是总要和第一次见面的女孩儿接吻？"

"开诚布公地说，"威廉说，"我以前从来没吻过女孩子。"

听威廉这么说，艾比开心地笑着说："那我是不胜荣幸啦！"

艾比仅仅让威廉吻了她的桃花粉面，然后艾比提出，院子里太冷，应该回到屋里。两位祖母看见两个孩子很快回到屋里，差点儿公开表示赞许。

所有客人离开后，威廉和马休来到花园里，一边闲逛，一边闲扯当天的晚会。

"晚会不错，"马休说，"这趟从纽约下放到地方，总的来说还算值得。遗憾的是，你偷了我的女友。"

"你说她能帮我失去处男身吗？"威廉自顾自说着，完全没留意马休话里话外带了点儿嘲讽的谴责。

"这个，你还有两周时间寻找答案。但我觉得，恐怕你会发现，她也没失去处女身。"

威廉疑惑地问："你怎么这么肯定？"

"就冲她看你的眼神也能知道。处女总会脸色绯红。我敢跟你打5块钱的赌，就算你威廉·劳威尔·凯恩再有魅力，她也不会向你屈服。"

两个大男孩为这件事握了握手。

§

威廉精心制订了进攻计划。对他来说，失去处男身是一码事，输给马休·莱斯特5块钱是另一码事，两件事风马牛不相及。舞会过后，威廉几乎天天跟艾比·布朗特见面，这是他第一次充分利用拥有房子和拥有汽车带来的便利作为条件。威廉认为，若不是艾比的父母谨慎多疑和形影不离，他早该取得实质性进展了。艾比的父母好像总是若即若离地伴随在他们前后左右，假期最后一天破晓时，威廉仍未接近目标。

威廉决心不输掉这5块钱。当天一大早，他给艾比送去12枝玫瑰花，晚上带艾比前往约瑟夫饭店品尝了一顿价格不菲的晚餐。最后，他终于成功地把艾比带回红房子里。

"你从哪儿弄来一瓶威士忌？"艾比问。

威廉夸口说："只要有关系，弄瓶酒不难。"

实际情况是，赶走亨利·奥斯伯恩后，威廉在寝室里藏了一瓶亨利的布尔本酒。让他高兴的是，幸亏他没有像原先计划的那样，当即把酒倒进下水道。

布尔本酒呛得威廉张开嘴直哈气，艾比则呛得两眼泪汪汪。威廉顺势坐到艾比身边，鼓起勇气搂住艾比的肩膀，艾比则顺势靠在威廉怀里。

威廉贴着艾比金棕色的头发，轻声说："艾比，我觉得你太漂亮了，没治了。"

艾比睁大褐色的眼睛，直勾勾地注视着威廉，感叹道："噢，威廉。"她顿了一下，喘了口气，接着说，"我觉得你太棒了！"

艾比靠在沙发背上，闭上了双眼，威廉第一次吻了艾比的双唇。艾比没有拒绝，这让威廉壮起了胆子，他放开抓住艾比手腕子的手，小心翼翼地往艾比的一个乳峰挪去，然后顺势让那只手停在乳峰峰顶，好像交通警察用一个手势突然中止了缓缓前行的汽车流一样。艾比生气地推开那只手，让汽车流再次流动起来。

艾比用谴责的口吻说："威廉，你不能这样。"

"为什么不能？"威廉问。既然已经开始，他不想半途而废。

"因为你不知道这样下去会有什么后果。"

"我已经有了个好主意。"

威廉还没来得及巩固已有的优势地位，艾比已经迅速从沙发上站起来，抻平了自己身上的衣服。

艾比说："我认为我该动身回家了，威廉。"

"可你刚刚才到啊！"

"妈妈肯定要问我在外边都做了什么。"

"你可以告诉她——什么都没做呀。"

艾比说："我认为，最好事情真的是这样。"

"可我明天就要回去了。"威廉有意避开"回学校"几个字，"而且3个月之内，我再也见不着你了。"

"那，你可以给我写信啊，威廉。"

跟著名男星瓦伦蒂诺不同的是，威廉知道什么时候必须承认失败。"没错。我当然会给你写信。"说完，威廉也站起来，抻了抻领带，拉起艾比的手，开车送艾比回家了。

第二天，威廉返回了圣保罗学校。马休·莱斯特接过威廉递给他的5美元纸币，挖苦地做出一副深感意外的表情。

"我只有一句话，马休，早晚有一天我会用球棒追着你在校园里满处跑。"

马休回应说："我一时还真想不出合适的词儿来表达我深深的惋惜呢！"

"马休，你就等着在校园里满处跑的那一天吧。"

§

在圣保罗学校的最后一个学期，威廉才留意到班主任老师的妻子珀兰夫人。

虽然珀兰夫人的腹部稍显松弛，她的确是个脸盘漂亮的女人。她的臀部稍微显得粗壮了些，不过，她恰到好处地利用了这样的翘臀，充分突显出了身上的线条。她浓密的深色头发已经开始夹杂银丝，她把头发在头顶挽成一个髻，成功地遮掩了有白发的缺憾。某星期六，打曲棍球时，威廉挫伤了手腕，珀兰夫人摆出一副冷峻的面孔，为他进行包扎。珀兰夫人站得过于贴近威廉，所以，威廉的一只胳膊无意间总是摩挲珀兰夫人的丰乳。威廉喜欢那样的感觉。还有一次，由于发烧，威廉在学校的医院里小住了数日，在此期间，珀兰夫人每天都亲自照料他的饮食，而且，每次珀兰夫人都坐在他床上。威廉吃饭时，两条腿隔着被单就能感知珀兰夫人的身子。威廉同样喜欢那样的感觉。

据传，珀兰夫人是"葛破烂"的第二任妻子。让所有学生想不通的是，"葛破烂"居然也能找到老婆，何况这已经是他的第二个老婆。珀兰夫人听到学生们如此议论她的命运，偶尔也会发出极其轻微的叹息，或者干脆沉默不语，显然她认同学生们的议论。

威廉是负责生活的班长，他的职责之一是每晚10点半对学生宿舍进行例行检查，督促大家熄灯，睡觉前向"葛破烂"汇报检查结果。某星期一夜里，威廉像往常一样敲响了"葛破烂"的屋门，让他觉得意外的是，屋里传来珀兰夫人招呼他的声音。珀兰夫人身穿一袭宽松的丝质睡衣，那样式有点类似日本和服，她仰卧在躺椅上，正在假寐。

威廉的一只手紧紧地攥住冰凉的门柄，他开口说："所有灯都熄了，我已经把前门锁上了，珀兰夫人。祝您晚安。"

珀兰夫人一转身，两脚落了地，垂落的丝质睡衣里隐隐约约闪现出她白皙的小腹，她腿上还穿着长丝袜。

"你怎么一天到晚总是忙啊，威廉，干吗不消停一会儿。享受一下生活，是不是？"说着，珀兰夫人走到一个床头柜跟前，"你干吗不在这儿待会儿。喝杯热巧克力，好吗？我可真够傻的，冲好的热巧克力足够两个人喝——我差点儿忘了，星期六上午以前，珀兰先生回不来。"她刻意把"星期六"三个字说得特别清楚。

珀兰夫人把一杯冒着热气的饮料端到威廉面前，别有用心地看了看他，以便弄清楚刚才的刻意是否起了作用。结果让她十分满意。珀兰夫人对威廉嫣然一笑，把杯子递到威廉手里，还故意碰了碰威廉的手。威廉用小勺拼命地搅和着杯子里的热巧克力。

"葛拉尔德去外地开会了。"珀兰夫人进一步解释说。这是威廉第一次听到"葛破烂"的正式称谓。"请把门关上，威廉，过来坐下。"

犹豫片刻后，威廉关上了门。不过，威廉觉着，坐到"葛破烂"的椅子上恐怕不合适，坐到珀兰夫人身边恐怕更不合适。后来，他想了想，两害相权取其轻，便向"葛破烂"的椅子走去。

"不，不。"珀兰夫人说着拍了拍身边的椅子。

威廉轻手轻脚地走到珀兰夫人身边，神情紧张地坐到椅子上，目不转睛地盯着杯子里的饮料，想从中找出点灵感。饮料没有带给他任何灵感。他只好举起杯子，把饮料喝了下去，因此烫了舌头。这时，珀兰夫人站了起来，威廉终于松了口气。尽管威廉咕哝着不想再喝，珀兰夫人执意为他重新斟了一杯饮料。接着，珀兰夫人悄无声息地走到屋子另一端，上紧了维克多拉牌留声机的发条，然后把唱针放到唱片上。珀兰夫人转回来时，威廉仍然低垂着头，两眼注视着地面。

珀兰夫人的声音："你不至于让女士在你面前独舞吧，我说，威廉？"

这时，珀兰夫人正随着节拍转动着身子。威廉站起来，一本正经地用胳膊勾住珀兰夫人的腰，好像他们正处于一个拥挤的舞池中央。威廉和珀兰夫人拉开的间距足够"葛破烂"置身其间。数小节音乐播放完了，珀兰夫人渐渐靠近了威廉。威廉定睛注视着珀兰夫人右肩的上方，好像他完全没注意，珀兰夫人已经把左手从他肩膀处挪到他臀部。音乐停了下来，威廉心想，这下有机会喝热巧克力了，可是，还没等他坐回椅子上，珀兰夫人已经把唱片翻了面，再次回到他的怀抱里。

"珀兰夫人，我觉得我应该——"

"松弛一下嘛，威廉。"

威廉终于抬起头，鼓足勇气看着珀兰夫人的眼睛，他想回应珀兰夫人，然而，他什么都说不出来。珀兰夫人的手来回摩挲着他的后背，同时他还感觉到，珀兰夫人的小腹正轻轻地摩挲着他的命根。威廉使劲搂住了珀兰夫人的腰。

珀兰夫人说："这就对了。"

两人相互缠绵着，在屋里兜了一圈又一圈，唱机在逐渐减速，他们的舞步随着音乐慢下来。歌声和音乐停了，珀兰夫人离开威廉的怀抱，伸手关了灯。在几近黑暗中，威廉站在原地没动，他眼看着珀兰夫人脱掉衣服，还听见丝绸摩擦时发出一阵沙沙声。

低沉的吟唱已经播放完，唱机仍然在旋转，唱针划着唱片内圈的空槽，发出嚓嚓的响声。威廉站在屋子中央，一直没动地方，珀兰夫人帮着他脱去外衣，然后领着他回到躺椅上。威廉在黑暗中摸索着，碰到了珀兰夫人胴体的好几处地方，然而，他毫无经验的双手怎么也找不着想象中那些奇妙无比的地方。他只好赶紧抽回双手，放到相对来说比较熟悉的地方，放到了珀兰夫人的双乳上。珀兰夫人的双手可不像威廉那样本分，珀兰夫人让威廉体验到许多想都想不出来的畅快感觉。威廉真想大喊大叫，不过，他克制住了自己，生怕楼上的男生们听见喊声。珀兰夫人解开了威廉的文明扣，还帮助他脱掉了裤子。

威廉特别想展示自己知道怎样进入珀兰夫人的身子，以便掩饰他这方面的无知。然而，这种事想象容易，实际做起来真的不易。正当威廉内心的焦虑每一秒钟都在加速膨胀时，珀兰夫人的手指滑向了他的小腹，珀兰夫人及时帮助他找到了位置。然而，威廉还没来得及进入珀兰夫人的身子，高潮不期而至了。

"真对不起。"威廉说，他已经不知所措，只好默默地趴在珀兰夫人身上，等待对方告诉他该做什么。

"明天会好一些，威廉。别忘了，珀兰老师星期六回来。"

这时，威廉再次听见唱针划着唱片内圈的空槽发出的嚓嚓声。

第二天，威廉整整一天都在思念珀兰夫人，这种思念一直延续到熄灯时间。当天晚上，珀兰夫人再次叹了气；星期三晚上，珀兰夫人呼吸急促了；星期四晚上，珀兰夫人开始享受了；星期五晚上，珀兰夫人禁不住狂喊起来。

星期六上午，"葛破烂"开完会回来时，威廉的成人教育课圆满地完成了。

§

复活节假期行将结束时，准确说是耶稣升天日那天，艾比·布朗特终于向威廉的魅力屈服了。这件事让马休损失了5块钱，艾比则损失了处女身。对威廉来说，跟珀兰夫人有过性经历后，和艾比的性事差不多成了反高潮。整个假期，唯有这件事还值得称道，其他事都不值一提。因为，艾比事后跟父母前往佛罗里达州棕榈滩度假了，而威廉多数时候守在家里，闭门苦读。除了两位祖母，以及阿兰·罗依德，假期里，威廉再没见过其他人。威廉返回圣保罗学校后，"葛破烂"再也没外出开会，因此，威廉在学校也继续坚持闭门苦读。

最后一学期，威廉和马休常常数小时数小时泡在自习室里，除非马休碰上几乎无法求解的数学方程式，两人谁都不说话。经过长久的等待，考试终于如期而至，他们终于度过了惨无人道的考试周。完成最后一道题那一刻，两位年轻人都有一种如释重负的感觉。等待录取通知期间，随着时间的流逝，他们的信心日渐低落。

哈佛大学纪念汉米尔顿数学奖学金的颁发完完全全基于毕业考试。而且，这一奖学金面向全美所有学生，因而，威廉根本无法判断自己在众多竞争者中处于什么位置。一个月过去了，录取通知仍然杳无音讯，威廉只得做最坏打算，他甚至开始怀疑，哈佛大学是否还有他的立足之地。

眼下已是期末，过不了几天，毕业生们将告别学校，各奔东西。时值暖洋洋的夏季，一天傍晚，有人送来一封电报，当时威廉正在跟几个毕业生打棒球消磨时光。即将毕业的男孩们整天无所事事，因而常常会有人喝得酩酊大醉，然后借着酒劲做一些出格的事，例如砸玻璃，勾引老师们的女儿，甚至勾引老师们的老婆。

这天，威廉正扯着嗓子对球场上的同学们宣称，虽然他这辈子从未击出过"安打"，下一击准能成功。马休在一旁嚷嚷道："都来看呐，全美棒球明星鲁斯宝贝来啦！"在场的同学们跟着哄笑起来。这时，一个二年级学生将电报交给了威廉。"安打"的事立即被大家忘到了一边。威廉扔掉球棒，撕开黄色的小信封，慢慢读着电报内容。投球手和外野手等得不耐烦了。

"是不是波士顿红袜队要跟你签约呀？"一垒上的人喊起来。一封电报竟然会中断正在进行的棒球赛，的确有些不寻常。

马休从外野场地向威廉走来，试图从威廉的表情里猜测电报内容到底是好是坏。威廉把电报递给马休。马休迅速看了一遍内容，兴奋地跃起到空中，随手把电报扔到地上。虽然威廉根本没击球，马休仍然满场飞奔着追逐威廉，他们从一垒往四垒飞跑着。接球手从地上捡起电报，看完之后，兴奋地将手套扔到观众席上。一小片黄纸从一个球员手里传到另一个球员手里，最后一个知道内容的反倒是送电报的二年级学生。他给大家带来了莫大的幸福，却没有得到任何酬谢。他觉着，至少他也该知道这些人如此兴奋的原因。

电报抬头写的是威廉·劳威尔·凯恩先生。电报内容是："恭喜你获得哈佛大学纪念汉米尔顿数学奖学金，详情另函寄往。哈佛大学校长艾博特·劳伦斯·劳威尔。"最终结果是，威廉根本没跑回本垒。抵达本垒前，他已经被同学们层层压在地上。

看到自己最要好的朋友威廉获得了成功，马休由衷地感到高兴。但他心中难免有几分凄楚，因为，这也许意味着，他们两人即将分手。威廉也察觉到了这一点，可是，他没做任何表示。他们继续耐心地等待了9天，然后才得知，马休也被哈佛录取了。

又一封电报紧随好消息而来。这次是查尔斯·莱斯特发来的，他恭喜儿子，并邀请儿子和威廉一起到纽约的大饭店喝茶。两位祖母也向威廉发了贺电。不过，凯恩奶奶故作嗔怒，她对阿兰·罗依德说："这孩子取得了我们期望于他的成就，然而，跟他父亲当年的作为相比，他并没有表现得更出色呀！"

§

　　一个气候宜人的下午，两个年轻的男孩怡然自得地沿着曼哈顿第五大道往纽约的大饭店走去。女孩们的眼球都被这对小帅哥吸引了，他们则摆出一副旁若无人的样子。他们走进大饭店正门的时间是3点59分。他们摘掉头上的硬草帽，昂首阔步地走进了棕榈厅，家人早已在座位上等候他们。威廉的两位祖母之间坐着一位上年纪的女士。威廉猜测，这一定是莱斯特家族跟凯恩奶奶地位相当的人。围桌而坐的还有莱斯特夫妇，他们的女儿苏珊——苏珊的目光一刻都没离开过威廉，最后一位是阿兰·罗依德。另外还有两个空位子，显然是留给威廉和马休的。

　　喜欢摆谱的凯恩奶奶没有摘掉手套，她向离桌子最近的侍者招了一下手，说："请添一壶热茶和几块蛋糕。"

　　侍者立刻向厨房走去，折返回来后，他说："女士，您要的一壶茶和奶油蛋糕来了。"

　　"你父亲在天之灵也会为你感到骄傲，威廉。"年龄最大的男人对两个年轻人里的高个子说。

　　一旁的侍者很想知道，这位帅气的年轻人究竟取得了什么成就，竟然博得他人如此赞誉。

　　若不是侍者手腕上有一圈银饰，威廉根本不可能注意那位侍者。让威廉十分诧异的是，那东西极有可能出自世界著名珠宝品牌蒂芙尼商号，却如此不协调地套在一个侍者的手腕上。

　　"威廉，"凯恩奶奶说，"两块蛋糕足够你吃了，你去哈佛上学前，又不是吃不上饭。"

　　年轻人看了老年女士一眼，眼神里充满了感激，将银饰的事忘到了脑后。

23

　　当天晚上，在纽约广场饭店的斗室里，阿贝尔干躺在床上，久久无法入睡。他一直在回想下午伺候过的年轻人，那人的父亲在天之灵都会感到骄傲！阿贝尔生平第一次明白了，他这辈子孜孜以求的究竟是什么：他想让全天下的威廉们都觉着，阿贝尔是能够与他们平起平坐的人。

　　落脚纽约初期，阿贝尔的日子过得相当艰难，他必须和乔治以及乔治的两个兄弟同住一个小房间，屋里只能容纳两张床，也就是说，唯有空出一个床位，阿贝尔才能上床睡觉。乔治的叔叔没有能力为阿贝尔安排工作，因此，最初几个星期，阿贝尔是在焦虑中度过的。为维持起码的生计，他花掉了大部分积蓄。从纽约布鲁克林区到皇后区，阿贝尔挨家挨户找工作，终于在曼哈顿下东区一个大型鲜肉分销点找到一份差事。他每周工作6天半，周薪9美元。在分销点楼上，他有了安身之处。分销点所在的集市位于一个半封闭的波兰小区中心，波兰同胞们闭关自守的精神状态让阿贝尔寝食难安，许多人连英语都不努力学。

　　每到周末，阿贝尔定期去看望乔治，每次他都能看见乔治换了新女友。多数工作日夜晚，阿贝尔要去夜校学习，以期提高英语阅读能力和写作能力。不到两年时间，阿贝尔已经可以流利地使用这门新语言，旁人几乎听不出他说话带有口音。因而他认为，离开鲜肉分销点的时机已经成熟——不过，为什么要离开？应该去哪里？

怎样离开？他有一大串问题。

3个月后，答案出来了。

一天，阿贝尔正在往一条羊大腿上涂抹佐料，偶然听见纽约广场饭店餐饮部经理向他的老板诉苦。由于一个下级招待有小偷小摸行为，餐饮部经理只好解雇那个人。那家饭店是分销点的大主顾之一。

餐饮部经理抱怨说："在这么短的时间里，到哪儿能找到一个接替的人呢？"

鲜肉分销点老板拿不出任何解决方案，阿贝尔却有方案。他穿上唯一一套西装，一路向北，步行穿过曼哈顿47个街区，然后，他得到了这份工作。阿贝尔成了广场饭店棕榈厅的下级招待，周薪10美元，饭店还为他提供一个房间。

在广场饭店安顿下来后，阿贝尔报名参加了哥伦比亚大学夜校开办的高级英语班。他每晚坚持读书，他的学习方法别具一格：一只手翻动《韦氏词典》，另一只手奋笔疾书。词典是从旧书摊上买的。每天上午，早餐服务结束后，午餐准备工作尚未开始前，阿贝尔总会利用空闲时间全文照抄《纽约时报》社论，用手头的词典查阅遇到的每一个生词。

接下来的两年，阿贝尔在广场饭店没日没夜地工作——对"加班加点"一词，用不着查阅词典，他早已心领神会——后来，他得到了提升，成了橡树厅侍者。如今，他的周薪为25美元左右，包括小费。在阿贝尔的圈子里，他已经是不必为衣食发愁的人了。

对阿贝尔的勤奋，为他授课的哥伦比亚大学老师印象深刻。那位老师建议他报名参加水平更高的进修科目，这是阿贝尔最终获得文学学士学位的第一步。阿贝尔在业余时间的阅读兴趣从语言领域转到了经济领域，他一改抄写《纽约时报》社论的习惯，转而从

《华尔街日报》抄写社论。他学习的一些新课程占满了他的所有业余时间。落脚纽约初期,阿贝尔结识了一些波兰新朋友。如今,除了跟乔治的友谊,阿贝尔断绝了跟其他人的关系。

阿贝尔每天都会认真研究在橡树厅订餐的那些人——例如贝克家族、洛布家族、惠特尼家族、摩根家族、费尔普斯家族的成员们——他是在探索这些豪门望族致富的原因。在永无止境的求知过程中,阿贝尔重点阅读了亨利·路易斯·门肯创办的《美国信使》杂志,美国当代作家司各特·菲茨杰拉德、辛克莱·刘易斯、西奥多·德莱塞等人的作品。其他侍者心不在焉地翻阅《镜报》期间,阿贝尔总是认真阅读《华尔街日报》;在一小时工间休息时段,其他人总爱找个地方打盹,阿贝尔却抓紧时间阅读《纽约时报》。其实,阿贝尔并不清楚新学到的知识最终会把他引向何方,不过,他从未怀疑过男爵的箴言:好教育金不换。

1926年8月的某星期四——阿贝尔对那个日子印象深刻,原因是著名男星鲁道夫·瓦伦蒂诺死于那天,在纽约曼哈顿第五大道逛商店的许多淑女换上了黑色的丧服——那天,阿贝尔在餐厅的某角落餐桌旁担任侍应生。处于这种位置的餐桌通常是预留给大企业家的,在这种餐桌上进午餐,他们可以放心地谈生意,不用担心被偷听。阿贝尔喜欢在这种餐桌旁边侍应,因为,他常常可以从听到的片言只语中获悉内部信息。每天午餐时间过后,餐厅会暂时关门谢客,阿贝尔会利用这段时间调查进餐者所在公司的股票价格。如果餐桌上的谈话氛围愉快,阿贝尔事后会购买一小笔进餐者所在公司的股票;如果客人进餐后索要雪茄,阿贝尔会增加投资额度。阿贝尔选的股票十有七八会在半年内翻番,半年是他为自己设定的持股时间极限。在广场饭店工作的4年里,阿贝尔利用这种方法仅仅亏本过3次。

那个特殊的星期四的确非同寻常，因为，预定角落餐桌的两位客人尚未落座，便开始索要雪茄；然后，又来了许多客人，他们要了更多雪茄，还要了好几瓶大香槟。阿贝尔在餐厅主管的订餐簿上查出了东道主的姓名，做东的人是"伍尔沃斯"。近一时期，阿贝尔经常在报纸的金融版看见这个名字，不过，他一时没想起来，这究竟是个什么人物。另一位客人是查尔斯·莱斯特，他是纽约广场饭店的常客，阿贝尔知道，他是纽约著名的银行家。阿贝尔的热情服务明显有些出格，客人们却没有表示任何戒心，因此，阿贝尔得以留心倾听客人们交谈。他没有得到任何有价值的信息，不过，据他推测，客人们当天上午肯定达成了某种交易，当晚下班后，肯定会有消意发布。阿贝尔突然想起来，他在《华尔街日报》上见过伍尔沃斯的名字，他父亲白手起家，创建了小商品"一元店"；如今，做儿子的正在筹集资金，以扩大经营规模。趁着客人们正在享用甜食——大部分人点了奶酪草莓蛋糕（阿贝尔推荐的点心）——阿贝尔趁机离开餐厅，跟华尔街的股票经纪人通了几分钟电话。

　　阿贝尔问："伍尔沃斯公司的股票买入价是多少？"

　　电话另一端的人沉默了一会儿，然后回答："二又八分之一。最近易手特多，不过，我不清楚原因。"

　　"用所有钱买进这家公司的股票，下午他们公司发表声明时停止购买。"

　　"声明内容是什么？"经纪人迷惑不解地问。

　　"我不方便透露。"阿贝尔回答。

　　经纪人非常清楚阿贝尔的风格，跟阿贝尔打交道的经历早已让他心知肚明，不能过于详细地打探阿贝尔的消息源。阿贝尔及时返回了橡树厅，正赶上客人们要咖啡。客人们又喝了一通白兰地，然后起身准备离开，这时，阿贝尔重新回到餐桌旁。付账的人对阿贝尔的热情服务深表感谢，他转过身子，以便朋友们都能听见他说话："你想得到小费吗，年轻人？"

"想啊，谢谢您，先生。"阿贝尔回答。

"用这钱去买伍尔沃斯公司的股票吧！"

东道主的话逗得客人们一起笑起来。阿贝尔赔着笑脸，接过那人递过来的5块钱，再次向那人表示感谢。接下来的6个星期，阿贝尔从买卖伍尔沃斯公司的股票中获利2412美元。

§

过完21岁生日没几天，阿贝尔正式取得了美国国籍。他觉得，这事值得庆贺一番。因而他约了乔治，加上乔治的新情人莫尼卡，还有一个名叫克拉拉的女孩，她是乔治从前的情人之一，4个人一起前往电影院看了著名影星约翰·巴里摩尔主演的《唐璜》，然后一起去"碧果餐馆"吃晚餐。乔治仍然在他叔叔的面包房当学徒，每周仅仅挣8块钱。阿贝尔依然把乔治当知己，不过他十分清楚，他和一文不名的乔治已经渐行渐远。如今阿贝尔拥有8000多美元银行存款，而且，他在哥伦比亚大学已经念到最后一学年，正在争取经济学学士学位。阿贝尔确切地知道自己将来要做什么。从前乔治见人就吹，有朝一日他要当纽约市长，如今他再也不像从前那么牛气了。

他们4人一起过了个让人记忆犹新的夜晚，主要原因是，阿贝尔确切地知道如何在好餐馆里享受。客人们敞开胃口，饱餐了一顿美味佳肴。让乔治惊讶的是，结账的时候，阿贝尔为这一餐付的钱比他一个月工资还多。阿贝尔呢，他结账非常爽快。结账时，必须摆出一副满不在乎的样子；如果结账时有挨宰的感觉，今后永远不要再踏进同一家餐馆；唯一需要记住的是，不要向任何人抱怨，不要流露惊讶的表情——这是阿贝尔从阔佬们那里偷师学来的一种本事。

4个人分手时，已经是半夜两点前后，乔治和莫尼卡一起回下东区了。阿贝尔觉得，他已经赢得了克拉拉的芳心，因而他邀请克拉拉一起返回广场饭店。阿贝尔带着克拉拉，从饭店员工出入口进入饭店，偷偷乘坐洗衣房专用电梯来到楼上，来到阿贝尔的小屋。克拉拉不需要阿贝尔多费心思勾引，阿贝尔也没有心思跟克拉拉玩什么前戏，他脑子里时刻惦记着：必须抓紧时间睡一觉。因为，第二天一早，他还得上早班。3点钟，阿贝尔已经从克拉拉身上下来了，他十分满意。阿贝尔一觉睡到闹铃响起，时间是早上6点钟。这个钟点醒来，他有足够的时间跟克拉拉再做一次爱，然后开始穿衣服。

阿贝尔戴好白色的蝴蝶结，道别前，他敷衍地吻了一下克拉拉。在此期间，克拉拉一直满脸不高兴地看着阿贝尔。

阿贝尔说："千万记着从来路出去，不然你会给我惹出大麻烦。咱们什么时候再见面？"

克拉拉冷冷地说："不会再见了。"

"为什么？"阿贝尔惊讶地问，"难道我做错了什么？"

"不是因为做错，而是因为没做。"克拉拉说完跳下床，迅速穿起衣服。

"我没做什么呢？是你愿意跟我睡觉的，是这样吧？"阿贝尔觉着很委屈。

克拉拉转过身，面对阿贝尔，说："你说的没错。起初是这样，可后来我发现，你和鲁道夫·瓦伦蒂诺倒是有共同点——你们俩都死了！在经济不景气时，就算你是广场饭店最精明的家伙，可是在床上，我跟你说，你就是个废物。"这时，克拉拉已经穿好衣服，她站到门口，稳定了一下情绪，然后问："我问你，邀请同一个女孩儿跟你再上一次床，以前你成功过吗？"

阿贝尔惊呆了，眼睁睁地看着克拉拉狠狠地一摔门扬长而去。阿贝尔一整天都在思考克拉拉对他的责备。他想象不出，这样的问题应当跟什么人探讨。找乔治吧，乔治肯定会笑话他，而广场饭店的工作人员全都以为他是个万事通。最后，阿贝尔终于下了决心，对这一问题，必须像从前对待其他问题那样，用知识和经验战胜它。

当天午饭后，阿贝尔去了一趟位于第五大道的"查尔斯·斯克里布纳出版社"门店。过去，这家门店的书籍曾经解决了他在经济学和语言学领域遇到的所有问题。阿贝尔彻底搜索了一遍门店里的货架，没发现任何能够在性领域为他启蒙的作品。关于礼仪的书对他毫无益处，因为，他对餐桌上的礼仪早已烂熟于心；畅销书《道德的困惑》更是文不对题。

阿贝尔两手空空地离开了书店，前往百老汇一家肮脏的小影院泡了一下午。他无心看电影，他一直在琢磨克拉拉的话。影院上映的是一部由著名影星葛丽泰·嘉宝和埃罗尔·弗林主演的爱情片，直到最后一盘胶片播映完，银幕上也没出现接吻的镜头。所以，和逛书店相比，看电影也强不到哪里去。

阿贝尔从小影院出来时，夜幕已经降临，外边的百老汇大街凉风习习。阿贝尔至今仍然无法理解，大城市的夜晚怎么总是跟白天一样喧闹和明亮。他向北边的五十九街走去，希望借助清新的空气让头脑清醒些。在五十二街拐角处，他停了下来，买了份晚报，以便查阅当天的股市收盘价。

书报亭拐角处传来一声问话："想找姑娘吗？"

阿贝尔转过身，看见眼前的女人大约35岁，浓妆艳抹，嘴唇上涂着最时髦的淡粉色口红，白色的真丝上衣有几个扣子没系，下身穿黑色的长裙、黑色的长袜，脚上穿着一双黑色的鞋子。

"只收5块钱，包你称心如意。"女人说完拱起翘臀，裙子的开叉绽出一条缝，缝隙里露出长袜的根部。

阿贝尔问："在哪儿？"

"我在下一街区有个小窝。"

女人说着侧了一下头，对阿贝尔示意她所说的方向。借助街灯的亮光，阿贝尔第一次看清了女人的面容，她并非没有吸引力。阿贝尔点头表示同意，女人走过来，挽住他的胳膊。

"如果碰上警察盘问，"女人说，"咱们就说是老朋友，我的名字叫乔伊斯。"

他们一起来到相邻的街区，然后走进一座低矮的、肮脏的公寓楼。让阿贝尔不寒而栗的是，女人的房间光线暗淡，屋里唯有一只光秃秃的灯泡、一把椅子、一个脸盆、一张双人床，床上用品全都显得皱皱巴巴。很显然，这张床当天使用过多次。

阿贝尔面露难以置信的神色，问道："你就住这儿？"

"善良的上帝啊，不。我只是在这儿工作。"

"你怎么会把这当工作？"阿贝尔不解地问。他动摇了，不知应否按照想好的计划进行下去。

"我有两个孩子要养活，我没有丈夫。还能想出更好的理由吗？我说，你究竟还想不想干啊？"

阿贝尔说："想干。不过，不是你想象的那种方式。"

女人警觉地打量着阿贝尔，问道："你是不是那种古怪的萨德侯爵式虐待狂啊，我说？"

阿贝尔说："当然不是。"

"你不会用烟头烫我吧？"

"不会，跟这一点儿关系都没有。我只不过想找个人教教我怎么做爱，给我上上课。"

"上课？你开玩笑吧？你以为这是什么地方，宝贝儿，是个教人做爱的夜校？"

"差不离就是这个意思。"说着，阿贝尔在床角坐下，向女人讲述了克拉拉当天上午对他的一番责备。最后，他问道："你觉着能帮上忙吗？"

夜女郎把阿贝尔上上下下认真地打量了老半天，她差点儿以为阿贝尔把这天当愚人节了。

女人终于下了决心，说："没问题。不过，价码仍然是5块，每次半小时。"

"比哥伦比亚大学的学士学位还贵。"阿贝尔不胜感慨，然后问："你看我需要上几次课？"

女人答："这得看你学得有多快，对吧？"

"那好，咱们现在开始吧。"说完，阿贝尔从衣服内侧口袋里掏出5块钱，递给女人。女人把钱塞进长筒袜的开口处。从她的动作即可看出，她工作时肯定不脱袜子。

"首先，请把衣服脱掉，亲爱的。"女人说，"穿着衣裳可学不到真本事。"

阿贝尔脱光衣服后，女人挑剔地把他打量了一番，说："你肯定不是好莱坞美男子道格拉斯·范朋克，对吧？不过，这没关系——只要把灯关掉，长什么样全都无所谓，关键要看你怎么做。"

夜女郎讲述怎样讨女人欢心时，阿贝尔听得非常专注。让女人吃惊的是，阿贝尔真的没想跟她干好事，更让她惊讶的是，一连3个星期，阿贝尔天天下午如约前来听她授课。一天晚上，阿贝尔问："我怎么才能知道已经学会了呢？"

乔伊斯答："这个简单，宝贝儿。如果你能让我达到高潮，你肯定也会让埃及木乃伊达到高潮。"

乔伊斯首先让阿贝尔明白的是，女人身上哪些部位敏感，她还告诫阿贝尔，做爱一定要有耐心——还有，让女方感觉舒服时，女方会有什么表示。舌头和嘴唇除了亲吻对方的双唇，还可以在对方身体的各个部位派上用场。

阿贝尔听得非常认真，进行实践时，他不仅亦步亦趋，还非常严谨，甚至可以说，他做得过于机械。尽管乔伊斯不断地说，他各方面都有明显的进步，他却无从判断乔伊斯的话有多少真实性。经过3周时间，花掉110块钱后，某天下午，发生了一件让阿贝尔始料未及和兴奋无比的事：乔伊斯在他怀抱里突然活泛起来。当时他正在轻轻地轮流吸吮乔伊斯的两个乳晕，乔伊斯用双手紧紧地抱住他的头。他在乔伊斯的两腿之间轻柔地摩挲着，乔伊斯变得柔润了——这是他们之间的第一次——他插进乔伊斯的身体时，乔伊斯轻轻地哼起来，这是阿贝尔以前从未听到过的声音，一种令人销魂和让人癫狂的声音。乔伊斯紧紧地抱住他的后身，同时告诉他，千万别停下。乔伊斯不停地哼哼着，声音时高时低。终于，乔伊斯大声喊起来，抱住他的双手勒得更紧了，然后，乔伊斯彻底松弛了。

终于缓过来时，乔伊斯喘息着说："宝贝儿，你以最优异的成绩毕业了。"

阿贝尔自己却没有任何快感。

§

　　为庆贺自己拿到学位，阿贝尔不惜以天价从黄牛党手里买下世界职业棒球决赛入场券，以便现场观看鲁斯宝贝率领"纽约扬基队"击败"匹兹堡海盗队"。当晚，阿贝尔邀请的客人有乔治、莫妮卡、克拉拉。一开始，克拉拉不愿意来，比赛结束后，克拉拉已经意识到，她有义务陪阿贝尔过一夜。不管怎么说，阿贝尔为她花掉了一个月的工资！

　　转过一天早上，跟阿贝尔告别时，克拉拉诚心诚意地问："咱们什么时候再见面？"

§

　　从哥伦比亚大学毕业没多久，阿贝尔开始对自己在纽约广场饭店的生活感到不满了。不过，怎样才能充分利用自己的新身份，阿贝尔一时还拿不定主意。

　　阿贝尔的一些服务对象是美国最富有和最成功的人士，虽然如此，他却不能跟他们当中的任何人直接交往。一旦这么做，结果很可能是丢掉现有的工作。不管怎么说，这类顾客不大可能对一个志存高远的普通侍者予以注意。

　　一次，著名饭店大佬埃尔斯沃思·司塔特勒携夫人来广场饭店的"爱德华七世厅"进午餐，阿贝尔觉着，他的机会来了。他尽了最大努力，想给这位大人物留个好印象，可以说，这次服务从头到尾做得完美无缺。离开餐厅前，司塔特勒对阿贝尔的热情服务再三表示感谢，还给了他10块钱小费，除此而外，司塔特勒再没有任何其他表示。阿贝尔眼看客人的身影消失在广场饭店转门外，怅然若失地想道，自己这辈子是否还能出人头地呢？

阿贝尔回到自己的岗位，领班萨米走过来，拍了拍他的肩膀，问道："你从司塔特勒先生那儿得了什么好处？"

"什么也没有。"阿贝尔回答。

"他没给小费？"

"噢，给了，当然给了。"阿贝尔说，"10块钱。"说完，他把钱递给萨米。

"这就对啦！"萨米说，"我差点儿以为你要跟我耍两面派呢，阿贝尔。10块钱，对司塔特勒先生来说，也算是破例了。你一定给他留下了深刻印象。"

"没有，不可能。"

萨米不解地问："你这话什么意思？"

"没什么意思。"说完，阿贝尔转身要走。

"你等一下，阿贝尔。17号桌上有个名叫勒鲁瓦的先生想跟你直接说点儿事儿。"

"要说什么？"

"我怎么知道？也许他听人说你是个隐姓埋名的大人物，想让你在理财方面给他出出主意吧。"

阿贝尔往17号桌那边看了一眼。在那张桌子进餐的一般都是生客，或者好欺负的顾客，因为那张桌子紧挨通向厨房的门，那是两扇两边开的门。没有空位子时，客人才会被领到那张桌子用餐。阿贝尔一般不愿意伺候在餐厅那头进餐的客人。

"那人是谁？"阿贝尔问。

"我怎么知道！"说话时，萨米甚至连头都懒得抬，"我不像你，恨不得对每个顾客的履历都要打破砂锅问到底。好好伺候人家，保证拿到高额小费，吸引他们做回头客就行。也许你觉得我的逻辑太简单，可对我来说，这已经足够了。也许哥伦比亚大学的人忘了教你最基本的生活常识。你赶紧过去，如果那人给你小费，记住直接交到我手里。"

阿贝尔对萨米做了个笑脸，然后动身往17号餐桌走去。那张桌子旁边坐着两个人——一位是男士，他身穿色彩斑斓的方格子外衣，在阿贝尔看来，那衣服的样式和颜色实在太扎眼；另一位是个漂亮的年轻女子，她金色的鬈发在头顶扎成一束，她一下吸引了阿贝尔的注意。阿贝尔猜测，那女子一定是穿方格子上装的人在纽约的女朋友。阿贝尔堆起一脸"抱歉式的笑容"，心里暗自下了一银元赌注：由于把他们安排在紧挨厨房的餐桌上进餐，那男人肯定会倾倒一大串抱怨，肯定会要求调换餐桌，以便讨好身边的金发女郎。没人愿意闻厨房里飘出的味道；侍者们进进出出，不断地用脚踢门的声音也让人不胜其烦。然而，饭店的常客和散客蜂拥而至，所有客桌爆满时，餐厅方面难免会动用这张餐桌，而饭店的常客往往把散客当成不受欢迎的人。阿贝尔心想，萨米干吗总是跟自己过不去，非要把那些爱找茬的顾客留给自己对付？

阿贝尔小心翼翼地向穿方格子外衣的人走去。他问道："您有话跟我说，先生？"

"没错。"对方说话带着明显的得克萨斯口音，"我的名字叫戴维斯·勒鲁瓦。这位是我女儿美拉妮。"

阿贝尔认真看了看美拉妮。刚才错看了她，实在太愚蠢！眼下，阿贝尔的目光已经离不开美拉妮。

"过去五天，阿贝尔，我一直在观察你。"勒鲁瓦的得克萨斯口音实在太重，他接着说，"亲眼所见，让我印象深刻。你是个人才，真正的人才，我一直在寻找像你这样的人。埃尔斯沃思·司塔特勒没有当场把你招进他旗下，说明他是个大笨蛋。"

听见对方说出这样的话，阿贝尔重新将勒鲁瓦先生仔细打量了一番。对方泛红的双颊说明，对于禁酒令，他肯定不怎么上心；他为什么会大腹便便，他面前吃得精光的盘子即是解释。不过，无论是他的名字，还是他的面庞，都没给阿贝尔带来任何启示。爱德华七世厅总共有39张餐桌，来此进午餐的食客多数为常客，阿贝尔对他们的背景可谓了如指掌。不过，对勒鲁瓦先生，他却一无所知。

勒鲁瓦继续说："目前，我还称不上拥有几千万的大富翁，也不能和经常光顾广场饭店、每次都在角落餐桌进餐的人相提并论。"

阿贝尔暗暗吃了一惊，因为各餐桌之间是什么关系，普通食客不可能知道。

"不过，跟像我一样的人比较，我已经算很不错了。实际上，有朝一日，我最好的饭店也能像广场饭店一样让人羡慕，阿贝尔。"

"您说得没错，先生。"阿贝尔随口回应了一句话。他在心里默念着：勒鲁瓦、勒鲁瓦、勒鲁瓦，怎么从来没听说过这个名字？

"现在我要说正事了，孩子。我集团最好的一家饭店需要一位主管餐饮的副总经理，如果你有兴趣，下班后到我房间来一趟。"

说到这里，勒鲁瓦递给阿贝尔一张质朴的名片。

"谢谢您，先生。"说完，阿贝尔看了一眼名片上的内容：戴维斯·勒鲁瓦，达拉斯市，里士满饭店集团。名片下方还印着一句格言："有州就有我饭店。"可是，阿贝尔仍然想不出勒鲁瓦是何许人。

勒鲁瓦最后说："希望到时候能见到你。"

"谢谢您，先生。"阿贝尔说完对美拉妮笑了笑。对他的善意，美拉妮没有任何反应。阿贝尔向萨米走去。萨米又在低头清点小费了。

"听说过里士满饭店集团吗，萨米？"

"听说过，我兄弟曾经在他们的一家饭店当过侍应生。他们的饭店多数在南方，大概有八九家，老板是个疯疯癫癫的得克萨斯佬儿，我想不起名字了。你问这干吗？"萨米说完抬起头，面露疑惑的神色。

阿贝尔答："随便问问。"

"你做事说话什么时候随便过，阿贝尔，17桌找你什么事？"

"发牢骚呗，说离厨房太近。我可没对他态度不好啊。"

"还敢发牢骚！难道想让我在阳台上给他摆个桌子？他以为他是谁啊，以为自己是世界首富约翰·洛克菲勒？"

阿贝尔不再理会萨米的唠叨，他手脚麻利地清理干净了自己负责的几张餐桌，然后回到自己的小屋里，立即着手查询里士满集团的情况。打过几通电话后，他的好奇心得到了充分满足。查询结果为：这一集团总共拥有11家饭店，最好的一家叫作"里士满大陆饭店"，位于芝加哥市，是个拥有342间客房的豪华大饭店。阿贝尔觉得，跟勒鲁瓦先生和美拉妮见个面，自己肯定不会有任何损失。他查出了勒鲁瓦住的房间——85号房间——是本饭店最好的小套间之一。差几分钟4点整，阿贝尔敲开了85号房间的门。遗憾的是，美拉妮不在房间里。

"欢迎你抽空过来，阿贝尔。请坐吧。"

在广场饭店工作4年来，阿贝尔第一次陪伴房客坐在饭店的椅子上。

勒鲁瓦开门见山地问:"你在这里挣多少钱?"

这种突如其来的问话方式让阿贝尔大吃一惊。

"每周大约25块,包括小费。"

"最开始,我每周给你35块,小费你自行处理。"

"您指的是哪个饭店?"阿贝尔问。

"你就当我是个超级性格审判官吧,阿贝尔。像你这种人,3点半左右下班,你肯定会充分利用接下来的30分钟,毫无疑问你早就知道我会说哪个饭店。我说得没错吧?"

阿贝尔开始喜欢面前的人了。他壮起胆子问:"是芝加哥里士满大陆饭店吧?"

戴维斯听完大笑起来。"看来我对你的了解是到位的。"

阿贝尔的脑筋迅速转动起来,问道:"副总经理上边有几个人?"

"只有总经理和我本人。总经理是个老学究样的人,快退休了。我还要管理其他10家饭店,所以我不会多管那边的事。不过我必须承认,芝加哥的饭店是我的最爱,也是我在北方建的第一家饭店。由于美拉妮在那边上学,我在那座多风的城市停留的时间总是比较长。"

阿贝尔的脑筋仍然在迅速转动。

戴维斯接着说:"你可别像多数纽约人那样,以错误方式看待芝加哥啊,他们总以为芝加哥是个二流城市,唯有纽约才是大都市。"

阿贝尔笑了,他心领神会。

"目前这家饭店有点经营不善。"勒鲁瓦接着说,"前任副总经理突然不辞而别,所以我需要找个胜任的人接替。听我说,阿贝尔,过去5天来,我一直在仔细观察你。我知道,你正是我要找的人。你看怎么样,有兴趣搬到芝加哥吗?"

"每周40块，外加超额利润的10%，我现在就接受。"

"你说什么？"这回轮到戴维斯大吃一惊了，"我的经理当中从来没人提出过利润分成。如果他们知道这事，还不把我吃了？"

阿贝尔说："如果您不告诉他们，我一个字也不会说。"

戴维斯一时无语。过了好一会儿，他才再次开口："这下我总算彻底明白找对人了，即使要价比一个北方佬加上他6个女儿还高。"说到这里，他在座椅侧面拍了一下，接着说："我接受你的条件，阿贝尔。"

"您需要我的履历吗，勒鲁瓦先生？"

"履历？我知道你的背景和历史，从你离开欧洲，到你在哥伦比亚大学取得经济学学位，这些我都清楚。你以为我这几天干什么了？我不会把一个需要出示履历的人放到我最好的饭店副总的位置上。你什么时候可以接手？"

§

告别纽约市和广场饭店比阿贝尔预想的困难许多。对阿贝尔来说，离开男爵以来，这里是他第一个真正意义上的家。让阿贝尔忧虑的是，跟乔治、莫尼卡，以及哥伦比亚大学时期结交的几个朋友说再见，这一决定究竟是对还是错。萨米和其他服务员一起为阿贝尔举办了一个告别晚会。

"阿贝尔·罗斯诺夫斯基，你必须保证，你这一走不会消失得无影无踪。"萨米顿了一下，补充道，"实际上，我一直以为你会抢我的位置呢！"

§

　　刚走下火车的阿贝尔立刻喜欢上了芝加哥，然而，走进里士满大陆饭店时，这种喜欢没得到延续。饭店坐落在密歇根大道的最佳位置，正好位于繁华的市中心，而芝加哥又是美国发展最快的都市之一，阿贝尔对此特别满意。他对埃尔斯沃思·司塔特勒的格言非常熟悉，即：好饭店必须具备3个条件，第一是地理位置，第二还是地理位置，第三依然是地理位置。

　　阿贝尔很快意识到，除了绝佳的地理位置，里士满大陆饭店一无是处。戴维斯·勒鲁瓦说这家饭店有点经营不善，实际上，他大大高估了饭店的真实状况。总经理德斯蒙德·佩西也不像戴维斯所说是个老学究样的人，他相当懒惰，还摆出一副拒阿贝尔于千里之外的姿态：他没安排副总经理阿贝尔住在饭店主楼里，反而把他安排到街对面饭店配楼的一个小房间里，让他跟普通员工们住在一起。稍微浏览了一遍饭店的财务报表，阿贝尔已经意识到，饭店的客房出租率连40%都不到，来餐厅就餐的客人从未超过座椅的半数。最严重的问题不是饭菜质量不好，而是雇员们互相不用英语交流，他们用的是其他五六种语言。雇员们对阿贝尔态度冷淡，虽然他来自纽约，他们依然把他当作来自波兰的乡巴佬。不难看出，前任副经理为什么会一走了之。如果这家饭店是戴维斯·勒鲁瓦的最爱，其他10家饭店的状况有多么糟糕，由此可见一斑。即使阿贝尔的新老板在得克萨斯州拥有金矿，结果同样会于事无补。

　　到芝加哥的最初几天，阿贝尔得知的一个好消息是：美拉妮·勒鲁瓦是个独生女。

24

1924年秋季，威廉和马休成了哈佛大学一年级新生。

威廉欣然接受了纪念汉米尔顿数学奖学金。在两位祖母的反对声中，威廉我行我素，执意破费290美元，买了一辆冠名"戴茜"的最新款福特T型车。迄今为止，这辆车是威廉一生中最爱不释手的玩物。他把新车漆成黄色，使新车的身价立即跌了一半，却让他的女朋友增加了一倍。美国第30任总统卡尔文·柯立芝在竞选中以排山倒海之势力压对手，再次入主白宫——这让两位祖母极为失望，因为她们投票支持了民主党候选人约翰·戴维斯——纽约股票市场日成交2336160股，交易额达到了5年来最高峰。

两位年轻人——卡伯特奶奶宣称："我们再也不能称他们为孩子了。"——早就盼望尝试大学生活了。整个夏季，两位精力充沛的年轻人玩高尔夫，追女孩，一刻都没消停。他们各有各的不足，不过，两人均已下定决心，都做好了迎接严肃学业的准备。他们的宿舍位于"黄金海岸"，入住当天，威廉即投身到学习中。与圣保罗学校的宿舍和自习室相比，如今的房子已经是鸟枪换炮了。一到学校，马休首先寻找的是划艇俱乐部，他当选为一年级划艇队队长。每星期天下午，威廉会抛开书本，到查尔斯河畔观看朋友练习划艇。虽然威廉嘴上总是酸溜溜的，他心里着实为马休的成功欢欣鼓舞。

威廉不屑地说："8个肌肉发达的傻大个按照1个矮子的口号划破木头拼成的船劈风斩浪，真没劲！"

马休反唇相讥："有本事你跟耶鲁的学生说啊！"

开学没多久，在同一时间段，威廉已经向学校的数学教授们证明，他和马休是并驾齐驱的，在属于他的领域，他至少领先其他学生好几个船身。威廉成了一年级辩才协会主席，还说服大舅劳威尔校长，首创在大学里推行保险制度。即，凡毕业于哈佛的学生，均应在一生中累计为母校捐款1000美元，指明哈佛大学为实际受益人。按照威廉的估算，如果40%的男性毕业生参与这一计划，从1950年起，哈佛大学每年可以得到300万美元收入。这件事给他大舅留下了极为深刻的印象，后者倾全力支持该计划。一年后，校长邀请威廉加入哈佛大学筹款委员会董事会。威廉骄傲地接受了这一邀请，当时他有所不知，这一任命是终身的。

劳威尔校长对凯恩奶奶说，他没花一分钱，便弄到手一个他们这代人里最有经济头脑的智囊。凯恩奶奶颇为生气地对表兄说："任何事物都有它自身的目的，这件事足以教会威廉如何应对花言巧语和官样文件。"

§

哈佛大学有形形色色的高年级本科学生俱乐部，最优秀的高年级学生都是其成员，二年级第一学期刚开始，学生们必须选择（或被迫选择）加入某个俱乐部。威廉被"强拉"进"坡斯廉俱乐部"，这是历史最悠久、最排外，同时又最不讲究排场的俱乐部之一。让人觉得特别不搭调的是，该俱乐部位于波士顿市马萨诸塞大道一家名为"海斯·比克福德"的下等咖啡厅楼上。每次来俱乐部，威廉总会舒舒服服地坐在软靠椅上，倾听新式大收音机播放节目，同时思考四色地图的排列问题，或者与他人讨论"利奥波德和洛布谋杀案"对司法审判的影响，或者借助斜立的镜子心不在焉地观看楼下的街景。

圣诞节假期，马休硬拉威廉去佛蒙特州滑雪。在一周的时间里，威廉总得上气不接下气地踩着好友的脚印爬好几次山，每天如此。

威廉说："你跟我说说，马休，每次花一小时爬到山顶，然后冒着摔断腿和摔死的危险，沿原路一眨眼工夫再次回到山下，这么玩儿究竟有什么意义？"

马休不高兴了，说："比起研究理论，我觉得这么玩儿就是痛快，威廉。你干吗不痛痛快快承认，你上山和下山都不行呢？"

两人在各方面都很努力，都顺利通过了二年级考试，虽然他们对"通过"的解释差异极大。暑假的头两个月，他们在纽约的查尔斯·莱斯特银行做前台职员，马休的父亲早已改变了把威廉拒之门外的初衷。

8月，三伏天来了，每天大部分时间，两人总会开着"戴茜"在美国东北部新英格兰地区乡间兜风。有时候，他们会每次约上不同的女孩，一起到查尔斯河乘船出游。无论什么人举办晚会，他们总是有请必到。两人很快成了大学校园里备受推崇的宠儿，那些有品位的人给两人分别起了外号，一个是"学究"，另一个是"运动员"。波士顿社交圈广为流传一种说法：无论谁家的女孩，一旦嫁给威廉·凯恩或马休·莱斯特，荣华富贵会伴随终生。不过，每当见到热切的母亲带着陌生女孩出现在面前，凯恩奶奶和卡伯特奶奶总会立即拉下脸，下逐客令。

§

1927年4月18日，为庆贺威廉21岁生日，他的资产监护人召集了最后一次会议。威廉应邀出席会议。阿兰·罗依德和托尼·西蒙斯事先准备好了需要威廉签署的所有文件。

"这下好了，亲爱的威廉，"米丽·普莱斯顿的口吻让人觉得，她好像终于卸掉了一个沉重的包袱，"我敢肯定，像以前的我们一样，今后你也会干得非常漂亮。"

威廉不无挖苦地说："但愿如此，普莱斯顿夫人。如果哪天我想一夜之间损失50万，我会打电话咨询你。"

米丽·普莱斯顿的脸色白一阵，红一阵。从那往后，她再也没跟威廉说过话。

如今，资金托管团管理的银行资产总额已经超过3200万。威廉早已为这笔资产的增长前景做好各种规划。同时，他也为自己管理的个人资产制定了目标：离开哈佛大学前，使其突破百万级大关。与他的银行资产相比，他的个人资产只是个小数，可是，在他眼里，继承来的财富远不如他在莱斯特银行个人户头上的资产重要。

当年夏天，两位祖母担心，姑娘们会对孙儿进行新一轮追逐，因而她们打发威廉和马休前往欧洲做一次大范围旅游。对两人来说，这次出游的最终结果实实在在物超所值。马休克服了所有语言障碍，在每个欧洲国家的首都找到一位美丽的姑娘做伴——马休常常对威廉说，爱情，是一种超越国界的商品。威廉则借机结识了欧洲多数知名银行的经理——威廉常常对马休说，金钱，也是一种超越国界的商品，而且比其他东西更稳定。

从伦敦、柏林，到罗马，每离开一个地方，两个年轻人总会留下一串破碎的心和几缕相见恨晚的思绪。9月份回到学校时，他们已经在心理上做好奋斗最后一个学年的准备。

§

　　1927年，凯恩奶奶在寒冷的冬季去世了，享年85岁。威廉哭了。母亲死后，这是威廉第一次掉眼泪。

　　"振作点儿。"替威廉分担几天悲痛后，马休如此安慰威廉，"老人家这辈子过得美满如意，虽然等待时间久了点，老人家终于弄清了上帝是更照顾卡伯特家还是劳威尔家。"

　　威廉怀念奶奶，因为老人家在世时常常会做出一些威廉无法当场理解的精辟论断。威廉为奶奶办了个老人家自己也会引以为傲的葬礼。这位伟大女性的遗体没有搭乘通用公司的帕克高级灵车（凯恩奶奶曾经将汽车称作"魔鬼造的装置"——她宁愿被其压死也不会乘坐）前往墓地，如果威廉真的安排她那样告别现世，老人家对整个葬礼唯一能表示不满的地方，大概就是这种"非理性"的运输方式。奶奶的死促使威廉下了狠心，在哈佛大学最后一个学年，一定要倍加努力拼搏。为纪念去世的奶奶，威廉决心赢得哈佛大学最高级别的数学奖学金。

　　凯恩奶奶离世6个月后，卡伯特奶奶也谢世了——用威廉的话说，大概是因为没人跟卡伯特奶奶说话，她才追赶凯恩奶奶去了。

§

　　1928年2月，哈佛大学辩论队队长前来拜访威廉。转过一个月，学校将要就社会运动进行一场大规模辩论，题目为"美国的出路是社会主义还是资本主义"。威廉被指定为资本主义一方代言。

　　仅仅因为继承了一个著名的姓氏，以及一家蒸蒸日上的银行，局外人便顺理成章地认为，他们完全清楚威廉的意识形态倾向，这让威廉心里觉着很不舒服。他抛出一个问题，让辩论队队长大吃一惊。他说："如果我跟你说，我真心希望为那些受压迫的劳苦大众辩护，你会怎么看？"

"这个嘛，我必须说明，威廉，我们都以为你会为，嗯——"

"的确如此。我接受你们的提议。我说，我有权自己选择搭档吧？"

"那当然。"

"那好。我选择马休·莱斯特。是否方便打听一下，我们的对手是谁？"

"暂时不能说。辩论头一天，我们会在中心广场张贴海报，到时候你就会知道。"

接下来的一个月，每天吃早餐的同时，马休和威廉总是不忘阅读左翼和右翼领袖们在各主要报刊发表的文章，每天傍晚，他们还要讨论战略问题。"大辩论"已成热门校园话题。威廉决定，辩论时，由马休打头炮。

随着辩论日期一天天临近，趋势越来越明显，届时，不仅所有对政治感兴趣的学生和教授要出席辩论会，甚至波士顿和剑桥地区的一些社会名流也要出席。辩论前一天上午，威廉和马休一起来到中心广场，查看对手是谁。

"利兰·克罗斯比和撒迪厄斯·科汉。听说过这两人吗，威廉？克罗斯比肯定是费城的克罗斯比家族成员。"

"没错。有一次他姐姐还把他称作'费城里顿豪斯广场上的赤色狂热分子'呢！他是咱们学校最死心塌地的革命分子。他出手阔绰，钱差不多都花在他热衷的激进主义上了。我现在就能听见他的开场白。"威廉模仿克罗斯比的尖嗓门说："'我对美国有钱阶层的贪婪和毫无公德心再清楚不过了。'这样的说法，明天到场的听众至少听说过50遍，要是他不这么说，换成其他说法，咱们的对手可就今非昔比了。"

"科汉是谁，听说过吗？"

"从没听说。像是犹太人的名字。"

第二天晚上，威廉和马休顶风冒雪出了门。凛冽的寒风掀起他们厚大衣的下摆，在他们身后拍打出一连串噼里啪啦的响声。"怀德纳图书馆"——捐赠人的儿子和威廉的父亲在"泰坦尼克号"邮轮上同时遇难——的一排立柱被灯光照得雪亮，威廉和马休紧贴着图书馆的立柱，一起往"博伊斯顿会堂"走去。

"今儿这鬼天气也有好处，假如我们输了，好歹不会有很多人到处宣扬今晚的事。"马休悻悻地说。

然而，当他们走到图书馆最北端的拐弯处，眼前赫然出现一长串人流，那些人跺着脚，哈着手，正拾级往会堂里走。在主席台落座后，威廉认出了几个熟人，他们都坐在拥挤的听众席上。劳威尔校长不声不响地坐在中间一排座椅的一个位子上；还有古板的植物学教授纽伯里·圣·约翰；另外还有两位家住波士顿布莱托大街的女才子，她们曾经在红房子的舞会上露过面；威廉的右边坐着一群像波希米亚人一样的男男女女，他们中的一些人连领带都没有打。那些人的代言人——利兰·克罗斯比和撒迪厄斯·科汉——走上主席台时，他们都端坐着鼓起掌来。

就克罗斯比和科汉两人来说，前者看起来更吸引眼球。他个头高挑，身材修长，颇具漫画特征。克罗斯比的一身行头很随意——也许这正是他别出心裁的地方——他身穿皱巴巴的法兰绒西装，衬衣却熨得笔挺，嘴角还叼了个烟斗。撒迪厄斯·科汉个头稍矮，戴着一副无框眼镜，身穿剪裁极为合体的绒面西装。几乎可以肯定，威廉以前见过这张面孔。

祭奠教堂的钟声响了7下，那声音显得悠远、飘忽。

宣读辩论规则前，4位参赛选手拘谨地互相握了握手。然后，辩论队队长宣布："第一位发言人是小利兰·克罗斯比先生。"

克罗斯比的发言几乎没让威廉产生任何担忧。威廉事先已经料到，克罗斯比肯定会采用尖酸刻薄的声调，一定会过分地，甚至歇斯底里地强调某些观点。他沿袭美国激进主义的惯常做法，放肆地咒骂一些大公司——例如谷物公司、银行托拉斯、标准石油公司、金十字公司。威廉认为，除了炫耀口才，克罗斯比的发言没有任何新意。他的死党会为他鼓掌喝彩，这早在人们的意料之中。克罗斯比返回座位时，从现场反应看，他不仅没赢得新的支持者，反而有可能失去原有的一些支持者。

马休的发言既精彩又切中要害，令听众们为之倾倒，他差不多成了自由主义宽容大度的化身。马休在雷鸣般的掌声中回到座位上，威廉跟马休热烈击掌，以示祝贺。

马休压低声音说："跟赛场上的喝彩差不多。"不过，这话说早了，因为，撒迪厄斯·科汉还没发言。

不知名的青年撒迪厄斯·科汉刚一开口，全场观众满堂皆惊。他具有一种讨人喜欢的、与众不同的风度，一种悲天悯人的风格。他的演说旁征博引，泛着浓烈的宗教色彩，而且寓意深刻，处处切中要害。他的讲话没有一丝哗众取宠的味道，听众们却从他的讲话中感受到，他已经站在了道德制高点上，唯有在非理性的情况下，人们才会不支持他，反而支持其他弱者。他坦然承认，左翼人士讲话容易偏激，部分左翼领导人能力欠佳。不过，他的一席话已经让现场所有观众坚信不疑，尽管社会主义存在种种弊端，为改善人类的命运，除了社会主义，人类不可能有其他选择。"公平和公正孰重孰轻，公平当然重于公正。"撒迪厄斯·科汉返回座位时，双方听众都对他报以雷鸣般的掌声。

威廉的情绪有些不稳。对科汉那番颇具绅士风度和颇具说服力的讲话，如果采用外科手术式方法逐条加以驳斥，肯定起不到作用；以人类精神代言人的身份站出来，摆出一副满怀希望和充满自信的架势，也无法战胜对手。威廉首先重点驳斥了克罗斯比讲话中出现的几次过于蛮横的谴责，然后，他开始反驳科汉。他宣称，无论在学术领域还是经济领域，美国现行制度中的竞争机制可以带来最佳结果，对此他充满信心。威廉觉得，他的讲话只有招架之功，没有还手之力。返回座位时，他心里已经认定，毫无疑问他输给了科汉。

克罗斯比反倒像是在为对手举证。他愤怒地开始了新一轮攻击，好像他比威廉和马休更急于战胜科汉。他大声质问现场观众，他们是否可以认出，今晚他们当中有一个"人民公敌"。说完，他用好几秒钟时间环视全场。在场的观众于无声中很不自在地蠕动着身子，连他的铁杆支持者也不好意思地垂下了头，大家全都盯住了各自的鞋子。这时，克罗斯比前倾着身子，扯着嗓子喊道：

"他就站在你们面前，他刚刚还在你们面前发了言，他的名字是威廉·劳威尔·凯恩。"克罗斯比用一只手指着威廉所在的方向——他根本没拿正眼看威廉——继续咆哮道："工人们在他的银行拥有的矿上死去，不过是为了给矿主每年多赚100万红利。他的银行支持着拉美血腥的、腐朽的独裁政权。人们利用他的银行贿赂国会议员，以便剥夺小农们的谋生手段。他的银行……"

克罗斯比的谴责持续了数分钟，威廉一言不发，坐着没有动，时不时在黄色记事簿上草草地写下一段评语。听众中有些人开始喊："胡说！"克罗斯比的忠实支持者们则回敬以："说得好！"辩论会组织者们脸上有些挂不住了。

每人每次发言有时间限制，克罗斯比即将用完规定的时长。末了，他举起一只拳头，说："女士们、先生们，我认为，在距离我们这个会堂不到200米的范围内，我们即可找到摆脱美国现在所处困境的答案。那里坐落着怀德纳图书馆，它是迄今为止全世界最大的私人图书馆。贫穷的、移民来美的学者们，以及受过良好教育的美国人，都可以随意进出图书馆的各个房间，以促进对世界的认知。然而，那座图书馆是怎么来的？不过是因为，16年前，一个有钱的花花公子为出海寻找乐子，不幸登上了'泰坦尼克号'邮轮。这不明摆着嘛，女士们、先生们，为了释放这块广袤大陆上的财富，为了唤起人们为自由、平等、进步而奋斗，美国人民需要为统治阶级每一位成员提供一张船票，让他们在资本主义的'泰坦尼克号'邮轮上拥有一个单间。"

听着克罗斯比的发言，马休心花怒放——由于对方犯下的严重错误，胜利无疑成了他和威廉的囊中物。听到对方提到"泰坦尼克号"，马休的高兴变成了愤怒，他简直不知道，威廉将如何应对这样的挑衅。

主办方采取措施，让听众安静下来。辩论队队长走到讲台前，说："下面由威廉·劳威尔·凯恩发言。"

威廉沉稳地走向讲台，直面全场观众，如他所料，全场变得鸦雀无声了。

威廉说："我的看法是，克罗斯比先生刚才阐述的那些观点根本不值一驳。"

威廉转身回到了座位上。由于他的举动出乎所有人意料，全场仍然一片沉寂——突然，全场爆发出雷鸣般的掌声。

辩论队队长再次走到讲台跟前，辩论该如何进行，他一时没了主意。身后有个声音帮他解了围。

"可否请问一下，主席先生，我想问问凯恩先生，我能否占用他的发言时间？"说话的是撒迪厄斯·科汉。

威廉点头表示同意。

科汉走到讲台跟前，对观众们友好地眨了眨眼。这一举动解除了大家的戒心。他说："长期以来的情况是，在美国实现民主社会主义的最大障碍，恰恰是某些社会主义倡导者的极端主义行为。我的同事今晚的讲话再清楚不过地证明了这一可悲的事实。向反对这一进步事业的人进行人身攻击，这种倾向只会对这一事业起到破坏作用。有些人可能会理解这一做法，例如经过残酷战争考验的外国移民，在国外体验过更为残酷的战火历练的复员军人。在我们美国，这种做法却是不可饶恕的。借此机会，我谨代表我个人向凯恩先生表示诚挚的歉意。"

这一次，经久不息的掌声响彻了整个会堂。实际上，差不多所有观众都站了起来，不停地鼓掌。

威廉和马休以150票的领先优势赢得了这次辩论，他们两人谁都不感到惊讶。鱼贯走出会场的观众们兴高采烈地大声议论着，难掩兴奋之情。威廉走向撒迪厄斯·科汉，热情地跟后者握了握手。

威廉问："你们怎么知道我父亲在'泰坦尼克号'上？"

"我父亲几年前跟我说过。"

"我明白了，"威廉恍然大悟，"你一定是汤马斯·科汉的儿子。找个地方，我请你喝一杯。"

"好啊。"科汉接受了邀请。在浓密的鹅毛大雪中，他们几乎辨不清方向，3个人一起穿过马萨诸塞大道，在一个黑色的大门前停下脚步。大门正对博伊斯顿会堂。威廉掏出钥匙，打开大门，他们一起进了前厅。

大门关上前，撒迪厄斯说："我觉得，我来这里不会受欢迎。"

听到这话，威廉愣住了。过了一会儿，他说："胡说，你是跟我一起来的。"

马休警觉地看了朋友一眼。威廉的神态表明，他已然下了决心。

他们一起走上楼梯，来到一间布置得朴实无华、十分舒适的大屋子里。屋里已有十多个青年男子，有的坐在小沙发上，有的三三两两地站着。威廉刚走进屋，贺喜之辞从四面八方涌过来。

"你真给大家争脸，威廉！"

"对那种人，就得这么干！"

至此，科汉仍然没敢进屋。不过，威廉没忘记他。

"先生们，我向大家介绍一下值得尊敬的对手撒迪厄斯·科汉先生。"

科汉这才犹犹豫豫地进了屋。

顿时，所有在场的人都噤若寒蝉了，有几个人甚至背过了身，假装在看窗外院子里的榆树。刚刚落下的积雪沉甸甸地压弯了树上的枝杈。

一个青年男子从屋子另一端的一扇门离开时，地板嘎吱响了一声，打破了屋里的沉寂。过了一会儿，又一个人离开了。其他人也一言不发地、不慌不忙地一个接一个离开了。最后一个离开的人在门口停下脚步，若有所思地盯着威廉看了半天，不过，他也没说话，转身消失在了门外。

马休神情沮丧地看着自己的伙伴。此时的撒迪厄斯早已满脸赧颜，手足无措地低垂着头。威廉则紧紧地绷着嘴唇，脸上挂着一副强压怒火的表情。刚才，克罗斯比说到"泰坦尼克号"时，他就是这副表情。

马休捅了捅朋友的胳膊，说："最好我们也走。"

他们深一脚浅一脚地回到威廉的住处，翻出不知什么牌子的白兰地，3个人一言不发地喝了一通酒。然后，他们各说各话，一起在威廉的住处待了一会儿。

第二天一早，威廉醒来时发现，房间的门缝底下塞着一封信。威廉撕开信封，里边是坡斯廉俱乐部主席写的便笺，他表态说，希望"今后不再发生昨晚那种令人不快的事"。

午餐时间，两封退会信交到了坡斯廉俱乐部主席手里。

§

经过数个月的奋发苦读，威廉和马休差不多准备好——没人敢自称完全准备好——迎接毕业考试了。毕业考试进行了6天，他们回答了各种各样的问题，不停地逐页填满了许多蓝色封面的小册子。当他们写完最后一行文字，随之而来的是考验耐心的等待。他们的勤奋没有白费。

考试结束一周后，学校公布了最终结果：威廉获得了哈佛校长数学奖。马休成绩平平，仅仅获得了"良"，他还因此松了口气。马休取得这一成绩，也在大家的意料之中。两人对继续读书毫无兴趣，他们都急于早日投身到"真正的"世界。

离开哈佛大学8天前，威廉在纽约银行账号上的存款余额突破了百万大关。威廉第一次向马休透露了他的未来计划。他希望让莱斯特银行跟凯恩和卡伯特银行合并，以便获得莱斯特银行的控制权。威廉的想法让马休异常兴奋，他这样说："如果我想超越我家老爷子奋斗一生创造的业绩，也许这是唯一的路子。"

1928年6月，阿兰·罗依德来到哈佛大学，参加威廉的毕业典礼。他已经是60岁的人了。威廉心里的真实希望是，父亲要是能活到这天，亲眼见证这一盛典，那该有多好！

典礼结束后，威廉邀请阿兰到哈佛广场喝茶。阿兰用充满慈爱的目光看着个头高挑的年轻人。

阿兰问："既然哈佛已成往事，你打算以后做什么呢？"

"我想前往纽约，到查尔斯·莱斯特银行工作几年。回凯恩和卡伯特银行前，我想积累几年工作经验。"

"可实际上，你从12岁起一直在跟莱斯特银行打交道啊，威廉。你何不直接来咱们银行工作？我们可以立即任命你为一个部门经理。"

威廉沉默良久，一直没说话。

"喂，我必须说，威廉，遇事沉默不语，这可不像从前的你啊！"

"可我从没想过，在我25岁前，你会邀请我参加董事会。因为我父亲……"

"你父亲的确是25岁当选的。可是，只要其他董事们支持，而我知道他们会支持，你在那个岁数之前加入董事会，没人拿得出正当理由阻止你。不管怎么说，我希望你尽快加入董事会，也是出于我的私心。5年后我就要退休，届时我们必须选一个合适的董事长。接下来几年，如果你不去莱斯特银行当个表面光鲜的职员，而是在凯恩和卡伯特银行工作，届时你会处于一种强有力的地位，这足以影响决策。好吧，孩子，你是否愿意加入董事会？"

威廉在一天当中第二次希望父亲仍然在世。

他说："我很乐意接受你的邀请，先生。"

阿兰说："上次我们一起打高尔夫球后，这是你第一次称我'先生'。那一次，我没能赢你。"

威廉会心地笑了。

"那好。"阿兰·罗依德说，"这事就这么定了。从现在起，你就是投资部专门负责投资的副经理了，托尼·西蒙斯是你的顶头上司。"

威廉问："我可以自己任命一个助手吗？"

"我猜，一定是马休·莱斯特吧？"

"对。"

"不行。我不想让他在我们银行里从事你想在他们的银行里做的事。"

威廉不再多说一句话，自此往后，他再也没敢小看阿兰。

第三部

1928—1932

25

前后费时大约3个月，阿贝尔终于全面掌握了里士满大陆饭店面临的诸多问题，还查清了饭店一直严重亏损的原因。

12个星期以来，阿贝尔瞪大双眼，闭紧嘴巴，同时让饭店员工们误以为，他一直处于昏昏欲睡状态。结论明摆着：饭店的利润差不多被人明火执仗地截留了。里士满大陆饭店的员工们互相勾结，他们进行的是大规模盗窃。其实，阿贝尔一开始也没弄明白这些人是如何操作的。他曾经从俄国人手里偷过食物，有过盗窃经历，他那么做，是迫于生计，而饭店员工们根本没把他这位新来的副总经理放在眼里。阿贝尔面临的首要问题是，调查清楚各部门的真实情况前，绝不能让任何人知道自己究竟掌握了多少情况。这一次，他没花多长时间便弄清了，饭店各部门是分别中饱私囊的。

一切从前台开始。前台服务员仅仅对80%的来客进行登记，然后从收入中抽取20%的现金，将其据为己有。其实，他们的做法很简单，同样的事，如果发生在纽约广场饭店，不出几分钟便会被查出来，卷入其中的人当天就会被解雇。然而，在这里，牵头的是领班，他们专挑那些外省来的老年夫妇下手。他们首先需要确认，老年夫妇仅仅住宿一夜，而且从未入住过本饭店。另外，他们还需要进一步核实，老年夫妇在本市没有业务伙伴。据此，前台不为老年夫妇做登记。第二天上午，如果老年夫妇用现金结账，这笔钱就真正到手了。只要老年夫妇不提出在入住登记上签字，饭店就不会留下他们曾经入住的记录。阿贝尔很早以前就认识到，所有饭店都应该像纽约广场饭店那样，对每一位客人进行登记。

餐厅的盗窃系统更为完整。在这里，前来进午餐和晚餐的所有非住宿客人支付的现金全都直接进了服务员的腰包。阿贝尔早已料到这一点。然而，通过核查餐厅的账册，他进一步了解到，这里的服务员和前台是有默契的，凡是前台选定不登记的客人，在这里同样不会留下任何记录。为弄清这一点，阿贝尔颇费了些时日。酒吧里的盗窃行为几乎达到肆无忌惮的程度，酒吧侍者干脆自带酒精饮品到吧台出售，钱款根本不经过吧台，因为，吧台里的饮品原封未动。除此而外，饭店经常性的损失包括：雇员们会无中生有编造各种名目的单据，如家具破损、设备维修、设备遗失、食品丢失、床单丢失——甚至还有床垫报废等等。阿贝尔的结论是，至少半数以上里士满大陆饭店员工参与了这些见不得人的勾当，整个饭店没有一个部门完全清白。

初来乍到里士满大陆饭店，眼看着雇员们在总经理德斯蒙德·佩西鼻子底下行窃，他竟然完全不知情，这让阿贝尔百思不得其解。认为此人实在懒惰，对小偷小摸行为懒得过问，这种看法本身就是错误的。过了相当长一段时间，阿贝尔才意识到，实际上，总经理本人是所有盗窃行为的幕后指挥，这一系统运作得如此协调，原因也在于此。佩西受雇于里士满饭店集团超过30年之久，先后在集团每一家饭店担任过主要负责人。让阿贝尔担心的是，他的影响可能已经渗透到整个集团。不仅如此，他还是戴维斯·勒鲁瓦的私交，而且早已成为勒鲁瓦的左膀右臂。阿贝尔估计，仅仅因为盗窃行为，已经让坐落于芝加哥的里士满饭店每年至少亏损3万美元。他认为，只要拿德斯蒙德·佩西开刀，立即解雇大部分不守法的员工，这家饭店很快即可扭亏为盈，而这也正是麻烦之所在。因为，30年来，戴维斯·勒鲁瓦几乎没解雇过什么人。他容忍雇员们的不轨行为，直到他们自己良心发现，自动离职。就阿贝尔掌握的情况看，里士满饭店集团的员工们往往会肆无忌惮地浑水摸鱼到临近退休年龄，然后被集团劝退。

阿贝尔坚信，他可以让饭店扭亏为盈，而唯一的出路是找戴维斯·勒鲁瓦彻底摊牌。采取行动前，他必须准备一份详尽的报告。适逢周末轮休，阿贝尔踏上了从伊利诺斯中心火车站始发的特快列车。他首先到了圣路易斯市，然后经密苏里-太平洋线来到达拉斯市。他胳肢窝里夹着一份200页的报告，这是他花费3个月心血在饭店配楼里完成的。戴维斯·勒鲁瓦认真阅读了汇集着大量证据的报告，然后抬起头看着阿贝尔，一脸不相信的神色。

"这些人可都是我的朋友。"这是戴维斯·勒鲁瓦合上材料后说的第一句话。"他们当中的一些人已经跟了我30年。妈的——我知道饭店行业多多少少会有些挖墙脚的事，可按你的说法，这不成了有组织地劫我的财吗？"

阿贝尔说："我怀疑，过去30年来，有人天天这么干。"

"那么，事已至此，你说我该怎么办？"

"只要你同意让德斯蒙德·佩西滚蛋，并授权我任意解雇跟他合伙的人，我可以立即制止这种恶习。"

"可是，这个，阿贝尔，问题并不像说说这么简单。"

"问题就这么简单。"阿贝尔说，"如果你不希望我这样处理这些罪犯，那我现在就辞职，我不会等到返回芝加哥再提出辞职。我可没兴趣成为全美管理层最腐败的饭店的员工。你让黑帮老大艾尔·卡彭替你管理饭店岂不更好！"

"能不能把德斯蒙德·佩西降职为副总经理？这样，我也可以任命你为总经理，问题同样可以得到解决。不管怎么说，过不了几年，他也该退休了。"

"轮不到他退休，你就破产了。"阿贝尔说，"更可怕的是，用你这种骑士风度进行管理，我怀疑，集团的其他饭店也好不到哪儿去。如果想改变芝加哥的情况，现在必须下决心解决掉佩西，要不，你就继续往死胡同里钻到底。我走人，我去做我喜欢的事。"

"我们得克萨斯人都是直肠子，阿贝尔，可我们跟你肯定不是同类。好吧，好吧，我可以给你让佩西滚蛋的权力，也就是说，从现在起，你就是芝加哥里士满饭店总经理了。祝贺你，我的孩子。"说到这里，戴维斯·勒鲁瓦站了起来，继而拍了拍新任总经理的后背，接着说："不要以为我是个不识好歹的人。你在芝加哥干得非常出色。从今往后，我会把你当我的左右手。实话跟你说，阿贝尔，到目前为止，我在股票交易所的运气非常好，所以我没注意集团的这些损失。真得感谢上帝，我终于有了个可靠的朋友。你在这儿住一夜，咱们一起吃个晚饭。"

"我很高兴能跟你共进晚餐，勒鲁瓦先生。我早就想好今晚住在达拉斯的里士满饭店里，这样，我就可以亲眼见识见识这里的人是怎么干的。"

"你是不是又想救什么人于危难之中啊，我说，阿贝尔？"

"不是，凡是跟德斯蒙德·佩西一伙的，我一个都不救。"

当天晚上，阿贝尔和戴维斯·勒鲁瓦吃掉了两大块牛排，两人喝威士忌都喝高了，得克萨斯人把这称作酒逢知己千杯少。乘着酒兴，戴维斯·勒鲁瓦告诉阿贝尔，他正在寻思找个合适的人替他经营饭店集团，以便他的日子过得舒服些。

阿贝尔醉醺醺地问了一句："你真以为我这个笨哩呱叽的波兰乡巴佬儿能行？"

"阿贝尔，笨哩呱叽的不是你，而是我。要不是你嗅出这帮贼，不定哪天我就趴下了。不过，既然我知道了真相，咱们一起干掉这帮王八蛋。我很快就给你机会，让你重振里士满集团。"

阿贝尔摇摇晃晃地举起酒杯，说："我要为此，干杯——为我们长期的、成功的合作，干杯。"

"去干掉他们，孩子。"

在达拉斯里士满饭店开房时，阿贝尔用了个假名，同时还向服务台挑明，他在饭店只住一晚。第二天一早，阿贝尔眼睁睁地看着开给他的收据被人扔进字纸篓，这是他使用现金结账后唯一的住宿记录。阿贝尔的怀疑得到了证实：远不止芝加哥一家饭店有问题，问题已经扩散到整个集团。他下决心首先将芝加哥饭店整顿好，腾出手后，再去对付其他饭店的德斯蒙德·佩西。临行前，阿贝尔打电话告诉戴维斯·勒鲁瓦，癌症早已扩散到身体的其他部位。

回芝加哥时，阿贝尔选择原路返回。车窗外的密西西比河流域呈现出一派荒凉景象，这都是去年一场洪水惹的祸。阿贝尔由此想到，回到芝加哥里士满饭店后，他也会造就同样一派荒凉景象。

阿贝尔通过转门进入饭店时，夜班行李员不见了踪影，服务台只有一个人在值班。阿贝尔下了决心，让他们好好休息一夜吧，反正明天会跟他们全体说再见。在配楼门口，一个年轻的服务员为他拉开了正门。

服务员问候说："您一路顺利吧，罗斯诺夫斯基先生？"

"顺利，谢谢你。饭店情况怎么样？"

"噢，非常平静。"

阿贝尔暗自想道：明天的这个时候，你会发现这里更为平静，那时候，你将是夜班唯一留下的人。

整理带回来的行李时，阿贝尔通知客房服务部，为他准备一份便餐。一个多小时过后，便餐才送达，而且早已冰凉。喝过咖啡后，阿贝尔洗了个冷水浴，同时将第二天的计划从头到尾琢磨了一遍。纵观全年，眼下是大开杀戒的最佳时机，因为现在是2月初，客房出租率仅为25%。阿贝尔坚信，只要留下半数员工，就足以继续经营里士满饭店。阿贝尔上了床，顺手把枕头扔到地上，像其他依然蒙在鼓里的饭店雇员们一样，香喷喷地睡熟了。

§

德斯蒙德·佩西现年63岁，里士满饭店的员工们都称呼他为"懒汉佩西"。他两腿短而粗，体重明显超标，动作尤其迟缓。在芝加哥里士满饭店任职期间，他手下的副总经理前前后后换了7任——有几个人因为贪婪，企图多分一些"截留"，另几个人则根本弄不懂这一系统是如何运作的。懒汉佩西以为，新来的波兰乡巴佬跟其他波兰乡巴佬没什么两样，都是脑子进水的人。每天上午10点，懒汉佩西都会跟副总经理碰头。今天，他仍然像往常一样，嘴里哼着小曲，悠哉悠哉地向阿贝尔的办公室走来。此刻，时间已经是10点过17分了。

"真抱歉让你等了会儿。"佩西嘴上这么说，语气里却没有任何歉意，"我在前台碰上点儿小意外——你知道，这种事难免。"

阿贝尔非常清楚前台的事。当着对方的面，他慢慢拉开办公桌的抽屉，从里边拿出40张皱巴巴的收据，将其摊在桌面，其中一些已经被人撕成碎片。这些都是阿贝尔从字纸篓里和烟灰缸里捡来的，都是为那些用现金结账却没有登记的客人准备的。阿贝尔看着矮胖的总经理，由于对方是倒着看收据，过了一会儿，他才渐渐明白这些是什么东西。

德斯蒙德·佩西满脸毫不在乎的神情，他完全没必要担心什么。即使这个表面傻乎乎的波兰乡巴佬识破了他们的玄机，除了参与分红，或者主动告退，他没有别的选择。也许，在主楼里为他安排个好房间，就能封住他的嘴。

"那么，你肯定有事向我请示汇报啦，阿贝尔？"说完，德斯蒙德·佩西往一张椅子坐去。

"你被解雇了，佩西先生，请你一小时内离开饭店。"

德斯蒙德·佩西没做出任何反应，因为他无法相信自己的耳朵。

"你刚才说什么？我好像没听懂你在说什么。"

"其实你听懂了。"阿贝尔说，"你被解雇了。"

"你无权解雇我。我是这家饭店的总经理，我在里士满饭店集团已经干了30多年，如果有解雇人的事，也该由我解雇。上帝啊，你以为你是什么人啊？"

"我是新任总经理。"

"你是什么？"

"新任总经理。"阿贝尔重复了一遍，接着说："我是勒鲁瓦先生昨天任命的，我上任后第一个决定就是解雇你，佩西先生。"

"什么理由？"

"盗窃。"阿贝尔说完把桌子上的收据掉了个头，以便德斯蒙德·佩西看清楚这些究竟是什么东西。"这些顾客都付过款，可他们付的款都没入饭店的账。这些收据都有一个共同点——上面都有你的签名。"

"就凭这些，你证明不了什么。"

"这我清楚。你靠的是一个组织非常严密的系统。这样吧，你可以到别的地方经营这一系统，你的运气在这里算是到头了。我送你一句古老的波兰俗语，佩西先生：没有提把的壶是不能提水的。而你的水壶提把断了，因此你被解雇了。"

"你根本无权解雇我。"佩西的声音有些喑哑，他的额头开始渗出一层毛茸茸的汗粒。"戴维斯·勒鲁瓦是我多年的老朋友，只有他才能解雇我。你来这儿不过几个月，只要我打个电话，从这家饭店滚蛋的就是你，而不是我。"

"请便吧。"阿贝尔说完拿起电话听筒，让接线员为他接通达拉斯的戴维斯·勒鲁瓦先生。阿贝尔和德斯蒙德·佩西在沉默中互相对视着，佩西脸上的汗水已经顺着鼻尖往下淌了。有那么一小会儿，阿贝尔曾经担心过，勒鲁瓦说不定真会改变主意。

"早上好，勒鲁瓦先生。我是阿贝尔·罗斯诺夫斯基，我在芝加哥。我刚刚解雇了德斯蒙德·佩西，他想跟你说两句话。"

佩西哆哆嗦嗦地接过电话，把听筒放在耳朵上听了几秒钟，然后解释说：

"可是戴维斯，我……我能怎么办呢？我向你发誓，这不是真的……肯定是出了什么差错——"

阿贝尔听见，听筒里传出一声挂断电话的声音。

"给你一小时，佩西先生。"阿贝尔说，"到时候你要是不离开，我就把这些交给芝加哥警察局。"

"你先等一下，"佩西说，"先别那么急。"这时，佩西的声音和态度突然变了。"我们可以让你也参加进来，咱们一起干。如果咱们一起管理这家饭店，你可以得到一笔不小的、稳定的收入。聪明人都会做这种选择。这可比你当副总经理挣钱多多了。我们都清楚，戴维斯根本不在乎这点损失——"

"我已经不再是副总经理了。你自己出去吧，佩西先生，不然我叫人把你赶出去。"

"操你妈的，小兔崽子。"眼看最后一张牌也被对方的王牌毙了，前任总经理破口大骂起来，"今后你睁大眼睛小心着点儿，波兰乡巴佬儿，早晚有一天，我要跟你算总账。"说完，佩西狠狠地一摔门，走人了。

中午时分，餐厅领班、厨师领班、客房领班、服务台领班、行李员领班，以及其他17位里士满饭店员工相继离去。阿贝尔认为，这些人早已不可救药。下午，阿贝尔把留下的雇员们召集起来开会，向他们详细讲解他已经做了些什么，并且向他们保证，他们的工作不会受任何影响。

"从今往后，如果我发现有人敢把一块钱，"阿贝尔对大家说，"我重复一遍，把一块钱放到不该放的地方，无论出于什么原因，与此有关的人将立即被解雇。我说得够清楚吧？"

全场一片肃静。

接下来的几周，人们渐渐认识到，阿贝尔真的不会重复德斯蒙德·佩西那套做法，为他自己谋取私利。原想静观其变的一些人只好相继离去。他们留下的空缺立刻被新招来的人补上了。

§

1928年9月，威廉到凯恩和卡伯特银行走马上任，他的职务是基层部门负责人。威廉在投资部主任托尼·西蒙斯办公室隔壁的一间小办公室里开始了银行家生涯。托尼·西蒙斯一直希望继阿兰·罗依德之后成为银行下一任董事长，虽然从来没人直接或间接提起这事，从上任第一天起，威廉就感觉到了这一点。

此前，银行的投资业务由西蒙斯一个人全权负责。威廉到来后，西蒙斯立即将一部分工作移交给威廉，主要有对私人小企业的投资、房地产交易，以及银行参与的省外投资活动等等。威廉的职责还包括，按月为董事会准备一份文件，阐述他对资金投向的意见。在一间镶有橡木墙饰的大会议室里，银行的17位董事每月开一次例会。会议室两端的墙上各挂着一幅人物肖像，一位是威廉的父亲，另一位是他的祖父。威廉从未见过祖父，他一直认为，祖父一定是个男子汉大丈夫，不然他怎么会娶了凯恩奶奶。会议室另外两面墙目前还空着，墙上有足够的空间悬挂他的肖像。

在银行工作期间，最初几个月，威廉办事极为谨慎，与他共事的董事会成员们越来越尊重他的判断，对他的投资建议，他们多数时候总是全盘接受。未采纳他建议的次数屈指可数，而且，每次都让他们追悔莫及。一次，某梅耶先生到银行为"会说话的影片"申请贷款，董事们说什么都不相信这东西有优势有前途。还有一次，某佩利先生直接找到威廉，向其介绍一项宏伟的规划——无线电广播网规划。阿兰·罗依德将无线电技术比作心灵感应术，说什么也不愿意和这种东西沾边，董事会支持了阿兰的看法。后来，路易斯·梅耶创建了闻名世界的米高梅电影公司，威廉·佩利则成了著名的美国哥伦比亚广播公司首席经理人。威廉独具慧眼，用自己的资产暗中资助了这两位先生，而且，他从未向银行和受益人透露谁是资助人。这本来也是一种个人行为。

威廉的日常事务也有令人不快的内容，其中之一是，有些客户从银行借到大笔贷款，过后却发现自己陷入无力偿还的窘境，着手清算和处理破产是他的职责。亨利·奥斯伯恩的经历已然告诉我们，威廉的性格里没有慈悲的情愫。但是，按照银行的偿债规定，执意让受人尊敬的老客户变卖股票，乃至变卖房产，怎么说都无法让人高兴。不久后，威廉认识到，来银行借贷的人分为两类——一类人将破产当借口，以此逃避债务；另一类人听到"破产"两个字便大惊失色，并且会矢志不移地、千方百计地偿还每一分欠款。威廉认为，对上述第一类人，理应毫不留情，然而，对第二类人，他常常显得过于宽仁。托尼·西蒙斯虽然不赞成他的做法，却也奈何不了他。

　　某天上午，一位客户曾求见威廉。他显然属于第二类，名叫马克斯·布鲁克斯。1925年，在佛罗里达州房地产热中，此人从凯恩和卡伯特银行借贷100余万美元，用于投资。那年，马克斯·布鲁克斯在马萨诸塞州被捧为英勇无畏的热气球探险家和飞行员，他还是有史以来第一位《时代周刊》年度风云人物查尔斯·林白的密友。假如当年为银行出谋划策的人是威廉，他绝不会支持发放这笔贷款。后来马克斯·布鲁克斯悲剧性的死亡成了当时的重大新闻，美国所有报刊争相用整版篇幅对其进行报道，因而他成了风靡全美的大英雄。当时他驾驶一架小型飞机刚刚飞离跑道100米，飞机便一头撞在了一棵树上。

　　为了银行的利益，威廉立即收回了布鲁克斯名下的房地产。这些房地产已经资不抵债。威廉还冻结了布鲁克斯的账号。为减轻银行的损失，威廉设法变卖了布鲁克斯名下位于佛罗里达州的地产，留下的仅仅是他家房子所在的12亩土地。即便如此，银行的损失仍然高达30万美元。

　　清算完马克斯·布鲁克斯名下的全部资产后，威廉将注意力转向了布鲁克斯夫人。因为，布鲁克斯夫人以个人名义替亡夫签署了一份债务担保。按银行规定，威廉会要求每一位借贷人提出一位担保人，虽然如此，他却从不要求朋友们也这样做。因为，无论人们的投资计划多么让人放心，一旦经营失败，担保人几乎无一例外会蒙受惨重损失，一旦拖累担保人的家庭，损失会更加惨不忍睹。

威廉向布鲁克斯夫人发出一封正式公函，约请她定个时间，当面商议她面临的困境。从布鲁克斯夫妇的材料看，夫人年仅22岁，出身于波士顿一个古老的名门望族——她是安德鲁·希金森的女儿，还是波士顿交响乐团创始人亨利·李·希金森的大侄女。威廉留意到，布鲁克斯夫人拥有一些私产。威廉没打算向布鲁克斯夫人提议用她的私产抵债，不过，他硬起心肠，做好了吵架准备。

那天上午，威廉在工作方面开局不利，因为投资方面的事，他和托尼·西蒙斯刚刚发生过一场争执。威廉主张向董事会提议，将资金投向金属铜和金属锡，因为，制造业对这两种金属的需求正在稳步上升。威廉坚信，在世界范围内，这两种金属即将出现短缺，这种局面可以确保银行从中大赚一笔。托尼·西蒙斯不同意威廉的判断，他主张，银行应当把更多资金投向股票市场。这些不愉快正在威廉脑子里翻江倒海时，秘书将布鲁克斯夫人领进了他的办公室。

布鲁克斯夫人浅浅地一笑，威廉脑子里的铜啊、锡啊，以及世界市场所有短缺的东西瞬间不见了踪影。夫人还没走到椅子跟前，威廉已经从桌子后边的椅子上跳起来，绕到桌子前边，为夫人扶稳了椅子。他这样做，不过是想确认一下，贴近看夫人时，对方不至于像幻影一样消失得无影无踪。在威廉眼里，其他美女的美貌连凯瑟琳·布鲁克斯的一半都不及。她金黄色的长发犹如飞溅的溪流，沿着她肩膀的曲线舒缓地飘散而下，几丝卷发从帽缝里溜出来，往两鬓弯过去。但凡见过她的人，注定会心旌飘摇。尽管丧服在身，那也丝毫无损她姣好的身段。她的体型让人确信，随着年龄的增长，她必定会越来越高雅。她有一双褐色的大眼睛，这双眼睛无疑早已洞穿了威廉对她的心思。

威廉好不容易装出一副公事公办的口吻，说："布鲁克斯夫人，对你丈夫去世一事，我向你表示深深的惋惜——他是个让人肃然起敬的男子汉——另外，对于必须请你亲自前来，我也深表歉意。"

威廉竟然一口气撒了两个谎。假如5分钟前他准备这么说，这番表白或许还有些诚意。说完，他停了下来，静候对方开口。

"谢谢你，凯恩先生。我十分清楚我对你们银行的承诺。"对方的声音凄婉、柔美。"我可以向你保证，我会尽最大努力兑现承诺。"

威廉沉默着，希望夫人继续说下去，然而，夫人缄口不说了。威廉只好接过话头，向夫人扼要说明变卖马克斯·布鲁克斯所有地产的情况——威廉说得异常缓慢。夫人则低垂着眼帘，默默地倾听。

"所以，布鲁克斯夫人，由于你丈夫已故，而你是贷款担保人，我们有必要跟你核实一下你的个人财产。"说到这里，威廉看了一眼桌子上的材料，"你的投资总计有8万元——我相信，投资是你从娘家带来的——另外，你的存款账户上还有17456元余额。"

听到这里，夫人抬起头，说："对我的财产，你掌握的情况比我自己还详尽，凯恩先生。不过，你还应该提到我们位于佛罗里达州巴克赫斯特花园的房子，目前它还在马克斯名下。另外，我还拥有一些相当值钱的首饰。如果把我的所有财产加在一起，足以抵销你们要追回的30万债务。我已经做出安排，以便归还全部债务。"夫人的话音里仅仅流露出极其细微的颤抖。

"布鲁克斯夫人，银行没有悉数拿走你所有财产的愿望。如果你同意，我们可以变卖你的股票和债券。至于你刚才提到的那些东西，包括你的房子，我们认为，仍然应当归你所有。"

夫人犹豫了一下，然后说："对你的慷慨，我很感激，凯恩先生。不过，我不想继续对你们银行有任何亏欠，我不想让我丈夫的名字因此蒙垢。"夫人说话的声音带着极其细微的颤抖，接着，她很快调整好了情绪，"不管怎么说，我已经决定卖掉佛罗里达的房子，尽早回到父母身边。"

听说对方打算返回波士顿，威廉的脉搏旋即加快。他说："如果是这样，也许我们可以就出售这些财产的程序达成一项协议。"

"那当然。"夫人平静地说，"按我的理解，准备文件和数据应该是银行的事吧。"

威廉心里想的是，必须再安排一次面谈。他说："我们没必要仓促做出决定，布鲁克斯夫人。我觉得，我需要跟同事们商议一下，然后我们约个时间，再交换一下意见。"

夫人稍稍耸了耸肩膀，说："悉听尊便，凯恩先生。我对钱的事没那么在乎，主要是，我不想因此给你添太多麻烦。"

威廉眨了眨眼，说："布鲁克斯夫人，我得承认，我十分钦佩你面对如此困难的局面还能如此超脱。我可否冒昧邀请你共进午餐？"

对方脸上第一次漾出了笑容。威廉意外地发现，她右半边脸上居然浮现出一个笑靥。威廉一下看呆了。威廉在里兹–卡尔顿饭店预订了父亲早年常用的餐桌。在超长的进餐过程中，威廉使出浑身解数，希望对方笑靥常在。威廉返回办公室的时候，时间早已过了下午3点。

西蒙斯说："吃得时间可不短啊！"

"是啊。布鲁克斯夫妇的事比我原先预想的棘手多了。"

"我看过他们的材料，我觉得很好办啊。"西蒙斯说，"她对我们的建议不应该有意见，对吧？我觉得，总体上说，我们已经够宽宏大量了。"

　　威廉说："问题在于，她也这么认为。我只好劝她不要急于把所有财产都拿出来抵债。"

　　托尼·西蒙斯未免一愣，说："这可不像我们熟悉的威廉·凯恩说的话。不过，现在正是我们的黄金时期，我们也该显得豁达一些。"

　　威廉对西蒙斯扮了个鬼脸。到银行工作以来，在股票市场走向问题上，他和西蒙斯一直观点相左。1928年11月，赫伯特·胡佛当选美国第31任总统以来，道琼斯指数一直维持着稳步上升的趋势。事实上，胡佛总统入主白宫10天后，纽约交易所的日成交额曾经创下天量，达到了创纪录的600万股。但是，威廉仍然坚信，股票价格上扬是因为大量借贷资金涌进股市所致，由于其不稳定，迟早会引发通货膨胀。然而，托尼·西蒙斯却坚信，这种繁荣局面会持续下去。所以，每当威廉在董事会会议上提醒大家谨慎行事，他的提议总是被驳回。不过，如今威廉可以任意出售自己名下的股票，把它们换成地产、黄金、期货，他甚至精心选购了一些印象派绘画作品——他选择的画家包括爱德华·马奈、克洛德·莫奈、亨利·马蒂斯，他对当时最热门的画家毕加索仍然持观望态度。

　　纽约联邦储备银行制定了一条新法令，自发布之日起，不再为那些向投机商放贷的银行贴现。威廉认为，这不啻为第一颗钉子，钉在了投机商的棺盖上。他立即调阅银行的放贷记录，估算出凯恩和卡伯特银行用于这方面的资金至少有2600万。在接下来的董事会例会上，威廉提议银行尽快收回这些贷款。他断言，既然政府颁布了这一法令，从长远看，股票价格注定会下跌。

"威廉，你也太谨慎，太小题大做了吧！"西蒙斯说，"难道你看不出来，在如此热闹的花车游行队伍中，怎能少了凯恩和卡伯特银行的花车，利好怎能让其他银行都拿去！"

"难道你真的看不出来，市场上充斥着借贷资金时，抽回资金只是个时间点问题。到时候花车轱辘会脱落，花车会趴窝，吃大亏的是咱们。"

西蒙斯提高嗓门说："我还真看不出来。"

"先生们，先生们，"阿兰·罗依德插话说，"这可是董事会会场，不是拳击场。我提议，咱们还是投票决定吧，支持……"

在投票中，威廉以12：2惨败。

26

当年年底，阿贝尔从纽约广场饭店招募了4个员工到芝加哥，成为他的手下。这4个人有3个共同点：年轻、好胜、忠诚。6个月后，原里士满饭店110名雇员中，仅有37人仍然留用。

第一个财年岁末，阿贝尔和戴维斯·勒鲁瓦开启了一瓶大号香槟酒，以庆贺芝加哥里士满饭店的结算数据。这一年，饭店有了3468美元利润，数目虽小，却是饭店存在30年来第一笔利润。阿贝尔为1929年规划的利润指标为：超越25000美元。

戴维斯·勒鲁瓦举着酒杯，说："等你把这里整顿好，阿贝尔，就把精力投向集团的其他饭店吧。"

"找到合适的人接替我以后，我就可以动手干。"

"一切由你做主。"说着，戴维斯举起空酒杯，阿贝尔再次为他斟一满杯酒。

§

戴维斯·勒鲁瓦来芝加哥的次数比以前多了，每次他都会带阿贝尔一起看棒球赛，赌赛马。一次，戴维斯·勒鲁瓦连输6轮，输掉700块钱。他伸出双臂拥抱了一下阿贝尔，说："我何必赌赛马呢，你是我这辈子投出的最好的赌注。"

美拉妮·勒鲁瓦每次来饭店陪父亲吃饭，阿贝尔总会情不自禁地盯着她看个没完。美拉妮从来不拿正眼看阿贝尔，他们难得说一次话，而且，美拉妮总是不忘提醒阿贝尔，应当客气地称呼她"勒鲁瓦小姐"，而不是直呼她的名字"美拉妮"。美拉妮后来才知道，阿贝尔拥有哥伦比亚大学经济学学位，还读过奥地利小说家弗兰兹·卡夫卡的著作，以及美国著名编剧弗朗西斯·菲茨杰拉德的作品。阿贝尔成为芝加哥里士满饭店总经理后，美拉妮的态度软化了许多，还经常来饭店陪阿贝尔吃饭。美拉妮在芝加哥大学攻读文学，因而她常常向阿贝尔请教。阿贝尔的胆子渐渐大起来，他邀请美拉妮听了一次音乐会。两周后，他又邀请美拉妮看了一场戏。美拉妮每次带陌生男子来饭店进餐，阿贝尔总会心生嫉妒，好像所有权被侵占了。美拉妮从来不会带同一个男子出现两次。

在阿贝尔铁腕般的治理下，餐厅的饭菜质量有了天翻地覆的变化。许多人在芝加哥已经居住30年，竟然从未意识到，原来这里还有一家饭店！如今则不然，每逢周六，人们都喜欢来里士满饭店的餐厅进晚餐，来这里进餐还需要提前预订。

任期第二年，阿贝尔将饭店内外装修一新——这是20年来第一次——阿贝尔还为每位雇员添置了一套气派的、饰有金边的绿色制服。过去10年，一位老顾客每年来饭店住宿一周，这一次，老顾客走进饭店大堂后，竟然退回大街上，以为自己走进了另外一处地方！美国最有名的黑帮老大艾尔·卡彭为庆贺自己30岁生日，在饭店的小餐厅里预定了16人的宴席。阿贝尔立刻知道了这一消息。

§

同一时期，由于股票市场欣欣向荣，阿贝尔的个人财富翻着倍增长。18个月前，阿贝尔离开纽约广场饭店时，他的资产总值是8000美元。如今，他的交易账户上已有3万多美元。阿贝尔坚信，股市会进一步上扬，因而他总是将利润重新投进股市。阿贝尔几乎没什么个人消费，他仅仅为自己添置了3套新西装，两双专卖店出售的棕色皮鞋。他的食宿由饭店免费提供，因而他几乎用不着零花钱。

30多年来，里士满饭店的银行业务由大陆信托投资银行打理，因此，刚来芝加哥时，阿贝尔将自己的钱也存进了同一家银行。每天上午，阿贝尔总会前往银行，将饭店头一天的结余存入账户。某天上午，完成例行公事后，银行前台职员问他，可否抽空见一下经理。阿贝尔吓了一跳，他心里清楚，他的个人账户绝对不可能透支，因而他认为，这事肯定与里士满饭店有关。不过，这么多年来，饭店的账户第一次没有了赤字，银行有什么可抱怨的？前台职员领着他，曲里拐弯穿过几条走廊，来到一个紧闭的木制屋门前。职员在门上轻轻叩了一下，然后领着阿贝尔走进屋里。

"早上好，罗斯诺夫斯基先生。我是柯蒂斯·芬顿。"经理边说话边跟阿贝尔握了握手，然后示意阿贝尔坐到桌子对面一个饰有圆扣的绿色真皮椅子上。经理个头不高，身材肥胖（译者注：原文此处有误，与三十章内容相左），戴着一副半月形近视远视两用眼镜，一身银行家的三件套西装，衬衣领口洁白无瑕，结着黑色的领带。

"谢谢。"阿贝尔表面不动声色，心里却成了一团乱麻。俄国的苦难经历让他养成一种习惯，每逢揣摩不透将要发生什么事，他总会心慌意乱。

"我本该邀请你共进午餐，罗斯诺夫斯基先生……"

听到这句话，阿贝尔心里稍微踏实了点。他有理由相信，如果是坏消息，银行经理绝不会折一笔钱请客户吃饭。

"……但是，出了点新情况，促使我必须立即着手处理此事。我如此着急跟你谈此事，是出于无奈，希望你能谅解。"阿贝尔一言未发，这也是俄国人教会他的。柯蒂斯·芬顿接着说了下去："那我就开门见山吧，罗斯诺夫斯基先生。我的一个令人尊敬的客户，一位上年纪的女士，即艾米·勒鲁瓦小姐"——听到这个名字，阿贝尔立即坐直了身子——"她拥有里士满饭店集团25%的股份。过去多年来，她曾经数次向她弟弟戴维斯·勒鲁瓦先生表示，愿意把股份出售给弟弟。她弟弟很是无奈，每次只好拒绝。我可以理解勒鲁瓦先生的出发点，既然他已经拥有75%的股份，对另外那25%，他没有任何理由感到担忧，而且，这些都是他们从过世的父亲那里继承的遗产。然而，艾米小姐急于出售她的股份，因为她从未分到过任何红利。"

阿贝尔对这样的解释一点儿也不感到吃惊。

柯蒂斯·芬顿接着说："勒鲁瓦先生已经表示，他不反对艾米小姐将她的股份出售给第三方。到了艾米小姐这把年纪，她宁愿手头有钱花。我认为，罗斯诺夫斯基先生，我有必要把这一情况如实向你通报。没准儿你认识什么人，愿意买下这位客户的股份。"

阿贝尔问："勒鲁瓦小姐希望从出售股份中得到多少钱？"

"哦，她要价很低。我认为，只要6万5千美元即可成交。"

"对于从未产生过红利的股票来说，6万5是否显得太高了？"阿贝尔说。接着，他又补充了一句："而且，眼下根本看不出这些股票近年内能分红。"

"哦，"柯蒂斯·芬顿说，"不过，还必须考虑到，这包括11家饭店本身的价值。"

"但是，集团的控制权仍然掌握在勒鲁瓦先生手里，也就是说，勒鲁瓦小姐掌握的25%不过是一堆毫无价值的废纸。"

"得了吧，得了吧，罗斯诺夫斯基先生。仅用6万5的代价，回报是11家饭店25%的股份，怎么说都是一笔非常有价值的财富啊！"

"只要勒鲁瓦先生仍然掌握绝对控制权，话就不能这么说。请转告勒鲁瓦小姐，芬顿先生，如果她同意4万成交，也许我可以找到一个有兴趣的买主。"

"难道没有可能让你的买主把出价提高一点儿，我说？"芬顿先生说"提高一点儿"时，脸上已经有了见到曙光的表情。

"1分钱也高不了，芬顿先生。"

银行经理将10个张开的手指慢慢握成两个拳头，好像已经下了决心。他十分清楚阿贝尔在银行有多少家底。

"既然如此，我只好先征求一下勒鲁瓦小姐本人对这一出价的看法。她给我回话以后，我会尽快跟你联系。"

离开柯蒂斯·芬顿的办公室后，阿贝尔迅速赶回饭店，将自己的所有资产反复计算了一遍又一遍。目前，他持有的股票价值33112美元，存款户头上有3008美元余额。掌握准确数字后，阿贝尔再也无法集中精力履行日常职责了，他的心思总是围绕勒鲁瓦小姐对出价会如何反应转悠，还做起了白日梦：如果里士满饭店集团25%的股份到手，必须做什么呢？

此事是否应当告知戴维斯·勒鲁瓦，阿贝尔斟酌再三，始终下不了决心，唯恐好脾气的得克萨斯人将他的雄心当成威胁。但是，没过几天，他终于下了决心。平心而论，他有必要打电话给老板，把自己的想法和盘托出。

"我想告诉你我为什么这么做，戴维斯。我相信里士满集团会有远大前程，另外，你不妨这么认为，既然成败关系到我的切身利益，我会更加努力工作。"阿贝尔顿了一下，接着说，"不过，如果你本人想收回那25%，我理所当然会退出。"

让阿贝尔大为惊讶的是，对方并没有利用这个台阶。

"这个，这么说吧，阿贝尔，如果你对集团这么有信心，你就干吧，孩子。把艾米的股份买下来，我为有你这样的合伙人感到骄傲。这都是你努力的结果。顺便跟你说，下周我要过去，看'辛辛那提红人队'和'芝加哥小熊队'的棒球对抗赛。跟我一块儿看吗？"

"肯定看呐！"阿贝尔差不多是喊了出来，"还有，谢谢你，戴维斯——不过，事成之后，你就没机会反悔了。"

"我当然不后悔，伙计。"

一周后，阿贝尔再次来到银行。不同的是，这次他主动提出想见经理。他又一次坐到那把饰有圆扣的绿色真皮椅子上，迫不及待地等着柯蒂斯·芬顿开口说话。

"让我感到特别意外的是，"柯蒂斯·芬顿说话时，表情里没有一丝意外的神色，"勒鲁瓦小姐居然接受了4万元价码，同意出让手里25%里士满集团的股份。既然已经得到授权，我必须询问，你能否透露买主是谁？"

"当然。"阿贝尔信心十足地说，"我本人是第一买主。"

"既然如此，罗斯诺夫斯基先生，"柯蒂斯·芬顿仍未露出任何意外神色，"我能否请教一下，这4万块钱你打算如何支付？"

"我打算抛出我持有的股票，取出我账号里的所有存款，即便这样，仍然有大约4千块钱缺口。既然你如此确信里士满饭店集团的股票价格远远低于实际价值，我希望银行能贷给我这笔差额。退一步说，这4千块钱实际上用不着银行出，这正好跟银行在这笔交易中应得的佣金数相抵。"

柯蒂斯·芬顿很不自然地眨了眨眼，不过，他尽量克制着，没有皱起眉头。具有绅士风度的人一般不敢在他办公室里如此放肆地说话；更让人受不了的是，阿贝尔提到的数字跟实际数字完全一致。柯蒂斯·芬顿只好说："可否给我点儿时间考虑你的建议，罗斯诺夫斯基先生。"

"如果时间拖得太久，我就不需要这笔贷款了。"阿贝尔说，"按股市节节攀升的趋势看，我在股市上的投资很快会赚足这4千块钱。"

阿贝尔足足等了一周时间才接到通知，大陆信托投资银行同意向他提供贷款。阿贝尔立即清空了自己的两个账户，并且从银行借贷将近4千美元，补齐了4万美元总额。

1929年3月到8月，纽约股票市场经历了有史以来最火爆的牛市。通过谨慎地买入和卖出股票，仅用6个月时间，阿贝尔还清了4000美元贷款。1929年9月，阿贝尔的两个账号上又有了盈余。他不仅拥有了里士满饭店集团25%的股份，还添置了一辆崭新的别克牌汽车。既然戴维斯·勒鲁瓦帝国25%的股份已经到手，阿贝尔开始信心满满地追求勒鲁瓦的女儿和另外那75%的股份了。

一周后，阿贝尔邀请美拉妮一起前往芝加哥交响音乐厅欣赏莫扎特音乐会。阿贝尔穿上了最新款西装，这让他认识到，近一时期，他的身子已经开始发福。他生平第一次打了条真丝领带，对着镜子照了又照，信心十足地想，今晚一定会成功。虽然里士满饭店的餐厅已经成为当地的著名餐厅，音乐会散场后，阿贝尔没有带美拉妮返回里士满饭店，而是带她进了卢波饭店的餐厅。在餐桌上，阿贝尔谨慎地引导谈话围绕美拉妮感到轻松的话题，例如她不断上升的学习成绩，以及她的父亲。当然，美拉妮对饭店近期取得的成功也兴味十足。阿贝尔终于信心满满地邀请美拉妮到他的房间小酌一杯。这是美拉妮第一次走进阿贝尔的房间。看到塞满书架的书籍，以及挂满各个墙面的照片，美拉妮显得相当吃惊。

按照美拉妮的要求，阿贝尔为她倒了一杯可口可乐，还在杯子里加了两块冰。他把杯子递到美拉妮手里，美拉妮微微一笑，这让阿贝尔又一次鼓起了勇气。美拉妮坐下时，交叠起修长的双腿，这让阿贝尔禁不住总想偷偷多看几眼那双美腿。阿贝尔为自己斟了一杯布尔本威士忌，然后把唱片放到唱盘上，唱机随之传出芝加哥交响乐团演奏的莫扎特第18号G大调弦乐小夜曲。

阿贝尔在美拉妮身边坐下，若有所思地转动着杯子里的饮料，说："我有好多年没听音乐了。每次听音乐，最让我感动的总是莫扎特的曲子。"

"有时候，你说话真像欧洲人，阿贝尔。"说着，美拉妮把阿贝尔压住的真丝裙摆从他身子底下拽出来，"一个饭店经理居然知道莫扎特，普通人会觉着不可思议"

"我的一个先人，也就是第二代罗斯诺夫斯基男爵，"阿贝尔说，"曾经有幸见过那位大师，后来他成了莫扎特家族的密友。所以我总是觉着，他的音乐是我生命的一部分。"

美拉妮的笑容让人觉着深不可测，她金色的卷发沿着耳郭下垂到肩部。阿贝尔侧过身子，在美拉妮耳垂下方轻轻地印了个吻，然后说："弗雷德里克·斯脱克抓住了第三乐章的精髓，他的演奏达到了完美境界，是这样吧？"

阿贝尔再次送上一个吻。这一次，美拉妮把脸转向阿贝尔，允许阿贝尔在她的樱唇上印了个吻。然后，美拉妮坐直身子，说：

"我觉得，现在我该回学校宿舍了。"

阿贝尔失望地说："可你刚刚才到啊！"

"是的，这我清楚。可我明天必须早起，明天我还要赶早课呢！"

阿贝尔再次凑过去吻美拉妮，他的手同时往美拉妮的酥胸摸去。美拉妮往后一仰，倒在沙发上，迅速摆脱了阿贝尔。

美拉妮口气决绝地说："我必须走了，阿贝尔。"

"噢，别边样。"阿贝尔说，"其实你没必要非得回去。"说着，阿贝尔试图将美拉妮揽入怀中。

这一次，美拉妮更加坚决地把阿贝尔推到一边。她说："阿贝尔，你这是干什么？别以为偶然请我吃个饭，带我听一次音乐会，你就有权摆布我。"

"可我们已经交往好几个月了。"阿贝尔仍然心有不甘，"我以为你不在乎呢！"

"我们可没交往好几个月，阿贝尔。也就是不定期地在我父亲的餐厅里吃个饭而已，你可不要想入非非，以为我们之间因此就有了什么。"

"真对不起。"阿贝尔终于认输了，"我刚才做得太过了，你可千万千万别往心里去。刚才我不过是想让你知道我对你的感觉。"

美拉妮说："我绝不会跟一个我从来没想嫁的男人发生任何关系。"

阿贝尔轻声说："可我正打算告诉你，我希望娶你。"

听阿贝尔这么说，美拉妮放声大笑起来。

"这有什么好笑的？"阿贝尔说着挺直腰杆坐起来。

"别冒傻气了，阿贝尔，我根本不可能嫁给你。"

"为什么不可能？"这太出乎阿贝尔的意料了，而且，美拉妮说得如此决绝，阿贝尔一定要知道答案。

"没有哪个南方淑女会考虑嫁给第一代波兰移民。"美拉妮一边回答，一边抚平弄皱的丝质衣裙。

阿贝尔的傲气又回来了，他说："可我是个男爵。"

听到这话，美拉妮再次爆发出一阵大笑。她说："你自己也知道，没人相信这一点，对吧，阿贝尔？每当你提到自己的爵位，饭店员工们都会在背地里笑话你，难道你真没意识到？"

阿贝尔不禁愣住了，他的脸色一阵煞白。"他们竟敢在背后笑话我？"他重复了一遍美拉妮的话，轻易不外露的口音也变得明显了。

"是啊。"美拉妮说，"你应该知道饭店圈儿里的人给你起了个什么外号吧，他们都叫你'芝加哥男爵'。"

阿贝尔无言以对。

美拉妮说："好吧，别再冒傻气了，其实你早该意识到这些，阿贝尔。我知道你已经给老爸挣足了面子，知道他非常佩服你，可我永远也不能嫁给你。"

阿贝尔鹦鹉学舌般轻声说："可你永远也不能嫁给我。"

"确实不能。老爸喜欢你，可他不会要个波兰人做女婿。"

阿贝尔终于从沙发上站起来，说："我一定伤你心了，真对不起。"

"哪儿的话，阿贝尔，我还真觉着受宠若惊呢！咱们把你今天说的做的都忘了吧。我还能劳你大驾，请你送我回学校吗？"

阿贝尔几乎下意识地来到美拉妮身边，帮着她穿好披风。他们沿着走廊往外走时，阿贝尔明显感觉自己的腿瘸得不听使唤。他们搭乘电梯到了楼下。开车送美拉妮回学校的路上，两人都没说话。阿贝尔停好车，陪着美拉妮往宿舍前厅走去，在前厅里，他吻了一下美拉妮的手。

美拉妮感慨了一句："我真希望这不至于影响我们做朋友。"

"当然不至于。"阿贝尔感到说话都困难了。

"再次谢谢你带我欣赏音乐会，阿贝尔。我相信，你肯定能顺利找到个愿意嫁给你的贤惠的波兰姑娘。晚安。"

阿贝尔说："再见。"

§

1929年3月21日，布莱尔财团宣布与美洲银行合并，这是近期美国一系列重大并购中的第三例，这些并购似乎预示着一个灿烂的明天。3月25日，托尼·西蒙斯给威廉写了个便条，他指出，股票日成交量又一次打破历史最高纪录，他再次建议银行把更多资金投入股票市场。到目前为止，威廉已经抛出自己手头75%的股票，在此期间，他至少少赚了200万——他的做法显然让阿兰·罗依德十分担忧。

"你现在这种做法是否妥当，我希望你好好掂量一下，威廉。"

"阿兰，从14岁开始，我从没在股市上失过手，而且每次逆潮流而动，最后我总是赢家。"

不过，1929年夏季，股票价格一直保持着上扬势头，甚至威廉也停止卖出手头剩下的股票了。他甚至也开始相信，没准这次托尼·西蒙斯真的判断对了？

随着阿兰·罗依德的退休时间日渐临近，雄心勃勃的托尼·西蒙斯渴望继阿兰之后成为银行董事长一事已经公开化。表面上看，这差不多已经成为"既成事实"。这让威廉十分担忧，他觉着，西蒙斯的思想方式太保守，在经营中总是追随市场潮流亦步亦趋。在市场繁荣时期，所有投资都能获得回报时，采取这种经营策略固然有益无损。然而，在竞争激烈、市场不景气的年代，这么做对银行十分危险。在威廉眼里，一个精明的投资人从不会随波逐流，也不会看见别人赢利便趋之若鹜。精明的投资人总能预先看出下一个热点，其他人只能跟在后边亦步亦趋。威廉仍然认为，往股票市场投资十分危险，而托尼·西蒙斯则认为，美国经济正在步入黄金时代。

威廉面临的另一个麻烦是，托尼·西蒙斯只有43岁。如果任命托尼为凯恩和卡伯特银行董事长，威廉若想继任，至少还要等20年，那时候，他的岁数早已超过哈佛大学定义的"个人事业巅峰期"。

尽管有诸多烦心事，凯瑟琳·布鲁克斯的倩影总是萦回在威廉心头。威廉借口向她通报出售股票和证券的情况，给她写了无数封信。打字机打印的每一封公函投递出去后，总会换回一封手书的回信，仅此而已。凯瑟琳一定把威廉当成华尔街最富有同情心的银行家了。初秋时节，在写给威廉的一封信里，凯瑟琳表示，她已经找到有意购买佛罗里达房地产的买主。威廉在回信中提出，由自己代表银行与买方商定具体成交条件。凯瑟琳第一时间表示了同意。

一周后，威廉乘火车前往佛罗里达州。旅途中，威廉一直不停地胡思乱想：他心目中的布鲁克斯夫人会否跟现实中的真人拉开距离？跨出车厢门之际，威廉心中依然残留着一丝忧虑。让威廉大喜过望的是，现实中的布鲁克斯夫人比他记忆中的形象更美好。站台上的她亭亭玉立，一阵微风扫过，黑色的衣裙紧紧地贴到她身上，更加衬托出她身段的姣好。但凡瞥见她的男人，都会情不自禁多看她两眼，而威廉从看见她的那一刻起，目光就始终没离开过她。

　　布鲁克斯夫人仍然在服丧期，她对威廉的态度既含蓄，又不失体面。最初，威廉有理由感到失望，他以为，这次他没给对方留下任何印象。跟有意购买巴克赫斯特花园房地产的农场主谈条件时，威廉尽可能采取拖延方式，同时还说服了凯瑟琳，让她同意买主首付1/3款项的要求，另外2/3款项由银行垫付。待所有文件都签了字，威廉意识到，他再也找不出不返回波士顿的理由了。他借口最后一晚，邀请凯瑟琳来饭店共进晚餐，以期向对方披露一些感情问题。凯瑟琳向威廉提出了一个出人意料的要求——这已经不是她第一次出乎威廉的意料了。威廉还没来得及说出自己的想法，凯瑟琳已经发问，她问威廉，可否跟她一起在巴克赫斯特花园的家里过个周末。凯瑟琳说话时转动着酒杯，有意避开了威廉的目光。

　　"咱们可以借此聊一些跟金融无关的话题。"凯瑟琳解释。威廉无语。

　　最后，凯瑟琳终于鼓起勇气说："让我觉得奇怪的是，过去几天是我这一生中感到最舒畅的日子。"一阵红潮涌上她的双颊，"也许我的话很不得体，但愿你不会把我当作坏女人。"

　　威廉的脉搏狂跳起来，他说："凯瑟琳，过去8个月来，我一直想对你说完全相同的话。"

"这么说你同意多住几天啦？"

"其实你早已料到我会的。"说着，威廉抓住了凯瑟琳的手。

当天晚上，凯瑟琳将威廉安置在巴克赫斯特花园的客房里睡了一夜。在随后的岁月里，威廉总会将这几天的经历当作前世今生一段金色的插曲来回忆。跟凯瑟琳一起骑马，威廉总会被甩在后边老远；跟凯瑟琳一起游泳，威廉总会被落下一大截；跟凯瑟琳一起散步，总是威廉首先要求掉头回家。末了，威廉提出跟凯瑟琳玩扑克牌，仅仅一个周末，威廉赢了凯瑟琳350万。

凯瑟琳豪爽地问："你收不收支票？"

威廉说："你忘啦，我知道你手里还有多少钱，布鲁克斯夫人。不过，我愿意跟你做个交易，你必须一直跟我打下去，直到把钱赢回去。"

"也许要好长时间呢！"

威廉说："我愿意奉陪到底。"

不知不觉中，威廉向凯瑟琳倾诉了许许多多深藏心底的往事，有些事他甚至没向马休披露过——比如他对父亲的尊敬，对母亲的热爱，对亨利·奥斯伯恩刻骨铭心的仇恨，以及他为凯恩和卡伯特银行设想的宏伟蓝图。同样，凯瑟琳也向威廉倾诉了她在波士顿的童年生活，在弗吉尼亚的学生时代，以及她跟马克斯·布鲁克斯懵懂的婚姻。

在火车站道别时，威廉第一次吻了凯瑟琳。

威廉说："凯特，我要说点儿特别放肆的话。我希望有朝一日你会觉得，在你心目中，我的位置跟马克斯一样重要。"

凯瑟琳轻声说："我已经有这种感觉了。"

威廉伸出一只手，抚摸着凯瑟琳的面庞，说："不要再从我的生活里消失8个月好吗？"

凯瑟琳说："已经不可能了——你把我的房子都卖了。"

§

自从父亲去世以来，这是威廉第一次体验到幸福无比和信心十足。返回波士顿途中，他草拟了一份出售巴克赫斯特花园房地产项目的报告。写报告期间，凯瑟琳的形象和过去几天的经历不停地浮现在他脑海里。火车驶进波士顿南站前，威廉用流畅的花体字给凯瑟琳写了封短信：

凯特：

虽然刚刚离别几个小时，我已经在思念你了。你回波士顿之前，务必写信通知我。我马上要返回岗位投入工作了，但愿每次忙业务时，我能把你忘掉很长时间（例如10±5分钟）。

爱你的
威廉

又及：别忘了你还欠我1750万美元呢！

威廉刚刚把信丢进查尔斯大街的邮筒里，报童的一声吆喝把凯瑟琳和关于她的一切驱赶到了九霄云外。

"华尔街股市崩盘！"

威廉买了一份报纸，迅速浏览了一遍头版消息。股票价格一夜之间跌进了谷底，一些经济学家在文章中称，这不过是一次盘中调整。威廉则认为，这是他数个月来预感的大滑坡的端倪。他匆匆忙忙往银行赶去，直接冲进了董事长办公室。

阿兰·罗依德平静地说："用不了几个星期，股市还会恢复上扬，对此我充满信心。"

"不，不会了。"威廉说，"市场早已绷到极限，市场充斥着大量自以为会一夜暴富的小投资者，如今他们正打算自顾自捞回损失。气球已经要胀破了，难道你看不见？我要抛出手头的所有股票。到今年年底，市场会跌穿底部。早在二月份我就警告过董事会，阿兰。"

"我仍然不敢苟同，威廉。不过我会立即召集一次全体董事会议，以便仔仔细细研究你的看法。"

"谢谢你。"说完，威廉返回了自己的办公室。一进屋，他顺手抓起办公桌上的电话听筒。

"刚才忘了告诉你，阿兰，我已经找到要娶的女人了。"

"她本人知道吗？"阿兰问。

"还不知道。"

"我明白了。"阿兰说，"你的婚姻方式和你的经营方式如出一辙，威廉。你总是在做出决定之后才通知当事人。"

威廉听完大笑起来。他抓起另一部电话机的听筒，通知对方把他的所有股票立即抛出。威廉挂断电话时，托尼·西蒙斯刚好走进他的办公室。他僵在了门口，颇为不解地看着威廉，以为威廉疯了。

"在目前情势下，如果抛出全部股票，你会把衬衫输掉。"

威廉说："如果我抓住它们不放，我可能连裤衩都输掉。"

接下来一周，威廉的损失超过100万。同样的情况若是让意志薄弱的人摊上，就死定了。威廉将资金投向了各种有利可图的实物，例如黄金、白银、金属镍、金属锡等等。

第二天，在董事会议上，威廉提议立即着手清理银行所持的股票，他同样遭遇了失败——8票对6票——他的建议未获通过，因为托尼·西蒙斯说服了多数人：如果不多等几天，未免显得太不负责。威廉仅仅获得了一个小小的胜利，即说服了所有董事，让他们同意不再买入任何股票。

过了一天，股市上升了几个点，这让威廉得到机会抛出剩余的大部分股票。然而，股指连续4天保持平稳上扬势头。周末那天，甚至威廉也开始怀疑，这次自己是否反应过激了。不过，以往的经验以及本能向他指出，他的决定无疑是正确的。阿兰·罗依德一直保持沉默，反正威廉损失的钱与他无关。如今他但求退休前一切相安无事。

10月22日，股市遭受重创，威廉再次请求阿兰·罗依德，趁着还有一线机会，赶紧退出股市。好在这次阿兰依从了威廉的意见，同意他抛出银行掌握的几种主要股票。第二天，股市的抛售潮如雪崩一般不可遏止，至此，无论银行采取什么措施，均已无济于事，因为，市场上再也没有任何买家了。接下来的一周，全美各地的小投资者们悉数涌向股市，抛售所持的股票，试图尽快脱身，股市陷入了失控局面。最让人恐慌的是，所有机器都超负荷运转，仍然满足不了人们转移资金的需求。尽管交易所员工通宵达旦加班加点，人们也只能在第二天股市开盘时得知头一天损失了多少资金。

其时，威廉几乎售罄了自己名下的所有股票。和银行的损失相比，威廉个人的损失微不足道。由于银行4天内的损失超过300万，甚至托尼·西蒙斯也开始事事顺着威廉的意见办。

10月29日，即历史上被称作"黑色星期二"那天，股市再次暴跌，交易额再创天量，达到了16610030股。虽然极少有人愿意承认真实情况，当时全美国所有金融机构实际上已经处在破产境地。如果所有客户都要求提现——反之，如果金融机构都被迫试图收回贷款——整个金融系统会在一夜之间分崩离析。

11月9日，银行全体董事会议的第一项内容是，为约翰·赖尔登默哀一分钟。他是县联储委员会总裁，凯恩和卡伯特银行董事会成员。他还是阿兰·罗依德的挚友。开会前一天，他自杀身亡。这已经是波士顿银行系统两周来第11例自杀事件。随后，阿兰宣布，凯恩和卡伯特银行迄今为止已经损失将近400万，银行的小投资者差不多都已破产，大多数有实力的投资者差不多都面临着现金流问题。

华尔街各银行门前已经开始出现骚乱，各银行雇用的老警员显然应付不了局面，因此，人们争相从著名的平克顿侦探公司雇用保安人员。

"如果这种情况再持续一周，"阿兰说，"在座的诸位也只有破产了。"阿兰向董事会提出辞职，然而，董事们拒绝了他的请求。实际上，全美各主要银行董事长的处境跟阿兰的处境几乎一模一样。托尼·西蒙斯也递交了辞呈，董事们照例没有同意，甚至连投票表决程序都免了。看来，托尼·西蒙斯已经痛下决心，不再争夺阿兰·罗依德的交椅，威廉因而宽宏大量地原谅了他。

会议通过了一项折中方案，将托尼·西蒙斯派往伦敦，让他全面负责银行的欧洲事务。会议还任命威廉为投资部新任负责人。威廉心想，这纯属在他和托尼·西蒙斯之间和稀泥。他立即利用这一机会邀请马休·莱斯特前来担任他的副手。这一次，阿兰·罗依德甚至没表示惊讶。威廉有点后悔的是，他应当借机进一步提出让马休成为董事，不过他错失了良机。

马休必须等到第二年开春才能前来上任，这是他父亲准许他离

297

开的最早期限，因为莱斯特银行自身也陷入了麻烦。

1929年冬季成了最严酷的冬季，威廉束手无策地看着波士顿历史悠久的老牌企业一家接一家倒掉，无论规模大小，都难逃厄运。对于凯恩和卡伯特银行能否挺过这段艰难岁月，威廉甚至也产生过疑虑。

圣诞节期间，威廉和凯瑟琳在佛罗里达州一起度过了一段快乐时光。他和凯瑟琳一起往衣箱里和茶叶箱里装东西——凯瑟琳开玩笑说："这些箱子是凯恩和卡伯特银行留给我的唯一财产。"——为凯瑟琳返回波士顿做准备。威廉带给凯瑟琳的圣诞礼物装了满满一箱子。威廉的慷慨让凯瑟琳感到了很大的压力。

凯瑟琳以玩笑口吻说："作为身无分文的寡妇，我可没什么回报你。"

威廉精神饱满地回到了波士顿，暗自希望与凯瑟琳的会面能够为第二年带来好年景。

27

阿贝尔闲逛到饭店的餐厅，他惊奇地发现，美拉妮正坐在她父亲常用的桌子旁，脸上没有了往昔那种自信的神情，取而代之的是一副疲惫至极、忧心忡忡的样子。阿贝尔差点儿走过去，他想问问出了什么事。不过，想到上次见面时的不愉快，他觉着，还是不过去为好。阿贝尔往办公室走去，他看见戴维斯·勒鲁瓦站在前台附近，身上穿着色彩斑斓的方格子外衣，正是他们在纽约广场饭店第一次见面时穿的那种外衣。

戴维斯问："美拉妮在餐厅里吧？"

"是啊，在。"阿贝尔说，"我不知道你今天来，戴维斯，我马上叫人为你准备好总统套间。"

"我只住一宿，阿贝尔。一会儿我要跟你单独谈谈。"

"没问题。"

戴维斯说的"单独"两个字让阿贝尔感到不安。是不是美拉妮在父亲面前说了他的坏话？或许正因为这件事，过去几天，他一直没好意思主动联系戴维斯。

戴维斯匆匆往餐厅走去，阿贝尔则往前台走去，他要查一下总统套间是否空着。正如阿贝尔所料，饭店的客房空着一半，总统套间没人入住。阿贝尔为戴维斯办理了入住登记手续，然后开始等待。一个多小时过去了，阿贝尔看见，美拉妮红着眼离开了餐厅，好像刚刚哭过。几分钟后，她父亲出现了。

"去拿一瓶布尔本威士忌，阿贝尔——可别说我们没有这种酒——然后到我房间找我。"

阿贝尔从自己的酒柜里拿了两瓶酒，来到位于饭店17层的总统套间找戴维斯。让他忧心的是，没准美拉妮真告了他一状。

戴维斯·勒鲁瓦发话了："打开酒瓶，先给我倒一大杯，阿贝尔。"

由于不知道接下来会发生什么事，阿贝尔再次感到了恐惧，他的两个手心已经变得汗涔涔。说不定因为想娶老板的女儿，他会被解雇？阿贝尔转念一想，他和勒鲁瓦做朋友已经一年有余，而且已经成了挚友。

"最好给你自己也倒上一满杯，阿贝尔。"

阿贝尔乖乖地照老板的话做了。不过，他一直转动着杯子，没喝杯子里的酒，他在等候戴维斯开口说话。

"阿贝尔，我已经破产了。"说完，戴维斯一口喝干了杯子里的酒，然后又给自己倒了一满杯。

阿贝尔没说话，部分原因是，他不知道该说什么。一大口布尔本威士忌下肚后，他终于开口了："可你还拥有11家饭店呢！"

"过去是这样。"戴维斯·勒鲁瓦说，"已经是过去的事了，阿贝尔。现在我一家饭店也没有了。上星期四，银行已经收走了所有饭店。"

"可它们属于你啊——它们已经在你们家族里传了两代人。"阿贝尔说。

"这话不假，可往后不能这么说了。现在它们都属于银行。其实你早就应该知道所有真相，阿贝尔。不管怎么说，眼下全美国差不多所有企业都在遭受同样的厄运，无论规模大小都一样。大约10年前，我用饭店做抵押，贷了200万。这些钱到手后，经过仔细斟酌，我立即用它们撒大网，买了股票、债券，还入股了一些口碑好的公司。我让资本增值到了将近500万。我对饭店的亏损从来不太上心，这也是原因之一——这正好成了我减免股票交易所得税的借口。可如今我却无法摆脱这些股票了，把它们放在饭店的厕所里当手纸倒是个出路。过去3个星期，我一直以最快速度抛售股票，如今再也找不到任何买主了。上星期四，银行收走了我的赎回权！受这次危机影响，大多数人仅有几纸文件偿还债务，而我不一样，当初，向我放贷的银行收了我的饭店契约作贷款担保。因此，股市跌穿底部时，银行立即收走了饭店的所有权。只要找到买主，那帮王八蛋会把饭店立刻卖掉。"

"疯子才那么干！"阿贝尔说，"眼下卖掉饭店，肯定卖不起价。如果他们支持我们，我们可以向他们证明，这笔投资肯定能得到丰厚的回报。"

"你能做到这一点，这我知道，阿贝尔。为了向他们说明，我曾经到过他们总行所在地波士顿，可他们却拿我过去的经营记录当面羞辱我。我向他们提到你，还向他们保证，我们只需他们短期扶持一下，我会全心全意经营好饭店集团，但他们毫无兴趣，找来个油腔滑调的小白脸搪塞我，用课本上那一套说辞教训我，什么没有流动资金、没有投资基础、没有信誉保障。"说到这里，戴维斯停下来，喝干了手里的布尔本威士忌，"现在，我们最好喝他个一醉方休，因为，我已经彻底完蛋了，一无所有了，破产了。"

　　阿贝尔平静地说："那我和你是半斤对八两。"

　　"不对，你有个光明的前程，孩子。无论谁接手这一集团，那人最终会意识到，集团离不开你。"

　　"你忘啦，我拥有集团25％的股份。"

　　戴维斯·勒鲁瓦似乎没明白，怔怔地注视着阿贝尔。

　　"噢，天呐，阿贝尔！但愿你没把所有钱都投进我的集团。"戴维斯说话的声音渐渐含混起来。

　　"我把每一分钱都投进去了。"阿贝尔说，"可我不后悔，戴维斯。俗话说得好：宁和智者一起输，不和愚者一起赢。"说完，阿贝尔再次为自己斟满一杯布尔本酒。

　　泪水在戴维斯·勒鲁瓦的眼眶里打转。他说："要知道，阿贝尔，我这辈子最好的朋友就是你了。是你让这家饭店扭亏为盈，你把自己的钱投进了我的公司。我让你成了穷光蛋，而你却没有半句怨言。不仅如此，我那不识好歹的女儿竟然拒绝嫁给你。"

　　"我向她求婚你不反对？"阿贝尔刚喝完两杯酒，信心尚存。第三杯布尔本酒下肚，他已经找不到北了。

　　"我那傲慢的傻丫头真是有眼不识金镶玉，总想嫁个南方绅士，条件是家族里至少有几个祖宗在联盟州当过将军，如果嫁个北方人，她会要求人家曾祖父的曾祖父是搭乘"五月花号"邮轮来美国的。你随便找两个自称祖宗乘坐同一班"五月花号"的人问问，祖宗们真要是见过面，那艘船驶离英格兰以前，早都沉没了。要是我有两个女儿就好了，阿贝尔。如果你能成为我女婿，我肯定会无上骄傲。咱俩肯定能组成最棒的团队。但是，我相信，就你一个人，也足以打败所有对手。你还年轻——你仍然有个无限光明的前程。"

在24岁上，阿贝尔突然觉着自己变得相当老了。

"谢谢你对我的信任，戴维斯。"阿贝尔说，"去他妈的，股市算什么？你知道，你是我今生遇到的最好的朋友。"

阿贝尔自己动手，再次倒了一大杯布尔本酒，仰头一饮而尽。半夜过后，两瓶酒已经见了底。戴维斯坐在椅子上睡着了。阿贝尔深一脚浅一脚回到自己位于10楼的房间，脱掉衣服，一倒头也睡着了。

门上传来一声巨响，阿贝尔从沉睡中惊醒。他觉着，周围的一切都在不停地旋转，敲门声一声紧接着一声，响声越来越大。阿贝尔身不由己，跟跟跄跄地摸到门边，拉开了门。敲门的是个服务员。

"快来一趟，阿贝尔先生，快来一趟。"小伙子不断地重复着，一边催促，一边沿着走廊跑远了。

阿贝尔迅速穿上睡衣和拖鞋，沿着走廊追过去，他感觉脚底像踩了棉花。小伙子正为他留着电梯门。

"快点儿，阿贝尔先生。"小伙子不断地重复着。

"出了什么事，这么急？"阿贝尔问。电梯缓缓下滑时，他感到太阳穴胀疼。

"有人从窗户跳出去了。"

阿贝尔突然清醒了，问道："是客人吗？"

“是，我觉着是，”小伙子说，“不过我说不准。”

电梯在底层停住了。阿贝尔一把拉开电梯的铁栅栏门，往大街冲去。饭店周围已经停了一圈警车，每辆车都开着前照灯，警笛声响成一片。一具摔变形的尸体躺在人行道上，若不是尸体套着色彩斑斓的方格子外衣，阿贝尔根本不可能认出那人是谁。一个警察正在做现场记录，另一个穿便衣的人向阿贝尔走来，问道：

“你是经理？”

“是，我是。”

“你知道这位是什么人吗？”

“知道。”阿贝尔声音含混地回答，“他名叫戴维斯·勒鲁瓦。”

“你知道他是哪儿的人，还有，怎样才能找到他的直系亲属吗？”

阿贝尔不再看戴维斯的尸体，机械地答道：

“他是达拉斯人，有个直系亲属美拉妮·勒鲁瓦小姐，是他女儿，是个大学生，住在校园里。”

“我们立即派人去找她。”

“不，千万别那样。我亲自去找。”阿贝尔说。

“谢谢你，先生。这样最好，这种消息最好不要让陌生人转告家属。”

“太可怕了，没必要这样啊！”阿贝尔说完，再次看了看朋友的尸体。

“在芝加哥，这已经是今天的第七个了。”说话的同时，警官合上黑色的小记事本，流露出一副无动于衷的样子。接着，他补充说：“过会儿我们还要进房间检查。我们通知清场前，不要把房间租出去。”附近传来急刹车的声音，警官转身向一辆急救车走去。

阿贝尔眼睁睁地看着人们用担架把刚刚还活生生的戴维斯·勒

鲁瓦从人行道上抬走了。他突然感到浑身发冷，两腿一软，跪倒在路边，大口大口往下水道呕吐起来。他又一次失去了最亲密的朋友。他想道：假如我当时少喝点酒，多动点脑子，也许还能挽救他的生命。阿贝尔站起来，回到自己的房间，花费很长时间冲了个冷水浴。然后，他下意识地穿好衣服，要了一杯不加奶的咖啡。喝完咖啡，尽管心里不落忍，他还是往总统套间走去。除了几个空布尔本酒瓶，似乎没有迹象表明，几分钟前的悲剧出自这个房间。这时，阿贝尔注意到，那张床显然没人睡过，床头柜上放着几封信，一封是写给美拉妮的，另一封是写给一位达拉斯律师的，第三封是写给他的。阿贝尔撕开写给自己的信，双手颤抖不止，根本控制不住。信的内容如下：

亲爱的阿贝尔：

　　自从银行做出最终决定，我只好选择这条让我摆脱困境的唯一出路。我已经失去让我苟活的一切，而且，年龄不允许我再次从头做起。希望你能意识到，我相信，你是能够从困境中崛起的人。

　　我已经重新起草了一份遗嘱，把我手里的里士满饭店集团75%的股份全都留给你。我知道，这些股份毫无价值，不过它们至少能让你成为这一集团法律上的拥有者。既然你有胆量用自己的钱买下另外那25%，你当之无愧有资格和银行直接打交道，想办法跟他们做成交易。我把其他一切都留给了美拉妮。请你务必亲自把我的死讯告诉美拉妮。

　　如果你真能成为我女婿，我将为此而骄傲，伙计。

多保重
戴维斯

阿贝尔再次看了一遍信的内容，然后把信纸夹进钱包里。

天刚破晓，阿贝尔开着车，慢慢往校园方向去了。他把消息尽可能委婉地告诉了美拉妮。他忐忑不安地坐在床帮上，除了报告死讯，不知道还应该说些什么。出乎意料的是，美拉妮显得异常镇定，好像她早已料到会发生这样的事。不过，她显然深受感动。在阿贝尔面前，美拉妮没掉一滴泪——或许事情过后，阿贝尔不在场时，情况会有变化。阿贝尔今生第一次因美拉妮感到了伤心。

28

1930年1月4日，阿贝尔·罗斯诺夫斯基登上一列火车，他的目的地是波士顿。他拦了辆出租车，从火车站直奔凯恩和卡伯特银行。由于到达时间早了点，他只好在银行接待室里等候。接待室比芝加哥里士满饭店的任何一间客房都大，也更为华丽。阿贝尔拿出一份《华尔街日报》浏览着，只见整份报纸的论调都是，1930年肯定是个好年景。对此，阿贝尔嗤之以鼻。一个衣着整洁的中年女人走进屋里。

女人说："凯恩先生现在可以见你了，罗斯诺夫斯基先生。"

阿贝尔站起来，跟随女人穿过一条长长的走廊，然后被领进一间镶有橡木墙饰的小办公室。屋里有一张巨大的真皮贴面办公桌，桌子后边坐着个帅气的高个子青年。阿贝尔猜测，他的年龄肯定跟自己差不多。他的眼睛跟阿贝尔的眼睛一样蓝，不过，这是他们两人唯一相像的地方。那青年身后的墙上挂着一幅肖像画，画里是一位长者，和桌子后边的年轻人酷似。阿贝尔酸溜溜地想：画上的人一定是他父亲，而这个年轻人肯定能渡过这场难关，无论年景是繁荣还是萧条，银行似乎总是赢家。

"我是威廉·凯恩。"说话的同时，年轻人站起来，还伸过来一只手，"请坐，罗斯诺夫斯基先生。"

"谢谢。"阿贝尔冷冷地说。不过，他还是跟对方握了握手。

威廉说："可否允许我首先向你通报我掌握的情况？"

"当然啦。"

"勒鲁瓦先生悲剧性的、过早的亡故……"威廉的开场白冠冕堂皇，其实他心里讨厌这么说。

阿贝尔心里却在想：这一切都是你们的冷酷造成的。

"……似乎一下子让你成了里士满饭店集团的全权经营者，这种情况会持续到银行为这些饭店找到买主。尽管这一集团的所有股份在你名下，作为已故勒鲁瓦先生当年借贷200万美元的居间抵押，从法律意义上说，这11家饭店的产权属于银行。所以，如果你不想参与产权转让，我们会表示理解。"

威廉心想：一个让对方很受伤的建议。不过，这种话迟早要说出来。

阿贝尔心想：碰上困难赶紧溜，大概银行家希望人人都这样。

威廉接着说："银行的200万美元债务偿清以前，我觉着，我们只能认为，已故勒鲁瓦先生的产权处于资不抵债状态。银行赞赏你个人对这一集团做的贡献，因而我们跟你本人接触以前，没有采取任何行动处理这些饭店。我们认为，也许你能找到有兴趣购买这一产权的买主，这些房产、地产，以及这家企业本身，无疑都是非常有价值的资产。"

"然而，其价值却不足以让银行成为我的资助人。"阿贝尔说话时露出一脸倦容。说完，他用手指拢了拢浓密的暗色头发，然后问："你给我多长时间找到买主？"

威廉欲言又止，因为，他突然看见，阿贝尔·罗斯诺夫斯基的手腕上套着一个明晃晃的银饰，以前他肯定在什么地方见过这东西。但是，他一时又想不起来。

"30天。你应该理解，银行每天都在蒙受损失，因为11家饭店有10家处于亏损状态，只有芝加哥里士满饭店稍有一点儿赢利。"

"如果你给我足够的时间，凯恩先生，我可以让集团所有饭店扭亏为盈，我知道我能做到。请给我机会证明我能做到，先生。"阿贝尔觉得，最后一句话如鲠在喉，不吐不快。

"勒鲁瓦先生秋天过来见我时，曾经向银行做出过保证，说你是值得资助的对象。"威廉说，"可是，现在是困难时期，谁也说不准饭店业是否还会抬头。另外，我们不是饭店业者，罗斯诺夫斯基先生，我们是银行家。"

面对这个衣冠楚楚的、油腔滑调的"小白脸"，阿贝尔再也沉不住气了。"对饭店的雇员们来说，眼下的困难他们体会得更为直接。"阿贝尔说，"如果你们把房顶从他们头顶拆走，卖掉，他们该怎么办？你想过他们会面临什么样的现实吗？"

"我认为，这不是银行的责任，罗斯诺夫斯基先生。我必须按照银行利益最大化行事。"

"直说吧，不就是你自己的利益最大化吗，凯恩先生？"阿贝尔说话明显带着挑衅口吻。

银行家脸上挂不住了，说："你这么说有失公允，罗斯诺夫斯基先生。若不是因为我理解你眼下经历的困难，我早就火冒三丈了。"

"可惜啊，当时你怎么一点儿都没把你的理解告诉勒鲁瓦先生。"阿贝尔说，"是你杀了他，凯恩先生，等于是你亲手把他推出了那扇窗子。你和你那帮'袖手旁观'的同伙舒舒服服坐在位于这里的漂亮的办公室里，而我们却在别的地方流血流汗。遇上好年景，你们坐收渔利，遇上坏年景，你们竟然欺人更甚！"

威廉也变得怒不可遏了，与阿贝尔不同的是，他的愤怒并不外露。"如果我们这样谈下去，不会有任何结果，罗斯诺夫斯基先生。我必须把丑话说在前头，如果30天内你找不到买主，我没有其他选择，只好把这些饭店拿到拍卖市场公开拍卖。"

"你的意思是，让我另找一家银行去贷款？"阿贝尔讥讽地说，"你熟悉我的情况，而你却不愿意资助我。找个不了解情况的人，会冒这个险吗？"

"该怎么做，全都取决于你自己，罗斯诺夫斯基先生。银行董事会给我的指示非常明确，迅速摆脱这笔资产，注销这个账号，这也符合我本人的意愿。我建议你务必在这个日子之前跟我联系。"说到这里，威廉看了一眼记事本，"2月4日前，你必须通知我找到买主没有。日安，罗斯诺夫斯基先生。"

威廉说完站起来，隔着桌子再次把手伸过去。这一次，阿贝尔没跟他握手。

阿贝尔径直向屋门走去，他在门口停下脚步，说："我原先以为，戴维斯·勒鲁瓦死后，你也许会感到内疚，因而会帮我一把，凯恩先生。我看错人了，你是既得利益者，只盯着你的底线。凯恩先生，请你每天晚上睡觉时务必想想我，每天早上起床时也务必想想我，因为，从现在这一刻开始，我会时时刻刻牢记，我会让你遭到报应。"

面对关上的门，威廉仍然站在原地，眉头紧锁。那个银饰在他心中引起了不安——以前他到底见没见过那东西？

这时，秘书走进屋里，说："多可怕的小个子！"

"不，其实不然。"威廉说，"他认为，我们对他的合伙人之死负有责任，他还认为，我们目前的做法是不顾他雇员们的死活，执意拆散他的公司，更不要说对他本人的伤害了。实际上，他已经证明他做饭店非常称职。如果设身处地为他想想，罗斯诺夫斯基先生已经非常克制了。对于董事会没有采纳我的提议，不愿资助他，我深表遗憾。"说完，威廉坐回椅子上，突然有了种身心俱疲的感觉。

29

当天傍晚，阿贝尔回到了芝加哥。对威廉·凯恩将他玩弄于股掌之中，他仍然耿耿于怀。火车站十字路口卖报的小伙子正吆喝着什么，阿贝尔没留意其吆喝的内容，伸手拦了辆出租车，钻进车里，坐到后排的座椅上。

阿贝尔说："请送我到里士满饭店。"

司机把车开上国家大街，顺嘴问了一句："你是报社的？"

阿贝尔不解地反问了一句："不是。问这干吗？"

"噢，因为你说要去里士满饭店。那地方都成记者的天下了。"

当天安排了什么活动，竟然会吸引那么多记者？阿贝尔怎么都想不起来。

司机接着说："如果你不是报社的，也许我该把你送到另一家饭店。"

"为什么？"阿贝尔丈二和尚摸不着头脑了。

"这个，如果你在这家饭店订了房间，今晚就倒霉了。"

"倒什么霉？"阿贝尔更加急于知道答案了。

"因为，里士满饭店已经彻底烧毁了。"

出租车在德雷克大街路口一拐弯，芝加哥里士满饭店冒烟的骨架蓦然呈现在阿贝尔面前。街上到处是警车、救火车、烧焦的木头、满地的水。警戒线后边站满了看热闹的人，个个伸长着脖子。阿贝尔怔怔地望着戴维斯·勒鲁瓦称之为旗舰的大楼，如今，整座大楼已经变成焦黑的瓦砾。

出租司机说："一共两块钱。"

在波兰人的聪明才智面前，这点灾难算得了什么！想到这里，阿贝尔攥起拳头，在自己腿上狠狠捶了几下。没有任何痛感——他已经感觉不到任何痛苦。

"兔崽子们！"他大声喊起来，"比这更惨的我见过，总有一天我要战胜你们所有人，德国人、俄国人、土耳其人，还有小兔崽子凯恩，现在又来了一个。你们所有人，我迟早要战胜你们。阿贝尔·罗斯诺夫斯基永不言败！"

副总经理看见阿贝尔站在出租车旁向他招手，迅速跑了过来。阿贝尔强压怒火，镇定下来。

阿贝尔首先问："所有人都安全撤出来了吗？"

"感谢上帝，是的。饭店本来也没什么客人，而且起火时间刚好是午后，所以撤出工作没遇到什么困难。只有一两个人烧伤和受轻伤——送进芝加哥总医院的人一共才3个——别担心，该处理的我们都处理了。"

"很好，真是不幸中的万幸。感谢上帝，饭店是保了全险的——如果我没记错，至少保了100万。我们可以充分利用这场灾难，让它成为一次转机。"

"如果报上所说是真的，就无法实现了。"

阿贝尔不解地问："这话什么意思？"

"你自己看看报就知道了，老板。"

阿贝尔向附近的报摊走去，递给报童两分钱，买了份最新的《芝加哥论坛报》。头版大标题非常醒目：

里士满饭店大火——据悉是故意纵火

阿贝尔摇了摇头，这简直让人难以置信，因而他嘟哝了一句："还有比这更荒唐的吗？"

报童问他："你遇上麻烦了？"

"一点点小麻烦。"阿贝尔答。然后，他回到了副总经理身边。

"哪位是负责调查的警官？"

"那边那个，就是靠在巡逻车上那位。"副总经理用手指了指一位眼窝深陷、已经开始谢顶的人，"他叫奥马雷，是个探长。"

"看着就像。"阿贝尔说，"你去告诉员工们，明天上午10点，我要跟他们全体在配楼里见面。那之前，如果有人想见我，让他们去史蒂文斯饭店找我，我暂时住那里。"

"好的，老板。"

阿贝尔走到奥马雷探长身边，做了自我介绍。

高个子探长弓下身子，跟阿贝尔握了握手，说："啊，长期失踪的前总经理终于回来视察烧焦的残骸啦！"

阿贝尔说："我可没想跟你开玩笑，长官。"

"真对不起，"探长说，"这玩笑确实开得不是时候。今夜会是个难熬的长夜。咱们找个地方喝一杯。"

警官拉住阿贝尔的胳膊，拽着他穿过密歇根大道，来到十字路口的一家小食店。探长点了两份奶昔。

服务员将糊状的白色混合饮料摆在阿贝尔面前，他不禁大笑起来。他从未拥有过真正的童年，这是他生平第一次品尝奶昔。

"我知道，喝这种东西很滑稽。在城里，人人都偷着喝布尔本和啤酒，"警官说，"不过，总得有人严守规矩吧。无论如何，禁酒令不可能永远实施下去，一旦废除，我的麻烦真的会到来。因为，那帮小流氓到时候会发现，我是真喜欢喝奶昔。"

听完警官的解释，阿贝尔第二次开怀大笑起来。

"现在，咱们说说你的麻烦，罗斯诺夫斯基先生。首先，我必须告诉你，我认为，你他妈的根本没机会以小搏大，利用饭店的保险赔付。火灾专家对建筑废墟进行了排查，他们发现，到处都是煤油，而且没试图掩盖的迹象。地下室到处都是那东西，只要一根火柴，整个大楼就会像节日焰火一样烧起来。"

"你们知道是什么人干的吗？"阿贝尔问。

"这问题应该由我来问。谁可能对你们饭店犯浑，或跟你个人有仇，你知道吗？"

阿贝尔咕哝着，说："大概得有50个人，探长。我刚来的时候，开除了一窝混球儿，如果你觉得有用，我可以给你列个名单。"

"应该有用。不过，如果真像传闻说的那样，我就不需要名单了。如果你有可靠消息，一定要告诉我，罗斯诺夫斯基先生。我得提醒你，你有好些敌人。"

"能说具体点儿吗？"阿贝尔不解地问。

"有人散布消息说，是你干的，因为你在经济危机中失去了一切，你需要这笔保险赔偿。"

阿贝尔气得从转椅上一跃而起。

"别发火，别发火。我知道你一整天都在波士顿。更重要的是，你在芝加哥的声誉是靠建设饭店树立起来的，而不是烧掉饭店。不过，的确有人放火烧了里士满饭店。你放心，我一定把这个人查出来。这件事咱们今天就谈到这儿。"说到这里，探长将高脚转椅转了半圈，站起来说："今天的奶昔我请客，罗斯诺夫斯基先生。将来我随时会找你讨回这人情。"

两个男人往门口走时，警官对收款的姑娘笑了笑，一边欣赏姑娘的小腿，一边诅咒时下流行的长裙子。他递给姑娘5毛钱，说："零钱不用找啦，宝贝儿。"

"多谢关照。"姑娘说。

"从来没人欣赏我。"探长对阿贝尔说。

阿贝尔第三次大笑起来。如果是半小时前，他无论如何也笑不出声。

"另外，还有一件事，"来到门口时，探长补充说，"保险公司的人也在找你。我想不起那家伙的名字了，他肯定还在找你。如果他认为你有纵火嫌疑，别跟他吵，他不该为此受指责，对不对？保持联络，罗斯诺夫斯基先生——由于你欠我一份奶昔，我随时会找你。"

阿贝尔眼看着探长的身影淹没在看热闹的人群里。然后，他缓缓步行到史蒂文斯饭店，开了个房间。阿贝尔开房前，前台服务员已经为里士满饭店的大部分客人办理了入住手续，看到总经理本人也来开房，服务员不禁笑起来。

进入客房后，没有了旁人打扰，阿贝尔立即坐到椅子上，给威廉·凯恩先生写了封长信，将目前已知的受灾情况向对方做了详细说明，同时告诉对方，他想利用这次意外带来的空闲时间，对集团所属其他饭店做一次巡回视察。他认为，与其在芝加哥忍受里士满饭店余火的炙烤，不如做些事，反正坐在这里干等，也不会有人拯救他。

第二天一早，阿贝尔在史蒂文斯饭店吃了顿一流的早餐——住在管理完善的饭店里，阿贝尔的心情总是十分舒畅——他从饭店的账户里取出5000元现金，给每个员工发了两周工资。他告诉员工，他们至少可以在饭店配楼里住一个月，也可以一直住到找着工作。然后，阿贝尔步行前往大陆信托投资银行，面见柯蒂斯·芬顿，向其通报凯恩和卡伯特银行的态度——说得更准确些，应该是威廉·凯恩的态度。尽管阿贝尔不抱任何希望，他还是补充说，眼下他正在物色愿意出资200万美元买下里士满饭店集团的买主。

"这场火灾帮不了我们，不过我会尽力协助你。"芬顿说话的口气比阿贝尔预料的坚定许多，"你买下勒鲁瓦小姐那25%股份时，我曾经对你说，这些饭店是一笔货真价实的财富。即使碰上这场灾难，我也看不出有什么理由让我改变观点，罗斯诺夫斯基先生。两年来，我一直在静观你经营这家饭店，如果我个人做得了主，我一定会资助你，但我们银行恐怕永远都不会同意资助里士满集团。对它的财务状况，我们掌握的情况已经多得不能再多了，因而我们对集团的未来不可能有任何信心，而这场火灾成了最后一根稻草。不过，我在外地还有些业务关系，我可以跟他们联络一下，看看会有什么结果。你在本市也有一些意想不到的崇拜者，罗斯诺夫斯基先生。"

30

　　阿贝尔开着别克车，往南方进发了，车子是股市崩盘前买的。出发前，阿贝尔已经做出决定，这次巡察，首站是圣·路易斯里士满饭店。

　　阿贝尔对集团的所有饭店进行了一圈巡察，耗费了将近4周时间。虽然集团的所有饭店都管理不善，而且无一例外处于亏损状态，在阿贝尔眼里，没有一家饭店是毫无希望的。所有饭店都位于理想地段，有些甚至位于所在城市的最佳地段。因而阿贝尔认为，看起来，老勒鲁瓦比他儿子精明得多。阿贝尔还仔细检查了每家饭店的投保情况，没有从中发现任何问题。他最后巡察的是达拉斯里士满饭店，这是排在巡察表上的最后一站。至此，阿贝尔已经做到心中有数：投入200万美元买下这一饭店集团，对任何买主来说，都是一笔极其合算的投资。假如买主决定雇用他，怎样才能让这一集团赚钱，阿贝尔已经成竹在胸。

　　返回芝加哥后，阿贝尔再次住进史蒂文斯饭店。他得到通知，好几个人正急于找到他。奥马雷探长希望在第一时间见到他，还有威廉·凯恩、柯蒂斯·芬顿，最后一位是亨利·奥斯伯恩先生。阿贝尔首先选择跟司法界联系，他与奥马雷探长约好在密歇根大道的小食店见面。

　　等候探长期间，阿贝尔坐在高脚凳上，背靠吧台，目不转睛地注视着街对面里士满饭店烧焦的残骸。奥马雷迟到了一会儿，不过他好像无意道歉。他坐到阿贝尔身边，把高脚凳一转，两人正好面对面。

　　"你欠我一个人情。"探长说，"在芝加哥，谁要是欠奥马雷一杯奶昔，就别想轻易逃脱。"

阿贝尔要了两份奶昔，一份超大号的，一份标准的。

"找到线索啦？"问话的同时，阿贝尔递给探长两根红白条纹相间的吸管。

"消防队的小伙子们说的没错——毫无疑问是纵火案。我们已经逮捕了一个名叫德斯蒙德·佩西的家伙，后来查出，他是里士满饭店前总经理。是你刚来饭店时候的事，对吧？"

"恐怕得这么说。"阿贝尔回答。

"怎么说？"探长不解地问。

"佩西盗窃饭店的收入，我把他解雇了。他说过，这辈子一定要把我摆平，当时我根本没把他的话当真——我这辈子经历的威胁实在太多，探长，因此我从不把这种事当真，尤其是佩西这种阴损小人。"

"啊，我必须向你指出，我们对他的话倒是挺当真，保险公司的人也这样。必须找到确凿证据证明你和佩西之间没有共谋，保险公司才会进行赔偿。"

"可我现在正需要这笔赔款。"阿贝尔说，"你怎么能确定是佩西干的？"

"饭店失火当天，我们从离火场最近的医院收治的伤员名单里查到了他，他两手和胸部严重烧伤，很快就认了罪，可我到现在仍然无法确定他的作案动机。这案子眼看要结案了，罗斯诺夫斯基先生。"

探长大口大口地喝起他那份奶昔，一直喝到吸管发出吡啦吡啦的吸空杯子的声音。

"再来一份？"阿贝尔问。

"不，最好不。我已经向我老婆保证要少喝。"探长说着站起

316

来，"祝你好运，罗斯诺夫斯基先生。如果能向保险公司的人证明你和佩西毫无关系，你就能得到赔偿。如果官司打到法院，我会尽一切力量帮助你。保持联络。"

阿贝尔看着探长的身影消失在门外，他递给女服务员一块钱，然后来到门外。他驻足人行道，抬头仰望着天空，不到一个月前，饭店还好端端地矗立在那片空间里。他掉转身，往史蒂文斯饭店走去。

那个名叫亨利·奥斯伯恩的人又找过阿贝尔一次，然而，他始终没透露身份。只有一种方法可以查出他是什么人。阿贝尔按照对方留下的号码拨通了电话，这才发现，原来此人是饭店投保的"西部灾害保险公司"的理赔调查员。阿贝尔跟奥斯伯恩约好中午见面。然后，他给波士顿的威廉·凯恩打了个电话，向对方通报视察集团所有饭店的情况。

"请允许我再说一次，凯恩先生，如果你的银行给我机会'，我可以让这些饭店扭亏为盈。我知道，我在芝加哥做到的，同样可以在集团其他饭店实现。"

"也许你能做到，罗斯诺夫斯基先生。可是，凯恩和卡伯特银行恐怕不会出这笔钱。请允许我提醒你注意，现在离你找到资助人的期限只剩不多几天了。日安，先生。"

"摆什么常青藤联盟臭架子！"电话已经挂断，阿贝尔仍然忍不住喊起来，"我没资格用你的钱是不是？有朝一日，小兔崽子……"

§

阿贝尔的日程安排显示，下一个要见的是保险公司的人。

亨利·奥斯伯恩是一位脸盘标致的高个子，有一双深色的眼睛，一头深色的、浓密的头发，两鬓已经出现几缕银丝。他人挺随和，是那种容易交往的人。奥斯伯恩掌握的情况不比奥马雷探长告诉阿贝尔的多。鉴于警方目前正在以纵火罪控告德斯蒙德·佩西，而且，没有证据证明阿贝尔与本案无涉，西部灾害保险公司目前无意对阿贝尔提出的索赔申请进行赔偿。保险公司的声明毫无人情味，尽管如此，奥斯伯恩本人对阿贝尔碰上的这些麻烦反倒深表理解。

奥斯伯恩问："里士满饭店集团有足够的钱重建饭店吗？"

"一分钱也没有。"阿贝尔说，"集团的其他饭店全都抵押出去了，银行正强迫我卖掉整个集团。"

"怎么是你？"奥斯伯恩不解地问。

阿贝尔向对方解释了他得到这一集团的所有股份，却没得到饭店所有权的经过。

"银行怎么说也该认识到，你把这家饭店经营得有多好，对吧？芝加哥的所有企业家都知道，你是给戴维斯·勒鲁瓦带来利润的第一位经理。我知道，现在银行的日子也不好过。不过，就算仅仅为自己的利益着想，银行也该清楚什么样的情况可以破例。"

"这家银行不会。"

"是大陆投资银行吗？"没等对方回答，奥斯伯恩接着说，"我一向认为老柯蒂斯·芬顿有点优柔寡断，可他也不至于不顺应形势吧。"

阿贝尔说："这跟大陆银行没关系。这些饭店的所有者是波士顿的一个机构，凯恩和卡伯特银行。"

听到这一说法，亨利·奥斯伯恩脸色一下子变得惨白，浑身无力地倒在椅子上。

阿贝尔问："你没事吧？"

"没事，我没事。"

"你是不是跟凯恩和卡伯特银行打过交道？"

"你是指内幕吗？"亨利·奥斯伯恩问。

"当然。"

"没错。过去我的公司曾经和那家银行打过交道。结果我们输得倾家荡产。"

"怎么回事？"

"我无法向你透露细节。一件很复杂的事——我只能跟你说，他们的一个部门经理利用了我们之间字斟句酌签署的一份合同。"

阿贝尔问："你指的是哪一位？"

奥斯伯恩反问道："跟你直接打交道的是哪一位？"

"一个叫威廉·凯恩的人。"

奥斯伯恩的脸色一直没恢复原样。"你可得小心点儿，"他说，"那王八蛋是世界上最恶毒的家伙。如果你想知道他的内幕，我可以向你提供。但这事绝对不能向外人透露，那可是个有仇必报的主。"

"我还要找他报仇呢！"阿贝尔说，"以后我会跟你联络，因为我跟凯恩先生有一笔账要清算。"

"那好，只要涉及威廉·凯恩本人，请相信，我会尽全力帮助你。"说到这里，办公桌对面的亨利·奥斯伯恩站了起来，接着补充说，"不过，这事绝对不能让外人知道。另外，如果法院证明向里士满饭店纵火的人是德斯蒙德·佩西，而且与他人无涉，我们公司当即会向你支付全额赔款。"奥斯伯恩为阿贝尔拉开门，"然后，也许咱们还可以进一步探讨其他饭店的合作事宜。"

"也许吧。"阿贝尔说。

阿贝尔步行回到史蒂文斯饭店，前台服务员交给他一个留言。一位名叫大卫·马克斯顿的先生询问，阿贝尔中午1点钟是否有空与其共进午餐。

"大卫·马克斯顿。"阿贝尔大声念道。前台服务员惊讶地抬起头。阿贝尔问："这是什么人的名字？"

"他是这家饭店的老板，罗斯诺夫斯基先生。"

"啊，好吧。当然啦。请转告马克斯顿先生，我很高兴与他共进午餐。"阿贝尔看了看手表，接着说，"还有，你能不能转告他，我可能会迟到几分钟？"

前台服务员答："没问题，先生。"

阿贝尔回到自己的房间，换了一件崭新的白衬衣。他心里一直在琢磨：大卫·马克斯顿究竟要谈什么呢？

阿贝尔走进餐厅时，里边早已宾客满堂。领班将他领到一个小单间的桌子旁边，史蒂文斯饭店的老板正独自坐在那里。看见客人到来，他起身表示欢迎。

"我是阿贝尔·罗斯诺夫斯基，先生。"

"噢，我认识你。"马克斯顿说，"或者说，更准确地说，我知道你的大名。请坐吧，咱们先吃。"

阿贝尔十分欣赏史蒂文斯饭店，这是发自内心的。这家饭店的饭菜质量和服务质量堪比纽约广场饭店。如果他想拥有芝加哥最好的饭店，这家饭店就是对标。

领班再次出现时，为他们带来了两份菜谱。阿贝尔仔细看了一遍菜谱，客气地告诉领班，不用上第一道菜，直接给他上牛排即可。用这种方式，阿贝尔可以立即看出红案厨师的手艺。大卫·马克斯顿根本没看菜谱，他直接点了一份鲑鱼。

"你肯定特想知道我为什么邀请你共进午餐吧，罗斯诺夫斯基先生？"

"我猜，"阿贝尔开心地笑着说，"一定是你想让我为你经营史蒂文斯饭店。"

"绝对正确，罗斯诺夫斯基先生。"

阿贝尔无语。这下轮到马克斯顿笑起来。侍者推来了小车，车上那盘超一流的牛排也没能打破阿贝尔的沉默。在此期间，红案师傅抢了几下手中的片肉刀。马克斯顿把柠檬汁挤在自己面前的鲑鱼上。

马克斯顿接着说："我的总经理已经为我忠实地工作了22年，再过5个月，他就该退休了。副总经理随后也要走，所以，我正在物色新人。"

"我看这地方倒是挺干净。"阿贝尔说。

"这并不意味着我会裹足不前，罗斯诺夫斯基先生。永远不要满足于现状。"马克斯顿说，"两年来，我一直在留心观察你的所作所为。你接手管理前，里士满饭店根本称不上饭店，它不过是一家超级汽车旅馆。要不是哪个笨蛋放火烧了它，再过两三年，它会成为史蒂文斯饭店的竞争对手。"

"要土豆吗，先生？"

阿贝尔抬头看了一眼，说话的是一位外貌姣好的女服务员，她正在对阿贝尔微笑。

阿贝尔说："不要，谢谢。"说完，阿贝尔转向马克斯顿，接着说："嗯，马克斯顿先生，对你的评语，以及你刚才那番话，我深感荣幸。"

"我觉得，你来我这儿肯定会感到满意，罗斯诺夫斯基先生，因为，史蒂文斯饭店是一家管理非常到位的饭店。在开始阶段，我可以每周付你50美元，外加2%的利润分成。你可以在你认为合适的时间来上任。"

"对你的慷慨建议，我需要认真考虑几天，马克斯顿先生。"阿贝尔说，"我承认，你的建议非常诱人。不过，里士满集团那边还有一些事，我必须去应付。"

"要点儿豆子或白菜吗，先生？"说话的还是那个女服务员，还是那样的微笑。

这是张熟悉的面孔，阿贝尔觉着，过去肯定在什么地方见过这女服务员。没准她在里士满饭店工作过。

"请给我点儿白菜吧。"

阿贝尔看着女服务员离开的背影，毫无疑问的是，她身上有一种阿贝尔似曾相识的东西。

"你可以作为我的客人在饭店多住些日子。"马克斯顿说，"借此观察一下我们的经营情况。这对你下决心应该有帮助。"

"这倒不必，马克斯顿先生。作为顾客，在这里住上一天，已经足以让我认识到你们的经营是多么富有成效。我的麻烦是，我是里士满饭店集团的所有者。"

大卫·马克斯顿脸上浮现出惊讶的神色。"这，我可真没想到。"他说，"我还以为老戴维新·勒鲁瓦的女儿是股份继承人呢！"

"说来话长。"阿贝尔说。接下来20分钟，阿贝尔向马克斯顿讲述了他得到集团所有股份的来龙去脉，以及他目前面临的麻烦。

"我最想做的是，找到200万美元资助，然后把这一集团弄出个名堂，让它成为史蒂文斯饭店的竞争对手。"

"我明白了。"马克斯顿说。一个侍者走过来,将马克斯顿面前的空盘子收走了。

一个女服务员端着咖啡走过来。还是那个女服务员,还是那样的微笑。阿贝尔心中感到不安了。

马克斯顿问:"你是说,大陆信托投资银行的柯蒂斯·芬顿正在以你的名义物色买主?"

"对,他做这事已经快一个月了。"阿贝尔说,"实际上,今天下午我就会知道他们有没有进展,可我对此一点儿都不乐观。"

"噢,这事太有意思了。我完全不知道里士满集团竟然在物色买主。无论结果好坏,你能否向我通报有关消息?"

"当然可以。"阿贝尔说。

"离银行让你找到200万的最后期限还有多久?"

"只剩几天了,因此,用不了多久,你就可以知道我的最后决定。"

"谢谢你。"马克斯顿说完站起来,"很高兴跟你聊了这么久,罗斯诺夫斯基先生。我敢肯定,要是咱们能合作,也会合作得非常愉快。"说完,马克斯顿和阿贝尔热情地握了握手。

往餐厅外边走的路上,阿贝尔又碰上了那位女服务员,她又对阿贝尔笑了笑。阿贝尔走到领班身边,停下了脚步,向领班打听那女服务员的名字。

"对不起,先生,我们没有权利把任何雇员的名字告诉顾客——这样做严重违反饭店的规定。如果您有意见,可以直接向我反映,先生。"

"没意见。"阿贝尔说,"正相反,午餐非常到位。"

有了马克斯顿的聘请作垫底,前往银行见柯蒂斯·芬顿时,阿贝尔显得有了底气。阿贝尔认定,银行家肯定还没找到买主。尽管如此，在前往大陆投资银行的路上，阿贝尔依然兴高采烈。到芝加哥最好的饭店当总经理，想起来都让人高兴。也许他能让史蒂文斯饭店成为美国最好的饭店。到达银行后，立即有人将阿贝尔领进了柯蒂斯·芬顿的办公室。个头高挑、身形消瘦的银行家——他身上还是以前那套行头，难道他每天都穿同一套西装？抑或他有3套一模一样的西装？——安顿阿贝尔坐下时，芬顿一向严肃的脸上漾满了笑容。

"罗斯诺夫斯基先生，真高兴见到你。如果你今天上午来，我还没消息呢，不过，几分钟前，一位有兴趣的买家给我来了电话。"

由于吃惊和喜悦，阿贝尔的心狂跳起来。他问道："能告诉我买主是谁吗？"

"恐怕不行。相关买方给我的指示非常严格，不得向任何人透露他是谁。因为，这笔转款是一项个人投资行为，有可能跟他本人所在公司的利益相抵触。"

"准是大卫·马克斯顿。"阿贝尔咕哝了一句，"愿上帝保佑他。"

柯蒂斯·芬顿说："正如我刚才所说，罗斯诺夫斯基先生，我的地位不允许我……"

"我理解，理解。"阿贝尔连连说，"无论那位先生的最终决定是什么，你觉得最早什么时候能正式通知我？"

"下星期一可能会有进一步的消息。"柯蒂斯·芬顿说，"如果你碰巧路过我这里——"

"碰巧路过？"阿贝尔无限感慨地说，"到时候你告诉我的消息可是决定我未来的头等大事！"

"如此说来，我们现在就该约定时间。那就星期一上午10点钟见吧。"

返回史蒂文斯饭店时，阿贝尔走的是密歇根大道。他一路吹着口哨，吹的曲子是《宇宙尘》。他乘电梯回到自己的房间，立即给威廉·凯恩打了个电话，请凯恩将最后期限顺延到下星期一。阿贝尔告诉对方，他可能找到了买主。凯恩除了表示同意，没多说一个字。

挂断电话前，阿贝尔说："无论结果如何，你都是赢家，对吧？"

阿贝尔坐在床帮上，无所事事地用手指敲击着床头，盘算着如何打发星期一之前的这段时光。他漫无目标地下了楼，来到大堂里，又看见她了，就是午餐时为他服务的女服务员，眼下她正在"雨林洞天"茶厅里当班。强烈的好奇心驱使阿贝尔走进茶厅，走到最里边，找了个座位坐下。

"下午好，先生。"女服务员说，"您想喝杯茶吗？"她脸上又浮现出那种熟悉的微笑。

阿贝尔问："我们认识，对吧？"

"对，我们认识，弗洛戴克。"

听到这个名字，阿贝尔的身子顿时矮了半截，脸上还泛起了淡淡的红潮。他突然想起来，如今这金黄色的短发，曾经是带卷的和飘柔的长发，不过，她的樱唇依然那么撩人。"你是扎菲娅！我们一起乘'黑箭号'客轮来的美国。没错儿，后来你去了芝加哥。你在这儿干什么？"

"我在这儿工作呀，这不明摆着吗。你想喝茶吗，先生？"她的波兰口音让阿贝尔感到温暖。

阿贝尔说："今晚跟我一起吃饭吧。"

"这可不行，弗洛戴克，饭店不允许我们跟顾客一起外出。如果违反规定，等于自动退职。"

"我可不是顾客，"阿贝尔说，"我是你的老朋友啊！"

"有个老朋友曾经说过,在纽约安顿下来后,会立刻来芝加哥看我。"扎菲娅说,"最后他真的来了,却把芝加哥的我忘得一干二净。"

"我知道错了,知道了,原谅我吧。扎菲娅,今晚跟我一起吃饭,就这一次。"

扎菲娅学着阿贝尔的话说:"就这一次。"

"7点钟到布朗达吉饭店找我,时间合适吗?"

听到这家饭店的名字,扎菲娅的脸绯红了。那是城里档次最高的饭馆。即使让她到那里当服务员,都不够格,更别提以顾客身份去那地方了。

"不去那儿。咱们找个普通点儿的地方吧,弗洛戴克。"

"去哪儿?"阿贝尔问。

"你知道四十三街路口的热肠小食店吗?"

"不知道。不过我能找到。7点钟见。"

"7点见,弗洛戴克。我再问你一遍,你想要杯茶吗?"

"不要,这会儿我不想喝了。"阿贝尔说。

扎菲娅笑了,走开干活去了。如今的扎菲娅比阿贝尔记忆中的形象漂亮多了。现在看来,消磨星期一之前的这段时光,竟然如此容易。

§

热肠小食店的光景让阿贝尔回想起他抵达美国初期那些最悲惨的日子。阿贝尔要了一杯冷姜汁酒,边喝酒边等扎菲娅。这里的侍者们干活不讲规矩,让他这位专业人士实在看不下去。他已经分辨不清，这里最糟糕的究竟是什么——是服务质量呢，还是饭菜质量？

阿贝尔转过身，刚好看见扎菲娅站在门口，她脸上流露着忐忑不安和缺乏自信的神情。她身穿黄色衣裙，为迎合时下流行的最新趋势，裙子显然刚刚放长了数英寸。然而，长衣裙依然掩饰不住她姣好的身段。她四处张望了一会儿，从几个男人的眼神里察觉出，显然那些人认为她不是这里的顾客，而是来寻找顾客的，她的双颊立刻绯红了。

扎菲娅迅速走到阿贝尔身边。"晚上好，弗洛戴克。"她一边用波兰语说话，一边在阿贝尔身边的椅子上坐下来。

阿贝尔用英语说："你能来我真高兴。"

犹豫片刻后，扎菲娅改用英语说："我来晚了，真对不起。"

"重要的是，你来了。想喝点儿什么，扎菲娅？"

"来一杯可乐吧。"

两人静静地坐了一会儿，蓦地，两人同时打破了沉默。

阿贝尔说的是："我已经忘记你有多漂亮……"

扎菲娅说的是："你这几年过得……"

扎菲娅不好意思地笑了。阿贝尔觉着，他特别想摸摸扎菲娅。8年多以前，他们第一次见面时，阿贝尔的感觉和今天一模一样。

扎菲娅问："乔治怎么样了？"

"我都两年多没见他了。"回答扎菲娅时，阿贝尔心里感到一阵内疚，"我来芝加哥后，一直在一家饭店工作，后来——"

"我知道。"扎菲娅说，"后来有人放火把它烧了。"

"那你干吗一直没过来问声好呢？"阿贝尔问。

"我一直以为你不会记得我，弗洛戴克。看来我是对的。"

"我说，你怎么认出我了呢？"阿贝尔问，"我比以前胖多了。"

扎菲娅淡淡地答："因为你的银饰。"

阿贝尔低头看了看自己的手腕，不禁笑起来。"有太多次，多亏了这个银饰。这一次，又是它让我们走到了一起。"

扎菲娅避开阿贝尔的目光，问道："你已经没有饭店经营了，你打算干什么呢？"

"我正在找工作。"阿贝尔说。为避免吓着对方，他不打算透露，几星期后，他有可能成为她的老板。

"我男朋友跟我说，史蒂文斯饭店很快会有个上层职位的空缺。"

"你男朋友？"尽管这个词很刺耳，阿贝尔还是把扎菲娅的话重复了一遍。

"是啊。不久后，饭店要招聘一位副总经理。你可以申请一下吗？我敢肯定，你一定会受聘。弗洛戴克，我早就知道，你在美国肯定会出人头地。"

"也许我会申请。"阿贝尔说，"你这么为我着想，你真好。你男朋友干吗不申请呢？"

"噢，不行。他地位太低，根本不可能——他只是个跟我一起在餐厅干活的服务员。"

听到扎菲娅的解释，阿贝尔释怀了，脸上还露出了笑容。他问道："咱们要不要吃晚饭？"

"我不习惯在外边吃饭。"扎菲娅怔怔地看着菜谱，一副手足无措的样子。阿贝尔猜测，没准扎菲娅还不具备阅读英文的能力，因而他点了两个人的菜。

扎菲娅将阿贝尔为她点的东西吃了个精光，嘴里还一个劲地说谢谢，连服务员不小心把肉汤洒到她裙子上，她都说了声谢谢。

自从经历了美拉妮那种索然无味的故作深沉，阿贝尔觉着，扎菲娅无可挑剔的热情奔放让他更受用。他们互相倾诉了来美国后各自的经历。扎菲娅最初在家政行业工作，后来才到史蒂文斯饭店当服务员，至今，她已经在这家饭店干了6年。说起自己的经历，阿贝尔的嘴变成了放水的闸门，一直说到扎菲娅不停地看表。

"看看时间，弗洛戴克。已经11点多了。明早6点早餐时间，我还得上早班呢！"

阿贝尔根本没注意，时间在不知不觉中流逝了，他宁愿像现在这样跟扎菲娅一整夜坐在这里，幸福快乐地聊下去。扎菲娅毫不掩饰对阿贝尔的崇拜，这让阿贝尔感到身心无比舒畅。

他们两人挎着胳膊往史蒂文斯饭店走去。路上，阿贝尔问："咱们还能见面吗，扎菲娅？"

"这得看你了，弗洛戴克。"

饭店背后有个为员工专设的出入口，他们在出入口附近停下脚步。

"我得在这儿跟你分手。"扎菲娅说，"假如你当上副总经理，弗洛戴克，你就可以从前门进出饭店。"

阿贝尔说："以后叫我阿贝尔行吗？"

"阿贝尔？"扎菲娅念了一遍这个名字，有一种试戴新手套的感觉。她问道："你的名字不是弗洛戴克吗？"

"过去是，早就改了。我现在的名字是阿贝尔·罗斯诺夫斯基。"

"阿贝尔。"扎菲娅再次咀嚼了一遍这个名字，接着，她吞吞吐吐地说："我都记不清《圣经》里是怎么说的，到底是阿贝尔杀了凯恩呢，还是凯恩杀了阿贝尔。"（译者注：凯恩和阿贝尔即《圣经》所称的该隐和亚伯。）

对此，阿贝尔心里很清楚。

扎菲娅说："谢谢你请我吃晚餐，真高兴又跟你见面了。晚安……阿——贝——尔。"

阿贝尔说："晚安，扎菲娅。"扎菲娅转身进了饭店。

阿贝尔沿着街区转了半圈，从正门进了饭店。

整个周末，阿贝尔的身心都被扎菲娅占据着。他想到许多与扎菲娅有关的往事——下等舱里混浊不堪的臭气，移民们在伊利斯岛排长队的混乱不堪，最令人难忘的是他们在救生艇里短暂的激情的交欢。从那往后，阿贝尔一连几天都在饭店的餐厅里进餐，以便靠近扎菲娅，并观察她的男朋友。阿贝尔猜测，那个满脸青春痘的年轻人准是她的男朋友。他觉得那人脸上满是青春痘，他希望那人脸上满是青春痘。不错，那人确实满脸都是青春痘。让阿贝尔遗憾的是，在所有满脸青春痘和没长青春痘的男服务员里，扎菲娅的男朋友最帅。

阿贝尔邀请扎菲娅星期六晚上一起外出，可惜的是，扎菲娅当天上夜班。还好，星期天一早，阿贝尔逮着机会，陪扎菲娅去了趟教堂。做大弥撒时，波兰神父拖着长调念诵那些隽永的赞美词，还做了些惩恶扬善的布道，这些都唤起了阿贝尔五味杂陈的乡愁和刻骨铭心的离恨。离开城堡以来，这是阿贝尔第一次踏进教堂。那个年代，生活迫使阿贝尔遭受了残酷的历练，他已经不可能信仰万能的神了。陪伴扎菲娅去教堂，让阿贝尔得到了回报：返回饭店时，扎菲娅允许阿贝尔一路握着她的手。

扎菲娅问阿贝尔："你有没有进一步考虑申请史蒂文斯饭店职位的事？"

"明天我要去见个人，到时候我就能知道最终决定。"

"噢，我真为你高兴，阿贝尔。我敢肯定，你会成为一名出色的副总经理。"

"谢谢。"阿贝尔嘴上这么说，可他心里明白，他们两人说的是两码事，风马牛不相及。

"今晚我和我的姐妹们一起吃晚饭，你想来吗？"扎菲娅问，接着她补充说，"我星期天晚上总是和她们一起过。"

"好啊，我当然非常愿意。"

扎菲娅的姐妹们住在波兰人聚居区的中心。让姐妹们印象深刻的是，跟扎菲娅同来的朋友开着一辆崭新的别克车。按照扎菲娅的说法，这家人包括两姊妹，卡娣娅和珍妮娜，另外还有卡娣娅的丈夫贾耐克。阿贝尔为两姊妹带来一束玫瑰花。对于这家人提出的许许多多有关未来的问题，阿贝尔用纯正的波兰语一一作答。显然扎菲娅觉着很尴尬，可阿贝尔心里清楚，第一次到访波兰裔美国人家庭的青年男子都会受到同样对待。阿贝尔能感觉到，贾耐克的眼神里充满了妒意，因而他放下架子，开始讲述他来美国后的打拼生活，起点是鲜肉分销点那段经历。卡娣娅做了两样简单的波兰风味食品，波兰饺子和波兰乱炖。放在15年前，同样是这两样东西，阿贝尔肯定会吃得津津有味。阿贝尔不怎么搭理贾耐克，他的主攻方向是两姊妹，或许她们也喜欢那个满脸青春痘的年轻人。

返回史蒂文斯饭店的路上，扎菲娅突然表现出阿贝尔记忆中的那种风骚。她嗔怪道：开车的同时握住女士的手，恐怕不大安全吧？听扎菲娅这么说，阿贝尔放声大笑起来，然后，他把双手放到了方向盘上。

阿贝尔问："明天还有时间跟我见面吗？"

"但愿吧，阿贝尔。"扎菲娅答，"也许到时候你已经是我的老板了。"

阿贝尔目送扎菲娅从后门走进饭店，暗自笑起来。难以想象，如果扎菲娅知道他第二天赴约的真相，她会有什么样的反应。阿贝尔看着扎菲娅的身影消失在雇员出入口内侧，然后才开车离去。

"副总经理。"阿贝尔上床时念叨了一句，忍不住笑出声来。然后，他把枕头扔到了地上。

§

第二天，阿贝尔一觉醒来，时间还不到凌晨5点，当时天还没亮。他打电话要了一份上午版的《芝加哥论坛报》，正式着装前，装模作样地把报纸的金融版看了一遍。餐厅7点钟开门供应早餐，阿贝尔大步流星地准时进了餐厅。这天早上，扎菲娅不在班上，那个满脸青春痘的男朋友却在。阿贝尔认为，这是个不祥之兆。早餐过后，阿贝尔回到自己的房间，在房间里来回踱步，盼望着时间快点过去。他照着镜子，正了正领带——他至少已经照了20遍镜子。他再次看了看手表，计算了一下时间，估计如果慢慢走过去，可以在银行开门营业时正点到达。实际上，他比预计的时间早到了5分钟，他只好在银行周围的街区又转了一圈。由于无所事事，他观赏着橱窗里价值连城的珠宝钻戒、无线电收音机、手工缝制的服装等等。他暗自想道：自己这辈子能否买得起量体裁制的服装呢？10点过4分，他走进了银行。

"芬顿先生眼下正在接长途电话。"秘书告诉阿贝尔，接着补充说："您是半小时以后再来呢，还是坐在这里等一会儿？"

"我一会儿再来吧。"阿贝尔说，他不希望别人以为他沉不住气。

在阿贝尔的记忆里，自从登上前往莫斯科的列车以来，这是他经历的最漫长的30分钟。他把拉赛尔大街上的所有橱窗看了个遍，甚至女人的服装也没漏掉，这引起了他对扎菲娅的遐想。

阿贝尔返回大陆信托银行时，秘书立即领着他走进芬顿的办公室。阿贝尔不想跟经理握手，因为，他的手心已经渗满一层汗水。

柯蒂斯·芬顿说："早上好，罗斯诺夫斯基先生，请坐吧。"

芬顿说完从办公桌的抽屉里拿出一摞文件。阿贝尔看见，文件封面上印有"机密"两个字。

"好吧，"芬顿说，"希望你能感觉到，我给你带来的是好消息。相关买方已经表示，愿意推进购买所有饭店。"

阿贝尔脱口而出："简直让人难以相信！"

"你还没听我说买方开出的条件呢。"芬顿对阿贝尔笑了笑，"不过我认为，条件相当优惠。买方将一次性注入200万美元，偿清勒鲁瓦先生欠下的全部债务，同时组成一家新公司，按60%和40%与你分享公司的股份，他占60%，你得40%。你的40%折合成钱是80万，这笔钱将以贷款形式作为你入股公司的股本贷给你，条件是，最终偿还期不超过10年，年利按4%计，你可以用公司赢利的40%冲抵这笔贷款。也就是说，假如公司某年赢利10万，你可以用其中4万冲抵这80万贷款，还要加上4%的年利。如果你10年内还清这80万，买方将给你一次性购买公司另外60%股份的机会，开价是300万。这样，我的客户可以从这笔投资中得到满意的收益，也可以给你提供一次机会，让你全资拥有里士满饭店集团。"

阿贝尔别提多想从椅子上跳起来，不过，他克制住了自己，以便芬顿先生继续说下去。"除此而外，每年你还有一份5000元的工资。作为集团公司总裁，公司的日常经营活动由你全权负责，你只需向我汇报有关财务方面的情况。买方委托我直接向他汇报有关事宜，还委托我在新组建的里士满集团董事会里作他的全权代表。只要你接受这些条件，我很乐意充当你们双方的中间人。我的客户希望我向你特别说明，他自己不想直接参与经营活动。正如我以前所说，如果他的同事知道他参与了投资，有可能与他本人所在公司的利益相抵触。我相信，这一点你完全可以理解。他还坚持要你保证，永远不以任何手段调查他的身份。他给你14天时间考虑他提出的条件，这些条件都不容谈判，因为他认为——我个人也这样认为——这些条件都是最优惠的。"

阿贝尔激动得一个字也说不出来。

"请你务必谈谈想法，罗斯诺夫斯基先生。"

"我根本用不着考虑14天再做决定。"阿贝尔终于平静下来，"我无条件接受你的客户开出的所有条件。请代我向他致意，并代我向他保证，我一定尊重他不透露姓名的愿望。还有，我非常乐意接受你作为他的全权代表参加董事会。"

"太好了。"柯蒂斯·芬顿说，他十分难得地做出一副笑脸，"现在，还剩下几个小问题。集团所属饭店的账号都要开在大陆信托投资银行的分行里，公司的总账户要开在这间银行，以便我直接管理。作为新公司的董事，我也会因此得到1000元年薪酬劳。"

"我很高兴你也能从这笔交易中获得些好处。"阿贝尔咧嘴一笑。

"你说什么？"银行家没听清楚，追问了一句。

"我很高兴今后能跟你一起工作，芬顿先生。"

"另外，买家还在这家银行存了25万美元，作为最近几个月你管理这些饭店的周转资金。这笔钱也将作为贷款贷给你，年利仍按4%计。如果这笔钱不够用，你必须现在说明。不过，我个人认为，如果你确认这25万够用，肯定会加强你在买方心目中的形象。"

阿贝尔的回答是："这个数已经超出了我的预期。"

"太好了。"说完，柯蒂斯·芬顿拉开桌子的一个抽屉，从里边拿出一支古巴大雪茄。

银行家问："你抽烟吗？"

"当然。"阿贝尔回答。实际上，迄今为止，阿贝尔从未抽过雪茄。

阿贝尔沿着拉赛尔大街返回史蒂文斯饭店，一路上，他不停地咳嗽。接近饭店时，他看见大卫·马克斯顿以饭店主人身份站在门廊上迎接客人。阿贝尔掐灭剩下的半支雪茄，满心欢喜地迎了过去。

"罗斯诺夫斯基先生，看来今早你是一副踌躇满志的样子啊！"

"的确如此，先生。遗憾的是，我必须告诉你，我不能作为这家饭店的总经理为你工作了。"

"这消息的确让人遗憾，罗斯诺夫斯基先生。但是，坦率地说，这消息并不让我感到意外。"

"感谢你为我所做的一切。"阿贝尔说得无论多么由衷，仍然无法将全部感激之情融入这一简单的话语里，也无法将其融进随之而来的握手里。

阿贝尔直接进了餐厅，去寻找扎菲娅。可是，扎菲娅还没上班。随后，阿贝尔乘电梯回到自己的房间。他重新点燃剩下的半支雪茄，深深地吸了一大口。过了一会儿，他要通了凯恩和卡伯特银行的电话，一个女秘书为他接通了威廉·凯恩的分机。

"凯恩先生，追回里士满饭店集团所有权的钱，我已经有办法筹措到了。今天晚些时候，大陆信托投资银行的一位柯蒂斯·芬顿先生会跟你联系，向你详细说明情况。所以，已经没必要把这些饭店放到市场上公开出售了。"

电话听筒沉默了一会儿，此时的阿贝尔满心欢喜，他觉着，这消息肯定让威廉·凯恩感到很难堪。

"感谢你向我通报消息，罗斯诺夫斯基先生。你终于找到了资助人，我由衷地为你感到高兴，并祝你将来事业成功。"

"对你我也有同感，凯恩先生。"

阿贝尔挂断了电话，躺倒在床上，开始酝酿未来的计划。

"有朝一日，"阿贝尔对着天花板自言自语，"我要让你尝尝从一家饭店17楼往下跳的滋味。"他再次拿起电话听筒，让接线员为他接通西部灾害保险公司的亨利·奥斯伯恩先生。

31

对阿贝尔·罗斯诺夫斯基语气中的好斗特性，威廉与其说感到生气，不如说觉得滑稽：那个傲慢的波兰人竟然如此坚信自己有能力让里士满集团翻身。让威廉颇感遗憾的是，他无法说服自己的银行资助那个波兰人。为里士满饭店集团项目画上句号前，威廉必须尽职尽责完成几项扫尾工作：必须通知金融委员会，阿贝尔·罗斯诺夫斯基已经找到资助人；必须着手准备移交饭店的相关法律文件。

几天后，马休·莱斯特终于来到波士顿，接手银行投资部经理职务。马休的父亲一点儿都不讳言如下事实：为马休将来担任莱斯特银行董事长计，必须做长期准备，而在竞争对手的机构里获取经验，无疑极具价值。马休的到来，让威廉的工作负担立即减轻了一半，可是，威廉反而更加无法自由支配闲暇时间了。尽管威廉总是虚张声势地抗议，马休总会见缝插针地将他生拉硬拽到网球场上和游泳池里。不过，马休提议一起去佛蒙特滑雪时，威廉断然说了声"不去"。尽管如此，这次超常的外出至少缓解了威廉对凯特的无尽思念。

马休直言不讳地说，凯特不可能像威廉说的那么美。"我必须见见这女人，她居然能让威廉·凯恩在银行董事会讨论应否买入更多黄金时做白日梦！"

"你等着瞧吧，马休。我相信，你肯定也会觉得，凯特是真正的足金。"

"我相信你的话，可这事我怎么向我妹妹交代啊，她一直以为你在等她呢！"

威廉不禁笑起来，他几乎把苏珊·莱斯特忘光了。

红房子里的某个写字台有个永远上锁的抽屉，抽屉里存放着一摞凯瑟琳的来信。这摞信的厚度每周都在增加。只要有空，威廉总会反复阅读这些来信。对这些信的内容，威廉早已烂熟于心。末了，他终于收到了盼望已久的信，这封信来得正是时候。

最最亲爱的威廉：

我终于收拾好了行装，卖掉、扔掉、处理掉了家里所有没用的东西。我将于19号抵达波士顿。想到很快就要和你见面，我确实怕得要命。如果这一切魔幻般的美好有如寒冬里东海岸边的水泡一样突然爆裂，我该怎么办？万能的上帝啊，但愿不会有这样的事。要不是因为你，我简直无法想象，我怎能挨过这段孤独的日子。

特别特别想见到你。

爱你的
凯特
1930年2月14日
于巴克赫斯特花园

凯特返回波士顿的头天晚上，威廉暗自下了决心：绝不能仓促间做出可能导致两人将来后悔的事。威廉曾经对马休说，因为丈夫亡故，凯特的感情特别容易受伤，所以，至今他都无法正确估计凯特对他的感情究竟有多深。

"这纯粹是一派胡言！"马休说，"你已经堕入情网，理智该靠边站了。"

§

来自迈阿密的列车驶进了波士顿火车站，凯特脸上挂着动人的微笑。她刚一露面，威廉有关小心谨慎的想法立刻飞到了九霄云外。威廉穿过拥挤的人群，来到凯特身边，一把将凯特紧紧地搂进怀里。

"欢迎回家，凯特。"

让威廉意想不到的是，他刚要亲吻凯特，凯特却躲开了。

凯特说："威廉，你还没见过我父母呐。"

338

当天晚上，威廉和希金森家族的人共进了晚餐。威廉因而发现，将来凯特成为老太太时，必定也是个美丽的老太太。从那天往后，每当威廉能够从银行业务中脱身，进而躲过马休的网球拍，他总会想方设法抓住每一分钟和凯特缠绵在一起，天天如此。第一次与凯特见面后，马休就缠住威廉，商议用他的所有股票交换凯特。

　　"我从来不做赔本生意。"威廉说，"我跟你不一样，马休，我一向对数量不感兴趣——我只注重质量。"

　　"好吧，但你必须告诉我，"马休不依不饶地问，"这么稀罕的商品，你是在什么地方找到的？"

　　"就在咱们银行的清算部。"威廉回答。

　　"那你赶紧把凯特变成你的私有财产，威廉，动作要快。不然的话，肯定会有人冲上来抢。"

§

　　阿贝尔第二次掐灭科希巴牌花冠大雪茄，暗自对天发誓，还清200万美元贷款、掌握里士满饭店集团绝对控制权以前，绝不再抽任何雪茄。现在不是享受雪茄的恰当时机，道·琼斯指数已经跌入有史以来最低点，在全美各大城市，随处可见排长队领取救济餐的人们。阿贝尔注视着天花板，思考着首先必须采取的措施。首先必须做的是，设法将芝加哥里士满饭店最优秀的员工们留下。

　　阿贝尔下了床，穿好了外衣，往里士满饭店配楼走去。自饭店失火以来，至今尚未找到工作的大部分员工仍然住在配楼里。凡是阿贝尔信任的人，以及想离开芝加哥的人，阿贝尔会把他们安排到集团的另外10个饭店工作。他把话说得非常直白：在当前困难时

339

期，如果大家想保住工作，必须让集团赢利。阿贝尔心里清楚，集团其他饭店目前的情况正如芝加哥里士满饭店以前的情况一样，管理人员都是毫无诚信的人。阿贝尔向员工们保证，这种情况必须改变，必须立即改变。他安排手下3位副总经理分别前往达拉斯里士满饭店、迈阿密里士满饭店、圣路易斯里士满饭店，前去主持工作，还重新任命了休斯顿、莫比尔、查尔斯顿、亚特兰大、孟菲斯、新奥尔良、路易斯维尔7个城市的副总经理。

阿贝尔决定将总部设在芝加哥里士满饭店配楼里。另外，他还计划将配楼底层改造成一家小餐厅。将临时总部留在靠近资助人和托管银行的地方，而不是南迁到其他饭店，这样安排合情合理。尤为重要的是，扎菲娅也在芝加哥。阿贝尔觉着，只要再花点时间，他肯定能取代那个满脸青春痘的年轻人。

阿贝尔启程前往纽约招聘员工前，扎菲娅终于亲口向阿贝尔做出了保证：她已经不再跟满脸青春痘的年轻人交往。临行前晚上，阿贝尔跟扎菲娅第二次做爱了。让扎菲娅大吃一惊的是，与第一次在救生艇里的经历相比，如今的阿贝尔已然变得体贴入微，温柔无比，经验老到。

扎菲娅不无挖苦地问："从'黑箭号'那次以后，有多少女孩跟了你？"

阿贝尔的回答是："可没有一个我看得上的。"

"多得把眼睛都看花了，难怪你把我忘得一干二净。"

"我从来没忘记你。"阿贝尔的话显得言不由衷。说完，他凑过去吻扎菲娅，因为他想避开这一话题。

§

1929年，凯恩和卡伯特银行的绝对损失超过700万美元，损失率正好与同等规模的银行相当。经过这次大浪淘沙，许多规模较小的金融机构不见了踪影。这一时期，威廉始终觉得自己在与他人争抢最后一根稻草，因而他倍感压力。

富兰克林·罗斯福凭借减免税赋、复苏经济、实行改革三个口号当选美国第32任总统。不过，威廉认为，总统的"新政"恐怕难以给凯恩和卡伯特银行带来什么好处。美国经济增长极为缓慢，尽管如此，威廉已经开始筹划试探性开发计划了。

同一时期，在伦敦主持工作的托尼·西蒙斯已经完成好几次并购。上任头两年，西蒙斯为凯恩和卡伯特银行带来的收益大大超出人们的预期。跟威廉同一时期的工作绩效相比，西蒙斯取得的成就让人印象至深。而威廉仍未从经济衰退的阴影中走出来。

秋季来了，阿兰·罗依德将托尼·西蒙斯召回波士顿述职，让西蒙斯把伦敦分行近两年的情况向董事会做个全面汇报。在这次董事会会议上，西蒙斯宣称，本年度的统计数据表明，伦敦分行的纯利润将第一次超越100万美元大关。西蒙斯借机向董事会表明，阿兰退休时，他希望自己能获得竞选董事长提名。这让威廉大吃一惊，自从西蒙斯灰溜溜地越过大西洋远赴彼岸上任以来，威廉一直没把西蒙斯放在眼里。西蒙斯确实取得了成就，然而，这并非因为他的才智，而是因为，同一时期，英国经济的瘫痪程度远不及美国这么严重。仅仅因为这个，笼罩在西蒙斯头上的乌云很快便消散了，这实在有点儿无法理喻。托尼·西蒙斯突然凯旋，竞争董事长的冲劲已经强大得不可遏止，这让威廉几乎没时间向董事们证明，他们应当支持他才对。

　　凯特经常耐心地倾听威廉诉说银行的事，常常还会发表一些过人的真知灼见。在某些场合，她也会责备威廉过于悲观。马休则一直扮演着威廉的耳目，他得到的消息显示，董事会齐刷刷地分为两派，一派人认为，董事长职务事关重大，威廉太年轻；另一派人念念不忘1929年托尼·西蒙斯让银行蒙受过重大损失。至于那些从未跟威廉一起工作过、从未在银行担任职务的董事会成员，在两个竞争者之间作选择时，除了众多必须考虑的问题，他们当中多数人最看重两个竞争者的年龄差异。马休常常听到如下说法："威廉时代即将来临。"马休试探性地给威廉出了个馊主意。

　　他说："以你掌握的股份，威廉，你完全可以多任命3个董事，稳稳当当坐上董事长交椅。"

　　威廉对此不屑一顾，也从未认真考虑这一建议，他希望自己名正言顺当上董事长。总而言之，他父亲正是这样当选的。另外，威廉心里很清楚，凯特肯定也希望他这样做。

　　1932年1月，阿兰·罗依德正式通知全体董事会成员，在他65岁生日当天，他会召集一次全体董事会议。他在通知中说得非常明确，会议的中心议题是选举继任者。随着决定性的会议日渐临近，马休发现，整个投资部的领导责任几乎全都落在了他一个人肩上。威廉已经全心全意投入到争当董事长的竞选中。

§

　　到达纽约后，阿贝尔首先做的是寻找乔治·诺瓦克。不出所料，乔治已经失业，而且仍然居住在曼哈顿三街东路的小阁楼里。

居住在这一带的房子里是什么滋味，阿贝尔差不多忘光了。有些房子居然拥挤着20多户人家！在这里，每间屋子都弥漫着食物发霉变馊的气味，厕所的水箱里根本没有上水，每张床会有3个人在24小时里轮番睡觉。从前的面包房早已关门，乔治的叔叔如今在纽约郊区一家大工厂上班，然而，工厂无法同时接纳乔治。阿贝尔要给乔治一份工作。听说老朋友此行是专门来请他加入里士满集团，乔治兴奋得跳了起来——他什么都愿意干。

在乔治的力荐下，阿贝尔还雇用了另外几个波兰人，他们工作起来可以不计时间。他们不大容易相处，可他们都是真正的老实人。这些人包括一位白案师傅、一位前台主管、一位餐厅领班。美国东海岸大多数饭店已经把雇员总数降到最低限度，阿贝尔因而捡了个便宜，招聘到一些有经验的员工，他甚至从纽约广场饭店挖来3个跟他一起工作过的人。

转过一周，阿贝尔和乔治启程前往集团的其他饭店做巡回视察。阿贝尔邀请扎菲娅同行，甚至答应扎菲娅，可以任意挑选一家饭店工作。可扎菲娅说什么都不愿意离开芝加哥，芝加哥是她感到可以安心过日子的唯一美国城市。作为折中方案，每当阿贝尔返回芝加哥，扎菲娅总会住进阿贝尔在里士满饭店配楼的房间。乔治取得美国国籍的同时学会了崇尚中产阶级的道德标准，因而他竭力劝说阿贝尔正式结婚。不过，乔治自己似乎并不遵从这些标准。

集团的其他饭店仍然处于经营不善状态，主要原因是管理者们居心不良。对此，阿贝尔并不感到意外。在失业问题困扰全美国的特殊时期，集团内各饭店的大多数雇员惶惶不可终日，出于对公司前途的担忧，他们像欢迎救世主一样欢迎阿贝尔到来。如今，阿贝尔已经没必要推行刚到芝加哥时采取的大规模裁员措施，他发现，在某些场合，只要将管理人员在集团内部的饭店之间对调，即可终止管理中的弊端。那些搞阴谋的人知道他厉害，尤其害怕他的惩罚，在他到来前，他们中的大多数人早已自动离职。一些管理者已然形成依靠雇员作弊的惯性，而一些雇员已经在里士满饭店集团工作很长时间，既不可能、也不会因为戴维斯·勒鲁瓦不再管理集团改变恶习。但凡跟这些人关系密切的负责人，必须毫不留情地撤换。

§

庆祝阿兰·罗依德65岁生日当天，17位董事会成员全体到会。会议由董事长本人主持。他的开场白是一篇14分钟的告别演说。威廉觉得，阿兰这篇讲话漫长得好像永远停不下来。托尼·西蒙斯则心神不宁地用铅笔敲打着面前的一个黄色法律文件夹，还时不时抬头看一眼隔桌而坐的威廉。威廉和托尼两人都没心思倾听阿兰讲话。终于，阿兰在雷鸣般的掌声中坐下了，恰如其分地说，这应该是16位波士顿银行家所能给予的最热烈的掌声。掌声平息后，阿兰最后一次以凯恩和卡伯特银行董事长的身份站起来。

阿兰说："现在，先生们，我们必须选出我的继任者。董事会目前已有两位杰出的候选人，银行海外部董事长托尼·西蒙斯先生和银行国内部主任威廉·凯恩先生。你们对他们两位都很熟悉，先生们，因此，我没必要向你们详细介绍他们各自的优点。不过，我已经邀请两位候选人分别向董事会阐述如下命题：如果你当选董事长，你会怎样规划凯恩和卡伯特银行的未来。"

头一天，两位竞争者用投币方式决定了发言顺序。威廉首先站起来，他的讲话持续了20分钟。他向董事会详细说明了自己的想法，他希望把银行的基础业务拓展到本行以前从未涉足的领域，还希望跟纽约的金融机构建立更为紧密的联系，他还提出，应当开设一家控股公司，专门经营商业金融业务。听到这样的说法，一些上年纪的董事会成员不停地摇头，毫不掩饰他们的反对意见。威廉的结束语是，希望银行扩大规模，挑战如今在美国占主导地位的新生代金融家们。他还希望，进入本世纪后半叶时，凯恩和卡伯特银行能够成为美国最大的金融机构之一。让威廉高兴的是，他讲完话坐下时，在座的人们发出的是一片满意的赞许声。威廉坐直了身子，静候竞争对手发表演讲。

西蒙斯站起来讲话了，他希望采取更加保守的经营策略，他在讲话中特别强调自己的年龄和经验。威廉心里清楚，这是他的王牌。西蒙斯说，凯恩和卡伯特银行应当在近年内加强和巩固既有的地位，应当在经过精心筛选的领域进行投资，应当继续沿用为银行赢得当前声誉的传统经营方式。1929年的危机给他的教训让他至今难忘，所以，他更加关注的是，他强调说——这一说法引起一片笑声——保证凯恩和卡伯特银行继续生存到20世纪下半叶。托尼坐下后，威廉简直无法断定董事会究竟会偏向哪一方。不过他坚信，董事会大多数成员希望银行发展，而不是希望它停滞不前。

阿兰向董事会成员们说明，他本人以及两位竞选人都不参与投票。其他14位董事会成员每人得到一张选票。董事们认真填写了选票，然后将选票回传给阿兰。阿兰把选票慢慢数了一遍。在此期间，威廉没敢抬头，一直注视着自己的文件夹。文件夹的封面画满了铅笔道，而且居然还出现了湿手印！阿兰终于清点完了选票，会场顿时陷入了寂静。

阿兰宣布，威廉获得6票，西蒙斯获得6票，2票弃权。会议桌周围立即响起一圈低沉的议论声。阿兰请大家保持安静。大家安静下来后，威廉深深地吸了一口气，他无法预测董事长接下来会采取什么行动。

阿兰·罗依德沉默了一会儿，然后说："我认为，在目前情况下，最适当的方式是再进行一轮投票。如果其中一位投弃权票的人在这轮投票中改为支持某位候选人，两位竞争者中的一位即可得到相对多数的支持。"

小纸条再次分派下去了。这一次，威廉甚至连旁观分发选票的勇气都没有了。让他无法逃避的是，钢笔尖在纸上划出的沙沙声传进了他的耳朵。填好的选票又一次回到阿兰·罗依德手里，阿兰又一次把选票依次慢慢展开。不过，这次阿兰采取了公开唱票方式。

"威廉·凯恩，托尼·西蒙斯，托尼·西蒙斯，托尼·西蒙斯。"

托尼·西蒙斯以3比1领先。

"威廉·凯恩，威廉·凯恩，托尼·西蒙斯，威廉·凯恩，威廉·凯恩，威廉·凯恩。"

威廉以6比4领先。

"托尼·西蒙斯，托尼·西蒙斯，威廉·凯恩。"

"威廉以7比6领先！"威廉觉得，阿兰·罗依德似乎花费了一辈子时间才打开最后一张选票。

"托尼·西蒙斯。投票结果为每人7票，先生们。"

虽然阿兰·罗依德从未向任何人透露他会支持谁坐上董事长交椅，所有在场的人都清楚，现在轮到他投下关键票了。

"鉴于两轮投票均出现僵局，同时我认为，在座的都不会改变自己的选择，因此我必须给我认为最有资格继我之后成为凯恩和卡伯特银行董事长的候选人投出一票。而这个人是：托尼·西蒙斯。"

威廉简直无法相信自己的耳朵，托尼·西蒙斯脸上也现出惊讶万分的表情。托尼·西蒙斯从椅子上站起来，在掌声中走到会议桌首席位置，跟阿兰·罗依德交换了座位。他以凯恩和卡伯特银行董事长的身份向董事会做了第一次演讲。他首先感谢董事会对他的支持，还高度赞誉了威廉，因为威廉从未动用他在银行占绝对优势的股份和家族实力对投票施加影响。他任命威廉为银行副董事长，还提议增补马休·莱斯特为董事，以接替阿兰·罗依德离职形成的空缺。两项提议均得到全场一致通过。

威廉脑子里唯一的念头是，当初他同意来银行上班之际，如果坚持任命马休为董事，现在他肯定已经成为董事长了。

§

阿贝尔担任里士满饭店集团总裁的第一年，与1929年相比，集团的员工总数减少了一半。虽然如此，整个集团仍然足以应付运营。当年，集团的净亏损仅为10万美元多一点儿。如今，极少有员工自动离职，这并非因为他们担心找不到工作，而是因为，他们相信，集团会有光明的未来。

阿贝尔设定的目标是，集团盈亏相抵元年为1932年。他心里清楚，接近目标的唯一方法是，让集团里每一位经理将自己负责的饭店当成自己的饭店，让他们享受利润分成。也就是说，他必须像戴维斯·勒鲁瓦对待刚来芝加哥的他那样对待手下的经理们。

阿贝尔花费好几个月时间来巡视饭店，从一家饭店赶往另一家饭店，在每家饭店停留的时间从不超过三两天。除了忠实的乔治——他的代理人，也是他留在芝加哥的耳目——他从不向任何人透露下一站会去哪家饭店。唯有跟扎菲娅过夜，跟柯蒂斯·芬顿见面，他才会暂时中止这种累人的旅行。

对整个集团的财务状况做过全面评估后，阿贝尔迫不得已采取了几项极为令人不快的措施。最严厉的措施为，关闭位于莫比尔和查尔斯顿的两家饭店。这两家饭店亏损极为严重，让阿贝尔担心的是，它们难免严重拖累其他饭店的财务。其他饭店的雇员们眼睁睁地看着斧子无情地落下，因而他们工作得更加卖力。每当阿贝尔返回芝加哥的小办公室，总会有一大堆亟待处理的事等着他——例如厕所水管爆裂，卧室蟑螂肆虐，后厨爆发争吵，难免还会有牢骚满腹的顾客以诉诸法律相要挟，等等。

§

亨利·奥斯伯恩重新出现在阿贝尔的生活里。令人高兴的是，他给阿贝尔带来了一张西部灾害保险公司开出的75万美元支票。经过调查，没有任何证据能证明阿贝尔与芝加哥里士满饭店大火有关联。奥马雷探长的证据起到了关键作用，更为重要的是，探长表示，如果本案提请公诉，他很乐意出庭作证。阿贝尔意识到，他欠探长的远不止一杯奶昔。与此同时，阿贝尔也做出了表示，他愿意跟西部灾害保险公司就合情合理的赔款额达成一致。奥斯伯恩提议，如果阿贝尔给他回扣，他可以使赔款额提高一些。阿贝尔拒绝了奥斯伯恩的提议，同时也抛弃了对奥斯伯恩的尊重。如果奥斯伯恩对他服务其中的公司如此不忠，只要对他本人有利，迟早有一天，他会在阿贝尔脊梁上毫不犹豫地捅上一刀。

§

1932年春，阿贝尔意外地收到一封来自美拉妮·勒鲁瓦的信。和她的伶牙俐齿相反，来信的字里行间满是谦和之辞。阿贝尔大受鼓舞，甚至还有些激动，他立即给美拉妮打了个电话，邀约美拉妮到史蒂文斯饭店共进晚餐。阿贝尔刚走进餐厅，顿时感到追悔莫及，因为，扎菲娅偏巧也在那里。扎菲娅眼看要下班了，她脸上挂着一副疲惫不堪的表情。美拉妮正好与扎菲娅形成鲜明的对比。美拉妮身穿一袭橘红色裙装，她是那样光彩照人，人们难免会想象，如果脱去这层包装，里边肯定是个迷人的身段。阿贝尔心想：真应该带美拉妮去另一家餐厅，怎么偏偏选择了史蒂文斯饭店？处理业务时，他脑子清清亮亮；遇上个人问题时，他脑子怎么就成了糨糊！

"看到你春风得意，真让人高兴，阿贝尔。"美拉妮入座时说，"当然啦，众所周知，经营里士满集团以来，你干得非常出色。"

阿贝尔插话说："应该说男爵集团。"

美拉妮脸上泛起了红晕，说："我不知道你已经把集团的名称改了。"

阿贝尔撒谎说："是啊，最近我才给它改了名。"事实上，就在刚才那一瞬间，阿贝尔才做出决定，今后要把所有饭店都更名为"男爵饭店"。他自己也觉着奇怪，以前怎么没想到这个主意。

美拉妮笑称："一个恰如其分的名称。"

阿贝尔心里清楚，眼下扎菲娅肯定在餐厅的另一端观察着他和美拉妮的一举一动。但是，无论现在做什么，都为时已晚。

"你还没工作吧？"阿贝尔说话时顺手把"男爵饭店集团"几

个字写在了菜单背面。

"没有，目前还没有。拿文科学位证书的女性必须有耐性。在这座城市，必须等到所有男人都找到工作，女人才有机会。"

"无论什么时候你想来男爵集团工作，"阿贝尔说话时有意把新名称说得响亮些，"跟我打个招呼就成。"

"不了，不了。"美拉妮婉谢，"眼下我还好。"很快，她把话题转移到音乐和戏剧方面。对阿贝尔来说，每次跟美拉妮对话，总会让他产生一种异样的、令人愉悦的、必须动用智力才能应付的感觉。美拉妮说话仍然不改揶揄口吻，不过，她的话里充满了机智。这次跟美拉妮在一起，阿贝尔比以往任何时候都更加自信。夜里11点过后，他们才点了咖啡。这时候，扎菲娅早已下班回家。阿贝尔开车送美拉妮回到她的公寓，出乎意料的是，美拉妮竟然邀请他进屋喝一杯。阿贝尔在沙发上落座时，美拉妮为他斟了一杯威士忌。这是违反禁酒令的。然后，美拉妮还在唱机上放了一张唱片。

"我不能待得太久，"阿贝尔说，"明天事情太多。"

"这话应当由我来说，阿贝尔。"美拉妮说，"别这么急着走，今晚过得真开心——好像又回到了过去。"

美拉妮在阿贝尔身边坐下时，裙子撩到了膝盖以上。阿贝尔心想：这可不大像过去了啊！美拉妮慢慢向阿贝尔靠拢来，阿贝尔没做出任何不乐意的表示。没过多久，阿贝尔已经在亲吻美拉妮了——要么就是美拉妮在亲吻他？阿贝尔的双手轻轻地抚弄着美拉妮的双腿和酥胸，这一次，美拉妮似乎比阿贝尔还主动。实际上，这次是美拉妮主动拉起阿贝尔的手，把阿贝尔拉进了寝室，她还掀开了床上的铺盖，然后转过身子，让阿贝尔把她衣服背后的拉链拉开。尽管不敢相信，神情紧张，阿贝尔只好照做不误，他没有忘记把灯关掉。做这种事，美拉妮显然经验老到，她让阿贝尔明白无误地意识到，她喜欢如此这般享受。做爱以后，美拉妮在阿贝尔的怀抱里睡着了，阿贝尔却怎么都睡不着。

第二天一早，他们又做了一次爱。

"我会抱着非常的兴趣看待男爵饭店集团的成长。"阿贝尔穿衣服时，美拉妮说，"没有人怀疑，它迟早会获得巨大成功。"

阿贝尔说："谢谢你。"

"希望以后我们还能相聚。"美拉妮说。

"但愿吧。"

美拉妮像妻子亲吻上班的丈夫那样在阿贝尔的脸颊上印了个吻。

帮助阿贝尔穿大衣时，美拉妮无意中说了一句："真想象不出你最终会娶个什么样的女人为妻。"

阿贝尔看着美拉妮，脸上绽开一个甜蜜的微笑，说："真要是到了那个时候，美拉妮，有一点可以肯定，我会认真考虑你的高见。"

"你什么意思？"美拉妮不好意思了。

阿贝尔说："我一定要个贤惠的波兰姑娘。"

§

一个月后，阿贝尔和扎菲娅在芝加哥圣三一波兰大教堂正式结婚了。扎菲娅的姐夫贾耐克为女方的傧相，乔治为男方的傧相。婚宴在史蒂文斯饭店举行，宴饮和跳舞一直持续到后半夜。整个婚宴过程中，乔治一直不停地奔波在人群里，为所有来宾进行拍照，每当客人们换了地方和换了舞伴，他都要进行拍照。按照波兰传统，每位男宾应当交一笔份子钱，然后跟扎菲娅跳一圈舞。后半夜的夜宵有波兰甜菜汤、波兰饺子、波兰乱炖，饮料包括葡萄酒、白兰地、格但斯克伏特加。夜宵过后，来宾们才把阿贝尔和扎菲娅送进洞房。

第二天上午，柯蒂斯·芬顿告诉阿贝尔，他在史蒂文斯饭店办婚宴的所有开销由马克斯顿先生付清了，马克斯顿希望阿贝尔将其当作送给他的婚庆礼物收下。虽感意外，阿贝尔高兴地接受了，他用省下的钱在里格大街买了一座小房子。

这是阿贝尔今生第一次有了属于自己的家。

第四部

1932—1941

32

威廉决心休一个月假，前往英国旅游一圈。但凡涉及未来的重要决策，都得等他回来以后再定。他甚至产生过辞去凯恩和卡伯特银行职务的念头。马休斩钉截铁地说，那样做没有任何益处。另外，不管怎么说，他父亲在天之灵不会同意他那么做。

对朋友的失败，马休似乎比威廉还伤感。接下来的一周，他至少两次带着醉态来银行上班。另外，手头的重要工作还没做完，他竟然早退了！威廉打算不事声张。星期五那天，威廉邀请马休跟他和凯特共进晚餐。马休拒绝了，理由是，他手头压了一堆工作，必须赶紧完成。若不是当晚看到马休跟一个漂亮女人一起出现在里兹-卡尔顿饭店里，威廉绝不会把这种事放在心上。威廉敢打保票，那女人是凯恩和卡伯特银行某部门经理的妻子。对此，凯特没多说什么，她只是说，马休的脸色看上去不大好。

威廉暗自希望，他外出期间，但愿马休能独当一面，挑起他们两人的工作。也就是那时，威廉忽然想道，如果没有凯特跟他一起外出，在英国逗留一个月，肯定相当无聊。因而，他邀请凯特一起前往欧洲。

"跟陌生男子一起出国一个月？"凯特不好意思地捂住了嘴，然后问："如果你奶奶们还活着，她们会怎么想？"

"肯定会把你当成水性杨花的女人。"

§

在前往英国的"莫丽塔尼号"邮轮上，威廉和凯特各住单人舱。在伦敦萨沃依饭店，他们也分住两个房间，甚至还住在不同的楼层。安顿下来后，威廉立刻前往坐落于朗姆巴德大街的凯恩和卡伯特银行分行。表面看，威廉来伦敦的目的是全面检查银行在欧洲的工作。他发现，分行的士气十分高涨，托尼·西蒙斯显然颇受伦敦员工们的喜爱和尊重。因而，除了听听汇报，表示赞同，他实际上没什么事可做。

威廉和凯特在伦敦度过了令人难忘的一个月。晚间，威廉常常拉着凯特前往老维克剧院和皇家爱尔伯特音乐厅欣赏歌剧；白天，威廉总会带着凯特在城里闲逛。他们去过的地方有伦敦塔、福特南饭店、英国皇家艺术学院，威廉还在皇家艺术学院买了一幅肖像画家威廉·希科特的画作。

在白金汉宫外，凯特跟站岗的卫兵照了一张合影。这一次，威廉没有招惹站岗的卫兵，卫兵们的眼睛依然一眨不眨。这情景让威廉想起了母亲。后来，威廉和凯特手拉手往白厅走去，两人一起在唐宁街10号英国首相府门口照了合影。

威廉说："时至今日，我们做完了有着强烈自尊心的美国人该做的一切。"

"还有牛津大学没去呢。"凯特说，"我老爸是罗兹奖学金学者，我想看看他上学的地方。"

第二天上午，威廉租了一辆莫里斯牌布尔诺斯轿车，两人开着租来的轿车直奔大学城。一路都是盘桓曲折的公路和乡间小道。威廉将车子停在雷德克利夫广场外围，然后，他们在各学院闲逛了一上午——莫德林学院傍河而立，让他们眼前一亮；基督教会学院宏伟壮丽，那里的建筑没有回廊；凯特的父亲悠闲地度过学生时代的地方是贝列尔学院；在摩顿学院的草坪上，两人席地而坐，打开了畅想的闸门。

学院的一个清洁工走过来，对他们说："草坪上不允许坐人，先生。"

他们一跃而起，开心地笑起来。然后，他们像一对年轻的大学生一样手拉着手，沿着泰晤士河上游的爱西斯河闲逛起来。河面上，8个马休式的人正奋力划着一只小艇破浪前进。

他们很晚才吃午餐，然后上路返回伦敦。路过泰晤士河畔的汉莱镇时，他们在傍河的贝尔客栈停车，在客栈里饮了下午茶。就着一大壶英国酽茶，他们还吃了几张烤饼。凯特说，如果想在天黑前赶回萨沃依饭店，必须抓紧时间赶路。然而，威廉用摇把尝试了好几次，怎么都无法启动莫里斯车的发动机，末了，他只好放弃。由于天色渐晚，威廉觉着，他们只能在汉莱镇过夜。威廉返回贝尔客栈，要求前台为他们开两个房间。

服务员说："对不起，先生，现在只剩一个双人间了。"

威廉犹豫了几秒钟，然后说："好吧，我们要了。"

凯特难掩脸上的惊讶表情，不过，她什么都没说。服务员用狐疑的眼光看着他们。

服务员问："先生和夫人怎么称呼？"

"威廉·凯恩先生和太太。"威廉用毋庸置疑的口吻说。然后，他又补充道："我们出去一会儿就回来。"

行李员迎过来，问："需要把你们的箱子搬进房间吗，先生？"

"我们没带箱子。"威廉笑着回答。

"知道了，先生。"行李员也露出了一脸狐疑的神色。

威廉拉着六神无主的凯特，沿着汉莱镇的海尔大街往前走。威廉在小区教堂跟前停下了脚步。

凯特问："能跟我说说，咱们这是干什么呢？"

"干我早该干的一件事，亲爱的。"

在诺曼式小教堂里，威廉找到一位正在整理赞美诗集的教堂执事。

威廉问："在哪儿能找到小区牧师？"

执事站直身子，挺直腰板，看着威廉，满脸都是怜惜的神色。

"当然应该在牧师住的地方啊，对吧？"

"那，牧师住的地方在哪儿？"

"您一定是美国绅士，对吧，先生？"

"对。"威廉已经有点儿不耐烦了。

教堂执事说："牧师住的地方应该在教堂隔壁，对吧？"

"也许吧。"说完，威廉又问："你能在这里等我10分钟吗？"

"为什么让我等你，先生？"

威廉从衣服内侧口袋里掏出一张白色的5英镑大钞，展开钞票，递给执事，说："为保险起见，请你等15分钟。"

教堂执事仔细看了一遍钞票，然后把钞票丢进募款箱，由衷地赞叹道："美国人就是不一样。"

威廉拉起凯特，迅速往教堂外边走。经过门廊的告示栏时，威廉停下来，念道："本教区牧师西蒙·图克斯伯里阁下，文学硕士学位（毕业于剑桥神学院）。"告示栏旁边的一颗钉子上挂着一份翻修教堂房顶的募捐呼吁书，其中有这样一句话："您捐出的每一分钱都会为凑足500英镑增砖添瓦。"这要求一点儿都不高。威廉加快脚步往牧师住的地方走去，凯特紧跟在他身后。威廉在一扇门上使劲敲了几下，一个胖女人应声出现在门口。她双颊粉红，脸上是一副笑眯眯的表情。

威廉问："是图克斯伯里夫人吗？"

"是啊。"女人笑着回答。

"能跟你丈夫说几句话吗？"

"他正在饮茶，您过一会儿再来行吗？"

"我有急事找他。"威廉不打算妥协。

站在后边的凯特没有开口。

"既然如此，我看你们还是先进来吧。"

牧师住宅是16世纪初期的建筑，前厅很小，屋顶露着橡子，一堆燃烧的木柴把整个屋子烤得暖融融的。牧师是个瘦削的高个子，正在吃薄片黄瓜三明治。他站起来欢迎他们。

"下午好，先生是……？"

"凯恩，先生。我是威廉·凯恩。"

"我能为你做什么呢，凯恩先生？"

"凯特和我，"威廉说，"想在这里结婚。"

凯特惊讶地张开了嘴，不过，她什么都没说。

"噢，太棒了！"图克斯伯里夫人感慨道。

"当然，的确如此。"牧师附和说，然后问："你是本教区的人吗？我好像不记得……"

"不是，先生。我是美国人。我在波士顿的圣保罗教堂做礼拜。"

图克斯伯里牧师阁下说："那一定是马萨诸塞州的波士顿，而不是林肯郡的。"

"那当然。"威廉回答。他第一次意识到，英国也有个名字完全相同的波士顿。

"太好了！"牧师说完抬起手，好像要为威廉和凯特祝福似的，"你们想好哪一天让你们的灵魂结合吗？"

"今天，先生。"

"今天吗？"牧师现出万分讶异的表情。

"今天吗？"凯特也重复了一遍。

"办理严肃的、神圣的、综合的结婚手续，你们美国机构走的是什么程序，我不太熟悉，凯恩先生。"牧师的口气仍然透着惊讶，"我确实读过一些文章，介绍的是你的内华达州同胞们那些离奇的经历。不过，我可以明确地告诉你，你们那些做法并不适用于泰晤士河畔的汉莱镇。在英国，人们必须在教区住满一个月才能在小区教堂里结婚，结婚预告还必须同时在3个不同地点张贴。除非情况极其特殊，理由特别正当，我们才有可能破例。即便真的出现这种情况，我还必须从主教大人那里拿配额，光办手续就需要3天时间。"

这时，凯特第一次开口说话了："翻修教堂房顶的钱还差多少？"

"噢，房顶嘛，说来让人心寒。可这会儿我不想说寒心事——要知道，这是11世纪早期的建筑——"

"你还需要多少钱？"威廉问话时握紧了凯特的手。

"我们希望募集500镑，迄今已经取得了一些进展，不到7周时间，我们已经募集到27镑4先令4便士。"

"不对，不对，亲爱的。"图克斯伯里夫人插话说，"我上星期组织义卖收入的1镑11先令2便士你还没算呢！"

"的确没算，亲爱的。我太粗心了，居然把你做的贡献漏掉了。加起来总数应该是……"图克斯伯里阁下举目向天，好像做心算也需要从苍天得到启示。

威廉从衣服内侧口袋里掏出钱包，一言不发地填写了一张500英镑的支票，然后把支票递给图克斯伯里阁下。

"我——啊，我认为这的确是极其特殊的情况，凯恩先生。"

牧师说话的语调都变了，"你们两人以前是否结过婚？"

"是的。"凯特说，"大约4年前，我丈夫在一次飞机失事中去世了。"

"噢，太可怕了。"图克斯伯里夫人说，"我真为您难过，我不知——"

"你别插嘴，亲爱的。"上帝的代言人说。现在他更感兴趣的是教堂的房顶，而不是他妻子的感情宣泄。"那你呢，先生？"

威廉答："我从未结过婚。"

"我必须打电话请示一下主教。"图克斯伯里阁下说完攥紧威廉给他的支票，然后走进隔壁的书房。

图克斯伯里夫人恭请威廉和凯特坐到桌子旁边，为他们端来一杯茶和一些黄瓜片三明治，嘴里还絮絮叨叨地说着什么。威廉和凯特深情地互相注视着，根本没听图克斯伯里夫人说的是什么。

大约过了吃3块三明治的时间，牧师才回到屋里。

"这事太不同寻常了，太不同寻常了，主教大人居然同意了！当然，是有条件的同意，凯恩先生。你得保证，明天一早到美国使馆补办确认手续。另外，回家以后，你还必须到麻省波士顿的圣保罗大教堂再补办一次仪式。"

牧师说话时，手里一直攥着那张500镑支票。

"现在我们只要有两位证人就行了。"牧师接着说，"我夫人可以作其中的一个，但愿教堂执事还在教堂里值班，这样我们就有两个人了。"

"他还在值班。"威廉说。

"你怎么这么肯定呢，凯恩先生？"

"他收了我1%的费用。"

"什么1%？"图克斯伯里阁下迷惑不解地问。

"教堂房顶费用的1%。"凯特补充说。

牧师带着威廉、凯特、他妻子，4个人一起离开牧师住的地方。他们沿着狭窄的甬道走进了教堂，教堂执事果然在等候他们。牧师感叹道："果然如此，斯普罗盖特先生果然还在值班……他从来没为我这么做过。你可真有办法啊，凯恩先生。"

西蒙·图克斯伯里穿上一件黑色的法衣，然后在黑色的法衣外边罩了一件白色的法衣。教堂执事已经看得目瞪口呆了。

威廉转过身，在凯特的面颊上轻轻地吻了一下，问道："我知道现在问这一问题极不合适。但我还是要问，你愿意嫁给我吗？"

"瞎眼的基督啊！"听见威廉的问话，图克斯伯里先生阁下不由愤怒了，这是他57年来第一次亵渎基督。"你是说，你还没向她求过婚？"

§

20分钟后，威廉·凯恩夫妇离开了位于牛津郡泰晤士河畔汉莱镇的小教堂。在仪式的最后一刻，为了找个戒指，图克斯伯里夫人急中生智，从小教堂的帘子杆上揪了个小环代替。事情的结果是一场皆大欢喜：图克斯伯里阁下因此有了新房顶；斯普罗盖特先生把所见所闻带到了绿人酒家；图克斯伯里夫人跟丈夫商量后决定，暂时不向母亲协会报告翻修教堂房顶的款项是如何募集的。

在教堂门口，将证明文件递给威廉时，牧师说："请交2先令6便士。"

"这收的是什么费？"威廉不解地问。

"结婚证书费，威廉先生。"

"我看你搞金融业更合适，先生。"说完，威廉递给图克斯伯里先生一枚6先令硬币。

威廉和新娘沉浸在巨大的幸福中，他们一言不发地沿着海尔大街往贝尔客栈走去。他们在15世纪建筑风格的餐厅里平静地进了晚餐。餐厅的屋顶满是橡木椽子。客栈前厅古老的座钟响了9下，几分钟后，威廉和凯特起身回房间了。他们沿着吱嘎作响的木质楼梯往客房走时，前台服务员扭头对前厅行李员挤了挤眼睛，说："我敢打赌，这一对要是结了婚的，我准能当上英国国王。"

威廉听见了他们的对话，随口哼起英国国歌《天佑吾王》的曲子。

§

第二天一早，凯恩夫妇悠闲地吃着早餐。他们的车子已经送到当地的修理厂修理去了。一个年轻的服务员为他们倒上了咖啡。

"你是喝黑咖啡呢，还是加点儿奶？"威廉按照美国人的习惯问。

邻桌的一对老年夫妻对他们友善地笑了笑。

"加点儿奶吧。"凯特说着伸出一只手，在威廉的手背上轻轻拍了拍。

威廉对凯特笑了笑，他意识到，一屋子人都在看他们。

返回伦敦途中，他们把车顶棚放了下来，敞篷车让他们可以尽情享受清凉的空气。他们穿过汉莱镇，跨过泰晤士河，途经白金汉郡贝肯斯菲尔得市，最后才回到伦敦。

威廉问凯特："你注意到今早前厅行李员看你的表情了吗，亲爱的？"

"那当然，当时咱们真应该把结婚证书拿出来给他看。"

"那样可不好，不好。那样会彻底颠覆他对水性杨花的美国女人的想象。今晚回家后，他最不想对老婆说的，恐怕就是我们事实上已经结婚。"

威廉夫妇赶在午餐时间回到萨沃依饭店。前台经理颇感意外的是，威廉通知他，让他取消凯特的房间。后来，人们听前台经理说："小凯恩先生真不愧是绅士。他已故的声名显赫的父亲恐怕也做不到那样。"

登上返回纽约的"阿奎塔尼亚号"邮轮前，威廉和凯特首先去了趟位于伦敦格罗斯维诺花园大街的美国大使馆，向大使通报他们的结婚经过。总领事给了他们一份特别长的表格，让他们填写。使馆不仅收了他们一英镑，还让他们等候了一个多小时。看来，美国大使馆的房顶不需要翻修。办完手续后，威廉想去邦德大街的卡地亚珠宝店为凯特买个纯金结婚戒指，然而，凯特死活不肯——不管怎么说，凯特都不愿意丢掉现有的铜质门帘环。

33

大萧条仍然笼罩着美国，阿贝尔开始对男爵饭店集团的前途担忧了。在刚刚过去的几年里，美国已经有2000多家银行倒闭。现如今，每周都会有更多银行相继关门歇业。眼下，全美国失业人数仍然高达900万，这意味着，阿贝尔可以毫无困难地为每个饭店招募到有经验的员工。尽管如此，1932年，整个集团仍然亏损72000元，以前，阿贝尔曾经将这一年定为盈亏相抵元年。现如今连阿贝尔自己都开始怀疑，资助人的钱袋和信心能否坚持到集团翻身。

近一时期，阿贝尔开始积极参与政治，起因是，安东·塞尔马克大获全胜，当选芝加哥市长。塞尔马克强拉阿贝尔加入了民主党，该党发动了一场强势取消禁酒令的运动。阿贝尔鼎力支持塞尔马克，因为，实践证明，禁酒令对饭店业极其有害。塞尔马克是捷克斯洛伐克移民，由于这一事实，两人的关系立刻近乎起来。让阿贝尔高兴的是，他被选为1932年芝加哥民主党全国代表大会代表。在大会发言中，塞尔马克的一段话博得了现场听众的追捧。他说："我的确不是乘坐'五月花号'邮轮来美国的，可我是以最快速度来美国的。"

在党代会上，塞尔马克把阿贝尔介绍给了富兰克林·罗斯福，后者给阿贝尔留下了终生难忘的印象。当年年末，罗斯福轻而易举地赢得了总统选举，因而民主党人在全国各地入主执政团队。芝加哥新当选的市议员之一是亨利·奥斯伯恩。

§

1933年，男爵饭店集团的亏损额降低到23000元，其中一家饭店甚至稍有赢利。盈利的是圣·路易斯男爵饭店。3月12日，罗斯福总统通过无线电发表了第一次炉边谈话，号召美国人民"重建对美国的信心"。受总统讲话感召，阿贝尔满怀信心地决定，1929年关闭的两家饭店应当重张营业。

查尔斯顿和莫比尔两地的饭店已经尘封多年。由于一直忙于两家饭店的重张，阿贝尔长期不在家，扎菲娅渐渐有了牢骚。扎菲娅原本没指望阿贝尔的地位会比史蒂文斯饭店副总经理高，随着时间逐月流逝，扎菲娅越来越意识到，丈夫壮心未已，而她已经跟不上趟了。让她害怕的是，阿贝尔可能开始对她失去兴趣了。

更让扎菲娅着急上火的是，迄今为止，她一直未能怀上阿贝尔的孩子。不过，医生十分肯定地说，她没有理由怀不上孩子，医生甚至建议她丈夫做一次体检。扎菲娅没敢把此事告诉阿贝尔，因为，她心里清楚，阿贝尔肯定会把这当作对他大丈夫气概的诋毁。末了，这一问题在他们夫妻之间变得十分难堪，双方对此都避而不谈。扎菲娅再也不抱任何希望时，她的行经期悄然过去了，却没见任何动静。

扎菲娅满怀希望地等待了一个月，这才把事情跟阿贝尔说了，然后她去找了大夫。又过了一个月，大夫肯定地告诉扎菲娅，她终于怀孕了。

1934年元旦当天，扎菲娅生了个女儿。为纪念阿贝尔的姐姐，他们给女儿起名弗洛伦蒂娜。第一眼看见孩子时，阿贝尔整个人都陶醉了。扎菲娅当时就意识到，从此往后，她再也不可能是阿贝尔最爱的人了。

乔治和扎菲娅的一个姐姐成了孩子的教父和教母。为孩子做洗礼当晚，阿贝尔按照波兰传统办了个盛大的宴会，级别为10道主菜。人们送给孩子的礼物不计其数，阿贝尔的资助人也送给孩子一个漂亮的古色古香的戒指。阿贝尔的回礼恰到好处：当年年末，男爵饭店集团赢利63000元，唯有莫比尔男爵饭店仍有少许亏损。

弗洛伦蒂娜出生后，阿贝尔待在家里的时间越来越长。他认为，在这座多风的城市重建一座新男爵饭店的时机已经成熟。他打算将新饭店打造成集团的旗舰店，以纪念戴维斯·勒鲁瓦。集团公司仍然拥有位于密歇根大道的地块，过去几年，好几个人试图购买这块地，阿贝尔一直不肯放弃。他始终希望，有朝一日，他有足够的经济实力重建原里士满饭店。重建工程需要资金，让阿贝尔高兴的是，西部灾害保险公司赔偿的75万美元至今分文未动。

在每月一次的董事会会议上，阿贝尔将重建饭店的想法告诉了柯蒂斯·芬顿。他还补充说，唯一让他感到掣肘的是，如果大卫·马克斯顿不希望史蒂文斯饭店有个竞争对手，他将放弃整个计划。几天后，柯蒂斯·芬顿转告阿贝尔，他的资助人不反对重建芝加哥男爵饭店。

建设新饭店，前后费时总计15个月。在建设过程中，市议员亨利·奥斯伯恩给予了鼎力协助，他用最短的时间完成了必须得到市政当局批准的全套手续。1936年5月，芝加哥市长爱德华·凯利亲自为饭店开业剪彩。安东·塞尔马克遭暗杀后，爱德华·凯利成了伊利诺斯州民主党领袖。为纪念戴维斯·勒鲁瓦，新建饭店不设17层——从那往后，阿贝尔在所有新建饭店都沿袭了这一传统。

新闻界对芝加哥男爵饭店的设计方案和建设速度赞誉有加。为打造这座新饭店，阿贝尔总共破费100多万美元。从最终结果看，每一分钱都花得恰到好处。饭店的所有公共场所都显示出宽敞和华丽：高高在上的天花板一律采用拉毛水泥；内墙涂料用的是淡绿色色调，给人以轻松愉悦的感觉；地毯又柔软，又厚实；浮雕式的深绿色的字母"B"（译者注：字母B为英文男爵一词的首字母）虽不显眼，却随处可见，从饭店正门仰视42层楼顶飘扬的旗帜，到最下级服务员制服的翻领，它们无处不在。出席开业典礼的来宾有2000人，两位伊利诺斯州参议员全都出席了典礼，还讲了话。马克斯顿先生也出席了典礼，让他无法理解的是，他怎么会成为贵宾席的一员。

"这座饭店已经成为事业成功的里程碑，"参议员汉密尔顿·刘易斯在讲话中说，"因为，朋友们，这座饭店的主人，而不是这座建筑，将作为'芝加哥男爵'，永存于世人的记忆里。"在2000位嘉宾的欢呼声中，阿贝尔毫不掩饰得意之色。

阿贝尔站起来，对到会的嘉宾们表示感谢。他首先感谢市长，然后感谢两位参议员，以及10多位出席本次典礼的众议员。结束讲话时，他还引用了当年的流行语："好戏还在后头。"

乔治原本有一项任务：阿贝尔讲话结束时，由他带头起立喝彩。其实，这一安排已经毫无必要，阿贝尔返回座位时，全场来宾都从座位上站了起来。混迹于大企业家和重要政治家的行列，阿贝尔始终面带微笑，他已经开始习惯这样的场面，因为这些人愿意跟阿贝尔视同平等。在这场盛大的庆典上，扎菲娅一直心神不宁地游离于人群之外，她消受不起这样的场面，也无法适应阿贝尔的新朋友们。丈夫取得的成就竟然会达到如此级别，她对此既无法理解，也不怎么关心。如今，扎菲娅已经有能力购买最昂贵的服饰，但她的穿戴却总是不入时，甚至不入流。扎菲娅心里清楚，阿贝尔对此十分恼火。阿贝尔跟市议员亨利·奥斯伯恩闲聊时，扎菲娅远远地躲到了一边。

奥斯伯恩在阿贝尔的背上亲热地拍了一下，说："现在你已经达到一生的巅峰了。"

"巅峰？我刚刚步入而立之年。"阿贝尔说。

阿贝尔伸出一只胳膊，搂住市议员的肩膀，照相机的镁光灯不失时机地闪了一下。阿贝尔咧着嘴，露出一副春风得意的样子，他第一次领略到，成为公众人物竟然如此惬意。"我要在全球各地建设男爵饭店。"阿贝尔说话声调之高，足以让到处挖掘消息的记者听清楚。"希望有朝一日我在美国能有豪华酒店之父凯撒·里兹在欧洲的地位。希望出门在外的美国人都把男爵饭店当作自己的第二个家。"

34

在凯恩和卡伯特银行新任董事长的领导下，威廉根本无法专心致志地工作。罗斯福总统的"新政"以前所未有的速度变成了国家法律，国家经济前景看好，这隐含着投资时机已经到来。不过，最终结果是向好还是向坏，威廉和托尼两人总是意见相左。开拓——至少在某一方面——已经成为不可遏止的现实，因为，刚从英国回来不久，凯特就向家人宣布，她已经怀有身孕。这消息给凯特的双亲和丈夫带来了莫大的欢欣。威廉曾经尝试调整自己的工作时间，以适应已婚男人的角色。不过，初始阶段，整整一个夏季，威廉经常伏案工作到深更半夜。处于幸福中的凯特常常身穿印花孕妇装，在红房子里冷静地检查婴儿区的装修情况。威廉是个上班族，他一向坚持晚上最后一个离开办公室，如今他第一次意识到，他已经无所谓了。

§

凯特和肚子里的孩子——孩子的预产期在圣诞节前后——给威廉的家庭生活带来了莫大的幸福，而马休在工作方面却给他带来了越来越多的烦恼。

马休已经接近酗酒成瘾，他交往的人威廉全都不认识，他经常无缘无故上班迟到。转眼间，几个月过去了，威廉发现，他已经无法指望朋友的判断力。一开始，威廉什么都不说，他暗自希望，这不过是废除禁酒令的伴随反应。不过，事情很快清楚了，情况并非如此，而且，情况越来越糟糕。

最后一根稻草是这样出现的：一天上午，马休不仅迟到两小时，而且带着一副明显的醉态。后来，马休在一个十分简单的问题上犯了个完全可以避免的错误。为银行的某位客户做一笔利润可期的重要投资时，马休不仅没有为客户赚到大笔利润，反而使其折了点儿本钱。威廉意识到，跟马休面对面摊牌虽然令人不快，但他必须这么做，而且已到刻不容缓的地步。

威廉对马休采用的是激将法。他把话说完后，马休当即承认了错误，还一个劲地道歉。让威廉聊以自慰的是，他们之间的隔阂就此消除了。威廉正想跟马休说中午一起出去吃饭，秘书慌慌张张地闯进他的办公室。

秘书说："你夫人的事，先生，她已经被送往医院了。"

威廉吃惊地问："为什么？出了什么事？"

"估计是因为孩子。"秘书回答。

"可是，预产期至少还有6个星期呢。"

"这我清楚，先生，可麦肯泽尔医生口气相当着急，他让你尽可能早点儿赶到医院。"

马休刚刚还是一副颓丧的神情，顷刻间变了个人，主动开车送威廉前往医院。马休将车子开进停车场时，威廉的母亲当年去世以及胎死母腹的场景一幕幕出现在他们脑海里。

妇科大楼是以理查德·凯恩的名字命名的。几个月前，在开业典礼上，正是凯特为大楼剪了彩，因而，威廉不费吹灰之力即可找到想去的地方。产房外，一位护士正在等候威廉。护士告诉他，麦肯泽尔医生正守候在夫人身边，夫人失血相当多。威廉束手无策地在走廊里来来回回走着，除了等待，他什么也做不了，这情景和几年前一模一样。想到有可能失去凯特，相比而言，当个银行董事长显得多么微不足道。上次他对凯特说"我爱你"是什么时候的事？

无论威廉是坐、是站、是走，马休都寸步不离，一直陪伴着他，而且，马休始终一言未发。这种时候，语言是多余的。冷不丁会有个护士冲进产房，或者从产房里冲出来。时间从秒钟变成了分钟，然后又变成了数个小时。终于，麦肯泽尔医生出现了，他脸上的手术口罩把鼻子和嘴巴完全遮住了，额头上是一片细碎的亮晶晶的汗珠。医生摘下白色的口罩，威廉这才看清他的脸。那张脸上是一片灿烂的笑容。

"祝贺你，威廉。你得了个小子，凯特也平安无事。"

"感谢上帝！"说完，威廉深深地吸了一口气，身不由己地靠在了马休身上。

"真得感谢万能的上帝。"麦肯泽尔医生说，"对于孩子的出世，我的作用的确极其有限。"

威廉听完笑起来，问道："我能看看凯特吗？"

"不行，现在还不行。我刚刚给她注射了一针镇静剂，她已经睡了。她失血过多，这对她健康很不利。不过，睡上一夜就会好起来。明天一早，也许她会显得很疲乏，但她肯定最想见你。如果你着急看儿子，现在就可以。看见他的小样，你可别吃惊啊。别忘了，他还不足月呢！"

医生领着威廉和马休往走廊另一端走去。在一间有大玻璃窗的屋子旁边，他们隔着玻璃往里张望，只见屋里一字排开一溜小床，床上共有6颗粉红色的小脑袋。

"那边那个。"麦肯泽尔医生指着最边上的婴儿说。

看着婴儿皱皱巴巴的小脸，想象中那个帅气的、英姿勃发的、必定会成为银行董事长的形象从威廉脑海里迅速消退了。

"我说，我得为这小鬼说句公道话。"麦肯泽尔医生心情大好，"跟刚生出来的你相比，他好看多了。"

威廉舒了一口气，开心地笑起来。

"你给他起名字了吗？"

"理查德·希金森·凯恩。"

医生动情地在威廉的肩膀上拍了一下，说："但愿我能活到为小理查德的第一个孩子接生。"

当天下午，威廉给圣保罗学校校长发了一封电报，校长为孩子登记的入学时间是1945年9月。安排好孩子人生的第一步后，新父亲和马休喝了个酩酊大醉。本来他们已经说好，第二天一早到医院看望凯特，可两人都睡过了头，都比约定时间晚到了。威廉拉着马休又去看了一次小理查德。

"是个丑陋的小崽子，"马休说，"没有一丁点儿地方像他漂亮的母亲。"

"我也这么想。"威廉附和着说。

马休补充说："不过，他倒蛮像你。"

威廉再次回到凯特的病房，房间里摆满了鲜花。

"你喜欢儿子吗？"凯特问丈夫，"他长得多像你。"

"要是别人这么说，我非把他揍扁不可。"威廉说完笑了笑，接着说，"他是我这辈子见过的最丑陋的小东西。"

"噢，不对。"凯特假装愤怒，说，"他相当漂亮。"

"那张脸也只有当妈的才喜欢。"威廉说完搂住了妻子。

凯特靠在威廉怀里，说："如果凯恩奶奶还活着，看到我们结婚8个月就有了孩子，她老人家会怎么说？"

"我并不想让人觉得我挑剔。"威廉学着奶奶的口吻说，"可是，谁要是结婚15个月才有孩子，别人肯定会觉得，这孩子的父母可疑。结婚不到9个月出生的孩子绝对不会被社会认可，只能送去海外收养。……还有件事，有句话我还没来得及跟你说，他们就把你送进医院了。"

"你想说什么？"

"我爱你。"

凯特和小理查德在医院里住了将近3周才出院。直到临近圣诞节，凯特才完全康复。威廉成了凯恩家族第一个为孩子换尿布和推婴儿车的男人。威廉对马休说，你早该找个合适的女人，成个家了。

马休不以为然地笑起来，说："看来你确实步入中年了，用不了多久，我就可以从你头上找到灰头发了。"

实际上，在争夺董事长席位期间，威廉已经长出几根灰头发，只不过马休没说罢了。

§

威廉自己也说不清，他和托尼·西蒙斯的关系是什么时候开始恶化的。西蒙斯否决了他在经营策略方面的所有建议，这种否定态度迫使威廉重新考虑辞去董事会的职务。

马休不仅不帮忙，反而倒退回以前那种酗酒状态。他改掉恶习的时间仅仅延续了数个星期。跟以前相比，唯一不同的是，他酗酒更厉害了，而且，他每天到银行的时间总会比头一天更晚。威廉对此束手无策，他每天都要为朋友进行开脱。每天下班前，他总会把马休跟客户往来的信函过目一遍，凡是马休忘记回复的电话，他还要替马休逐一回复。

1934年夏季，由于罗斯福总统的"新政"得到贯彻执行，投资者的信心逐渐开始恢复，人们重新把钱财从床底下拿出来，存入银行。夸张的是，一些人甚至提着整箱整箱现金来到银行。威廉认为，返回股市进行试探性投资的时机差不多已经到来，他已经开始用自己的资金进行扩张。但是，托尼随手写给金融委员会一份备忘录，否定了威廉的建议。威廉怒不可遏地径直闯进西蒙斯的办公室，质问西蒙斯是否同意他辞职。

"当然不同意，威廉。如你所知，我长期坚持的经营策略是，用保守的方式经营银行，我可不愿意一头扎回股市，拿投资人的钱去冒险。"

"如果我们坐在赛场边线上旁观，等于把生意拱手让给其他银行，几年前根本不是我们对手的一些银行很快会超过我们。"

"在哪方面超过我们，威廉？不会在信誉方面，最多只能在赢利方面，但绝不会在信誉方面。"

"可银行必须对赢利有兴趣。"威廉说，"不要为了绅士的臭架子原地踏步，要多为客户赢利，这是银行义不容辞的责任。"

"只要能保住咱们银行在你祖父和父亲领导下历经半个世纪好年景树立的信誉，站在原地不动，我也乐意。"

"说得好。不过，为了不断扩大银行的业务，他们对开拓性想法一直非常开明。"

"那是在好年景。"托尼说。

"坏年景也一样。"威廉寸步不让。

"你何必这么着急上火,威廉。对你全权主管的部门,你完全可以自作主张嘛。"

"你省省吧,只要涉及新的投资项目,你都会予以否决。"

"我看咱们还是把问题挑明了好,威廉。让我最近变得特别谨慎的原因之一是,马休的判断力已经完全靠不住了。"

"请你不要把马休扯进来。我知道你是在跟我作对,因为我是这一部门的负责人。"

"我倒希望那样。可我不能不提马休。对每个人的行为,我要向董事会全面负责,而马休是我们银行头等重要部门的二号人物。"

"所以,这事应当由我承担主要责任,因为我是这一部门的头号人物。"

"不能这么说,威廉。马休因为酗酒,上午11点才来上班,这可不能由你负全责——无论你们之间的友谊多么长久,多么密切,都不能这么说。"

"你不要太夸张了。"

"我一点儿都不夸张,威廉。咱们银行容忍马休·莱斯特至今已经一年有余,以前我没向你挑明这件事,恰恰是因为你个人和他以及他们家族的关系,让我顾虑太多。如果他向我提交辞呈,我很乐意接受。如果他还有点儿气魄,他早该这么做了,他最好的朋友也早该劝他这么做了。"

"决不。"威廉说,"如果他走,我也走。"

"随你的便,威廉。"托尼毫不妥协,"我首先要对我们的投资人负责，而不是你学生时代的哥们儿。"

"早晚有一天，你会为你说的话后悔，托尼。"说完这话，威廉怒气冲冲地离开了董事长办公室。回到自己的办公室后，威廉仍然怒气难消。

经过秘书办公室的时候，威廉问了一句："莱斯特先生哪儿去了？"

"他还没来，先生。"

威廉低头看了看手表，不由更加愤怒了。他对秘书说："他来的时候告诉他，我要立即见他。"

"好的，先生。"

威廉在办公室里不停地来回踱步，嘴里不停地诅咒着。西蒙斯所说的有关马休的情况句句属实，这样一来，事情更难办了。威廉拼命地回想：马休是从什么时候开始像这样酗酒的？威廉试图找出解释，这时，秘书的话打断了他的思路。

"莱斯特先生刚刚来了，先生。"

马休走进威廉的办公室，脸上挂着一副知错的表情。他浑身上下都在说明，头天晚上的酒劲仍然没有散去。过去一年来，马休显老了许多，他的皮肤已经失去了柔韧，失去了运动好手的光泽。威廉都快认不出马休了，难以想象眼前这个人竟然是20年来最亲密的朋友。

"马休，你他妈干什么去了？"

"睡过头儿了。"马休显然没注意威廉说话的口气，说话时还挠着自己的脸，"恐怕昨晚睡得太晚了。"

"你是说喝得太多了吧？"

"不，我可没喝多。都是因为一个刚认识的女朋友，她太不知足了，让我整夜没睡觉。"

"你什么时候才能停止干这种事，马休？你差不多和波士顿所有单身女人睡过了。"

"别太夸张了，威廉。肯定还有一两个我没睡过——至少我希望如此。别忘了，还有成千上万已婚的女人呢！"

"我可没跟你开玩笑，马休。"

"算了吧，威廉。你就别管我的事了。"

"别管你的事？就因为你，刚刚我还挨了托尼·西蒙斯一顿训。遗憾的是，他说的都是事实。你的判断力已经完全靠不住了。你不仅和每一个穿裙子的东西睡觉，更糟糕的是，你饮酒无度，你是不想活了吧！这是为什么，马休？告诉我这是为什么！至少应该有某种解释。一年前，你还是我今生遇到的最让人信服的人之一。到底出了什么事，马休？你让我怎么对托尼·西蒙斯解释呢？"

"让他滚他的蛋，管好他分内的事。"

威廉的话里明显带着愤怒的语气，他说："马休，你说话可得公道啊，这还真是他分内的事。我们经营的是银行，不是妓院。另外，你是我亲自推荐到这儿来当负责人的。"

"而我现在的表现达不到你要求的高标准，你是不是这意思？"

"不是，我可没那么说。"

"那你是什么意思？"

"认真做事，几周内做出点儿成绩。用不了多久，大家就会把你现在的表现忘得一干二净。"

"这就是你要我做的吗？"

"对。"威廉回答。

"坚决服从命令，是，长官。"说着，马休做了个立正的动作，然后转身出去了。

"噢，他妈的。"威廉禁不住骂了一句，然后一屁股坐到椅子上。

当天下午，威廉原打算跟马休一起全面分析某客户的投资计划，可是，没有人知道马休去了什么地方。午饭后，马休一直没回办公室，当天再也没人见过他。

对威廉来说，哄小理查德睡觉是一大乐事。当天晚上，哄小理查德睡觉时，威廉一直在担心马休。威廉已经开始培养小理查德识数了，不过，就这件事而言，他还没取得什么进展。

"理查德，如果你连数都数不清，长大以后，你怎么当银行家啊？"威廉教训儿子时，凯特正好走进屋里。

凯特说："也许他这辈子能做更有价值的事呢！"

"什么事能比从事金融业更有价值？"威廉问。

"这个嘛，他可以当个音乐家，或者棒球运动员，说不定还能当上美国总统。"

"就这三种职业来说，我希望他成为棒球运动员——这三种职业里，数运动员报酬高些。"说着，威廉为理查德掖好了被子。

凯特说："你看起来很疲乏啊，亲爱的。你没忘吧，今晚我们还要去安德鲁·麦肯泽尔那儿喝一杯呢！"

"糟糕，我把这事忘光了。他让我们什么时候到？"

"再过一小时。"

"那好，首先我要好好洗个热水澡。"

"我以为，这应该是女人享受的特权。"

"今晚说什么我也得享受这种特权，今天我的神经一分钟都没休息过。"

"托尼又找你麻烦了？"

"是啊！不过，这次恐怕他是对的。他一直抱怨马休酗酒的事。值得庆幸的是，他没提马休搞女人的事。如今几乎不可能带马休参加任何社交活动了，除非人家把烈酒和成年女儿——在某些场合甚至还得把夫人——都锁起来，然后再请他进屋。"

威廉在澡盆里泡了半个多钟头，若不是凯特将他拉出来，他可能已经在澡盆里睡着了。在凯特反复催促下，两人依然迟到了25分钟。在医生家，他们首先看到的是，马休已经快喝醉了，他正在跟一位参议员夫人套近乎。威廉试图上前制止马休，凯特把他拦住了。

凯特说："你什么都别说。"

"我不能眼睁睁看着最要好的朋友逐渐滑进深渊。"威廉说，"我必须有所行动。"

不过，威廉最终听从了凯特的劝告。整个晚上，眼看马休越喝越醉，威廉的心情别提多糟糕了。屋子另一端的托尼·西蒙斯注视着威廉的一举一动。马休提前退出了晚会，这让威廉得到了解脱。跟马休一起退场的是晚会上唯一不够漂亮的女人。马休离开后，威廉一天当中第一次有了放松的感觉。

"小理查德还好吗？"是安德鲁·麦肯泽尔的声音。

威廉回答："他还不会数数儿。"

医生说："这可是个好消息。说不定他这辈子能做些有价值的事呢！"

"我也是这么说的。"凯特接过话头，"我又有了个好主意，威廉，他可以当个医生。"

"当医生应该没问题。"麦肯泽尔说，"我认识的医生没几个识数儿的。"

威廉说："可医生们填写支票时都识数儿啊！"

听威廉这么说，麦肯泽尔开心地大笑起来，问道："再来一杯怎么样，凯特？"

"不了，谢谢你，安德鲁。我们该回家了，如果我们再不走，客人当中就会只剩下托尼·西蒙斯和威廉。他俩一谈起银行业务，今晚剩下的时间咱们就只有干陪着了。"

"谢谢你请我们参加晚会，安德鲁。"威廉说，"另外，我必须为马休的举止向你道歉。"

"为什么？"麦肯泽尔不解地问。

"噢，别装着满不在乎，安德鲁，他不光喝醉了，在场的所有女人他都招惹遍了。"

"如果我处在他的困境里，我也会像他那样。"麦肯泽尔医生说。

"你怎么会说这种话？"威廉被说糊涂了，"不能因为他是单身汉，就放任他做出格的事啊！"

"我当然不是那个意思。我这么说是出于理解。其实我也知道，碰上这样的事，我这么说是有点儿不负责任。"

"你这话是什么意思？"威廉更加糊涂了。

"哦，我的天！"这次轮到麦肯泽尔医生惊讶了，"你是他最好的朋友，难道他从没跟你们说过？"

"跟我们说什么？"威廉和凯特异口同声问。

麦肯泽尔医生瞪大眼睛看着他们，脸上露出难以置信的神色。

医生说："最好到我书房来一趟，你们俩都来。"

威廉和凯特跟随医生走进一个小房间。房间四壁布满了书架，书架里塞满了医学书，几层架子上摆放着麦肯泽尔医生在康奈尔医科大学期间的学生照，有个镜框里还装着个奇怪的学位证书。

"请坐吧。"医生说，"威廉，如果我跟你们说的话有悖常理，你们可别往心里去。因为，我以为你们早就知道，马休已经病入膏肓，他得了何杰金氏症。一年前他就知道自己患了绝症。"

威廉沉重地倒在椅子上，半天说不出话。他挣扎着问："什么是何杰金氏症？"

"一种几乎无法消除的致命的炎症，导致淋巴结肿大。"说话时，医生脸上挂起了一副严肃的表情。

威廉觉着难以相信，他摇了摇头，问："他干吗不告诉我？"

"我也只能猜测。他自尊心太强，不想让别人分担他的痛苦。他宁愿按自己的方式去死，那之前，他不想让任何人知道实情。过去6个月来，我一直劝他，让他把实情告诉他父亲。现在我把他的病情告诉你，已经违背了医生的职业操守。如果不知道实情，你肯定会继续谴责他的行为，我实在看不下去。"

"谢谢你，安德鲁。"威廉说，"我怎么会瞎了眼，竟然做出这么傻的事呢？"

"你没必要责备自己。"麦肯泽尔医生说，"如果我不说，你根本没法知道。"

"真的一丁点儿希望都没有吗？"凯特问。

"没有。就连他能活多久我都无法断定。"

威廉问："再没有别的医院、别的专家能治这种病吗？钱不是问题。"

"金钱不是万能的，威廉。美国排前三位的外科医生我都咨询过，另外，我还咨询过一位瑞士权威。不幸的是，他们一致同意我的诊断。医学科学至今尚未找到治好何杰金氏症的方法。"

"他到底还能活多久？"凯特轻声问。

"我说不准，往多里说6个月，3个月更实际些。"

"刚才我还自责对他放任不管呢！"威廉说话时紧紧握住凯特的手，"我们必须走了，安德鲁。谢谢你告诉我们实情。"

"你得尽一切可能帮助马休。"医生说，"不过，看在老天的分上，应该理解他，他想干什么就随他去吧，他已经没几个月活头了。你得设身处地为他想想。还有，别让他知道我把实情告诉了你们。"

开车回家的路上，威廉和凯特都没说话。刚走进红房子里，威廉立刻给那个跟马休一起离开的女人拨通了电话。

"麻烦你让我跟马休·莱斯特说句话。"

"他不在我这儿。"听口气，对方好像很生气，"他把我强拉到里约俱乐部，又喝了几杯，他跟另一个女人离开了。"对方说完挂断了电话。

里约俱乐部？威廉翻开电话簿，查到了那个俱乐部的地址，然后驾车往城北开去。路上，威廉向一位出租司机打听清楚了具体路线，终于找到了这家俱乐部。他在大门上敲了敲，门上的小窗开了。

"你是会员吗？"

"不是。"威廉干脆利落地回答，随即往窗口塞了一张10元钞票。

小窗关上了，大门随之敞开。威廉穿过舞池，他身上的银行家三件套与周围的气氛很不协调。一对对舞伴相互缠绵着，大家都侧过身子为他闪开一条通道，没人对他感兴趣。威廉四处张望，在烟雾弥漫的屋子里到处寻找马休，可是，马休根本不在这里。末了，威廉觉着，他终于认出一个最近跟马休相好过的女子。眼下那女子正陪着一个海员坐在角落里。威廉走了过去。

威廉说："请原谅，小姐。"

对方抬起头，显然她不认识威廉。

海员插话说："这女士现在是我的，你给我滚开。"

威廉问："你看见马休·莱斯特了吗？"

"哪个马休？"女孩问。

"我已经说过，让你滚一边儿去。"海员说着站起来。

"你要敢再插一句嘴，当心我把你扔回甲板上。"威廉恶狠狠地说。

海员曾经在另一个人的眼睛里看见过同样的愤怒，由于同样的情况，上次他差点瞎了一只眼睛。他只好忍气吞声坐下了。

"马休在哪儿？"

"我不认识叫马休的人，亲爱的。"女孩也害怕了。

"1米80的个儿，金黄色的头发，穿着和我差不多，经常喝醉。"

"噢，你说的是马丁，他在这里自称马丁，不叫马休。"女孩明显松了口气，接着说，"让我想想，今晚他跟谁一起走的呢？"说完，女孩转向吧台，对酒吧侍者喊道："特里，马丁跟谁一起走的？"

酒吧侍者从嘴角取下一截熄灭的香烟蒂，喊了一嗓子："詹妮。"然后又把烟蒂塞回嘴角。

"詹妮，没错儿。"女孩顿了一下，接着说，"嗯，让我想想。她是个快手，从来不和男人待半小时以上，所以她很快会回来。"

"谢谢你。"威廉说。

威廉在吧台上找了个座位坐下，慢慢呷着一杯加了许多水的苏格兰威士忌。随着时间一分钟一分钟过去，威廉越来越觉着自己跟这种地方完全不搭调了。终于，嘴角仍然塞着烟蒂的酒吧侍者朝刚刚进门的一个姑娘努了努嘴。

"那个就是詹妮。你现在可以要她了。"侍者说。可马休没跟那女孩一起进来。

酒吧侍者朝詹妮招了招手，示意詹妮过来。詹妮是个皮肤暗色、身材消瘦、个头矮小、还算漂亮的女孩。她挤眉弄眼地向威廉走来，同时扭动着臀部。

"是找我吗，亲爱的？嗯，我恭候您吩咐，不过我每半个小时收费10块！"

"不，我不是想要你。"威廉回答。

"够刺激。"詹妮说。

"我正在找刚才跟你一起的那个男的，马休——我是说马丁。"

"马丁啊，他喝得太多，我看他用拐棍都直不起来了，不过他付了10块钱——每次他都这样，一位真正的绅士。"

威廉焦急地问："他现在去哪儿了？"

"不知道。他说他要走着回家。"

路面已经布满雨水，威廉坐进车里，慢慢往马休租住的公寓开。一路上，他仔细辨认着大街两旁每一位过往的行人。看见威廉的眼神，有些人立即加快脚步避开，另一些人则凑过来跟他搭讪。红灯亮起时，威廉的车正好停在一家通宵营业的饮食店旁边。透过饮食店蒙着雾气的玻璃，威廉看见，马休手里端着个杯子，正在桌子之间步履蹒跚地穿行。威廉赶紧停好车，走进饮食店，在马休对面的椅子上坐下。马休正趴在桌子上，身边放着一杯没喝过的咖啡。

"马休，是我。"威廉看着面前这个脱了相的人，泪水顺着双颊滚落下来。

马休抬起头，碰到了杯子，杯子里的咖啡洒出来一些。他说："你在哭啊，老伙计。你的女朋友甩了你，是吧？"

"不是。我最要好的朋友甩了我。"威廉说。

"啊，这种人现在很少见了。"

"我知道。"威廉说。

"我也有个好朋友，"马休的口齿已经含混不清，"他从来都护着我，可这两天我们吵架了。当然是我的错，知道吗，我让他觉着特没面子。"

"不，你没有。"威廉说。

"你怎么知道？"马休不由生气了，"你这种人根本不配认识他。"

"咱们回家吧，马休。"

"我的名字是马丁。"马休说。

"对不起，马丁，咱们回家吧。"

"不，我想待在这儿。待会儿有个女孩儿可能要来。我觉得这次我跟她能成。"

"我那儿有好些麦芽酿的陈年威士忌，"威廉说，"咱们一起喝几杯怎么样？"

"你那儿有女人吗？"

"当然，有好多呐！"

"那咱们走，我跟你去。"

威廉把马休从椅子上拉起来，架着马休慢慢往门口走。吧台旁边坐着两个警察，威廉听见其中一个说："一对儿他妈的同性恋。"

威廉把马休扶进汽车，开车往贝肯山驶去。凯特还没睡，一直在等他们。

威廉说："你早该睡了，亲爱的。"

"我睡不着。"凯特说。

威廉说："马休已经醉得语无伦次了。"

"这是你答应给我的女孩儿吗？"马休醉眼惺忪地问。

"是的，她会照顾你。"威廉说。接着，威廉和凯特一起将马休扶进客房，把他放倒在床上。凯特开始为马休脱衣裳。

"你也得把衣服脱掉，亲爱的。"马休说，"我已经付你10块钱了。"

"等你躺好再说。"凯特轻声说。

马休问："你看起来挺悲伤啊，为什么，美丽的女士？"

"因为我爱你。"凯特说话时，泪水已经在眼眶里打转。

"你别哭啊，"马休说，"这也不值得哭啊！你瞧着吧，这次我一定能成。"

威廉和凯特为马休脱利索后，威廉给马休盖上一条被单和一条毛毯，凯特把灯熄了。

"可你答应过要陪我睡的。"马休说话时已经昏昏欲睡。

凯特悄无声息地关上了门。

威廉在马休屋子外边的椅子上睡了一夜，以防马休半夜醒来溜掉。第二天一早，凯特首先叫醒威廉，然后给马休端去一份早餐。

凯特拉开窗帘时，马休面对初升的朝阳眨了眨眼，他说的第一句话是："我怎么到这儿来了，凯特？"

"参加完安德鲁·麦肯泽尔的晚会，你跟我们一起回来的呀！"凯特撒谎显然很勉强。

"不对，肯定不对。我跟那个丑丫头一起去了里约俱乐部，她叫帕特里夏什么的，幸运的是，当时詹妮也在，她没做什么，又挣了10块钱。我的天，我觉得浑身不舒服。给我来杯番茄汁行吗？我不想表现不合作，可我现在最不想要的就是早餐。"

"当然可以，马休。"说完，凯特把早餐端走了。

这时，威廉走进屋里，马休抬起头，他们默默地互相注视着。

终于，马休开口了："你都知道了，是不是？"

"是的。"威廉回答，"我可真够傻的，怎么就没看出来。希望你能原谅我。"

"你别哭啊，威廉。上次我看见你这么哭，还是在12岁时。当时科文顿正骑在你身上揍你，是我把他拉开的，还记得吗？真想不出科文顿那小子眼下在干什么，也许他正在墨西哥边境小城蒂华纳开妓院，这可是最适合他的职业。跟你说，如果科文顿真的干上这行，他一定干得特别成功，最好你把我带到那地方。你可别哭，威廉，大丈夫不能掉眼泪。我已经不可救药了，我已经找过纽约的、洛杉矶的、苏黎世的所有专家，都说这病没治。今天上午我不去上班，你不会见怪吧？我现在浑身不舒服，如果我睡得太久，让凯特叫醒我。如果你觉着我实在讨厌，我自己能回家。"

"这里就是你的家。"威廉说。

马休的口气严肃起来，说："你去把这事告诉我父亲好吗，威廉？我没脸去见他。你也是独生子——你会理解我的难处。"

"可以。"威廉说，"我明天就去纽约，把实情告诉他。可你必须答应住在我家。如果你觉得喝醉了舒服，从今往后我绝不再阻止你；你想找多少女人，我都不在乎，只要你答应住在我家。"

"这是我几周来听到的最好的建议，威廉。我觉着必须再睡一会儿，这些日子我特别容易犯困。"

威廉眼看马休渐渐沉入深度睡眠状态。马休的手还端着半杯喝剩的番茄汁，威廉轻轻地拿开杯子，床单上已经洒上一摊红色的印记。

"你可别死，"威廉轻声说，"你可千万别死，马休。难道你忘了，我们说好一起经营美国最大的银行呢！"

§

第二天一早，威廉动身前往纽约，见了查尔斯·莱斯特。听到威廉带来的消息，这位了不起的人瘫在椅子上，身子顿时缩小了一半，也顿时苍老了许多。

"谢谢你，威廉，谢谢你亲自来告诉我这消息。马休这么长时间不来看我，也不说为什么，我就知道，准是出了什么事。以后我每个周末去一趟波士顿。让我放心的是，他跟你和凯特住在一起。我会尽量注意不要显得太过悲哀。只有上帝知道为什么他要受这样的惩罚。他母亲死后，我为他准备好了一切，可现在，这笔财富没人给了。"

"我们在波士顿随时欢迎你来，先生——你是最受欢迎的客人。"

"谢谢你，威廉，谢谢你为我儿子做的一切。"说到这里，老人抬起头，看着威廉，"你父亲要是能活到今天，就能亲眼见证他儿子无愧于凯恩这一姓氏。如果我能和马休调换位子，让他活着……"

"我现在该动身回去陪他了，先生。"

"噢，当然。告诉他我爱他，告诉他我面对这一消息很坚强。千万别说反了。"

"好的，先生。"

威廉当晚回到了波士顿。威廉看见，马休果然老老实实跟凯特一起待在家里，正坐在游廊上捧读新近出版的畅销小说《飘》。威廉进屋时，马休抬起了头。

看见威廉走来，马休首先问的是："老爷子有什么反应？"

"他哭了。"威廉说。

"莱斯特银行董事长竟然哭了？"马休感叹道，"可别让股票持有者知道这消息。"

马休不再饮酒，他恢复了工作状态，而且尽了最大努力，一直工作到临死前几天。马休的决心如此之大，威廉既惊且喜，他不断地劝马休悠着点儿。马休的能力又恢复到原来的高水准，每天下班前，他总会借口检查威廉跟客户的往来信函嘲笑威廉一番。晚上，出席宴会和前往剧院看节目前，马休总会跟凯特打一会儿网球，要么就跟威廉前往查尔斯河比赛划船。

马休总是开玩笑说："如果哪天我赢不了你们，我就能知道我要死了。"

马休从没住过医院，他更愿意住在红房子里。对威廉来说，这几个星期过得既缓慢又迅速。每天早上醒来后，威廉首先想到的是，马休今天是否还活着。

马休告别人世的时间是个星期四。他死的时候，《飘》一书还差40页就读完了。

§

马休的葬礼在纽约圣·帕特里克大教堂举行。殡葬期间，威廉和凯特一直跟查尔斯·莱斯特住在一起。过去几个月，查尔斯·莱斯特已经变得老态龙钟。在妻子和独生子坟墓一侧肃立时，莱斯特悄悄对威廉说，他感觉活着已经没有任何意义。威廉没说话，他心里清楚，无论说什么，都不可能安抚处于悲伤中的父亲。

办完葬礼的第二天，威廉和凯特回到了波士顿。没有了马休的身影，红房子顿时显得空旷了许多。威廉忽然意识到，刚刚过去的几个月是他一生中最幸福和最不幸交织在一起的一个时期。马休的病让威廉对马休和凯特更加亲近，而正常生活从来不会让人产生这样的感觉。

返回银行上班的威廉发现，对他来说，恢复正常工作状态成了一件非常困难的事。每当他想征求意见，或者想放松一下，他总会习惯性地突然站起来，然后走进马休的办公室。可那间屋子已经人去屋空。几个星期过后，威廉才习惯于认为，那间屋子的确空了。

这一时期，托尼·西蒙斯显得特别善解人意，但这样也于事无补。威廉对金融业完全失去了兴趣，甚至对凯恩和卡伯特银行的业务也失去了兴趣。几个月来，对马休之死，威廉一直在自责。过去，他一直顺理成章地认为，他和马休会生死与共，直到地老天荒。虽然同事们什么都没说，威廉的工作绩效确实不能与往昔同日而语了。在家里，威廉经常独处一隅，这让凯特担心不已。

一天清晨，凯特醒来时发现，威廉正坐在床帮上俯视她。凯特眨了眨眼，看着威廉，问道："出了什么事，亲爱的？"

"没出事。我只是在欣赏我最宝贵的财富，再也不能认为世间的一切都是天经地义的了。"

35

第二天一早，吃早餐期间，凯特把《波士顿环球报》第17版的一则消息指给威廉，那是一篇报道芝加哥男爵饭店开业的短文章。

阅读文章时，威廉脸上露出会心的微笑。当初他提议资助里士满集团，凯恩和卡伯特银行的同事们竟然不听他的，他们可真够蠢的。让威廉高兴的是，虽然凯恩和卡伯特银行当初没做这笔交易，如今看来，他对罗斯诺夫斯基的判断是准确的。读到"芝加哥男爵"绰号时，威廉不禁哑然失笑。不过，看到为这篇文章配发的照片时，威廉突然感到心头一紧，他再次将照片仔细看了一遍，照片的文字说明印证了他最大的担忧。文字内容如下："男爵饭店集团董事长阿贝尔·罗斯诺夫斯基和联邦储备银行董事米卡斯洛·希姆扎克及市议员亨利·奥斯伯恩正在交谈。"

威廉将报纸放到桌子上，他无法继续吃早餐了，出门上班前，他没说一句话。他走进办公室，直奔电话机，要通了科汉和亚伯龙律师事务所，找到了汤马斯·科汉。

"好久没联系了，凯恩先生。"这是汤马斯·科汉的开场白。"对你朋友莱斯特先生过世，我深感遗憾。夫人和儿子好吗？如果我没记错，他叫理查德，对吧？"

汤马斯·科汉对人们的名字和人们之间的关系了如指掌，总会让威廉惊羡不已。

"他们都好，谢谢你，科汉先生。撒迪厄斯近来还好吗？"

"他刚刚成为我公司的一员，最近还让我当了爷爷。这次我能为你做什么呢，凯恩先生？"汤马斯·科汉居然还记得，跟威廉寒暄不宜过长！

"我希望通过你雇一名可靠的私人侦探，调查几件事，请不要向被调查方披露我的名字。我需要全面了解关于亨利·奥斯伯恩的最新消息，他现在可能当上了芝加哥市议员。我希望知道他离开波士顿以后做的每一件事，特别是他跟男爵饭店集团总裁阿贝尔·罗斯诺夫斯基之间的个人关系和业务关系。"

听筒里沉默了一会儿，律师只说了一个词："知道了。"

"一周之内能给我一份报告吗？"

科汉答道："请给我两周时间，凯恩先生，两周。"

§

汤马斯·科汉一如既往地可靠，第15天早上，威廉的办公桌上出现了一份全面的调查报告。威廉读了好几遍报告，还在一些地方用下划线做了标记。看来，阿贝尔·罗斯诺夫斯基和亨利·奥斯伯恩之间没有正式合作关系。大致情况是，罗斯诺夫斯基觉着，奥斯伯恩在解决政策性问题方面很有用，仅此而已。奥斯伯恩呢，离开波士顿后，他一连换了好几份工作，最后在西部灾害保险公司理赔办公室谋到了如今的职务。前芝加哥里士满饭店由西部灾害保险公司承保，奥斯伯恩和罗斯诺夫斯基的接触大概是因此建立起来的。饭店彻底烧毁后，保险公司起初不愿意受理这起索赔。一个名叫德斯蒙德·佩西的前总经理承认自己犯故意纵火罪，因而被判10年徒刑。一开始，曾经有人怀疑罗斯诺夫斯基参与了纵火，然而，没有证据能证明这一点，保险公司只好赔偿了100万保额的3/4。报告最后称，奥斯伯恩目前已经成为市议会议员，成了市议会的职业政客，风传他正在争取当选下一届伊利诺斯州国会议员。不久前，奥斯伯恩和一个富有的药品制造商的女儿马丽·阿克斯顿结了婚，他们至今还没生孩子。

威廉将报告从头到尾重新读了一遍，以防漏掉重要细节，这原本不是他的做事风格。出于完全不同的原因，阿贝尔·罗斯诺夫斯基和亨利·奥斯伯恩两人都憎恨他，如果仅仅因为憎恨将这两人生生捆在一起，未免牵强附会。尽管如此，威廉无可避免地觉着，这其中潜藏着巨大的危险。威廉给汤马斯·科汉寄了一张支票，要求科汉每季度提交一份最新报告。几个月一晃过去了，按季送来的报告没有披露任何新情况，威廉因而不再担忧。他转而想到，对《波士顿环球报》那幅照片，也许他真的有些反应过度了。

§

1936年春，凯特给威廉生了个女儿，他们为女儿起名弗吉妮娅。威廉又一次承担起换尿布的职责，他对这位"小女士"的喜爱达到了爱不释手的程度。凯特每晚都得将孩子从威廉手里救出来，不然的话，这孩子根本捞不到机会睡觉。这时的理查德已经3岁，他对这个新出世的孩子没什么好感。随着时间的流逝，随着得到一套电动玩具火车，他心中的妒忌得到了抚慰。

这一年岁末，威廉负责的部门为凯恩和卡伯特银行赚到了可观的利润。威廉已经从伴随马休去世而来的萎靡状态中重新崛起，而且，他很快在股票市场挽回了"精明投资家"的美誉。值得一提的是，绰号"买空卖空"的著名操盘手亲口说过，他不过是完善了一下波士顿人威廉·凯恩的技术而已。如今，托尼·西蒙斯的指示听起来也不那么逆耳了。尽管如此，威廉内心深处仍然有阴影，因为他知道，必须等上15年，等托尼·西蒙斯退休后，他才能当上凯恩和卡伯特银行董事长。对此他一筹莫展。

36

马休去世3年来，查尔斯·莱斯特见老了许多。在金融圈里，关于他老人家的谣言四起，据传，他对工作完全失去了兴趣，而且极少去银行上班。因此，在《纽约时报》上看见老人家去世的消息时，威廉没怎么觉着意外。

凯恩夫妇前往纽约参加了老人家的葬礼，美国所有大人物似乎都出席了葬礼，包括副总统约翰·南斯·加纳。葬礼结束后，威廉和凯特乘火车回到波士顿，他们下意识地觉着，从此失去了与莱斯特家族的最后一线密切联系。

3个月后，威廉收到一封寄自纽约著名律师沙利文和克伦威尔的联名信，邀请威廉前往他们位于华尔街的事务所，出席已故查尔斯·莱斯特的遗嘱宣读仪式。

威廉决定出席遗嘱宣读仪式，主要考虑的是与莱斯特家族的关系，而不是去打听查尔斯·莱斯特给他留下了什么。威廉希望得到一件能让他经常想起马休的小纪念品，仅此而已。他要把纪念品摆放在红房子的书房里，与墙上悬挂的"哈佛大学奖"配成双。中学和大学时代，威廉经常和马休一起度假，因而认识了不少莱斯特家族成员，他希望利用这一机会，与这些人重新建立联系。

宣读遗嘱的头天晚上，威廉开着新买的奔驰车前往纽约。到达以后，他住进了纽约哈佛俱乐部。宣读遗嘱的时间定在第二天上午10点。进入沙利文和克伦威尔律师事务所时，威廉惊奇地发现，到场的人已经超过50位。威廉进屋时，许多人抬起头看着他，他主动上前跟马休的堂兄弟姐妹以及几位婶娘互致问候。威廉觉得，他们比以前老了许多，因而他暗自想道，那些人肯定觉着他也比以前老了许多。威廉扫视了一眼屋里的人们，希望从中找出马休的妹妹苏珊，然而，苏珊不在场。因而威廉认为，她肯定已经结婚，肯定是因为一大堆孩子脱不开身。

钟声响了10下，阿瑟·克伦威尔先生来到屋里，紧随其后的助手带着一个褐色的真皮文件夹。在场的人都安静下来，个个露出期待的眼神。律师首先解释说，根据查尔斯·莱斯特先生的明确指示，他去世3个月后才能公布遗嘱。由于失去了继承遗产的儿子，他希望自己去世的尘埃落定后再公布遗嘱。

威廉仔细环视了一圈屋里的面孔，看到许多面孔显得异常专注，专注于律师嘴里发出的每一个音节。时间过去了将近一个钟头，阿瑟·克伦威尔才宣读完这份手写的遗嘱。按照惯例，首先公布的内容包括遗赠给老家臣的钱财，捐献给慈善机构的款项，以及一大笔赠送给哈佛大学的赞助。克伦威尔接着宣布，查尔斯·莱斯特将他的其他资产按照家族成员与他关系的亲疏分给了所有人，他女儿苏珊得到了遗产中最大的份额，余下的部分平均分配给他的5位侄儿和3位侄女。他们年满30岁前，这些钱和股份由银行资金托管团代为保管。马休的其他堂兄弟姐妹、婶娘，以及其他远房亲戚得到的都是现金。

让威廉万分惊讶的是，说到这里，克伦威尔先生宣布："以上是已故查尔斯·莱斯特所有已知财产的分配方案。"

这句话让坐在椅子上的人们全都不自在地扭动起来，还引起一片激愤的、嘈嘈切切的议论声。

"不过，这还不是查尔斯·莱斯特先生遗嘱的最终遗愿。"沉着冷静的律师补充了一句。在场的人们顿时安静下来，生怕接下来会响起一声迟到的、令人不快的惊雷。

克伦威尔先生接着说："现在，我接着宣读莱斯特先生亲口所述的内容：'我一向认为，银行及银行的声誉有赖于为其服务的优秀团队。众所周知，我曾经寄希望于我儿子马休继我之后成为莱斯特银行董事长，令人扼腕的是，他英年早逝，使这一愿望化为乌有。迄今为止，我从未透露谁是继任者，因而我借此机会宣布，希望下一次董事会全体会议任命威廉·劳威尔·凯恩为莱斯特银行信托投资公司董事长。他是现任凯恩和卡伯特银行副董事长，是我最好的已故朋友理查德·劳威尔·凯恩的儿子'。"

在场的人们立刻爆发出一片喧哗。所有人都开始环顾自己周围，希望能认出这位神秘的威廉·劳威尔·凯恩。在场的人里，唯有莱斯特一家的至亲见过威廉。

阿瑟·克伦威尔冷静地说："我的话还没说完。"

现场听众再次安静下来，业已宣布的那些受益人眼下更加专注了。

律师接着宣读："莱斯特金融集团公司兑现以上承诺及其股票红利有个先决条件，即，所有受益人必须在下届年会上投票支持凯恩先生，并保证至少在今后5年继续这样做，除非凯恩先生主动表示不接受董事长一职。"

喧哗声再次压倒了窃窃私语。威廉真恨不得自己远离现场百万公里之遥，他已经晕了，他不知道自己是不是掉进了疯狂的幸福中，不过他承认，他是宣读遗嘱现场最孤立无援的人。

"以上是已故查尔斯·莱斯特遗嘱和遗愿的全部内容。"克伦威尔先生说。不过，唯有第一排座位上的人听清了这句话。威廉抬起头时，苏珊·莱斯特正巧向他走来。苏珊的小胖脸已经荡然无存，不过，那些迷人的雀斑依然故我。威廉以笑脸相迎，但苏珊从他身边经过，好像根本没看见他。

威廉往门口走去，一个身穿条纹面料西装，打着银灰色领带，满头灰发的高个子男人追了上来。

"你是威廉·凯恩，对不对，先生？"

"对，我是。"威廉回答。对方是什么人，他一无所知。

陌生人说："我的名字是彼得·巴菲特。"

"两位银行副董事长里的一位。"威廉说。

"非常正确，先生。我不认识你，不过，我或多或少久闻大名。另外，我觉着有幸的是，我是你有名的父亲的老相识。如果查尔斯·莱斯特认为你是银行董事长的适当人选，我尊重他的选择。"

威廉今生第一次感到有人在危难时刻拉了自己一把。

巴菲特问："你在纽约住什么地方？"

"哈佛俱乐部。"

"太好了！请允许我随便问一句，今晚你是否有空出来吃晚餐？"

"我原打算今晚返回波士顿，"威廉说，"不过，现在我觉着，我必须在纽约多住几天了。"

"好哇！今晚来我家跟我和夫人共进晚餐吧，你看8点行吗？"

说着，银行家递给威廉一张凸版印制的烫金名片，然后补充说："我希望有机会在融洽的氛围里跟你随便聊聊，以便了解一下你对银行的未来有什么想法。"

"谢谢你，先生。"说完，威廉将名片放进口袋里。这时，人们已经在他周围聚成了圈。一些人的眼神里流露出明显的憎恨，另一些人是向他道贺的。

威廉终于设法逃出事务所，匆匆赶回了哈佛俱乐部。他首先做的是，打电话给凯特，向她通报消息。

凯特平静地回答："要是马休知道这消息，肯定会为你感到骄傲，亲爱的。"

威廉无语，因为他知道，下一任董事长理应是马休。

凯特问："你什么时候回家？"

"天知道。今晚我要跟一个叫彼得·巴菲特的先生一起吃饭，他是莱斯特银行的一位副董事长。他已经表示欢迎对我的任命，这样一来，这边的事会顺利许多。今晚我就住在俱乐部，明天我给你打电话，告诉你事情进展到什么程度。"

"好吧，亲爱的。"

威廉问道："家里平安无事吧？"

"哦，弗吉妮娅长出一颗牙，好像因为这个，她觉着应该成为大家关注的焦点。昨晚理查德对保姆撒野，被罚提前上床睡觉。我们都想你。"

威廉开心地笑起来，说："跟你说的事相比，我碰上的麻烦都成了小问题。明天我会打电话给你，亲爱的。"

"好，你最好别忘了。你先别挂，我还没祝贺你呢！虽然我们可能会因为这个搬到纽约，我还是非常赞赏查尔斯·莱斯特对你的判断。"

§

当晚8点刚过，威廉来到位于曼哈顿六十四街东路的彼得·巴菲特家。让他吃惊的是，为这次晚餐，男主人已经换上了一身晚礼服。威廉感到有些尴尬，因为他的着装是一身暗色的银行家套装。他赶紧向女主人解释，他原打算当晚返回波士顿。后来威廉得知，戴安娜·巴菲特是彼得的第二任妻子。女主人极尽殷勤之能事，和丈夫一样，对威廉成为莱斯特银行下一任董事长，她好像特别高兴。晚餐极为丰盛，进餐过程中，威廉迫不及待地询问彼得·巴菲特，依他看，对查尔斯·莱斯特爆炸性的决定，董事会其他成员会有什么样的反应。

"他们最终都会同意，"巴菲特说，"我已经和他们中的大多数人谈过这一问题。下星期一上午有个全体董事会议，你的任命将在董事会会议上得到确认。就我看到的情况来说，地平线上仅有一小片乌云。"

"什么乌云？"问话时，威廉极力装出一副无所谓的样子。

"这个，咱们只能私下说。实际上，银行另一个副董事长泰德·利奇一直希望被任命为下一任董事长。事实上，我觉着我应当毫无保留地告诉你，他一直以为他是理所当然的继任者。我们都接到过通知，遗嘱公开前，不得自行任命继任者。不过，查尔斯·莱斯特的遗嘱肯定完全超出了泰德的预料。"

"他会采取反对行动吗？"威廉问。

"我认为极有可能。不过，你完全没必要担心什么。"

戴安娜·巴菲特正在端详一盘诱人的蛋奶酥，她插话说："这么跟你说吧，泰德·利奇这个人一向不招我喜欢。"

"我说，亲爱的，"巴菲特以责备的口吻说，"威廉有机会自己做判断前，我们不该背着泰德说他的坏话。我丝毫不怀疑，下星期一的董事会会议将确认对凯恩先生的任命，说不定泰德·利奇因此会提出辞职。"

"我可不希望有人因为我迫不得已辞职。"威廉说。

"这种态度值得称道。"巴菲特说，"不过，也没必要为这点儿小风波担忧。整个局势会得到有效控制，对此我充满信心。你可以放心回你的波士顿，如果有暗流涌动，我会随时向你通报。"

"明天上午我去一趟银行，这是否更明智？如果我完全不跟你的同事们见面，他们会不会有别的想法？"

"不，不，目前形势下，我不建议你这么做。事实上，星期一董事会会议确认对你的任命前，你置之度外反而更明智。只要有机会表现，有些人不希望别人认为他们缺乏自主性，有些人似乎已经感觉到自己像是任人摆布的小绵羊。听我的，比尔，你安心回波士顿，星期一中午前后，我会把好消息通知你。"

尽管不情愿，威廉也只能接受。当晚余下的时间，他们闲扯的都是轻松的话题，威廉甚至还向巴菲特夫妇打听，应当如何寻找最适宜他和凯特在纽约永久居住的地段。威廉或多或少有些意外的是，对银行的发展前景，彼得·巴菲特似乎不太愿意表态。威廉只好推测，有可能是他夫人在场的缘故。美酒伴良宵，当晚他们喝白兰地确实喝高了。威廉回到哈佛俱乐部时，早已过了午夜1点。

回到波士顿后，威廉做的第一件事就是立即向托尼·西蒙斯通报纽约那边发生的事。他不希望托尼从其他渠道听说任命他的相关信息。听到这一消息，西蒙斯显得非常理性。

"你要离开我们，我真的非常失望，威廉。从规模上讲，莱斯特银行比凯恩和卡伯特银行大两三倍。如果你离开，我很难找到合适的人接替你。因此，你接受任命前，我希望你再次慎重考虑一下。"

托尼的反应大大出乎威廉的预料。

威廉说："老实说，托尼，我以为你巴不得我早点儿离开呢！"

"威廉，怎么说才能让你明白，无论什么时候，我首先考虑的都是银行的利益。我从未怀疑，你是当今美国最精明的投资顾问之一。如果你离开凯恩和卡伯特银行，咱们银行许多重要客户自然会追随你离开。"

"我自己的资产都不会转移到莱斯特银行。"威廉说，"更不要说因为我要离开，我会希望咱们银行的客户跟着离开。"

"你当然不会劝说他们追随你，威廉，那不是你的风格。不过，一些人肯定希望让你继续管理他们的资产。像你父亲和查尔斯·莱斯特一样，那些人理所当然认为，决定银行业绩的是人，是信誉。"

由于彼得·巴菲特事先说过，纽约的董事会会议结束后，他会把结果通知威廉，威廉和凯特在焦虑不安的等待中度过了周末。星期一整整一上午，威廉一直守在办公室，他如坐针毡，亲自接起每一个电话。上午过去了，下午来了，纽约那边没有传来任何消息。午餐时间，威廉也没离开办公室。5点钟刚过，彼得·巴菲特终于来了电话。

他的开场白是："很抱歉，出了点儿意想不到的麻烦，比尔。"

威廉的心猛地一沉。

"目前你还不必担忧什么，只不过是董事会想动用权力反对对你的任命，同时自行推出一位候选人。有人甚至希望诉诸法律，他认为，遗嘱中的有关条款没有法律依据。我受托向你提一个令人不快的问题，你是否乐意采用投票方式跟董事会推出的候选人竞争？"

"董事会推出的候选人是谁？"威廉问。

"目前还没有任何提名。我猜肯定会推出泰德·利奇。迄今为止，除了他，没有任何人提出希望和你竞争。"

"我希望给我点儿时间考虑一下此事。"威廉顿了一下，接着问，"下一次董事会会议什么时候召开？"

"从今天算，一周以后。不过，你不必为泰德·利奇的事绞尽脑汁。我相信你能轻而易举获胜。如果有什么新进展，我会及时通知你。"

"需要我去一趟纽约吗，彼得？"

"不用，暂时还不用。我认为那样做于事无补。"

谢过巴菲特后，威廉放下电话听筒，开始收拾已经磨旧的真皮公文包。离开办公室的时候，威廉感到有些失意。托尼·西蒙斯拉着一个行李箱，在董事长专用停车场追上了威廉。

"我怎么不知道你今天外出，托尼？"

"去纽约参加每月一次的银行家聚餐，明天下午就回。将凯恩和卡伯特银行交给精明的莱斯特银行下一任董事长代管24小时，我没觉着有什么放心不下。"

威廉笑着说："也许我已经成为前任董事长了。"接着，他向托尼介绍了纽约那边的最新进展。托尼·西蒙斯的反应再次让威廉大吃一惊。

"泰德·利奇确实希望成为莱斯特银行的下一任董事长，"托尼说，"在金融圈里，这早已不是什么新闻。但他对银行一向忠心耿耿，因此我相信，他根本不会反对查尔斯·莱斯特表达得清清楚楚的遗愿。"

"没想到你居然还认识他。"威廉说。

"其实我对他并不十分了解。"托尼说，"在耶鲁大学上学时，他比我高一年级。不过，在这种讨厌的晚餐上，有时候我会见到他。身为董事长，这种场合必须到场。所以今晚他肯定也会去。如果你愿意，我可以通过他问问情况。"

"好，你最好问问。不过，你务必谨慎些，务必。"威廉说。

"亲爱的威廉，过去10年来，一直是你在说我处世过于谨慎。"

"对不起，托尼。这也太奇怪了，人们考虑自身利益时，竟然会如此不相信自己的判断力；事情发生在别人身上，却会如此信心满满。我把这事全权交给你啦，我会悉听指教。"

"好，这就对了。你放心，我去听听利奇本人的解释，明早我要做的第一件事就是给你打电话。"

§

威廉一直没睡踏实。半夜刚过几分钟，托尼从纽约打来电话，铃声把他惊醒了。

"把你吵醒了吧，威廉？"

"是啊，不过没关系，托尼。"

威廉边说话，边打开床头的台灯。他看了看闹钟，接着补充说："噢，不过你确实说过，今早你要做的第一件事是给我打电话。"

听到这话，托尼开怀大笑起来，说："我要告诉你的事恐怕就不那么让人开心了。阻挠你出任莱斯特银行董事长的不是别人，而是彼得·巴菲特。"

"什么？"威廉一激灵，顷刻间完全清醒了。

"他一直背着你做手脚，做铺垫，想让董事会支持他。正如我所料，泰德·利奇赞成任命你为下一任董事长。不过，董事会目前分成两派，正好势均力敌。"

"他妈的！首先，我得谢谢你，托尼。其次，现在我该做什么呢？"

"如果你还想当莱斯特银行的下一任董事长，你最好尽快赶到纽约。董事会的一些成员总是在问，你为什么躲在波士顿不肯露面。"

"不肯露面？"

"这些天，巴菲特对其他董事一直这么说。"

"这狗杂种！"

"既然你已经说出了他的品种，我也不必猜测他上一代是什么种了。"托尼说。

威廉忍俊不禁，悄悄笑起来。

"到达以后，住到耶鲁俱乐部。这样的话，清早咱们可以首先把整个事情捋一遍。"

"我会尽快赶到。"威廉说。

威廉轻轻放下电话听筒，转身看了看熟睡中的凯特。由于没有威廉所面临的困扰，凯特一直沉浸在幸福中。威廉真希望能把一切很快搞定。每当窗幔在轻风中扬起，熟睡中的威廉总会惊醒；凯特呢，即使基督再次临凡，她也会照睡不误。威廉在便笺上匆匆写了几行字，解释突然不辞而别的原因，然后将便笺放在凯特身边的床头柜上。威廉穿好衣服，收拾好行装——这次他专门带了一套晚礼服——然后启程往纽约赶去。

时间是午夜1点钟，公路上空无一人，威廉开着奔驰车，生平第一次把车子开得如此之快。进入纽约时，陪伴他的有清洁工、邮差、报童，外加初升的太阳。威廉刚刚办完入住耶鲁俱乐部的手续，大堂的钟响了一声，时间是6点15分。威廉整理好随身携带的行李，打算休息一小时，然后叫醒托尼·西蒙斯。不过，后来的情况是，他听见门上传来一阵持续的敲门声。他睡眼惺忪地起了床，拉开房门，门外居然是西蒙斯。

"你的睡衣真漂亮，威廉。"托尼说着笑起来。

威廉说："没想到我自己反而睡着了。你稍等一下，我马上来找你。"

"不行，不行。我得赶火车回波士顿。银行离不开人呐！你洗澡换衣服的同时，我们可以说话。"

威廉走进了盥洗室，将盥洗室的门敞开着。

托尼说："现在你最主要的问题是——"

威廉将头从盥洗室门背后探出来，说："放水声音太响，我根本听不见你说话。"

放水声停下来后，西蒙斯开口说："彼得·巴菲特是主要麻烦，他一直以为，宣读查尔斯·莱斯特的遗嘱时，宣布的应该是他的名字，下一任董事长应该是他。宣读遗嘱后，他一直在董事会里要手腕，动员大家反对你。泰德·利奇希望你今天中午到大都会俱乐部跟他共进午餐，他会把细节讲给你听。也许他会带两三位董事一起去，都是可以信赖的人。还有，董事会目前似乎仍然分为两派，而且势均力敌。"

威廉刮胡子刮出了血，不由骂了一句："他妈的。"然后问，"你刚才说哪个俱乐部？"

"大都会，在六十街东路和第五大道路口。"

"为什么去那里，干吗不去华尔街找个地方？"

"威廉，跟社会上的彼得·巴菲特之流打交道，不能把意图弄得路人皆知。要收起锋芒，还要始终保持特别冷静。从利奇跟我说的情况看，他认为，你仍然可以获胜。"

威廉腰上缠着一条浴巾，回到客房里，他说："我试试吧，就是说，要始终保持特别冷静。"

西蒙斯笑着说："我现在必须动身回波士顿了，火车10分钟内就该从纽约中央车站发车了。"说到这里，西蒙斯看了看表，"妈的，只剩6分钟了。"走到客房门口，他站住了，说："知道吗，你父亲从来没信任过彼得·巴菲特。你父亲以前总爱说，他有点儿过分圆滑，除了'有点儿过分圆滑'，看不出他还有什么过人之处。祝你好运，威廉。"

"我该怎样谢你才好呢，托尼？"

"没法谢。当初我错怪马休，一直想赎回，这次就算补偿吧。不过，说心里话，为了凯恩和卡伯特银行，我真希望你这次输掉。"

托尼关门时，威廉会心地笑了。往衬衣领子里塞领撑时，他脑子里却在想，多奇怪啊，和托尼·西蒙斯一起密切合作了这么多年，他从未真正尝试去了解托尼。然而，由于这次自己卷入了危机，几天之内，他竟然开始喜欢并且信任这个人了。威廉来到楼下的餐厅，要了一份经典的俱乐部风味早餐：一个凉鸡蛋、一片烤焦的面包、一块黄油，他还顺手从邻桌抄来一盘英式果酱。服务员给他送来一份《华尔街日报》，报纸里页的一篇评论称，提名威廉·凯恩为下一任董事长以来，莱斯特银行的一切都不怎么顺利。到目前为止，报纸尚未提及威廉的竞争对手是谁。

返回房间后，威廉请接线员为他要通波士顿的一个电话。等候持续了好几分钟，电话终于接通了。

"请接受我的道歉，凯恩先生，没想到是你来电话。首先，请允许我祝贺你被任命为莱斯特银行董事长。我希望，这意味着我们在纽约的事务所将来会跟你有更多往来。"

"这得看你的本事了，科汉先生。"

"我好像不太明白你的意思。"律师回答。

威廉向律师详述了最近几天发生的事，还把查尔斯·莱斯特遗嘱里的相关条款念给对方听。最后，威廉问："你认为他的遗嘱在法庭上能站住脚吗？"

"那谁知道？我不记得以前有过类似的判例。19世纪，有个国会议员把自己的选区遗赠给后代，当时没人反对，受益人后来竟然当了首相。那已经是100多年前的事了——而且事情发生在英国。就你的情况来说，如果董事会决定跟莱斯特先生的遗嘱唱对台戏，而你要把这一问题向法院提请诉讼，如果让我预言法官最终会偏向哪一方，我也只能乱猜。梅尔本大法官没必要跟纽约县地方审判员就此问题进行争论。总之，这一问题在法律层面还是个谜，凯恩先生。"

威廉问："那你有什么建议？"

"我是个犹太人，凯恩先生。本世纪初，我乘船从德国来到这个国家，迄今为止，我的一切都是通过艰苦奋斗得到的。你是否真的特别想当莱斯特银行董事长？"

"真的特别想当，科汉先生。"

"那你不妨耐着性子听听一个老家伙的肺腑之言。这些年来，他一直特别敬重你，恕我直言，他对你还相当有感情。我会详详细细告诉你，如果我处在你的地位，我会做些什么。"

一小时后，威廉才放下电话听筒。时间仍然有富余，威廉沿着帕克大道悠闲地走着，一路上，他一直在琢磨科汉精明的点拨。往大都会俱乐部走的路上，威廉经过了一处建筑工地。正在施工的是一座巨型建筑，那里有一块巨型广告牌，上面的文字是："下一个男爵饭店将建在纽约。但凡住过男爵饭店的人，永远都住不惯其他饭店。"威廉暗自笑了笑。眼下他心情极其轻松，他迈开大步，往大都会俱乐部走去。

泰德·利奇个头矮小，有一头深褐色的头发，留着短髭，衣着干净利落。他正在俱乐部门廊里等候威廉，见面后，他跟威廉热情地握了握手。威廉特别欣赏俱乐部文艺复兴时期的建筑风格。往酒吧走的路上，利奇说，这座建筑是奥托·库恩和斯坦福·怀特1891年设计建造的。为安抚在工联竞选中败北的一个密友，J.P.摩根亲自在这里建立了这家俱乐部。

"即便是请老朋友，来这种地方也够气派。"威廉首先开口，希望借此抛砖引玉。

"的确如此。"利奇说，"那么，你想喝点什么，凯恩先生？"

威廉说："一杯干雪利酒。"

不多一会儿，一位身穿漂亮蓝色制服的男服务员端来一杯雪利酒、一杯兑水苏格兰威士忌。看来利奇先生是常客，没必要点饮料。

"为莱斯特银行下一任董事长。"利奇说完举起酒杯。

威廉犹豫了。

"你不用喝，凯恩先生。如你所知，别人为你祝酒时你用不着喝。"

威廉笑起来，他不清楚接下来该说些什么。

几分钟后，两位刚进入酒吧的长者径直向他们走来。两人都是高个子，满脸自信的表情，身穿灰色银行家三件套，结着深色的单色领带，衬衣领子挺括。假如他们眼下走在华尔街上，威廉根本不会注意他们。然而，眼下是在大都会俱乐部，威廉将他们仔仔细细地打量了一番。

利奇介绍说："这位是艾尔弗雷德·罗杰斯先生，这位是温思罗普·戴维斯先生，两人都是董事。"

威廉的笑容很勉强，眼下他尚且猜不出，这两人到底站在哪一边。刚到的两个人也在仔细审视威廉，没人开口说话。

"我们从哪里开始？"罗杰斯首先开口。说话时，一个单片眼镜从他的镜框里掉下来。

泰德·利奇接过话头："先从上楼吃午饭开始。"

利奇话音刚落，他们3个人一起转身走了，显然他们对这里轻车熟路。威廉尾随他们来到二楼。餐厅特别大，天花板特别高，餐厅领班亲自将他们领到俯瞰纽约中央公园的窗子旁边入座。在这里，没人能听到他们谈话。

泰德·利奇提议："咱们先点菜，然后说话。"

透过身边的窗子，威廉看见了纽约广场饭店。他回想起当年跟两位祖母以及马休一起庆贺的场景——在纽约广场饭店那次茶会上，他还经历过什么事来着，威廉开始回忆……

"凯恩先生，今天咱们最好以诚相待，把话说透。"利奇说，"查尔斯·莱斯特决定任命你为银行董事长，开诚布公地说，确实完全出乎我们的预料。可是，如果董事会不尊重他的遗愿，银行可能会陷入一片混乱，而这种局面是大家都不愿看到的。查尔斯是个特别精明的老油条，既然他希望你继任董事长，一定有他的道理，因此我愿意尊重他的意见。"

威廉觉着，这种话听起来特别耳熟——彼得·巴菲特说过同样的话。

"我们3人，"戴维斯接过话头，"对查尔斯·莱斯特感恩不尽，我们将尽一切可能实现他的遗愿，即便会因此丢掉董事资格。"

"如果彼得·巴菲特真的当选董事长，"利奇说，"我们的结局很可能正是这样。"

"很抱歉，先生们，"威廉开口说话了，"因为我的缘故，大家都处在了恐慌中。如果任命我为董事长出乎你们的预料，对我来说，这事更像是晴空霹雳。出席遗嘱宣读仪式的时候，我本以为会得到一些小纪念品，以便我记住莱斯特先生的儿子，没想到竟然是经营这家银行的机会。"

听到威廉居然用"机会"一词描述对他的任命，利奇咧嘴笑了。他说："我们很理解你被置身于一种什么样的境地，凯恩先生。既然我们说了，我们站在你这边，你必须相信我们才是。我们很清楚，经历过彼得·巴菲特的欺骗，你很难接受我的说法。"

"我必须相信你们，利奇先生，因为，除了依靠你们，我别无选择。你们对目前的形势怎么看？"

"形势明摆着。"利奇说，"巴菲特的活动组织得非常缜密，而且他认为，他的行动全都基于他的实力。因此，凯恩先生，从今往后，我们必须真正做到肝胆相照，只有这样，我们才有可能取胜。恕我直言，凯恩先生，你应该有胆量进行拼搏吧？"

"如果没胆量，我就不来这儿了，利奇先生。既然你已经扼要总结了形势，可否允许我先表个态，说说我们应该如何战胜巴菲特先生？"

"当然。"利奇说。

3位银行家的6只眼睛同时聚焦在了威廉的脸上。

"如你们所说，巴菲特认为他处于一种强势地位，这一点毫无疑问是正确的。因为，迄今为止，他对形势的发展研判得非常清楚，他一直处于进攻态势。请允许我提议，现在已经到了我们主动进攻的时候，而且是在他最意想不到的时间和地点发起攻击——就在董事会会议上，必须他也在场。"

"那你认为我们具体该做些什么，凯恩先生？"戴维斯问。

"请允许我先问几个问题，然后我会把具体想法告诉你们。具备投票资格的董事一共有几位？"

"16位。"利奇不假思索地回答。

威廉接着问："就目前来看，他们的倾向会偏向哪一边？"

"这个问题一下子可说不清，凯恩先生。"戴维斯插话了。说着，他从衣服内侧口袋里掏出一个皱皱巴巴的信封，仔细看了看信封背面，接着说："我认为，我们这方面肯定能得6票，彼得·巴菲特能确定5票。让我万分惊讶的是，今天上午我才得知，鲁珀特·科克史密斯——他可是查尔斯·莱斯特最要好的朋友——他竟然不愿意支持你，凯恩先生。这事太离谱了，因为我知道，他从来不赞成巴菲特。这样的话，结果会是6比6。"

"因此，星期四之前，"利奇补充说，"我们必须再搞定3张选票。"

"为什么是星期四？"威廉不解地问。

"届时将举行下一次董事会会议。"利奇回答，同时用手捋了捋嘴上的小胡子，"第一项议程就是选举新董事长。"

威廉吃惊地说："可我被告知，下次董事会会议下周一举行。"

"谁告诉你的？"戴维斯问。

"彼得·巴菲特。"威廉回答。

"他惯用的伎俩。"利奇不屑地说，"他一向不是正人君子。"

"我对这位仁兄的了解看来是足够了。"威廉说。说到"仁兄"一词时，威廉用的是一种挖苦的语气。"看来他是逼着我跟他刀兵相见啊！"

"说易行难，凯恩先生，目前我们乘坐的车子的方向盘握在他手里。"戴维斯说，"怎样把他从那个位置换下来，我是一点儿办法都没有。"

"那就把交通灯改成红灯。"威廉的话让另外3个人露出吃惊的表情。不过，他们都没说话。威廉接着问："谁有权力召集董事会会议？"

"董事长不在的情况下，两位副董事长都有这个权力。"泰德·利奇说，"也就是说，彼得·巴菲特和我都有这个权力。"

"参加投票的最低法定人数是多少？"

"9个人。"戴维斯说。

"那谁是财团秘书长？"

"我是。"到目前为止，艾尔弗雷德·罗杰斯几乎一言不发——这正是公司秘书长必须具备的许多素质之一，威廉正需要这样的人。

"召集一次董事紧急会议，至少需要提前多久发出通知，罗杰斯先生？"

"每位董事必须在24小时前得到通知。除了29年大萧条那次，实际上从未发生过这种事。查尔斯·莱斯特每次都是至少提前6天发通知。"

威廉追问道："不过，银行的确有规定，只要提前24小时发出通知，即可召开董事紧急会议，对吧？"

"的确如此，凯恩先生。"回答提问时，罗杰斯目不转睛地注视着威廉，这次他的单片眼镜没掉下来。

"太好了，那咱们就召集一次董事会会议。"

3位银行家仍然目不转睛地盯着威廉，好像没完全领会他的意图。

"你们动动脑筋，先生们，"威廉接着说，"利奇先生以副董事长身份召集这次会议，罗杰斯先生以秘书长身份通知所有董事。"

利奇问："那你希望什么时候召开这次董事会会议呢？"

"明天下午3点钟。"

"我的天，时间可扣得太紧了。"罗杰斯感叹道，"我无法肯定——"

"你是想说，对彼得·巴菲特来说时间扣得太紧了，是不是？"威廉问。

"说得太对了。"利奇说，"那你准备好在会上说什么了吗？"

"该说什么，包在我身上。你们只管确保召开会议的合法性，每位董事提前24小时收到通知即可。"

"真想知道彼得·巴菲特会有什么反应。"利奇说。

"他会怎么着，我一点儿都不在乎。"威廉说，"迄今为止，我们错就错在这里。现在该倒过来，让他担心咱们会做什么了。只要他能及时得到通知，而且是最后一个得到通知，咱们没有任何值得担忧的。我们不给他充裕的时间组织反击。还有，先生们，无论我明天在会上做什么，或者说什么，大家都不要感到吃惊。请相信我的判断力，到场支持我就是。"

"难道你不想事先给我们透露一点儿想法？"

"不，利奇先生。而且，开会期间，你们应该做出一副事不关己的样子，做出以董事身份照章办事的样子。不过，有一点非常重要，罗杰斯先生必须为主持投票做好充分准备，并且装作事先不知道会有投票这回事。"

直到这时，泰德·利奇和他的两位同事才渐渐有点儿明白，为什么查尔斯·莱斯特会选择威廉·凯恩担任下一任董事长。几分钟后，离开大都会俱乐部时，尽管他们完全不清楚，在这次由他们发起的董事会会议上威廉究竟会做什么，与来的时候相比，他们已经是信心百倍了。在威廉方面，他已经按照汤马斯·科汉的建议做完了前期工作，效果令人满意；眼下威廉期盼的是，早点儿完成更艰巨的后半截工作。

下午和傍晚的大部分时间，威廉在耶鲁俱乐部的房间里从头到尾演练了一遍第二天董事会会议上应当采取的战术，还做了大量笔记。下午6点，威廉抽出时间跟凯特通了一次电话。

"你在哪儿，亲爱的？"凯特问，"大半夜溜到什么地方去了，事先还不告诉我？"

"在纽约会情人呢！"威廉开玩笑说。

"可怜的女孩儿，"凯特接过威廉的话茬说，"对那位怪人巴菲特先生，她给你出了什么好主意？"

"我还没来得及问呢，我们一直忙别的事了。既然跟你通上了话，你有什么建议？"

"只要是查尔斯·莱斯特和你父亲不会同意的事，你就别做。"凯特的口气突然变得严肃起来。

"也许他们正在九天之上打高尔夫球，拿我的奋斗赌输赢呢！"

"无论你做什么，威廉，只要记住，他们一直在看着你，你就不会太离谱。"

37

整整一夜，威廉睡一会儿，醒一会儿。天刚破晓，他完全醒了。6点刚过，他就起床了，随后冲了个凉水澡。为了让头脑清醒，他到中央公园做了一次长时间的散步。然后，他返回耶鲁俱乐部，吃了顿简单的早餐。前厅有妻子留给他的口信。他看了一遍内容，忍不住放声大笑起来。口信内容是："如果你不太忙的话，别忘了给理查德买个纽约扬基队棒球帽，好吗？"

威廉拿起一份《华尔街日报》看了看。关于莱斯特银行，报纸上刊登的消息仍然是：董事会因选举董事长陷入内斗。不过，今天的报纸援引了彼得·巴菲特的说法，巴菲特暗示，星期四的董事会会议有可能确认他为下一任董事长。看到这一消息，威廉心想，明天的报章指不定会援引谁的话呢！他恨不得现在就看见星期五出版的《华尔街日报》。

威廉跟汤马斯·科汉通了一次电话。然后，他反复看了几遍莱斯特银行的合作条款和议事程序，这耗费了整整一上午。威廉没吃午饭，他利用午餐时间前往纽约施瓦茨商场，给儿子买了个棒球帽。

2点30分，威廉搭乘出租车前往华尔街。差几分钟3点，他已经到达银行大门口。年轻的门卫问他，是否跟银行的人有过约定。

"我是威廉·凯恩。"

"噢，先生，您是要去董事会会议室。"

我的天！威廉心想：董事会会议室在什么地方，我还不知道呢！

门卫看出了威廉的心思，告诉他："您沿着左边的走廊走，先生，右手第二个门便是。"

"谢谢你。"威廉说。然后，他沿着长长的走廊往会议室走去。直到这时，威廉才真正意识到，"神经质地发抖"确有其事，这并非一种愚蠢的说法。还有，此时他的心跳声肯定比大厅里的钟声还要响，如果用他的心跳声报出3点整，他一点儿都不会吃惊。

泰德·利奇正在董事会会议室门口等候威廉。刚看见威廉，他脱口而出的第一句话是："肯定会出乱子。"

"这一点儿都不奇怪。"威廉说，"查尔斯·莱斯特肯定早已算计好会如此，因为，碰上这种情况，他肯定会知难而上。"

威廉大步流星地走进饰有橡木贴壁的、让人过目难忘的会议室。屋里，人们三三两两聚成好几堆，正在热烈地议论着什么。用不着清点人数，威廉即可确定，所有董事均已到场。今天的董事会会议非同寻常，任何人都不会轻易缺席。威廉一进屋，嗡嗡的谈话声戛然而止。还没等彼得·巴菲特反应过来，威廉已经走到桃花芯木会议桌的一端，占据了董事长的位置。

"先生们，大家请入座吧。"威廉满心希望自己说出的话具有权威性。

泰德·利奇和一些董事很快入了座，其他人似乎不想买他的账。

"在你们发言之前，"威廉的演说开始了，"如果你们同意，请允许我冒昧做个开场白，然后诸位可以畅所欲言，随意表达自己的想法。我认为，至少在这一点上，我们可以遵从已故查尔斯·莱斯特先生的遗愿。"

原本不想买账的一两位董事也坐到了座位上。屋里的每一双眼睛都聚焦到威廉身上。

"谢谢你们，各位先生，那我就直言不讳了。我希望在场的诸位都听清楚，我，绝对没有成为这家银行董事长的企图。"——说到这里，威廉顿了一下，以加强他说话的效果——"除非大多数董事要求我这样做。先生们，眼下我是凯恩和卡伯特银行副董事长，我拥有该行51%的股份。凯恩和卡伯特银行是我祖父亲手创建的。我认为，虽然它在规模上比不上莱斯特银行，在信誉方面却能够与之并驾齐驱。如果我遵从查尔斯·莱斯特的遗愿，从波士顿搬来纽约，继任这家银行的董事长，无论是对我个人，或是对我的家族，

416

这么做都不是一件容易的事。然而，正因为这是查尔斯·莱斯特的遗愿，除了遵从，我别无选择——他做出这一决定，肯定经过了深思熟虑——所以我必须严肃地对待他的遗愿。我还想说，15年来，他儿子马休·莱斯特一直是我最好的朋友，让人不胜伤感的是，今天，作为董事长候选人向诸位讲话的不是他，而是我。"

听完威廉这一席话，一些董事以点头表示赞许。

"先生们，如果今天我有幸获得你们的支持，我将放弃波士顿的一切，到这里为大家尽力。希望我已经没必要向诸位详细介绍我在金融方面的背景。另外，我还认为，在场的诸位肯定早都通过各自的渠道弄清了查尔斯·莱斯特为什么选择我做他的继任人。你们当中好些人认识我们银行的董事长托尼·西蒙斯，他竭力要求我留在凯恩和卡伯特银行，他要求我不要理会莱斯特先生的遗愿。

"昨天，我本想把我的决定告诉巴菲特先生——但是，他没有给我回电话询问。上星期，我有幸在巴菲特家与他们夫妇共进晚餐。当时巴菲特先生曾明确告诉我，对于成为这家银行下一任董事长，他本人没有任何兴趣。按照他的说法，我只有一个竞争对手，即你们的另一位副董事长，泰德·利奇先生。事后，我又征求过利奇先生的意见，他对我说，他从最初就赞成由我继任。因而我认为，两位副董事长都支持我。不过，看完今天早上发行的《华尔街日报》，说实话，从8岁起，我就再也没有相信过这份报纸的预言，"——这句话引起一阵笑声——"我觉得我有必要出席今天的会议，以便确定我还没有失去两位副董事长的支持。另外，我还想证明，报纸的预言不准确。利奇先生召集了今天的会议，我现在就想请教他：是否仍然支持我继查尔斯·莱斯特之后出任银行下一任董事长？"

说到这里，威廉把目光转向泰德·利奇，后者正低垂着头。满屋的人都像期待终审判决一样等待着他的宣判，时间在无限中流逝着，实际上过去的时间不过几秒钟而已。如果利奇说出否定的结果，巴菲特一伙的气焰肯定会甚嚣尘上。

利奇慢慢抬起头，说："先生们，我毫无保留地支持凯恩先生。"

威廉把目光转向彼得·巴菲特，这是他今天第一次直视后者。此时的巴菲特早已浑身大汗淋漓，他开口说话时，眼睛一直注视着面前的一本黄色信笺。

"董事会的一些成员认为，"巴菲特说，"我应当参与竞争——"

"也就是说，上周你亲口告诉我，你乐于遵从查尔斯·莱斯特的遗愿，后来你却改了主意？"威廉插话说，还让自己的口气带了一点儿惊讶的语调。

彼得·巴菲特把头稍微抬高了一点儿，说："问题并不那么简单，凯恩先生。"

"问题其实很简单，巴菲特先生。咱们在你家一起吃饭以后，难道你改了主意？你还支持我吗？"

"好几位董事已经明确表示，希望我站出来反对你。"

"也就是说，上星期你亲口所说没有兴趣继任董事长已经不算数了？"

"在你做出更多猜测之前，"巴菲特说，"我希望有机会陈述一下我的立场。现在董事会还不归你领导，凯恩先生。"

"那就请便吧，巴菲特先生。"

到目前为止，会议进程完完全全按照威廉事先做好的规划进行着。威廉的演讲是经过精心准备的，而巴菲特因为没有占到先机，已经失去了优势，正在痛苦中挣扎。往好里说，他已经当众被羞辱为两面派，而且有口难辩。

"先生们。"巴菲特似乎不知道应该从何说起，"嗯——"

这时，大家的目光全都聚焦到巴菲特身上，这让威廉松了口气，也让他有机会认真看看屋里的各位董事。

"自从我和凯恩先生共进晚餐以来，董事会好几位成员私下里找过我。"巴菲特顿了一下，接着说，"因此我认为，我有责任遵从他们的意愿，参加董事长竞选。过去，我从未想过不遵从查尔斯·莱斯特先生的遗愿，何况我一向钦佩和敬重他。正常情况下，我理应在原定于星期四召开的董事会会议之前把我的想法通知凯恩先生。不过，我必须承认，我对今天发生的事确实感到有些意外。"

巴菲特深深吸了一口气，接着说："至今我已经在莱斯特银行工作了22年，其中6年担任副董事长。因此我觉得，我有权被推举，参与董事长竞选。如果凯恩先生作为副董事长加入董事会，我会表示欢迎。因为，现在我认为，我不能继续支持任命他为董事长。同时我还希望，共事多年的董事们支持在本行工作超过20年的人，不要支持因为失去独生子过度悲伤的人头脑发昏时提名的某个陌生的外来者。谢谢，先生们。"

就事论事，巴菲特这番话给威廉留下了深刻的印象。不过，在一场胜负难分的辩论中，巴菲特没有科汉先生这样的高参后盾，因而他的结束语明显缺乏力度。威廉再次站起来。

威廉说："先生们，巴菲特先生在讲话中指出，对你们来说，我是个陌生人。因此，我希望在座的诸位对我是什么样的人不应心存疑虑。如我刚才所说，我既是银行家的孙子，也是银行家的儿子。迄今为止，我一生都在从事金融业。如果我故作姿态说，我对能否成为莱斯特银行董事长完全无所谓，这么说肯定言不由衷。听了我们两人今天的发言后，如果诸位仍然执意支持巴菲特先生，违心支持也罢，大家请随意，我会高高兴兴返回波士顿，继续为我的银行服务。不仅如此，我还会向社会公开宣布，我对担任莱斯特银行董事长毫无兴趣，这样一来，没人能指责大家没有尽职尽责遵从查尔斯·莱斯特遗愿中的附加条款。我希望当个受大家拥戴的董事长，而不是他人馈赠的董事长。

"另外，无论什么条件，我绝无可能作为巴菲特先生的副手加入董事会。在你们面前，先生们，用巴菲特先生的话说，我是个'陌生的外来者'，因而我处于一种极为不利的地位。众所周知，莱斯特是一位从不会在头脑发昏的情况下仓促做决定的人。所以我提议，眼下董事会不必在应当由谁担任莱斯特银行董事长的问题上继续浪费时间。如果你们当中有人怀疑我管理这家银行的能力，那就投巴菲特先生一票。我本人不参加这次投票，先生们，同时我相信，巴菲特先生也不会这样做。"

"你不能投票。"巴菲特恼怒地说，"你还不是董事会成员，而我是，我当然要行使我的权利，参加投票。"

"你请便，巴菲特先生。就算你利用一切机会为自己获取优势，没人能指责你什么。"

说到这里，威廉停了下来，他在等候刚说出的一番话发挥更大的效力。一个他不认识的董事正要说话，他立刻接着说了下去："现在请罗杰斯先生以银行秘书长身份主导投票工作。先生们，你们填写完选票后，请把选票交还给他。"

在会议进程中，艾尔弗雷德·罗杰斯的单片眼镜时常从镜框中弹出来，他总会把镜片赶紧塞回去。他神经质地发给董事会每位同事一张选票，每位董事将自己支持的人的姓名写在选票上，然后将选票交回罗杰斯手里。

"罗杰斯先生，从目前这种情势看，为慎重起见，你最好大声唱票，以保证不出任何纰漏，避免毫无必要的第二轮投票。"

"没问题，凯恩先生。"

"你是否赞成这种做法，巴菲特先生？"

巴菲特点了点头，连眼睛都没敢抬起来。

威廉说："谢谢你。罗杰斯先生，现在你可以向董事会唱票了。"

银行秘书长打开第一张选票，念道：

"巴菲特。"

然后，他打开第二张选票，念道：

"巴菲特。"

最终结局会如何，威廉无法左右。12岁时，他曾经告诉查尔斯·莱斯特，他命中注定要做什么。成与不成，眼看几秒钟内就会定下来。

"凯恩、巴菲特、凯恩。"

现在威廉以2比3落后。他是否会落得和同托尼·西蒙斯竞争时完全相同的命运？

"凯恩、凯恩、巴菲特。"

4比4平。巴菲特仍然大汗淋漓，此时的威廉同样心情不轻松。

"巴菲特。"

威廉的表情没有任何变化，而巴菲特的脸部掠过一抹笑意。5票比4票。

"凯恩、凯恩、凯恩。"

巴菲特脸上的笑意消失了。

只要再有两票，再有两票，威廉在心里祈祷着，他差点儿把想法大声喊出来。

"巴菲特、巴菲特。"

罗杰斯花了很长时间才展开接下来的一张选票，不知谁把这张选票多折了几下。

"凯恩。"

8票对7票，威廉暂时领先一票。

最后一张选票已经展开，威廉眼巴巴地看着艾尔弗雷德·罗杰斯的嘴。银行秘书长抬起头，面对着大家，这一刻，他成了屋里最最重要的人。

"凯恩。"

巴菲特大失所望地用双手托住了低垂的头。

"先生们，"集团公司秘书长宣布，"最终计票结果是，凯恩先生总得票为9票，巴菲特先生总得票为7票。因此我宣布，威廉·凯恩先生已正式被选为莱斯特银行董事长。"

全场顿时变得鸦雀无声，除了巴菲特，所有人都把脸转向了威廉，等候新任董事长第一次发言。

威廉长长地嘘了一口气，再次站起来。这一次，他面对的已经是自己的董事会。

"先生们，谢谢你们对我的信任。我成为下一任董事长，本是查尔斯·莱斯特的愿望，让我欣慰的是，你们用投票方式确认了他的遗愿。我保证竭尽全力为这家银行服务。不过，要做到这一点，离不开你们全心全意的支持。如果巴菲特先生能够屈尊……"

彼得·巴菲特满怀希望地抬起了头。

"……过几分钟到董事长办公室来见我，我将不胜感激。见完巴菲特先生后，我还想见一见利奇先生。先生们，我希望接下来几天有机会分别见一见你们所有人。下一次董事全体会议在每月正常的例会时间召开。今天的会议到此结束。"

董事们陆续站起来，开始交换意见。威廉避开巴菲特的目光，迅速来到走廊里。泰德·利奇追了出来，领着他往董事长办公室走去。

"你可真敢玩儿悬的，"泰德·利奇说，"真实版的绝地重生。如果投票结果是你失利，你该怎么办？"

"开车回波士顿，继续做原来的事。"威廉说话时尽量做出一副镇定自若的样子。

利奇打开了董事长办公室的门。屋里的摆设和威廉记忆里的几乎一模一样。不同的是，当年这屋子好像比现在大一点儿。当年威廉对查尔斯·莱斯特说，有朝一日他会经营这家银行，那时候，他还是个预科生。威廉看着桌子后边的肖像，对画布上的已故董事长眨了眨眼。接着，他坐到硕大的红色真皮椅子上，一双胳膊垂落到桃花芯木办公桌的桌面，然后从外衣口袋里掏出一个真皮封面的小本子，将本子放到面前的桌子上。接下来，他开始了等待。过了一会儿，门上传来敲门声，一位老人走进屋里。他走路时极度依赖一根镶有银手柄的黑色手杖。泰德·利奇退了出去，屋里只剩下他们两人。

"我是鲁珀特·科克史密斯。"对方说话时流露出一丝英国口音。

威廉站起来，向对方致意，因为，对方是董事会年龄最大的董事。他灰色的连鬓长髯以及硕大的金表说明，他属于逝去的时代。在金融圈里，他为人正直的声誉颇具传奇色彩：跟鲁珀特·科克史密斯做生意，根本用不着签合同，他的承诺就是黄金。他直视着威廉的眼睛。

科克史密斯说："刚才我投了反对票，先生，理所当然我会在一小时内把辞职书送到你办公桌上。"

威廉恭敬地说："您请坐下说好吗，先生？"

"谢谢你，先生。"对方回答。

威廉说："我猜，您一定认识我父亲和我祖父。"

"我确实有此殊荣。你祖父和我在哈佛是同学；我至今还记得，你父亲死的不是时候，我为此感到遗憾。"

"那您和查尔斯·莱斯特的关系呢？"威廉问。

"最亲密的朋友。他遗嘱中的附加条款一直搅得我不得安宁。如果让我选董事长，我肯定不选彼得·巴菲特，这早已不是秘密。我本想支持泰德·利奇接任。由于我这辈子从未在任何情况下投过弃权票，而且我认为，我不能投票支持自己从未见过的人，除了投票支持你的对手，我别无选择。"

"我十分感谢您的坦诚，科克史密斯先生，可我现在要经营这家银行。在目前这种时候，与其说您需要我，不如说我更需要您。因此，我恳请您不要辞职。"

老人好像要把威廉的一双眼睛看穿，他说："我无法断言这么做是否行得通，年轻人。我不可能一夜之间改变观点。"科克史密斯说话时，双手始终支在手杖上。

"请您给我6个月时间，先生。如果到时候您仍然没改变观点，我绝不强求您继续留下。"

科克史密斯沉默良久，然后再次开口说："看来查尔斯·莱斯特是对的，你不愧是理查德·凯恩的儿子。"

"那您同意继续留任啦，先生？"

"我同意，年轻人。难道你没听说过，世界上最糊涂的人莫过于老糊涂。"

鲁珀特·科克史密斯拄着拐杖，颇费了一番力气，这才慢慢站起来。威廉本来已经跳起来，想帮扶老人一把，老人挥手谢绝了。

"祝你好运，孩子。请放心，我会全力支持你。"

"谢谢您，先生。"威廉说。

威廉打开门时，看见彼得·巴菲特正在走廊里等候。鲁珀特·科克史密斯离开时，根本没跟巴菲特说话。

彼得·巴菲特往屋里走来，边走边扯着嗓子说："我说，我尽了力，但失败了。人算不如天算啊！"说到这里，巴菲特大声笑起来，"你不会为此生气吧，比尔？"说完，他伸出一只手。

"我不会为此生气，巴菲特先生。"威廉说话时并没有招呼对方坐下，"恰如你刚才所说，你尽了力，但失败了，因此你只有辞职，离开你在董事会的位置。

巴菲特不相信自己的耳朵，问道："我只有什么？"

"辞职。"威廉重复了一遍。

"这么做有点儿不近人情，是不是，比尔？我的行为不仅仅代表我个人。只不过我认为——"

"我不想让你留在我的银行里，巴菲特先生。今晚你就离开，永远不要再踏进这家银行一步。"

"如果我说我不走呢？我拥有这家银行相当一部分股份，而且董事会里仍有不少人支持我。还有，我可以因此到法院控告你。"

"那么，我建议你好好读一读银行的法规，巴菲特先生。"威廉从桌面拿起真皮封面的小本子，打开本子翻动了几页，找到当天上午标记的段落，大声念道："'董事长有权撤换他不信任的团队成员。'我已经不信任你了，巴菲特先生，所以你必须辞职。你可以拿到两年的工资，以及所有合理合法的分配。如果事与愿违，你迫使我把你撤掉，除了你拥有的股份，以及你那不能张扬的名声，你什么都别想得到。你自己看着办吧。"

"你不再给我一次机会啦？"

"上星期你邀请我共进晚餐时，我给过你一次机会，你却对我连蒙带骗带装傻。我不希望我的副董事长具备这一类素质。你是主动辞职呢，还是我把你撤掉，巴菲特先生？"

"我操你祖宗，凯恩，辞职就辞职。"

"很好，现在你就坐下写辞职书。"

"不，我明天早上给你，在我心情好的时候。"

"现在写——不然我解雇你。"威廉说。

巴菲特犹豫了，他沉重地倒在一把椅子上。威廉递给他一张银行的公用信笺，接着又递给他一支笔。巴菲特掏出自己的笔，在纸上写起来。巴菲特写完后，威廉拿起辞职书仔细看了一遍。

威廉说："日安，巴菲特先生。"

巴菲特没再说什么便离开了。威廉脸上露出了笑容，这时，泰德·利奇走进办公室。

"你现在要见我吗，董事长先生？"

"是的。"威廉说，"我想重新任命你为银行副董事长，巴菲特先生认为他必须辞职。"

"噢，对此我深感震惊，我原来以为……"

威廉将巴菲特的辞职书递了过去。看过辞职书后，泰德·利奇抬起头看着威廉。

利奇说："我很高兴能担任副董事长。谢谢你对我的信任。"

"很好。如果你能安排我跟各部门负责人在今后几天逐一见面，我将不胜感激。明天早上8点钟我开始工作。"

"好的，董事长先生。"

"我还要麻烦你将巴菲特的辞职信交给集团公司秘书长。"

"我会照办，董事长先生。"

"我的名字叫威廉——巴菲特先生在这一点上似乎也犯了错。"

利奇小心翼翼地笑了笑，说："那咱们明天上午见，"——他犹豫了一下，这才说出口——"威廉。"

利奇离开后，威廉坐回查尔斯·莱斯特的椅子上，飞快地旋转着椅子，发出一阵少有的怪笑，直到转得头脑发昏才停下来。然后，他看着窗外的华尔街：街上的人们来也熙熙，去也攘攘，目光所及，到处都是美国最大的银行和经纪公司。这里正是他梦寐以求的地方。

他身后传来一个女人问话的声音："请问，你是谁？"

威廉将椅子转了180度，面前出现一位衣着古板的中年女人。那女人正看着他，而且满脸怒容。

威廉说："也许我该问你同样的问题。"

"我是董事长的秘书。"女人不客气地说。

"而我，"威廉答道，"是董事长本人。"

§

转过一周，星期一，威廉搬到了纽约。又过了几个星期，凯特和家人才搬过来。这是因为，威廉必须找一处符合莱斯特银行新任董事长身份的房子。更重要的是，为确保理查德首先进入圣保罗学校，然后进入哈佛大学，他必须找一所合适的学校。

最初3个月，由于必须从波士顿脱身，由于必须在纽约履职，威廉真恨不得每天有48小时。这次搬家比威廉预想的更困难，其困难程度犹如剪断连接母与子的脐带。在此期间，托尼·西蒙斯向他提供了全方位支持。这促使威廉开始欣赏阿兰·罗依德支持托尼当选凯恩和卡伯特银行董事长的良苦用心。这是威廉第一次主动承认，阿兰真没准做对了。

生活在纽约，让凯特终日忙得不可开交。弗吉妮娅已经可以步履蹒跚地在各个房间里乱窜了，有时候，凯特稍不留意，弗吉妮娅会窜进威廉的书房。理查德只有一个愿望，他希望像其他纽约男孩一样，拥有一件风衣。作为一家位于纽约的银行董事长的夫人，凯特必须定期举办鸡尾酒会和私人晚宴，这种微妙的方式可以确保各位董事以及各位重要客户有机会与威廉私下沟通，便于他们了解威廉的想法，也便于他们把各自的想法告诉威廉。应付这种场面，凯特总是显得驾轻就熟，富有外交风范。这让威廉终生对凯恩和卡伯特银行清算部感激不尽，因为正是这一部门让威廉得到了一生中最宝贵的财富。

凯特告诉威廉，她肚子里又有孩子了。威廉只问了一个问题："我哪儿来的时间跟你做成这孩子？"听到这个消息，弗吉妮娅欢呼雀跃起来；让她无法理解的是，妈咪怎么这么快成了胖子。理查德则以沉默相向。

§

时间又过去一个月，威廉上任以来，在第一次全体股东年会上，他的董事长职务得到全体股东的一致确认。科汉事先警告过威廉，好几位股权持有者并不支持他，如果他们投反对票，他们一分钱都得不到，因而威廉在年会上没有流露任何得意的神色。让威廉惊讶的是，他看见彼得·巴菲特袖着双手坐在最后一排的座位上，更让他惊讶的是，苏珊·莱斯特竟然也袖着手坐在巴菲特身边。投票时，两人依然袖手端坐着。

§

威廉担任莱斯特银行董事长届满一年时，凯特生下了第三个孩子，也就是他们的小女儿鲁茜。威廉手把手教给弗吉妮娅如何晃动鲁茜的摇篮；此时的理查德眼看要到伯克利学校上一年级了，他利用小妹妹出生这一契机，说服爸爸给他买了个新球棒。虽然此时的鲁茜还无法用语言提任何要求，她已经成为第三个能用小拇指让威廉围着自己转的女人。

在威廉成为莱斯特银行董事长的第一年任上，银行的赢利略有上升。在第二次全体股东年会上，威廉向到会的股东们表了决心，接下来的一年，银行有充分的理由获得更大发展。

38

1939年9月1日，德国军队开进了波兰。

威廉做出了一系列快速反应，其中之一是，注意阿贝尔·罗斯诺夫斯基的动向。坐落于曼哈顿帕克大道的男爵饭店早已成为纽约人茶余饭后的热门话题。汤马斯·科汉每季度按时送来的报告显示，罗斯诺夫斯基正处于日益做强做大的势头上。不过，看样子，他向欧洲扩张的最新想法需要搁置一段时间了。科汉一直没发现罗斯诺夫斯基跟亨利·奥斯伯恩有直接往来。

威廉从未设想过美国会再次卷入一场欧洲战争，他坚持让莱斯特银行伦敦分行继续营业，以此表明支持哪一方。他名下有73000亩土地位于英国汉普郡和林肯郡，他也从未想过将这些土地卖掉。托尼·西蒙斯正相反，他通知威廉，他希望关闭凯恩和卡伯特银行设在伦敦的分行。

如今，两家银行的董事长已经没有理由将对方视为竞争对手，两人定期会面，见面气氛总是极为轻松和友好。如今，他们都把对方视作倍增器，互相取长补短。正如托尼所料，威廉担任莱斯特银行董事长以来，凯恩和卡伯特银行失去了一些重要客户。每当老客户表示转移资金的意愿，威廉总会将所有情况及时通报给托尼，他从未动员任何人将资金转移到莱斯特银行。威廉和托尼每月共进一次午餐，这天，午餐地点设在历史悠久的波士顿洛克·奥伯餐厅，具体位置是个角落餐桌。他们刚落座，托尼·西蒙斯不失时机地再次强调，希望关闭凯恩和卡伯特银行伦敦分行。

威廉问："什么理由？"

"其实，我的第一个理由很简单。"托尼一边说话，一边呷着进口勃艮第葡萄酒。显然他从未想过，德国人的皮靴很可能即将踏平法国的大部分葡萄种植园。"我认为，如果我们不截断资金流失，不及时从英国撤出，银行将面临亏损。"

"当然，损失一些钱在所难免。"威廉说，"不过，我们必须做出支持英国人的姿态。"

"为什么?"托尼发出了责难,"我们是银行,不是后援俱乐部。"

"英国可不是一支棒球队,托尼,它是一国人民,我们有今天,完全得益于传承它的……"

"我看你应当从政。"托尼说,"我现在才意识到,以你的才智,让你从事金融业,简直是极大的浪费。不管怎么说,必须关闭分行还有一个更重要的理由,那就是如果德国人像进军波兰和法国一样开进英国——按照乔·肯尼迪的说法,德国人迟早会那么做——他们会接管我们的银行,那样的话,我们将损失在伦敦的全部资产。"

"如果他们想做到这一点,必须踏过我的尸体。"威廉说,"如果希特勒敢于把他的脚踏上英国领土,美国当天就会参战。这是我们驻英国大使公开说的。"

"绝对不会。"托尼说,"罗斯福总统三番五次强调,'要什么给什么,绝不参战'。一战亲历者们会大喊大叫群起反对参战。"

"绝对不要相信政客们说的绝对不会,"威廉说,"尤其是罗斯福总统。当他说'绝对不会'时,那仅仅意味着不是今天,至少不是今天上午。你不妨回忆一下,第28任总统伍德罗·威尔逊1916年全年都在说'绝对不会'。"

威廉的一番话让托尼大笑起来,他问道:"你什么时候竞选参议员,威廉?"

威廉笑着回答:"绝对不会。"

"我佩服你的情操,威廉,但我仍然想撤出来。"

"你是董事长,"威廉说,"如果董事会支持你,明天你就可以关闭伦敦办事处。我绝不会用我的地位抵制大多数董事的意愿,这你很清楚。"

"你把凯恩和卡伯特银行以及莱斯特银行合二为一后,一切都会由你做主。"

"我曾经跟你说过，托尼，你担任董事长期间，我绝不会那么做。"

"可我认为，我们的确应当合并。"

"什么？"由于惊讶，威廉将杯子里的勃艮第酒溅到了桌布上。他无法相信刚刚听到的话。他感叹道："我的天，托尼，对你这人，我得说句公道话，你是个让人永远无法预测的人。"

"威廉，我这人一如既往，总是诚心诚意以银行的最高利益为重。你稍微想想当前的形势就能明白，和以往相比，纽约已经日益成为美国的金融中心。希特勒入侵英国后，纽约将成为国际金融中心。实际上，综合各方面情况，往长远看，我敢说，美元会取代英镑，成为世界上最主要的货币。凯恩和卡伯特银行的发展方向理所当然是纽约。如果我们两家合并，我们会成为一个根基更为宽厚的机构，因为我们双方的专长正好互补。凯恩和卡伯特银行一向侧重造船业和重工业，而莱斯特银行很少涉足这一领域。相反，你们在保险方面成就卓著，而我们从未涉足这一领域。在许多欧洲城市，我们两家银行的机构都是重复设置，别的我就不说了。"

"托尼，我同意你的所有看法，但我仍然希望维持我们在英国的存在。"

"这也符合我的观点，凯恩和卡伯特银行伦敦分行可以关闭，莱斯特银行分行仍然保留。即使伦敦遭遇劫难，我们也不至于损失太惨重，因为我们已经合并，因而更加强大。"

"但是，罗斯福政府对商业银行的限制意味着，我们只能立足于国内某个州。若想合并成功，我们只能把总部设在纽约，波士顿的银行最多只能是个分支机构。"

"我会一如既往支持你。"托尼说，"你甚至可以考虑让新莱斯特银行从事商业金融业务，所有问题就迎刃而解了。"

"不可能，托尼。罗斯福政府让老实人不可能涉足两个领域。总而言之，我父亲经常跟我说，或者为少数富人服务，或者为大多数穷人服务，没有中间道路可走。因此，只要我还是董事长，莱斯特银行就会坚守传统的信贷投资金融业务。难道你看不出来，一旦我们决定两家银行合并，我们会有多少困难？"

"只要双方精诚合作，几乎没什么克服不了的困难。倒是你应当仔细考虑一下潜在的后果，威廉。因为，合并以后，你会变成个小股份持有者，在新组成的银行里，你会失去绝对控制权。就是说，如果有人试图夺权，你就有可能受到伤害。"

"只要这么做可以成为美国最大的金融机构之一的董事长，我宁可冒这个险。"

§

返回纽约当晚，威廉立即召集莱斯特银行全体董事开会，研究托尼·西蒙斯的建议。董事会原则上同意了合并方案。尔后，威廉指示各位副总裁对合并前景进行更为深入的调研。

耗时3个月，各部门负责人才向董事会提交调研报告。看过报告的人都会得出相同的结论：两家银行合二为一，完全在情理之中，不仅因为两家银行在诸多方面互补，尤为重要的是，凯恩占有的股份可以确保莱斯特银行拥有凯恩和卡伯特银行51%的股份，仅此一点，合并两家银行，必将成为一场水到渠成的联姻。莱斯特银行的一些董事甚至指出，令人费解的是，威廉以前怎么没想到这个主意。泰德·利奇则认为，查尔斯·莱斯特提名威廉继任董事长时，肯定早就考虑到了这一点。

合并涉及大量细节，为此展开的大量具体工作耗时一年才得以完成。为准备必要的书面文件，各律师小组的工作被量化成了小时。股权置换完成后，威廉仍然是最大的股权持有者，他拥有新公司8%的股份，因而他被重新任命为新银行总裁兼董事长。托尼·西蒙斯为副董事长之一，他留在了波士顿。泰德·利奇也是副董事长之一，主管纽约的工作。新投资银行的全称为"莱斯特–凯恩金融财团"，人们仍然习惯性地将其称为莱斯特银行。

威廉原本安排好在纽约举行一次新闻发布会，以便正式宣布两家银行合并成功，同时向金融界介绍他对未来的展望，会期定在1941年12月8日星期一。后来，新闻发布会被迫取消，因为，20多小时前，日本人发动了对珍珠港的偷袭行动。

数天前，银行向各大报刊发出了预留版面的通知。不过，美国对日宣战的消息意味着，星期二各早报的金融版只能为两家银行合并的消息留下豆腐块大小的版面。然而，在威廉的思想意识里，版面大小已经不是最重要的了。

让威廉犯难的是，他不知道应当在何时以何种方式告诉凯特，他想从军。

第五部

1941—1948

39

阿贝尔认真读了一遍《芝加哥论坛报》金融版有关莱斯特-凯恩金融财团的消息。

报纸上连篇累牍都是美国参战的消息,若不是这篇文章旁边附了一张威廉·凯恩的小照片,阿贝尔根本不可能注意这一简短声明。照片上的凯恩看上去似乎没有变化,还是10年前阿贝尔在波士顿见到的样子。照片上的凯恩显得太嫩,显然与文章的说法不符——文章将凯恩称为新组建的莱斯特-凯恩财团精明的、才思敏捷的董事长。文章预言:"由两个古老的根基扎实的家族银行联袂组成的新公司很可能会成为美国一家声誉卓著的金融机构。"《论坛报》的文章最后称,新财团的股份分散在大约20位与莱斯特家族和凯恩家族有关的以及关系密切的成员手里。持股最多的人是凯恩先生,他持有8%的股份,已故莱斯特先生的女儿持有6%的股份。

阿贝尔有理由对这条非同寻常的新闻感到高兴,因为,他意识到,这意味着,为了成为一家更大的金融机构的董事长,凯恩已经丧失了对银行的绝对控制权。阿贝尔又看了一遍消息,无法否认他们两人交锋以来这10年,威廉·凯恩在世界上的地位已然大大提升。不过,他阿贝尔同样今非昔比,他和莱斯特-凯恩金融财团新任董事长还有一笔旧账没算。

过去10年,男爵集团的财富增长如此之快,阿贝尔不仅按照资助人当初提出的条件偿还了所有贷款,还100%掌握了集团的所有权。

1939年最后一个季度,阿贝尔偿清了所有债务。不仅如此,1940年,他还标志性地一举创利50万美元。伴随这一里程碑式的时刻，位于华盛顿和旧金山的两家新男爵饭店也先后投入使用。

这一时期，阿贝尔已经成为越来越不专一的丈夫。主要是因为，扎菲娅处处不跟阿贝尔合作，她尤其不愿意追随阿贝尔的野心。不过，阿贝尔可能是天底下最溺爱孩子的父亲。扎菲娅整天想着再要一个孩子，她终于说服阿贝尔找医生做了一次体检。阿贝尔得知，他的精子数量过少，很可能是早年他被德国人和俄国人关押期间患病和营养不良所致。这样一来，弗洛伦蒂娜极有可能成为阿贝尔唯一的孩子。阿贝尔完全放弃了想要儿子的希望，将所有溺爱都集中到女儿身上。

阿贝尔如今已经迅速成为享誉全美国的饭店业者，报纸已经习惯性地将他称作"芝加哥男爵"。他早已不在乎别人背地里怎样称呼他。弗洛戴克·科斯基维奇来到了美国，更为重要的是，他已经在美国扎根。在刚刚过去的财政年度里，男爵集团14家饭店的纯利润已经接近100万美元。有了这笔新的富余资本，阿贝尔觉着，进行更大开拓的时机已经到来。

正是这个时候，日本人偷袭了珍珠港。

人们将1939年的9月1日称作可怕的一天。那天，纳粹军队开进了波兰。后来，德国人和俄国人在布莱斯特-立陶宛重新签订协议，再次瓜分了阿贝尔的祖国。从那时以来，阿贝尔不断地向英国红十字会捐赠大笔款项，用于解救他的同胞。他还发起了一场轰轰烈烈的运动，竭尽全力在民主党内和新闻界奔走呼吁，试图将极不情愿参战的美国拖入战争。在当时的形势下，让他站在俄国人一边，他也会在所不惜。到那时为止，他的努力毫无成效。但是，12月的那个星期天，尽管美国人民都不愿意相信，遍布美国的所有电台都在广播日本人偷袭珍珠港的详情，阿贝尔当即意识到，美国人再也不能继续作壁上观了。

第二天，阿贝尔从广播里听到，罗斯福总统向全国宣布，美国已经向日本宣战。3天后，也就是12月11日那天，希特勒向全世界宣布，德国和意大利已经向美国宣战。

阿贝尔热血沸腾，迫不及待地倾全力支援同盟国。不过，他首先需要做的是向某位个人宣战。为此，他立即给大陆信托投资银行的柯蒂斯·芬顿打去一个电话。多年来，阿贝尔对柯蒂斯·芬顿的信任与日俱增，获得男爵集团绝对控制权以来，他仍然把柯蒂斯·芬顿留在董事会，以便维持男爵集团与大陆银行的密切关系。

电话听筒里传出柯蒂斯·芬顿的声音，他的口吻仍然像当年一样严肃和谨慎。

阿贝尔问："我在集团的账号上有多少存款余额？"

柯蒂斯·芬顿拿出一摞标有"第六号账户"的文件，他仍然清楚地记得，当年他可以将罗斯诺夫斯基的所有文件放进一个小文件夹里。他浏览了几个数字。

芬顿说："将近200万。"

"好。"阿贝尔说，"从今往后，我想让你注意一家名为'莱斯特–凯恩金融财团'的银行，查出那家银行所有股份持有者的姓名，他们所占的份额，是否有人愿意出售股份，以及出售的条件。这一切绝对不能让那家银行的董事长威廉·凯恩察觉，另外，绝对不要提及我的名字。"

柯蒂斯·芬顿深深地倒吸一口气，没有说话。让他觉得庆幸的是，此时阿贝尔看不见他那吃惊的面部表情。为什么阿贝尔要把钱投入威廉·凯恩参与的项目？芬顿也在《华尔街日报》上看到了两个著名家族银行合并的消息，由于珍珠港事件和他夫人过生日，他几乎看漏了这条消息。罗斯诺夫斯基提出的要求让他再次想起了此事——他必须给威廉·凯恩发个贺电。他耐心地倾听着阿贝尔的指示，在男爵集团的文件底边上用铅笔记下了此事。

"把情况查清以后，我希望你亲自向我汇报，不要留下任何文字记录。"

"好的，罗斯诺夫斯基先生。"

阿贝尔接着说："在每季度提交的报告里，我希望你增加一项新内容，把莱斯特银行发布的每一份正式声明的详细内容，以及与该声明有业务关系的所有公司给我列出来。"

"没问题，罗斯诺夫斯基先生。"

"谢谢你，芬顿先生。另外，我的市场调研小组建议我在加拿大蒙特利尔建一家新饭店。"

"你不担心战争的影响吗，罗斯诺夫斯基先生？"

"我的天，当然不担心。如果德国人开进蒙特利尔，我们都得关门歇业，包括大陆信托投资银行。不管怎么说，上次我们把那狗杂种打败了，这次我们还要打败他们。唯一不同的是，这次我也要参战。日安，芬顿先生。"

我怎么总是弄不清阿贝尔·罗斯诺夫斯基的脑子是怎么想问题的？柯蒂斯·芬顿挂断电话时想道。他的思路再次回到阿贝尔的另一项要求上：调查莱斯特银行的股权配额。显然，阿贝尔将德国人和威廉都当成了敌人，让芬顿更为担忧的是，阿贝尔竟然将威廉也当成了敌人。目前威廉·凯恩和罗斯诺夫斯基之间已经没有任何联系，让芬顿感到害怕的是，如果阿贝尔实际掌握新组建的莱斯特银行的部分股份，会发生什么不测。芬顿决定，暂时不向罗斯诺夫斯基透露自己的担忧，有朝一日，或许他们两人中的一位会向他解释清楚，他们究竟图的是什么。

阿贝尔曾经考虑过，是否应该向柯蒂斯·芬顿解释他为什么要购入莱斯特银行的股票。不过，他最终认定，参与这项计划的人越少越好。

阿贝尔暂时把威廉·凯恩的事忘到了一边，他通知秘书，把乔治找来见他。最近，他刚刚任命乔治为男爵饭店集团副总裁，主管为集团开拓新饭店。在阿贝尔的羽翼下，乔治提升很快，他已经成为阿贝尔最忠实的代理人。阿贝尔坐在芝加哥男爵饭店第42层的办公室里，俯视着楼下的密执安湖，他的思绪回到了波兰。他知道，他这辈子再也不能返回祖国生活了。不过，他仍然希望要回自己的城堡。让他不寒而栗的是，他这辈子再也不可能亲眼看见城堡了。如今，他的城堡在俄国领土范围内，处于斯大林的控制下。每每想到德国人和俄国人又一次占领了他雄伟的城堡，他特别希望——他的思路突然被乔治打断了。

"是你要见我吗，阿贝尔？"

在整个集团里，唯有乔治敢于直呼芝加哥男爵的名字。

"是啊，乔治。如果我离开，把饭店交给你管几个月，你觉得你有能力让它们继续运转吗？"

"当然能。"说完，乔治问："这是不是说，你终于想休假了？"

"不是。我要上战场。"

"什么？"乔治不相信地问，"跟谁去？"

"明天上午我要飞到纽约，报名参军。"

"你疯了吧——你这是去送死！"

"我可不那么想。"阿贝尔说，"我想的是，我要亲手杀几个德国佬儿。那些狗娘养的第一次没能把我怎么着，这次我也不想让他们把我怎么着。"

乔治不断地抗议说，用不着他阿贝尔帮忙，美国也能打赢这场战争。扎菲娅也不断地抗议，一想起战争，她就咬牙切齿。弗洛伦蒂娜已经快8岁了，她不太明白战争的含义，不过她明白，爸爸要离开很长时间，因而她放声大哭起来。

尽管身边的人联合起来反对，阿贝尔仍然一意孤行，第二天，他搭乘最早的航班飞到了纽约。整个美国到处都充斥着四面八方往来流动的人群。在纽约城，不管阿贝尔走到哪里，满眼都是身穿咔叽布军装和海军蓝制服的年轻人，到处都是向父母、情人、妻子告别的场面，所有人都在安慰亲人——不过，并非每个人都相信——既然美国已经参战，战争几周内就会结束。

抵达纽约男爵饭店的阿贝尔正好赶上晚餐。餐厅里人满为患，伴着著名长号手汤米·道尔西的大乐队和当红流行歌手弗兰克·辛纳特拉的歌声，每个姑娘都紧紧地依偎在步兵、水兵、航空兵的怀抱里。阿贝尔看着舞池里的年轻人，他想象不出，他们当中有多少人以后还能再次享受这样的夜晚。阿贝尔再次想起萨米所说的成为纽约广场饭店餐厅领班的经过：他的3个头头从西线回来时，3个人加在一起只有1条完整的腿。今晚在舞池里跳舞的年轻人根本不可能知道战争是怎么回事。阿贝尔不能加入年轻人的庆祝行列——也许他们把这当作庆祝了。阿贝尔来到位于饭店顶层自己的房间里。

第二天一早，阿贝尔换上一套深色的双排扣普通面料西装，来到纽约时报广场的一个征兵站。他登记的名字是弗洛戴克·科斯基维奇。阿贝尔心里非常清楚，如果其他人得知报名参军的是芝加哥男爵，人家肯定会发给他一套袖子上镶有金边的军装，还会让他坐到转椅上。

征兵站比阿贝尔头天晚上看见的舞池更拥挤，不过，这里没有人搂搂抱抱。阿贝尔注意到，看样子，其他前来应征的人都比他年轻，也比他更适合当兵。经过整整一上午的等待，阿贝尔仅仅领到一张表格，他填写好了表格——同样的事，如果让秘书办，估计也就10分钟时间。后来，阿贝尔又排了两个钟头队，终于来到一个征兵的中士跟前，中士问他是干什么的。

"开饭店的。"接着，阿贝尔向中士讲述了自己在第一次世界大战中的经历。看着眼前这位身高只有1米70，体重却超过190磅的人，中士默默地瞪着双眼，满脸都是不相信的神色。

"你必须明天上午来做全面体检。"听完阿贝尔的独白，征兵站的中士只说了一句话。后来，中士按照惯例补充了一句："谢谢你来报名，科斯基维奇先生。"

为这次体检，阿贝尔第二天又排了好几个钟头队。主管医生对他的综合体质提出了直言不讳的批评。由于阿贝尔的地位和成功，多年来，没人敢于如此当面奚落他。医生打的分数让阿贝尔从迷钝中猛醒，他体检得分仅为"2-"。

"你超过了正常体重，视力也不好，而且腿还瘸。坦率地说，科斯基维奇，你根本不符合标准。像你这样的人，没接触敌人之前，都有可能突发心脏病，我们不能让这样的士兵进入战斗序列。可这并不意味着我们不能使用你的智力，如果你有兴趣，在战争中，我们还有很多管理工作需要人做。"

"我不干，谢谢你——先生。我想去打德国佬儿，而不是去给他们写信。"

当天晚上，阿贝尔垂头丧气地回到了饭店，他转念一想，不能就这么认输。第二天，他前往另一个征兵站碰运气。然而，他带回男爵饭店的结论跟头天一模一样。这天，他遇到的医生稍显客气一些，不过，医生对阿贝尔的身体状况丝毫不让步，因此阿贝尔再次得了个"2-"。显而易见的是，就阿贝尔目前的身体状况而言，没人会同意他跟敌人打仗。

转过一天，早上7点，阿贝尔在五十七街西路一家健身房报了名，还雇了一位私人教练，协助他改善身体状况。接下来的3个月，为减轻体重和增强体质，阿贝尔天天坚持锻炼，项目包括拳击、摔跤、跑步、跳高、跳绳、推铅球，同时还要节食。阿贝尔的体重降至155磅时，教练说，他目前的身体状况已经处于最佳，体重不能继续减轻了。阿贝尔再次前往曾经去过的第一家征兵站，将完全相同的表格再次填写了一遍，用的姓名依然是弗洛戴克·科斯基维奇。这次他遇到的中士很乐意帮忙，为他做体检的医生将他的名字列入了候补人员名单。

"可是，我想现在就参加战斗，"阿贝尔说，"必须赶在战争结束之前。"

"我们会跟你联络的，科斯基维奇。"中士说，"请你保持身体健康，说不定我们很快会招你入伍。"

眼看比他年轻、比他强健的人们当场被接收入伍，阿贝尔气不打一处来，转身往外走去。在门口处往外挤时，他迎面撞到一个身材精瘦的高个子身上，那是个身穿军装、肩章上既有星星又有条条的人。

阿贝尔道歉："对不起，先生。"

"年轻人……"将军喊了一嗓子。

阿贝尔自顾自往前走着，他没想到将军有可能喊他，因为，很久没有人称呼他"年轻人"了——到底有多久，他自己都不愿意想，尽管他今年只有35岁。

将军又喊了一声："年轻人！"这次将军提高了嗓门。

这一次，阿贝尔转身问道："是喊我吗，先生？"

"是的，就是你，先生。可否请你到我办公室来一趟，罗斯诺夫斯基先生？"

妈的，阿贝尔心想，如此一来，没有人会同意我上战场了。

其实，将军的临时办公室就在征兵站后边，那不过是个没有门的小房间，屋里仅有一张桌子、两把木椅，屋里墙面的绿漆显得斑斑驳驳。阿贝尔绝不能容忍男爵饭店最下级的管理人员在如此恶劣的环境里工作。

"罗斯诺夫斯基先生，"将军说话了，"我是马克·克拉克，美国陆军第五集团军指挥官。我来这里检查工作，怎么运气这么好，咱俩赶巧撞上了！很久以来，我一直是你的崇拜者之一，你的经历能激励每个美国人。现在，请允许我问一句，你到征兵站干吗来了？"

"你说我干吗来了！"阿贝尔脱口而出。"对不起，长官。"阿贝尔感到自己失言了，赶紧改口说，"我本不想失礼，可你们这儿没人让我参加这场他妈的战争。"

"你想在这场他妈的战争中做什么？"将军不解地问。

"参军打德国佬儿啊！"

"去当个普通士兵？"将军觉着不可思议。

"当然。难道你不希望每个人都报名参军吗？"

"毫无疑问需要。"克拉克将军说，"不过，与其让你当一名普通士兵，不如我给你安排个更能发挥你特殊才智的事情做。"

"让我干什么都行，"阿贝尔说，"干什么都行。"

将军问："是吗，现在就行吗？干什么都行吗？如果我要求你把纽约的饭店交给我作军队的指挥部，你能答应吗？因为，坦率地说，罗斯诺夫斯基，对我来说，如果你能做到这一点，比你亲手杀死十几个德国人更管用。"

"那我就把男爵饭店交给你。你可以答应我入伍吗？"

"你肯定是在说气话，是不是？"克拉克将军问道。

"我是个急脾气的波兰人。"阿贝尔说。这时，两人同时笑起来。"你得理解我。"阿贝尔的口气变得严肃起来，"我出生在波兰，我亲眼看着自己的家园被德国人占领，看着姐姐被沙俄士兵强奸。我从俄国劳改营死里逃生，穿过大洋，幸运地来到这里。所以，我没疯。就全世界来说，唯有在这个国家，无论出身多么卑微，只要肯干，身无分文的人也可以变成富翁。这帮兔崽子上一轮没能挡住我，如今他们又发动了战争。好吧，我必须让他们输掉这场战争。"

"那好，如果你真的这么渴望入伍，罗斯诺夫斯基先生，我可以录用你。不过不是以你想象的方式。丹尼尔斯将军在前线指挥作战之际，需要个军需官管理第五集团军的全部军需工作。拿破仑说得没错，军队是靠胃口推进的，所以，你也能在战争中扮演一个重要角色。这份差事还能让你成为一名少校。毫无疑问的是，你可以采用这一方式帮助美国打赢这场战争。你觉得怎么样？"

"我答应你，将军。"

"谢谢你，罗斯诺夫斯基先生。"

§

阿贝尔返回芝加哥，跟扎菲娅和弗洛伦蒂娜一起度周末。扎菲娅问阿贝尔，他希望怎样处理现有的15套西服。

"把它们保存好。"阿贝尔答，"我参战可不是去送死的。"

"不就是在男爵饭店里作战，我绝对相信你不是去送死。"扎菲娅说，"我说的不是这意思。我说的不过是，这些衣服比你现在的体型大了三号，你没法穿了。"

阿贝尔大笑起来。后来，他把旧衣服全都送给了一家波兰难民中心。乘飞机返回纽约后，阿贝尔将客户预定的房间全部清退。12天后，他把整个纽约男爵饭店交给了美国陆军第五集团军。新闻界将阿贝尔的这一举动赞颂为"第一次世界大战时期的难民无私的奉献"。

接下来的8个月，阿贝尔在克拉克将军手下为其管理纽约男爵饭店，他把一切都安排得井井有条。在此期间，阿贝尔一直不停地抱怨，最后他终于被安排开赴前线。他首先前往本宁兵营报到，在那里参加军官培训。他最终受命前往丹尼尔斯将军指挥的第五集团军时，目的地却是北非的某个地方。让阿贝尔着急的是，战争结束前，他可能根本到不了德国。

远赴海外前，阿贝尔立了一份遗嘱，指示遗嘱执行人，如果他回不来，可以把男爵集团以优惠条件转让给大卫·马克斯顿，其他财产则分给扎菲娅和弗洛伦蒂娜。这是阿贝尔20年来第一次想到死亡——不过，他确实想象不出，在军团的大食堂里，他怎么可能被人杀死。

运兵船驶出纽约湾时，阿贝尔从船上眺望着自由女神像。将近20年前，他第一次见到自由女神像时的感触和情形，如今依然历历在目。运兵船驶过女神身边后，阿贝尔再也没有回头看她，他大声喊道："下次我亲眼看见你的时候，女士，美国肯定已经打赢了战争。"

§

穿越大西洋的阿贝尔带了两个顶级厨师和5个帮厨，这些人都是最近应征入伍的。1942年5月，搭载他们的船在阿尔及利亚首都阿尔及尔靠了岸。阿贝尔立即征用了阿尔及尔唯一像样的饭店，将其改造成克拉克将军的指挥部。在充斥着炎热、尘埃、沙土的沙漠里，阿贝尔度过了将近一年时光，尽最大努力保证了全军将士的膳食。

克拉克对他的评价是："我们吃得很糟，但我敢打赌，比起他妈的德国人，我们吃得好得多。"

阿贝尔实实在在认识到，在这场战争中，他扮演了一个有分量的角色，可他依然渴望亲自参加一场真正的战斗。作为一名少校军需官，除了保障部队的膳食供应，他很少有机会上前线。

阿贝尔定期给扎菲娅和乔治写信，从收到的照片里，可以看到可爱的女儿弗洛伦蒂娜在成长。有时候，阿贝尔也能收到柯蒂斯·芬顿的来信。芬顿报告说，男爵集团的赢利一直在稳步增长，由于美国军队调动频仍，平民百姓迁移大增，美国东海岸的所有饭店经常爆满。让阿贝尔感到遗憾的是，他未能参加蒙特利尔男爵饭店的开业典礼，乔治代表他主持了这次盛典。这是阿贝尔第一次无法亲自主持一家新男爵饭店的开业仪式。如今阿贝尔充分意识到，他已经在美国建立了一份多么庞大的家业，他多么渴望再次回到已经成为"家"的那片土地上——不过，一切都要等到战争结束。

没过多久，对于非洲，以及零乱的餐具、蝇拍、毛毯、烤豆子之类的东西，阿贝尔统统感到厌倦了。在西部沙漠地区，偶尔会有一两次让人兴奋的小规模冲突。有时候，从前线撤下来的士兵们言之凿凿地告诉他，前边不远处就有战斗，可是他从未见证过真正的战斗。仅仅为了亲耳听听交火的声音，阿贝尔曾经开着一辆后勤补给车前突到前线，结果却让他更加丧气。

一天，传来了让阿贝尔高兴的命令：第五集团军奉命部署到意大利。阿贝尔希望，这次说不定真有可能见到他的祖国波兰。

在空军的战术掩护下，在克拉克将军的率领下，第五集团军搭乘两栖战车在意大利南部海岸登陆。部队先后在安齐奥和蒙特卡西诺遭遇相当顽强的抵抗。然而，阿贝尔始终未能赶上任何战斗。如今阿贝尔胸前挂满了勋章，这些勋章只能说明他去过哪些地方，而至今他还没得到过战斗勋章。让阿贝尔极其忧虑的是，或许他根本来不及参加任何战斗，战争即会结束，他得到的勋章只能说明他曾经提供过上百万份伙食。可是，他找不出任何理由亲赴前线。以后，这种机会就更少了，因为他已经晋升为中校，奉命前往伦敦等候下一个调令。

§

1944年6月，盟军凭借D日行动跨越英吉利海峡，大举攻入欧洲本土。阿贝尔奉命调往奥马尔·布雷德利将军麾下的第一集团军第九装甲师。8月25日，盟军解放了巴黎。美国士兵们和法国自由战士们排着整齐的队列，浩浩荡荡开上了香榭丽舍大道。阿贝尔远远地跟在戴高乐将军身后，他们受到的是凯旋式的欢迎。阿贝尔仔细观察着这座未经战火破坏的繁华都市，暗暗选定了在欧洲建立第一家男爵饭店的位置。

　　大反攻时刻，盟军横穿法国，越过德国边界，快速向柏林推进。向前推进的盟军所到之处，所有物资都被后撤的德军洗劫一空，后勤补给物资因而成了各地的稀缺品。每到一座城市，其他部队的军需官意识到应该去什么地方找东西前，阿贝尔总会首先征用当地最大的饭店，设法将仅剩的储备食物弄到手。无论是英国军官还是美国军官，大家都愿意在第九装甲师进餐，他们始终都不明白，第九装甲师怎么总能弄到如此新鲜的食物。一次，乔治·巴顿将军和布雷德利将军一起进晚餐，阿贝尔被介绍给这位好战的、喜欢挥舞象牙柄左轮手枪冲锋陷阵的将军。

　　巴顿夸奖说："这是他妈的整个战争期间最好吃的一顿饭。"

§

　　1945年2月，阿贝尔服役已近3年，他心里清楚，最多再有几个月，欧洲的战事即将结束。布雷德利将军不断地派人给他送来贺信，还给他那不断加肥的军装陆续增加毫无意义的勋条。一切都无济于事，阿贝尔仍然一味地请求将军准许他参加一次战斗。然而，布雷德利对他的请求根本不予理睬。

　　率领运送食品的车队深入前线，指挥分发食品，这些本是下级军官的职责，阿贝尔却常常亲自去做。他从不让手下人知道，下一次他会跟随哪个车队前往什么地方，这与他经营饭店的风格如出一辙。

　　3月，一天清晨，抬进军营的担架一直没有间断，躺在担架上的士兵们身上都盖着毛毯。这让阿贝尔下了决心：必须亲自上前线一看究竟。眼见大批缺胳膊断腿的士兵被抬进军营，阿贝尔忍无可忍。他组织了1名中尉、1名中士、2名下士、28名炊事兵，亲自带队往前线进发了。

前线距出发点不过30多公里，然而，当天上午的旅程既折磨人又漫长。阿贝尔亲自驾驶头车——这让他感到自己真有点像巴顿将军——穿过疾风骤雨，沿着泥泞的道路往前开进。曾经有好几次，阿贝尔必须把车子开到路边停下，以便为前线撤下来的救护车让道。与空肚皮相比，伤员更有优先权。阿贝尔暗自希望，救护车里的人最好都是伤员，不过，车里的人很少有生命迹象，因为极少有人对他们点头和挥手。在泥泞中每前进一公里，阿贝尔即会更加清醒地意识到，雷马琴一带肯定发生了一场恶战。他感到，自己的心跳越来越有力了。

终于到达前沿指挥所了，阿贝尔清楚地听到了敌人开火的声音。敌人就在附近。眼看许多毫无生气的和受伤的战友横躺着回来，阿贝尔愤怒了，他狠狠地捶了几下腿。他知道的有关战争的消息都是二手信息，对此他已经感到厌倦。他甚至觉得，关于这场战争，《纽约时报》的读者都可能比他知道得更详细。

阿贝尔让车队停在野战伙房旁边，他从卡车驾驶室跳出来，用手遮挡着倾盆大雨。让他感到羞愧的是，数公里外，其他人躲避的不是大雨，而是子弹。他指挥手下人从车上卸下100加仑汤、1吨腌牛肉、200只鸡、半吨黄油、3吨土豆、100桶10磅包装的烤豆子——外加一些K种野战口粮——都是为即将上战场及从战场撤回的将士们准备的。他安排厨师们生火做饭，还安排其他炊事兵抓紧时间削土豆。然后，他只身往战场指挥官约翰·伦纳德准将的帐篷走去。一路上，他看见许多已经死亡的士兵和即将死亡的伤兵。

阿贝尔正要走进帐篷，伦纳德将军和副官一起从帐篷里快速走了出来。将军一边走一边和阿贝尔交谈起来。

伦纳德问："你需要什么，中校？"

"按照昨天的部署，我已经命令部下为你部备饭了，长官。"

"现在用不着备饭了，中校。九师的巴罗斯中尉今天破晓时在雷马琴北部发现一座没有炸毁的铁路桥——鲁登道夫桥——我下令立即跨过大桥，在河对岸建立桥头堡。到目前为止，我们远未抵达莱茵河之前，德国人成功地炸毁了所有跨河桥梁，因此我们不能吃午饭，不能给他们炸掉这座桥的机会。"

"九师过桥了吗？"阿贝尔问。

"当然过了。"将军回答，"但他们在对岸的森林里遇到了顽强的抵抗。最先过去的几个连遭到伏击，只有上帝清楚死了多少人。所以，最好赶紧把吃的东西收起来，中校。现在我只有一件事要做，尽可能把活着的伤员撤下来，然后才能知道多少人要吃晚饭。"

"那我能帮你做点什么？"阿贝尔问。

听到这句话，伦纳德停下脚步，上上下下打量着身宽体胖的中校，后者显然没上过战场。

伦纳德问："你带了多少人过来？"

"1名中尉、1名中士、2名下士、28名炊事兵，加上我，一共33人，长官。"

"好，带上你的人，去野战医院报到，都给我抬担架去，尽可能多带些伤员回来。"

"是，长官。"说完，阿贝尔一路小跑回到野战伙房。大多数跟随他一起过来的人正坐在帐篷的一个角落里抽烟。

阿贝尔喊道："起立，你们这帮懒蛋。这次咱们该换换胃口，干点儿真格的了。"

听见口令，32个人立刻原地站直了身子。

"听口令！"阿贝尔喊道，"跑步——走！"

喊完口令，阿贝尔转身带着队伍跑起来，方向是野战医院。阿贝尔带着一帮未经训练的外行人上气不接下气地出现在医院帐篷门口时，一位年轻的医生正在向16名卫生兵下达命令。

"你需要什么，长官？"医生问。

"我不需要什么，我是来帮你的。是伦纳德将军的命令，我带来32个人听你调遣。"直到这时，阿贝尔的手下才知道他们来这里的原因。

医生目瞪口呆地看着面前的中校，说："是，长官。"

"别叫我长官，"阿贝尔说，"我们是来帮你的。"

"是，长官。"医生习惯性地回答。

医生递给阿贝尔一盒红十字袖标，他扼要介绍鲁登道夫大桥对岸森林里正在发生的情况时，包括厨师、炊事兵、勤务兵在内，每个人都戴上了袖标。

"九师伤亡惨重，有治疗经验的人留在战区，其他人尽可能多抬些伤员回来。"

让阿贝尔高兴的是，他终于有机会上战场施展拳脚了。医生现在有了一支49人的队伍，他组织了18副担架，每人发了个急救包。然后，医生率领这支杂色队伍，冒着大雨，踩着泥泞，往鲁登道夫大桥方向走去。阿贝尔紧随在医生身后。到达莱因河岸边时，一排排盖着毛毯的、毫无生气的尸体出现在他们眼前。阿贝尔们排成一列纵队，默默地穿过了大桥。德国人试图摧毁桥基时安放的炸药尚未起爆，依然残留在桥上。

他们排着队，继续往森林方向挺进。枪声越来越密集。由于接近敌人，阿贝尔激动不已，又因为刚刚看见了大批尸体，意识到现代化武器有可能对同伴们造成伤害，阿贝尔也感到了恐惧。战友们痛苦的喊声从四面八方传来，他们刚刚还满怀希望地期盼着战争结束。对他们当中的许多人来说，战争确实结束了。

青年医生走走停停，尽最大努力帮助遇到的每一位伤员。有时候，为了给毫无希望的伤员减轻痛苦，医生只好硬起心肠，用手枪帮助他们结束一切。对那些有能力走动的伤员，阿贝尔为他们指明鲁登道夫大桥的方向；对那些没有能力走动的伤员，阿贝尔组织担架员将他们抬回去。到达森林边缘时，他们这批人只剩下了医生、一个勤务兵，以及阿贝尔自己。其他人都扶着伤员或抬着伤员返回野战医院了。

他们3人走进森林之际，正前方响起敌人的枪声。阿贝尔眼前的树丛中露出一尊德国大炮的轮廓，炮口依然指向大桥，而炮身已经被炸得无法修复。又一阵枪声突然响起来，而且声音特别大，阿贝尔第一次意识到，敌人就在数百米开外。

阿贝尔迅速单腿跪到地上，神经绷到了即将崩溃的边缘。突然，前方不远处再次响起一阵密集的枪声。阿贝尔一跃而起，往前冲去，医生和勤务兵老大不情愿地尾随在他后边。他们跑了100米，来到一片郁郁葱葱的草地上，草丛里星星点点布满白色的藏红花，四面八方躺满了美国兵的尸体。

"简直是屠杀！"阿贝尔愤怒地喊道。枪声渐渐远去。医生什么都没说，3年前，他也这样喊过。

"不用管死人，"医生终于说了一句话，"找找看有没有喘气儿的。"

"快过来。"阿贝尔喊道。他在一位倒在德国泥泞中的中士身边跪下。中士已经看不见阿贝尔了——他的两只眼珠都不见了。阿贝尔在中士的两个眼窝里塞了些纱布，他等候医生已经等得不耐烦了。

"他已经死了，中校。"医生说。对阿贝尔照看的人，医生甚至不屑于看第二眼。阿贝尔跑到另一个人身边，接着又跑到第三个人身边，然而，他们都死了。阿贝尔停下脚步，因为他突然看见，眼前的地面直立着一颗头颅。阿贝尔开始喃喃地背诵男爵教给他的莎士比亚的名句："'鲜血和毁灭世代相承/恐怖成为永恒/母亲啊，战神之手将婴儿撕裂/你却在微笑中隐忍'。"

"难道这世界没有改变？"阿贝尔愤怒地问。

"只是战场换了地方。"医生答。

阿贝尔连续检查了30个——也许有40个？——死人之后，再次回头看了看医生。后者正在抢救一个受重伤的上尉。上尉整个头颅裹满了绷带，仅仅露出一只紧闭的眼睛和一张嘴。刚刚缠上的绷带已经浸满了殷红的鲜血。

阿贝尔走到医生身边，看着医生工作，插不上手。他仔细看了看上尉臂章上的番号——第九装甲师——他想起伦纳德将军的话："只有上帝清楚死了多少人。"

"操他妈的德国佬儿！"阿贝尔骂道。

"是，长官。"医生机械地说。

"他死了吗？"阿贝尔问。

"差不多死了。"医生机械地答道，"他失血太多，只是时间早晚了。"说到这里，医生抬起头，面对阿贝尔，"这里已经没你的事了，中校，干脆你把这位抬回野战医院吧，也许他还有救。告诉基地指挥官，我继续往前走，让他尽可能多派些人过来。"

阿贝尔帮着医生把上尉轻轻放到担架上，然后，他和勤务兵抬起担架往回走。他们慢慢地、一步一个脚印地走出了森林，穿过了大桥。医生曾经告诫阿贝尔，任何突然的震动都有可能导致上尉再次大出血，因而，在3公里的跋涉中，阿贝尔一直没让勤务兵停下来喘一口气。他希望给上尉争取每一丝生存的机会。他还要再次返回森林，加入医生的行列。

终于到达野战医院时，阿贝尔和勤务兵均已精疲力竭。将担架交给一个医疗小组时，阿贝尔觉着，上尉肯定已经死了。

人们把上尉放到担架车上慢慢推走时，上尉那只没有包扎的眼睛睁开了。那只眼睛定定地看着阿贝尔，上尉还费力地抬起一只胳膊。看到那只睁开的眼睛和微微抬起的手，阿贝尔高兴极了，他差点跳起来，他向对方敬了个礼。他默默地祈祷着，希望对方活下去。

阿贝尔一瘸一拐地走出医院，想立刻返回森林。然而，值班军官拦住了他。

"中校，"值班军官说，"我到处都找不到你。有300多人要吃饭。上帝啊，兄弟，你到底跑哪儿去了？"

"干了点儿有意义的事。管闲事去了。"

阿贝尔慢慢往野战伙房走去，心里一直惦记着刚才那个上尉。

对他们两人来说，这场战争已经结束。

40

护士们将上尉推进帐篷，将他轻轻放到一张手术台上。

威廉看见，一位护士正俯视着他，不过，他听不见护士在说什么。威廉不明白，这究竟是因为头上的绷带缠得过多，还是因为自己完全丧失了听力。他闭上眼睛，思想的闸门随之打开。他想到许许多多过去的事，极少想到未来。他的思想飞快地旋转着，生怕自己死去，只要活下去，他会有充裕的时间想问题。他想到了凯特。护士看见，一滴眼泪从威廉的眼角挂下来。

威廉决心报名参军时，凯特完全无法理解。威廉已经认定，在这件事上，凯特永远不会理解他，他也没有可能据理说服凯特，因而他不再试图说服。他们告别时，凯特一脸怒容，威廉始终挥之不去的就是这张面容。威廉从来没想过自己会死——没有哪个年轻人会这样想——如今他最大的愿望是活下去，活着回到家人中间。

离开莱斯特银行前，威廉将经营银行的重任平行委托给了泰德·利奇和托尼·西蒙斯两人。威廉仅仅指示他们，等着他回来……他根本没告诉他们，如果他回不来怎么办。两人都求过他，让他不要上前线——又多了两个不理解他的人。威廉终于报了名，这时他才发现，他没有勇气面对孩子们。当时理查德已经9岁，他一直强忍着泪水，直到父亲告诉他，不能带他一起去打德国佬，他才放声大哭起来。感谢上帝，当时弗吉妮娅和鲁茜还小，她们尚且无法理解父亲的决定。

威廉首先被分配到位于佛蒙特的一所预备军官学校。威廉上次来佛蒙特是为了滑雪，是跟马休一起来的，上山很慢，下山很快；无论是上山还是下山，马休永远都在他前头。威廉能确定的事只有一件，如果马休还活着，他肯定也会报名参军。训练进行了3个月，从哈佛大学毕业以来，威廉第一次觉着，他的身体比以往任何时候都强壮。

威廉首先被分配到伦敦，成了美国军队和英国军队之间的联络官。当时伦敦到处充斥着美国大兵。威廉的驻地在伦敦多尔切斯特酒店，该酒店由英国作战部移交给美军统帅部使用。威廉曾经在某报刊上看到，阿贝尔·罗斯诺夫斯基将纽约男爵饭店派了同样的用场，威廉从心底赞赏阿贝尔的崇高义举。灯火管制、飞弹袭击、空袭警报等等，所有这些都让威廉感到，他已经处在战争中。不过，他特别想知道，伦敦海德公园角东南160公里外的法国究竟在发生什么。威廉这辈子事事都喜欢冲在前，他从来不甘于当旁观者。在艾森豪威尔位于伦敦索菲特圣詹姆斯酒店的司令部和丘吉尔位于伦敦斯托里门的战时指挥部之间跑腿，实在不符合威廉对参战的想法。整个战争期间，他好像根本没机会跟德国人面对面作战，除非希特勒的军队从伦敦白厅方向开进伦敦特拉法尔加广场。如果真发生那样的事，特拉法尔加广场上的纳尔逊铜像肯定会从圆柱顶端走下来，以抗击德国人的入侵。

美军第一集团军的一部调往苏格兰，与著名的苏格兰高地警卫团开展联合训练，其时，威廉以观察员身份被派往那里。威廉乘坐火车慢慢往北开进，在长途跋涉中，他渐渐意识到：在这场战争中，他扮演的角色最多就是个了不起的信使，他甚至开始怀疑，这次参军究竟是为了什么。然而，置身苏格兰期间，他的想法彻底改变了。在这里，所有当兵的人都处在战前准备中，甚至空气里都弥漫着战场上的噪声。返回伦敦后，威廉立刻打了个报告，要求调往第一集团军。好在威廉的顶头上司从来不信邪，不相信有人能把希望上战场的军人拴在办公室里，因而他批准了威廉的请求。

经各方考察，威廉·凯恩在身体和精神两方面确实都做好了赴死的准备，他再次被派往苏格兰，被编入驻扎因弗雷里城堡的作战部队。该部队正在为深入敌后做准备。人人都清楚，深入敌后很快将成为现实。与每晚在伦敦多尔切斯特酒店写报告、听见防空警报赶紧往安全的地下室里钻形成鲜明对比的是，每晚，在夜幕掩护下，威廉所在部队要跟苏格兰高地警卫团一起在山区进行模拟作战，训练既紧张又艰苦。

3个月后，威廉·凯恩上尉被空投到法国北部，加入横扫欧洲的奥马尔·布雷德利将军指挥的集团军。这里到处弥漫着胜利的喜悦，威廉渴望成为现身柏林的第一个盟军战士。

第一集团军推进到莱茵河沿岸，部队决心利用一切能找到的桥梁渡河。那天早上，威廉·凯恩上尉接到命令，率部穿过鲁登道夫大桥，向躲藏在河对岸雷马琴东北一公里开外森林里的德军发起攻击。威廉登上一座小山的山顶，看着正在过桥的第九装甲师，他当时的感觉是，大桥随时会被炸飞到天上。

威廉手下有120名战士，大部分人跟他一样，是第一次参加实战。眼前的战斗再也不是跟足智多谋的苏格兰人用空弹匣进行模拟演练了——据说，他们后边的泥泞地里还跟着一支炊事部队。这次是面对真正的德国人！真正的子弹！真正的死亡！——毫无疑问，战斗结束后，从一个锅里捞饭吃的人剩不下几个。

威廉率部抵达森林边缘，他们没有遇到任何抵抗，于是决定继续向前推进。威廉心里正在琢磨，第九装甲师的坦克部队干得真漂亮，他的连队只管放心跟着走就是了。突然，子弹和迫击炮弹犹如疾风暴雨般倾泻而来，好像周围的一切顷刻间向他们压过来，而敌人在哪里，他们根本不知道。威廉和战士们立即卧倒在地，人人都想找棵树隐蔽起来。仅仅数秒钟时间，他们的人已经死伤过半。这场战斗——如果能把这称作战斗的话——仅仅持续了不到一分钟。威廉趴在树后湿漉漉的灌木丛中，连个德国兵的影子都没看见！威廉发现，九师后续部队有一批人正在向森林推进，他感到一阵恐惧，想都没想就从树后跳出来，冲到开阔地上，警告跟上来的部队，这里有埋伏。

这时，第一颗子弹击中了他头部的一侧，他两腿一软往下倒去，但仍然拼尽全力向跟上来的战友们挥手和大喊。第二颗子弹击中了他的颈部，第三颗子弹击中了他的胸部。他静静地躺在了德国的泥泞中，等待着死亡降临。可恨的是，他连敌人的影子都没看见——多么可悲而又平淡无奇的死亡啊！

事后威廉回想起来，接下来发生的是，他感到自己躺在担架上，被人抬着，不过，他既听不见，也看不见，他不明白，这究竟是因为当时处于夜晚呢，还是因为眼睛瞎了。路途似乎很漫长，后来，他终于睁开一只眼睛，看见一位中校给他敬礼，然后，中校一瘸一拐地走出了帐篷。对方身上有一种熟悉的东西，但是他说不出是什么。推担架车的勤务兵将他推进帐篷，然后有人把他放到手术台上。他拼命抵抗袭来的睡意，生怕这一睡就会死过去。

威廉感到，有两个人在抬他，那两人把他轻轻翻了过来，后来，其中一人往他身上扎了一针。他沉入了深深的梦乡，他梦见了凯特，然后是妈妈，然后是马休和儿子理查德，他们在玩橄榄球。他又睡着了。

他又醒了，那些人肯定已经把他挪到另一张床上。他恢复了一点儿希望，他在想，死亡似乎不再是必然的了。他一动不动地躺着，一只眼睛定定地注视着帆布帐篷顶，他的头一点儿都不能动。一个护士走过来，看了看床头的表格，然后又看了看他。他又睡着了。

他又醒了。其间究竟过了多久？护士成了另一个人。现在他能看见更多东西了，他的头可以动了——这么做当然特别痛苦。他躺着，醒着，尽可能让自己不睡觉，他想活下去。他又睡着了。

他又醒了，4个医生正看着他。他们要决定什么呢？他听不见他们说话，所以他什么都不知道。他们又把他抬起来，把他抬进一辆救护车。两扇车门关上了，发动机发动了，救护车驶上了颠簸的道路。他身边出现的是另一个护士，一路上，护士紧紧地扶着他的身子。他觉着，这一路好像用了一小时，不过，他对时间的感觉已经不准了。救护车开上一处较为平坦的路面，车终于停了。人们又一次把他抬起来。这一次，他们穿过一段平坦的路面，然后上了个斜坡，来到一间黑屋子里。过了一段时间，屋子居然飞起来了，一个护士把一根针扎进他的身子，后来的事他想不起来了。再后来，他感到飞机着陆，然后飞机静止不动了。他们又把他抬起来，又换了一辆救护车，换了个护士，换了种气味，换了个城市。肯定是纽约，因为其他地方没有这种气味。最后，一辆救护车载着他行驶在平坦的路面上，一路上，救护车走走停停，终于把他送到了目的地。

人们又一次把他抬出救护车，上了几层台阶，把他放在一间四面都是白色墙壁的小屋里。这一次，他们把他放在一张舒适的床上，他觉着自己的头枕在了松软的枕头上。再次醒来时，他发现，他正孤零零地一个人躺在屋里。后来，视力清晰了，他看见凯特站在床旁边，他使劲抬起手，想摸摸凯特，想对凯特说话，然而他什么都说不出来。凯特笑了，他知道凯特不可能看出他也在微笑。他再次醒来时，凯特还在身边，不过这次凯特换了身衣服。凯特来来去去究竟有多少次了？凯特又一次笑了。他试着动了动脑袋，看见儿子理查德也在身边，儿子长得真高，真帅。他还想看看两个女儿，不过，他的头再也转不动了。两个女儿走进了他的视野，是弗吉妮娅——她怎么可能长这么大了？——还有鲁茜——这简直不可能！怎么可能过了这么多年？他又睡着了。

他又醒了，绷带比以前少多了。这次他听见儿子说话了。

"哈罗，爸爸。"儿子的声音有点断断续续。

他听见儿子说话了！他回答："哈罗，理查德。"可是，他完全听不出这是自己的声音。护士扶着他坐起来。他谢过了护士。一个医生用手扶住他的肩膀。

医生说："最糟糕的已经过去，凯恩先生，用不了多久你就可以回家了。"

凯特走进屋里，弗吉妮娅和鲁茜跟着凯特进了屋，威廉笑了。他有许许多多问题要问她们！该从哪里问起呢？他脑子里有一大片空白需要填补。凯特告诉他，他差点儿死了。这他清楚，他不知道的是，自从连队在雷马琴附近的森林里遭到伏击，时间已经过去一年有余。

在他毫无意识的情况下，这许多月份哪里去了？这不等于没有生命，跟死了一样吗？如今理查德已经12岁，已经准备上圣保罗学校了。弗吉妮娅已经9岁，鲁茜快7岁了。看来他得重新认识他们了。

不知为什么，威廉眼里的凯特比记忆里的更美。凯特告诉威廉，别人对她说，威廉极有可能会死，可她从未接受这一说法；理查德在伯克利学校成绩非常好；弗吉妮娅和鲁茜特别调皮捣蛋。凯特还鼓起勇气告诉威廉，他脸上和胸脯上留下了伤疤，很长时间以后，他的伤才能彻底痊愈。值得庆幸的是，医生向凯特保证过，威廉的脑子没有任何问题，随着时间的延续，他的视力也可以完全恢复。如今凯特最想做的是，帮助威廉尽快康复。末了，威廉可以用语言清楚地表达想法时，他的第一个问题是："哪一方打赢了？"

§

　　在威廉康复的过程中，家里每个人都尽了力。理查德扶着父亲走路，直到他扔掉双拐；鲁茜给父亲喂饭，直到他可以自己动手使用刀叉；弗吉妮娅为父亲朗读马克·吐温的书——威廉无法确定的是，弗吉妮娅到底是在为谁朗读，是为她自己呢，还是为他这个做父亲的，他们两人都特别喜欢马克·吐温的作品。威廉夜里无法入睡时，凯特总会陪伴在他身边。后来，医生们终于做出决定，同意威廉圣诞节之前回家。

　　威廉终于回到位于六十八街东路的家里，因而他康复得更快了。医生们预言，不出6个月，他就可以恢复上班了。届时他还会带着明显的伤疤，不过，他的身体状况会非常好。现在他已经可以会见客人了。

　　第一个来访者是泰德·利奇。威廉外貌上的变化让泰德深感震惊——变化远远超出他的预期。威廉从泰德口中得知，他不在岗期间，莱斯特银行延续着大幅度发展，同事们都盼着他早日返回岗位。他还告诉威廉，鲁珀特·科克史密斯已经去世。第二个来访者是托尼·西蒙斯，他也给威廉带来了悲哀的消息：阿兰·罗依德作古了。威廉会永远铭记他们两人留给他的严谨和智慧。汤马斯·科汉也打来了电话，他说，听说威廉已经康复，他非常高兴。好像有必要证实时间已经过了很久，他告诉威廉，目前他已经处于半退休状态，已经将大部分客户转给儿子撒迪厄斯。他儿子已经在纽约开了一家事务所。威廉开玩笑说，他们父子两人都应该被尊称为上帝的信使。

　　"顺便告诉你，我还真有你该知道的消息。"

威廉耐心地倾听着律师长者的讲述，他不禁愤怒起来，而且是非常愤怒。

41

1945年5月7日，法国北部城市兰斯，艾尔弗雷德·约德尔将军代表德国在无条件投降书上签了字，欧洲战事就此结束。3个月后，阿贝尔回到了纽约。他到达时，全城人都在为欢庆胜利和庆祝战争结束做准备。

纽约城的大街小巷再次成为身穿军装的年轻人的天下。这一次，人们脸上挂着发自内心的喜悦，而不是强作的欢颜。让阿贝尔扼腕的是，许多人仅剩一条腿，一只胳膊，有的双目失明，有的满脸伤疤。无论在地球的另一端签订了一纸什么协议，对这些人来说，战争永远都不会结束。

阿贝尔身穿校官军服，走进了男爵饭店。没有一个人认得他。3年前，身穿平民服装时，他那张年轻的脸上没有任何皱纹。如今，他的相貌远比39岁的人老了许多，他额头上深如沟壑的抬头纹恰如其分地说明，战争何等残酷。他乘坐电梯，直奔第42层的办公室。一个警卫拦住他，坚称他上错了楼层。

阿贝尔问："乔治·诺瓦克在哪儿？"

警卫回答："在芝加哥，中校。"

"那好，给我打电话找他。"

"他要问谁在找他，我怎么跟他说？"

"就说阿贝尔·罗斯诺夫斯基。"

警卫立刻打电话去了。

电话听筒里传来乔治那熟悉的声音，阿贝尔立刻体会到，回家的感觉真好——他特别渴望马上回到家人的怀抱！

阿贝尔决定，马上离开纽约，飞越1300公里空域，尽快回到芝加哥，他一分钟都不想耽搁。他仅仅随身携带了乔治为他准备的几份最新报告。这些年，战事正酣期间，男爵集团进一步发展壮大起来。阿贝尔外出期间，乔治显然干得不错，集团一直在稳步发展。阿贝尔将报告仔细看了一遍，他意识到，如果希望推动集团进一步发展，必须立即着手雇用新职员。从前线回家的人里有他需要的人手，必须赶在竞争对手招兵买马前将最理想的人招进旗下。

阿贝尔飞抵芝加哥中途机场时，前来接机的乔治已经在通道口守候多时。乔治几乎没变样——也许他的体重稍微增加了一点儿，头发稍微减少了一些。他们互相通报了过去3年到眼下各自的情况。一小时后，阿贝尔已经找回了感觉，好像这些年他根本没离开过芝加哥。对"黑箭号"客轮，阿贝尔会永远心存感激，正是这艘轮船介绍他认识了手下第一副总裁。

阿贝尔一瘸一拐的程度比参战前明显多了，乔治一眼就看了出来。"我看你在饭店里扮演西部牛仔倒挺合适。"乔治挖苦地说，"用不了多久，你连正常的站相都会忘掉。"

阿贝尔说："也只有波兰人才想得出这么傻的主意。"

乔治对阿贝尔憨憨地笑了笑，样子多少有点儿像挨了主人训斥的小狗。

阿贝尔说："我到处寻找德国佬儿报仇时，有你这么个傻样的波兰老乡帮我照料一切，我还真得好好感谢上帝呢！"

"那你找到德国佬儿了吗？"

"没有，他们一听说我要来，早都跑光了。"

"他们肯定偷吃了你做的东西才开溜吧？"

开车回家前，阿贝尔忍不住要到芝加哥男爵饭店转上一圈。由于战时物资匮乏，饭店华丽的内部装饰已经尽显破败。阿贝尔意识到，有些东西即使不更换，也需要翻修。不过，这些都可以留待日后再说，现在他最需要的是回家见妻子和女儿。最让阿贝尔吃惊的事发生在回家以后。在乔治眼里，3年来，他的家人变化极小；不过，在阿贝尔眼里，情况就不一样了：弗洛伦蒂娜突然成了11岁的姑娘，而且出落得仪态万方；扎菲娅虽然只有38岁，她已然变得臃肿、邋遢，成了个未老先衰的中年妇女。

一开始，扎菲娅和阿贝尔简直不知道该如何相处。数周后，阿贝尔渐渐意识到，他们的关系永远无法恢复到原来的样子了。扎菲娅绝不会主动讨阿贝尔欢心，对阿贝尔取得的成就，她更是漠不关心。扎菲娅麻木不仁的处世态度让阿贝尔感到伤心，阿贝尔曾经试着让扎菲娅融入他的工作和生活，而扎菲娅始终无动于衷。扎菲娅似乎满足于无所事事地待在家里，而且还竭尽一切可能远远地躲开男爵集团的所有事务。阿贝尔觉着，长此以往，他很难保证继续对扎菲娅专一。做爱，在他们之间已经非常罕见，而且，每次做爱，阿贝尔心里想的都是别的女人。为躲避扎菲娅无声的谴责，不久后，阿贝尔学会了寻找各种借口远离芝加哥。

回国的最初6个月，阿贝尔将大部分时间花在巡视集团内各个饭店方面。他完全照搬戴维斯·勒鲁瓦死后第一次视察里士满集团的方法。每逢假期，弗洛伦蒂娜多数时候会陪在阿贝尔身边。不出一年，集团的所有饭店都恢复到了阿贝尔期望达到的高标准，这让阿贝尔重新燃起了开拓新疆域的雄心。在每季度一次的例会上，阿贝尔告诉柯蒂斯·芬顿，市场调研组建议他在墨西哥和巴西各建一家新饭店，调研组已经奔赴其他地方寻找新地块了。

"墨西哥城男爵饭店和里约热内卢男爵饭店！"阿贝尔感叹道。要是放在以前，谁会信啊？

"嗯，反正你现在有足够的资金支付建筑费。"柯蒂斯·芬顿说，"你离开期间，现金流仍在不断增长。实际上，你可以把下一个男爵饭店建在世界的任何地方。我看，没人知道你什么时候会停下来，罗斯诺夫斯基先生。"

"有朝一日，芬顿先生，我会在华沙建一座男爵饭店，那时候，我可能会考虑停下来。打败德国佬儿的过程中，我或多或少出了点儿力，可我跟俄国佬儿还有一笔账没算。"

听阿贝尔这么说，芬顿笑起来。当天晚上他把阿贝尔的话学舌给太太后，他太太说："你干吗不建议他开一家莫斯科男爵饭店呢？"

阿贝尔突然问："我说，莱斯特银行那边有什么进展？"

阿贝尔口气之严肃，让芬顿感到不安。芬顿担忧的是，阿贝尔显然执意认为，戴维斯·勒鲁瓦自杀一事应当由威廉·凯恩负责。芬顿打开一份没有任何标记的卷宗，照本宣科念起来。

芬顿说："莱斯特-凯恩金融财团的股份掌握在两个家族的14个成员以及银行过去和现在的6个雇员手里，凯恩先生是最大的股份持有者，他的资产占银行8%的份额。"

阿贝尔问："莱斯特家族是否有人愿意出售股份？"

"如果出价合理，我们有理由相信，已故查尔斯·莱斯特先生的女儿苏珊·莱斯特有可能放弃股份。另外，莱斯特银行前副董事长彼得·巴菲特先生对我们的意向也表示出了兴趣。"

"他们各占多少百分比？"

"苏珊·莱斯特占6%，彼得·巴菲特占2%。"

"他们想要多少钱？"

芬顿低头查看卷宗时，阿贝尔浏览了一遍莱斯特银行最新一期年报。该报告"第七条"已经用下划线做了标记，阿贝尔的目光停在此处，他暗自笑起来。

"苏珊小姐希望以200万出售她的6%，巴菲特希望以100万交换他的2%。"

"巴菲特先生太贪。"阿贝尔说，"我们等他觉着饿的时候再对付他。立即把苏珊·莱斯特小姐的股份买下来，不要向卖方透露你是代谁买进。一旦巴菲特先生回心转意，随时向我报告。"

柯蒂斯·芬顿咳嗽起来。

"是不是有什么不妥，芬顿先生？"

柯蒂斯·芬顿犹豫了一下，答道："没有，没什么。"不过，他的口气无法让人信服。

"那好。今后我会另外派人全面负责这方面的金融业务。此人你也许认识，他的名字是亨利·奥斯伯恩。"

"是奥斯伯恩议员吧？"柯蒂斯·芬顿问。

"是啊——你认识他？"

"听说过此人的名声。"芬顿的话里带着一丝不以为然的口气。

阿贝尔能感觉出来，芬顿话里有话，不过他未予理睬。对亨利的名声，阿贝尔再清楚不过了。然而，亨利具备对付官僚机构从而很快获得政府批文的本领，因此阿贝尔认为，在他身上冒点儿险，值。除此而外，他们两人还有重要的共同点：他们对威廉·凯恩都恨之入骨。

阿贝尔说："我还会邀请奥斯伯恩先生加入男爵集团董事会。"

"悉听尊便。"芬顿的口气明显带着忧虑。他在心里暗自权衡着，是否应该把自己对奥斯伯恩的担忧向阿贝尔说清楚。

"办完苏珊·莱斯特小姐的事以后，请立即向我汇报。"

"好，罗斯诺夫斯基先生。"说完，芬顿合上了卷宗。

阿贝尔返回男爵饭店时，亨利·奥斯伯恩早已在大堂等候。

阿贝尔与对方握手时说："议员，咱们一起吃个午餐好吗？"

"好啊，多谢男爵。"奥斯伯恩说完，两人同时放声大笑起来。他们挎着胳膊走进餐厅，在角落的餐桌旁入了座。阿贝尔把一个服务员狠狠地训斥了一番，原因是，他发现那服务员的紧身短上衣少了个纽扣。

"你夫人好吗，阿贝尔？"

"好极了。你夫人呢，亨利？"

"再好不过了。"实际上，他们两人都明白，对方在撒谎。

"有什么好消息报告？"

"西雅图那边的特许已经在办理了。"亨利压低声音说，"几天之内，文件就能通过地方管理部门的审查。下个月你就可以在西雅图动工兴建男爵饭店了。"

"我说，我们这么干不至于违法吧？"

"竞争对手抓不到任何把柄。"亨利给阿贝尔吃了定心丸，"这一点我可以绝对保证。"

"这我就放心了，亨利。我不想在法律方面惹出任何麻烦。"

"不会，不会。"奥斯伯恩说，"天底下只有咱俩知道实情。"

阿贝尔说："这样就好。过去几年，你为我办了不少事，亨利。对你过去的功绩，我应该做些表示。你到男爵集团当个董事怎么样？"

"你太抬举我了，阿贝尔。"议员欣喜若狂。

"你这么说太夸张了，亨利。不管怎么说，你想弄到这一位置也有些日子了。"阿贝尔的话说到了亨利心里，两人再次大笑起来。阿贝尔接着说："公平地说，在取得州政府和市政府的建筑批文方面，你是个无价之宝，我根本没时间跟政客和官僚机构打交道。不管怎么说，亨利，那些人也乐得跟哈佛子弟打交道——做这种事的哈佛子弟不多，所以他们甘愿当你的手下败将。"

"你给的报酬也太慷慨了，阿贝尔。"

"是你应得的。另外，我给你安排个有点儿棘手的事。这事涉及咱们双方在波士顿的朋友。"

42

一封展开的信平放在起居室的桌面上。威廉坐在桌子旁边的椅子上，拿起信又看了一遍。这已经是他第三遍看信了。他在想，阿贝尔·罗斯诺夫斯基为什么会费尽心机购入莱斯特银行的股份，还任命亨利·奥斯伯恩为男爵集团的董事。威廉拿起电话听筒，顺手拨了个号码。

撒迪厄斯·科汉出现在六十八街东路威廉家里时，完全没必要自我介绍。他跟他父亲简直就是一个模子里铸出来的。他头发变稀疏和变灰白的位置也跟他父亲当年的情形一模一样，还有他浑圆的体型，甚至他穿的西装，都一模一样。说不定他身上穿的真是他父亲当年穿的那套西装。

"你不记得我了吧，凯恩先生。"律师首先开口。

"当然记得。"说着，威廉站起来，和对方握了握手，"哈佛大学那次大辩论，192……"

"28年。你们赢了那次辩论，你却失去了坡斯廉俱乐部的会员资格。"

威廉笑起来，说："如果咱们在一个队，也许会干得更漂亮。想想吧，你带着社会主义标签，假如你为恬不知耻的资本主义代言，那是什么效果。"

有那么一瞬间，两人像是回到了大学时代。

威廉笑着说："还记得吗，在坡斯廉俱乐部，我们没喝成酒。你想来点儿什么？"

撒迪厄斯·科汉谢绝了威廉的好意，说："我不会喝酒。"说完，他还眨了眨眼。威廉仍然清楚地记得这种解除人们戒心的举动。撒迪厄斯接着说："或许如今我也成了恬不知耻的资本主义者。"

事实证明，撒迪厄斯肩膀上扛的脑袋与他父亲的一样好使。显而易见，他对罗斯诺夫斯基-奥斯伯恩卷宗里的内容了如指掌，对威廉的所有问题，他都能对答如流。威廉向他详细交代了需要做的事。

"迅速提供一份最新报告，然后像以往那样，每3个月提供1份新报告。最重要的仍然是保密。我必须弄清楚，阿贝尔·罗斯诺夫斯基为什么会购入莱斯特银行的股份。他是否仍然认为，我应该对戴维斯·勒鲁瓦的死负责？如今凯恩和卡伯特银行已经跟莱斯特银行合二为一，难道他会接着跟莱斯特银行拼个鱼死网破？亨利·奥斯伯恩在其中扮演的是什么角色？如果我跟罗斯诺夫斯基面对面谈一次，是否有助于解决问题？尤其是，如果我告诉他，拒绝资助里士满集团的是银行，不是我个人，是否有助于问题的解决？"

撒迪厄斯·科汉像他父亲当年一样，用一支笔唰唰唰地记录着。

"我必须尽快得到所有这些问题的答案，以便决定，是否有必要把此事通知董事会。"

合上公文箱时，撒迪厄斯笑起来的样子也跟他父亲当年一模一样。他说："在你养伤期间，让这种事打搅你，实在令人遗憾。一旦核清事实，我会立刻来找你。"刚走到门口，撒迪厄斯回过头补充说："我十分钦佩你在雷马琴战斗中的壮举。"

§

1946年5月7日，阿贝尔前往纽约，参加第一个欧洲胜利日周年庆典。他在纽约男爵饭店设宴款待上千位波兰裔退伍军人，在法国战场指挥波兰军队的卡希米尔斯·索斯科夫斯基将军作为特邀嘉宾出席了活动。数周来，阿贝尔一直盼望这一天到来。弗洛伦蒂娜陪伴阿贝尔前往纽约参加活动，而扎菲娅已经明确表示，她不想参加这一活动。

庆祝会当晚，纽约男爵饭店宴会厅装点得富丽堂皇，总共摆放了120张餐桌，桌桌都插着两面旗帜：一面是美国星条旗，另一面是红白色的波兰国旗。墙上高悬着艾森豪威尔、巴顿、布雷德利、克拉克、帕得鲁斯基、希科尔斯基等人的巨幅照片。阿贝尔在主宾席的首位就座，右边坐着将军，左边坐着弗洛伦蒂娜。

正餐为7道主菜。正餐结束之际，索斯科夫斯基将军站起来向与会者宣布，为嘉奖罗斯诺夫斯基中校在波兰裔美国人事业中做出的牺牲，尤其是战争期间，他把纽约男爵饭店慷慨地捐给军队使用，他已被任命为波兰退伍军人协会终身主席。一位喝高了的无名氏在大厅远端大声喊道："我们这些老兵在德国人的枪下大难不死，阿贝尔的美食也没把我们撑死，终于熬过来了！"

上千位退伍军人立时爆发出哄堂大笑，他们高举着格但斯克伏特加向阿贝尔祝酒和欢呼。然后，大家再次安静下来，倾听将军动情地介绍战后波兰的情况。波兰如今在苏俄的控制下，将军呼吁所有移居海外的波兰人积极参加活动，为恢复祖国的主权奋斗不息。像所有在场的人一样，阿贝尔相信，波兰迟早会重获自由。他曾经梦想，城堡早晚有一天会归于他名下。不过，斯大林在雅尔塔会议上得分后，阿贝尔的信心动摇了。

将军提醒在场的宾客，如果按人口比例计算，战争期间，波兰裔美国人做出的牺牲比美国境内任何其他民族都多。"有多少美国人知道，波兰死了600万人，而捷克斯洛伐克仅仅死了10万人？有些人说，我们明知会战败，却不肯投降，是否太愚蠢。一个用血肉之躯抵抗强大的纳粹坦克群的民族怎么会认输呢？另外，朋友们，我还是要说，我们永远都不会言败。"

讲话即将结束之际，将军对专注的听众讲述了阿贝尔在雷马琴带领一批人抢救战斗中死伤军人的经过。将军讲完话，全场来宾同时起立，向他们两人热烈欢呼。弗洛伦蒂娜满脸绽放着笑容，她为父亲感到特别特别骄傲。

让阿贝尔吃惊的是，转过一天，上午，好几家报纸刊登了他在雷马琴战场上的事迹。阿贝尔吃惊的原因是，以往，除了一家波兰文小报，美国媒体极少报道波兰人的成就。人们终于发现了一位隐姓埋名的美国英雄，阿贝尔因此沉浸在巨大的荣耀里，找他摆姿势拍照和进行采访的记者们占去了他大部分时间。

傍晚时分，太阳终于落下去了，阿贝尔油然生出一种从巅峰跌落谷底的感受。将军飞往洛杉矶参加另一个活动了，弗洛伦蒂娜返回芝加哥以北雷克弗里斯特的校园了，乔治仍然在芝加哥，亨利·奥斯伯恩去了华盛顿。在阿贝尔看来，突然间，纽约男爵饭店变得既空旷又巨大，不过，他一点儿都不想回芝加哥见扎菲娅。

阿贝尔决定提前吃晚餐，然后将集团内其他饭店送来的一周报表看一遍，然后返回顶层公寓休息。他极少在自己的公寓里进餐，他总是尽可能到饭店的各个餐厅进餐——毫无疑问，这种方式让他有机会直接接触一线服务。吞并和建成的饭店越多，他越是担心丧失与基层接触的机会。

阿贝尔乘坐电梯来到楼下，正要去前台询问当晚登记住宿的人数，一个正在填写住宿登记表的漂亮女人吸引了他的注意。他确信自己认识这位女士，不过，他看不见对方的脸。对方填写完表格，转过身，对他露出了笑脸。

"阿贝尔，"女士说，"怎么这么巧，会碰上你！"

"我的天，美拉妮！我都认不出你啦！"

"可人人都认得你，阿贝尔。"

"我不知道你居然在纽约。"

"我只待一夜，为杂志社出差。"

阿贝尔疑惑不解地问："你当记者啦？"

"没有。我是几家总部设在达拉斯的杂志的经济顾问，是来做市场调研的。"

"很有意思的工作。"

"可以肯定，一点儿意思都没有。不过，只要有事干，我就不至于干坏事了。"

"有时间一起吃晚餐吗？"

"这主意太棒啦，阿贝尔。但我得洗个澡，换换衣裳，得让你等上一会儿。"

"没问题，我等你。准备好以后，到餐厅来找我。咱们一小时后见。"

美拉妮又一次露出了笑脸，然后跟随一个服务员向电梯走去。美拉妮离开时，阿贝尔留意到，她身上有一股浓郁的香水味。

阿贝尔首先来到餐厅，敦促服务员为他的餐桌换上新鲜花束。然后，他来到厨房，为美拉妮点了几道她最喜欢的菜——全都是阿贝尔主观臆断出来的。最后，阿贝尔来到角落的餐桌就座，开始了心神不宁的等待。他一会儿看看表，一会儿看看餐厅大门，眼巴巴地盼望美拉妮在门口出现。美拉妮准备了一个多小时。领班将她带到阿贝尔身边时，结果证明，等待是值得的。美拉妮身着一袭飘逸的紧身长裙，在灯光映照下，浑身散发出一派华贵的气息。她吸引了所有人的眼球。阿贝尔迎着美拉妮站起来，侍者不失时机地开启了一瓶库克顶级香槟酒。

"欢迎你，美拉妮。"阿贝尔说着举起酒杯，"很高兴你仍然选择男爵饭店。"

"很高兴见到男爵本人。"美拉妮说，"尤其在他最辉煌的日子里。"

"你什么意思？"阿贝尔问。

"我看了《纽约时报》介绍昨晚宴会的文章，以及你在雷马琴冒着生命危险抢救伤员的事迹。如今你已经成了联结英勇的美国大兵奥迪·墨菲和无名战士的纽带。"

"那些全都夸张过头了。"阿贝尔说。

"我从来不知道你这人居然还会谦虚，阿贝尔，因此我只好相信，报上的话句句属实。"

"真实情况是，我对你总是有点儿害怕，美拉妮。"

"男爵居然也会害怕什么人？这我可不信。"

"当然，因为我不是南方绅士，这一点你很早以前就说得非常明确了。"

"你总是念念不忘提醒我这件事。"美拉妮戏谑地笑道，"后来你跟贤惠的波兰姑娘结婚了吗？"

阿贝尔为美拉妮斟上第二杯香槟酒。

阿贝尔说："当然，结婚了。"

"婚后生活怎么样？"

"不怎么样。我们已经貌合神离了。说实话，都怪我，晚上回家总是太晚。"

"因为别的女人？"

"不是，因为别的饭店。"

美拉妮忍俊不禁，笑出声来，然后又对阿贝尔莞尔一笑。

阿贝尔问："你后来找到合格的丈夫了吗？"

"噢，那当然。嫁了个完全合格的标准南方绅士。"

"我衷心祝福你。"

"可我去年跟他离婚了——还得到一大笔财产。"

"噢，真遗憾。"阿贝尔分明是一副幸灾乐祸的口吻。他接着问："还要香槟吗？"

"你是不是有意勾引我啊，阿贝尔？"

"我得等你把饭吃完再说，美拉妮。即便是第一代波兰移民，我多少还懂点儿规矩。不过我承认，今天确实轮到我勾引人了。"

"那我得警告你，阿贝尔，自从办完离婚手续，我还没跟任何男人睡过。找我的人很多，但没有一个合我的胃口。都是些想占便宜、没有人情味的家伙。"

晚餐包括烤鲑鱼、嫩羊腿、奶油烧烤，还开了一瓶战前的法国木桐酒庄酒。晚餐结束时，他们已经将上次分手以来各自的情况向对方介绍了一遍。

"到我的顶层公寓喝咖啡吧，美拉妮？"

"用这么丰盛的晚餐招待，我已经没有选择余地了，对吧？"

阿贝尔笑了，他搂着美拉妮往餐厅外走去。由于穿着高跟鞋，跨进电梯时，美拉妮摇晃了一下。阿贝尔按了一下标有"42"的按钮，美拉妮看着一闪一闪的楼层指示灯，有意无意间问了一句："怎么没有17楼？"阿贝尔不知道应该如何向她解释。

美拉妮又说话了："上次我在你屋里喝咖啡时……"

"别提上次的事了。"阿贝尔说。这时，电梯已经停在第42层。他们走出电梯时，服务员赶紧为他们打开公寓的房门。

"我的天！"美拉妮环视了一遍顶层公寓，不由感叹起来。"我得承认，阿贝尔，看来你已经学会适应千万富翁的生活方式了。我这辈子还没见过比这更奢华的呢！"

阿贝尔正想伸手搂住美拉妮，门上传来敲门声。一个年轻的侍者进了屋，端来一壶咖啡和一瓶人头马白兰地。

"谢谢你，麦克。"阿贝尔说，"今晚有这些就够了。"

"真的吗？"美拉妮窃笑着问。

侍者赶紧退到门外。

阿贝尔为美拉妮倒了一杯掺白兰地的咖啡。美拉妮交叠起双腿，坐在地上，慢慢呷着杯中的饮料。阿贝尔在她身边坐下来。美拉妮轻轻地抚摸着阿贝尔的头发，阿贝尔则小心翼翼地抚摸着美拉妮的一条腿。上帝啊，这双腿他仍然记忆犹新。他们开始接吻时，美拉妮一甩腿踢掉了一只鞋，不巧的是，鞋子正好将那杯咖啡碰翻到波斯地毯上。

"噢，糟糕！"美拉妮喊起来，"你漂亮的地毯！"

"小事一桩。"说着，阿贝尔将美拉妮揽入怀中，开始为美拉妮松开拉链。美拉妮为阿贝尔解开衬衣扣子时，阿贝尔仍然不停地吻着美拉妮。阿贝尔想把衬衣脱掉，可是，袖口的扣子还没解开，影响了他脱衬衣，他干脆先帮着美拉妮脱衣服。美拉妮那美轮美奂的胴体和阿贝尔记忆中的一模一样，只不过比以前更加丰腴，也更加诱人。她那挺拔的乳峰，修长的美腿，全都一如当初。为解开碍事的袖子扣，阿贝尔只好松开怀抱中的美拉妮。迅速脱掉衣服的同时，阿贝尔想道，一旦将衣服脱光，他的体态和美拉妮秀美的身子会形成鲜明的对比。阿贝尔心里默默祈祷着，那么多书里写着美女爱英雄，但愿这说法不是蒙人的。阿贝尔轻轻摩挲着美拉妮的乳峰，然后，他分开了美拉妮的双腿。事实证明，柔软的波斯地毯比正而八经的床更适合做爱。两人仍然在热吻，现在轮到美拉妮脱光衣服了。美拉妮松开双手，试图脱掉身上的所有东西，然而她做不到——在阿贝尔的请求下——她留下了吊袜带和尼龙长筒袜没脱。

阿贝尔听见美拉妮在低吟，阿贝尔很久没有经历这种酣畅淋漓了；另一方面，这种感觉消失得也太快了。两人同时喘息着，好几分钟过去了，谁都没再说话。

阿贝尔突然哈哈笑起来。

美拉妮问："你笑什么？"

阿贝尔答："我想起了约翰逊博士的论述，关于地点越荒诞感觉越短暂的。"

美拉妮也笑起来，然后，她把头枕在阿贝尔的一个肩膀上。让阿贝尔觉着不可思议的是，美拉妮的吸引力不像从前那么不可抗拒了。阿贝尔心里正琢磨着，如何才能不失礼仪地请美拉妮离开，美拉妮首先开口了："恐怕我不能在你这儿待一整夜，阿贝尔。我跟人约好，明天一早我们在对面的史蒂文斯饭店共进早餐，我可不想让别人看出我在你的波斯地毯上睡了一夜。"

"真的必须走吗？"阿贝尔的声音里流露出失望的口气。还好，不是那种特别失望的口气。

"真对不起，亲爱的，真的。"美拉妮说完站起来，往洗手间走去。

阿贝尔看着美拉妮穿衣裳，还帮着她拉好拉链。和匆忙中手忙脚乱地脱衣服相比，不紧不慢地穿衣服反而快了许多。美拉妮离开时，阿贝尔在她手背上高雅地吻了一下。

"希望不久后我们能再见面。"阿贝尔的话言不由衷。

"我也希望如此。"美拉妮嘴上这么说，可她心里清楚，这是在敷衍阿贝尔。

阿贝尔送美拉妮到门口，门合上后，他径直向床头的电话机走去。他对着听筒问："美拉妮·勒鲁瓦小姐入住的是哪个房间？"

电话听筒沉默了，阿贝尔烦躁地用手指敲击着床头柜的台面。他可以听见听筒里传出翻动登记卡的声音。

"登记册上没有您说的名字，先生。"听筒里终于有声音了，"不过，有个从得克萨斯州达拉斯来的美拉妮·西顿夫人。她今晚刚到，明早离开。"

"对，就是这位女士。把她的费用都记到我账上。"

"好的，先生。"

阿贝尔放下电话听筒，冲了个超长的冷水浴，然后准备上床睡觉。正要关台灯时，借助灯光，他看了一眼今生第一次享受外遇的地方，这时他注意到，巨大的波斯地毯中央有一片咖啡痕迹。

"蠢东西。"阿贝尔骂了一句，然后关掉了台灯。

§

接下来的几个月，威廉的体力和精神迅速恢复了，面部和胸部的伤疤也开始消退。每天夜里，凯特总会陪伴威廉，让他先睡。剧烈的头痛以及时不时冒出来的健忘现象渐渐成了过去，威廉的右胳膊终于有劲了。

凯特安排了一次超长的加勒比海旅游，完成游览前，她坚决不同意威廉返回工作岗位。自从上次跟凯特前往英国旅游一个月至今，这次加勒比海游是威廉多年来最放松的一个阶段。让凯特自鸣得意的是，船上没有银行，因而威廉不可能从事任何工作。不过，让凯特担忧的事依然存在：如果航行再延续一周，威廉没准会以莱斯特银行的名义将整条船买下，然后重组服务团队，重新编制航线、航班。轮船在纽约湾靠岸时，凯特心里清楚，至此，她再也无力阻止威廉第二天前往银行上班了。

§

接下来的几个月，阿贝尔跟扎菲娅的关系急转直下。阿贝尔的波斯地毯又多了好几片咖啡痕迹，有些是找他诉苦的女服务员留下的，有些是想省下一笔房钱的客人留下的。

出乎阿贝尔意料的是，妻子居然会雇用私人侦探监视他，然后向法院提起离婚诉讼。在阿贝尔的波兰朋友圈里，离婚非常罕见，扎菲娅如此闹下去，只会削弱阿贝尔在波兰社团中的地位。更糟糕的是，她这么做，还会让阿贝尔在社会上和政界已经培育起来的雄心勃勃的事业倒退回去。考虑到这些，阿贝尔竭力劝说扎菲娅撤回诉讼。然而，扎菲娅已然铁了心，非要把这场官司打到底。阿贝尔吃惊地发现，正是这样一个对他的成就一向漠不关心的女人，为自己复仇时竟然——用乔治的话说——如此泼辣。

跟律师商讨案情时，阿贝尔才意识到，在刚刚过去的一年里，他居然跟那么多女性发生了关系，大都是些服务员，以及试图借此省钱的客人。阿贝尔只好认输，唯有一条他坚决不肯让步：绝不放弃弗洛伦蒂娜的监护权。如今，弗洛伦蒂娜已经13岁，她是阿贝尔这辈子最重要的人。

经过长时间的法庭辩论，扎菲娅最终同意了阿贝尔的几点要求：接受阿贝尔给予的50万美元，接受芝加哥的房契，允许阿贝尔每月最后一个周末见女儿。

阿贝尔将集团总部和自己的永久住所迁到了纽约。从那往后，他长年奔波在外，忙于在美国东西南北兴建新饭店。唯有需要见柯蒂斯·芬顿时，他才返回芝加哥。乔治送给他一个响亮的雅号："流亡的芝加哥男爵"。

§

撒迪厄斯·科汉提交的第一份报告足以向威廉证实，阿贝尔·罗斯诺夫斯基正在积极寻求购买莱斯特银行的股份，阿贝尔派人接触过查尔斯·莱斯特遗产的每一位继承人，至今阿贝尔仅仅和苏珊·莱斯特一个人达成协议。苏珊拒绝见科汉，因而科汉无法查清苏珊出售其6%股份的原因，他能够肯定的唯有一点，即苏珊这么做并非出于经济原因。

科汉的报告极为全面和详尽。亨利·奥斯伯恩大约在1946年5月加入男爵集团董事会，专门负责收购莱斯特银行的股份。购买苏珊股份的交易做过手脚，而且非常隐秘，根本无法查出此事与阿贝尔或奥斯伯恩有关。科汉推断，只要出价不高于75万美元，罗斯诺夫斯基非常乐意从彼得·巴菲特手里买下他那2%的股份。威廉心里十分清楚，如果罗斯诺夫斯基持有莱斯特银行8%的股份，他会利用这一点招致什么样的祸害，他还能据此启动"第七条"。让威廉感觉问题严重的是，比较而言，莱斯特银行的发展远不及男爵集团，后者眼看要赶上主要竞争对手希尔顿饭店集团和喜来登饭店集团了。

让威廉再次犯难的是，他应否把手头的最新情况通知董事会，还有，他应否直接接触罗斯诺夫斯基。连续失眠几个夜晚后，威廉转向凯特，征求她对这件事的看法。

"什么也别做。"凯特凭直觉说，"除非你十分肯定罗斯诺夫斯基的确怀有你所担忧的邪恶企图。你所说的一切，到头来也许只是一场虚惊呢！"

"有亨利·奥斯伯恩从中作祟，几乎可以肯定，这场虚惊最终会比一场大风暴还可怕。所以，我不能坐以待毙，必须查清他的下一步企图。"

"也许他比那时候成熟多了，威廉。自从上次你跟他打交道以来，时间都过去20年了。"

威廉终于放宽了心。然而，好景不长，没过几天，撒迪厄斯·科汉向他提交了第二份报告。

第六部

1948—1952

43

　　《芝加哥论坛报》曾经以醒目的标题宣称，托马斯·杜威已经成为下一届美国总统，因此误导了全世界。事实上，竞选连任的第33任总统杜鲁门出人意料地获得了最终胜利，再次入主白宫。杜鲁门曾经是密苏里州的服装商，威廉对他的了解仅限于报章上的介绍。作为坚定的共和党人，威廉原本希望他的党能够推举一位合适的候选人，以便领导他们赢得1952年的总统大选。

　　战后，美国经济大发展时期，男爵集团的利润增长迅猛。短期内赚大钱已经成为非常容易的事。自20年代以来，这样的事还是首次出现——50年代初，美国人开始相信，经济繁荣会长期持续下去。

　　如今阿贝尔已经不再满足于仅仅在经济上获取成功。随着年龄的增长，他开始为波兰的未来操心了。他觉得，不能继续袖着手当旁观者了。当年，波兰驻土耳其总领事波尔·热莱斯基怎么说来着？他的原话为："也许你这辈子还能看到波兰重新站起来。"

　　眼看一个又一个苏俄控制的政府相继掌握政权，阿贝尔觉着，他冒着生命危险在雷马琴所做的事已经丧失了全部意义。他动用一切手段，试图说服美国国会对俄国控制的东欧卫星国采取更加咄咄逼人的军事态势。他游说政客们，召开新闻发布会，在芝加哥、纽约，以及其他城市的波-美社会活动中心举办各种宴会，以致"芝加哥男爵"一词几乎成了"波兰事业"的同义词。

　　前波兰克拉科夫大学历史系教授西奥多·希姆诺夫斯基博士为《自由》杂志撰写了一篇精彩的社论，在社论中高度称赞了阿贝尔为波兰"获得国际社会认可而战"。这促成阿贝尔亲自上门拜访教授本人。阿贝尔原仅知道教授观点犀利，他万万没想到，教授竟然是一位弱不禁风的人，——直到他被领进教授位于普林斯顿大学的书房。

希姆诺夫斯基热情地向阿贝尔问好，他没有征求阿贝尔的意见，直接为他斟了一满杯波兰格但斯克顶级伏特加酒。"罗斯诺夫斯基男爵，"希姆诺夫斯基把酒杯递给阿贝尔，"长期以来，我一直钦佩你，以及你为我们的事业所做的贡献。虽然我们尚未取得任何进展，但你好像从未因此失去过信心。"

"为什么要失去信心？我一向认为，在美国什么事都能干成。"

"我不得不说，男爵，目前你正在游说的那些人，正是默许这些暴行发生的同一伙人。一旦事情暴露在光天化日之下，他们会矢口否认。"

阿贝尔说："我不明白你的意思，教授。他们为什么不帮我们？无论如何，从长远看，这对他们也有利啊！"

教授靠回椅子背上，接着说："你肯定清楚，男爵，美国军队接到过明确的命令，因而放缓了向东推进的速度，以便俄国人尽可能在中欧地区多占地盘。本来巴顿可以比俄国人早得多抵达柏林，可艾森豪威尔让他放慢了速度。正是这些身在华盛顿的领导人——也正是你想劝其将美国军队和装备重新部署到欧洲的同一伙人——恰恰是他们向艾森豪威尔下达了命令。"

"不过，他们事先不可能知道苏联如今会变成这么大的帝国。"阿贝尔顿了一下，接着说，"俄国人当时是我们的盟友。我承认，战争末期，美国对他们太迁就。但是，背叛波兰人民的肯定不是美国人。"

希姆诺夫斯基没说话，他闭上了眼睛，一脸厌恶的表情。

然后，他说："如果你认识我弟弟就好了，男爵。上星期我才听说，6个月前，他死在一个劳改营里，跟你当年亡命的劳改营差不多。"

阿贝尔正想说些表示同情的话，希姆诺夫斯基抬起手，阻止了他。

"不，你什么也别说。你是最了解这些劳改营的人，所以你应该最清楚，同情不解决任何问题。我们不能像其他人那样高枕无忧，我们必须尽力改变当今世界。"说到这里，希姆诺夫斯基顿了一下，"我弟弟是被美国人押送到俄国的。"

阿贝尔目瞪口呆。这简直让人难以置信！

阿贝尔说："被美国人押送？怎么可能？如果你弟弟是在波兰被俄国部队俘虏——"

"我弟弟不是在波兰成为战俘的。他是在法兰克福附近一个德国战俘营被解救出来的，美国人把他送到一个临时收容所看管了一个月，然后把他交给了俄国人。"

"他们为什么那么干？"

"俄国人希望遣返所有斯拉夫人回国。遣返之后，那些人要么被消灭，要么被奴役。希特勒没杀死的人，反而被斯大林杀了。我有证据证明我弟弟在美国防区被关押过一个多月。"

"可是，"阿贝尔插话说，"你弟弟的经历仅仅是个案呢，还是其他人也有类似的经历？"

"成千上万的人有类似的经历。"说这番话时，希姆诺夫斯基脸上挂着一副冷漠的表情，"也许有100万人。我以为，人们永远也得不到真实的数字。这一见不得人的勾当还有个代号，叫作'奇正行动'。"

阿贝尔说："毫无疑问，如果人们获悉，美国人把解救出来的战俘送回俄国处死，一定会异常震惊。"

"没有证据，没有任何官方文件。正如纳尔逊做的那样，马克·克拉克，上帝保佑他，他睁一只眼闭一只眼，一些富于同情心的美国现役军人事先将情况透露给了一些战俘，美国人把他们关进临时收容所之前，他们设法逃了出来。其中一个幸运儿曾经跟我弟弟一起当过战俘。"说到这里，教授顿了一下，"无论如何，现在做什么都为时已晚。"

"但是，必须把这一切告诉美国人民。我要组建一个委员会，散发传单，向大众演讲。如果证据确凿，国会应当相信我们。"

"罗斯诺夫斯基男爵，这件事对你来说也是鞭长莫及。你必须理解世界级领袖们的智力，美国人之所以同意把这些可怜虫交出去，是因为这是美国政府跟斯大林达成的一揽子协议的一部分。我敢肯定，当时没人料到以后会发生审判、劳改、枪决等等。上万无辜的人被枪杀，就连间接负责此事的人都不会承认有过这种事。我曾经寄厚望于你，你必须在政治上扮演更直接的角色。"

"我无意参与竞选。"阿贝尔说，"做那种事，必须是复合人才，必须具备棒球明星鲁斯宝贝的名气，以及著名演员亨利·方达的演技，其实我更像个典型的西部牛仔。但是，什么都无法阻挡我站出来大声疾呼，而且我知道这种事应当对谁说。此人憎恨斯大林主义，和我相比，唯有过之而无不及。"

§

返回纽约后，阿贝尔直奔自己的办公室，他拿起电话听筒，让秘书立即给他联系一个人。此人的名声正如日中天，是个天不怕地不怕的人物。

电话里传出约瑟夫·麦卡锡参议员女秘书的声音，她问道，谁要找参议员。问明情况后，她说了句："稍等一下，我看看参议员有没有空。"

"罗斯涅夫斯基先生吗？"听筒里传出的声音毫无疑问是麦卡锡本人的。阿贝尔心里一阵打鼓，不知对方是有意说错他的名字，还是电话信号不好。"你这么着急找我，想跟我讨论什么重大问题啊？"阿贝尔犹豫起来，参议员又说话了，"你说的内容我可以绝对替你保密。"

"那当然。"阿贝尔顿了顿，寻思着应当如何措辞，"参议员，多年来，对于一直乐见东欧国家挣脱斯大林主义枷锁的人来说，你一向是我们最勇敢的代言人。"

"我非常高兴你也赞赏我的努力，罗斯涅夫斯基。"

这一次，阿贝尔听清楚了，对方是故意把他的名字说错的，他不想费神纠正对方。

"你肯定清楚，"参议员接着说，"我们必须把政府部门的叛徒清除干净，然后才谈得上解救你们受奴役的人民。"

"这正是我今天要跟你谈的，参议员。在揭露我们政府的背叛行为方面，迄今你已经取得了辉煌的成就。但是，迄今为止，斯大林主义者最大的罪行之一仍然不为人知。"

"你指的最大的罪行是什么，罗斯涅夫斯基先生？我到华盛顿以来已经找到很多了。"

"我指的是，"——说到这里，坐在椅子上的阿贝尔直了直腰——"欧洲战事结束时，美国政府机构把上万波兰收容人员强制遣返一事。许多敌视斯大林主义的人被无故遣返波兰，接着被遣送到俄国劳改营，有的成了劳改犯，多数人被杀害。"说到这里，阿贝尔停下来，等候参议员做出反应。对方却一直沉默着。听筒里咔哒响了一声，阿贝尔怀疑，说不定有人在监听他们谈话。

"你怎么会有如此歪门邪道的消息，罗斯涅夫斯基？"麦卡锡参议员的口气突然间充满了火药味，"你竟敢打电话告诉我，美国人——忠诚的美国士兵——把上万你们的人押送到俄国，而人们对此却一无所知？即便波兰乡巴佬儿也不至于傻到这份儿上！我真不敢相信，什么人会听信这种未经证实的谎言！难道你希望我相信，美国士兵对政府不忠诚？你想要的就是这个？告诉我，罗斯涅夫斯基，你这人出了什么问题？难道你成了睁眼瞎，斯大林主义者的谎言迎面击中你，你会看不出来？你居然浪费一个日夜操劳的美国参议员的宝贵时间，用《真理报》子虚乌有精心炮制的谎言扰乱美国的移民团体？"

阿贝尔木然坐在椅子上，这阵疾风暴雨般的谴责把他惊呆了。值得庆幸的是，麦卡锡看不见他气歪了的面孔。

"参议员，真抱歉浪费了你宝贵的时间。"阿贝尔平静地说，"我以前还真没像你说的那样想过。"

"这个，你很快就会看到，那些斯大林主义分子是多么狡诈。"这时，麦卡锡的口气渐渐软化了，"你必须随时随地多长个心眼。有鉴于此，希望你从今往后对美国人民面临的真正危险有个清醒的认识。"

"我肯定会，参议员。谢谢你百忙中抽空亲自跟我对话。再见，参议员。"

"再见，罗斯涅夫斯基。"

阿贝尔听见挂断电话的声音，这意味着他吃了个闭门羹。

44

威廉渐渐意识到，他的确开始变老了，因为，凯特居然开始拿他逐渐增多的灰头发开起了玩笑。更能说明问题的是，理查德已经开始带年轻女士来家里喝茶了。

总的来说，理查德挑选女孩的眼光一向能博得威廉的赞赏，至于其中的原因，或许是，她们个个都长得像凯特。在威廉的眼里，已届中年的凯特比所有年轻女孩都更加美丽。如今，弗吉妮娅和鲁茜也长大了，都长大成10多岁的孩子了——眼下媒体喜欢用"10多岁的孩子"一词指代他们这代人。两个女儿的形象都像妈妈，这让威廉感到无比幸福。

弗吉妮娅已经快成天才艺术家了，厨房的墙上，以及三兄妹房间的墙上，到处挂满了她近期创作的"天才作品"——这是理查德戏谑妹妹的原话。理查德开始学习大提琴时，弗吉妮娅终于找到了报复机会，她说，每当理查德的琴弓和琴弦碰在一起，由于不堪忍受那声音，家里的佣人们总会一迭声地抱怨。鲁茜对他们两人均推崇备至，她推崇他们的程度，甚至能用盲目和偏执来形容。她把弗吉妮娅与美国绘画大师爱德华·霍普相提并论，将理查德比作西班牙大提琴演奏大师卡萨尔斯。

在凯特眼里，3个孩子让她十分满意。理查德的大提琴演奏水平迅速提高，到圣保罗学校入学未久，他已经入选学校的交响乐团；弗吉妮娅的一幅画作已经挂到客厅的墙上；鲁茜呢，全家人都看得出来，将来鲁茜肯定是家里的大美人。13岁的她总会接到男孩们的电话；遇到鲁茜前，那些男孩仅仅对棒球和玩具汽车感兴趣。

§

　　1951年，哈佛大学录取了理查德。虽然他没有获得数学最高奖学金，凯特一针见血地向威廉指出，在圣保罗学校，理查德既是曲棍球队队员，也是乐团团员，而在这两方面，她丈夫从未显露过任何才华。威廉心里着实为理查德取得的成就感到骄傲，不过，他明里却絮絮叨叨地说，没听说有几个银行家会打曲棍球和拉大提琴。

　　美国人渐渐开始相信，和平环境会长期持续下去，金融业因而步入了扩张期。威廉整天忙于业务，每天24小时根本不够用。在一个不太长的时期内，来自阿贝尔·罗斯诺夫斯基的威胁，以及与他有关的麻烦渐渐退居其次。后来发生了……

§

　　1951年，经联邦航空管理局特许批准，一家名为"州际航空公司"的新航空公司成立了。该公司获准经营美国东海岸和西海岸之间的航线。按政府条例规定，公司必须在股市筹集3000万美元启动资金，因而该公司找了莱斯特银行。

　　威廉认为，处于萌芽期的航空工业值得投资，于是将相当一部分时间投入为州际公司公开募股方面。莱斯特银行以其强有力的资本为这家新公司作担保。在募集3000万资金的过程中，威廉发现，他的个人信誉已经与这一项目的成败捆在一起。7月，公开募股细则一经发布，所有股票几天内就被抢购一空。由于工作得法，整个项目最终获得圆满成功，威廉因而受到来自各方的盛赞。然而，威廉正在享受功德圆满时，乐极而悲生，因为，撒迪厄斯·科汉刚送来的报告称，航空公司10%的股票被阿贝尔·罗斯诺夫斯基的一家傀儡公司购得。

威廉意识到，必须把他的担忧向泰德·利奇和托尼·西蒙斯说明，是时候了。他请托尼赶紧飞到纽约，然后，他向两位副董事长讲述了关于阿贝尔·罗斯诺夫斯基和亨利·奥斯伯恩与他的恩怨。

"以前你怎么没把这些告诉我们？"这是托尼·西蒙斯的第一个反应。

"在凯恩和卡伯特银行工作期间，我曾经跟上百个像里士满饭店集团那种规模的公司打过交道，托尼，相当一部分公司曾经发出过这样那样的威胁，我从不把这些放在心上。只是在罗斯诺夫斯基买下苏珊·莱斯特6%的银行股份后，我才确信，他仍然心怀积怨。"

托尼又提出一个问题："苏珊为什么出让她的股份？"

威廉没有理睬托尼的提问，自顾自说："当时我并不想因为这点小事打搅你们二位，可罗斯诺夫斯基买下州际公司10%的股票后，我认为……"

"或许你反应过度了。"泰德·利奇说，"如果真是反应过度，现在向董事会说明你的怀疑，未免太不理智。新公司刚刚上市没几天，人们最不希望看到的是，由于恐慌引起抛售。"

"我同意泰德的看法。"西蒙斯说："也许最好的办法是你直接找罗斯诺夫斯基谈谈，设法消除你们两人之间的分歧。"

"那样做会正中他下怀。"威廉说，"那样一来，他会毫不怀疑，银行已经感受到他的威胁。"

"如果让他知道，当初你曾经尽最大努力试图说服银行资助里士满集团，仍然无法让他改变初衷吗？别忘了，还有——"

"我敢肯定，那样做不会有任何结果。"

"那么，你认为银行应当采取什么措施？"利奇说，"如果罗斯诺夫斯基能找到愿意把莱斯特银行股份卖给他的人，我们无法阻止他。如果我们收购自己的股票，不但无法阻止他，反而会让股票价格上扬，那样也会正中他下怀，让他持有的股票升值。"

"别忘了，"西蒙斯插话说，"眼看几个月内就要大选，民主党人正巴不得爆出个金融丑闻呢！"

"我差不多明白你们的想法了，先生们。"威廉说，"我必须让你们知道罗斯诺夫斯基藏有祸心，以防他向我们发动突然袭击。"

"我觉着，其实这事存在另一种可能性。"西蒙斯说，"也许整个事情不过是一场虚惊，罗斯诺夫斯基仅仅觉着州际公司是个好的投资项目。"

"这完全解释不通，托尼。别忘了，我继父也卷了进来，你如何解释罗斯诺夫斯基雇用亨利·奥斯伯恩这件事？"

"你可千万别因为这件事变成个妄想狂，威廉。我敢肯定我们可以——"

"因为这件事变成个妄想狂？"威廉几乎喊起来，"别忘了我们公司法规中有关条款的规定，某人掌握8%股份的同时会得到什么样的权利——最初加入这一条款时，我的本意是保证我自己不被董事会罢免。而罗斯诺夫斯基目前已经拥有了6%的股份，如果这还不值得担忧，如今他随时可以在股市上抛空州际航空公司的股票，让该公司一夜之间破产。"

"他那样做得不到任何好处，"泰德·利奇说，"正相反，他会因此损失大笔资金。"

"没错，抛售州际航空公司的股票肯定会导致损失，不过，他不

494

会在乎这样的损失——他有众多饭店为他带来滚滚利润，他可以利用损失冲抵税款。作为银行家，我们的信誉建立在公众脆弱的信任上，罗斯诺夫斯基只要看准合适的机会，就可以把我们的信誉毁掉。"

"冷静点儿，威廉。"西蒙斯说，"目前情况还不至于那么糟。既然我们已经知道罗斯诺夫斯基的企图，我们可以更加密切地注意他的动向。下一步必须做的是，确保所有想出让莱斯特银行股份的人首先在银行内部寻找买家。"

"我同意托尼的意见。"利奇说，"而且我认为，你确实应该跟罗斯诺夫斯基直接谈一次。这样一来，至少我们可以摸清他有哪些意图，以便我们采取相应对策。"

"你也持相同观点吗，托尼？"

"对，我同意泰德的观点。我也认为你应当直接跟罗斯诺夫斯基谈谈，寻求直接解决方案。"

威廉一动不动地坐在椅子上，沉默良久，然后开口说："如果你们两人都这么认为，我只好试试。"最后，他补充说，"我并不同意你们的看法。不过，由于这事直接涉及我，我无法做出冷静的判断。让我再考虑几天，看看怎么跟他谈合适。"

§

4天后，威廉指示秘书，无论发生什么情况，绝对不要打扰他。因为他知道，此刻阿贝尔·罗斯诺夫斯基正在纽约男爵饭店的办公室里。当天一大早，威廉已经派人到饭店盯梢一上午，只要阿贝尔在饭店露面，那人会立即来电话报告情况。阿贝尔·罗斯诺夫斯基上午7点27分到达饭店，然后直接去了第42层的办公室，之后再也没出来。威廉拿起电话听筒，亲自拨通了电话。

听筒里传出说话的声音："纽约男爵饭店，请问您有什么需要？"

"请给我接罗斯诺夫斯基先生。"威廉心神不宁地说。电话立刻转接到一个秘书那里。

"请给我接罗斯诺夫斯基先生。"威廉重复了一遍。这次他的心情已经完全平静。

"请问您怎么称呼？"秘书问。

"威廉·凯恩。"

电话沉默了很长时间——或许仅仅是因为威廉自己觉着时间很长而已。

"我给您找找，看看他在不在，凯恩先生。"

又是一阵长久的沉默。

"是凯恩先生吗？"

"是罗斯诺夫斯基先生吗？"

"你找我有什么事，凯恩先生？"这是一个稍微带一点口音的沉稳的声音。

威廉低头看了看面前的记事簿，那上面写有几点要领。他可以感到自己的心跳正在加速。

"你已经持有莱斯特银行的一部分股份，对此我有些疑问，罗斯诺夫斯基先生。"威廉说，"另外还有，你在我们提供担保的一家公司里也占有极为重要的地位。因此我认为，就目前情况看，我们有必要见个面，以便我们了解一下你的意图。另外，我还想私下向你披露一个你应该知道的情况。"说到这里，威廉觉着，他已经把应当表达的都表达清楚了。

一阵长时间的沉默，难道对方把电话挂断啦？

"即使天塌下来，我也绝不会同意跟你面谈，凯恩。对你这个人，我已经了解得够清楚了，当年你那样对待戴维斯·勒鲁瓦，我不想听你解释原因。我对你的建议是，无论白天黑夜，你都给我好好瞪大眼睛，很快你就会知道我的意图了。而且你会意识到，我的意图和《创世纪》里描述的截然不同。有朝一日，你会希望从你的银行第17层楼跳下去，因为你无法向董事会解释清楚你的麻烦。千万别忘了，凯恩，只要再弄到2%的银行股份，我随时都可以启动'第七条'。而我们两人都清楚，那样做会有什么后果，对吧？"

威廉没说话。

"也许那个时候你就能体验到戴维斯·勒鲁瓦当年的心境了，他一直在提心吊胆中等待银行对他采取行动。只要我拿到莱斯特银行8%的股份，我也会让你坐立不安，让你在提心吊胆中猜测我会怎样对待你。"

罗斯诺夫斯基的话让威廉不寒而栗，不过，他努力克制住了自己。他冷静地说："我能理解你的感受，罗斯诺夫斯基先生，但我仍然认为，我们见一次面，当面谈谈我们之间的分歧，不失为明智之举。很显然，有一两个问题你至今仍然不知情。"

"你是否还想重演当年诈骗亨利·奥斯伯恩50万的老把戏，凯恩先生？"

威廉愣住了，不过，他很快努力控制住了自己的愤怒。

"不，罗斯诺夫斯基先生，我想跟你谈的事跟奥斯伯恩先生毫无关系，仅仅是一件跟你有关的私事。不管怎么说，有一点我可以向你保证，我从未诈骗过亨利·奥斯伯恩一分钱。"

"可他的说法跟你的正相反。他说，为了摆脱欠他的债务，你造成了亲生母亲的死亡。鉴于你对戴维斯·勒鲁瓦的做法，我认为，亨利的话很值得相信。"

控制自己的情绪竟然这么困难，威廉以前从未体验过——他妈
的这家伙把他当什么人了？——等待几秒钟后，威廉终于再次开口
了："我建议你选择一个没人能认出咱们的地点，咱们把所有误解
做个了断。"

"没人能认出你的地点只有一个，凯恩先生。"

"什么地方？"威廉问。

"天堂。"阿贝尔说完立刻挂了电话。

45

阿贝尔对秘书说："立即给我找到亨利·奥斯伯恩。"

阿贝尔不停地用手指敲击着桌面。过了将近15分钟，女秘书才
找到奥斯伯恩议员。原来，他正领着一帮选民参观国会大厦。

"找我什么事，阿贝尔？"

"我认为你肯定是最想知道消息的人。威廉了解我们的一切。
因此，可以这样说，战斗已经公开化。"

"你说了解一切是什么意思？他知道我也参与了？"亨利心慌
意乱地问。

"那当然，他还知道我在莱斯特银行持有股份，以及州际公司
的事。"

"他怎么可能知道？只有你、我知道这些事啊。"

"你、我，还有柯蒂斯·芬顿。"阿贝尔打断他说。

"对。但他不可能把这些告诉凯恩啊！"

"一定是他。除了他，威廉不可能有别的办法。别忘了，我从凯恩的银行买下里士满集团时，直接跟凯恩打交道的是柯蒂斯·芬顿。他们肯定是藕断丝连，保持着某种联系。"

"我的天！"

"你好像挺担忧啊，亨利？"

"如果威廉了解这一切，这场比赛就完全不同了。我得提醒你，阿贝尔，他从来不认输。"

"我也是。"阿贝尔说，"威廉·凯恩那两下子根本吓不住我，尤其是我手里握有几张王牌的时候。我们跟巴菲特的事进展如何？"

"他已经让到 60 万了。如果你觉着行，我现在就可以跟他成交。"

"先别动。我可以等。"阿贝尔说，"我们不着急。巴菲特和凯恩可不是哥们儿，巴菲特不可能把他的2%卖给凯恩。就目前情况看，我们让凯恩提心吊胆防着我们好了。刚才我和凯恩先生在电话上谈话以后，我敢向你保证，借用绅士们咬文嚼字的说法，今后他会不停地冒汗。我还可以向你透露一个绝密信息，亨利，我自己却没出汗。因为，做好充分准备前，我是不会采取任何行动的。"

"好。"亨利说，"如果出现让人担忧的事，我会立即通知你。"

"有一点我必须向你说清楚，亨利，我们这边没有任何足以让人担忧的事。我们已经抓住你朋友凯恩先生的命根子了，我希望一点一点地捏他。"

"我正等着瞧你怎么捏呢！"亨利的声音里充满了幸灾乐祸。

阿贝尔说："有时候我觉着，你对凯恩的仇恨比我还要深。"

亨利的笑声多少带着些担忧，他说："祝你欧洲旅途愉快。"

阿贝尔将听筒放回电话机上。他一直仰着头，望着窗外的天际，思考着下一步行动。其间，他的手指不停地敲击着桌面，敲出的声音很响。然后，他再次拿起电话听筒。

阿贝尔说："给我接通大陆信托投资银行的柯蒂斯·芬顿先生。"等候期间，阿贝尔的手指一直不停地敲击着桌面。几分钟后，电话铃响了。

"是芬顿吗？"

"早上好，罗斯诺夫斯基先生，你还好吗？"

"我想在你的银行里清空我的户头。"

电话听筒里沉默了。

"你听见我说话了吗，芬顿？"

"听见了。"银行家不知所措地回答，然后问，"能告诉我为什么吗，罗斯诺夫斯基先生？"

"因为我从来不喜欢犹大式的叛徒，芬顿，这就是原因。从现在起，你已经不再是男爵集团董事会成员了。很快你会收到与我们这次谈话内容一致的书面通知，届时还会通知你把我的资金账户转到哪家银行。"

"但我仍然不明白，罗斯诺夫斯基先生。我做错什么了？"

阿贝尔挂断了电话，因为他女儿走进了办公室。

"你说话可不够和气，爸爸。"

"原本谈的就不是和气事，这事跟你没关系，亲爱的。"阿贝尔的口气顿时缓和下来，"为这次旅行准备的衣服你都买齐了吗？"

"齐了。谢谢你，爸爸。可我不知道伦敦和巴黎现在都流行什么，但愿我买的东西对路。我可不想跟那边的人不一样，丢人现眼。"

"你肯定会跟那边的人不一样。好啦，亲爱的——那边的人都会步你的后尘。你会成为几年来欧洲人见过的最美丽的小东西。到时候他们会领教，你的穿着绝不是在服装刊物上可以看见的那些类型。年轻的小伙子们肯定会不惜把别人踩在脚下往你跟前挤,不过,到时候我会站出来保护你。"听阿贝尔这么说,弗洛伦蒂娜不禁大笑起来。

"现在,咱们先出去吃午饭,谈谈在伦敦要做些什么。"

10天后,弗洛伦蒂娜首先跟母亲在芝加哥过了个长周末。然后,阿贝尔和弗洛伦蒂娜从纽约爱德华机场飞到了伦敦希思罗机场,航程总计14小时。落脚伦敦克拉里奇饭店时,他们最大的愿望就是痛痛快快地酣睡一场。

阿贝尔此行有3个目的:第一,在两三个城市敲定建饭店的地块,它们是伦敦、巴黎,也许还有罗马;第二,弗洛伦蒂娜前往哈佛-拉德克利夫女子学院学习现代语言之前,带她见识一下欧洲;第三,也是最重要的,回波兰看一眼他的城堡,看看能否办个正式继承手续。

对父女二人来说,伦敦那几天让他们享受了成功的喜悦。阿贝尔的顾问们在海德公园角选中一个地块,他指示律师们,立即启动谈判,拿下该地块以及必要的政府批文,以便在英国首都建造男爵饭店。

弗洛伦蒂娜过惯了自由自在的生活,她发现,战后的伦敦仍然比较节俭,外人比较难于融入当地的生活。但是,战争的破坏似乎没有把伦敦人吓倒,他们仍然认为,英国是世界强国。弗洛伦蒂娜应邀参加了各种午餐、晚餐、舞会,她对英国青年男子的吸引力恰恰被她父亲言中了。每晚返回饭店时,弗洛伦蒂娜总是两眼放射着幸福的光芒,她总会带回许多新男友的故事——第二天一早,她总会把他们中的大多数人忘掉,当然不至于全都忘掉。让弗洛伦蒂娜拿不定主意的是,将来嫁给一个当过皇家卫兵的伊顿学院学生好呢,还是嫁给一个专门侍奉国王的上议院议员好。她暂时还无法完全理解"侍奉"一词的含意，不过，跟其他人相比，上议员显然对她更殷勤。

在巴黎期间，父女两人的节奏从未放慢过，因为他们都能说流利的法语。他们跟巴黎人相处得非常融洽，这情形几乎跟他们在英国的情形一样。父女两人沿着香榭丽舍大道闲逛时，阿贝尔一直拉着弗洛伦蒂娜的手。阿贝尔回想起跟随法国自由战士们排队走过这条大街的往事。让他不明白的是，巴黎和伦敦的区别究竟在哪里。弗洛伦蒂娜一眼就看了出来：德国人没有轰炸巴黎。

通常情况下，每当阿贝尔休假超过两周时间，他总会心生烦恼，总会掰着手指头计算返回工作岗位的天数。但是，有弗洛伦蒂娜在身边陪伴，他就没有这种感觉。弗洛伦蒂娜成了他生命的中心，他的财产继承人。

原定离开巴黎的日子到了，父女两人都不愿意离开，因而他们多住了几天，而且找了个合理的借口：当时，阿贝尔正在为购买拉斯培尔大道上一家破败的著名饭店进行谈判。饭店主人是一位名叫诺伊夫的老先生，老先生的样子比他的饭店还要破败——请原谅这一比喻。阿贝尔没敢告诉老先生，他打算把旧饭店推倒，在原地重建一座全新的饭店。诺伊夫先生在合同上刚刚签完字，阿贝尔立即下令将老饭店拆掉。尽管不情愿，阿贝尔和弗洛伦蒂娜再也找不出在巴黎继续住下去的理由，两人只好上路前往罗马。

经历过英国人的友好亲善、法国人的热情奔放，在不朽的城市罗马，父女两人均感到，这里的气氛太压抑。由于战争浩劫，这座城市已经变得死气沉沉。罗马人觉得，他们没有任何东西值得庆贺，许多罗马人认为他们在战争中站错了队，也有一些罗马人不愿意承认他们已经战败。阿贝尔觉得，这里的金融市场明显让人感到一种强大的不稳定态势，因而，他决定暂缓在当地修建男爵饭店。弗洛伦蒂娜察觉出，父亲越来越急于前往波兰，重访他的城堡，因而她建议提前几天离开意大利。

阿贝尔发现，为跨越铁幕国家的边境，他和弗洛伦蒂娜需要办理的签证手续实在过于繁杂——其繁杂程度大大超过在伦敦办理修建全新的、拥有500个标间的饭店的成套批文——耐性不足的游客肯定会知难而退。阿贝尔和弗洛伦蒂娜的护照终于有了签证印章。阿贝尔租了辆汽车，两人开车往斯洛尼姆进发了。在波兰边境，他们一等就是好几个小时。阿贝尔流利的波兰语帮了大忙。至于他为什么会说一口流利的波兰语，边防战士们如果知道原因，毫无疑问会设置更多障碍。阿贝尔兑换了500美元的兹罗提——至少在办理外汇兑换手续时，波兰人显得很高兴——然后，他和弗洛伦蒂娜开车上路了。弗洛伦蒂娜这时才意识到，此行对父亲多么重要。

"爸爸，我还从来没见过你像今天这么激动呢！"

"这里是我出生的地方。"阿贝尔解释说，"在美国居住了那么长时间，那里的变化日新月异，然后回到一个看起来30年都没有任何变化的地方，让人觉着好像一切都不是真的。"

距离斯洛尼姆越来越近。因为即将见到自己的生身之地，阿贝尔不由得紧张起来。时光恍若倒转了40年，阿贝尔听见自己稚声稚气地问男爵，被压迫的欧洲人民的伟大日子是否已经来临，他是否可以在其中扮演什么角色。那段时光竟然那么短暂，当时他是一个多么微不足道的角色啊！想起这些，热泪不由涌进阿贝尔的眼眶。

他们终于到达了通向男爵领地的最后一个路口。阿贝尔一眼认出了通向城堡的大铁门，他一脚踩住刹车，激动得大笑起来。

"和我记忆里的一模一样！"阿贝尔说，"一切都没变。咱们先去看看我今生度过最初5年的那座小房子——我相信里面不会有人了——然后咱们再去看看我的城堡。"

弗洛伦蒂娜紧紧地跟在父亲身后。阿贝尔沿着一条小道昂首阔步向森林走去。长满青苔的白桦树和橡树仿佛100年来都没有变化。走了大约20分钟，他们来到林中一片空地上，一座小房子出现在眼前。阿贝尔怔怔地伫立在房前，他早已忘记，第一个家竟然这么小。里面真能住下9个人吗？房子的茅草顶已经年久失修，石头墙已经风化，窗子已经破烂不堪，从前那个小菜园已经消失，如今那地方长满了杂草。小房子是否早已没人居住？

弗洛伦蒂娜挽起父亲的胳膊，搀着他向房门走去。阿贝尔站在门口，已经做不出任何动作了。弗洛伦蒂娜伸手敲了敲门。他们默默地等了一会儿，弗洛伦蒂娜再次敲了敲门。这次她稍微用了些力气。他们听见，屋里传来一阵响动。

"来啦，来啦。"屋里传出不耐烦的说话声，说的是波兰语。过了一会儿，房门慢慢开启，门口出现一个瘦骨嶙峋、拱背弓腰、从头到脚穿一身黑色的老太太，有几缕雪白的头发从她的头巾里露出来。老太太用灰色的眼仁上上下下打量着来人，眼睛里流露出一副茫然的神情。

阿贝尔用英语轻轻叹道："这简直不可能！"

"你们想要什么？"老太太的话里满是怀疑的语气。她的牙齿早已掉光，鼻子上、嘴角上、下巴上的皱纹在面部形成各种对称的凹槽。

阿贝尔用波兰语问："能让我们进去跟你谈谈吗？"

老太太一脸惊恐，来来回回看着面前的两个人，嘴里含混不清地念叨着："老海莱娜没做错什么啊！"

"我知道。"阿贝尔的语气里饱含着温情,"我给你带来了好消息。"

老太太很不情愿地敞开房门,把他们让进屋里。房子里既寒冷又空落,老太太没请他们坐。屋里没变样——两把椅子、一张桌子。阿贝尔仍然记得,告别小房子前,他根本不知道地毯是什么东西。弗洛伦蒂娜觉得身上一阵发冷。

"我怎么都弄不着这火。"老太太呼哧带喘地说,然后用棍子捅了捅炉篦子上奄奄一息的木块。老太太在衣兜里胡乱抓摸着,什么也没掏出来,她说:"得找点儿纸。"说完,她看了看阿贝尔,第一次对他们表示了兴趣。她问道:"你们带纸来了吗?"

阿贝尔目不转睛地看着老太太,问:"难道你不认识我啦?"

"我不认识你。"

"你认识,海莱娜。我的名字叫——弗洛戴克。"

"你认识我的小弗洛戴克?"

"我就是弗洛戴克。"

"噢,不。"老太太伤心地、不容置疑地说,"他本来就不该是我的——他身上有上帝留下的记号。男爵把他当小天使带走了。对,他把妈妈最亲的小东西带走了……"

苍老、粗嘎的声音渐渐沉寂了。老太太乏力地倒在椅子上,那双粗糙的、布满皱褶的手一刻不停地在一个膝盖上摩挲着。

"现在我回来啦!"说完,阿贝尔在她面前跪下。但是,老太太不再理会他,絮絮叨叨地说着什么,好像屋里只有她一个人。

"他们杀了我丈夫,我的亚西奥,把我的孩子都关到集中营去了,除了小索菲娅,我把她藏起来了,他们就走了。"她声音平缓,一副听天由命的语气。

"小索菲娅后来怎样了？"阿贝尔问。

"以后又跟俄国人打仗，他们把她偷走了。"老太太含含混混地说。听到这里，阿贝尔不由得一阵哆嗦。老太太从恍惚的追忆里回到现实中，问道："你们想干什么？干吗问我这些？"

"我来是想让你认识我女儿弗洛伦蒂娜。"

"我从前也有个女儿叫弗洛伦蒂娜。如今只剩我一个人了。"

"但是我……"说到这里，阿贝尔开始动手解衬衣扣子。

弗洛伦蒂娜阻止了父亲，笑着对老太太说，"这我们知道。"

"你怎么可能知道？这都是你出生以前很久的事了。"

"村里人告诉我们的。"弗洛伦蒂娜说。

"你们带纸来了吗？"老太太又问，"我要用纸把火生起来。"

阿贝尔无助地看着养母，说："没带。真对不起，我们什么纸都没带。"

"那你们干什么来了？"老太太又问了一遍，脸上再次露出敌视的神情。

"没事。"阿贝尔终于明白了，老太太无论如何也不会认出自己，"我们只是想来问个好。"说完，阿贝尔拿出钱夹，将早前在边境兑换的兹罗提全都掏出来，递给老太太。

"谢谢你，谢谢你。"老太太一张一张地把钱接了过去，苍老的眼睛里噙满了高兴的泪水。

阿贝尔弯下腰，想吻一下养母，但是，老太太往后一闪，躲开了。

弗洛伦蒂娜挽起父亲的胳膊，领着父亲走出小房子，沿着林中小道往停车的地方走去。

老太太从窗户里望着他们远去的背影，一直望到他们的身影消失在视线以外。老太太拿起那沓纸币，将纸币一张一张揉成小团，接着又小心翼翼地把纸团放到炉箅子上。纸团立刻窜出火苗，老太太在燃烧的兹罗提上加了些细树枝和小木块，然后在炉子旁边坐下。这是几个星期以来烧得最旺的一炉火。老太太搓着双手，尽情地享受着。

阿贝尔一直没开口说话。父女两人再次看见了大铁门。为了忘却小房子，忘却帮助他活下来的那些女人，阿贝尔向弗洛伦蒂娜夸口说："很快你就能见到世界上最美的城堡了。"

"你是不是太夸张了，爸爸。"

"世界上最美的。"阿贝尔平静地重复了一遍。

弗洛伦蒂娜笑起来，说："到时候我会告诉你，凡尔赛宫和你的城堡哪个更美。"

他们坐回汽车里。阿贝尔开车穿过大铁门，想起生平第一次乘车穿过这座大门的情景，当时的方向和现在正好相反。他们的车子沿着盘桓曲折的、坑坑洼洼的道路慢慢行驶着，对往昔的追忆像潮水一般向阿贝尔涌来：跟男爵和里昂一起度过的那段幸福的孩提时光；德国人占领期间在地牢里度过的那段不幸的日子；俄国人把他从他热爱的城堡带走以后那段最悲惨的岁月。当初他曾经以为，永远不可能见到城堡了。但是今天，当年的弗洛戴克·科斯基维奇衣锦还乡了——衣锦还乡认领属于自己的东西了。

转过最后一道弯，弗洛伦蒂娜第一次看见了父亲与生俱来的遗产。阿贝尔停稳汽车，怔怔地看着城堡。两人谁都没说话。有什么可说呢？望着眼前的惨状，他们唯有张口结舌，他们亲眼见证了阿贝尔那被炸成废墟的梦想。

父女两人慢慢下了汽车，没人打破沉默。两行热泪从父亲的面颊上滚落下来，弗洛伦蒂娜紧紧地拉住父亲的手。一堵摇摇欲坠的高墙仍然矗立着，通过它，人们可以看出这座城堡昔日的风采。城堡的其他地方早已坍塌成一堆堆碎石。阿贝尔忍不住向弗洛伦蒂娜描述起那些高大的厅堂、向两翼延伸的房间、巨大的厨房、奢华的卧房。

阿贝尔向3个土堆走去。那里长满了茂密的青草，人们很难看出那里有3个土堆。3个土堆其实是3座坟墓，里面分别安葬着男爵，阿贝尔的朋友里昂，还有另一位可爱的弗洛伦蒂娜。阿贝尔在每座土堆旁边伫立片刻，不禁想道，里昂和姐姐弗洛伦蒂娜如今本该活着。阿贝尔在坟头跪下，里昂和姐姐弗洛伦蒂娜临死前的痛苦景象一幕幕回到眼前。女儿弗洛伦蒂娜站在父亲身后，将一只手轻轻搭在父亲的肩膀上。她自始至终没说一句话。

阿贝尔跪了很长时间，然后站起来，父女两人手拉手登上瓦砾堆。破碎的石材诉说着这里曾经充满欢声笑语。阿贝尔一直默默无言。他们沿着斜坡走到地牢所在地。阿贝尔在小地牢的一片湿地上坐下，这地方靠近通风孔，如今通风孔只剩下一半。阿贝尔不停地转动着套在手腕上的银饰。

阿贝尔对女儿说："你父亲曾经在这里度过4年。"

"这不可能。"弗洛伦蒂娜说。

"现在比过去好多了。现在至少有新鲜的空气，有欢叫的小鸟，有阳光的照耀，还可以感受到自由。当时这里只有黑暗、死亡、腐尸的恶臭，最糟糕的是，唯一的希望是死亡。"

"咱们走吧，爸爸，咱们离开这里吧。再待下去，只会让你想起更多伤心事。"

尽管阿贝尔不情愿，弗洛伦蒂娜硬是把他拉回车上。弗洛伦蒂娜将车子慢慢开上长长的车道。阿贝尔一直没回头，最后一次经过大铁门时，他也没有最后看一眼已成一片废墟的城堡。

返回华沙的路上，阿贝尔几乎没说话。弗洛伦蒂娜本想找些开心的话题，不过，最终她还是放弃了。

最后，阿贝尔终于说了一句完整的话，他说："我这辈子必须做的事只剩下一件了。"弗洛伦蒂娜不明白父亲这话是什么意思，她没有要求父亲做解释。不过，她连哄带劝地让父亲应允了一件事：回国途中，在伦敦多停留一个周末。弗洛伦蒂娜认为，没准这么做能让父亲忘掉已经变疯的养母，忘掉那毁于战火的遗产。

§

父女两人第二天便飞到了伦敦。刚在克拉里奇饭店安顿下来，弗洛伦蒂娜立刻出门会老朋和交新朋去了。阿贝尔则待在饭店里，阅读他们离开西方世界以来积累起来的报刊。阿贝尔不想看到的是，他离开以后这世界仍然会照常运转，但是，他强烈地意识到，他不在期间，地球依旧运转不息。前一天的《泰晤士报》里页上有一篇报道吸引了阿贝尔的注意——他外出期间，世界上果然出了事。州际航空公司飞往巴拿马城的一架维克斯子爵式客机在墨西哥城刚刚飞离地面，又一头栽回地面，机上17位乘客和机组人员全部罹难。墨西哥当局严厉指责州际航空公司管理不善，而州际航空公司则指责墨西哥方面对飞机维护不当。阿贝尔拿起电话听筒，要求接线员为他接通国际长途。

阿贝尔心想，今天是星期六，没准他已经回到芝加哥。阿贝尔翻动着自己的小电话号码本，寻找着对方家里的电话号码。

听筒里传来的声音带有标准的英国口音："大概半小时以后才

能接通。"

"谢谢你。"说完，阿贝尔躺倒在床上，颇为不耐烦地等待着。20分钟后，电话铃响了。

"您要的国际长途接通了，先生。"还是那个标准的英国口音。

"阿贝尔，是你吗？你现在在哪儿？"

"当然是我，亨利。现在我在伦敦。"

"您通好了吗？"负责接线的姑娘插进来问。

"我还没开始说话呢。"阿贝尔说。

"对不起，先生，我的意思是，您和美国方面接通了没有？"

"噢，通了，当然通了。谢谢你啦。我的天，亨利，这儿的人说话和我们完全不一样！"

奥斯伯恩笑起来。

"听我说，州际公司的一架飞机在墨西哥城坠毁，你听说了吗？"

"当然听说了。不过这事你不用担心，那架飞机保了全险，因此公司不会遭受任何损失，公司的股票只跌了几分钱。"

"我最没兴趣的就是保险一事。"阿贝尔说，"这可能是一次天赐良机，我们可以借机试试凯恩先生的机构到底有多大实力。"

"我不明白，阿贝尔。你究竟是什么意思？"

"仔细听着，我告诉你下星期一早上股票交易所开盘时该做什么。我星期二就能回到纽约，到时候我会亲自指挥最后的行动。"

奥斯伯恩仔细聆听着阿贝尔的指示。20分钟后，阿贝尔将听筒放回电话机上。

这次他真的通好了。

46

柯蒂斯·芬顿打电话通知威廉，芝加哥男爵已经开始清空他在大陆信托投资银行开立的所有账户，而且还责怪芬顿对他不忠，缺乏职业操守。威廉意识到，从今往后，阿贝尔·罗斯诺夫斯基肯定会伺机寻衅。

"我觉着，罗斯诺夫斯基先生购入莱斯特银行的股份，我以书面形式通知你这件事，并没有做错。"银行家伤心地说，"结果却让我失去了最重要的客户之一。我真不知道该怎样向董事会解释。"

威廉向芬顿保证，他会向大陆信托投资银行的几位高管解释，芬顿这才稍感安心。威廉更为关切的是，罗斯诺夫斯基接下来究竟会采取什么行动。

一个月后，结果出炉了。一天上午，威廉正在阅读银行的公函，经纪人打电话向他通报，有人用价值100万美元的州际航空公司股票入场交易。威廉当即决定动用个人资产买进这批股票，经纪人随即下单。当天下午2点，第二笔价值100万的州际公司股票入市交易。威廉还没来得及买入，这支股票的价格已经开始下跌。下午3点，纽约股票交易所收盘时，州际航空公司的股价已经跌去1/3。

第二天上午10点10分，威廉接到惊慌失措的经纪人打来的电话。经纪人说，交易所开盘锣声刚响，又有人抛出价值100万的州际航空公司股票。他还报告说，最近一次抛售引起了雪崩样的抛盘，许多经纪人从四面八方举着州际公司的卖单冲进交易场，现在，这支股票的易手价已经跌到几美分一股。仅仅24小时前，州际公司的股价还站在每股4.5美元的高位。

威廉指示财团秘书长艾尔弗雷德·罗杰斯下发通知，在接下来的星期一召开全体董事紧急会议。董事会召开前，威廉必须确切地知道究竟是什么人在抛售股票。其实他早已心中有数。威廉持续买入了所有州际航空公司入场交易的股票，但到了星期三下午，他也只好放弃支撑该股股价的努力。当天下午下班前，证券交易委员会宣布，将对州际公司的股票交易情况做一次全面调查。威廉心里明白，莱斯特银行董事会将面临一次严峻的抉择，即，继续支持州际航空公司，或者，放手让它倒闭。在这两者之间，无论做什么选择，对威廉的资产和银行的信誉都极具毁灭性。因为，证监会完成调查需要3到6个月时间。

不出威廉所料，撒迪厄斯·科汉打来电话证实，抛出价值300万美元股票的正是阿贝尔·罗斯诺夫斯基手下的一家傀儡公司。星期四上午，该"投资担保公司"召开了一个新闻发布会，解释该公司抛售股票的原因如下：墨西哥政府在"谨慎的和详尽的"声明中说，坠机事件是州际公司的养护设施不足和操作失误所致，因而他们对州际公司的前景非常担忧。

"'谨慎的和详尽的'声明！"威廉气愤地说，"墨西哥政府曾经不负责任地向全世界宣称，飞毛腿冈萨雷斯必将赢得赫尔辛基奥运会百米金牌！和那次相比，这次的声明只有过之，没有不及！"

新闻媒体对投资担保公司的消息大加渲染，联邦航空管理局继而于星期五宣布，将对州际公司的养护设施和操作情况进行全面调查，在此期间，该公司的所有航班必须停飞。

州际公司无须担忧联邦航空管理局的调查，威廉对此信心十足。不过，停止飞行对近期航班的订票率会产生灾难性影响。让飞机停在地面，任何一家航空公司都赔不起；只有让飞机飞离地面，航空公司才能赚钱。屋漏偏逢连天雨，让威廉更加忧虑的是，其他几家由莱斯特银行担保的大公司也开始动摇了。因为，新闻媒体不厌其烦地向受众们指出，州际公司的担保人是莱斯特银行。

让威廉感到诧异的是，星期五下午，州际公司的股价开始小幅回升。威廉很快猜出了其中的原委——后来，他的猜测得到撒迪厄斯·科汉的证实：买入者正是阿贝尔·罗斯诺夫斯基。州际公司的股价处于高位时，他向市场抛出手中的股票，而当股票跌穿底部时，他又开始小幅买入。威廉无奈地摇了摇头，对罗斯诺夫斯基的做法又嫉恨又佩服。在非常可观地大赚一笔的同时，罗斯诺夫斯基不仅可以在金融方面重创威廉，还可以在华尔街败坏威廉的名声。通过计算，威廉认识到，男爵集团的损失可能会达到300万，而它最终可能赚到的利润却更为可观。

在星期一的董事会会议上，威廉向与会者们详细讲述了他与罗斯诺夫斯基冲突的由来，还向董事会提交了辞呈。他的辞呈未被接受，会议也没有进行任何表决。不过，一些年纪较轻的董事却啧有烦言。威廉清醒地认识到，如果罗斯诺夫斯基选择再玩一把，同事们如此宽容的态度肯定不会再现。

董事会接下来讨论的议题是，应否继续支持州际航空公司。托尼·西蒙斯向大家保证，航管局的调查结论肯定对航空公司有利，随着时间的推移，银行的损失一定会得到弥补。会后，托尼私下对威廉说，从长远看，他们的决定反而对罗斯诺夫斯基更有利。为维护自身信誉，莱斯特银行别无选择。

托尼的两项保证最终都成了现实。证监会的公告称，莱斯特银行在风波中受到"无端的指责"，投资担保公司的言论是不负责任的。不出威廉所料，第二天，股市开盘交易不久，州际公司的股价旋即开始稳步回升。不出几周时间，该公司的股价再次回到每股4.5

美元价位。

撒迪厄斯·科汉通知威廉，主要买家又是阿贝尔·罗斯诺夫斯基。

"我要掌握的情况现在已经足够了，"威廉说，"在这次股价大起大落中，罗斯诺夫斯基不仅发了大财，而且，一旦时机成熟，他还会如法炮制一次。"

"实际上，"撒迪厄斯·科汉说，"你要掌握的情况现在的确已经足够了。"

"你什么意思，撒迪厄斯？"威廉问道，"我怎么不知道，你居然也会说谜语。"

"罗斯诺夫斯基第一次犯了判断性错误，因为他触犯了法律。所以，现在该轮到你教训他了。眼下他大概还没意识到，他所做的一切都是违法的，因为他无法为自己的所作所为找出正当理由。"

"我没听懂你说的到底是什么。"

"很简单。"撒迪厄斯·科汉说，"由于你对罗斯诺夫斯基的怨恨——反过来说，他也一样——好像你们两人都忽视了一个极为明显的事实：如果某人卖出股票的目的是让市场的股价下跌，进而在同种股票跌入谷底时重新买入，以此获利，这种行为严重违反证券交易委员会的证券交易法第十条第二款第五项的规定。即，犯了欺诈罪。我理所当然会认为，罗斯诺夫斯基的本意并非想借机大捞一把，实际上，咱俩都非常清楚，他这么做无非是想让你难堪。试问，如果他把抛出股票的动机解释为他认为州际公司不可信，那么在股价跌入谷底时他又把同一家公司的股票收回来，谁会相信他？答案只有一个，没人相信——毫无疑问，证监会尤其不相信。明天我会给你送去一份详尽的报告，供你参考，同时向你解释有关的法律问题。"

"谢谢你。"威廉说。这成了近几个月来威廉感到最释然的一刻。

第二天上午9点，撒迪厄斯·科汉的报告送到了威廉的办公桌上。威廉全面理解报告的含义后，再次召集全体董事开紧急会议。董事们讨论通过了必须实施的行动计划，并且授权撒迪厄斯·科汉，将他的报告副本提交给证监会稽查部。

西蒙斯问："有无必要送个副本给《华尔街日报》？"

"没那个必要。"财团秘书长说。接着，他向全体董事解释说："只要这份报告在证监会一露面，不出几分钟，肯定会有人将它泄露给那家报纸。人们把证监会称为'内幕交易大漏勺'，当然是有原因的。"董事会当天第一次爆发出一片开心的笑声。

第二天，财团秘书长艾尔弗雷德·罗杰斯的说法得到了印证。第二天是星期三，当天清晨出版的《华尔街日报》头版刊登了一篇文章，内容犹如撒迪厄斯·科汉亲自口述的一样。

文章结尾还全文附上了证券交易法第十条第二款第五项规定的内容。一位证监会高官甚至说，这正是杜鲁门总统四处寻找的典型案例。文章下边还附了一幅漫画，画中的杜鲁门总统一把抓住一个不小心掉进油锅里的企业家。

威廉怀着极其轻松的心情阅读了这篇文章，他相信，阿贝尔·罗斯诺夫斯基这次是彻底栽了。

§

亨利·奥斯伯恩第二遍念文章给阿贝尔·罗斯诺夫斯基时，后者不耐烦地皱紧了眉头，还不停地用手指敲击桌面。

"华盛顿那帮家伙，"奥斯伯恩说，"肯定会搞个全面调查，特别是因为，这里面有政治资本可捞。"

"可是亨利，你十分清楚，我在市场上出售州际公司的股票并不是为了借机大捞一把。"阿贝尔说，"我绝对没想通过这事获取利润。"

"这我清楚。"亨利说，"如果你向参院金融委员会解释说，芝加哥男爵对赢利毫无兴趣，他的真实意图是跟威廉·凯恩清算两人之间的恩怨，说实话，委员会的人肯定会哄堂大笑——甚至在参院也会引起哄堂大笑。"

"妈的。"阿贝尔不由得骂了一句，"现在他妈的我该怎么办？"

"这个，首先，你得做出一种非常低调的姿态，直到这件事完全销声匿迹。同时还得寄希望于又冒出个更大的丑闻，杜鲁门会因此忙得顾不上这件事。或者，华盛顿的政客们个个都全力以赴投入竞选，再也无暇顾及找人调查这事。如果运气好，下届政府说不定根本不管这种事。无论做什么，阿贝尔，你必须记住，从今往后再也不要买进与莱斯特银行有关的任何股票，不然的话，就目前情况看，你至少得交出一笔惊人的罚款。华盛顿民主党那边我会尽力去疏通。"

"你去提醒一下杜鲁门的班子，上次竞选时，我向他的竞选基金捐了5万美元。这次我准备向史蒂文森竞选基金捐赠相同的数目。"

"这件事我已经办妥。"亨利说，"说实话，我还想建议你向共和党也捐赠5万美元。"

阿贝尔说："那个党就喜欢小题大做。"

奥斯伯恩则说："如果我们不小心让凯恩再抓住个什么小题，他肯定会再做一篇大文章。"

在此期间，阿贝尔一直不停地用手指敲击桌面。

第七部

1952—1963

47

撒迪厄斯·科汉的最新季度报告显示，阿贝尔·罗斯诺夫斯基已经完全停止买入和卖出与莱斯特银行及其分行有关的所有股票。他似乎将全副身心倾注到了在欧洲大规模兴建饭店方面。科汉认为，证监会对州际公司一案的调查做出最终结论前，阿贝尔会一直保持最低姿态。

证监会好几次派人到银行找威廉谈话，威廉每次都跟来人坦诚相见。来人从未透露调查进展，也从未暗示，什么人应当对州际公司的股价下跌负责。证监会终于完成了调查，并且对威廉的合作致以谢意。威廉以为，必须等待好几个月，证监会才可能公布最终结论。

由于总统大选日渐临近，杜鲁门看起来越来越像"跛脚鸭"总统。让威廉深感忧虑的是，阿贝尔极有可能就此逃过一劫。威廉难免会认为，肯定是亨利·奥斯伯恩在国会做了什么手脚。威廉仍然记得，有一次，科汉在报告的某个条目上做了重点标记，该条目的内容为：男爵集团向哈里·杜鲁门的竞选基金捐赠过5万美金。科汉在最新报告里指出，罗斯诺夫斯基向民主党下届总统候选人阿德莱·史蒂文森的竞选基金也捐赠了5万美金。威廉对此并不感到意外，让他诧异的是，科汉在刚刚提交的报告里重点标划了如下内容：阿贝尔居然向共和党总统候选人艾森豪威尔的竞选基金也捐赠了5万美金！

威廉从未考虑过支持共和党以外的人角逐政府职位。在芝加哥代表大会期间，共和党第一次采用投票方式选出了折中候选人艾森豪威尔。尽管共和党执政团队不大可能对操纵股市进行调查，威廉仍然希望艾森豪威尔在竞选中击败史蒂文森。

1952年11月4日，德怀特·戴维·艾森豪威尔将军（似乎美国民众确实"喜欢艾将军"）当选为美国第34任总统。威廉当即意识到，阿贝尔·罗斯诺夫斯基终于逃过了一劫。威廉只好暗自希望，由于这次教训，阿贝尔将来会避开与莱斯特银行有关的一切。

本次总统竞选结果对威廉也有个小小的补偿：亨利·奥斯伯恩把他的议席输给了一位共和党候选人。艾森豪威尔的燕尾服带着长尾巴——里面暗藏玄机，奥斯伯恩的对手刚好潜伏在长尾巴里。撒迪厄斯·科汉倾向于认为，既然亨利·奥斯伯恩已经不在其位，他对阿贝尔的影响会因此丧失殆尽。芝加哥有谣传说，自从奥斯伯恩的第二任阔太太跟他离婚以来，他又干起了赌博勾当，而且在芝加哥四处欠账。很长时间以来，威廉还没有这么轻松过，他对艾森豪威尔在总统就职演说中许诺的"和平与繁荣的新纪元"充满了期待。

§

新总统执政的头几个月，威廉已经把罗斯诺夫斯基的威胁抛诸脑后。他以为，阿贝尔已经牢牢地记住了这次教训。他对撒迪厄斯·科汉说，他确信，阿贝尔·罗斯诺夫斯基今后再也不敢惹麻烦了。对此，律师未置可否，反正威廉不是在征求他的意见。

威廉将全副身心投入到提升莱斯特银行的规模和信誉方面。他越来越意识到，这样做一半是为自己，一半是为儿子。银行董事会的一些年轻董事已经开始用"老头子"一词谈论他了。

凯特不以为然地说："这种事迟早会发生。"

威廉假装讨好地问："那怎么没人叫你'老太婆'呢？"

凯特微笑着说："现在我终于明白你怎么跟那么多爱虚荣的人

520

也做成了交易。"

威廉大笑着说:"包括一个美丽的女人。"

再过几个月就是理查德21周岁生日,威廉将遗嘱重新做了修改,为凯特留下500万,为两个女儿各留下200万,余下的资产都如数留给理查德。尽管共和党在参众两院都占多数,威廉依然能感受到民主党支持的遗产税会给他带来什么样的痛苦。他给哈佛大学也留下100万。

§

理查德没有虚度在哈佛大学的岁月。四年级刚开学,他不仅显示出有能力以最优异成绩毕业,而且还成了哈佛交响乐团的大提琴手和哈佛棒球队的2号投手。凯特经常咬文嚼字地问:星期六下午代表哈佛棒球队跟耶鲁比赛,接着又在星期天晚上到劳威尔音乐厅演奏大提琴,这样的学生能有几个?

最后一个学年转瞬即逝,理查德跟哈佛大学说再见时,手里已经握有一个文科数学学士学位、一把大提琴、一个棒球棒。前往位于查尔斯河对岸的商学院报到前,理查德最大的心愿是好好度一次假。他和一个名叫玛利·比奇洛的女孩一起飞到西印度群岛的巴巴多斯。理查德感到荣幸的是,他身边有这么个女孩,而父母至今都蒙在鼓里。值得一提的是,比奇洛小姐曾经在瓦萨音乐学院学习音乐。两个月后,理查德才把比奇洛带回家见父母。威廉一下子就喜欢上了比奇洛小姐,一个重要的原因是,她居然是阿兰·罗依德的大侄女。

1955年10月1日,理查德在哈佛商学院开始了硕士研究生学业。

他居住在红房子里，搬进去之前，他把威廉当年用过的藤制家具全都清理掉了，还把马休当年倍加赞赏的佩兹利墙饰也换了。唯一幸存下来的是爷爷当年用过的老掉牙的真皮椅子。理查德在起居室里添置了一台电视机，在餐厅里添置了一张橡木桌，在厨房里添置了一个洗碗机。不同凡响的是，比奇洛小姐经常出没于他的寝室。

48

1952年11月，大卫·马克斯顿因心脏病不治身亡。一听说这个消息，阿贝尔立刻暂停前往欧洲的行程，携乔治和弗洛伦蒂娜参加了为马克斯顿举行的葬礼，地点在芝加哥。后来，阿贝尔找机会对马克斯顿夫人说，无论她今后前往世界上哪个国家，都可以免费入住当地的男爵饭店。阿贝尔先生为什么对自己做出如此慷慨的承诺，马克斯顿夫人完全无法理解。

第二天，阿贝尔回到了纽约。让他高兴的是，在第42层办公室的桌子上，有一份亨利·奥斯伯恩送来的报告。报告指出，对继续调查州际航空公司一案，艾森豪威尔政府似乎毫无兴趣，可能的原因是，这支股票保持稳定态势已经一年有余。看来，艾森豪威尔政府的副总统理查德·尼克松对追查麦卡锡漏掉的共产分子更有兴趣。

§

接下来的两年，阿贝尔经常飞越大西洋两岸，一直在扩大男爵集团海外帝国的版图。他唯一的希望是，欧洲人修建新饭店的速度能够快点，最好能达到身处新世界的人们认为理应达到的速度。

　　弗洛伦蒂娜分别于1953年7月和1954年12月为巴黎男爵饭店和伦敦男爵饭店剪了彩。在欧洲各主要城市，包括布鲁塞尔、罗马、阿姆斯特丹、日内瓦、爱丁堡、戛纳、斯德哥尔摩等地，男爵饭店的扩张已经进入不同的施工阶段，而这仅仅是阿贝尔10年发展规划的一部分。

　　阿贝尔一天到晚忙个不停，总是有太多迫在眉睫的事需要应付，因而他几乎无暇顾及威廉·凯恩。他继续持有莱斯特银行6%的股份，不过，他再也没有试图购买莱斯特银行及其相关公司的股票。他暗中希望，如果再次碰上天赐的出手良机，他绝不会让凯恩轻而易举地缓过来。阿贝尔暗暗下了决心，下一次，他绝不会傻乎乎地触犯法律。阿贝尔仅仅向乔治一个人痛痛快快承认过，他绝不会因为柯蒂斯·芬顿这种人重蹈如此愚蠢的错误。

　　阿贝尔早已跟弗洛伦蒂娜打过招呼，希望弗洛伦蒂娜从哈佛-拉德克利夫女子学院毕业后加入男爵集团董事会。阿贝尔早已做出决定，将来集团内所有饭店的商品部全都交由弗洛伦蒂娜主管，以便买下饭店里的商铺，因为，这些商铺自身已经迅速成长为一个独立王国。

　　听完阿贝尔描绘的远景，弗洛伦蒂娜激动不已。不过，她坚持认为，跟父亲合伙做事前，她必须在社会上闯荡一番，以便获取经验。她认为，自己在产品设计、色彩搭配、组织能力方面的天赋不足以替代社会实践。阿贝尔建议她去瑞士洛桑的著名饭店管理学院投师莫理斯大师门下。弗洛伦蒂娜拒绝了这一建议，她认为，决定是否接手男爵集团商品部之前，她应该在纽约找个商店实践两年。她对阿贝尔说，她决心将自己打造成值得雇用的人，"而不仅仅是我父亲的女儿"。阿贝尔完全赞成她的观点。

"在纽约找个商店，这事好办。"阿贝尔说，"我给沃尔特·霍英打个电话，你就去著名珠宝品牌蒂芙尼商店吧。"

"那是我最不想要的。"弗洛伦蒂娜果断地说。这足以显示，她像父亲一样固执。她问道："跟纽约广场饭店普通服务员对等的职位是什么？"

"百货商场售货员。"阿贝尔笑着说。

"对啊，这就是我打算申请的职位。"

这下阿贝尔笑不起来了。他问道："你真是这么想的？手里拿着哈佛–拉德克利夫女子学院的文凭，见识过世界上那么多国家以后，你居然想当个默默无闻的普通售货员？"

弗洛伦蒂娜反唇相讥："在纽约广场饭店默默无闻地当过普通服务员，并不妨碍你打造世界上最成功的饭店集团之一啊！"

什么时候该认输，阿贝尔心里清楚。美丽的女儿有一双深灰色的眼睛，只要看一看她的眼神即知，她已经下定决心，无论是耐心的规劝，还是声色俱厉的谴责，都不会让她改变主意。

§

从哈佛–拉德克利夫女子学院毕业后，弗洛伦蒂娜跟父亲一起去欧洲过了一个月。阿贝尔此行是为检查几家新饭店的经营情况。弗洛伦蒂娜为新落成的布鲁塞尔男爵饭店剪了彩，并且征服了年轻帅气的常务主管。阿贝尔说，那小伙子身上蒜味太浓。经过3天热恋，小伙子第一次吻了弗洛伦蒂娜，这段恋情便戛然而止。不过，弗洛伦蒂娜从未向父亲承认，她的确是因为小伙子嘴里的蒜臭抛弃了对方。

弗洛伦蒂娜跟父亲一起返回了纽约。她很快获悉，纽约布鲁明代尔百货公司正在招聘"基层销售助理"（分类广告上原文如此），于是立即递交了申请。填写申请表时，她在姓名一栏填写的是"杰茜·科瓦茨"。弗洛伦蒂娜十分清楚，如果其他人得知她是芝加哥男爵的女儿，她就别想有片刻安宁了。

弗洛伦蒂娜不顾父亲反对，执意搬出纽约男爵饭店的豪华套间，她要到外边找个住处。阿贝尔只好再次迁就女儿。不过，作为送给弗洛伦蒂娜21岁的生日礼物，阿贝尔在五十七街靠近伊斯特河路段为女儿买了个精装修的小公寓！

弗洛伦蒂娜很早以前就决定，她打算到布鲁明代尔百货公司工作一事，不能让任何朋友知道。她唯恐朋友们会来看她，那样的话，用不了几天，就会有人戳穿她的伪装，其他人因此便不会把她当作真正的学徒看待。每当朋友们询问她的工作状况，她总会敷衍说，正在帮父亲照看几家饭店的商品部。从来没人怀疑她的说法。

岗前培训结束后，杰茜·科瓦茨——弗洛伦蒂娜花费很长时间才适应了这一姓名——被安排到商场化妆品部。布鲁明代尔百货公司的每个销售小组由两个销售助理构成，弗洛伦蒂娜充分发挥这种组合的长处，与本部门最懒惰的姑娘结成对子。弗洛伦蒂娜的选择让双方都很满意，因为，弗洛伦蒂娜选中的是一位名叫梅茜的金发女郎。在生活中，梅茜仅仅对两种东西感兴趣：一种是挂钟，尤其是时针和分针都指向下午6点的挂钟；另一种是各式各样的男人。对前一种东西，她每天仅仅关注一次；对后一种东西，她整天都会关注。

两个姑娘很快成了伙伴，不过，她们始终没成为朋友。弗洛伦蒂娜从梅茜身上学到了许多东西，比方说，怎样偷懒不会引起楼层经理注意，怎样才能迅速吸引男人注意。

虽然梅茜大部分时间不是在出售商品，而是在试用商品，两个姑娘结成对子的头6个月，化妆品柜台的营业额一直稳步上升。梅茜总是把指甲染来染去，一染就是两个钟头。弗洛伦蒂娜正相反，她发现，自己确实有销售天赋——对此她非常满意。在商场工作不过几个星期，楼层经理已经把弗洛伦蒂娜与工作多年的老售货员们相提并论。

弗洛伦蒂娜调往精品时装专柜时，由于梅茜跟她配合默契，梅茜也一起调了过去。梅茜将大部分时间花在试穿时装上，弗洛伦蒂娜则趁机将它们销售出去。梅茜吸引男性的本领别人只能望其项背，梅茜只需看着他们——包括那些带着夫人和带着情人逛商店的男人——就能把他们吸引过来。只要顾客们肯过来，弗洛伦蒂娜就会迎上前，并总会让顾客们买走些东西。不肯打开钱包的顾客极为罕见。

两个姑娘在精品时装专柜的头6个月，那里的销售额上升了22%。楼层经理因而认为，两个姑娘显然合作得非常好。弗洛伦蒂娜对此保持缄默，她不想改变经理的印象。其他售货员总是不停地抱怨自己的搭档干活少，而弗洛伦蒂娜总是把梅茜赞誉为最理想的伙伴，因为，梅茜让她学到许多经营大商场的知识。弗洛伦蒂娜从未向任何人透露，梅茜还教过她如何对付色胆包天的男顾客。

布鲁明代尔百货公司能够给予普通售货员的最高奖赏莫过于安排他们到面对莱克星顿大道的某个柜台。在这里站柜台，进入商场的顾客们第一眼即会注意他们。安排工作未满5年的女孩到这种柜台的事极为罕见。梅茜从17岁开始在布鲁明代尔百货公司工作，迄今刚好干满5年，而弗洛伦蒂娜刚刚干满一年。不过，由于她们两个人的销售纪录令人印象深刻，商场经理毅然决定将她们派往一楼的文化用品部。在文化用品部，梅茜的长处得不到发挥，她对读书没有兴趣，对写作更没有兴趣。弗洛伦蒂娜跟梅茜一起工作已经一年，她至今仍然不知道梅茜会不会读和写。尽管如此，梅茜对新岗位非常满意。吸引更多人注意，会让她体味到更充分的享受。弗洛伦蒂娜注意到，从大街上拐进商场购买文化用品的一些男人明显带着醉翁之意，其目的无非是跟梅茜搭个讪。

阿贝尔向乔治披露过，他曾经前往布鲁明代尔商场，偷偷观察过弗洛伦蒂娜工作。阿贝尔真心实意地承认，弗洛伦蒂娜干得真他妈的棒。将门出虎子，这话不假，弗洛伦蒂娜天生是块料。阿贝尔已经安排好了一切，他丝毫不怀疑，弗洛伦蒂娜一旦接手，一切都不在话下。

§

在布鲁明代尔百货公司的最后6个月，弗洛伦蒂娜有了个新头衔："基层经理"。她主管第一层营业厅的6个柜台，职责包括：检查库存、管理现金、监督18位售货员。布鲁明代尔百货公司已经相中杰茜·科瓦茨，把她当作理想的后备经理进行培养。

迄今为止，弗洛伦蒂娜从未向身边的同事们透露，年底之前，她会离开他们，到她父亲的男爵集团担任副总裁。眼看在商场工作的时间所剩无几，让弗洛伦蒂娜有些担忧的是，她离开后，可怜的梅茜该怎么办。梅茜以为，杰茜会在布鲁明代尔百货公司干一辈子——大家不都这么认为吗？弗洛伦蒂娜甚至还考虑过，应当在纽约男爵饭店某个商店为梅茜安排个工作。只要世界上存在能够吸引男士们花钱的柜台，梅茜就是块宝。

一天下午，梅茜正在柜台上应付一位顾客之际——她已经被调到手套、围巾、毛线帽柜台组——她把弗洛伦蒂娜拉到了一边。此时，有个年轻的小伙子正在装模作样地挑选手套，显然他已经试过好几双了。

梅茜乐呵呵地问弗洛伦蒂娜："你觉得他怎么样？"

像往常一样，弗洛伦蒂娜毫无兴致地抬头扫了一眼梅茜的新目标。这一扫不要紧，她暗自在心里说，这小伙子可真帅！

弗洛伦蒂娜说："他们这种人只想要一种东西，梅茜。"

"这我清楚，"梅茜答，"他要的话，我就给他。"

"我敢肯定，听到这句话，他准会乐翻天。"弗洛伦蒂娜笑着说，然后转身接待被梅茜冷落的顾客去了——那位顾客已经感到不耐烦了。梅茜看见弗洛伦蒂娜接替了她的位置，赶紧迎着小伙子走过去。弗洛伦蒂娜一直用眼角偷偷观察梅茜和小伙子的一举一动，让她觉着开心的是，小伙子总是心神不宁地往她这边看，似乎不希望梅茜被上司监视。小伙子离开时，买走了一双深蓝色的皮手套，梅茜乐呵呵地跟对方道了别。

"他对你的想法有响应吗？"对梅茜的新成就，弗洛伦蒂娜表面装得很坦然，暗地里却横生了一丝妒意。

"他连约会的事都没说。但我敢肯定，他还会来。"梅茜笑着说。

梅茜的预感果然准确，因为，小伙子第二天又来了。弗洛伦蒂娜看见小伙子时，他又在试手套了，他的神情比头一天更加不安。

弗洛伦蒂娜对梅茜说："我看你最好赶紧去接待他吧。"

梅茜顺从地立刻跑了过去。几分钟后，小伙子又买走了一双深蓝色的皮手套。弗洛伦蒂娜差点儿笑出声来。

"已经两双了。"弗洛伦蒂娜说，"我应该代表布鲁明代尔商场对你留住回头客提出表扬。"

梅茜却不胜惋惜地说："可他仍然没提约会的事。"

"真的？"弗洛伦蒂娜装出一副不相信的神态，挖苦地说，"他肯定有收集手套的怪癖。"

"真让人失望。"梅茜说，"因为我觉得，他这人特正统。"

"不错，他确实挺有风度。"弗洛伦蒂娜诚心诚意地说。

转过一天，小伙子再次出现了。梅茜将正在接待的一位顾客撂到一边，兴奋地向小伙子迎过去。弗洛伦蒂娜赶紧补上梅茜的缺位，同时用眼角偷偷地观察着他们的一举一动。这一次，顾客和女售货员似乎谈得非常融洽。

小伙子离开时，又买走了一双深蓝色的皮手套。弗洛伦蒂娜试探着问梅茜："今天肯定谈得挺深吧？"

"还真是，确实挺深。"梅茜回答，"可他还是没提约会的事。听我说，如果明天他还来，你去应付他怎么样？我觉着，他不好意思跟我直接说。通过你转达，他可能会说。"

弗洛伦蒂娜笑着甩出一个典故："你想让我当月老儿啊？"

"你说什么？"梅茜没听懂。

"没什么。"弗洛伦蒂娜说，"能不能让他买走一双蓝色的皮手套，对我是个巨大的挑战。"

§

第二天上午，小伙子准时推开商场入口处的门，径直向手套柜台走来。弗洛伦蒂娜心想，无论他追求的是什么，他确实有股子锲而不舍的劲头。

梅茜在弗洛伦蒂娜的腰窝处捅了一指头。弗洛伦蒂娜觉着，好歹这也是个寻开心的机会，便迎上前说："早上好，先生。"

"噢，早上好。"小伙子说话时露出一副吃惊的表情——要么就是弗洛伦蒂娜迎过来接待他，让他感到很失望？

"你想要点儿什么？"

"没想——我是说，当然，我想要双手套。"小伙子不知所措地说。

"好的，先生，请问你是想要深蓝色的吗？真皮的？肯定有你想要的号码——除非已经卖完了。"

弗洛伦蒂娜递给小伙子一双手套，小伙子看着弗洛伦蒂娜，露出一脸狐疑的神色。小伙子把手套戴在手上试了试，这双有点儿大。弗洛伦蒂娜为他换了一双，这次的又小了点儿。小伙子往梅茜那边看了看。此刻梅茜已经被一圈男顾客围在中间，不过，她探头往这边看了看，还笑了笑。小伙子没理她。这时，弗洛伦蒂娜再次为小伙子换了一副手套，这一副大小适中。

弗洛伦蒂娜说："我看这双挺合适。"

"不，实际上并不合适。"弗洛伦蒂娜眼前的顾客显然因为说了错话感到尴尬。

弗洛伦蒂娜觉着，是时候帮助这位可怜的男人摆脱困境了，因而她压低声音说："我这就去把梅茜救出来，你干吗不直截了当跟她约会呢？她肯定会答应你。"

"噢，不。"小伙子立刻说，"我想约的根本不是她——而是你。"弗洛伦蒂娜张口结舌，半晌说不出话来。弗洛伦蒂娜的反应让小伙子勇气倍增，他借机问："今晚跟我共进晚餐好吗？"

弗洛伦蒂娜下意识地答应了对方。

"我去你家接你好吗？"

"不行。"弗洛伦蒂娜说得很坚决。放外人进她的公寓，那是万万不行的。一旦进了屋，人人都看得出来，她根本不可能是个普通售货员。她赶紧补充说："咱们找个饭店见面吧。"

"你想去哪儿？"

弗洛伦蒂娜迅速开动脑筋，她想去一家不太扎眼的饭店。

小伙子小心翼翼地提建议了："第三大道和七十三街路口的阿兰饭店怎么样？"

"好吧，太好了。"弗洛伦蒂娜答道，她心里却在想，如果换了梅茜，这种场面她肯定会应付裕如。

"你看8点左右合适吗？"

"8点左右。"弗洛伦蒂娜机械地回答。

小伙子带着满意的神情离开了商场。梅茜立刻指出，小伙子今天没买手套。

§

弗洛伦蒂娜花了相当长时间决定晚上应该穿什么衣裳，她必须确保其他人看不出她的衣裳出自纽约波道夫·古德曼品牌时装店。弗洛伦蒂娜有个专用小衣柜，里面存放着跟布鲁明代尔百货公司有关的衣裳。不过，那个衣柜里的衣裳都是为上班准备的，晚上出门时，她从未穿过那个衣柜里的衣裳。如果她约会的对象——我的天，她还不知道对方的名字呢！——以为她是个售货员，最好不要让对方改变印象。说心里话，弗洛伦蒂娜期盼这次约会的心情还真的有些热切。

差几分钟8点，弗洛伦蒂娜离开了五十七街东路的公寓。等候了相当长时间，她才拦下一辆出租车。

坐进车里，弗洛伦蒂娜对司机说："去阿兰饭店。"

"好嘞，小姐。"

弗洛伦蒂娜比约定时间晚到了几分钟。她环视了一圈饭店的大厅，在人群里寻找着小伙子。对方正靠在吧台上向她招手。小伙子已经换上一条灰色的法兰绒休闲裤、一件蓝色的夹克衫。弗洛伦蒂娜心想，很有常青藤气质嘛，梅茜描述小伙子的用语"够酷"也挺适用。

弗洛伦蒂娜首先说："对不起，我来晚了。"

对方说："这无关紧要，重要的是你终于来了。"

"你以为我不会来？"弗洛伦蒂娜吃惊地问。

"刚才我心里还在犯嘀咕呢。"对方笑着说，"真对不起，我还没请教过你的名字呢。"

"杰茜·科瓦茨。我该怎么称呼你呢？"

"理查德·凯恩。"小伙子说着伸出一只手。

弗洛伦蒂娜握住了对方伸过来的手。让弗洛伦蒂娜感到意外的是，对方半天没松开她的手。

弗洛伦蒂娜调皮地问："除了在布鲁明代尔商场买手套，你还干些什么？"

"我在哈佛商学院上学。"

"让我吃惊的是，学校的人怎么没教给你，大多数人只有两只手啊？"

小伙子开心地大笑起来。他的笑是那样随意，那样富于感染力，弗洛伦蒂娜差点儿后悔刚才说了谎话。她还差点儿随口说出，让她想不通的是，她在哈佛–拉德克利夫女子学院期间，他们怎么从未在剑桥见过面。

"咱们先找个座位好吗？"小伙子说完挽住弗洛伦蒂娜的胳膊，领着她来到一张桌子旁边。

弗洛伦蒂娜抬起头，看了看黑板上的菜谱。

弗洛伦蒂娜问："索尔兹伯里牛排是什么？"

"不过是一种汉堡包，起了个精灵古怪的名字而已。"理查德回答。

他们拘谨地笑起来，像两个相互了解得不够深、却希望深入了解对方的人。弗洛伦蒂娜看得出来，对于她能够理解刚才那种不着边际的解释，理查德多少有点儿意外。

跟其他人在一起时，弗洛伦蒂娜极少有今天这么幸福的感觉。理查德谈到了纽约、戏剧、音乐——这些显然是他最喜欢的话题——他是那么从容，那么入迷，很快就让弗洛伦蒂娜放松下来。也许理查德真的把她当成女售货员了，不过，理查德对待她的样子，就像她是某个波士顿名门望族成员似的。理查德询问她的情况时，她只是简单地说，她是波兰人，和父母一起生活在纽约，父亲在饭店工作。随着时间的流逝，弗洛伦蒂娜渐渐意识到，她的谎话越来越无法自圆其说。然而她转念一想，反正今后他们不大可能见面了。

两人再也喝不下更多咖啡时，理查德才结账，然后问道："你住在哪个街区？"

"五十七街。"弗洛伦蒂娜不假思索地回答。

"那咱们走过去吧。"说完，理查德挽起弗洛伦蒂娜的胳膊。

他们沿着第五大道一路走下去，一边走一边说笑，还不时停下来浏览商店的橱窗。理查德问弗洛伦蒂娜未来有什么打算，她随口答道："希望有一天能在第五大道的某个商店找个工作。"他们谁都没注意，好几辆出租车从他们身边空驶而过。

时间流逝了将近一小时，他们才走完16个街区。弗洛伦蒂娜差点儿把自己的真实身世告诉理查德。他们走上五十七街时，弗洛伦蒂娜在一个老旧的小区旁边站住了，这地方离她住的那座楼还有100米远。

弗洛伦蒂娜说："我爸妈就住这里。"

理查德似乎犹豫了一下，最后，他只好松开弗洛伦蒂娜的手。

理查德说："希望咱们今后还能见面。"

"我也希望。"弗洛伦蒂娜客气地、多少有些敷衍地说。

"明天行吗？"理查德说话时似乎不太自信。

"明天吗？"弗洛伦蒂娜机械地反问。

"干脆咱们去蓝天使夜总会听钢琴歌唱家博比·肖特的演唱会，好吗？"理查德说着再次拉起弗洛伦蒂娜的手，"肯定比阿兰饭店浪漫点儿。"

弗洛伦蒂娜一时没了主意，因为她从来没想过，跟理查德居然还会有明天。

"如果你不愿意，那就算了。"看见弗洛伦蒂娜的窘态，理查德补充了一句。

"我愿意。"弗洛伦蒂娜轻轻地说。

"明天我要跟父亲一起吃晚饭。干脆我9点钟来接你好吗？"

"不，不用。"弗洛伦蒂娜赶紧说，"咱们到那儿见吧。反正离我这儿不算远。"

"那就明晚9点钟啦!"理查德说完弯下身子,在弗洛伦蒂娜的面颊上轻轻地印了个吻,"晚安,杰茜。"说完,理查德走进了夜幕中。

理查德的身影消失在视线以外时,弗洛伦蒂娜才慢慢地向自己的公寓楼走去。让弗洛伦蒂娜感到后悔的是,她居然撒了那么多谎。不管怎么说,几天之内,可能一切都会消失。这件事毕竟会不以她的意志为转移。

§

布鲁明代尔商场刚刚关上店门,弗洛伦蒂娜便离开了。两年来,这是她第一次先于梅茜离开商场。弗洛伦蒂娜花了很长时间洗澡,挑出最漂亮的衣裳穿到身上。然后,她慢慢往蓝天使夜总会走去。她到达时,理查德早已在衣帽间外边等候她了。理查德拉住她的手,一起往大厅走去。博比·肖特的歌声从大厅里飘出来:"难道你没一句实话,这一句还是谎话?"

弗洛伦蒂娜一露面,博比·肖特抬起手跟她打了个招呼。弗洛伦蒂娜假装没看见。博比·肖特是男爵饭店的特邀嘉宾,曾经应邀在男爵饭店搞过两三次演出,弗洛伦蒂娜完全没料到,肖特居然会记得她。理查德注意到了肖特的举动,以为肖特在跟他身边的人招手,他甚至还左顾右盼了一下。大厅里灯光幽暗,理查德和弗洛伦蒂娜在一张空桌子旁边坐下了。弗洛伦蒂娜背朝着钢琴,以免刚才那一幕重演。

理查德一直拉着弗洛伦蒂娜的手,点葡萄酒时,他都没松开弗洛伦蒂娜的手。然后，他问弗洛伦蒂娜，这一天她是怎么过的。弗洛伦蒂娜不想跟他说今天是怎么过的，她只想跟他说实话，她刚开口说："理查德，我必须告诉你——"

"嗨，理查德。"一个英俊的高个子男人站到他们桌子旁边，打了个招呼。

"嗨，史蒂夫。我来介绍一下，这是杰茜·科瓦茨——这位是史蒂夫·梅隆，我在哈佛商学院的同学。"

听着两个男生讲纽约人的笑话，例如艾森豪威尔总统在高尔夫球场上的失误、耶鲁大学越来越不景气的原因等等，弗洛伦蒂娜一直没插话。史蒂夫临走时优雅地说了句："认识你深感荣幸，杰茜。"

这一次，弗洛伦蒂娜错过了说实话的机会。

理查德向弗洛伦蒂娜描绘了从商学院毕业后的计划。他希望来纽约，到父亲的银行工作，银行的名称是莱斯特银行。弗洛伦蒂娜好像听说过这个名称，可她一时没想起是在什么情况下听说的。不知为什么，这让她心里蒙上了一层阴影。

他们一起过了个幸福的长夜。他们边吃，边笑，边聊。他们手拉着手，沉浸在博比·肖特的歌声里。这次他们也是走着回家的。在五十七街路口，理查德停下脚步，第一次温情地吻了弗洛伦蒂娜的樱唇。经历过那么多亲吻的弗洛伦蒂娜第一次感到了别样的心动。理查德离开后，站在五十七街暗影里的弗洛伦蒂娜突然意识到，今天理查德根本没提到明天。对这种平淡无奇的结局，弗洛伦蒂娜感到一种无可名状的惆怅。

第二天一早，有人往商场派送了一大束玫瑰花。梅茜一阵狂喜，接着又彻底失望了——卡片上竟然写着"杰茜·科瓦茨收"，这是理查德派人送来的共进晚餐的邀请。梅茜悻悻地做出一副事不关己的表情。

　　周末的大部分时间，弗洛伦蒂娜是跟理查德一起度过的。他们一起听了一场音乐会，一起看了一场电影——甚至一起看了纽约尼克斯篮球队的比赛。周末结束时，弗洛伦蒂娜强烈地意识到，自己的谎言已经积累得太多。弗洛伦蒂娜谈到自己时，曾经好几次无法自圆其说，理查德肯定已经有所察觉。弗洛伦蒂娜觉得，跟理查德实话实说，告诉他一个完全不同的版本，如今越来越难于启齿了。

　　新学期开始了，星期天晚上，理查德返回了哈佛大学。弗洛伦蒂娜自我安慰道，他们之间的交往已经自然而然结束了，这些谎言已经无关紧要了。另外还有，理查德说不定已经碰上一个比她还好的哈佛–拉德克利夫女子学院的女孩。然而，开学后的第一个星期，理查德天天都打来电话；每到周末，理查德都会来纽约跟她一起过周末。一个月就这样过去了。弗洛伦蒂娜渐渐意识到，她和里查德的关系已经不可能像以前想的那样轻易结束了。实际上，她的心告诉自己，她已经爱上了理查德。清醒地认识到这一点时，弗洛伦蒂娜暗暗下了决心：再也不能这样耗下去了，下个周末，一定要把自己真实的身份告诉理查德。

49

　　上午在教室里上课时，理查德居然做起了白日梦。

　　理查德对杰茜姑娘爱得如此之深，以至他根本无法集中精力思考建立国际金融新体系的《布雷顿森林协定》。理查德特别想娶进门的姑娘，竟然是在布鲁明代尔商场手套、围巾、毛线帽柜台组工作的波兰女孩。让理查德犯难是，这件事该如何向父亲启齿。杰茜显然才思敏捷，理查德想不通，杰茜为什么不求进取。理查德可以肯定，如果杰茜能得到与他同等的机遇，如今的杰茜绝不会埋没在布鲁明代尔商场。理查德已经下定决心，父母双亲迟早得认同他的决定，因为，本周末，他就要向杰茜正式求婚。

每星期五傍晚，回到位于纽约的父母家，放下行李后，理查德总会立即直奔布鲁明代尔商场买东西。他买回的都是些没有人要的东西。他的真实目的无非是让杰茜知道，他已经回到纽约城里（过去10周，理查德已经为纽约八竿子打不着的亲戚们各买了一双手套，好些亲戚几年都没见过面）。本星期五，理查德临出门才告诉母亲，他要去买几个刮胡子的刀片。

母亲劝他："别麻烦了，亲爱的，用你爸的不就行了。"

"不用，不用，也就是跑趟腿的事儿。不管怎么说，我们用的不是一个牌子。"理查德的理由显然很牵强。

从家里到布鲁明代尔商场，距离有8个街区之遥，理查德几乎一口气跑了过去，正好赶在商场打烊时冲进营业厅。实际上，理查德早已跟杰茜约好，当晚7点半，他们会见面，不过，他说什么也忍不住，非要在那之前看杰茜一眼。史蒂夫·梅隆曾经告诉他，爱情是个烧钱的游戏。当天早上刮胡子时，理查德在蒙了一层水汽的镜子上写了一句话："将来我肯定会烧成个穷光蛋。"

然而，今天傍晚，营业厅里根本没有杰茜的身影，梅茜正坐在柜台角落里挫指甲。理查德走过去，问杰茜还在不在商场里。梅茜老大不乐意地抬起头，似乎理查德打断了她一天当中最重要的事。

梅茜说："不在。她已经回家了。刚走一会儿，肯定还没走远。"

理查德冲到莱克星顿大道上，在行色匆匆下班回家的人群里搜寻着杰茜的面孔。他看见杰茜在街对面的人行道上，正在往第五大道走——这显然不是她住地的方向。理查德看见，杰茜走到位于四十八街的斯克里布纳出版社门店跟前，转身进了书店。这让理查德感到很奇怪：如果杰茜想买书，在布鲁明代尔商场就能买啊。隔着玻璃橱窗，理查德看见，杰茜和一个服务员说了几句话，那服务员离开一会儿，又转了回来，手里还多了两本书。理查德可以清楚地看见，一本是约翰·肯尼斯·加尔布雷思的《1929年大崩盘》，另一本是约翰·冈瑟的《欧洲铁幕背后》。杰茜没付款，仅仅在账单上签了个名。这让理查德更觉着奇怪：一个普通女售货员怎么可能在斯克里布纳出版社门店开立账号呢？杰茜走出书店时，理查德躲到一个路灯杆后边。

眼看着杰茜走进奔戴尔精品时装店，理查德自言自语道："她到底是什么人啊？"只见门卫恭恭敬敬地向杰茜敬了个礼，理查德隐约觉着，门卫知道杰茜是什么人。理查德再次隔着玻璃橱窗往里看，见到一向不苟言笑的女售货员们个个面带尊敬的神色，将杰茜团团围在中间。一位年长的女士拿来一个纸包，里边显然是杰茜想要的东西。只见杰茜打开纸包，从里边抖落出一件线条简洁然而极为漂亮的晚礼服，然后满意地笑着点了点头。年长的女士叠好礼服，将其装进一个褐色和白色条纹相间的纸盒里。只见杰茜张开嘴，好像是说了句"谢谢"，然后转身往门口走来。杰茜不仅没付款，甚至也没签字。理查德简直看呆了，几乎忘了躲起来，差一点儿跟走出来的杰茜亲面相遇。只见杰茜伸手拦了辆出租车，坐进车里，然后扬长而去。

理查德也迅速拦了辆出租车，告诉司机跟上前边的车。经过小公寓楼时——理查德和杰茜经常在这座楼前分手——出租车没停下。理查德心里一阵难受，难怪杰茜从来没邀请他进去。杰茜乘坐的出租车继续行驶了100米，然后在一座漂亮的现代公寓楼跟前停住。楼门口有个穿制服的警卫，只见警卫跨前一步，敬了个礼，伸手为杰茜拉开了大门。至此，理查德已经不再诧异，他已经愤怒了。他从车里跳出来，大步流星地向杰茜刚刚走进去的大门追过去。

"你该给九毛五分钱呢，哥们儿。"理查德听见有人在后边喊。

"噢，对不起。"理查德折返回来，塞给司机5块钱，没等司机找钱便跑开了。

"谢谢，哥们儿。"司机喊道，"这家伙今天肯定是碰上喜事了！"

理查德将试图拦住他的警卫推到一边，追上了正往电梯轿厢里走的弗洛伦蒂娜。理查德出现得太突然，弗洛伦蒂娜僵在了那里，一个字也说不出来。

电梯门关上后，理查德开口问："你到底是什么人？"

"理查德，"弗洛伦蒂娜磕磕巴巴地说，"我一直想……把一切都告诉你来着，可……一直找不着……合适的机会。"

"还有脸说一直想把一切都告诉我！"理查德吼起来，跟着弗洛伦蒂娜往她的公寓走去，"都快3个月了，你一直把我当傻子蒙。那好，我倒要听听你的实话是什么！"

弗洛伦蒂娜从来没见过理查德发怒，对理查德的一反常态有点吃惊。弗洛伦蒂娜刚把门打开，理查德便粗暴地将她推到一边，抢先进屋环视了一圈公寓内部：门廊通向一间硕大的起居室，地面铺着一块精美的东方地毯，家具很新潮，一架古色古香的落地座钟对面的床头柜上立着个花瓶，花瓶里插满盛开的鲜花。跟理查德住的房间比，这间屋子也够水准。

"对一个售货员来说，这房子是不是太豪华了点儿？"理查德悻悻地说，"真不知道你的哪位情人为你置办了这一切！"

弗洛伦蒂娜猛地转过身，直视着理查德，狠狠地往理查德脸上捆了一巴掌。她的手都打得疼痛难忍了。"你竟敢这么说我？"她怒不可遏地吼道，"你给我滚！"

弗洛伦蒂娜喊完就后悔了，失声痛哭起来，其实她不想让理查德离开——永远不。理查德一把将她搂进怀里。

"噢，上帝，真对不起。"理查德的口气软下来，"我真不该说那么蠢的话，请千万原谅我。我实在太爱你了，我原来以为了解你的一切，到头来却发现什么都不知道。"

"理查德，我也爱你。对不起，我真的不该打你。本来我没想骗你，我真的没别人——我向你保证没别人。"弗洛伦蒂娜说话的声音都暗哑了。

"我活该挨打。"说完，理查德在弗洛伦蒂娜的前额上印了个吻。

两人紧紧地依偎在一起，谁都不再说话，然后，他们倒在了沙发上，一动不动地坐了很长时间。理查德轻轻地抚摸着弗洛伦蒂娜的头发，直到她停止啜泣。弗洛伦蒂娜把手指伸进理查德衬衣扣子之间的缝隙里，可是，理查德似乎没有进一步行动的意愿。

弗洛伦蒂娜轻轻地问了一句："想和我一起睡吗？"

"不。"理查德回答得很干脆，"我想跟你头脑清醒地待在一起。"

两人谁都不再说话，他们互相帮着，慢慢地脱掉了衣服。他们第一次做爱了。他们轻柔地做，做的时候带着青涩，生怕伤着对方，他们竭力想让对方满意。终于，弗洛伦蒂娜把头枕在了理查德的肩膀处。

"我爱你，"理查德说，"从第一眼看见你，我就爱上了你。你愿意嫁给我吗？我真的一点儿都不在乎你是谁，杰茜，也不在乎你是干什么的。我知道，从今往后，我这辈子注定要跟你一起过了。"

"我愿意嫁给你，理查德，但我首先得把真实的我告诉你。"

弗洛伦蒂娜伸手把理查德的上衣拉过来，盖在他们赤裸的身子上。弗洛伦蒂娜原原本本地把自己的身世讲了一遍，同时，她还解释了在布鲁明代尔商场工作的原因。弗洛伦蒂娜讲完后，理查德沉默着，半天没开口。

"你终于知道真实的我了，"弗洛伦蒂娜说，"你不会现在就不爱我了吧？"

"亲爱的，"理查德的声音特别平静，"我父亲恨你父亲。"

"你什么意思？"

"我在家第一次听到你父亲的名字时，就见我爸突然暴跳如雷，大喊大叫着说，阿贝尔·罗斯诺夫斯基生活中的唯一目的就是毁掉凯恩家族。"

"怎么会呢？为什么呀？"这次轮到弗洛伦蒂娜吃惊了，"我从来没听说过你父亲，他俩怎么会认识呢？肯定是你弄错了。"

这次轮到理查德向弗洛伦蒂娜解释自己多年来从母亲那里听说的两个父亲之间的刻骨仇恨。

"噢，我的天！有一次我父亲说人家是'犹大'，然后中断了跟那家银行25年的合作，肯定是因为这个。"弗洛伦蒂娜说，然后问道："那我们怎么办？"

"把实情告诉他们。"理查德说，"告诉他们，我们萍水相逢，我们恋爱，已经决定结婚，无论他们怎么着，我们绝不改变初衷。"

"咱们再等几天吧。"弗洛伦蒂娜说。

"为什么？"理查德不解地问，"难道你以为，你父亲能阻止你嫁给我？"

"绝不会，亲爱的。"说着，弗洛伦蒂娜把头重新靠回理查德的肩膀上，"咱们先想一想，看看有没有更稳妥的办法，让他们接受我们，不要一下子给他们摆出个既成事实。再说，他们之间的仇恨也许不像你想象的那么强烈。不管怎么说，你说的关于航空公司的事已经过去好多年了。"

"他们肯定还在咬牙切齿，这我敢保证。如果我父亲看见咱俩在一起，他肯定会气晕过去，更别说咱们要结婚了。"

"那就更有理由再等等，到最后关头再把消息告诉他们。这样我们就会有充裕的时间，找找解决这事的最好方法。"

理查德又吻了弗洛伦蒂娜一下，说："我爱你，杰茜。"

"我的名字是弗洛伦蒂娜。"

"可能得过一段时间我才能适应这名字。"理查德说，"我爱你，弗洛伦蒂娜。"

§

接下来的4个星期，弗洛伦蒂娜和理查德尽可能详尽地了解了两个父亲之间的仇恨。为此，弗洛伦蒂娜专程回芝加哥找母亲。出乎意料的是，母亲竟然非常愿意说这些事。弗洛伦蒂娜还措辞谨慎地问了教父一系列问题，结果发现，在这件事上，乔治对"你父亲的执迷不悟"非常失望。理查德则翻阅了父亲的档案柜，还跟母亲做了一次长谈。他母亲非常清楚地表示，这两人之间的仇恨是相互的。弗洛伦蒂娜和理查德越来越清楚地意识到，向父辈披露他们之间的爱情，绝对不会有好结果。

两人都知道，最终，他们将共同面对当前的困难。为了让弗洛伦蒂娜暂时忘却面临的麻烦，理查德尽了最大努力：他们去剧院看演出，某星期四他们还滑了一次冰，每星期天他们总会在中央公园长时间地散步，而且每次都在傍晚以做爱结束周末。弗洛伦蒂娜甚至陪理查德参加了一次纽约扬基棒球队的比赛，弗洛伦蒂娜承认自己"根本不懂球"。两人还一起听了一次纽约爱乐乐团的演奏，弗洛伦蒂娜"非常喜欢"这次演出，不过，她说什么都不相信理查德会拉大提琴。一天，理查德在弗洛伦蒂娜的公寓里为她做了专场演出。理查德演奏的是他最喜爱的勃拉姆斯的奏鸣曲。曲终时，弗洛伦蒂娜使劲为理查德鼓掌。

　　理查德将琴弓放到桌子上，然后把弗洛伦蒂娜搂进怀里，说："我们必须尽快告诉他们。"

　　弗洛伦蒂娜说："我知道，但我真的不想让父亲伤心。"

　　"我也是。"理查德说。

　　弗洛伦蒂娜避开理查德的目光，说："下星期五爸爸就从孟菲斯回来了。"

　　"那就星期五说吧。"理查德说话时将弗洛伦蒂娜搂得太紧，弗洛伦蒂娜差点儿透不过气来。

　　星期一早上，理查德回到了哈佛大学。两人每晚通一次电话，他们总是互相鼓励，下定决心海枯石烂绝不变心。

§

　　那个星期五，理查德回纽约的时间早于以往，在弗洛伦蒂娜的公寓里待了一下午。后来，他们走到五十七街和帕克大道路口时，红色的"禁止通行"标志灯亮起来，理查德趁机转向弗洛伦蒂娜，再次询问弗洛伦蒂娜是否愿意嫁给他。然后，他从兜里掏出一个红色的真皮小盒子，打开盒子盖，从里边取出一枚戒指，将戒指套在弗洛伦蒂娜左手的无名指上。这是一枚周围镶有一圈钻石的蓝宝石戒指，特别漂亮。弗洛伦蒂娜激动得热泪盈眶。这枚戒指和弗洛伦蒂娜的纤手竟然如此般配。两人根本没注意，绿色的"请通行"标志灯早已亮起来。他们仍然站在路边，相拥着依偎在一起，过路的行人都用怪异的眼神看他们。他们终于意识到可以通行了，于是赶紧吻别，然后分别往相反的方向走去，去找各自的父亲。两人已经约好，"大考"过后，他们将返回弗洛伦蒂娜的公寓见面。

走在前往男爵饭店的路上，弗洛伦蒂娜的信心更加坚定了。她一遍又一遍地看着新戒指，眼里噙着泪花，而心一直在微笑。新戒指让她产生了一种前所未有的、奇怪的感受。她甚至想，所有路人的目光都会被这枚精美的蓝宝石所吸引。过去，弗洛伦蒂娜另外一只手指上戴的那枚古色古香的戒指是她的最爱，如今两枚戒指并列在了一起，新戒指因而显得更加漂亮。越是接近男爵饭店，弗洛伦蒂娜越感到步履沉重。她用右手抚摸着新戒指，顿时勇气倍增。

弗洛伦蒂娜来到饭店前台，那里的服务员告诉她，她父亲正在顶层公寓里，乔治·诺瓦克也在。服务员旋即电话通知楼上，弗洛伦蒂娜正在上楼。今天，电梯上升到42层的速度比以往快了许多！走出电梯前，弗洛伦蒂娜犹豫了。她独自在走廊里静静地站了一会儿，然后在门上轻轻敲了敲。阿贝尔迅即拉开了门。

"弗洛伦蒂娜，真让人想不到，真让人高兴。快进来，亲爱的。没想到你今天会来。"

乔治·诺瓦克站在窗前，正在看楼下的帕克大道。他转过身，向教女问好。弗洛伦蒂娜用眼神请求乔治离开，因为如果乔治继续待在屋里，她会失去勇气。弗洛伦蒂娜在心里不断地说：快走啊，走吧，走吧！乔治很快觉察到了弗洛伦蒂娜心中的不安。

"我得回去干活儿了，阿贝尔。今晚有个他妈的土酋长来住宿。"

"让他把带来的大象留在广场的车位上。"阿贝尔和蔼地说，"既然弗洛伦蒂娜来了，咱们一起再喝一杯。"

乔治看了看弗洛伦蒂娜，后者眼睛里的神情非常明确。

"不啦，阿贝尔，我必须去一趟。那家伙把整个33层包下来了，他希望迎接他的至少是个副总裁。待会儿见，小丫头。"乔治说完在弗洛伦蒂娜的面颊上吻了一下，同时用力捏了一下弗洛伦蒂娜的胳膊，好像他知道弗洛伦蒂娜需要鼓励。乔治刚出门，弗洛伦蒂娜就后悔了，也许让乔治留下更好。

"布鲁明代尔商场那边安排好了吗？"说着，阿贝尔深情地摸了摸女儿的头发，"跟他们说过他们将失去多年来最棒的基层经理了吗？一旦听说杰茜·科瓦茨的下一个工作是为爱丁堡男爵饭店剪彩，他们肯定会大吃一惊。"说到这里，阿贝尔放声大笑起来。

"我要结婚了。"弗洛伦蒂娜不好意思地将戴着戒指的左手伸了出去。她不知道还应该说些什么，只好等待父亲的反应。

"是不是有点太仓促了，啊？"阿贝尔的口气多少透着些惊愕。

"其实也不是，爸爸。我和他认识有一段时间了。"

"我认识这小伙子吗？我跟他见过面没有？"

"没有，爸爸，你从未见过他。"

"他是哪儿的人？家庭背景怎么样？是波兰人吗？你怎么从来没跟我提过他，弗洛伦蒂娜？"

"他不是波兰人，爸爸。他是银行家的儿子。"

阿贝尔的脸色唰地变白了。他端起酒杯，将杯子里的酒一口吞下去，然后再次满满地斟了一杯。弗洛伦蒂娜很清楚父亲脑子里想到了什么，因此她赶紧把该说的都说了出来。

"他的名字叫理查德·凯恩。"

阿贝尔猛然转过身，面对弗洛伦蒂娜，问道："是威廉·凯恩的儿子？"

"对。"

"你怎么竟然想和威廉·凯恩的儿子结婚？你知道那个人是怎样对待我的吗？"

"当然知道。"

"根本不可能！"阿贝尔喊起来。紧接着，他爆发出一通污言秽语，似乎永远都不会停下来。这反而让弗洛伦蒂娜认为，父亲肯定是疯了。末了，她只好打断父亲。

弗洛伦蒂娜说："你说的这些我全都知道。"

"全都知道，年轻的女士？"阿贝尔情不自禁地吼道，"难道你也知道，威廉·凯恩对我最好的朋友之死负有不可推卸的责任？他迫使戴维斯·勒鲁瓦自杀身亡，那样也没让他满足，他还要让我彻底破产。若不是大卫·马克斯顿及时救了我，凯恩早就毫不犹豫地把我的饭店全都卖了。如果凯恩的计划得逞，你能有今天吗？那样的话，你能到布鲁明代尔商场当个售货员已经是万幸了。这些你都想过吗，弗洛伦蒂娜？"

"当然想过，爸爸。几个星期来，我一直没想过别的事。理查德和我对你跟他父亲之间的仇恨感到害怕。现在他也在跟他父亲谈话呢！"

"那好，我可以告诉你他对你们的事会有什么反应。"阿贝尔说，"他会暴跳如雷，那个人绝不会让他血统高贵的宝贝儿子娶你当儿媳，所以你最好把你们疯狂的想法全都忘掉！"阿贝尔差不多是在咆哮了。

"我不可能忘掉了，爸爸。"这时，弗洛伦蒂娜已经冷静下来，"我们互相爱着，我们俩需要的是你们的祝福，而不是你们的仇恨。"

"你给我听着，弗洛伦蒂娜，"由于恼怒，阿贝尔的面孔涨得通红，"我禁止你再去找那小子，你听明白了吗？"

"嗯，我听见了。但我不会因为你憎恨理查德的父亲而和他分手。"

说话时，弗洛伦蒂娜紧紧地握住戴戒指的无名指，禁不住浑身颤抖起来。

"这事绝对不行！"这时，阿贝尔的面孔已经变成绛紫色，"我绝不同意这桩婚事。我女儿竟然为了王八蛋凯恩的儿子抛弃我。我绝不允许你和他结婚！"

"我根本没有抛弃你的意思。如果那样，我早就跟理查德一起跑了。可我不想背着你嫁人。"弗洛伦蒂娜觉着自己说话的声音都有点颤抖了，"不过，我已经21岁了，我一定要嫁给理查德。求你了，爸爸，你跟他见一面，好吗？只要跟他见一面，你就会理解，我为什么会对他产生感情。"

"我永远不允许他踏进我的家门，我永远不会见威廉·凯恩的任何孩子，决不！你听懂了吗？"

"如果你逼我在你们两人之间做选择，我只有离开你了。"

"弗洛伦蒂娜，如果你跟那小子结婚，今后我一分钱也不再给你。一分钱也不给，你听见了吗？"说到这里，阿贝尔的声音变得柔和起来，"你理性地想一想，姑娘——你可以忘掉他，你还年轻，想娶你的好男人多的是。"

"我用不着那么多男人。"弗洛伦蒂娜说，"我已经找到了想嫁的男人。他是他父亲的儿子，这可不是他的错。我们俩都无法选择自己的父亲。"

"如果你觉得这个家对你不够好，那你走吧！"阿贝尔再次吼起来，"从今往后，我发誓，永远不再提你的名字。"说完，阿贝尔转身往窗外看去。

"爸爸，我们已经决定结婚了。我们都已经过了需要征得你们同意的年龄，可我们仍然希望得到你们的祝福。"

阿贝尔不再看窗外，他问道："是不是你怀孕了？是不是因为这个？"

"不是，爸爸。"

"是不是你已经跟他睡过觉了？"

弗洛伦蒂娜被这一问题激怒了，不过，她没有犹豫。"对！"她回答得非常干脆，"睡过好多次。"

阿贝尔抬起手，对准弗洛伦蒂娜的脸，狠狠地一巴掌扇过去。弗洛伦蒂娜几乎跌倒在地，鲜血淌到她脸颊上。弗洛伦蒂娜猛地转过身，往门外跑去，使劲按住电梯按钮。电梯门开了，乔治从里边走出来。弗洛伦蒂娜瞥见乔治吃惊的表情，赶紧走进电梯，不停地按着"关门"按钮。看见弗洛伦蒂娜大哭不止，乔治手足无措了。电梯门慢慢关上了，弗洛伦蒂娜消失在门背后。

弗洛伦蒂娜拦了辆出租车，直奔公寓而去。一路上，开裂的嘴唇一直在流血，她不停地用纸巾擦拭裂口。理查德已经在楼门口了，他低着头，一副垂头丧气的样子，正在等候弗洛伦蒂娜。

从车里出来后，弗洛伦蒂娜冲到理查德身边。两人一起来到楼上，弗洛伦蒂娜打开房门，赶紧钻进屋里，至此，她才有了安全感。

　　"我爱你，理查德。"

　　"我也爱你。"理查德说着把弗洛伦蒂娜搂进怀里。

　　弗洛伦蒂娜紧紧地抱住理查德，说："不用你说，我也知道你父亲会有什么反应。"

　　"我从来没见过他动那么大肝火。"理查德说，"骂你爸爸是骗子、无赖、暴发的波兰移民，还问我为什么不娶个跟我门当户对的人。"

　　"那你怎么说？"

　　"我对他说，他们看着顺眼的门当户对的朋友家没有谁的女儿能取代你这么好的姑娘。他一听就暴跳起来，还威胁说，如果我娶你，今后一分钱也不再给我。"说到这里，理查德顿了一下，"他们什么时候才能明白，我们压根儿就不在乎他妈的他们那点儿臭钱。我还把妈妈拉来替我说情，可她也无法制止我爸的暴怒，我爸甚至还把妈妈赶出了屋。以前他从来没这样对待过妈妈。妈妈哭了，这反而让我决心更加坚定了。没等我爸说完话，我就离开了。上帝保佑，但愿我爸别把怒气撒到弗吉妮娅和鲁茜身上。你跟你爸说的时候，他是什么反应？"

　　"他打了我。"弗洛伦蒂娜平静地说，"这是我今生第一次挨打。如果他看见咱俩在一起，他准会杀了你。理查德，亲爱的，他开始找我们之前，我们必须离开。他肯定会先来公寓。我真害怕。"

　　"完全没必要害怕，弗洛伦蒂娜。我们今晚就离开，我们远走高飞，离开这两个该死的家伙。"

　　弗洛伦蒂娜问："你收拾行李要多长时间？"

"收拾不了了。我已经不能回家了。你赶紧收拾点儿东西，我们马上走。我身上大概只有100块钱，还有我的大提琴——琴还在你卧室里。嫁给一个只有100块钱的男人，而这男人的下一份工作可能就只有在大街上拉大提琴了，你还愿意嫁吗？"

　　"我认为，对一个女售货员来说，这已经足够了。"弗洛伦蒂娜一边说话，一边往箱子里塞东西，"以前我还想当个靠男人养活的女人呢！以前你肯定想娶个有天分的女人吧？我说，我总共有212块钱，还有个汇通卡。你还欠我56块钱呢，理查德·凯恩，不过你每年只还我1块钱就行。"

　　弗洛伦蒂娜收拾东西用了30分钟。然后，她在桌子旁边坐下，匆匆写了个留言，将留言放在床旁边的桌子上。

　　理查德上街拦了辆出租车。让弗洛伦蒂娜感到宽慰的是，理查德在危难时刻表现得非常冷静，这让弗洛伦蒂娜稍微恢复了些信心。理查德将弗洛伦蒂娜的3个箱子和大提琴放进出租车的后备厢里，然后对司机说："去爱德华机场。"

　　到机场后，理查德买了两张前往旧金山的机票。他们选择前往金门大桥所在的城市，其原因是，从地图上看，这是离纽约最远的美国大城市。

　　7点30分，美国航空公司1049航班的超级星座型飞机慢慢滑上了跑道，7小时的航程即将开始。理查德帮助弗洛伦蒂娜扣好安全带，弗洛伦蒂娜感激地对他笑了笑。

　　"你知道我多爱你吗，凯恩先生？"

　　理查德答："知道，当然知道——凯恩夫人。"

50

弗洛伦蒂娜和理查德离开公寓前往机场不过几分钟，阿贝尔和乔治就赶到了公寓。

扇了女儿一巴掌后，阿贝尔已经后悔了。他无法想象，如果失去了唯一的孩子，以后的生活该怎么过啊！阿贝尔固执地认为，只要及时赶到弗洛伦蒂娜身边，再用好言劝慰一番，女儿就能回心转意，不跟那个凯恩小子结婚。只要能阻止这桩婚事，无论弗洛伦蒂娜提什么条件，无论什么条件，阿贝尔都愿意答应。

乔治按了两次门铃，房子里没有任何响应。于是阿贝尔掏出女儿留给他作急用的钥匙，打开了房门。两人在各个房间找了一圈，他们早已料到弗洛伦蒂娜不在家。

乔治回到寝室里，对阿贝尔说："她肯定已经走远了。"

"是啊，可她能到哪儿去呢？"阿贝尔一边翻着空抽屉，一边自言自语。这时，他看见床头的桌子上有一封写给他的信，这让他想起上次看见一张没人睡过的床旁边的床头柜上放着几封信的往事。他一把扯开信封的封口。

亲爱的爸爸：

请原谅我这次出走。我爱理查德，我绝不会因为你恨他父亲而离开他。我们马上就会完婚，无论如何你也阻止不了我们。只要你敢伤害他，就是在伤害我。

只要咱们家和凯恩家这种没有理智的仇恨延续一天，我们两人就都不会返回纽约。我比你想象的更爱你。我对你迄今为我做的一切永远感恩不尽。

但愿这件事并不意味着我们父女关系的结束。不过，在你恢复理智之前，也只能这样了。"不要捕风捉影——失去的永远也回不来。"

你可爱的女儿
弗洛伦蒂娜

看完信，阿贝尔一屁股坐到床上，把信递给乔治。后者看了一遍内容，无可奈何地问："我还能帮你做什么？"

"唉，乔治，我一定要把女儿找回来，即使这意味着直接跟王八蛋凯恩对话。有件事我敢断定：凯恩肯定也会不惜一切代价阻止这桩婚事。给我接通他的电话。"

公开发行的电话簿上没有威廉·凯恩家的电话号码，乔治查找号码颇费了一番周折。莱斯特银行的夜班警卫拒绝告诉他号码，乔治一再坚持说，威廉家里人出了急事，警卫这才把号码给了他。阿贝尔默默地坐在床上，手里握着弗洛伦蒂娜的信，信里的波兰谚语是阿贝尔教给她的，当时弗洛伦蒂娜还是个小女孩。阿贝尔把弗洛伦蒂娜回赠给他的谚语又读了一遍。乔治终于拨通了威廉家的电话，听筒里传出一本正经的声音。

乔治说："请找威廉·凯恩先生说话行吗？"

"请问，哪一位要跟他说话？"

"阿贝尔·罗斯诺夫斯基先生。"乔治说。

"我去看看他在不在，先生。"

"我猜接电话的是他的管家，他去找威廉了。"乔治说着把听筒递给阿贝尔。阿贝尔一只手握住听筒，另一只手的手指不停地敲击着床边的桌面。

"我是威廉·凯恩。"

"我是阿贝尔·罗斯诺夫斯基。"

"真的是你?"威廉的声音冷得像三九的寒冰,"你是什么时候设计用你女儿勾引我儿子的?毫无疑问,是上次想把我的银行搞垮,结果惨遭失败的时候吧?"

"你别他妈的——"阿贝尔突然意识到自己失言了,他忍了忍,接着说,"我跟你完全一样,急于阻止这门婚事。只是今天,我才知道你有这么个儿子。相比于对你的仇恨,我更爱我女儿,我不想失去她。咱们见个面,一起商量个解决问题的办法,行吧?"

"不行。"威廉说,"过去我也这样请求过你,罗斯诺夫斯基先生,当时你已经阐述得非常明确,我们只能在一个时间和地点见面。"

"都这个时候了,提过去的事有什么用,凯恩?如果你知道他们在哪儿,也许我们还来得及阻止他们,你肯定也希望这样。都他妈的这个时候了,你还摆什么臭架子?!难道你儿子娶我女儿的时候,你宁愿袖手旁观也不帮我——"

阿贝尔刚说到"帮我"两个字,听筒里传来挂断电话的声音。阿贝尔双手掩面,忍不住失声痛哭起来。返回男爵饭店时,乔治一路搀扶着他。

为找到弗洛伦蒂娜的下落,当天夜里和第二天一整天,阿贝尔动用了他的所有影响力,以及他的所有关系。他甚至打电话给弗洛伦蒂娜的母亲询问。扎菲娅幸灾乐祸地告诉他,女儿很久以前就把理查德的一切告诉她了。

扎菲娅最后还补充了一句:"理查德看起来棒极了!"

"你知道现在他们在什么地方吗?"阿贝尔焦急万分地问。

"知道，当然知道。"

"在哪儿？"

"你自己找去。"又是一响挂断电话的声音。

接下来的几天，阿贝尔在好几家报纸登出广告，甚至买下电台的一些播音时段，还向警察局报了案。由于弗洛伦蒂娜已经年满21岁，警察局只好象征性地往各地打了一通电话。到末了，阿贝尔只好承认，找到弗洛伦蒂娜时，她极有可能早已跟凯恩小子完婚了。

阿贝尔把弗洛伦蒂娜的信反复读了好几遍，终于下了决心，他永远不会以任何方式伤害这小伙子。不过，对那位父亲——那完全是另一码事。实际上，他阿贝尔·罗斯诺夫斯基差点儿跪下哀求那个人，可对方竟敢不让他把话说完。只要时机成熟，他一定要把威廉·凯恩彻底打入地狱。

乔治对老朋友在这件事上如此用心良苦深感忧虑。他问道："是不是应该取消你的欧洲之行？"

阿贝尔完全忘了，其实弗洛伦蒂娜早已做好计划，即结束布鲁明代尔商场两年实践后，她会在月底陪阿贝尔前往欧洲，由她自己为新落成的爱丁堡男爵饭店和夏纳男爵饭店剪彩。

"不能取消。"阿贝尔答道。如今，什么人为饭店剪彩，饭店是否如期开张，阿贝尔已经完全不在乎了。他对乔治说："我不在的时候，乔治，你接着查找弗洛伦蒂娜的下落。即使能找到她，也千万别让她察觉。绝不能让她疑心我派人跟踪她。如果让她知道了，她一辈子都不会原谅我。最好的办法应该是盯住扎菲娅。一定要小心行事，在目前情势下，扎菲娅肯定巴不得我再犯错呢！"

"需要奥斯伯恩在莱斯特银行股票方面弄出点儿动静吗？"

"不，现在什么都不做。灭掉凯恩，现在时机还不成熟。下次动手前，我必须确保他再也不可能缓过劲儿来。咱们先把凯恩的事放到一边。就目前来说，先集中所有精力寻找弗洛伦蒂娜。"

§

3个星期后，阿贝尔为爱丁堡男爵饭店剪了彩。这是一座富丽堂皇的饭店，坐落在俯瞰英国爱丁堡市的山坡上。爱丁堡在英国被美誉为"北方的雅典"。每个新饭店开张前，阿贝尔总会提前很长时间抵达，事无巨细，亲自过问。他心里清楚，引起顾客不满的往往是一些不起眼的小事，例如：走过尼龙地毯后，客人触摸电灯开关会产生静电；完成电话订餐程序后，让客人等候40分钟才把餐食送进客房；橡胶枕头充气不足，让客人睡上去有塌陷感，等等。

新闻界早先得到的消息是，主持剪彩仪式的人本该是芝加哥男爵的女儿弗洛伦蒂娜·罗斯诺夫斯基。一个喜欢散布小道消息的专栏作家在《星期日快报》上暗示，阿贝尔的家庭已经出现裂痕，他已经没有了平日那种日理万机的、精力充沛的模样。阿贝尔按照公关部教给他的说法，照本宣科说，他已经年过半百——已经过了"精力充沛"的年龄段。用这样的解释否定他的家庭出现裂痕，显然不具说服力。新闻界当然不买账，第二天发行的《每日邮报》刊发了一幅照片，内容为饭店后边的垃圾堆顶上有一个被丢弃的青铜浮雕像，照片的文字说明是：

　　弗洛伦蒂娜·罗斯诺夫斯基
　　于1956年10月17日
　　为爱丁堡男爵饭店剪彩

接着，阿贝尔乘飞机到了戛纳。戛纳男爵饭店是一座气势恢宏的饭店。不过，这座饭店俯瞰的是地中海。新饭店仍然不足以让阿贝尔忘却弗洛伦蒂娜。又出现一个被丢弃的青铜浮雕像，这次的地点是法国。

让阿贝尔渐渐觉着恐惧的是，也许这辈子再也见不到可爱的女儿了。为摆脱孤独，他胡乱找女人睡觉，有的女人价格极为昂贵，有的女人价格极为低廉。这么做也于事无补。威廉·凯恩的儿子夺走了他阿贝尔·罗斯诺夫斯基爱得最深的唯一的人。

对阿贝尔来说，法国再也不像从前那样激动人心了。在法国办完该办的事，阿贝尔立即乘飞机前往波恩，很快完成了谈判，选定了在德国建立第一家男爵饭店的地点。阿贝尔一直跟乔治保持着电话联系，但弗洛伦蒂娜依然下落不明。乔治通报了一些有关亨利·奥斯伯恩的消息，引起阿贝尔的不安。

乔治说："他又欠了赛马场一大笔赌债。"

"上次保释他的时候，我已经警告过他了。"阿贝尔说，"自从他丢掉国会的席位，他妈的他对谁都没用了。等我回去以后再摆平这事吧。"

"他已经发出威胁了。"乔治说。

"这有什么奇怪？我从来没怕过他的威胁。"阿贝尔说，"告诉他，不管他想要什么，必须等我回去以后再说。"

"你大概什么时候回来啊？"乔治问。

"3个星期以后吧，最多4个星期。我想去土耳其和埃及看看地块。希尔顿饭店集团和万豪国际饭店集团已经在那里建饭店了，我要去查查其中的原因。"

为了在几个阿拉伯国家寻找修建饭店的地块，阿贝尔前后耗时3个多星期。为他当参谋的人多得足以组成一个军团，他们中的大部分人自称有亲王头衔，每个人都自称是阿贝尔想找的部长的密友或堂兄弟，还自称对部长的决策有决定性影响。然而，最终结果往往是，阿贝尔见到的部长根本不是他想见的部长；如果找对了部长，所谓的堂兄弟准是出了五服的远亲。阿贝尔从来不反对行贿，他唯一的要求是，贿款必须用得准确和到位。在中东地区的生意场上，"介绍费"似乎是个不成文的规矩。在美国，这种事绝对不能拿到明面上。亨利·奥斯伯恩知道其中的奥秘，究竟什么人应当得到关照，亨利最清楚。在没有威士忌而只有水的地方，阿贝尔伴着尘埃、沙粒、炎热度过了23天，他得出的唯一结论是，这帮参谋预言的中东石油储量如果没有言过其实，海湾各国未来肯定需要一大批饭店，如果不想让男爵集团落伍，必须立即着手做好规划。

　　接着，阿贝尔乘飞机来到伊斯坦布尔，很快找到一处建饭店的理想位置。这是个能够俯瞰博斯普鲁斯海峡的地方，离英国使馆旧址仅仅100米。阿贝尔站在刚刚买下的荒芜的地块上，想起上次在这座城市的经历。他紧紧攥住挽救他生命的银饰，又一次听到人们疯狂的喊叫——30多年转瞬已成过去，然而，阿贝尔依然感到恶心和不寒而栗。

　　阿贝尔终于完成了接力式的长途跋涉，身心疲惫地回到了纽约。在漫长的飞行途中，除了弗洛伦蒂娜，阿贝尔几乎没想过别的。像往常一样，乔治照例站在海关关口迎候他。乔治脸上没有任何异样的表情。

　　司机往后备厢里放行李时，阿贝尔钻进卡迪拉克轿车，坐到后排座位上，问乔治："有什么消息？"

"有好消息，也有坏消息。"乔治说着按住一个按钮，一块隔音玻璃在司机和后排乘客之间升起。乔治接着说："弗洛伦蒂娜和扎菲娅有联系，弗洛伦蒂娜现在住在旧金山的一个小公寓里，跟她在哈佛–拉德克利夫女子学院时期的一帮老朋友在一起。"

阿贝尔问："结婚了吧？"

"当然。"

两人沉默了很长时间。

阿贝尔打破沉默，说："那凯恩小子呢？"

"他在一家银行找了个工作。听说很多地方都不愿意雇他，部分原因是，人们都知道他没念完哈佛商学院，其实，更主要的原因是，如果谁雇用他，弄不好会惹恼他父亲。后来美洲银行录用了他，让他当了个前台出纳。按资历看，职位大大低于他的期望。"

"那弗洛伦蒂娜呢？"

"她在金门公园附近一家叫作'哥伦布世纪'的时装店当副经理。她已经向好几家银行提出借款申请。"

阿贝尔焦急地问："为什么？她遇到什么麻烦了吗？"

"不是。她在筹款自己开店。"

"申请多少钱？"

"需要34000美元，用来支付诺伯山上一座小房子的租金。"

阿贝尔把乔治的话反复斟酌了一番，短粗的手指不停地敲击着车窗玻璃。他开口说："想办法让她得到这笔钱，乔治。不过，一定要让这钱看上去像正常的银行贷款。绝对不能让她察觉这笔钱是我给的。"

"我照办就是，阿贝尔。"

"还有，今后她那边无论有什么动静，不管多么微不足道，一定要及时通知我。"

"那小伙子呢？"

"我对他没兴趣。"阿贝尔说，"现在，说说坏消息吧。"

"亨利·奥斯伯恩又来找麻烦了，好像他满世界到处欠债，越欠越多。我几乎可以肯定，现在他唯一的收入来源就剩下你了。他仍然在威胁我们，说是要告到主管部门，说你早年接手集团时，用了行贿手法，还说芝加哥里士满饭店大火之后，他为你骗到一笔额外保费。他说他手里握有认识你以来的所有文件记录，他手里的文件足有3寸厚。"

阿贝尔说："我明天上午处理亨利的事。"

车子仍然行驶在前往曼哈顿的途中。在剩下的时段，乔治向阿贝尔汇报了集团的其他情况。看来一切顺遂，只是尼日利亚首都拉各斯的男爵饭店在那个国家发生的又一起军事政变中被军方接管了。阿贝尔从来不担心军事政变。革命者们很快会认识到，他们没有经营饭店的本事。如果他们希望自己的钱包鼓起来，必须欢迎旅游者。

第二天上午，亨利·奥斯伯恩主动打来电话，要见阿贝尔。他样子苍老，一副落魄相，那张曾经非常标致的脸，如今已经布满深深的沟壑。他只字未提3寸厚文件一事。

"我需要点儿帮助，才能渡过这段困难时期。"奥斯伯恩说，"有点儿走背字。"

"你老毛病又犯了，亨利？你应该很清楚，年龄不饶人。在赛马和女人方面，你天生是个输家。这次你需要多少钱？"

"一万块就可以偿清所有债务。"亨利说。

"一万块！"阿贝尔气不打一处来，"你以为我是什么啊，是个金矿？上次你只要了5000块。"

"通货膨胀嘛。"亨利勉强挤出一副笑脸。

"这可是最后一次，你听懂我的话了吗？"阿贝尔拿出支票簿，"要是你再来向我讨钱，亨利，我就把你开除出董事会，今后你一分钱也别想得到。"

"你真够朋友，阿贝尔，我发誓今后一分钱也不跟你要了，再也不要了。"阿贝尔的桌子上有个雪茄保湿盒，亨利从里边取出一支罗密欧和朱丽叶牌雪茄，接着说："谢谢，阿贝尔，我绝不会让你失望。"

奥斯伯恩吸着雪茄往外走去。门关上后，阿贝尔才按铃呼叫乔治。过了一会儿，乔治出现了。

乔治问："这次他要了多少？"

"一万块。"阿贝尔说，"不过我跟他说清楚了，这是最后一次。"

"他还会来。"乔治说，"这事我可以跟你打赌。"

"最好别来。"阿贝尔说，"我跟他彻底拜拜了。不管他过去为我做过什么，如今都没用了。有我女儿的新消息吗？"

"她很好。看来你对扎菲娅的判断没错，她定期前往西海岸看望他们。"

"该死的女人！"阿贝尔骂道。

"凯恩夫人也去过几次。"乔治补充说。

"那凯恩呢？"

"没有任何妥协的迹象。"

"在这一点上，他跟我完全一致。"阿贝尔说。

"我已经和旧金山的克罗科尔国家银行达成简单协议。"乔治顿了一下，接着说，"弗洛伦蒂娜原定下星期一跟银行信贷员见面。她向银行借贷的协议看起来跟正常借贷一模一样，没有任何优惠。实际上，银行还会把她的利率提高半个百分点，因此她没有任何理由怀疑。银行也不会透露这笔贷款是你担保的。"

"谢谢，乔治，干得漂亮。我敢跟你打10块钱的赌，两年内她准能还清这笔钱，而且她从此再也不会借债。"

"我以5比1的赔率奉陪。"说完，乔治反问道："你干吗不在亨利身上赌一把？他可是个贪婪的家伙。"

阿贝尔笑着说："有情况及时通知我，乔治。我想知道弗洛伦蒂娜的每一件小事，每一件。"

51

看完撒迪厄斯·科汉的最新季度报告，威廉仍然无法完全释怀。罗斯诺夫斯基手里握有莱斯特银行的股份，他为什么迟迟不动手？只要再弄到2%的股份，罗斯诺夫斯基即可援引莱斯特银行法规附加条款中的"第七条"，还可以在银行董事会拥有一个席位。每每想到这些，威廉总会感到阵阵寒意。对于接手上届政府遗留的案件，艾森豪威尔政府至今没表现出兴趣。如果说，阿贝尔仍然不敢动手的原因是慑于证监会的法规，这显然难以让人信服。

报告里也有让威廉感到特别高兴的内容：亨利·奥斯伯恩再次陷入了债务危机，阿贝尔则不断地保释他。让威廉感兴趣的是，这种情况延续到什么时候才会结束，奥斯伯恩究竟抓住了罗斯诺夫斯基的什么把柄，他才得以如此得寸进尺地敲诈罗斯诺夫斯基。难道罗斯诺夫斯基也遇到了难缠的麻烦？难道他女儿让他彻底放弃了复仇？要么就是，他已经将他的独苗净身赶出了门户？按照惯例，科汉的报告罗列了男爵饭店集团最新的业务进展：伦敦男爵饭店陷入了亏损，阿贝尔已经失去了对拉各斯男爵饭店的控制；尽管如此，男爵集团公司仍然在继续做大做强，罗斯诺夫斯基正在世界各地开工兴建8座新饭店。威廉再次阅读了一遍《星期日快报》的一张剪报，文章说，在爱丁堡男爵饭店开业典礼上，弗洛伦蒂娜·罗斯诺夫斯基没有现身。这让威廉想起了儿子。威廉合上报告，将其锁进了保险柜。

虽然威廉仍然不想接受罗斯诺夫斯基家的女孩做儿媳，他已经为那天对理查德大动肝火后悔。如果当时他没有不可挽回地拒绝唯一的儿子，那该有多好！凯特站在理查德一边，为理查德说情。因为这件事，凯恩夫妻发生了一次长时间的痛苦的争吵，而且他们之间的紧张关系至今仍未缓和。凯特用尽了一切手段，从好言相劝到涕泪涟涟，始终未能打动威廉。毋庸讳言，弗吉妮娅和鲁茜时不时也会在威廉耳边念叨几句如何如何思念哥哥。

弗吉妮娅说："再也没人公正地评价我的绘画了。"

母亲问道："你不觉得你哥胡搅蛮缠啦？"弗吉妮娅不好意思地笑了。

鲁茜常常把自己反锁在盥洗室里，偷偷给理查德写信。难怪理查德总也弄不明白，他收到的信为什么总是潮乎乎的。两个女儿都不敢当着父亲的面提及理查德的名字。由于这种僵持的局面，祥和的家庭氛围已经不复存在。

为了得到解脱，威廉常常泡在银行里，经常工作到深夜才回家。但这么做也无济于事。威廉已经极其强烈地感觉到，确实应当让自己放慢节奏了。然而，银行业务却对他的体能提出了更高要求。近两年，威廉新任命了6位副总裁，希望这些人替他分担一些职责。实际情况却与他的预料恰恰相反，他们给他带来了更大的工作量和更多需要决策的事。如果理查德再不放弃罗斯诺夫斯基家的女孩，不赶紧回家，6位新任副总裁里最聪明的杰克·汤马斯虽然刚刚加入董事会不久，最有希望接替威廉担任董事长的候选人已经非他莫属。

银行的利润逐年增长，不过，对于为赚钱而赚钱，威廉反而越来越没兴趣。此时他面临的问题或许跟查尔斯·莱斯特当年遇到的问题如出一辙：他已经没有了可以继承遗产和继承董事长职位的儿子。

§

威廉和凯特银婚纪念那年，威廉决定休个长假，带凯特和两个女儿前往欧洲旅游一圈，希望借此让她们三人忘掉理查德。这是全家人第一次乘坐喷气式飞机前往伦敦，机型为波音707。他们在伦敦住的是萨沃依饭店，这让威廉想起第一次跟凯特来欧洲时的许多幸福时光。

英国剑桥之行让全家人伤感不已。他们还去了埃文河畔莎士比亚的故乡斯特拉特福镇，看了著名演员劳伦斯·奥利弗主演的《理查三世》。如果主角的名字不是"理查"该有多好啊！

从斯特拉特福返回伦敦途中，全家人在泰晤士河畔汉莱镇威廉和凯特举行婚礼的教堂稍事停留。这次教堂需要的不是翻修房顶，而是一架全新的管风琴。全家人原打算在贝尔客栈过一夜，这次他们又碰上只剩一间客房的老问题。开车返回伦敦的途中，威廉和凯特一直为了给他们主持婚礼的究竟是图克斯伯里阁下还是杜克斯伯里阁下而争论不休，直到返回萨沃依饭店，依然没得出结论。他们仅仅在一个问题上观点完全一致：结果证明，翻修当地教堂房顶是一笔特别划算的投资。

当晚上床时，威廉温存地吻了凯特。

威廉说："这500英镑是我一生中最有价值的投资。"

一周后，全家人乘飞机到了意大利。在英国期间，他们游览了自高自大的美国游客必定观光的所有景点，多数景点让他们回味无穷。在罗马期间，弗吉妮娅过生日当晚，两个姑娘喝意大利葡萄酒喝得有点高，结果两人都病了。威廉在意大利期间吃了太多面点，因而增加了7磅体重。如果理查德跟他们在一起，全家人都会因为这趟旅游愈加感到幸福。在父亲面前，两个女孩从来不谈论弗洛伦蒂娜。她们觉得，弗洛伦蒂娜肯定与众不同，因而她们特别特别想跟弗洛伦蒂娜见一面。一天晚上，弗吉妮娅伤心地哭了，凯特只好陪在旁边安慰她。弗吉妮娅说："怎么没人告诉爸爸，许多东西比傲慢更重要？"

返回纽约后，威廉的精神面貌焕然一新，他已经准备好大干一番。不出几周，他的体重减轻了7磅。

转瞬间，几个月过去了，尽管威廉常常思念儿子，他已经感到生活复归平静。然而，表面的平静一下子就被打破了——在事先没有任何征兆的情况下，弗吉妮娅突然宣布，她已经跟弗吉尼亚州立大学法学院的一个学生订了婚。这消息让威廉大吃一惊。

威廉说："她还不到结婚年龄呢！"

"她都21岁了，"凯特说，"已经不是小孩儿了，威廉。如果你把自己想象成祖父，你会有什么感觉？"这句话刚一说出口，凯特立刻后悔了。

"你什么意思？"威廉吓了一跳，"难道弗吉妮娅怀孕啦，是吗？"

"你想哪儿去啦，没有。"凯特换上一种温柔的口吻，好像要说的事已经被威廉猜中似的，"理查德和弗罗伦蒂娜已经有孩子了。"

"你怎么知道的？"

"理查德给我写了信，把这好消息告诉我了。"凯特顿了一下，接着说，"理查德在他工作的美洲银行已经被任命为副总裁。是不是已经到了你原谅他的时候，威廉？"

"永远不。"威廉不再说话，转身去了别的房间。

威廉甚至没过问孩子是男孩还是女孩，凯特叹了口气，突然觉得身心俱疲。

§

第二年3月，春季，一个阳光明媚的下午，弗吉妮娅的婚礼在波士顿三一大教堂举行。威廉由衷地喜欢上了大卫·特尔福德，这个弗吉妮娅选中作为终生伴侣的青年律师。

弗吉妮娅曾经希望理查德做她的男傧相，凯特为此请求威廉邀约儿子回来参加婚礼，威廉一口回绝了。因而，这一天未能成为弗吉妮娅一生中最幸福的日子。弗吉妮娅特别想用收到的所有礼物交换一样东西：父亲和理查德同时出现在全家福照片里，拍摄地点为教堂门口。威廉本想答应这事，不过他心里清楚，如果不让罗斯诺夫斯基家的女孩同来，理查德绝不会回来。

弗吉妮娅举行婚礼那天，理查德给她发来一封贺电，还寄来一份礼品。未开包装的礼品放在弗吉妮娅的汽车后备厢里，是威廉亲手放进去的。家里人都希望在随后举行的招待会上宣读理查德的贺电，威廉没同意。

52

阿贝尔坐在纽约男爵饭店自己的办公室里，等候会见肯尼迪竞选班子派来的募捐人。约好的时间已经过去20分钟，阿贝尔不耐烦地用手指敲击着桌面，这时，秘书进来了。

秘书说："弗兰克·霍根先生要见您，先生。"

阿贝尔从椅子上一跃而起，说："请进，霍根先生。"说完，阿贝尔在一身西装革履的年轻人背上拍了一下，问道："你还好吗？"

"对不起，我来晚了，罗斯诺夫斯基先生。"对方说话带着明显的波士顿口音。

"这，我倒没注意。想来杯酒吗，霍根先生？"

"不了，谢谢，罗斯诺夫斯基先生。今天我还要见很多人呢，因此不能喝酒。"

"绝对正确。我自己来一杯，你应该不介意吧？"阿贝尔说，"我今天正好没多少人要见。"

霍根开怀大笑起来，他心里清楚，今天他会听到许多人说类似的笑话。

阿贝尔为自己斟了一杯威士忌，问道："言归正传，找我什么事，霍根先生？"

霍根说："这个，罗斯诺夫斯基先生，我们希望，我党能一如
既往得到你的支持。"

"如你所知，我一向是个真正的民主党人，霍根先生。我支
持过富兰克林·罗斯福、哈里·杜鲁门、阿德莱·史蒂文森，尽管
每次听史蒂文森讲话，多半时间我根本听不懂。"阿贝尔说到这
里，两人同时装作很开心的样子大笑起来。阿贝尔接着说："我在
芝加哥时，还帮助过老朋友迪克·戴利，支持过年轻的埃德·马斯
基——知道吗，他是波兰移民的儿子——那还是1954年他竞选缅因
州州长时的往事呢！"

"过去，你一向是我党忠实的支持者，没人能否认这一点，
罗斯诺夫斯基先生。"霍根的口气似乎在暗示，开场白应该到此为
止。"不仅前国会议员奥斯伯恩，包括民主党在内，都以非同寻常
的方式报答了你。我认为，咱们没必要提起那桩令人不快的州际航
空公司小事故的一些细节吧？"

"那件事早已成为过去了。"阿贝尔满不在乎地说，"早都被
人们淡忘了。"

"这我同意。"霍根说，"多数依靠自身实力打拼出来的亿万
富翁对外界深入调查他们的背景不太在乎，你却需要在总统竞选日
益临近时小心为上。在竞选进入现阶段期间，尼克松肯定希望抓出
个丑闻。"

"我们彼此非常理解，霍根先生。咱们的话题扯远了。为这次
竞选，你希望从我这里得到多少？"

"我需要能抓到手的每一分钱。"霍根的回答简洁有力，"尼
克松在全国范围内获得了大量支持，竞选肯定会出现难分难解的局
面，尤其在你的家乡伊利诺斯州。"

"那好，如果肯尼迪支持我，"阿贝尔说，"我就支持他。问题就这么简单。"

"他非常乐意支持你，罗斯诺夫斯基先生。所有人都意识到，你是波兰社团的顶梁柱。你代表生活在铁幕国家集中营里的同胞们采取的勇敢立场，肯尼迪参议员非常了解，他还赞赏你在战争中做出的贡献。我已经得到授权，正式通知你，候选人已经同意，下次前往加利福尼亚州参加竞选活动时，为你的洛杉矶饭店剪彩。"

"这倒是个好消息。"阿贝尔说。

"你希望波兰在美国对外贸易中获得最惠国待遇，参议员对此早已心中有数。"

"我们在二战中做出了贡献，这也是我们的人应得的。"阿贝尔顿了一下，接着问："另外那个小问题呢？"

"就那个问题来说，眼下肯尼迪参议员正在广泛征求美籍波兰人的意见。迄今为止，我们还未遇到任何阻力。当然啦，当选之前，参议员不可能做出任何决定。"

"那当然。25万足够帮他做出上述决策了吧？"阿贝尔问。

弗兰克·霍根没作声，只是笑了笑。

"那就敲定25万啦！"阿贝尔说，"这笔钱本周末将转入你们的竞选基金，霍根先生。"

生意既已做成，讨价还价也就结束了。办公桌后边的阿贝尔站起来，说："请把我最衷心的祝愿带给肯尼迪参议员，并请转告他，我会动用我的全部力量确保他成为下届美国总统。自从理查德·尼克松用卑劣手段对待海伦·佳赫甘·道格拉斯以来，我一直讨厌尼克松。另外，由于个人原因，我不希望亨利·卡伯特·洛奇成为副总统。"

"我会尽力把你的话带到。"霍根说，"谢谢你对民主党的一贯支持，尤其是对候选人的支持。"说完，霍根将手伸过去，阿贝尔与他握手作别。

"保持联络，霍根先生。我不希望这笔钱一出手就石沉大海。每一笔钱投出去，我都希望得到回报。"

"我完全理解你的心情。"霍根说。

阿贝尔将客人送到电梯门口，然后返回了办公室。他脸上挂着得意的微笑，从办公桌上抓起电话听筒。

阿贝尔说："请诺瓦克先生到我这儿来一下。"

几分钟后，乔治从走廊另一端的办公室来到阿贝尔这里。

"如果约翰·肯尼迪当选总统，我的要求就没跑了，乔治。"

"祝贺你，阿贝尔，我真为你感到高兴。那样，你一生中最大的愿望之一就能实现了。弗洛伦蒂娜一定会为你感到自豪。"

听到女儿的名字，阿贝尔脸上立刻漾满了笑容。"你知道那捣蛋的小丫头现在在干什么吗？"阿贝尔笑着问，"你看过上星期五的《洛杉矶时报》吗，乔治？"

乔治摇了摇头。阿贝尔递给他一张报纸。报纸上有一幅占了半个版面的照片，有人用红笔将照片圈了起来。乔治看着照片的文字说明，念出了声："第三家'弗洛伦蒂娜时装店'位于洛杉矶，弗洛伦蒂娜·凯恩为其剪彩。好大一张照片！"

"她还计划年底开设第四家呢！"阿贝尔得意地说，"对于加利福尼亚人来说，'弗洛伦蒂娜时装店'已经等同于'巴黎世家时装店'在巴黎的地位了。"

乔治笑起来，将报纸还给阿贝尔。

"她迟早会到纽约开一家'弗洛伦蒂娜时装店'，也许会开在第五大道呢！"阿贝尔说，"我敢打赌，5年内她就能做到，最多10年。你敢跟我再打一次赌吗，乔治？"

"你怎么不记得啦，阿贝尔，你第一次跟我打赌我都没接招。不然我已经输掉10块钱了。"

阿贝尔抬起头，放缓声调问："肯尼迪参议员为洛杉矶男爵饭店剪彩时，你觉得弗洛伦蒂娜会出席吗，乔治？"

"如果你不邀请她丈夫，她绝不会出席。"

"绝不请他。"阿贝尔说，"那凯恩小子太没出息了。我仔细看过你上次的报告，他已经离开美洲银行到弗洛伦蒂娜的店里工作了。他连一份好工作都保不住。"

"你怎么成了个断章取义的家伙，阿贝尔。你知道情况不是你说的那样。凯恩负责公司财务，弗洛伦蒂娜负责经营。别忘了，美国富国银行集团邀请凯恩管理他们的清算部，是弗洛伦蒂娜坚决要求他推掉那份工作，跟她一起干的。阿贝尔，你必须接受现实，他俩的结合非常成功。我知道你咽不下这口气，可你为什么不能屈尊见一见那小伙子呢？"

"你是我最知根知底的朋友，乔治。世界上没有第二个人敢像你这样跟我说话，因此谁也没有你清楚我为什么不能屈尊。王八蛋威廉·凯恩愿意屈尊见我之前，我绝不见那小子。只要威廉·凯恩还活着，只要他还等着看我的笑话，我就不会屈尊。"

"如果你先死，那怎么办，阿贝尔？你跟他年龄正好一样啊！"

"那我就认输，弗洛伦蒂娜继承我的一切。"

"你跟我说过，弗洛伦蒂娜什么也不会得到，你还说过要修改遗嘱，把继承人改成你外孙。"

"我下不了手啊，乔治。轮到在文件上签字时，我怎么都下不了手。真他妈不走运——到头来偏偏是同一个王八蛋孙子继承两个家族的产业。"

阿贝尔说完从衣服内侧口袋里掏出个钱夹，在弗洛伦蒂娜的几张旧照片之间翻了翻，从中抽出一张新照片递给乔治。

"一个漂亮的小家伙。"乔治感叹道。

"当然啦！"阿贝尔说，"长得多像她妈。"

乔治大笑着问："你连这个都不认输，是吧，阿贝尔？"

"你知道他们叫他什么吗？"

"你什么意思？"乔治不解地问，"你很清楚他叫什么名字。"

"我的意思是，你知道他们平时怎么喊他吗？"

"我怎么会知道？"乔治反问道。

"查一下。"阿贝尔说，"我特想知道。"

"你让我怎么查呢？"乔治问，"他们用童车推着小家伙在金门公园散步时，让我派人尾随他们吗？"

"你肯定能想出办法，乔治。"阿贝尔说，"我说，最近有没有彼得·巴菲特的消息？"

"他对出售莱斯特银行2%股份一事又表示出了很大兴趣，对亨利参与谈判此事，我不放心。让他俩谈这笔买卖，他们对谁都可能说实话，对你却不会。也许应该我出面，用你的名义把这笔交易签下来？"

"暂时什么都别做。"阿贝尔说，"正因为我恨凯恩，肯尼迪当总统的事板上钉钉之前，我们再也不能惹一身臊了。如果最终赢家是尼克松，我就立刻买下巴菲特手里的2%，然后实施我们说好的方案。不用担心亨利——我已经不让他插手凯恩的事了。从今往后，我亲自处理这事。"

"我当然担心了。"乔治说，"在芝加哥，他欠下一半赛马场老板的钱。从今往后，无论他什么时候在纽约出现，找你要钱，我一点儿都不会觉着奇怪。"

　　"亨利不会再来了。上次见他的时候，我已经说得非常明确，如果他再来，我一分钱也不给他。如果他真的敢来要钱，他将失去董事会的席位，他唯一的财源也就没了。"

　　"让我担心的正是这个。"乔治说，"如果他走投无路，去找凯恩要钱怎么办？"

　　"根本不可能，乔治。亨利比我还恨凯恩。"

　　"你怎么那么肯定？"

　　"凯恩的母亲是亨利的第二任妻子。"阿贝尔说，"凯恩在只有16岁时就把亨利赶出了家门。"

　　"我的上帝，你怎么知道这消息的？"

　　"关于凯恩，我知道他的一切。"阿贝尔顿了一下，接着说，"为了这事，我还掌握了亨利·奥斯伯恩的一切。绝对可靠的一切的一切。我敢用我这条好腿打赌，凯恩也知道我的一切，因此，现阶段我们必须特别谨慎。而且，亨利根本没机会成为诱饵。亨利打死都不会承认，他的真名实姓是维多里奥·托格纳，他还因欺诈罪在监狱里服过刑。"

　　"亨利知道你了解这一切吗？"

　　"不知道。这个秘密我已经保守了很多年。如果意识到某人有朝一日可能对你构成威胁，就必须知道他过去的一切。从亨利建议我欺骗西部灾害保险公司那天起，我就再也没信过他。当时他还是那家公司的雇员呢。当然，我会痛痛快快地承认，过去这么多年，他帮了我很多忙。我可以非常肯定，将来他不会找我任何麻烦。所以，咱们应该忘掉亨利，鼓起信心。洛杉矶男爵饭店的最终竣工日期是什么时候？"

"9月中旬。"

"太好了。正好是选举日之前的个把星期。肯尼迪为饭店剪彩后，消息会上美国所有报纸的头版。"

§

出席完华盛顿的银行家会议，威廉返回了纽约。他看见办公桌上有个留言，内容为：请尽快跟撒迪厄斯·科汉联系。科汉的名字总会让威廉感到担忧，因为，他的名字一出现，很少意味着好消息。

威廉很久没跟科汉联络了。原因是，理查德和弗洛伦蒂娜结婚前夕，他挂断阿贝尔·罗斯诺夫斯基说了一半的电话以来，对方再也没惹过麻烦。那已经是4年前的事了。科汉按季度提交的报告几乎没有明显涉及罗斯诺夫斯基买入或卖出莱斯特银行股份的信息。尽管如此，威廉立即用专机给科汉打了个电话。律师告诉威廉，他偶然得到一份情报，他不想在电话上谈及此事。威廉请他方便时尽快到银行来。

40分钟后，撒迪厄斯·科汉来到威廉的办公室。后者耐心地倾听着前者的叙述。

科汉介绍完情况，威廉说："你父亲绝不会赞同这样的手段。"

"你父亲同样不会赞成。"科汉说，"问题是，他们从来没跟阿贝尔·罗斯诺夫斯基这样的人打过交道。"

"你有什么理由认为计划一定会成功？"

"看看谢尔曼·亚当斯一案，那个案子涉及的饭店住宿金额仅为1642美元，外加一件骆马绒大衣。这事已经闹得总统班子下不来台，因为亚当斯的身份是总统助理。而我们知道，罗斯诺夫斯基做的事远远超过这些。所以，把他扳倒应该容易得多。"

"我需要付出什么代价？"

"最多2万5，也许我还能以小一点儿的代价办成这事。"

"你怎么保证罗斯诺夫斯基猜不出我参与了此事？"

"我去找一个根本没听说过你的第三者具体操作这事。"

"假如结果证明你的情报准确无误，得手以后，下一步我们用它做什么？"

"我们把详细情况报告给约翰·肯尼迪参议员的办公室，同时把消息披露给报界。这样一来，即可彻底灭掉阿贝尔·罗斯诺夫斯基的野心。一旦他的声誉被搞臭，他的力量就不足为虑了。他会认识到，即使他掌控了8%的银行股份，也不可能援引莱斯特银行法规附加条款中的'第七条'了。"

"这事也许能成，可必须肯尼迪当选总统才行。"威廉说，"但是，如果尼克松赢了呢？他在民调中领先一大截呢！你能想象美国把一个罗马天主教徒送进白宫以后的情景吗？"

"谁知道呢？"科汉顿了一下，"如果真成了那样，你只要投入2万5，就能完全彻底葬送罗斯诺夫斯基。"

"但愿肯尼迪能当上总统……"

科汉没说话，仅仅点了点头。

威廉拉开办公桌的抽屉，从抽屉里拿出一本印有"私人账号"的大支票簿，在第一页写下了贰、伍、零、零、零5个字。这是他生平第一次希望民主党人入主白宫。

阿贝尔曾经预言，美国所有报纸的头版都会刊登肯尼迪为洛杉矶男爵饭店剪彩的消息。事实证明，他有点儿乐观过头。因为，第二天晚上，肯尼迪和尼克松面对面的辩论将要通过电视进行实况转播，而且，肯尼迪当天在洛杉矶参加的活动多达十数项。不管怎么说，为饭店剪彩的消息确实成了受到高度关注的消息。弗兰克·霍根再次私下向阿贝尔保证，肯尼迪始终没忘另外那件小事。

肯尼迪在发言中对芝加哥男爵赞誉有加。阿贝尔倾听肯尼迪讲话时，他的目光四下里逡巡着。然而，听众中没有女儿的身影。

53

伊利诺斯州的计票结果经反复验证，约翰·肯尼迪当选美国第35任总统差不多已成定局。在时报广场民主党总部庆祝会上，阿贝尔举杯为戴利市长祝酒。直到第二天早上5点钟，阿贝尔才回到家。

"他妈的，我遇到了许多喜庆事。"阿贝尔对乔治说，"我将成为下一任……"话还没来得及说完，阿贝尔就睡着了。乔治笑了笑，将阿贝尔安顿到床上。

§

威廉在六十八街东路自家的书房里平静地看着电视上公布的选举结果。伊利诺斯州的计票结果公布后，著名电视新闻主持人沃尔特·克朗凯特宣布，除了选民们的喧嚣，最终结果已成定局。威廉当即拿起电话听筒，拨通了撒迪厄斯·科汉家的号码。

"看来这2万5已经被证明是一笔明智的投资，撒迪厄斯。我们绝不能让罗斯诺夫斯基先生再次度蜜月了。我们采取行动的最佳时机应该在他启程前往土耳其时。"

说完上述一番话，威廉放下电话听筒，返回寝室睡觉了。让他感到失望的是，理查德·尼克松未能击败肯尼迪，因而他的远房兄弟小亨利·卡伯特·洛奇未能当上副总统。不过，想想也是，对他们来说，眼下的政治风向的确流年不利……

§

阿贝尔收到一份请柬，应邀出席肯尼迪总统就职当天在华盛顿特区某地点举行的某场晚会。他只想跟一个人分享这份殊荣。他把想法对乔治说了，乔治却说，除非妥善解决他和理查德父亲之间的宿怨，否则，弗洛伦蒂娜绝不会陪他出席晚会。最后，阿贝尔只好认输，孤身前往。

阿贝尔推迟了前往欧洲和中东的计划，他不能错过华盛顿的总统就职典礼，而伊斯坦布尔男爵饭店的开业仪式随时都可以重新安排。

为参加总统就职活动，阿贝尔专门定做了一身样式保守的深蓝色西装。参加活动当天，他住进了华盛顿男爵饭店以戴维斯·勒鲁瓦命名的套房。他亲眼见证了年轻的总统发表就职演说，演说洋溢着对未来的希望和保证。

"出生于本世纪的新生代美国人，"——阿贝尔刚好属于这一代——"经过战争的洗礼，"——阿贝尔理所当然具备这一资

格——"在困难和痛苦的和平环境中经受过历练。"——阿贝尔更
具备这一资格。"不要问国家能为你做什么，应当问问你能为国家
做点儿什么。"

全场听众面对一个人同时起立，纷纷扬扬的雪花丝毫没有影响
约翰·肯尼迪精彩的演说。

阿贝尔兴高采烈地回到饭店，首先冲了个澡，然后换上白色的
领结和一身白色的燕尾服。这身行头是专门为今天的晚宴准备的。
阿贝尔照着镜子，看着自己浑圆的身段，不得不承认，在附庸时装
风雅方面，他根本不入流。他的裁缝已经尽了最大努力（过去5年
来，他不得不为阿贝尔缝制3套晚礼服，一套比一套更肥大）。如果
弗洛伦蒂娜在身边，多长这几寸腰围，阿贝尔准会遭到谴责。看在
弗洛伦蒂娜的面上，阿贝尔肯定会采取一些措施。为什么他的头脑
里总会浮现弗洛伦蒂娜？阿贝尔依次看了看自己的勋章和勋条：首
先是波兰退伍军人纪念章，然后是他在沙漠地区和欧洲大陆做贡献
得到的勋条，另外还有几枚刀叉纪念章——阿贝尔自己这样称呼它
们，因为它们褒奖的是他在伙食方面做出的特殊贡献。

当晚，总统就职典礼舞会分别在华盛顿7个地点同步举行。阿贝
尔出席的是当地驻军所在地的舞会。那里有专门为纽约和芝加哥地
区波兰裔民主党人划出的小区，阿贝尔在桌子旁边就座。美籍波兰
人有许多东西值得庆祝：埃德蒙德·马斯基进了参议院，另有10位
波兰裔民主党人当选国会议员。没有人提到刚刚当选国会议员的两
位波兰裔共和党人。阿贝尔与几位美籍波兰人联合会创始人交谈甚
欢，他们一直沉浸在幸福的回忆中。那些人都问到了弗洛伦蒂娜。

突然，所有在场的人都站了起来，人们发出欢呼声和叫喊声。
阿贝尔也跟着站起来，这时他才明白引起这阵骚动的原因。原来，

肯尼迪和迷人的夫人来到了现场。他们在现场停留了大约15分钟，跟一些精心挑选的客人闲聊了一会儿，然后继续前往其他地方赶场。尽管阿贝尔离开了座位，甚至刻意站到总统必经的通道旁，却未能跟肯尼迪搭上话。不过，跟在总统班子后边离场的弗兰克·霍根看见了他。

霍根说："罗斯诺夫斯基先生，真是幸会。"

阿贝尔特别想对小伙子解释，他的一切都是通过努力得到的，跟幸运无关。不过，眼下时间和地点都不允许他说这种话。霍根一把抓住阿贝尔的胳膊，迅速将他拉到一根巨大的大理石立柱后边。

"现在我没工夫多说，罗斯诺夫斯基先生，我必须紧跟总统。不过我可以告诉你，不久的将来，你会接到我们的人打给你的电话。毫无疑问的是，届时总统会宣布一大批任命。"

"这毫无疑问。"阿贝尔说。

"可以预期的是，"霍根接着说，"你的要求3月底或4月初全都会得到确认。请允许我第一个向你道贺，罗斯诺夫斯基先生。我充分相信你为总统服务会干得非常出色。"

阿贝尔目送霍根离开舞会现场，后者一路小跑向肯尼迪那班人马追过去，许多人已经在一长溜敞开门的高级轿车里就座。

阿贝尔回到桌子旁边，重新入了座。他准备解决掉一块硬邦邦的牛排——他绝不允许这样的东西出现在任何一家男爵饭店里。一个波兰朋友对他说："你看起来春风得意啊，是不是肯尼迪邀请你当国务卿啦？"

周围的人一起放声大笑起来。

"还没有。"阿贝尔说，然后压低声音补充了一句，"不过国务卿倒是有可能成为我的顶头上司。"

第二天上午，乘飞机返回纽约前，阿贝尔首先到华盛顿的国家大教堂拜谒了波兰圣女琴斯托霍娃的圣殿。这让阿贝尔想起了两位弗洛伦蒂娜。

华盛顿国内机场一派混乱，导致阿贝尔比原计划晚3个小时到达纽约男爵饭店。和乔治一起进晚餐时，阿贝尔要了一瓶大号的唐·培里侬香槟王。乔治因而猜测，阿贝尔这趟华盛顿之行肯定大有斩获。

"今晚咱们庆贺一下。"阿贝尔说，"我在舞会上见到了霍根，对我的任命几周内将得到确认。大概在我从中东回来后不久，官方会正式宣布消息。"

"祝贺你，阿贝尔。我认为你最当之无愧。"

"谢谢你，乔治。我向你保证，你应得的奖赏也为期不远了。一旦对我的任命得到官方证实，我不在国内期间，会任命你为男爵集团执行总裁。"

乔治又喝掉一杯香槟。至此，两人已经喝掉了半瓶酒。

"你估计这次要离开多长时间，阿贝尔？"

"3个星期足够了。我想先去看一下，那帮中东人会不会在背后揩我的油水，然后再去土耳其为伊斯坦布尔男爵饭店剪彩。我觉得，中途我还得去一下伦敦和巴黎两地。"

乔治再次为阿贝尔斟满了一杯香槟。

§

阿贝尔在英国比原计划多停留了3天。与伦敦男爵饭店经理一起分析饭店存在的问题时，对方不停地抱怨英国的行业工会将一切都搞砸了。阿贝尔经营失败的例子屈指可数，伦敦男爵饭店成了其中之一。阿贝尔始终没弄明白，伦敦男爵饭店为什么一直处于亏损状态。其实，阿贝尔可以将其一关了事，不过，男爵集团必须在英国首都占有一席之地，即使这个饭店成为集团的亏损大户，也必须咬牙坚持。阿贝尔再次解雇了饭店经理，任命了一位新经理，然后乘飞机直奔巴黎而去。

和伦敦的情况相比，法国首都的情况正好形成极为鲜明的对比。坐落在拉斯培尔大道的巴黎男爵饭店是整个集团最成功的饭店之一。正如父亲们都不愿意承认自己偏爱某个孩子，有一次，阿贝尔很不情愿地向弗洛伦蒂娜承认，他确实偏爱巴黎男爵饭店。阿贝尔认为，巴黎男爵饭店的一切都符合他的期望，因此他仅仅停留两天，便乘飞机前往中东了。

目前，阿贝尔在波斯湾的5个海湾国家拥有地块。不过，唯有沙特阿拉伯首都利雅得的男爵饭店已经破土动工。如果阿贝尔依然年轻，他肯定会在中东地区待上几年，亲手把这里的事情弄出个眉目。如今的阿贝尔既无法忍受这里的风沙，也无法忍受这里的炎热，更无法忍受需要冒风险才能弄到高纯度威士忌——售酒人有被逮捕的风险。阿贝尔将这里的一切托付给手下一位年轻的副总裁，然后乘飞机赶赴土耳其了。

过去几年，阿贝尔曾经数度亲自到土耳其视察伊斯坦布尔男爵饭店的建设进程。对阿贝尔来说，伊斯坦布尔永远是与众不同的城市，它是深藏在阿贝尔记忆中的一座古城。为这个国家的男爵饭店剪彩，是他一直以来的期盼。他前往美国开辟新生活，正是从这里扬帆起航的。

阿贝尔来到总统套间，打开箱子，正要往外掏东西，无意间发现屋里已经摆放了15份请柬，各邀请方正在等候他回复能否前往。每家新饭店举办开业典礼前，阿贝尔总会遇到一种不成文的规矩，总会意外地收到许多请柬，总会有一大群不速之客希望他应邀出席开业仪式和晚会——他们以发请柬的方式表示自己的存在。然而，这次情况有所不同，其中两份邀请尽管出乎阿贝尔的意料，却是他求之不得的。两位邀请人显然不能被当作不速之客，因为，他们分别是美国驻土耳其大使和英国驻土耳其大使。阿贝尔已经40年没走进建筑风格古朴的英国总领馆，这个邀请他尤其不能拒绝。

那天晚上，阿贝尔应女王陛下驻土耳其大使伯纳德·巴罗斯爵士邀请，与其共进晚餐。出乎阿贝尔意料的是，他的座位被安排在大使夫人右侧，过去他从未享受过如此殊荣。英国人仍然保留着奇怪的传统，晚餐过后，男士们留下来吸烟，品尝葡萄酒、白兰地，女士们则离开了餐厅。

阿贝尔应邀和美国大使弗莱彻·沃伦一起来到伯纳德爵士的书房。伯纳德爵士此举是为了向沃伦表示歉意，因为他先于美国大使邀请到了芝加哥男爵共进晚餐。

沃伦点燃一支古巴大雪茄，说："英国人认为自己是高于他人的种族，而且总会想尽一切办法显摆。"

"我对美国人倒有句公道话，"伯纳德爵士说，"美国人就是煮熟的鸭子，输了还嘴硬。"

听着两位外交家你一言我一语互相开玩笑，阿贝尔不明白，他为什么被邀请加入两位大使之间的谈话。伯纳德爵士递给阿贝尔一杯上等葡萄酒，沃伦面对阿贝尔举起酒杯。

沃伦说："为阿贝尔·罗斯诺夫斯基。"

伯纳德爵士也举起酒杯，说："据我所知，我们应当举杯庆贺一番才是。”

阿贝尔脸上泛起一片潮红，他赶紧转向沃伦，希望后者能拨开这团迷雾。

“噢，是不是我不该泄露消息，弗莱彻？”伯纳德爵士转向美国大使，“可你跟我说过，这项任命早已是众所周知的常识了，老伙计。”

“是众所周知了。”沃伦说，“正因为你们英国人不会保守秘密才如此。”

“这就是你们那帮鬼家伙过了那么久才发现我们正在跟德国打仗的原因吧？”伯纳德爵士挖苦说。

“末了，又冲过来抢夺你们的胜利果实，对吧？”

“应该再加上一条，抢夺荣誉。”伯纳德爵士说。

听到这句话，美国大使开怀大笑起来，接着说：“我已经接到通知，正式任命数天内就会公布。”

这时，两位大使同时转向阿贝尔，后者仍然没开口。

“好吧，请允许我成为第一个向你道贺的人，阁下。”伯纳德爵士说，“祝你在新职位上万事如意。”

听见别人称呼自己“阁下”，又一阵潮红涌上阿贝尔的面颊。过去几个月，每次刮胡子，阿贝尔总是对着镜子悄悄念叨这两个字。“必须习惯别人称呼你‘阁下’，你知道。”英国大使接着说，“还有许多更糟糕的事呢，特别是官场上的活动，他妈的没白天没黑夜，一个接一个。如果你本来就胖，任期结束时，如今这点体重根本算不上什么。你得感谢‘冷战’，它让东欧集团国家的食物实在难以下咽，说不定你任期结束时还能减轻体重呢！”

美国大使笑着说：“干得漂亮，阿贝尔，请允许我对你的一系列成功致以衷心的祝贺。你最后一次去波兰是什么时候？"

"我只回去过一次。几年前回去看过一眼。"阿贝尔说，"从那往后我一直盼着回去呢！"

"好啊，现在你可以荣归故里了。"沃伦说，"你熟悉我们驻波兰使馆的情况吗？"

"不，不熟悉。"阿贝尔承认。

"位置相当不错。"伯纳德爵士说，"记得吗，你们这些殖民地的人二战结束前在欧洲根本没有立足之地。那边的伙食实在差得要命，我希望你能改变这一局面，罗斯诺夫斯基先生。唯一的解决方案是，在华沙开一家男爵饭店。这是你的国人对移居海外的人最起码的要求。"

坐在椅子上的阿贝尔已然进入恍惚的幸福状态，虽然伯纳德爵士的玩笑其实并不好笑，阿贝尔依然尽情地享受着，欢笑着。他意识到，喝进肚子的葡萄酒大大超过了他平时的酒量，这让他感到浑身舒畅，世界无限美好。既然很快会正式宣布任命，阿贝尔真恨不得立即把这消息告诉弗洛伦蒂娜。弗洛伦蒂娜肯定会为他感到特别骄傲。阿贝尔当场做出决定，到达纽约后，他要马不停蹄接着飞往旧金山，和弗洛伦蒂娜言归于好。他早就想这样做了，如今他终于有了好借口。无论如何，他得学会容忍那个凯恩小子，还必须记住，今后再也不能把他称作凯恩小子了。他叫什么来着——是理查德吗？对，就是理查德。做出这一决定后，阿贝尔顿时感到浑身一阵轻松。

3个男人一起返回了女士们所在的宴会厅，阿贝尔对东道主说："我该回去了，阁下。"

"是回男爵饭店吧。"伯纳德爵士说，"请允许我送你上车，亲爱的伙计。"

阿贝尔在门口向大使夫人道晚安时，夫人笑着说："我明白我不该知道，罗斯诺夫斯基先生。但我衷心祝贺对你的任命。作为国家最高代表派驻到你的出生地，你一定会感到特别骄傲。"

"的确如此。"阿贝尔回答。

伯纳德爵士陪同阿贝尔沿着大理石台阶逐级下行，往等候的汽车走去。司机为阿贝尔拉开了车门。

"晚安，罗斯诺夫斯基。"伯纳德爵士说，"祝你在华沙走运。还有，希望你喜欢在英国领馆的第一餐。"

"实际上，我曾经有幸多次在这里进餐，伯纳德爵士。"

"以前你来过这里，老伙计？我们查看来宾登记时，一直没看见你的名字。"

"当然没有。"阿贝尔说，"大多数时候我是在厨房跟厨师一起吃饭。我想，你们不至于在厨房也搞个来宾登记吧。"

说完，阿贝尔笑着钻进汽车，在后排座位上落了座。看得出来，伯纳德爵士真的不知道应否相信阿贝尔刚刚说的话。

返回男爵饭店的途中，阿贝尔一直用手指敲击着侧窗玻璃，嘴里还不停地哼着小曲。阿贝尔特别希望第二天一早启程赶回美国。不过，他说什么也不能取消弗莱彻·沃伦第二天在美国领馆为他摆下的晚宴。他几乎可以听见伯纳德爵士挖苦人的说法：老伙计，未来的大使怎么可能做出这种不辞而别的事呢！

与美国大使共进晚餐也是一场皆大欢喜。在场的客人们坚持让阿贝尔解释，当年他为什么在英国领馆的厨房里进餐。听着阿贝尔的讲述，在场的人个个面露诧异和敬佩。阿贝尔无法确定，他们当中有多少人相信他几乎失去一只手的经历，不过，大家都特别欣赏他的银饰，而且，当晚所有人都尊称他为"阁下"。

54

第二天，阿贝尔一早就起床了，他迫不及待要返回美国。

DC-8型飞机首先飞到南斯拉夫首都贝尔格莱德，在地面停留了16小时。阿贝尔被告知，飞机起落架出了点儿毛病。坐在候机厅等候期间，伴着难以下咽的南斯拉夫风味咖啡，阿贝尔找了几份英文刊物阅读，英国驻伊斯坦布尔领馆和共产党国家快餐吧台之间巨大的反差并没有让阿贝尔觉得反常。终于，DC-8型飞机再次起飞了。不过，在荷兰首都阿姆斯特丹，航班又一次延误了。这一次，乘客们被要求换乘另一架飞机。

飞机终于抵达纽约艾德华德机场时，阿贝尔这趟飞行差不多用了36个钟头，他已经精疲力竭，几乎迈不动腿了。他刚刚跨过海关出口，记者们便蜂拥着将他围在中间，照相机的闪光灯和快门声一直没停。阿贝尔立即换上一副笑脸，脑子里转悠的念头是，肯定是任命已经宣布，消息得到了官方证实。他尽量挺直腰板，放缓脚步，摆出一副威严的样子，竭力掩饰着跛腿。摄影记者们顾不上体面，推推搡搡地争着抢着为他拍照。乔治却不见踪影。

这时，阿贝尔看见了站在记者群外缘的乔治。从乔治的表情看，他根本不像在欢迎凯旋的朋友，反倒像在出席葬礼！阿贝尔刚走出栅栏，非但没人问他成为美国驻华沙大使的第一位波兰裔美国人有何感受，反倒有个记者对他喊："你对那些指控作何答复？"

闪光灯还在闪烁，提问潮水般涌来。

"这些指控是真的吗，罗斯诺夫斯基先生？"

"你到底付给奥斯伯恩议员多少钱？"

"你否认这些指控吗？"

"你回美国是为了出庭受审吗？"

阿贝尔扯着嗓子对乔治喊："快帮我出去！"

乔治挤进人群，好不容易才挤到阿贝尔身边，然后，他倒退着挤出人群，把阿贝尔推进停在一旁的卡迪拉克轿车里。阿贝尔双手掩面，低垂着头，镁光灯泡的闪烁仍然在继续。乔治对司机大喊："赶紧开车！"

"去男爵饭店吗，诺瓦克先生？"

"不。去五十七街东路罗斯诺夫斯基小姐的公寓楼。"

"为什么？"阿贝尔不解地问。

"因为新闻界的人一直在男爵饭店周围到处游荡。"

"我真不明白，"阿贝尔说，"在伊斯坦布尔，他们完全把我当作候任大使对待；回到家里，我却发觉自己是个罪犯。这到底是怎么回事，乔治？"

"你是想从我嘴里知道一切呢，还是等你的律师跟你说？"乔治问。

"我的律师？难道你已经请人做我的代言人啦？"阿贝尔问。

"请了特拉福德·吉尔克斯。最好的律师。"

"也是最贵的。"

"我没想到这种时候你会在乎钱，阿贝尔。"

"你是对的，乔治。对不起。律师现在在哪儿？"

"我跟他在法院分的手。他说那边的事一办完，就到公寓来。"

"我不能再等下去了，乔治。看在上帝的分上，告诉我这究竟是怎么回事。"

乔治重重地叹了口气，说："签发了逮捕你的命令。"

"什么罪名？"

"向政府官员行贿。"

"可我这辈子从未干过向政府官员行贿的事啊！"阿贝尔抗议道。

"这我知道，可亨利·奥斯伯恩干过。咱们不知道他当时是怎么干的，如今他却说，都是以你的名义，或者受你之托，他才那么干的。"

"噢，我的天！"阿贝尔叹道，"我一开始就不该雇用这个人。对凯恩的共同仇恨让我瞎了眼。可我仍然难以相信亨利会抖落出任何东西，因为，这样做会把他也卷进去。"

"可亨利消失了。"乔治说，"最令人惊讶的是，他的债务突然间神秘地全都偿清了。"

阿贝尔斩钉截铁地说："威廉·凯恩干的。"

"我们没发现任何他卷进这事的证据。"乔治说。

"详细情况官方是怎么知道的？"

乔治说："好像有人直接将一个装文件的大包裹匿名寄给了华盛顿的司法部。"

"邮戳无疑是纽约喽。"阿贝尔说。

"不。是芝加哥。"

阿贝尔沉默了几分钟。"送材料的不可能是亨利。"他终于开口说，"这么做毫无道理。"

"你怎么这么肯定？"

"因为你刚才说，他的债务全都偿清了，而司法部是不可能付这笔钱的，除非他们认定，这笔钱可以换来将黑帮老大艾尔·卡彭捉拿归案。亨利肯定把这些文件卖给了别的什么人。那人是谁呢？有件事可以肯定，他绝对不可能把手里的任何情报直接交给凯恩。"

乔治不解地问："直接不直接有区别吗？"

"当然有。"阿贝尔说，"也许他不是直接卖的。假设凯恩事先知道亨利负债累累，赛马场那些人又不断地威胁他；凯恩完全可以找个中间人替他办理所有这些事。"

"也许你说得不错，阿贝尔。可以肯定的是，要想打听亨利的负债程度，根本用不着雇什么顶级侦探，随便找个芝加哥酒吧就能问个一清二楚。不过，你也别这么快下结论。咱们还是先听听律师怎么说吧。"

卡迪拉克轿车在弗洛伦蒂娜住过的公寓楼门口停下。阿贝尔仍然没卖掉这套公寓，因为他一直希望有朝一日女儿会回来。特拉福德·吉尔克斯已经在门厅等候。他们进屋，入座，然后乔治为阿贝尔斟了满满一大杯威士忌。阿贝尔接过杯子，一口气把酒喝了下去，又把空杯子递给乔治。乔治为他重新斟了一满杯酒。

"把最坏能坏到什么程度告诉我，吉尔克斯先生。"阿贝尔说，"不要有任何顾虑。"

"实在抱歉，罗斯诺夫斯基先生。"律师说，"诺瓦克先生对我说了华沙的事。"

"那件事已经成了过去，我们没必要再提'阁下'一事了。可以肯定的是，如果我向弗兰克·霍根打听此事，他可能连我的名字都不记得了。说吧，吉尔克斯先生，现在我面临着什么局面？"

"你被指控在14个州17次向政府官员行贿和拉他们下水。我已经与司法部的人达成了临时协议，明天上午他们到公寓来逮捕你，他们保证你可以得到保释。"

"很默契嘛。"阿贝尔说，"但是，如果他们能证实那些指控呢？"

"噢，我认为，他们应该能证实某些指控。"特拉福德·吉尔克斯一本正经地说，"可是，只要亨利·奥斯伯恩不露面，他们很难证实大部分针对你的指控。我觉得，罗斯诺夫斯基先生，不论最终是否给你定罪，事实上，损害已经形成。"

"这一点我再清楚不过了。"说着，阿贝尔瞥了一眼《每日新闻》，报纸第一版有一张他的照片。他接着说："他妈的什么人从亨利·奥斯伯恩那里买走了那些文件，吉尔克斯先生，你去给我查出来。需要派多少人，你只管往外派，我不在乎花钱。你必须给我查出来，越快越好。因为，如果真是威廉干的，我就要跟他彻底了断。"

"现在你不能再惹什么新麻烦了，罗斯诺夫斯基先生。"特拉福德·吉尔克斯说，"你已经到了自顾不暇的地步。"

"这你不必担心。"阿贝尔说，"一旦解决了凯恩，法院这边爱怎么解决怎么解决。"

"现在你仔细听我说，罗斯诺夫斯基先生。你必须暂时忘掉威廉·凯恩，为即将到来的审讯做准备。除非你不在乎进监狱蹲上10年。今晚我们没什么事可做。我已经派出好几个人打探亨利·奥斯伯恩的下落。我还要向新闻界发表一份简短的声明，否认对你的所有指控，声称我们有合理的解释，可以证明你完全是无辜的。"

"真的吗？"乔治满怀希望地问。

"不是。"吉尔克斯说，"只不过，这么做能让我争取到必要的时间，为辩护做些准备。与此同时，罗斯诺夫斯基先生必须把涉案官员的名单和材料从头到尾看一遍，上面都是你行贿的对象。

如果你从未跟名单上的任何人直接打过交道，我一点儿都不觉着奇怪。奥斯伯恩做代理人期间，很可能从未向受贿人提到过受托于罗斯诺夫斯基先生。我要做的是，想办法证实集团董事奥斯伯恩一向越权行事。我必须提醒你，罗斯诺夫斯基先生，如果你跟名单上的某个人确实见过面，看在上帝的分上，一定得告诉我。这是因为，司法部肯定会让他们作为证人出庭对质。就眼下来说，今晚你先好好睡一觉。你肯定已经精疲力竭了。明儿一早我来找你。"

§

第二天上午，8点30分，阿贝尔在女儿的公寓里遭到美国地方执法官逮捕，随后，他被带到纽约南区联邦地方法院。前往法院的途中，阿贝尔注意到，商店橱窗里满是色彩绚丽的情人节饰品，因而他的孤独感更加沉重。吉尔克斯原以为，他的安排非常隐秘，新闻界不可能知道他们什么时候前往法院。可是，抵达法院门口时，阿贝尔再次被摄影记者和文字记者围了个水泄不通。乔治在前边开路，吉尔克斯在后边保护，阿贝尔才得以避开记者们连珠炮似的提问。等候开庭期间，他们一言不发地坐在走廊的椅子上。

开庭前的等候长达数小时，最后，终于轮到了他们。整个起诉过程仅仅持续了数分钟，有如戏剧里的反高潮，让人觉得很怪异。书记员逐条宣读了所有17项指控，特拉福德·吉尔克斯代表委托人对每项指控均回答"无罪"。然后，吉尔克斯提出了保释请求。正如事先协商好的，政府方面对此没有提出异议。吉尔克斯请求普雷斯科特法官至少宽限3个月，以便他准备辩护词。法官将审判时间定在了5月17日。

阿贝尔又自由了。自由意味着面对新闻界，面对更多尖锐的提问和更多镁光灯的闪烁。司机已经把汽车开到法院门口的台阶跟前，后门已经打开，发动机一直没停。司机必须运用过人的技巧，才得以避开前赴后继挖消息的记者们。汽车在五十七街东路停稳后，阿贝尔转向乔治，将一只胳膊搭在乔治的肩膀上。

"听我说，乔治，在我准备辩护词期间，你得独立肩负集团的运营。但愿这段时间过去以后，这种局面不至于延续下去。"说完，阿贝尔勉强做出一副笑容。

乔治说："当然不至于，阿贝尔。你放心，吉尔克斯先生会让你摆脱困境。你得满怀信心去面对。"说完，乔治目送阿贝尔和律师走进大楼。

"如果没有乔治，我真不知道该怎么办。"说着，阿贝尔在弗洛伦蒂娜的起居室里找了个座位坐下。接着，他对吉尔克斯说："40年前，我们乘同一条船来到美国。从那往后，我们一起克服了他妈的太多的困难。现在看来，我们面前还有更多困难需要对付。咱们开始工作吧，吉尔克斯先生。有亨利·奥斯伯恩的消息吗？"

"没有。我已经派出6个人寻找他的下落。按我的理解，司法部至少也派出了6个人。因而可以断定，迟早有一方会首先找到他。问题是，我们不能让对方首先找到他。"

"买下奥斯伯恩那些文件的人找到没有？"阿贝尔问。

"我在芝加哥有一些信得过的人，我已经详细指示他们一追到底。"

"好。"阿贝尔说，"那咱们就花点儿时间，把你昨晚留给我的文件里的名字过一遍吧。"

吉尔克斯将原告的起诉书念了一遍，随后把所有指控逐项分析了一遍。在整个过程中，阿贝尔做了笔记。

§

　　经过将近3个星期的不断接触，吉尔克斯最终认定，阿贝尔需要提供的事实已经无一遗漏。3个星期以来，无论是吉尔克斯的人还是司法部的人，谁都没找到亨利·奥斯伯恩的踪迹。追查亨利究竟把情报卖给了什么人也没取得任何突破。吉尔克斯甚至开始怀疑，阿贝尔的猜测也许有误。此外，至今尚未找到威廉·凯恩直接卷入此事的蛛丝马迹。

　　随着开庭日期日渐临近，阿贝尔不得不面对被关进监狱这一现实。此时他已是54岁的人了，让他不寒而栗的是，他的余生真有可能像他出生不久那些年一样度过了。正如特拉福德·吉尔克斯指出的，只要政府方面认为此案可以成立，奥斯伯恩文件中的证据已经足够把阿贝尔关进监狱很长时间。如何向有关人员递红包，如何派送不起眼的贿款，吉尔克斯的材料里有着令人作呕的精确描述。阿贝尔认为，如果世界上没有这些事，任何一家新兴企业都不大可能取得长足发展。阿贝尔痛苦地回想起多年前那个年轻的威廉·凯恩，他面无表情地坐在波士顿的办公室里，屁股底下是厚厚一摞继承来的钞票，他们家族令人发指的发迹史早已被后几代人的好名声洗白了。

　　在阿贝尔的万般不幸中，突然有一缕阳光乍现：弗洛伦蒂娜寄来一封充满感情的信，她说她仍然热爱和尊敬爸爸，并且相信他是无辜的，信里还夹寄了好几张她儿子的照片。

　　原定开庭之日3天前，司法部的人在新奥尔良找到了亨利·奥斯伯恩。由于欠下好几笔赌债未还，他被人打断了双腿，随后进了一家地方医院，不然的话，司法部根本不可能找到他。新奥尔良人最恨奥斯伯恩这样的人。医院为亨利的两条腿打了石膏，司法部的人便把他带上了东部航空公司飞往纽约的航班。

第二天，亨利·奥斯伯恩因为阴谋诈骗受到起诉，法院驳回了他的保释请求。特拉福德·吉尔克斯向法院提出请求，当庭向亨利提问，并得到了准许。不过，经过长达一小时的提问，吉尔克斯几乎没得到任何有用的信息。显而易见，奥斯伯恩已经和政府方面达成某种协议，为减少对他的指控，他会作为政府方面的证人指控阿贝尔。

律师讥讽地说："奥斯伯恩先生毫无疑问会发现，对他的指控之宽宏大量，大大出乎他的意料。"

"这正是他的如意算盘，"阿贝尔说，"我承担罪名，他得以逃脱。看来我们永远也无法查出他把文件卖给了什么人。"

"不对，在这一问题上，他倒是很健谈。他向我保证不是威廉·凯恩。无论凯恩出多高的价，他也绝不会把文件卖给凯恩。一位名叫哈里·史密斯的芝加哥人用25000美元买走了奥斯伯恩的证据。不可思议的是，哈里·史密斯实际上是个化名。芝加哥有数十个名叫哈里·史密斯的人，没有一个人符合他说的那些特征。"

"把那人找出来。"阿贝尔说，"一定要在开庭以前把那人找出来。"

"我们已经马不停蹄地在寻找了。"吉尔克斯说，"如果此人仍在芝加哥，我们肯定能找到他。奥斯伯恩还说，这个所谓的史密斯曾经向他保证，他买这些文件只是为了私下使用，无意向任何官方的人披露文件内容。"

"那么，这个人要这些文件的动机是什么？"阿贝尔问。

"按常理推断，应当是敲诈。所以奥斯伯恩躲了起来，他完全是为了躲避你。如果你往这方面想想，罗斯诺夫斯基先生，他说的很可能是实情。总而言之，披露这些文件的内容对他自己也极为不利。当他听说这些文件到了司法部，他肯定像你一样感到震惊。难怪他一直藏匿不出，被逮住以后，他就决定站在政府一边指控你。"

"知道吗，"阿贝尔说，"我雇用此人的唯一原因正是他像我一样仇恨威廉·凯恩。如今反倒让凯恩占了便宜。"

吉尔克斯说："没有任何证据表明凯恩先生参与了此事。"

阿贝尔说："我根本不需要证据。"

§

因为公诉方请求，开庭日期再次推迟。公诉方的理由是，他们需要更多时间与亨利·奥斯伯恩澄清事实。如今，亨利成了公诉方的主要证人。特拉福德·吉尔克斯强烈反对法院的做法，他声称，他的委托人已经不再年轻，由于诬告的压力，其健康状况日益恶化。普雷斯科特法官没有理睬吉尔克斯的抗议，他按照公诉方的请求将开庭日期顺延了4个星期。

对阿贝尔来说，这28天是一小时一小时数着时间挨过来的。开庭两天前，阿贝尔终于服输了，他只能接受指控和被判长期监禁。这时，特拉福德·吉尔克斯的人在芝加哥找到了那个化名哈里·史密斯的家伙，原来他是当地的私人侦探，秘密受托于纽约的一家律师事务所，因此使用了化名。吉尔克斯又破费了1000块钱，外加24

小时等待，终于促使哈里·史密斯说出，隐藏在背后的委托人是纽约的科汉父子和亚伯龙律师事务所。

"撒迪厄斯·科汉是凯恩的私人律师，过去他们在哈佛大学是同学。"阿贝尔顿了一下，接着说，"很久以前，我从凯恩的银行买下饭店集团时，其中一些法律文件是一个名叫汤马斯·科汉的人准备的。不知为什么，当时凯恩的银行雇用两家事务所的律师办理移交手续。"

"那么，你需要我在这方面做些什么？"乔治插进来问。

"什么也别做。"特拉福德·吉尔克斯毫不客气地打断了他们，"开庭之前，我们不能再惹任何麻烦。这一点你明白吗，罗斯诺夫斯基先生？"

"对。"阿贝尔说，"审判结束以后我再来对付凯恩。现在，吉尔克斯先生，你听我说，仔仔细细听我说，你必须立刻去见奥斯伯恩，对他说，哈里·史密斯直接把文件转交给了威廉·凯恩，凯恩用文件对我们两人进行报复，你要特别强调'我们两人'。我敢保证，奥斯伯恩听说这件事以后，无论他和司法部有过什么默契，到证人席上，他绝不会再说一个字。亨利·奥斯伯恩可能是世界上比我更憎恨凯恩的活人。"

"如果这是你的指示，"吉尔克斯说，显然他心里并不认同阿贝尔的说法，"我照办就是。不过，我必须严肃地提醒你，罗斯诺夫斯基先生，奥斯伯恩一直把所有责任毫不留情地推在你身上，到目前为止，他没有向咱们方面提供任何帮助。"

"在这件事上，你应该相信我的话，吉尔克斯先生。只要他听说凯恩卷进这件事，他的态度立刻会发生变化。"

当天晚上，特拉福德·吉尔克斯获准在羁押亨利·奥斯伯恩的小房间里跟后者交谈了10分钟。奥斯伯恩静静地倾听着吉尔克斯的讲述，始终一言未发。在吉尔克斯看来，他的消息在亨利身上没起任何作用。吉尔克斯因而决定，第二天上午再把结果告诉阿贝尔，他希望自己的委托人在第二天开庭以前好好睡一觉。

开庭4个小时前，为亨利·奥斯伯恩送早餐的卫兵发现，亨利已经吊死在羁押他的小房间里。

他使用的工具是哈佛领带。

§

法院如期开庭。在政府方面失去明星证人的情况下，公诉方律师再次请求法官将审判日期向后推迟。特拉福德·吉尔克斯则就他的委托人的健康状况进行了一次充满感情的陈述。听完陈述，普雷斯科特法官驳回了政府方面的请求。

美国公众通过电视和报纸关注着芝加哥男爵案的详细审理过程。让阿贝尔极为沮丧的是，扎菲娅居然坐在旁听席第一排，每当阿贝尔做痛苦状，扎菲娅就显得幸灾乐祸。法庭辩论进入第九天时，公诉方认识到，他们的论据并不充分，因而他们首先提出进行庭外调解。在一次休庭过程中，吉尔克斯向阿贝尔说明了对方的意图。

"他们将撤回所有严重的行贿指控，条件是，你必须承认两项最轻的指控，承认有过以不正当手段影响政府官员的企图。"

"你给我估摸一下，如果拒绝他们的要求，我完全脱罪的把握有多大？"

"按理说只能是50比50。"吉尔克斯说。

"如果判我有罪呢？"

"普雷斯科特法官一向以严厉著称。判决的刑期绝不会少于6年。"

"如果我同意庭外调解，承认两项最轻的指控，结果会怎样？"

"巨额罚款。如果超出这个范围，那才叫闻所未闻呢！"吉尔克斯说。

阿贝尔默默地坐了一会儿，权衡了一遍利弊得失。

阿贝尔终于说话了："那我接受调解。让他妈的这事翻过去算了。"

§

在法庭上，地方检察官对法官说，放弃对阿贝尔·罗斯诺夫斯基的15项指控。特拉福德·吉尔克斯起立向法官声明，他的委托人愿意改变立场，认领其余两项对他不端行为的指控。随后陪审团解散。普雷斯科特法官在结案陈述中对阿贝尔进行了严厉的谴责，他义正词严地指出，经商的合法权利并不包括对政府官员进行唆使，贿赂是犯罪，尤其对有知识和有才干的人来说，行贿更是罪上加罪，因此绝不能屈就于这种行为。法官尖锐地指出，在其他国家，贿赂可能为公众所接受，在美利坚合众国，此种行为乃法律所不容。这番话让阿贝尔再次感到他像个傻乎乎的外来移民。普雷斯科特法官宣布，判处阿贝尔6个月监禁，缓期执行，罚款25000美元，并承担全部诉讼费。

审判结束后，乔治将阿贝尔带回了男爵饭店。他们在顶层公寓里闷头喝了一个钟头威士忌，阿贝尔终于开口说话了。

阿贝尔说："乔治，你去联系一下彼得·巴菲特，买下他手里持有的莱斯特银行2%的股份，他想要100万就给他。一旦我手上有了那家银行8%的股份，我就启动"第七条"，让威廉·凯恩在他的董事会里向我认输。"

乔治哀伤地点了点头，他心里清楚，每场战斗的结束，必定是另一场战斗的开始。

§

几天后，美国国务院宣布，美国授予波兰在对美贸易中享有最惠国待遇；下一任美国驻华沙大使是约翰·摩尔斯·卡伯特。

55

时间是2月，一个寒冷的夜晚，坐在椅子上的威廉·凯恩靠回椅子背上，再次看了一遍撒迪厄斯·科汉的报告。

亨利·奥斯伯恩已经交出文件，其中含有威廉需要的，用来扳倒阿贝尔·罗斯诺夫斯基的所有材料。25000块钱一到手，亨利就销声匿迹了。威廉心想，这非常符合他的性格。然后，威廉将文件副本放回保险柜。撒迪厄斯·科汉已经将原件送达位于华盛顿特区的联邦司法部。

从土耳其返回美国的阿贝尔立即被逮捕归案。为应对阿贝尔报复，威廉已经做好准备。威廉预计，阿贝尔会立即抛空州际公司的股票。这一次，威廉已经做好充分准备。他已经提醒过经纪人，州际公司的股票可能会大批涌入股市。他的指示非常明确，立即将其买下，以确保股价稳定。作为短期应对措施，威廉已经准备好动用他的个人资产，以免在银行内部引起不快。威廉还向莱斯特银行的所有股票持有者发了一份备忘录，内容为：出售州际公司股票前，务必征求他的意见。

数周时间转瞬过去，阿贝尔·罗斯诺夫斯基方面没有任何动作。威廉渐渐开始相信，撒迪厄斯·科汉的判断确实准确，他事先说过，没人能查出这事跟威廉有关。罗斯诺夫斯基肯定会把所有罪过扣到了亨利·奥斯伯恩头上。

科汉曾经预言，既然公诉方有了奥斯伯恩这样的明星证人，罗斯诺夫斯基必将在囚禁中度过相当长时期，因而不再可能启动附加条款中的"第七条"，也不会再次对银行或威廉本人构成威胁。威廉甚至希望，终审判决会让理查德恢复理智，返回家里。毫无疑问的是，对罗斯诺夫斯基女孩父亲的一系列曝光，肯定会让理查德感到难堪，从而让他认识到，父亲一直以来果然正确。威廉最希望的结果是儿媳离婚。

如果理查德回心转意，威廉会由衷地感到高兴。由于托尼·西蒙斯退休和泰德·利奇离世，莱斯特银行董事会已经出现两个空缺。科汉的报告曾经提到，理查德代表弗洛伦蒂娜完成了一系列辉煌的并购。尽管如此，对理查德来说，与其在服装店打工，有机会成为莱斯特银行董事长，无疑更有意义。

威廉迫不及待地盼望理查德回心转意，实际上还另有原因——他对目前在银行任职的新生代董事会成员们很不放心。副董事长杰克·汤马斯仍然是继威廉之后成为董事长的最佳人选。他在普林斯顿大学接受过高等教育，而且还以最优异成绩毕业，尽管如此，他太浮躁——过分浮躁——威廉心想，而且野心太大，根本不是莱斯特银行下一任董事长的适当人选。威廉一定要工作到65岁生日，为此，他还要再坚持11年，但愿那之前能说服理查德，促使其返回纽约，加入莱斯特银行。威廉心里很清楚，只要理查德愿意回家，凯特什么条件都会答应。随着时日的推移，即使威廉想做善意的让步，形势也越来越困难。让威廉感到宽慰的是，弗吉妮娅的婚姻美满如意，现在她已有身孕。如果理查德拒不放弃罗斯诺夫斯基家的女孩，不赶紧回家，威廉会把所有财产传给弗吉妮娅——只要她生下个外孙。

§

威廉第一次犯心肌梗塞，是在银行上班期间。还好，病情不算严重。医生告诉他，只要放慢工作节奏，他可以再活20年。

威廉离岗在家休养期间，尽管心里不乐意，他也只能任由杰克·汤马斯全面接管银行的掌控权。威廉很快变得烦躁不已，不再遵医嘱继续休养，而是返回了工作岗位，并且立即将董事长的所有职权都抓回手里，唯恐自己不在岗期间，汤马斯已经抓走太多职权。

有时候，凯特会鼓起勇气，请求威廉直接跟理查德联系。可威廉死不改悔，说："那孩子知道他随时可以回家，他要做的不过是跟那个女人断绝关系。"

§

亨利·奥斯伯恩自杀当天，威廉第二次犯了心肌梗塞。凯特在威廉的床边守护了一整夜。威廉一门心思盼着即将来临的对罗斯诺夫斯基的审判，这件事支撑他闯过了鬼门关。威廉心里清楚，奥斯伯恩之死对罗斯诺夫斯基非常有利。威廉通过《纽约时报》的栏目关注着庭审进程。

罗斯诺夫斯基最终仅仅领刑6个月，缓期执行，罚款25000美元，这让威廉极为失望。凯特唯恐威廉会因此再犯心梗。不难看出，政府方面肯定与罗斯诺夫斯基的律师达成了某种妥协。几天后，让威廉感到惊讶的是，他心里居然会油然生出轻微的内疚。罗斯诺夫斯基没有被投入监狱，反倒让他感到一阵轻松。

审判已经尘埃落定，罗斯诺夫斯基是否会抛售州际航空公司的股票，威廉已经不在乎，他已经做好迎战准备。结果，什么都没发生。几个星期过后，威廉对芝加哥男爵的兴趣日渐寡淡，一门心思盼望着理查德立即出现在眼前。"年老和怕死会彻底改变人的心态。"威廉曾经在什么地方看见过这一说法。

9月，一天上午，威廉告诉凯特，他改主意了。凯特没过问原因，只要威廉愿意跟儿子重归于好，对她已经足够了。

"我立即给理查德打电话，让他俩一起来纽约。"凯特惊喜地发现，说到"他俩"时，丈夫没有勃然大怒。

"好啊。"威廉平静地说，"请告诉理查德，我希望临死前见到他。"

"别说傻话，亲爱的。医生说过，只要别太累，你还能再活20年。"

"我只想在董事长位置上干到任期届满，看着理查德接任我的职位，就够了。你何不再去一次西海岸，亲口告诉理查德，我多么想见——"威廉犹豫了一下，不过他终于说完了最后两个字，"他俩。"

凯特心神不宁地问："你说'再去一次'是什么意思？"

威廉笑着说："我知道，过去几年里，你去过旧金好多次，亲爱的。每当我因公出差超过一周时间，你就借口看望母亲，总是往那边跑。去年你母亲过世后，你的理由越来越站不住脚了。你还像我们第一次见面时那么可爱，亲爱的。可我确信，在54岁这把年纪，你已经不可能找什么情人了。所以你看，我很容易就能猜出来，你是去看理查德了。"

凯特不甘心地问："那你以前干吗不说已经知道了呢？"

"因为我心里是赞成这件事的。"威廉说，"我最恨的就是理查德跟我们两人都失去联系。他现在怎么样？"

"他俩都挺好。现在你不仅有孙子，还有了个孙女。"

"还有了个孙女。"威廉重复了一遍。

"是啊，她的名字叫阿娜贝尔。"凯特说。

威廉问道："那我孙子叫什么呢？"

凯特把名字告诉威廉后，威廉禁不住笑起来。不过，凯特并没将全名告诉他。

"好吧。"威廉说，"嗯，但愿理查德不会像我一样顽固不化，但愿他痛痛快快答应来见我。告诉他我爱他。"有个人被告知将要失去儿子时，也说过这话。所以，威廉曾经听到过同样的话。

多年来，凯特从未像今天这般幸福。傍晚时分，凯特给理查德打了个电话，告诉理查德不久后她会乘飞机过去看他们，跟他们一起住一阵，还要给他们带去好消息。

§

3个星期后，凯特乘飞机从旧金山回到纽约。她告诉威廉，理查德和弗洛伦蒂娜已经说好，新年时回家看望他们。凯特带回家一肚子故事：儿子儿媳的事业如日中天；威廉的孙子长得最像爷爷；他们那出生未久的孙女阿娜贝尔长得特别漂亮；理查德由衷地盼望尽早赶回纽约看望父亲，同时把他夫人介绍给父亲。有关弗洛伦蒂娜的一切都让威廉感到欣慰。让威廉越来越担忧的是，如果理查德不早点儿返回纽约——看来是不可能了——那么，董事长席位肯定会旁落杰克·汤马斯的手中。威廉最不希望看到这样的结局。听着凯特的讲述，威廉发现，幸福原来就在身边，多少年来，他的心境从未像今天这么踏实。

§

转过一周，星期四，威廉返回银行上班了。他已经从第二次心脏病发作中完全恢复过来，并又重新感到了生活的意义。

威廉抵达银行时，大门的门卫向他问好，并且转告他，杰克·汤马斯正急着找他。威廉向这位年长的银行职员致以谢意。他是莱斯特银行唯一比威廉服务年头更长的雇员。

威廉说："无论事情多重要，稍微等一会儿也不碍事呀，哈里。"

"当然，先生。"

威廉沿着走廊慢慢向董事长办公室走去。打开屋门后，他看见，杰克·汤马斯居然坐在他的椅子上。

"难道我已经离开很长时间了？"威廉笑着问，"难道我已经不是董事长啦？"

"你当然是啦。"说完，杰克·汤马斯立刻从董事长的座位上站起来，"欢迎回来，威廉。"

年轻一代跟人打招呼直呼人名，这也太随意了，威廉认为自己不大可能适应这种方式。他跟汤马斯相识不过几年时间，而且，对方的年龄还不到40岁。

威廉问："出了什么事？"

"阿贝尔·罗斯诺夫斯基。"杰克·汤马斯面无表情地说。

威廉突然感到一阵反胃。

"他这次又想干什么？"威廉厌烦地问，"难道他不想让我平平静静地度过最后的日子？"

"他打算启动银行法规附加条款中的'第七条'，召开一次代理董事会议，唯一的议题就是把你从董事长职位上撤下来。"

"他不能这么做，他没有必需的8%的股份。而且银行法规明文规定，如果银行以外的人拥有8%的股份，必须立即通知董事长。"

"他说今天下午下班时间即可拥有另外那2%。"

"那不可能。"威廉说，"我一直关注着股份分配情况，没有人会把股份出售给罗斯诺夫斯基，没人会卖。"

"那彼得·巴菲特呢？"

威廉得意地笑着说："一年前我已经通过第三方买下了他的股份。"

看样子，杰克·汤马斯吃了一惊。两人半天都没再说话。

威廉第一次意识到，汤马斯多么渴望成为莱斯特银行的下一任董事长。

"这个，"杰克·汤马斯终于缓过劲来，接着说："实际上，他宣称今天下午下班时间即可拥有8%。那样一来，他就有权推举3位董事进入董事会，使他可以把所有重大决议推迟3个月——这正是你为确保自己长期在位写进银行法规里的规定。他还想下星期一上午举行新闻发布会，阐述他为银行的未来做出的规划。更有甚者，他还威胁说，如果他的计划受阻，他会利用手头的股份对银行实施恶意收购。他十分明确地说，只有一种方法可以让他改变想法。"

"什么方法？"威廉问。

"你自动辞去银行董事长一职。"

"这是敲诈。"威廉几乎是喊着说出了这句话。

"也许是。不过，如果下星期一中午之前你仍不辞职，他会以书面形式通知所有股份持有者，强迫你辞职。他已经在40家报纸和杂志预定了版面。"

"那家伙是不是疯了？"说着，威廉从胸前的口袋里掏出手帕，擦了擦额头。

"远不止如此，"杰克·汤马斯接着说，"他还特意强调，10年之内不允许任何凯恩家族的人接替你在董事会的空缺，也不允许你以健康原因，实际上，不允许你对辞职做任何解释。"

说着，汤马斯递给威廉一摞印有"男爵饭店集团"字样的文件。

威廉将文件迅速浏览了一遍，只说了两个字："疯了！"

"不管怎么说，我已经下发了通知，明天上午10点召开全体董事会议。"汤马斯说，"对他的要求，我们说什么都不可能等闲视之。"说完这些，汤马斯转身走了，随手轻轻地带上了门。

当天剩下的时间里，再也没人打扰威廉。他坐在办公桌旁，给几位没担任银行职务的董事打电话。不过，他仅仅联系上为数不多几个人。而且，他很快意识到，他已经无法确定这些人是否还会支持他，看来，第二天的会议有点儿悬。威廉再次核对了一遍股份持有人名单，让他安心的是，没有任何人愿意出售手头的股份。威廉暗自笑起来——阿贝尔·罗斯诺夫斯基连第一栏都跨不过去，他会摔倒在赛场上。

当天下午，威廉很早回了家，将自己关进了书房，认真考虑彻底打败阿贝尔·罗斯诺夫斯基的技术问题。凌晨3点他才上床睡觉，那时，他已经成竹在胸。

56

　　威廉胸有成竹地来到银行，在自己的办公室里坐下来。等候董事会开会期间，威廉将发言要点从头到尾看了一遍。计划已经做到天衣无缝，对此他充满信心。差5分钟10点，秘书按响了他办公桌上的蜂鸣器。秘书说："一个名叫罗斯诺夫斯基的先生打电话找您。"

　　"什么？"威廉问道。

　　"罗斯诺夫斯基先生。"

　　"罗斯诺夫斯基先生？"威廉不相信地重复了一遍，声音有些颤抖地说，"把电话接过来。"

　　"是，先生。"

　　"是凯恩先生吗？"是威廉永远不会忘记的稍微有点儿口音的声音。

　　"是我，这次你又想得到什么？"威廉厌恶地问。

　　"根据银行法规附加条款的规定，我必须通知你，现在我已经拥有莱斯特银行8%的股份。如果我的要求星期一中午之前得不到满足，我将启动附加条款中的'第七条'。"

　　"你是从谁……得到另外那2%的？"威廉磕磕巴巴地问。

　　电话咔嚓一声断了。威廉迅速看了一遍持股者名单，试图猜出什么人背叛了他。他仍然愤怒得浑身发抖时，电话铃又响了。

　　"董事们正等着您呢，先生。"

　　10点零3分，威廉走进董事会会议室。他环视了一眼围桌而坐的人们，突然意识到，眼前这些年轻的董事，熟悉的真是少而又少。不过，上次为董事长席位而战时，他几乎谁都不认识，最后他仍然成了王者。威廉暗自笑了笑，他有充分的理由相信，罗斯诺夫斯基离悬崖仅有一步之遥。他站起来，面对全体董事发言了，他要说的话都是经过精心准备的。

"先生们，今天召开这个会议，原因是，银行收到男爵集团的阿贝尔·罗斯诺夫斯基先生提出的一项要求。这个曾经被判过刑的罪犯，居然厚颜无耻地直接向我发难，他想利用手中握有我行8%的股份骚扰我们，如果他的策略无法得逞，他将利用手头的股份对银行实施恶意收购，除非我无故辞去银行董事长职务。我的董事长任期还有11年，假如我在那之前离开，我的离职必将在华尔街引起极大的误解。"

说到这里，威廉低头看了一眼发言要点。

"为了对付罗斯诺夫斯基先生的各种挑衅，确保莱斯特银行在经济上不蒙受任何损失，我愿意用我拥有的所有股份，另外再从我的个人资产中抽出1000万，随时听候银行调配。先生们，我希望得到你们的全力支持。我相信，你们当中没有人会向罗斯诺夫斯基卑鄙的敲诈行径轻易屈服。"

屋里的人全都沉默着。威廉可以确定的是，他无疑已经取得了胜利。这时，杰克·汤马斯突然提出，威廉可否向董事会解释一下他跟阿贝尔·罗斯诺夫斯基的关系。这一要求让威廉吃了一惊，不过，他毫不犹豫地同意了。杰克·汤马斯根本不是他的对手。

"你和阿贝尔·罗斯诺夫斯基之间的世仇，"杰克·汤马斯说，"延续至今已经超过30年。如果我们接受你的提议，你能否确定这件事会就此了结？"

"那个人，他还能做什么？他还能做什么呢？"威廉磕磕巴巴地问，同时环视了一眼屋里的人，希望得到大家的支持。

汤马斯说："我们无法预言接下来他会做什么。"

"既然他拥有银行8%的股份，他可以让银行什么都干不成。"汉密尔顿接过了话头。他是集团公司的新任秘书长——他不是威廉提拔的人，还是个漏勺嘴。"据我们所知，你们两人似乎谁都不愿放弃个人宿怨。尽管你拿出1000万保障银行的金融地位，如果罗斯诺夫斯基总是拖延银行的决策，总是召集代理人会议，总是对银行实施恶意收购，这就不仅仅是无视银行的长期利益问题了，更有可能在我们的投资人里造成混乱，还会让我们的对手有机可乘。作为董事，我们对总行及其分支机构负有不可推卸的责任。面临这样的威胁，往好里说，各机构至少会感到不知所措；往坏里说，一些机构到头来甚至有可能倒闭。"

"不可能，不可能。"威廉说，"用我的个人资产做后盾，我们可以跟他做正面斗争。"

"我们今天必须决定的是，"银行秘书长说话像威廉一样胸有成竹，"处在目前这种大环境下，董事会是否仍然有意跟罗斯诺夫斯基先生做正面斗争。这样斗下去，从长远看，或许我们大家都会败下阵来。"

"用我的个人资产承担全部损失，不可能发生这样的事。"威廉说。

"实质上，我们讨论的不是钱的问题。"杰克·汤马斯接过话头说，"既然罗斯诺夫斯基随时可以启动'第七条'，我们除了整天猜测他下一步会采取什么行动，银行什么业务都做不成。"

说到这里，汤马斯停了下来，以加强刚才那番话的效果。然后，他接着说："现在，我必须问个有关你个人的非常严肃的问题，董事长先生，今天在座的各位都非常关心这一问题。无论这一问题多么难于启齿，我希望你回答的时候，至少应该做到诚实。"

威廉抬起头，完全猜不出对方会提什么样的问题。他们背地里都说了他什么呢？"我会如实回答董事会想了解的所有问题。"威廉说，"我没什么可隐瞒的，我也没怕过什么人。"说完，他直视着汤马斯。

"谢谢你。"汤马斯说话时毫无退缩之意，"董事长先生，你是否以某种方式参与了把一份文件送到华盛顿的司法部，从而导致阿贝尔·罗斯诺夫斯基被逮捕，随后被控欺诈？而你很清楚，他是我们银行的一个大股东。"

"是他对你这么说的吗？"威廉反问道。

"是的，他宣称他被逮捕的主要原因正是你。"

威廉沉默了一会儿，考虑如何回答这一问题。23年来，他从未对董事会说过一句谎话，从今往后，他也不打算这么做。

"是的，我参与了。"威廉打破沉默说，"文件到了我手里，我认为我有责任把它转交给司法部。"

"文件是怎么到你手里的？"

威廉没有回答。

"我认为，对所有在座的人而言，答案是不言自明的，董事长先生。"杰克·汤马斯说，"不仅如此，你决定采取这一行动前，并没有告知董事会，你把我们大家都置于危险之中。我们的声誉、我们的事业、跟银行有关的一切，都被你用来报私仇了。"

"可是，罗斯诺夫斯基一直试图毁掉我。"威廉意识到，他几乎是喊出了这句话。

"因此，为了毁掉他，你不惜拿银行长期以来形成的稳定和声誉去冒险。"

"这是我的银行。"威廉强调说。

"银行可不是你一个人的。"汤马斯寸步不让，"你拥有8%的股份，罗斯诺夫斯基先生也如此。眼下你还是董事长，可你也不能不跟董事们商量，把银行当成自己的，利用银行实现你个人的奇思怪想。"

"那么，我只好请求董事会投票决定是否信任我了。"威廉说，"我请求大家在我和阿贝尔·罗斯诺夫斯基之间做个选择。"

"这次投票决定的不应该是信任问题。"银行秘书长又开口了，"应该决定的是，在目前形势下，你是否适合继续做经营这家银行的当家人。难道你看不出来，董事长先生？"

"就算如此吧。"威廉说，"今天的董事会会议必须做出决定，在我为银行服务了将近1/4世纪之后，你们是否愿意屈服于一个被判刑的罪犯的威胁，让我灰溜溜地离开我的事业。"

杰克·汤马斯向银行秘书长点了点头，投票签随后分发到每位董事手里。威廉这才意识到，眼前发生的一切，在开会很久以前似乎早已计划好。威廉环视了一圈围绕会议桌并肩而坐的29个人，许多人是他亲自选进董事会的。罗斯诺夫斯基计划把他从董事会赶走，其中一些人肯定不会让他的计划得逞，至少不是现在，不是以这种方式。

威廉看着董事会成员们一个个把填好的票签交回秘书长手里。所有选票收齐后，汉密尔顿慢慢地将它们打开，小心翼翼地将每一个"赞成"和"反对"抄写在面前的一张纸上。威廉看得出来，其中一行文字比另一行长，可惜的是，他猜不出两行文字对应的内容。

秘书长最后宣布，所有选票统计完毕。接着，他以严肃的口吻说，威廉在信任投票中以12∶17失利。

威廉简直不敢相信自己的耳朵。罗斯诺夫斯基竟然在他的董事会里把他打败了！借助拐杖的帮助，威廉好不容易从椅子上站起来。他离开董事会会议室的时候，没有人说话。他回到董事长办公室，拿起自己的大衣。离开前，他最后一次看了看查尔斯·莱斯特的肖像。然后，他沿着长长的走廊往银行大门走去。

哈里为他拉开了大门，对他说："真高兴您又回来了，董事长先生。明天见，先生。"

威廉意识到，今后他再也见不到哈里了，因此他转过身，跟哈里握了握手。23年前，指引他走进董事会会议室的正是此人。

哈里一脸惊讶的神色，说："再见，先生。"他眼看威廉坐进汽车后排座位上，离开。

威廉在六十八街东路下了车，在通向自家台阶的甬道上，他瘫在了地上。司机和凯特架着他走上台阶，然后把他架进屋里。凯特搂着威廉的腰把他架起来时，看见威廉脸上挂着泪花。

"这是怎么啦，威廉？出了什么事？"

"我被银行抛弃了，"威廉流着泪说，"董事会不再信任我了。关键时刻，他们支持了罗斯诺夫斯基。"

晚上，凯特好不容易才把威廉扶上床。她陪着威廉在床上坐了一整夜。这一夜，威廉既没说话，也没合眼。

§

转过周末，星期一上午出版的《华尔街日报》刊发了一则简短的声明，内容如下："莱斯特银行董事长兼总裁威廉·劳威尔·凯恩于上周五召开董事会会议后宣布辞职。"对于威廉突然离职一事，报纸既没解释原因，也没提及他儿子会否继他之后加入董事会。威廉坐在床上，他心里清楚，当天上午，华尔街肯定会充满各种谣言。对世界上的纷扰，他已经无所谓了。

阅读完同一份声明的阿贝尔随手拿起电话听筒，拨通了莱斯特银行的电话，然后请接线员为他接通新当选的董事长。过了一会儿，听筒里传出杰克·汤马斯的声音。

汤马斯说："早上好，罗斯诺夫斯基先生。"

"早上好，汤马斯先生。我打电话是要正式通知你，今天上午我将按照市场价格把州际航空公司的股票全部转让给你们银行，另外，我还会把我8%的股份以200万美元转让给你本人。"

"谢谢你，罗斯诺夫斯基先生，你真是太慷慨了。"

"没必要谢我，董事长先生。"阿贝尔说，"这是当初你出售给我你所拥有的2%时我们说好的。

第八部

1963—1967

57

让阿贝尔惊讶的是，最终胜利几乎没给他带来满足。阿贝尔的感触和战胜罗马军团的皮洛士王一模一样：得失相抵。

乔治劝阿贝尔前往华沙，亲自选定修建男爵饭店的地块。阿贝尔没兴趣。随着年龄的增长，他特别害怕客死异乡，如果那样，他就再也见不到弗洛伦蒂娜了。一连好几个月，阿贝尔甚至对集团的经营情况不闻不问。

1963年11月22日，第36任美国总统约翰·肯尼迪遇刺身亡，阿贝尔的情绪更加低落了，对接收他成为公民的美国，他越来越感到害怕。乔治终于说服阿贝尔去海外旅游一圈，因为，这样做肯定有益无损，说不定转一圈回来，他的心情会好转。

按照乔治的建议，阿贝尔乘飞机到了华沙。阿贝尔以前从未想过，他这辈子居然会来华沙。他应用波兰语的熟练程度，以及熟悉波兰人为获得世界认可而长期奋斗的历史，这些均帮了他大忙。他和波兰政府达成一项互信协议，让他得以在共产主义世界修建第一座男爵饭店。让阿贝尔高兴的是，他击败了希尔顿酒店集团创始人康德拉·希尔顿，以及洛克福特饭店集团创始人查尔斯·福特，成为第一个进入铁幕国家的国际饭店业者。因而，阿贝尔有点想入非非……即便如此，林登·约翰逊总统首次任命一位美籍波兰人约翰·格罗斯诺夫斯基为驻华沙大使，也无法让他的心情完全好转。看来，没有什么事能让他真的高兴起来。也许他真的击败了威廉·凯恩，却因此失去了女儿。他甚至想，也许凯恩像他一样，正在为儿子的事发愁。

华沙的生意完成签字手续后，阿贝尔马不停蹄地到世界各地转了一圈，在老饭店里落脚休息，到新饭店的建筑工地进行视察，为有生之年无法见证其落成的饭店选择地块，前往开普敦主持南非第一家男爵饭店开业典礼，然后又回到德国的杜塞尔多夫主持另一家德国男爵饭店开业仪式。最后，他在最喜欢的巴黎男爵饭店住了6个月。在巴黎期间，白天，他总是在街上瞎逛，夜晚，他总是去观看歌剧和戏剧，借此回忆和弗洛伦蒂娜一起度过的美好时光。

最后，阿贝尔终于离开巴黎，回到了美国。在肯尼迪国际机场，从一架法航波音707型班机里出来的阿贝尔沿着金属舷梯往下走时，他的背已经驼了，他光秃秃的脑袋上戴着一顶黑帽子，已经没人认识他了。一如往常，迎接他的仍然是乔治。死心塌地忠心耿耿的乔治如今也老了许多。

驱车前往曼哈顿的路上，乔治向他汇报了集团的最新情况。由于一大批精明的年轻经理人在世界各主要国家进行开拓，男爵集团的利润水涨船高。如今集团已经拥有72家饭店，22000名雇员。阿贝尔似乎没听见乔治在说些什么，他唯一想知道的是弗洛伦蒂娜的近况。

“她很好。”乔治说，“明年初她要来纽约。”

“为什么？”阿贝尔突然兴奋起来。

“她要在第五大道主持新门店开业典礼。”

“在第五大道？幸亏当初你没承诺跟我对赌，乔治。”

“这已经是第11家‘弗洛伦蒂娜时装店’了。”乔治说。

“你见过她吗，乔治？”

“当然。”乔治承认。

“她真的好吗？她真的幸福吗？”

“他们两人非常好，也非常幸福，还非常成功。阿贝尔，你应当为他们感到特别骄傲才对。你的外孙子真是个棒小子，你的外孙女长得——完全像当年的弗洛伦蒂娜一样美。"

"她愿意见我吗？"

"你愿意见她丈夫吗？"

"不，乔治。我不能见那小子，尤其在他父亲还活着时。"

"如果你先死了怎么办？"

"人总不能相信《圣经》里的一切吧！"阿贝尔说。到达饭店前，阿贝尔和乔治没再说话。当天晚上，阿贝尔独自在公寓里进了晚餐。

接下来的6个月，阿贝尔几乎没离开过顶层公寓。

58

1967年3月，弗洛伦蒂娜·凯恩为第五大道的新时装店剪了彩，纽约的名流差不多都来捧场了，人群里唯独少了威廉·凯恩和阿贝尔·罗斯诺夫斯基。

凯特扶起威廉，安顿他在床上舒舒服服地坐好，然后，凯特带着弗吉妮娅和鲁茜，三个人一起出门参加开业典礼去了。她们离开时，威廉坐在床上，嘴里不停地念叨着什么。乔治将阿贝尔一个人丢在公寓里，往第五大道赶去。乔治曾经试着说服阿贝尔跟他一起来，阿贝尔却嘟嘟囔囔地说，没有他，弗洛伦蒂娜也已经主持过10次开业仪式，这次有他没他根本无所谓。临出发前，乔治对阿贝尔说，他简直是个不可理喻的老傻瓜。阿贝尔心里承受，乔治说的没错。

走进店里，乔治的第一感觉是，这是一家时髦的、豪华的精品时装店。店内的地面铺着一层厚厚的地毯，目光所及，到处都是最新款瑞典家具——这里的一切都让乔治想起阿贝尔的风格。弗洛伦蒂娜穿着一袭绿色的长袍，高高竖起的立领上绣着如今已成著名标志的"ＦＦ"。弗洛伦蒂娜递给乔治一杯香槟酒，然后把乔治介绍给凯特和鲁茜，她们正在跟扎菲娅热烈地聊着什么。凯特和鲁茜显然很快活。让乔治措手不及的是，刚走过来的弗吉妮娅居然向他打听罗斯诺夫斯基先生的情况。

"我跟他说，错过这么精彩的晚会，他简直是个不可理喻的老傻瓜。凯恩先生来了吗？"乔治反问。

"没来。"凯特说，"我看他也是个不可理喻的老傻瓜。"

§

威廉合上报纸，笨手笨脚地下了床，生气地诅咒着《纽约时报》的文章。文章说的是约翰逊总统派兵攻打越南的战况。威廉慢慢穿好衣服——他穿衣服非常慢——然后，他对着镜子看了又看。他仍然像个银行家。他皱了皱眉，难道他不能另有一副模样？他慢慢下了楼，穿上一件黑色的厚大衣，戴上一顶磨旧的窄边礼帽，拿起一根镶有银手柄的黑色手杖——这还是鲁珀特·科克史密斯留给他的纪念物——好不容易才走到街上。整整3年来，这是他第一次单独来到街上。女佣看见凯恩先生单独离开家，非常吃惊。

这是个乍暖还寒的孟春之夜，由于常年将自己锁闭在室内，威廉感到室外寒气逼人。他花费了相当长时间，才从家里走到第五大道和五十六街路口，而且，每迈出一步，都会比前一步花费更长时间。他终于来到了弗洛伦蒂娜时装店附近，店里已经拥挤不堪，一些人只好来到店门外的大街上。威廉觉着，自己根本没有力气挤进大门，因而他站在路沿上，远远地观望着。众多年轻人脸上洋溢着幸福和激动，在"弗洛伦蒂娜-凯恩精品时装店"门口挤进挤出，天这么冷，一些女孩已经穿上从伦敦时兴起来的超短裙。威廉心想，接下来还会流行什么呢？这时他突然看见，儿子跟凯特正聊着什么。理查德已经成了标致的小伙子——他身材高大，信心十足，沉着稳健，有一种居高临下的气质。这让威廉想起了父亲。然而，店里熙熙攘攘，威廉猜不出哪一位是弗洛伦蒂娜。威廉在路边站了将近一小时，看着人们来来往往，感到心满意足，对自己过去那么多年的顽固不化深感懊悔。

眼下还是3月，一阵劲风卷过第五大道。威廉几乎忘了，风，竟然如此寒冷，他把大衣领子竖了起来。必须回家了，因为全家人今晚都要回家吃晚饭，他将要第一次见到弗洛伦蒂娜和孙儿们，还有亲爱的儿子。他曾经对凯特说，自己是个真正的大傻瓜，还请求凯特原谅。凯特只说了一句话："我会永远爱你。"弗洛伦蒂娜曾经给他写过信，一封宽宏大量的信，对过去那些事，她表示了过人的理解。她的结束语是这样的："我真恨不得立刻见到你。"

他必须回家了。外边的风实在寒冷，如果凯特知道他竟然一个人出了门，肯定会生气。今晚吃饭时，大家肯定会向他描述开业的盛况，他绝不会告诉他们，他曾经去过现场——这将成为永远的秘密。

威廉转过身，往家所在的方向走去，这时，他看见一个身穿黑色大衣的老人站在离他几米远的地方。那人戴着一顶帽子，帽檐拉得很低，脖子上围着围脖。往那人身边走时，威廉心想，今晚的天气真不适合老年人。这时，他看见那人的手腕上戴着个银饰。正是那一瞬间，所有零碎的记忆第一次拼成了一幅完整的画面：第一次是在纽约广场饭店喝茶时，然后是在波士顿他的办公室里，再后来是在德国战场上，如今又在第五大道上。那人肯定已经在那里站了很久，因为，他的脸已经被寒风吹得又红又皱。那人一直盯着威廉，那双蓝眼睛威廉绝不会弄错。现在他们已经近在咫尺了。威廉经过那人身边时，对那老人抬了一下帽子，对方以同样的方式向他致以问候。他们各走各的路，谁都没说话。

§

威廉心想，我必须赶在他们之前回到家。眼看要跟理查德以及孙儿们见面了，这样的欢乐会让生活重新充满意义。他必须慢慢认识弗洛伦蒂娜，还要请求弗洛伦蒂娜原谅，他相信，弗洛伦蒂娜肯定能理解他至今都无法理解的那些事。所有人都跟他说，年轻的弗洛伦蒂娜是个完美的女人。

威廉来到六十八街东路，颤颤巍巍地掏出门钥匙，打开了大门。进屋后，他对佣人说："把家里的灯都打开，把炉火烧旺，让他们觉得有人在欢迎他们。"威廉觉得心里特别满足，同时还觉着身子特别特别疲劳。最后他还说了句："把窗帘都拉上，把餐桌上的蜡烛都点上，今晚有许多事值得庆贺。"

威廉恨不得现在就见到全家人。壁炉里的炭火烧得正旺，他坐在壁炉旁边那把栗色的真皮椅子上，想象着即将到来的晚间聚会，沉浸在幸福中。多年来，他一直想要今天这种儿孙满堂的生活。小孙子是什么时候学会数数的？威廉觉着，自己终于有机会埋葬过去，获得谅解，面对未来了。从寒冷的风中回到屋子里，更感到家的美好和温暖……

几分钟后，楼下传来一片兴奋的喧哗声。女佣进屋通知凯恩先生，他儿子已经来到门厅，同来的有儿子的母亲、儿子的妻子，以及女佣生平见过的两个最可爱的孩子。女佣说完赶紧离开，因为，晚饭必须按时准备好。威廉肯定希望当晚一切都完美无瑕。

理查德走进屋里，弗洛伦蒂娜陪在他身边，满脸洋溢着幸福。

"爸爸，"理查德说，"我把妻子带来见你啦！"

威廉·劳威尔·凯恩理应站起来向他们问好，可是他做不到了，因为他，已经去世。

59

阿贝尔将来信放到床头柜的柜面，他还没穿衣服。如今，他已经很少在中午以前起床。他想把盛早餐的托盘放到地面，并且尝试了一次。对这身越来越僵硬的老骨头来说，把东西放到地面这种灵巧的动作实在过于复杂。他只好松开手，任凭托盘咣当一声掉到地上。对此，他已经无所谓，他已经不在乎这些。他再次拿起信封，再次看了一遍信封上的附言：

"曾任芝加哥拉赛尔大街大陆信托投资银行经理的已故柯蒂斯·芬顿先生托付我们在某一条件生成后，将信封内的信件呈上。请于收到和阅读该信件后在原件上亲笔签收，并请按照信封上加邮戳处的通信地址将原件寄回。"

"这帮该死的律师！"阿贝尔随口骂了一句，然后一把撕开了信封。

尊敬的罗斯诺夫斯基先生：

出于某种原因，这封信在我的律师处保存至今。你读完此信，定会明白其中的原委。

1951年，你突然注销了在我行的账户，而你与大陆信托投资银行的交往已有20多年，这理所当然让我非常失望和无奈。我无奈，并非完全因为我行失去了最有价值的客户之一（这件事的确令人悲哀），而是因为，你错误地以为，我做了一件不光彩的事。当时你有所不知，你的资助人曾经做过明确的指示，不得向你透露某些事情的真相。

1929年，你第一次到银行见我时，曾要求我帮你解决资金问题，以便你偿清戴维斯·勒鲁瓦先生欠下的债务，以便你掌控当时构成里士满集团的那些饭店。对你的要求，我个人非常有兴趣，因为我相信，你对自己选中的事业具有非凡的天赋。让我极为得意的是，在我年届老朽之际，我看到的结果是，我当年的判断没有任何差错。说实话，尽管我当时找过数位大金融家，最终也没有为你找到资助人。在此我想啰唆一句，当年我建议你从我的客户艾米·勒鲁瓦小姐手里买下里士满饭店集团25%的股份，让你陷入了困境，我确实负有不可推卸的责任，因为我对勒鲁瓦先生当时面临的财务困境并不知情。也许我离题了，下面言归正传。

那个星期一上午，当你如约来银行见我时，我仍然没有为你找到资助人，而且我已经放弃了所有希望。对当天发生的事，不知你能否像我一样记忆犹新？在约定和你见面前仅仅30分钟，我接到某位金融家的电话，他愿意投入这笔必要的资金。像我一样，他对你有充分的信心。正如我当时向你指出的，他提出的唯一附加条件是，坚决不向你披露他的身份。因为那样做可能会在他的职业和他的个人利益之间产生矛盾。我个人当时的看法是，他提出的那些条件对你极为慷慨，有利于你最终掌控整个里士满集团，而你也充分利用了那些有利条件。事实上，当你用多年的勤奋和努力如约偿清了所有债务，带来了收益，你的资助人非常满意。

1951年以后，我与你们双方均失去了联系。退休不久，关于你那位资助人，我从报上读到一篇令我不安的报道，导致我立即提笔写下现在你读到的这封信，以防万一我死在你们两人之前。

我写下此信，并非想证明我在关乎你们两人的事情里是个老好人，而是想对你指出，你不应该继续生活在幻想里，错误地以为你的资助人是史蒂文斯饭店的大卫·马克斯顿先生。马克斯顿先生是你的热心崇拜者，但是他从未与银行进行过这方面的合作。当年对你个人以及里士满饭店集团的未来抱有信心的绅士不是别人，而是纽约莱斯特银行前任董事长威廉·劳威尔·凯恩。

我曾经再三请求凯恩先生向你说明他个人在这件事上的贡献，但是他拒绝了，他不想违背使用他的家庭资产的一条规定：不得向使用他的家庭资产的任何受益人透露其真正资助人的身份，因为那样做可能与银行的利益发生冲突。当你偿清了所有债务，后来他得知亨利·奥斯伯恩加入了男爵集团，他更加固执地认为，这件事永远不能让你知道。

我已经留下训示，如果你死在凯恩先生之前，这封信将被销毁。如果真的发生那样的事，他将收到另外一封类似的信，向其解释你对他的慷慨大度完全不知情。

　　无论你们当中哪一位收到我的信，都会让我因为曾经服务于你们而感到荣幸。

你忠实的合作者

谨致

柯蒂斯·芬顿

　　阿贝尔伸手抄起床边的电话听筒，心急火燎地喊道："快把乔治给我找来，我得赶紧穿衣服。"

60

　　如果凯恩奶奶活到今天，她老人家肯定会对威廉·劳威尔·凯恩的葬礼感到满意。出席葬礼的有3位参议员、5位众议员、两位大主教、各主要银行的董事长、《华尔街日报》的老板。杰克·汤马斯和莱斯特银行的所有董事都来到了现场。人们低垂着头，向上帝祈祷。威廉活着时，从未相信过上帝。理查德和弗洛伦蒂娜站在凯特的一侧，弗吉妮娅和鲁茜站在凯特的另一侧。

　　教堂后边站着两个老头，他们也深深地低垂着头。他们像是这次活动的局外人，仅有为数不多几个参加葬礼的人注意到了这两个老头。他们来晚了几分钟，仪式结束后，他们首先匆匆地离开了。矮个子匆匆离去的步伐有点跛，弗洛伦蒂娜立刻认出了那个人。她把此事告诉了理查德，不过，两人没把此事告诉凯特。

　　尽管没人向凯特提及此事，第二天，凯特也给那两人写了感谢信。

几天后，两人里的高个子来到第五大道的服装店，跟弗洛伦蒂娜见了一面。那人听说弗洛伦蒂娜即将返回旧金山，因此赶在她离开前跟她见了面。弗洛伦蒂娜耐心地听完了那人的讲述，愉快地接受了那人的请求。

第二天下午，理查德和弗洛伦蒂娜夫妇来到男爵饭店，乔治·诺瓦克在大堂里迎候他们，然后，他陪着他们来到第42层。

经过10年分别，弗洛伦蒂娜几乎认不出父亲了。父亲坐在床上，鼻尖上架着一副近视远视两用眼镜，脸上仍然挂着一副倨傲的笑容，床上仍然没有枕头。他们一起聊着过去的幸福时光，一起开心地笑，更多的却是伤心地流泪。

"你一定要谅解我们，理查德，"阿贝尔说，"波兰是个喜怒无常的民族。"

"这我知道，我的孩子们有一半波兰血统。"理查德说。

时间迁延到了晚上，他们一起进了晚餐——主菜是昂贵的烤小牛。阿贝尔说，这道菜很适合浪子回头的女儿弗洛伦蒂娜。

阿贝尔谈到了现在，他不想谈过去。阿贝尔还对女儿描述了他对男爵集团未来的构想。

阿贝尔进而对弗洛伦蒂娜说："我们应该在每个男爵饭店开一间弗洛伦蒂娜时装厅。"

弗洛伦蒂娜笑了，同意了。

阿贝尔对理查德说，让他追悔莫及的是，他跟理查德父亲的仇恨会延续几乎一生，他从未想过，威廉·凯恩竟然是他的资助人！他掏心窝子希望有机会向威廉当面表示感谢，哪怕只有一次机会。

"他肯定会理解你的。"理查德说。

"你父亲跟我还见了一面，你们知道吗，就在他去世那天。"
阿贝尔说。

弗洛伦蒂娜和理查德惊讶地注视着阿贝尔。

"噢，真的。"阿贝尔说，"我们在第五大道擦肩而过——他
去那里看你的新门店开业，还向我抬了一下帽子。那已经够了，足
够了。"

阿贝尔对弗洛伦蒂娜只有一个要求，希望弗洛伦蒂娜和理查德
陪他去华沙主持新男爵饭店开业仪式。那是几个月以后的事。

"多令人神往啊！"说到这里，阿贝尔激动起来，用手指不停
地敲击着床头柜的柜面，"华沙男爵饭店！终于有了一家男爵饭店
集团老板必须亲自主持开业典礼的饭店！"

§

接下来的几个月，凯恩夫妇定期来看望阿贝尔，弗洛伦蒂娜终
于跟父亲和好如初。

阿贝尔渐渐开始欣赏理查德了，他发现女儿如此雄心勃勃的
道理原来竟如此简单！阿贝尔最喜欢的是他的外孙。小阿娜贝尔是
个——如今最流行的说法是什么来着？——吸引眼球的宝贝儿！阿
贝尔这辈子从来没像现在这么幸福，他已经开始为衣锦还乡重返波
兰和主持华沙男爵饭店开业典礼精心做准备了。

§

男爵饭店集团总裁比原计划推迟6个月主持了华沙男爵饭店的开

业仪式。像世界各地的建筑业者一样，华沙的建筑业者也经常拖延工期。

这是弗洛伦蒂娜·凯恩第一次作为男爵集团新总裁向公众讲话。她对听众说，她为这座宏伟的饭店感到骄傲的同时，也为过世的父亲无法亲自主持华沙男爵饭店的开业典礼深感惋惜。

阿贝尔在遗嘱中将所有财产都遗赠给了弗洛伦蒂娜，唯独一个小物件除外。遗物清单把这个小物件描述为一个精工细作的银手镯，它极为罕见，价值连城，上面记载着"阿贝尔·罗斯诺夫斯基男爵"传奇般的经历。

这一物件的继承人是他的外孙威廉·阿贝尔·凯恩。

译者的话

衷心感谢中国青年出版社青睐杰弗里·阿切尔这部小说，推出真正意义上的中文全译本。借本书出版之际，我谨向南希·欧文思（Nancy Owens）女士和詹姆斯·梅（James May）先生表示衷心的感谢。在翻译本书的过程中，他们曾经给我许多帮助。

《凯恩与阿贝尔》1979年在英国第一次出版，上架第一周即售出100万册，一个月即售出200万册，截至2009年作者改写推出30周年修订版之前，已印刷82次，并被翻译成37种文字，在97个国家发行。

在中国，20世纪80年代以来，这部小说的初版经多人多次译成中文出版，而由于历史的原因，所有译本都有删节。我的第一个译本成书时，不仅有整段的删除，甚至有整章的删除。我国正式加入世界版权公约后，我有幸成了这本书30周年修订版的唯一译者。让我始料未及的是，第一次出版居然也有几处删节！

这次与中国青年出版社合作，推出的是真正意义上的全译本。读者难免会问，除了补齐几处删节，这个译本和此前的译本有什么不同呢？实话说，前一个译本我翻译得比较仓促，而这个译本是我的倾心之作，注重细节的雕琢，在行文风格上达到了与原文一致，译出了作品的原汁原味。

尽管如此，译文难免不妥，还望读者宽容、赐教。别忘了，这是一部超级棒的小说，无论什么样的读者，一旦捧读本书，不仅会受到震撼，掩卷之余，定会受益终生。

卢欣渝

2019年春于北京